W0380334

ARIYOSHI Sawako

Le Miroir des courtisanes

Roman traduit du japonais
par Corinne Atlan

OUVRAGE TRADUIT
AVEC LE CONCOURS DU
CENTRE NATIONAL DU LIVRE

Éditions
Philippe Picquier

Titre original : *Koge*

© 1965, Ariyoshi Tamao
© 1994, Editions Philippe Picquier
pour la traduction en langue française
© 1998, Editions Philippe Picquier
pour l'édition de poche

Mas de Vert
B.P. 150
13631 Arles cedex

En couverture : peinture de Takeuchi Seiho
© Takashimaya Shiryokan

Conception graphique : Picquier & Protière

ISBN : 2-87730-372-1
ISSN : 1251-6007

Préface

Le Miroir des courtisanes (titre original *Koge*, littéralement « encens et fleurs »), raconte la vie de Tomoko Sunaga, jeune paysane du sud-est du Japon devenue geisha puis tenancière d'une auberge de luxe, et enfin propriétaire d'un restaurant à la mode à Tôkyô, entre 1900 et 1960. A dix ans, Tomoko est vendue par sa mère à une maison de joie de Shizuoka. Sa beauté et son intelligence lui permettront d'échapper à la prostitution, mais elle devra subir le dur apprentissage du métier de geisha, aux côtés de sa mère devenue prostituée. Le monde des « saules et des fleurs » ne tardera pas à révéler l'impitoyable cruauté que dissimule son apparente frivolité. Entretenue par un vieillard de quarante ans son aîné, Tomoko devra gagner chèrement son indépendance, puis, surmontant les épreuves de la guerre, terminera sa vie dans le luxe du Japon de la réussite, sans avoir pour autant trouvé son bonheur.

Intimement lié aux événements historiques marquants de la première moitié du XXe siècle (grand tremblement de terre de Tôkyô, Seconde Guerre mondiale, naissance de la puissance économique du Japon...), le destin de Tomoko est également entremêlé à celui de sa mère : *Koge* est aussi une histoire d'amour, de haine et de jalousie d'une fille malaimée et d'une mère sans cœur uniquement préoccupée par sa jeunesse et sa séduction. Le thème du destin croisé de ces deux femmes est traité avec une rare finesse par le célèbre auteur des *Dames de Kimoto* (éditions Stock), qui excelle à créer d'attachants personnages féminins et à lier leurs échecs personnels aux lacunes de la société japonaise.

Le roman fourmille de détails passionnants sur le monde des geishas et son fonctionnement interne, mais cette documentation fouillée s'accompagne d'une étude psychologique tout aussi approfondie : les rapports mère/fille, leur évolution dans le temps, l'influence de la petite enfance de Tomoko sur sa vie de femme sont parfaitement intégrés au déroulement de l'action. Ce double aspect, à la fois documentaire et psychologique, donne au roman une profondeur de ton et un réalisme caractéristique, de cet écrivain extrêmement populaire au Japon. L'histoire n'a certes rien d'autobiographique, mais on y retrouve aisément certains éléments puisés dans la propre vie de Sawako Ariyoshi (1931-1984), née comme son héroïne à Wakayama, qui a comme elle connu la guerre, la rupture avec le monde traditionnel d'avant-guerre, et l'euphorie superficielle du développement économique.

Les chapitres successifs de ce roman, qui appartient au genre de la littérature populaire, furent d'abord publiés dans une revue mensuelle, comme cela est souvent le cas au Japon. *Koge* parut dans le *Fujinkôron*, revue destinée à un public féminin, de 1961 à 1962, et cette structure de roman-fleuve facilite aujourd'hui l'accès du lecteur occidental : ce récit foisonnant se lit d'une traite, car les événements prennent ici le pas sur la réflexion intérieure et l'appuient. Les auteurs féminins japonais contemporains adoptent souvent une écriture plus tourmentée pour explorer les profondeurs de l'inconscient et de la sexualité féminines (Minako Ôba, Taeko Tomioka), mais la sexualité est étrangement peu présente dans ce roman, et n'a pas valeur de libération : Tomoko ayant vécu les débuts de sa vie sexuelle comme un élément de soumission à une société dominée par l'argent et le pouvoir des hommes, elle ne peut, pour se trouver elle-même, que transcender ce facteur d'oppression. Cela ne l'empêchera pas de vivre pleinement un amour sensuel, rendu impossible par des contingences sociales. Tous les espoirs que peut mettre une jeune fille dans sa vie de femme – un grand amour, une famille, des enfants – seront refusés à Tomoko, faisant finalement d'elle une femme indépendante résolument moderne malgré son passé de victime : passant parfois par une quête beaucoup plus débridée, les héroïnes japonaises contemporaines parviennent à la même perte des illusions de jeunesse, la même prise de conscience de l'hypocrisie de la société. On retrouve dans l'étude de ce conflit entre famille, société et individu, un des thèmes favoris de la littérature féminine japonaise moderne, et dans les rapports de Tomoko avec sa mère âgée une des préoccupations majeures de l'auteur, qui en a fait le sujet d'un autre roman, *Les Années du crépuscule* (éditions Stock) : la place des vieillards dans le monde moderne.

Le roman se conclut cependant sur la pérennité des traditions : à la fin de sa vie, il devient d'une importance capitale pour Tomoko de savoir qui, après sa mort, entretiendra sa tombe et celle de cette mère tant aimée et haïe, dont même la mort n'a pu la détacher. Omniprésence des ancêtres, puissance presque occulte de la famille au Japon. La structure rigide de la société traditionnelle basée sur la famille s'insinue jusque dans les cimetières et au fond des urnes funéraires. En filigrane subsiste cependant cette « famille » non moins réelle issue des amours illicites, mais dénuée de tout droit social : les liens non consacrés par la société – amants, maîtresses, protecteurs – ne sont jamais *reconnus* par elle, même si elle les autorise. Dans un mécanisme impitoyable, une société hypocrite renie ainsi un système qu'elle a pourtant elle-même suscité.

Il y a, on le voit, plusieurs romans dans *Le Miroir des courtisanes*, et la richesse des sujets traités concourt à en faire une œuvre d'une extrême densité, dont les diverses facettes sont toutes traitées avec une égale justesse de ton. Tomoko, petite fille intelligente et malheureuse, femme-fleur attachante de droiture et d'authenticité, enfin femme mûre et obstinée dont la réussite sociale n'a pas durci le cœur, est l'héroïne la plus marquante, la plus

« vraie » des romans de Sawako Ariyoshi, et ne peut que susciter la sympathie et l'admiration. Elle incarne, en outre, l'évolution de la femme japonaise moderne coupée de son passé. Vers la fin de sa vie, Tomoko, devenue un exemple de réussite sociale, se fera cette réflexion : sa situation de femme riche et indépendante aux mains chargées de bagues ne l'autorise plus à se replonger dans les souvenirs malheureux de son enfance, mais « il fallait qu'elle travaille, qu'elle travaille sans cesse si elle ne voulait pas s'effondrer comme une toupie qui retombe dès qu'elle arrête de tourner… »

CORINNE ATLAN

I

Tomoko repassa soigneusement plusieurs fois le petit morceau de soie en y appuyant sa menotte bien à plat. Mais elle avait beau écarter les doigts, sa main restait plus minuscule encore qu'une jeune feuille de l'érable du jardin. Dans cette campagne de la péninsule de Kii, au sud de Kyôto, toutes les maisons étaient pourvues de larges vérandas adaptées à la douceur du climat. Assise sur un gros coussin, dans un coin ensoleillé de la vaste véranda, Tomoko repassa longuement ses morceaux de soie de la main, puis elle en superposa deux et saisit son aiguille, une grosse aiguille à coton au chas assez large, à l'usage des enfants. Elle y enfila sans peine une aiguillée de soie rouge, qu'elle coupa en faisant claquer ses ciseaux, après avoir mesuré de la main la longueur nécessaire.

Elle piqua tout d'abord la pointe de son aiguille en haut du tissu, l'huila comme faisaient les grands, avec le sérieux d'une petite femme, puis saisit un bord de l'étoffe dans sa main gauche, planta son aiguille dans le bord droit, et se mit à coudre en redressant le tronc. Elle était un peu trop petite pour son âge, mais son profil bien découpé, ses yeux ronds et sa lèvre inférieure renflée déconcertaient dans son visage de petite fille : il y avait en elle quelque chose de sérieux qui n'appartenait pas à l'enfance.

Cette grosse aiguille ne convenait pas pour coudre de la soie. Elle avait pris la précaution de l'huiler, mais l'aiguille faisait de grands trous dans la soie qu'elle traversait avec un crissement, et le mince fil de soie rouge égaré dans ce large trou avançait péniblement. Elle eut beau le lisser tant et plus, à en irriter le bout de ses doigts roses, l'ouvrage fini se révéla plutôt grossier, la cause première de cet échec étant le mauvais choix des tissus assemblés : elle avait doublé un crêpe de soie assez épais d'une mince soie ordinaire. Néanmoins, Tomoko lissa soigneusement son ouvrage et l'empila avec les autres à gauche de son coussin.

Elle avait fabriqué de petits rectangles en assemblant deux par deux les coupons d'étoffe de même longueur. Elle avait ainsi obtenu quatre petits sacs, dont deux un peu plus larges que les autres.

— Oh, Tomo-chan, moi qui te croyais en train de jouer tranquillement toute seule, mais c'est de la couture que tu fais ! Qu'est-ce que c'est ?

A la voix de sa grand-mère, Tomoko leva ses yeux ronds et répondit en arrondissant tendrement sa lèvre inférieure jusque-là tendue par la concentration :

— Des matelas.

— Des matelas ! Pour ta poupée ?

— Mmh. Grand-mère, je voudrais du coton.

— Du coton ? Il y en a dans le débarras, je t'en sortirai demain.

— Grand-mère, donne-moi un peu de coton à rembourrer, ça ira.

— Ah bon, juste du coton à rembourrer ?

— Mmh.

Agréablement surprise, la grand-mère se dit qu'elle aurait bien aimé inculquer à sa fille Ikuyo, la mère de l'enfant, ce sens de l'économie inné chez sa petite-fille. Ce coton servait à rembourrer légèrement la bordure des kimonos, et Tomoko savait que sa grand-mère en gardait soigneusement au fond de sa boîte à couture.

Cette femme d'à peine quarante ans, en plein épanouissement de sa féminité, avec ses rondeurs légères et sa peau blanche, paraissait jeune pour être déjà grand-mère. Les gens du village disaient que la maison de famille des Sunaga, où vivaient trois générations de femmes, paraissait habitée par trois sœurs d'âges différents. Aussi, quand la rumeur de fiançailles dans la famille Sunaga commença à se répandre, les plaisanteries allèrent bon train : la mère, la grand-mère et la petite-fille allaient-elles se marier toutes les trois en même temps ?

Tsuna, la grand-mère, était veuve depuis deux ans. Ikuyo, sa fille unique, était tombée amoureuse du fils unique des Tazawa, une famille aisée de Umehara, le village voisin, mais comme ils étaient enfants uniques l'un et l'autre, aucune des deux familles ne voulait voir son enfant quitter la maison. Les parents retournèrent la question, le père d'Ikuyo s'entêta à garder sa fille et le fils Tazawa à l'épouser, si bien que le mariage fut finalement décidé à condition que le premier enfant qui naîtrait au couple devienne l'héritier de la maison Sunaga. C'est pourquoi, si Ikuyo devint bien Ikuyo Tazawa pour l'état civil, Tomoko, elle, fut dès sa naissance déclarée sous le nom de famille de Sunaga. Mais l'enfant et ses parents vivaient tous trois sous le toit de la maison Sunaga, l'idée de vivre avec ses beaux-parents comme l'exigeait la coutume déplaisant à Ikuyo.

En cette fin de l'ère Meiji [1], il devait bien se trouver déjà quelques brus qui n'avaient guère envie de vivre chez leurs beaux-parents, mais l'on ne cédait généralement pas à leur caprice. Cependant, dans le cas des époux Tazawa, les complexités de la situation familiale au niveau de l'état civil permirent à Ikuyo de mener comme elle l'entendait une vie conjugale bien différente de la vie ordinaire de l'époque. Mais fort peu de temps après la naissance de Tomoko – elle n'avait pas encore trois ans – son père fut emporté par une pneumonie foudroyante. Ikuyo, veuve à vingt ans à peine, l'était maintenant depuis trois ans.

L'ombre de gravité flottant sur le visage de Tomoko, si inattendue chez une fillette d'à peine six ans, alimentait

1. L'ère Meiji (1868-1912) marqua le début de la modernisation du Japon.

les plaisanteries des villageois, qui affirmaient que les trois femmes composant cette famille paraissaient bonnes à marier. Personne, cependant, n'ignorait de laquelle il s'agissait : ce ne pouvait être Tsuna, et encore moins Tomoko, il ne pouvait donc s'agir que d'Ikuyo, alors âgée de vingt-trois ans.

Cependant, il semblait bien que cette fois elle allait quitter sa maison natale en se mariant, et cette décision pourtant ordinaire étonnait au contraire tout le village, venant de cette excentrique d'Ikuyo qui avait obligé le fils Tazawa à venir vivre chez elle.

— Aucune autre femme ne quitterait ainsi sa maison pour se marier, en abandonnant sa fille, alors qu'elle pourrait rester y vivre sans se faire de souci. Ce n'est quand même pas l'amour qui l'a rendue folle !

Tsuna se plaignait sans cesse. Elle ne comprenait décidément pas sa fille, qui se mariait pour aller vivre dans la triste maison d'un veuf, au lieu de rester avec elle, d'autant plus qu'elle avait déjà une fois dans sa vie porté le kimono de mariage.

— Si Tomoko est une gêne pour toi, je l'emmènerai, répondait Ikuyo. L'autre famille est d'accord. Moi, si je parle de la laisser ici, c'est parce qu'elle fait partie de la maison Sunaga. Ne te méprends pas sur mes intentions.

— Tu ne penses pas que tu n'as pas le droit de faire ça à ce pauvre Seikichi qui est mort ?

— Je le lui ai dit, à Seikichi, je lui ai dit : pourquoi es-tu mort avant moi ? Il est parti avant moi en me laissant toute seule. C'est lui le fautif !

— Et d'aller vivre dans une maison déjà toute pleine d'enfants, tu ne crois pas que ça va te donner bien du tracas ?

— Il m'a promis que je n'aurai pas à me faire de souci.

— Il a beau te faire des promesses, lui, il dit ce qu'il veut, mais une fois mariée, tu ne pourras pas éviter les tracas avec tes beaux-parents. Tu crois peut-être que ça va être aussi facile que quand tu vivais ici avec Seikichi ?

— Maman !

Ikuyo avait soudain levé la tête de son ouvrage et s'était arrêtée de coudre.

— C'est par jalousie que tu dis ça, non ?

Seule la jalousie expliquait qu'une veuve trouve tant à redire au remariage d'une autre veuve, voilà le reproche que la fille venait de faire à sa mère ! Les pommettes d'Ikuyo, sous ses yeux largement fendus, avaient un instant rougi. Tsuna retint son souffle, puis se tut. Une haine presque tangible avait fusé entre elles. Avait-elle été une fois dans sa vie traitée comme une mère par cette fille capricieuse, qui ne faisait que l'importuner en lui réclamant sans cesse de nouveaux kimonos, se demandait Tsuna. Ikuyo n'était fidèle à la lignée des femmes de la maison Sunaga que par son habileté aux travaux d'aiguille, mais quand elle se mettait à la couture, c'était toujours, depuis son enfance, uniquement pour elle-même, pour se coudre de beaux atours. Même après la mort de Seikichi, les visites du marchand d'étoffe avaient continué à lui faire briller les yeux de plaisir pendant qu'elle faisait son choix, et ses singulières toilettes, ses kimonos à la dernière mode faisaient écarquiller les yeux à tout le village. C'était sa coquetterie, ni plus ni moins, qui avait arrêté sur elle les yeux du fils du chef du village ! Tsuna restait assise en silence, son regard haineux fixé sur le sous-kimono bigarré posé sur les genoux d'Ikuyo et que celle-ci était en train de coudre. Lors des premières noces de sa fille, Tsuna avait diligemment manié l'aiguille pour l'aider à confectionner son trousseau, mais cette fois, elle s'était promis de ne pas lever le petit doigt pour l'aider à coudre son kimono de cérémonie.

Ignorant tout du conflit qui opposait sa mère et sa grand-mère, Tomoko, face au jardin illuminé par le couchant, continuait à se consacrer avec ardeur à la fabrication de ses matelas de poupée. Lissant du bout des doigts les bouts de coton usagé, elle les étirait longuement, comme des nuages dans un ciel de printemps, puis les entassait sur ses petits bouts d'étoffe, qu'elle retournait ensuite à l'endroit pour leur donner une forme. Elle avait appris en un rien de temps jusqu'à la technique consistant à arrondir les angles du bout de son aiguille. Cela faisait trois jours qu'elle travaillait dessus, et ce soir-là, elle avait achevé son ouvrage : une paire de petits matelas et une paire de couettes pour le lit de sa poupée. Elle avait entendu parler du remariage de sa mère mais il était difficile à son esprit d'enfant de six ans d'imaginer les répercussions que cela pourrait avoir sur sa vie à elle. Ce qui la réjouissait le plus dans cette histoire de mariage, c'était que sa mère lui donnait généreusement des bouts d'étoffe bien plus jolis qu'auparavant, grâce auxquels elle avait enfin pu confectionner le luxueux ensemble de lit dont elle rêvait depuis longtemps pour sa poupée.

Elle décida de coudre l'oreiller le lendemain, posa au bout de la couette le petit sachet rempli de haricots secs avec lequel elle jouait à la balle, et posa doucement la tête de la poupée dessus. La poupée à la coiffure de page, avec une grosse frange, portait le même kimono que Tomoko. Tomoko avait demandé à sa grand-mère de le lui coudre dans les chutes du sien. Cette soie ordinaire à gros motifs violets sur fond coquille d'œuf avait été choisie par la mère de Tomoko, et le kimono qu'elle portait était l'un des rares que sa mère ait cousu pour elle. Dans les reflets du soleil couchant, les manches et les épaules avaient un brillant prononcé pour une soie ordinaire : il s'agissait peut-être d'un tissage à la dernière mode, ou bien d'une étoffe dont Ikuyo s'était entichée. Les souvenirs des femmes sont sans exception liés aux vêtements qu'elles portent, et Tomoko devait elle aussi toujours se rappeler les gros motifs violets de ce kimono. Adulte, chaque fois qu'elle repensa à sa mère, elle se revit ce jour-là de son enfance, avec sa poupée vêtue d'un kimono identique au sien, et sa mère telle qu'elle était ce jour-là devait rester pour toujours à la première page des souvenirs qu'elle garda d'elle.

Comme une grue ouvrant les ailes pour protéger sa couvée, Tomoko laissa traîner sur la véranda les manches de son kimono violet pour se pencher sur la poupée couchée sur le petit matelas, et, tapotant légèrement le bord de la couette, entonna une berceuse :

Dodo, fais dodo
Dodo mon bébé.
Comme un nuage, elle disparaît
La maman du bébé qui pleure
Mais elle est là près de lui
La maman du bébé qui dort.

Sa voix n'avait rien d'extraordinaire mais elle modulait très clairement les notes pour une enfant de six ans, et si elle ne chantait pas très fort, chaque mot résonnait nettement. La strophe « comme un nuage elle disparaît » était généralement coupée de telle manière qu'on la comprenait difficilement, mais Tomoko, détachant clairement les syllabes, chantait la phrase d'un coup, peut-être en raison du faible volume de sa voix. Son grand-oncle Shinya, qui leur rendait visite de temps en temps, s'en émerveilla :

— Dis donc, Tomoko, tu comprends ce que ça veut dire « comme un nuage, elle disparaît » ?

— Mmh.

Dérangée dans son jeu, Tomoko répondit à regret, mais leva cependant la tête vers son grand-oncle.

— Et qu'est-ce que ça veut dire ?

— Ça veut dire qu'on ne la voit plus.

— Elle est éveillée, cette petite, hein, Tsuna ?

Le grand-oncle s'adressait maintenant à la grand-mère de la fillette, qui était arrivée en entendant sa voix. Il répéta intentionnellement la conversation sous l'œil ostensiblement renfrogné et dénué d'intérêt de Tsuna, qui même du vivant de son mari, ne s'était jamais très bien entendue avec le frère de celui-ci. Le vieillard, sans tenir compte de l'attitude de sa belle-sœur beaucoup plus jeune que lui, continua à s'extasier lourdement :

— La maman du bébé disparaît comme un nuage ! Elle a l'air naïf, mais elle comprend bien ce que ça veut dire, la petite ! Elle est intelligente, cette gosse, mais ça fait de la peine tout de même, tu ne trouves pas, Tsuna ?

— Mais de quoi parlez-vous, à la fin ?

— De la mère de Tomoko, pardi !

— Ah, le mariage d'Ikuyo ? J'ai reçu votre mot de félicitations, l'autre jour, je vous remercie.

Le message de félicitations, si ampoulé qu'il semblait contenir quelque insinuation malveillante, était effectivement arrivé, mais la famille Sunaga n'y avait pas encore répondu. Les événements laissaient Tsuna complètement indifférente, et elle négligeait de s'en occuper. Elle se demanda s'il était venu lui faire des reproches à ce sujet, et en voulut aussitôt à Ikuyo. Elle avait baissé la tête en s'excusant du bout des lèvres, mais son beau-frère écarta ses excuses d'un geste de la main sans que change le moins du monde sa longue mine émaciée. La raison de sa visite était tout autre.

— Quelqu'un de la famille Tazawa est venu me voir.

— A propos du service funèbre commémoratif ?

Tsuna avait un air méfiant. La famille Tazawa était celle du défunt mari d'Ikuyo. Ils avaient bien sûr des relations de proches parents, mais elle ne les savait pas intimes avec Shinya au point de lui demander de servir d'intermédiaire avec la famille de la veuve. De toutes façons, se dit-elle, devinant immédiatement de quoi il s'agissait, le sujet n'était pas très réjouissant.

Maintenant que leur fils unique était mort, les Tazawa étaient ennuyés pour leur succession. Cela faisait déjà trois ans que Seikichi était mort, aussi le sujet aurait-il pu être évoqué à tout moment. S'il ne l'avait pas été, c'était sans doute parce que le père de Seikichi était beaucoup plus jeune que le mari de Tsuna, et peut-être également parce que, si la rumeur disait vrai, il avait des enfants d'une maîtresse. Ils avaient dû sauter sur l'occasion en entendant parler du remariage d'Ikuyo.

— Ils m'ont envoyé en messager pour te demander de leur rendre Tomoko, parce qu'elle est la fille unique de leur fils unique.

— Et comme ça, tout d'un coup, à leur guise ? Mais il avait bien été décidé avant la naissance de Tomoko que l'enfant serait l'héritier de la maison Sunaga ! Le père avait posé ça comme condition au mariage d'Ikuyo.

— Mais ils disent que ce n'est plus la même chose maintenant. Chez les Tazawa non plus, ils n'ont jamais imaginé que Seikichi pourrait mourir aussi jeune.

— Ça, nous non plus. S'il n'était pas mort aussi prématurément, Ikuyo n'aurait pas eu à se marier une deuxième fois !

Tsuna avait complètement oublié son interlocuteur en se plaignant de la sorte. Car, même si elle exprimait de façon acerbe à Ikuyo le désagrément que lui causait ce remariage, elle tenait à garder bonne figure devant autrui. Or, elle venait de révéler le fond de son cœur. Un sourire envahit le visage ridé de son beau-frère.

— C'est bien vrai. Ikuyo s'est toujours fait remarquer, ce n'était pas la peine d'en rajouter ! dit-il, crachant son venin sans ménagement.

— Tomo-chan !

Un peu affolée par le tour de la conversation, Tsuna appela sa petite-fille.

— Rentre, sinon tu vas prendre froid. Allez, range ta poupée. C'est bien, tu es mignonne.

Elle ne voulait pas que Tomoko entende dire du mal de sa mère. En outre, la visite de Shinya avait un rapport direct avec la fillette, et ce genre de propos ne devait pas tomber dans l'oreille d'une petite fille aussi éveillée, quoiqu'innocente.

Pressée par sa grand-mère, Tomoko obéit sans répondre. Posant sur le coussin où elle était assise la poupée et sa literie, elle souleva le tout à pleines mains et s'en alla à petits pas en chancelant sous le poids. Son attitude avait quelque chose d'adulte et de trop mûr pour son âge, tandis que son visage rond et ses petites jambes lui donnaient l'air plus bébé encore que son âge. Son encombrant paquet l'empêchant de voir devant elle, elle avança d'un pas incertain le long du couloir menant à la chambre de sa grand-mère, à côté de la pièce où se trouvait l'autel bouddhiste de la maison. Cette chambre était aussi la sienne : cela faisait déjà longtemps qu'elle avait quitté celle de sa mère, pour s'endormir et se réveiller chaque jour aux côtés de Tsuna.

Traversant la pièce sombre où était disposé l'autel, elle posa la main sur la cloison coulissante de droite mais s'arrêta soudain, frappée par l'étrange parfum de la pièce. Ses yeux s'habituant à l'obscurité, elle regarda de l'autre côté et sentit une espèce de courant d'air fin et blanc provenant d'entre les cloisons de papier de la chambre de sa mère. Posant son fardeau à terre, elle s'approcha doucement.

Entrouvrant les cloisons, elle distingua la chambre de sa mère tout illuminée par le soleil qui ne s'était pas encore couché sur la façade la maison. En réalité, avec les panneaux coulissants et les cloisons de papier fermés, la petite pièce était plongée dans la pénombre depuis un moment, mais elle parut claire aux yeux de Tomoko habituée à l'obscurité de la pièce où se trouvait l'autel. Elle distingua l'épaule gauche de sa jeune maman qui, assise, lui tournait le dos. Ikuyo ne portait jamais de veste par-dessus son kimono, sauf quand les soirées étaient exceptionnellement froides, et la ligne mince de son épaule se découpait nettement. Ses vêtements de dessous étaient également légers. Elle ne portait que de la soie, même pour ses tenues de tous les jours, et ce jour-là, elle était vêtue de crêpe de soie couleur feuille morte. Dans la maison Sunaga, demeure de petits propriétaires terriens privée de chef de famille, où les servantes n'étaient guère nombreuses, Ikuyo vivait dans une atmosphère feutrée, comme une dame de la ville mariée sur le tard.

Le regard de Tomoko glissa de l'épaule de sa mère vers la gauche, et ce qu'elle vit alors lui fit écarquiller les yeux : de la fumée sortait de la chaufferette. Une fumée suffocante, blanche comme de la vapeur, s'élevait au-dessus de la luxueuse couverture couvrant la table chauffante.

— Tomo-chan ? Qu'y a-t-il ? demanda Ikuyo, en voyant sa fille écarter les cloisons et se précipiter dans la pièce.

— Maman, la fumée !…

La jeune mère eut un rire étouffé, puis fronçant brusquement les sourcils, ordonna à Tomoko de refermer les cloisons qu'elle venait d'ouvrir.

— Mais oui, c'est de la fumée, de la fumée d'encens. J'en fais brûler pour parfumer mes kimonos.

Ce que Tomoko avait pris pour une chaufferette recouverte d'une couverture était un encensoir sur lequel étaient posés les kimonos de sa mère. Plusieurs kimonos de satin ou de crêpe de soie aux couleurs chatoyantes, simplement faufilés, étaient empilés, déployés par-dessus un panier.

— Tiens, regarde !

Ikuyo souleva le bas des kimonos pour permettre à Tomoko de jeter un coup d'œil dans le panier de bambou tressé. Tomoko avait légèrement mal au cœur, et tout en surveillant avec inquiétude le bord des kimonos que sa mère soulevait et qui semblaient onduler comme une peau de serpent, elle plongea son regard dans la pénombre du panier. Mais avant qu'elle ait pu approcher son visage, un nuage de fumée blanche échappé du panier vint entourer son visage.

— Ouh…

Suffoquée par la fumée d'encens qui lui piquait les narines, Tomoko leva vers sa mère un regard de reproche.

— Ça sent bon, hein ?

Ikuyo reposa sur ses genoux sa main blanche qui tenait soulevé le bord des kimonos. Satin et crêpe retombèrent sur le panier en ondulant comme des créatures vivantes. Un parfum exquis se mit à flotter sur les alentours. Les narines de Tomoko s'étaient peut-être accoutumées à ce lourd parfum, mais son esprit restait distrait.

De l'autre côté de ce rideau de fumée blanche, elle observait le beau visage de sa mère : le nez droit serti dans un visage fin, les longs yeux en amande, les cils noirs et épais. La courbe régulière des lèvres minces semblait tracée au pinceau, et faisait oublier le léger défaut d'un menton un peu court. Mais le plus remarquable était sa magnifique chevelure d'ébène. Elle avait un beau jour abandonné son gros chignon de femme mariée pour revenir au chignon plat des jeunes filles orné d'un ruban, et le nœud jaune foncé dans sa coiffure impeccable et lustrée, dont pas une mèche ne dépassait, semblait briller comme de l'or de l'autre côté de l'écran de fumée. Devant ce spectacle d'une beauté indicible à ses yeux, Tomoko restait émerveillée d'avoir une maman aussi jolie.

— Quelle drôle de fille tu fais… murmura Ikuyo en voyant Tomoko la contempler d'un air grave, après quoi elle s'absorba à nouveau dans l'examen de ses kimonos. Se flattant d'être une habile couturière, elle avait tenu à confectionner elle-même tout son trousseau sans demander l'aide de quiconque, une façon pour elle de prouver à Tsuna qu'elle pouvait tout mener à bien toute seule. Elle était sûre d'elle, se sachant capable de tailler et de coudre, et également confiante dans sa dextérité. Elle ne s'occupait jamais de la cuisine, du ménage, ou de la lessive, mais pour ce qui était des travaux d'aiguille, nul besoin de la supplier. Elle ne s'en était jamais lassée depuis son enfance, et une fois mariée, mère, et même veuve, elle avait continué à coudre ses propres vêtements. Elle avait progressé dans l'art de la coupe et de la couture tel qu'on le lui avait appris, mais ses créations avaient même acquis une certaine personnalité. Comme elle n'aimait pas les encolures de kimono épaisses, elle avait découvert une méthode pour faire tenir droit une encolure de soie sans y introduire l'habituelle doublure de coton. Ses créations, adaptées à des torses courts, à des corps comme le sien aux longs bras et aux longues jambes, étaient sans comparaison avec les modèles traditionnels de kimonos où tout était fixé d'avance, la longueur des manches, la hauteur totale et jusqu'aux dimensions de l'encolure. En changeant ne serait-ce que la largeur du col, Ikuyo faisait de ses kimonos des créations pleines d'originalité grâce auxquelles elle n'aurait pas déparé au milieu d'une assemblée de jeunes filles toutes vêtues de kimonos identiques : sa ravissante silhouette se serait encore détachée des autres par son raffinement. Avec ses kimonos aux couleurs et aux motifs inhabituels, il était facile de comprendre pourquoi elle était devenue le point de mire du village, et alimentait les rumeurs même si le climat chaud de la région favorisait une certaine indolence de caractère.

En outre, comme dans toutes les campagnes prospères, les gens se montraient plutôt conservateurs. Les parures voyantes de la jeune veuve n'étaient guère appréciées et il suffisait qu'elle modifie un détail de sa coiffure pour donner immédiatement prise aux commérages. Le village de Nishinoshô ne comptait pas de paysans pauvres et n'avait jamais souffert de disette : les petits propriétaires terriens y étaient légion. Les médisances vis-à-vis d'une fille de grands propriétaires avec qui ils ne pouvaient rivaliser, et à plus forte raison la fille unique de la maison Sunaga, ne pouvaient qu'aller bon train. Quand, de surcroît, le fils du plus grand propriétaire terrien du village s'éprit d'Ikuyo, les commentaires se déchaînèrent. Le marchand de tissus ne se déplaçait autrefois à domicile que pour se rendre dans la maison du chef de village, tandis que le reste des habitants allaient à la ville voisine acheter leurs coupons d'étoffe bon marché, mais Ikuyo Sunaga ne pouvait s'en contenter : dès avant son mariage, elle avait pris l'habitude de faire venir le marchand d'étoffes chez elle. Depuis lors, on voyait le commis du marchand d'étoffes se rendre au village à chaque changement de saison, et parfois jusqu'à une ou deux fois par mois. Comme il venait de loin et ne voulait pas se déplacer pour une seule journée, il restait deux ou trois jours, et prit l'habitude d'être hébergé chez le chef de village. C'est de lui que les villageois apprirent que le fils de la maison était épris depuis fort longtemps d'Ikuyo. Même si une personne plus digne de confiance leur avait annoncé la proposition de mariage faite à Ikuyo, nul n'aurait eu envie de célébrer l'événement, et à plus forte raison en apprenant de la bouche d'un petit commis de boutique que le fils du chef de village s'était trouvé une nouvelle épouse. Et quand tout le village apprit en outre que le fils du chef de village avait remarqué Ikuyo quand elle était jeune fille, et s'était laissé aller à espérer tout haut, à la mort de Seikichi, que sa femme à lui disparaîtrait également bien vite, la compassion générale pour la défunte épouse s'accrut d'autant. A la mort de sa femme, qui le laissait seul avec trois enfants, Keisuke Kôsaka s'était empressé de faire sa nouvelle demande en mariage. La date des noces fut fixée avant même la fin de sa première année de deuil. Mais chose étrange, ce ne fut pas Keisuke qui en fut critiqué : la haine des villageois se tourna uniquement vers Ikuyo, peut-être parce que l'attitude de cette femme les choquait déjà depuis longtemps.

— Elle va peut-être refaire son chignon de femme mariée maintenant.

— Le commis du marchand de tissus dit qu'elle a commandé un kimono blanc de mariée.

— Ça fera donc trois fois qu'elle s'habille en blanc ! ricanaient les femmes entre elles.

Les premières robes de mariées à la mode occidentale venaient de faire leur apparition à Tôkyô, et dans les villages du Kansai [1], on les connaissait aussi pour en avoir vu dans les journaux ou sur les couvertures de magazines féminins. Etait-ce à cause de l'influence occidentale ? Toujours est-il que les kimonos blancs, qui existaient déjà dans la tradition japonaise, devinrent dès lors de plus en plus fréquemment utilisés pour les mariages. Lors de son premier mariage, sept ans auparavant, Ikuyo avait pourtant été la première dans ce village à célébrer son mariage en blanc. Bien entendu, c'était déjà une façon de se faire remarquer que d'utiliser cette couleur inhabituelle, mais les villageois avaient alors sincèrement admiré son élégance, ainsi parée de blanc : l'animosité

1. Région de Kyôto et Ôsaka, par opposition au Kantô, région de Tôkyô.

envers elle était alors loin d'avoir atteint le même degré. Les femmes du village se rappelaient pourtant cet événement comme s'il datait d'hier.

Elles se souvenaient tout aussi bien des vêtements de deuil d'Ikuyo à l'enterrement de son mari Seikichi Tazawa. Parmi ces femmes de tous âges en vêtements noirs, Ikuyo, vêtue du deuil blanc traditionnel, frappait par sa jeunesse et sa beauté. Les gens étant toujours plus magnanimes que nécessaire envers ceux qui s'abîment dans le chagrin et les larmes, ce kimono blanc qui annonçait sa décision de ne jamais se remarier lui attira la sympathie générale. Toute l'assistance oublia en un clin d'œil qu'Ikuyo défrayait la chronique depuis son enfance, pour la louer comme la femme la plus vertueuse du village. La seule à se souvenir que la jeune femme n'avait pas versé une larme à l'enterrement de son mari était Tsuna. Cette même Tsuna avait alors baissé la tête devant les vêtements de deuil blanc de sa fille, se disant que le défunt Seikichi avait bien de la chance, et déplorant le malheur de sa fille désormais seule au monde. L'effet produit par ce kimono immaculé était-il si fort qu'à ce moment-là sa mère elle-même oublia qu'Ikuyo, veuve, était bien trop jeune pour mener à jamais une vie de chasteté ? Sa jeunesse n'était alors qu'un élément indispensable à la tragédie.

Dans cette région où la foi bouddhique était profondément enracinée, après avoir porté le kimono blanc du mariage symbolisant la femme prête à suivre fidèlement son époux, puis le kimono blanc de deuil montrant qu'elle entendait ne jamais se remarier, Ikuyo était devenue aux yeux du village une femme à qui il ne restait plus que sa vie de mère, consacrée désormais à protéger la malheureuse enfant que son époux avait laissée derrière lui. Les jeunes veuves n'étaient pas rares à cette époque, et les villageois avaient distraitement oublié que celle-ci n'avait pas réintégré sa maison natale après la mort de son époux, mais ne l'avait en fait jamais quittée. Cela n'avait rien d'extraordinaire puisque les parents d'Ikuyo eux-mêmes avaient oublié ce détail. Il n'y avait aucun problème de leur côté puisque l'héritage de la maison Sunaga, sautant une génération, devait revenir à leur petite-fille Tomoko. Leur seul souci était l'attitude de la famille Tazawa, mais ils étaient sans nouvelle d'eux. Dans la famille Sunaga, on avait seulement perdu un fils adopté par mariage. Après la mort de leur gendre, les vieux maîtres de maison étaient revenus à la même vie paisible qu'auparavant, en compagnie de leur fille unique. Une mignonne petite-fille leur étant née, il n'y avait plus aucun problème, pensaient-ils.

Aussi Tsuna était-elle à cent lieues d'imaginer, quand son mari mourut et qu'elle devint veuve à son tour, qu'Ikuyo puisse un jour quitter la maison. Il y avait bien des gens pour dire que c'était triste, que c'était bien dommage pour cette pauvre Ikuyo si jeune, mais elle ne s'y arrêtait pas, prenant cela pour de simples formules de condoléances. Elle ressentait même une sorte d'étrange soulagement à se voir désormais dans la même situation que sa fille. A l'enterrement de son mari, Tsuna ne portait pas de kimono blanc. Elle aurait eu honte d'imiter sa fille, et à son âge, il n'était de toutes façons pas question de se remarier. Elle ressentit une sorte de délivrance à la mort de ce mari de vingt ans plus âgé qu'elle, et crut enfin comprendre le sentiment d'Ikuyo qui n'avait pas versé une larme à l'enterrement de Seikichi. Tsuna avait sans aucun doute un sentiment quelque peu exalté de liberté et d'avenir radieux s'ouvrant devant elle et sa fille. Elle rêva plusieurs fois après la mort de son mari d'une maison pleine de femmes, à l'atmosphère resplendissante, qui s'élevait dans les airs pour voguer librement au milieu des nuages. Il lui semblait avoir résolu une énigme et comprendre enfin pourquoi Ikuyo avait cessé de se plaindre ou d'exprimer la moindre insatisfaction, depuis la mort de son mari, et paraissait pleinement heureuse simplement avec ses travaux de couture.

Par conséquent, elle resta bouche bée quand Ikuyo lui annonça son intention de la planter là, elle et ses pensées de liberté, et de quitter la maison familiale. N'ayant jamais aperçu quiconque ressemblant à un intermédiaire pour une proposition de mariage, et ne s'étant jamais rendu compte que c'était le commis du magasin d'étoffes qui jouait ce rôle, elle resta un moment silencieuse, aussi stupéfaite que si le ciel s'était brusquement ouvert en deux. Du ton le plus naturel du monde, comme si elle lisait une dépêche administrative, Ikuyo l'informait de son intention de se remarier avec le fils du chef de village. Puis, sans même demander l'autorisation de sa mère à ce mariage, elle commença à lui parler des arrangements nécessaires. Ce fut à ce moment que le marchand de tissus vint saluer Tsuna, qui attendait l'occasion de protester, et lui pressa la main en disant avec un large sourire :

— Ah, quelle bonne nouvelle, toutes mes félicitations !

Ce jour-là, tout le village apprit la nouvelle de la bouche du colporteur d'étoffes, si bien que Tsuna, déconcertée par les félicitations que lui adressait tout un chacun, ne put plus rien refuser. Le fiancé étant le fils du chef de village, elle craignait que son opposition n'entraîne quelque résultat néfaste. La famille de Keisuke Kôsaka exerçait les fonctions de chef de village de génération en génération, mais depuis le nouveau découpage administratif en villes et villages, ce système héréditaire tremblait sur ses bases. Le chef de famille actuel n'exerçait plus vraiment les fonctions de chef de village. Il était simplement le plus gros propriétaire terrien, et le maire, nommé par l'administration, ne pouvait prendre aucune décision sans avoir d'abord observé ses réactions. Mais à la génération suivante, celle de Keisuke, nul ne pouvait dire comment les choses évolueraient. Par respect pour le père de Keisuke, que tout le monde appelait « monsieur le chef de village », personne n'osait dire du mal de son fils, mais bien que ce dernier fut allé à l'université à Tôkyô, personne n'était tenté pour autant de le respecter. Keisuke en était-il conscient ? Toujours est-il qu'il ne se montrait guère. Il vivait tranquillement auprès de la femme que ses parents lui avaient choisie, fumant des cigarettes, les yeux dans le vague, ou lisant des magazines, et occupait officiellement un poste de secrétaire à la mairie, où personne ne l'avait jamais vu.

Mais Ikuyo ne semblait guère se soucier des possibilités de carrière de Keisuke, car le jour où Tsuna la questionna pour savoir comment lui était venue cette idée de l'épouser, sa réponse fut claire :

— Il connaît Tôkyô.

C'était peut-être tout ce qu'elle savait de la vie de Keisuke, mais quand bien même, elle paraissait prête à l'épouser sans regret, même s'il n'était qu'un bon à rien avec l'unique mérite d'avoir vécu à Tôkyô. Cette repartie pourrait donner à croire qu'Ikuyo était intéressée, aussi faut-il préciser que Tsuna avait acculé sa fille à cette confession. Car Ikuyo avait d'abord répondu ceci à sa mère :

— Keisuke a été le seul à me proposer le mariage, alors que je me languissais toute seule à la maison. A part ça, je ne sais pas.

Tsuna avait cru sa fille heureuse et satisfaite du moment qu'elle pouvait se coudre tous les kimonos qu'elle voulait, et elle s'était profondément trompée. Comment avait-elle pu croire qu'un bel oiseau pourvu d'ailes pour voler dans l'azur pouvait rester immobile sur une branche ? L'oiseau s'envole un jour ou l'autre…

De cette période, en dehors du beau visage de sa mère derrière un écran de fumée d'encens, la petite Tomoko devait garder le souvenir des criailleries de sa grand-mère à propos du mariage. Cette dernière déversa en effet sans aucune retenue devant sa petite-fille toute l'amertume qu'elle ne pouvait exprimer devant Shinya ou les gens du village. « Ma pauvre petite », disait-elle chaque fois qu'elle la voyait, sans retenir ses larmes. La petite Tomoko elle-même se rendait bien compte que Tsuna ne plaignait pas vraiment le sort de sa petite-fille, mais qu'il s'agissait avant tout d'une projection de son propre malheur et de sa rancœur envers Ikuyo.

Tsuna, d'ordinaire si soigneuse, gardait glissée dans l'échancrure de son kimono une vieille serviette tout effilochée qui devint vite couleur de cendres, dont elle se servait pour essuyer ses yeux quand elle pleurait, ou se moucher tandis qu'elle débitait ses plaintes. Ses sanglots, d'une violence incomparable avec les larmes bien naturelles que peut verser une mère au mariage de sa fille, en devenaient presque obscènes.

— Tomo-chan, ta mère va nous quitter, tu sais, geignait-elle en reniflant, une main posée sur la tête de Tomoko, insistant lourdement sur cet abandon. Oui, elle s'en va en laissant ici sa vieille mère !

Il semblait à Tomoko que la pesante rancune de sa grand-mère s'infiltrait dans son corps enfantin, pénétrant par le haut de sa tête. Les mots avaient un écho étrangement pitoyable, du fait que Tsuna était loin d'être aussi vieille qu'elle le disait. Ces mots laissaient clairement transparaître que tout en prétendant plaindre Tomoko, elle ne se souciait en fait que de son propre abandon par sa fille. Tsuna assénait à sa petite-fille, encore trop jeune pour le comprendre, tout le poids de son propre chagrin, et Tomoko contemplait avec surprise le visage bouffi et fripé par les larmes de sa grand-mère, qui la faisait paraître aussi vieille qu'elle disait l'être. Elle avait déjà commencé à observer le monde des adultes, et se demandait pourquoi le mariage de sa fille causait un tel choc à une mère. Elle ne s'était pas profondément interrogée sur les implications du mariage de sa propre mère, mais en voyant sa grand-mère pleurer et gémir de la sorte, son âme enfantine saisissait intuitivement que l'attitude de sa mère n'était pas très maternelle. Pareille compréhension des choses chez une fillette de six ans à peine venait sans doute, plutôt que de la précocité de son intelligence, de son environnement : Tsuna, perdant tout contrôle d'elle-même, déclarait ouvertement qu'Ikuyo n'avait aucune qualité maternelle.

— Tomo-chan, tu sais, ton grand-oncle Shinya, il est venu te chercher l'autre jour. Il voulait t'enlever à ta vieille grand-mère. Et Ikuyo, elle le sait bien, mais ça ne l'empêche pas de quitter la maison pour se marier ! Bien que ton père ait vécu ici, dans ma maison, Ikuyo refuse d'écouter sa mère. Cette fille indigne, la voilà prête à quitter la maison de sa mère ! Maintenant que son mari est mort, elle s'en moque bien, de sa mère ! Elle ne pense qu'à son propre bonheur. Fille indigne ! Fille indigne !

« Fille indigne » : ces mots aux relents de haine et de rancune s'imprimaient profondément dans l'esprit de Tomoko, et ne devaient plus s'effacer de sa vie. Son âme enfantine se demandait quel horrible péché recouvraient les mots crachés par sa grand-mère. Elle l'interrompit, mue davantage par le désir d'arrêter ce flot d'injures que par celui de la consoler.

— Ne pleure pas, grand-mère, je suis là, moi.

Tsuna se mit à sangloter plus fort encore, puis quand elle eut pleuré tout son soûl, son humeur parut enfin s'éclaircir, et elle commença à s'inquiéter de la tenue que Tomoko porterait au mariage de sa mère.

— Ikuyo sera sur son trente et un, toi aussi tu dois l'être. Je te mettrai du rouge à lèvres et de la poudre pour rappeler un peu à ta mère qu'elle a une fille. Tu as vraiment le nez de ton père, Tomoko !

Le jour du mariage, Tsuna s'occupa exclusivement de sa petite-fille, à seule fin d'agacer Ikuyo. Tomoko fut maquillée par sa grand-mère comme pour la fête des petites filles : épaisse couche de poudre blanche, rouge à lèvres écarlate. L'épais maquillage faisait ressortir encore davantage les grands yeux brillants de la fillette, et en la voyant ainsi, tout le monde se récria d'admiration :

— Oh, comme elle est mignonne ! Une vraie poupée !

— Elle est ravissante dans ce kimono ! Qui est-ce qui t'a habillée aussi joliment ? Ah, c'est ta grand-mère ! Oui, oui !

Les compliments faits à Tomoko contenaient des insinuations malveillantes pour la mariée. Certains hochèrent la tête en murmurant qu'elle ressemblait vraiment à son père Seikichi. Le kimono aux couleurs vives que

Tsuna était allée acheter exprès en ville dans un grand magasin spécialisé était orné d'un motif de fleurs de prunier disséminées sur un fond vert pâle. Sa large ceinture nouée haut sous la poitrine, Tomoko se tenait sagement assise, bien droite, les deux mains posées sur les genoux. Tous ceux qui s'approchaient d'elle lui faisaient des compliments sur son kimono, dont ils touchaient le bout des manches, mais là encore, seule leur malveillance à l'égard de la mariée les motivait.

Seuls les parents les plus proches des familles Sunaga et Kôsaka eurent l'occasion de voir de près le fameux kimono blanc qui défrayait la chronique. La cérémonie eut lieu en plein midi, mais la pièce réservée à l'autel bouddhiste, située au fond de la demeure du chef de village, loin de la véranda, était une pièce sombre et humide où le soleil ne pénétrait jamais. Dans cette pénombre, Ikuyo, toute de satin blanc vêtue, semblait aussi déplacée qu'une princesse apparaissant soudain dans une masure. Ce qui stupéfia le plus l'assistance fut le visage de la mariée, littéralement à nu, sans le traditionnel bandeau de coton qui orne le front des mariées. L'oncle Shinya, assis à côté de Tsuna, s'exclama à voix haute :

— Mais qu'a-t-elle fait de sa coiffe de mariée ?

Brûlante de honte, Tsuna répondit :

— Moi, je ne savais rien de tout ça !

— Tu ne savais rien de la tenue de mariage de ta propre fille ? Eh bien, dire que j'aurai dû attendre l'âge que j'ai aujourd'hui pour voir une mariée sans coiffe !

La lecture des soûtras commença. Les époux en étaient tous deux à leur second mariage, aussi fut-ce avec un calme d'acteur chevronné qu'ils joignirent les mains devant l'autel. Ni les remous dans l'assistance, ni la réflexion de l'oncle Shinya n'avaient pu échapper à Ikuyo, cependant sa silhouette vue de dos, d'un calme olympien, continuait à ignorer royalement tout le monde. A Tôkyô, plus aucune mariée ne portait de bandeau de coton. Elle avait vaguement confiance en la compréhension de Keisuke sur ce point. Pour la première fois, elle cherchait intérieurement l'appui de cet homme qui allait devenir son mari.

Même à la sortie du banquet, les commentaires sur cet événement étaient encore sur toutes les langues.

— En voilà une mariée, qui ne porte même pas de coiffe ! murmurait-on de toutes parts.

— Oui, mais dites, c'est son deuxième mariage !

— Elle s'est mariée deux fois en blanc ?

— Ah, oui, ça c'est bizarre, porter du blanc à son second mariage !

C'étaient également les secondes noces du fils du notable, aussi la cérémonie avait-elle été simplifiée. La coutume voulait que les invités soient divisés en deux, les hommes reçus d'abord, puis les femmes, mais cette fois hommes et femmes avaient été invités ensemble, et du côté du chef de village, on n'avait fait venir que quelques geishas de la ville pour animer le banquet, et réduit les convives au cercle de famille et aux gens du village. Ikuyo n'avait pas le même rang social que la famille du marié, et les deux époux avaient déjà des enfants d'un précédent mariage, aussi cette sobriété paraissait-elle normale. Nul n'eût songé à leur reprocher la simplicité des festivités, n'était le costume d'Ikuyo, beaucoup trop voyant pour cette cérémonie toute simple. Tous les convives en faisaient des gorges chaudes. Son kimono blanc était trop voyant pour l'occasion, et de surcroît elle exhibait sans honte aucune un visage soigneusement maquillé, mais qu'aucun bandeau ne recouvrait. Quand elle changea son kimono de cérémonie pour un somptueux kimono à manches traînantes, même Tsuna en resta bouche bée : seules les toutes jeunes filles portaient pareils kimonos à manches traînantes.

Tomoko contemplait fixement de loin, sans un battement de cils, la magnifique silhouette de sa mère. Depuis qu'elle avait vu Ikuyo s'agenouiller devant l'autel dans son kimono blanc, elle n'avait plus prêté attention à rien de ce qui se disait autour d'elle. Même les compliments qui lui étaient destinés – « Oh, la jolie petite poupée ! » –

lui paraissaient s'adresser à sa mère, dont l'épais maquillage accentuait encore la régularité des traits. Plus beaux que tout étaient ses yeux largement fendus en amande avec leurs pupilles noires et humides. Ses yeux à l'éclat de laque noire, d'une beauté d'un autre monde, fixaient sans ciller un point dans l'espace. Les invités avaient commencé à s'avancer vers Keisuke pour le féliciter, mais Ikuyo ne paraissait pas troublée le moins du monde par leur présence. Chaque fois que les gens s'asseyaient ou se levaient devant elle, ses pupilles distillaient un éclat plus vif encore. Dans son visage inexpressif apparut uniquement à ce moment une arrogance qui éveilla l'antipathie des invités, tandis qu'elle rendait plus violente encore l'adoration de Tomoko pour sa mère. Etait-il possible que cette femme si belle fût celle qui l'avait mise au monde ?

L'image de sa mère faisant brûler de l'encens quelques jours plus tôt pour parfumer les vêtements qu'elle portait aujourd'hui, se superposa un instant à la magnifique toilette de la mariée. La vapeur blanche de l'encens s'éleva à nouveau, enveloppant les cheveux coiffés en un gros chignon, les sourcils joliment dessinés, les lèvres écarlates. Les yeux luisants jetaient de temps à autre un regard de dégoût sur la foule des invités, puis se fermaient langoureusement à demi. Etait-ce là la silhouette d'une « fille indigne » ? se demandait Tomoko en regardant son énigmatique mère, aussi belle que la déesse Kannon [1] des légendes que sa grand-mère lui lisait le soir. Comment cette mère si belle pouvait-elle en même temps faire souffrir à ce point sa grand-mère ? Tomoko ne pouvait le comprendre.

Juste après la cérémonie bouddhiste, il y avait eu un échange de coupes de saké juste pour la famille, et Tomoko se rappelait avoir bu avec Keisuke une coupe scellant leur nouveau lien de père à enfant. C'était la première fois

1. Divinité bouddhique, bodhisattva de la Compassion.

qu'elle respirait l'odeur du saké, la première fois qu'elle en buvait, mais elle le fit avec un air imperturbable qui étonna les adultes. On ne lui en avait bien entendu servi qu'une infime quantité, mais elle la sentit réchauffer son corps. Une fois retournée à sa place au banquet, la chaleur de l'alcool lui était montée à la tête, peut-être était-ce là ce qui lui troublait l'esprit maintenant.

Derrière la fumée d'encens, Ikuyo paraissait parfois regarder au loin d'un air soucieux. Dans ces moments-là, ses yeux s'embuaient, elle semblait vouloir dire quelque chose. Tomoko attendait en espérant que ce regard lui était destiné. Elle était sûre que si le regard de sa mère rencontrait le sien, elle comprendrait ce qu'elle voulait dire. Elle vit alors les trois enfants de la première femme de Keisuke la regarder intensément de l'autre côté de la pièce, et pour les écarter de ses pensées, elle se remémora la poupée qu'elle avait laissée à la maison et qui devait dormir, bien tranquille, dans le splendide ensemble de lit qu'elle lui avait fabriqué.

Tomoko contempla à nouveau sa mère dans ses magnifiques atours. Elle voulait comprendre à coup sûr ce que sa mère voulait lui dire, car c'étaient les paroles d'adieu adressées à sa fille unique par une mère qui se remariait.

Ce regard qu'elle espérait tant ne se tourna vers elle qu'un bref instant. Puis, avec un léger sourire et un petit hochement de tête, Ikuyo se leva. Tandis qu'elle se levait pour changer une troisième fois de costume, laissant l'assistance stupéfaite, les longues manches mauves et rouges où dansaient des phénix parurent à Tomoko d'une longueur démesurée. Longtemps après que sa mère eut disparu de la table du banquet, il lui sembla voir ses manches traîner encore dans son sillage. Avait-elle souri à sa fille, aux gens qui l'invitaient à changer de costume, ou bien au plaisir anticipé de montrer un nouveau kimono, personne ne le sut, et Tomoko elle-même ne pouvait avoir la certitude que ce sourire lui était réellement adressé, mais il la marqua plus sûrement encore qu'un sentiment de frustration. Dans son cœur d'enfant s'imprimait profondément la certitude que sa mère était aussi lointaine qu'elle pouvait l'être, mais qu'elle se souciait tout de même d'elle, ce qui la lui rendait en même temps plus proche que jamais.

II

La maison du chef de village était située à l'extrémité ouest du village. La vieille et imposante demeure était entourée sur toute sa circonférence de murs d'argile bas et épais. En prenant droit vers l'ouest à partir de la maison de Tomoko, au centre du village de Nishinoshô, on tombait en plein sur elle. Le mur d'enceinte couvert d'un toit de tuiles était bien trop haut pour Tomoko, qui venait d'entamer sa deuxième année de cours élémentaire. Même sur la pointe des pieds, en tendant les deux bras vers le haut, elle serait à peine arrivée à toucher les tuiles. Elle n'essaya pas, cependant, de se mesurer au mur d'enceinte : ses deux mains étaient occupées à tresser de la paille.

En coupant des brins de paille fraîche de vingt-cinq centimètres de long et les assemblant trois par trois, puis les tordant un par un vers le bas, elle tressait un joli petit panier, hexagonal, au fond pointu. La paille du blé fauché récemment avait un lustre couleur caramel. La saison des pluies n'avait pas encore commencé, mais après une longue averse, les nuages s'étaient soudain dissipés et des rayons de soleil estival baignaient les poignets de Tomoko. Pendant qu'elle maniait les brins de paille, le petit panier brillait comme de l'or. Tout en se concentrant sur le bout de ses doigts, la fillette avançait lentement le long du muret d'argile.

Le portail noir de la maison du notable était comme d'habitude fermé à double tour. Tomoko ne l'avait vu ouvert que deux fois dans sa vie : le jour du mariage de sa mère, et l'année précédente, le troisième jour des festivités du jour de l'an. Naturellement, la porte de la maison Kôsaka devait s'ouvrir plus fréquemment, mais cela faisait peu de temps que Tomoko venait jusque-là en visite, et elle ne se rappelait que ces deux occasions.

A côté du portail principal se trouvait une porte basse. Le personnel de la maison entrait et sortait par une porte de service à l'arrière de la maison, mais Tomoko n'eut pas besoin de faire le tour par là. Serrant précieusement sur son cœur le panier grand comme sa paume qu'elle avait fini de confectionner, et courbant encore davantage sa taille menue, elle se faufila sous la petite porte :

— Ah, Tomo-chan !

— Voilà Tomo-chan !

Les enfants qui jouaient dans le jardin accouraient vers elle. C'étaient les beaux-enfants de sa mère : un petit garçon de six ans, et une fillette de quatre. Tous deux avaient malgré la douceur de la journée un long filet de morve qui leur coulait du nez. Dès qu'elle s'en fut aperçue, Tomoko tira de l'échancrure de son kimono un papier avec lequel elle les moucha. Sans protester le moins du monde, les deux enfants levèrent le visage vers elle et se laissèrent faire.

— C'est toi qui as fait ce panier, Tomo-chan ?

— Mmh. Je pensais qu'on pourrait cueillir des prunelles.

— Oui, oui, des prunelles !

La vaste cour de terre séchée par le soleil après la pluie n'avait guère de charme. Quand on la traversait pour sortir de l'autre côté de la haie de broussailles, on se trouvait soudain dans un jardin d'agrément, orné de rochers et d'arbustes, fierté de la famille depuis plusieurs générations. Tout en veillant à ne pas marcher sur la terre ni sur la mousse du jardin avec ses socques de bois, Tomoko avançait sur le chemin dallé, d'un pas mal assuré à cause des deux enfants accrochés comme des chiots à chacune de ses manches. Le père de ces enfants était plutôt grand, ainsi que leur défunte mère, si bien qu'ils étaient tous deux assez élancés. Avec entre eux la menue Tomoko, trop petite pour son âge, la scène était plutôt comique. Tout en chancelant, Tomoko avait passé la main autour du dos de la fillette, comme pour la protéger. Son autre main serrait précieusement le petit panier doré.

Le prunellier, aux fleurs immaculées en ce début de printemps, se trouvait dans un coin du jardin d'agrément. Le tronc et les branches taillés assez court s'enroulaient autour d'un arbre à feuilles persistantes. Les trois enfants passèrent sous les branches d'un pin formant un buisson massif. Dans ce coin-là, la terre était sèche et dépourvue de mousse, aussi n'avaient-ils plus besoin de faire attention à l'endroit où ils mettaient les pieds. Sans doute à cause des gouttes de pluie restées accrochées aux aiguilles de pin, le coton blanc du kimono de Tomoko brillait de rosée sur les épaules. Le coton tissé à la main n'absorbait pas les gouttes d'eau.

— Oh, regardez, il y en a plein ! s'exclama Tomoko. Les branches du prunellier cachées dans l'épaisseur des buissons étaient lourdement chargées de baies.

— Oui, il y en a plein ! dit fièrement le petit garçon.

— Tomo-chan, emmène-en chez toi aussi ! fit gentiment la fillette.

Tomoko posa doucement le petit panier dans la paume de la fillette, et leva les deux mains pour commencer la cueillette. Elle posait sa main autour d'une branche chargée de fruits et, remuant légèrement les cinq doigts, faisait rouler dans le creux de sa paume les baies mûres et violettes, tandis que les fruits encore verts restaient accrochés à la branche. Le panier fut bientôt plein, et le garçonnet et la fillette emplirent également leurs paumes de petites baies luisantes. Les trois enfants étaient ravis de leur cueillette. Même Tomoko qui avait fait si attention à ne pas marcher sur la mousse à l'aller, l'oublia complètement au retour, et faillit tomber à cause d'une branche accrochée à ses vêtements. Quelques baies bleues roulèrent sur la mousse, et les enfants se battirent en riant pour les ramasser.

Sautant d'une pierre à l'autre sans s'attendre sur le chemin dallé, les enfants se trompèrent de direction et arrivèrent devant la véranda donnant sur le salon de la maison.

— Les fruits durs sont acides, il ne faut pas les manger, dit Tomoko en s'asseyant avec eux au bord de la véranda.

Elle choisit quatre ou cinq baies dans la main de la petite fille et les aligna sur lc bord de la pièce à côté des persiennes. Voyant cela, le petit garçon déclara :

— Moi, je sais compter ! et alignant à son tour des fruits sur les nattes, il se mit à les compter d'une voix énergique, mais arrivé à treize, il s'arrêta net. Tomoko l'aida à voix basse :

— Quatorze, quinze, seize...

Jalouse de l'attention portée à son frère, la fillette vint poser sa tête sur les genoux de Tomoko.

Les fruits minuscules donnaient un jus âpre et doux quand on les écrasait dans la bouche. Le goût, moins fort que celui des pêches sauvages, n'était pas franchement délicieux. Ces baies étaient plus agréables à regarder qu'à manger, si bien que finalement, debout sur la véranda, tous trois se mirent à jouer aux billes avec.

Une voix glaciale au-dessus d'eux les surprit.

— Qu'est-ce que vous faites ?

Debout devant eux, Ikuyo les regardait.

— On s'amuse, répondit niaisement Tomoko d'un air craintif, mue par un instinct de protection.

— Allez vous amuser dans le jardin, alors, répondit sèchement Ikuyo, jetant à sa fille le même regard qu'à ses enfants adoptifs, dans l'intention de les chasser. Elle avait une ligne blême au-dessus des sourcils, les joues creusées : en un mois, ses traits s'étaient accusés à la rendre méconnaissable. Chose rare chez elle, elle portait un kimono rayé négligemment ajusté sur le devant, et paraissait mal à l'aise debout.

Les trois enfants commencèrent à ranger leurs prunelles en silence. Le petit garçon écrasait de temps en temps sur le bord de la véranda un fruit violet, sous son pouce aux ongles sales.

— Ikuyo, Ikuyo !

La voix de Keisuke, d'abord lointaine, se rapprochait rapidement.

— Ikuyo, où es-tu ?

Ikuyo fronça les sourcils, et, tournant le dos aux enfants, ouvrit la cloison coulissante en direction de la voix, puis disparut derrière en la refermant d'un coup sec. On n'entendit plus la voix de Keisuke.

Le petit garçon, les épaules boudeuses, s'en alla en donnant des coups de pied dans les cailloux du jardin, suivi de sa sœur et de Tomoko, tenant d'un air découragé son panier de baies. Une fois dans la cour déserte, qui jusque-là leur avait paru sans charme, tous trois se sentirent soudain soulagés.

— Tomo-chan, tu t'en vas déjà ?

Le garçonnet, surpris, apostrophait Tomoko qui, son panier à la main, se dirigeait vers le portail. Elle se retourna pour hocher la tête, le visage blême, et sans s'arrêter, se faufila sous la petite porte pour sortir.

— Non, viens jouer encore !

— Tomo-chan !

Mais Tomoko se hâtait déjà sur l'unique chemin du village, en direction de sa maison. Contrairement à ses jambes qui avançaient rapidement, son esprit était tout embrumé. Ikuyo était la belle-mère des enfants avec qui elle jouait tout à l'heure, et était censée être la mère qui l'avait mise au monde, pourtant, son expression glaciale de tout à l'heure était à cent lieues de celle d'une mère. Même avant de se remarier, Ikuyo n'avait jamais manifesté la moindre tendresse envers sa fille, en la prenant sur ses genoux par exemple, mais cela, Tomoko l'avait complètement oublié. Ce qui préoccupait Tomoko davantage que cette triste constatation, cependant, c'était l'image qu'offrait maintenant Ikuyo, sensiblement éloignée de la jolie maman de son souvenir. Des mèches folles s'échappaient de son chignon, son maquillage était peu soigné et, plus que tout, sa tenue négligée. Avec son kimono serré n'importe comment à la taille, Ikuyo avait l'air mal fagoté d'une servante d'âge moyen, pleine d'embonpoint. Ce changement d'apparence chez sa mère blessait l'adoration que lui vouait Tomoko.

De retour à la maison Sunaga, elle trouva Tsuna occupée à se noircir les dents sur la véranda. Elle tournait une houppette au bout d'un bâton dans un pot, puis, tournée vers le soleil, dénudait ses dents dans un rictus, et les frottait soigneusement. Le liquide noirâtre dont elle barbouillait ses dents de devant délabrées, ne tarda pas à briller d'un bel éclat noir. Même en apercevant Tomoko qui rentrait, Tsuna n'interrompit pas sa tâche. Quand elle eut fini, elle demanda enfin à sa petite-fille, tout en examinant son œuvre dans un petit miroir :

— Tomo-chan, où étais-tu ?

— Bonsoir, grand-mère !

Sur ce salut évasif, Tomoko passa devant sa grand-mère et entra dans la maison.

La petite pièce de six nattes à côté de celle réservée à l'autel, qui constituait autrefois la chambre d'Ikuyo, était devenue le bureau de Tomoko depuis qu'elle allait à l'école. Sans même prendre un coussin, Tomoko s'assit devant la petite table à écrire, cadeau de mariage de sa grand-mère, aux coins de laque rouge tout écaillés par le temps, et posa dessus son petit panier plein de prunelles. Oubliant l'émotion ressentie un instant plus tôt en rencontrant sa mère, elle s'activa pour dénouer les coins d'un paquet enveloppé dans un tissu posé sur la table, et en sortit son ardoise. Chaque après-midi, avant le coucher du soleil, Tomoko, qui était excellente élève, faisait ses devoirs et ses révisions.

Ouvrant le livre de lecture acheté au printemps, elle traça soigneusement sur son ardoise les idéogrammes appris le jour même à l'école. En s'appliquant, elle écrivit cinq par cinq, en traçant bien les traits dans l'ordre, les caractères qu'elle connaissait déjà, puis compara ce qu'elle venait de faire au modèle du livre, vérifia qu'elle n'avait pas fait de faute puis effaça sans l'ombre d'un regret les caractères à l'aide d'un petit chiffon de flanelle.

Mais au bout d'un moment, au lieu de retracer les caractères du livre, sa craie s'était mise à reproduire sur l'ardoise, répétés d'innombrables fois, les traits du caractère composant le mot « maman ». Elle avait beau l'écrire, la forme ne lui plaisait pas. Ce caractère aux lignes carrées ne parvenait décidément pas à évoquer sa mère. En colère, elle essaya plusieurs écritures différentes, tenta de calligraphier « maman » en traits longs et fins, puis en écriture penchée, mais sa main d'enfant ne pouvait varier suffisamment la calligraphie pour donner au caractère une expression vraiment différente. Finalement, elle effaça tout d'un coup de chiffon rageur, et écrivit à nouveau le mot « maman », en écriture phonétique cette fois, puis, se lassant, elle quitta la table à écrire. Le soir tombait. L'heure d'allumer les lampes approchait. La seule tâche domestique qui revenait à Tomoko dans cette maison était de nettoyer les globes des lampes.

Elle sortit un escabeau de la remise, enleva le globe de la lampe de sa chambre, et, le tenant serré contre elle, passa par la chambre de sa grand-mère pour se rendre sur la véranda, où Tsuna se laquait les dents un instant plus tôt : c'était également là que Tomoko s'installait pour nettoyer les lampes. Elle trouva un visiteur inopportun sur les lieux.

Son grand-oncle Shinya Sunaga bavardait tout en aspirant son thé à grand bruit, et Tsuna avait l'air de se forcer à écouter sa conversation. Ses outils à laquer étaient encore posés derrière elle. L'oncle Shinya avait dû arriver avant qu'elle ait fini de les ranger, et la prendre au dépourvu.

— Ce n'est pas la peine de réfléchir, allez. Dans la vie il y a des moments où on a beau se débattre, ça ne sert à rien, et d'autres où les choses se déroulent toutes seules sans qu'on ait à se faire de souci.

— Vous avez raison.

— De toutes façons, chez eux non plus il n'y a plus d'homme, hein, belle-sœur ? Ah, quand il n'y a pas d'homme à la maison, une famille n'a plus d'autorité.

— …

— Mais tout le monde sait que tu es têtue, c'est pour ça qu'ils m'ont demandé de faire l'intermédiaire.

Cette fois, Tsuna, réellement fâchée, ne fit même pas mine de répondre. Cela faisait plusieurs années déjà, depuis la mort de son mari, qu'elle ne savait plus comment repousser son beau-frère qui persistait à lui rendre visite bien qu'il n'ait rien à faire chez elle. Il venait une à deux fois par mois sans prévenir, comme en passant, regardait Tsuna en souriant malgré son accueil peu amène, et lui débitait quelques réflexions sarcastiques avant de repartir. A peine était-il venu la voir pour lui dire que la famille Tazawa réclamait Tomoko, qu'il revenait déclarer qu'il ne fallait pas laisser partir l'enfant chez les Tazawa où elle serait malheureuse. Tout cela avait pour seul résultat d'irriter Tsuna, car jamais les Tazawa ne lui avaient fait de proposition directe.

— A propos, Ikuyo attend un heureux événement.

— Eeeh, Ikuyo ?

— D'ici la fin de l'année, elle aura un petit bébé, paraît-il. C'est tard mais enfin, ce n'est pas trop tôt ! Il paraît que Keisuke ne la quitte plus d'une semelle, cela n'a rien d'étonnant !

— …

— Elle n'est donc pas venue te le dire ? Voilà qui est étrange !

Satisfait de l'expression qu'il voyait sur le visage de Tsuna, Shinya se leva. Il avait alors plus de soixante ans, et était aussi maigre qu'un homme peut l'être. Il sortit du jardin et partit droit devant lui, laissant traîner bruyamment ses socques de bois, si grandes qu'elles paraissaient mal assorties à son corps.

Tsuna le suivit du regard d'un air hébété, puis, reprenant ses esprits, commença à ranger ses ustensiles, et se retourna soudain :

— Ah, Tomoko, tu étais là ? Qu'est-ce que tu fais ?

— Je voulais nettoyer le globe de ma lampe, mais il est trop sale. J'arrête pour aujourd'hui.

La lampe dans les bras, elle regagna sa chambre. Elle n'avait pas eu l'intention d'écouter aux portes, mais comme son grand-oncle, dur d'oreille, parlait toujours très fort, elle avait malgré elle entendu la conversation. « Ikuyo attend un heureux événement. D'ici la fin de l'année, elle aura un petit bébé… »

Dans la chambre où subsistait une faible clarté, les lettres tracées sur l'ardoise se détachaient stupidement en blanc. Par habitude, Tomoko prit son chiffon et les effaça soigneusement une à une. M-A-M-A-N… Maman attend un bébé ! Son esprit enfantin avait bien du mal à concevoir l'idée d'un demi-frère ou d'une demi-sœur, mais elle avait à n'en pas douter ressenti un choc violent au fond d'elle-même. Tsuna lui avait interdit depuis longtemps d'évoquer Ikuyo devant elle, aussi Tomoko ne lui avait-elle jamais dit qu'elle allait parfois jouer à la maison du notable l'après-midi, sans que cela lui laisse un poids sur la conscience. Cette fois, cependant, elle avait envie de parler de la grossesse de sa mère avec Tsuna. Tomoko adorait les enfants et quand une nouvelle naissance se produisait chez des voisins, elle s'en réjouissait autant que s'il s'était agi de sa propre famille, mais cette fois, elle éprouvait des sentiments étrangement confus : une joie immense à l'idée de cette petite vie nouvelle, et en même temps une tristesse sans nom. Elle avait le violent pressentiment que sa mère, déjà si lointaine, allait s'éloigner encore, jusqu'à devenir totalement inaccessible.

Elle prenait chaque jour un bain avec sa grand-mère, qui la frottait des pieds à la tête, mais ce soir-là, celle-ci l'envoya se laver toute seule. Prétextant un rhume, elle fit préparer son lit par la servante et se coucha aussitôt, tandis que Hachirô, le jeune domestique, vérifiait si le bain de Tomoko était assez chaud.

— Jeune maîtresse, est-ce que ça va ? lui cria-t-il de l'autre côté du fourneau, mais Tomoko, sans commenter la température de l'eau, répondit :

— Ne m'appelle pas jeune maîtresse, mais maîtresse tout court.

— Je ne peux pas.

— Pourquoi donc ?

— Il y a quelqu'un d'autre avant vous que j'appelais comme ça.

— Et qui ça ?

Dans son baquet, Tomoko attendait la réponse, le cœur battant.

— Votre mère, jeune maîtresse.

Tomoko, qui continuait à se frotter le corps avec un sachet empli de son de riz, resta silencieuse un moment. Elle savait que Hachirô était toujours accroupi devant le fourneau.

— Jeune maîtresse…

— Oui ?

— Vous avez vu votre maman aujourd'hui ?

— …

— Ces temps-ci, on ne la voit plus sortir de chez elle. Je me demande si elle n'est pas malade.

Tomoko s'aspergea d'eau brûlante, puis déclara au jeune homme, qui avait bien une dizaine d'années de plus qu'elle :

— Maman va avoir un bébé.

Les mots à peine prononcés, elle se sentit soulagée.

— Eeeh ?

Surpris, Hachirô se mit à ajouter du bois dans le fourneau sans piper mot.

— Hachirô !

— Oui ?

— C'est trop chaud, ça brûle !

Hachirô avait continué à activer le feu sans relâche, jusqu'au moment où Tomoko poussa cette plainte.

Dans la chambre de dix nattes, deux matelas étaient préparés côte à côte. Tsuna, allongée sur le plus grand, ne trouvait sans doute pas le sommeil, car elle gardait les yeux grands ouverts sur le vide, et n'avait pas même baissé la mèche de sa lampe de chevet.

— Grand-mère ! murmura Tomoko, Hachirô a presque fait bouillir l'eau du bain, j'ai failli me brûler !

— Ah bon ?

Le manque d'intérêt de sa grand-mère pour ce qu'elle lui racontait inquiéta Tomoko.

— Grand-mère, tu ne te sens pas bien ?

— J'ai mal au ventre.

— Tu veux le remède miraculeux ?

— Pas la peine, ce n'est pas mon mal de ventre habituel.

Elle n'avait pas eu ses règles depuis six mois, mais cette fois les menstrues s'écoulaient de son bas-ventre comme si tout le sang accumulé pendant six mois était expulsé d'un coup. Elle avait de temps à autre des maux de ventre ou des migraines qui la laissaient pantelante, mais elle ne pouvait naturellement espérer être guérie par le remède que Tomoko lui avait proposé, une panacée que l'on disait préparée par le grand saint Kôbô-Daishi en personne. Tsuna avait entendu parler de la ménopause, mais elle comprenait maintenant toute la violence du phénomène à partir de sa propre expérience. Quand elle ouvrait les yeux, sa vue se voilait, quand elle marchait, elle avait mal dans tout le corps. Cela faisait quatre ou cinq jours que duraient ces douleurs lancinantes, et elle avait essayé de se changer les idées en s'installant au soleil pour se laquer les dents, mais la visite de Shinya avait réduit à néant tout le bénéfice de cette distraction. Posant sa tempe sur le dur oreiller de porcelaine qu'elle aimait à utiliser, la veuve ruminait sa conversation avec son beau-frère. Il lui avait raconté à quel point Ikuyo était mal acceptée par sa belle-famille. Tout le monde l'avait d'ailleurs prévu, et Tsuna la première en était convaincue d'avance. Elle était même disposée à accueillir sa fille si celle-ci, ne pouvant plus supporter sa mésentente avec sa belle-mère, décidait de revenir à la maison. Shinya lui avait raconté une kyrielle d'incidents survenus là-bas, ajoutant comment, chaque fois, Keisuke avait intercédé en sa faveur. Cet homme était d'une balourdise avec sa femme à en être écœuré. Tsuna voyait tous ses espoirs trahis un à un. Au départ, son refus du mariage de sa fille ne venait certes pas d'un cœur de mère, mais maintenant, penser à sa fille suscitait une sorte de folie en elle. Elle ne pouvait supporter de voir la fille qui l'avait abandonnée vivre à un jet de pierres de chez elle. Il lui arrivait même de souhaiter qu'elle déménage vers un lieu qui lui soit inaccessible. Ikuyo, si proche, ne lui donnait aucune nouvelle. Peut-être le faisait-elle exprès, par rancune, mais jamais elle ne lui faisait parvenir le moindre mot par l'intermédiaire de quelqu'un, pas même un petit compliment d'usage aux changements de saison. Tsuna allait jusqu'à se demander avec un malin plaisir comment Ikuyo, incapable du moindre geste envers sa propre mère, pourrait passer une vie entière au milieu des pesantes traditions d'une maison de notable. Mais seul l'espoir de voir sa fille revenir chez elle lui dictait ces pensées. Son amour mêlé de haine envers sa fille unique allait s'approfondissant, tordant son corps de douleur. Le bout de ses doigts posés de part et d'autre de son ventre pour essayer de contenir la douleur lancinante, Tsuna songeait à la grossesse d'Ikuyo.

La nouvelle que son deuxième petit-enfant allait voir le jour avait fait naître en elle un étrange désespoir. Elle était incapable de penser que l'enfant, qui allait naître chez les Kôsaka, aurait le moindre lien de sang avec elle. La seule qui avait le même sang qu'elle, c'était Ikuyo. Même pour Tomoko, endormie à ses côtés, dont elle entendait la calme respiration, ce n'était qu'en perdant Ikuyo qu'elle avait commencé à prendre conscience de leur lien de sang.

— Fille indigne !…

Elle se sentit dépitée de ne rien trouver d'autre. Elle aurait voulu abreuver d'injures sa fille enceinte. Elle finit par se persuader que tous ses désagréments, jusqu'à ce flot de sang s'écoulant de son bas-ventre, jusqu'à cette douleur pénétrant les moindres fibres de son corps, tout était dû à Ikuyo, à son manque de piété filiale.

Sa métamorphose physique avait également causé une métamorphose mentale.

— Fille indigne…, gémissait-elle en mordant le bord de sa couette. Elle ne comprenait pas elle-même pourquoi elle haïssait tant Ikuyo. Une odeur écœurante de sang montait de dessous la couette. Même son odorat ne lui apportait que des sensations de dégoût. Frottant son menton sur le rabat de la couette, elle essaya d'échapper à l'odeur de son propre corps : un air chaud et plein d'humidité lui assaillit le visage. Depuis minuit, il s'était remis à pleuvoir.

Apparemment, la saison des pluies avait bel et bien commencé : tandis qu'au dehors il pleuvait sans discontinuer, à l'intérieur les jours se succédaient dans une humidité suffocante. Les baies que Tomoko avait cueillies dans le jardin du notable s'étaient couvertes de moisissures bleuâtres et avaient pourri au fond de leur panier, ainsi qu'elle le découvrit un jour au retour de l'école. Elle aimait la propreté et renversa le panier au-dessus du seau à ordures de la cuisine pour le secouer, mais comme quelques baies restaient collées au fond, elle jeta le tout sans hésiter.

— Hachiran, Hachiran [1] !

Elle appela le domestique dans l'intention de se faire aider à porter les ordures dehors mais n'obtint pas de réponse. Il ne pouvait pourtant être parti aux champs, avec cette pluie.

— Hachiran, tu n'es pas là ? Hachiran ?

La force de caractère de Tomoko résonnait dans le ton impérieux dont elle appelait les domestiques. Elle qui parlait d'une voix si douce à sa grand-mère avait une voix de femme faite quand elle s'adressait au jeune domestique ou à la servante. Seulement, personne ne semblait réagir à l'autorité de sa voix.

Le jeune Hachirô, plus diligent que la servante trop âgée, plaisait davantage à Tomoko, mais, ce jour-là, elle dut l'appeler à plusieurs reprises, sans qu'il daigne répondre, avant de le voir finalement apparaître.

---

1. Diminutif affectueux de Hachirô.

— Mais où étais-tu, Hachirô ? Je t'ai appelé de toutes mes forces.

— Jeune maîtresse, répondit Hachirô avec un regard sombre, votre maman est là.

— Eh ? Où donc ?

— Dans le jardin. Non, elle est déjà dans le vestibule, elle parle avec Madame.

Tomoko partit en courant. Pendant qu'elle s'époumonait à appeler Hachirô, sa mère était venue leur rendre visite ! C'était chose bien rare de voir Ikuyo dans sa demeure natale, mais la fillette ne s'attarda pas à s'interroger sur le motif de cette visite. Elle se précipita en courant dans le vestibule de six nattes, puis resta figée sur place.

Ikuyo, debout sur le carré de terre battue, ne faisait pas mine de franchir la marche du vestibule, et fixait sur sa mère un regard glacial. Tsuna, assise sur le rebord de la natte du vestibule, ne l'avait apparemment pas invitée à entrer. Entre elles deux, sur le parquet du seuil luisant d'un éclat noir, était jeté un paquet enveloppé de tissu criard.

— C'est moi qui décide ce que Tomoko doit porter. Ce n'est pas la peine de t'occuper de choses qui ne te regardent pas.

L'air de fort mauvaise humeur, Tsuna paraissait retenir un flot de paroles désagréables prêt à jaillir.

— Je ne m'en occuperais pas si j'étais sûre que tu l'élèves comme il faut. Si j'étais là, elle ne porterait pas de kimonos de coton comme ça !

— Tomoko va à l'école maintenant. Les enfants de notables ne portent pas de kimonos à manches étroites pour l'école ?

— Ma fille portera ce que je voudrai !

— Tes enfants maintenant, ce sont les enfants du chef de village. Tomoko est l'héritière des Sunaga, et même pour l'état civil, elle n'a plus aucun lien avec toi. Mêle-toi donc de ce qui te regarde, et veille à ne pas mettre monsieur le chef de village dans l'embarras. Veille plutôt à ce que tes enfants ne manquent de rien.

— Des enfants qui ne sont pas nés de mon ventre dans la douleur ne sont pas mes enfants.

— Alors, veille bien sur le bébé que tu vas avoir.

Ikuyo parut surprise de constater que Tsuna était au courant de sa grossesse, mais la tension était trop forte entre la mère et sa fille pour qu'elle s'arrête à ce détail.

— Laisse-moi passer, maman. C'est Tomoko que je suis venue voir.

— Toi qui ne considères même pas ta mère comme une mère, tu crois peut-être que Tomoko te considère comme telle ?

— Mère ou pas mère, tu vas voir, fit Ikuyo en appelant Tomoko d'un geste de la main. Tomo-chan, viens donc ici.

— Ne bouge pas ! cria Tsuna, clouant Tomoko sur place.

Ikuyo avait gagné en sang-froid en s'apercevant que sa mère perdait le sien, et elle se mit à dénouer tranquillement le paquet enveloppé de tissu. Le contenu apparut : c'était un somptueux kimono de soie violette. Ikuyo avait coupé une partie d'un kimono désormais trop voyant pour elle et en avait taillé un pour Tomoko.

— Tomo-chan, viens !

— N'y va pas !

— Tomoko, c'est un kimono que ta maman a fait pour toi. Tiens, prends-le.

— Tomoko, je te l'interdis !

Prise dans le conflit entre sa mère et sa grand-mère, Tomoko se sentait aux abois, mais la voix pourtant glaciale de sa mère l'attirait davantage que le regard de folie presque obscène de sa grand-mère, et la silhouette de sa mère lui semblait s'agrandir de plus en plus dans son champ de vision. Sans même s'en rendre compte elle fit un pas en direction de sa mère sans écouter l'interdiction de Tsuna.

— Tomoko ! hurla désespérément Tsuna, au moment où la main de Tomoko entrait en contact avec la douceur de la soie. Reprenant ses esprits, la fillette battit en retraite, tandis qu'Ikuyo, ramassant sur le seuil le carré de tissu qui avait servi à envelopper le kimono, reculait elle aussi.

— Au revoir.

Sans même un sourire pour sa fille, Ikuyo descendit du carré de terre battue, franchit le seuil et sortit. D'où elle se tenait, Tomoko ne pouvait voir sa mère traverser le jardin. Il ne lui restait que le kimono mauve posé sur son bras, et, gravée dans sa mémoire comme au fer rouge, l'image de sa mère, magnifique, soigneusement coiffée, à la différence de l'autre jour.

Elle entendit un bruit sec de sanglots. Accrochée au rebord du grand brasero en porcelaine de l'entrée, Tsuna pleurait, le front appuyé sur le brasero, qui n'avait pas été allumé depuis plus d'un mois, y frottant son nez et ses joues.

— Ikuyo, fille indigne ! Fille indigne !... Fille indigne...

Le kimono serré dans ses bras, Tomoko sortit sur la pointe des pieds. Sur le carré de terre battue, elle aperçut Hachirô qui regardait d'un air absent dans la direction où la silhouette de sa mère avait disparu. Elle lui confia le soin de s'occuper de sa grand-mère.

C'était complètement imprévisible. Qui aurait pu penser cela de la part de sa mère, telle qu'elle l'avait rencontrée le jour de la cueillette des baies ? Elle entra dans sa chambre et déplia aussitôt le kimono devant son écritoire. Il était de coupe traditionnelle, avec de petites feuilles de vigne en tons clairs et foncés assortis, teintes sur un fond de crêpe mauve, et même si ce motif était trop voyant pour Ikuyo, il ne s'agissait de toute évidence pas d'un tissu pour kimono d'enfant. Ikuyo l'avait sans doute taillé pour Tomoko par hasard sur un simple caprice, mais Tomoko s'en satisfaisait largement. Ce qui lui plaisait plus que tout, c'était qu'il était coupé comme un vrai kimono de dame, sans lacet pour serrer la taille. Tsuna traitait toujours Tomoko comme un bébé, et mettait toute sa fierté à ne jamais oublier de mettre des lacets à l'intérieur de ses kimonos, au grand mécontentement de Tomoko.

Saisissant l'encolure, elle secoua le vêtement et l'enfila par-dessus son kimono de coton pour l'essayer. Elle passa les bras dans les manches, puis minauda à droite à gauche, se regarda de bas en haut. Tomoko était persuadée que cette teinte, convenant pourtant mieux à une adulte, lui seyait à la perfection. Ikuyo s'était contentée de raccourcir les manches de son propre kimono, ce qui donnait des manches trop longues pour un kimono ordinaire, mais plus courtes que celles du kimono de cérémonie que Tomoko portait au nouvel an. Comme elle était petite, le bout des manches pendantes touchait les nattes quand elle se baissait, et les frappait quand elle secouait les mains. Si personne n'était venu l'appeler, elle serait restée indéfiniment à s'amuser ainsi.

— Tomo-chan !

La voix de sa grand-mère la fit sursauter. En un instant, elle avait prestement ôté le kimono mauve. A ce moment, Tsuna entra dans la pièce. Quand elle se rendit compte que sa petite-fille, qu'elle avait cru en train de pleurer toutes les larmes de son corps, avait en fait passé son temps à s'amuser avec le kimono, elle perdit la tête, en dépit de son âge.

— Ikuyo… Fille indigne…

Les sanglots devinrent des cris de furie, sa voix un hurlement, et saisissant le kimono mauve, elle se débattit avec la soie sur les nattes comme avec une bête sauvage. La couture d'une manche craqua, et cela fit complètement perdre la tête à Tsuna. Ce kimono d'une seule épaisseur était plus facile à déchirer qu'un kimono doublé. Entre ses mains, il se transforma vite en un tas de lambeaux mauves. Blême et retenant son souffle, Tomoko observait sa grand-mère. La scène de folie qui se déroulait devant ses yeux la faisait souffrir bien davantage que la perte du kimono cousu par sa mère. Terrorisée, elle se demandait si de telles images, qui paraissaient tout droit sorties de l'enfer, pouvaient réellement exister en ce monde. Les mots de « fille indigne » que crachait furieusement sa grand-mère lui semblaient évoquer la racine de tous les crimes du monde. Elle ne savait pas ce que cela signifiait exactement mais quelle chose horrible ce devait être, une « fille indigne ». Dans le cœur d'enfant de Tomoko se gravait profondément la certitude qu'être une fille indigne était la chose la moins digne d'une existence humaine, un acte à ne jamais commettre, qui valait à son auteur d'être maudit à jamais.

Une fois la tempête apaisée, Tsuna resta mélancolique plusieurs jours. Tomoko, qui avait ramassé tous les lambeaux de tissu mauve et les avait soigneusement rangés dans une boîte, n'avait pas le cœur à adresser la parole à sa grand-mère. Finalement, elle eut l'idée de faire un kimono à sa poupée avec ces morceaux de tissu, mais elle eut peur de l'état de folie dans lequel pourrait plonger sa grand-mère en la voyant installée avec une aiguille et ce tissu sur les genoux, ce qui l'empêcha de réaliser son projet. Etrangement, elle n'éprouvait aucun ressentiment envers sa grand-mère pour avoir déchiré un vêtement qu'elle devait porter. Peut-être ce genre d'attachement typiquement féminin avait-il été déchiré en elle en même temps que le kimono. De temps à autre cependant, sur le chemin de l'école, il arrivait à Tomoko de se rappeler avec regret les longues manches du kimono mauve balayant les nattes.

Malgré les nombreuses averses de la saison des pluies, les nuages se dissipaient de temps en temps et un soleil radieux brillait alors. En rentrant de l'école, son parapluie en papier huilé refermé à la main, Tomoko s'aperçut un jour en faisant un détour par le jardin pour aller jusqu'à sa chambre que les feuilles brillantes du plaqueminier s'étaient ouvertes. De l'autre côté du jardin d'agrément se trouvait un petit verger planté de figuiers, de mandariniers, d'orangers. Les jeunes feuilles de plaqueminier teintaient les alentours d'un vert tendre, qui parut même se refléter sur la petite main blanche que Tomoko avait inconsciemment tendue vers elles. Ce vert tout neuf émerveilla la fillette, puis, haussant les épaules, elle se précipita vers la véranda humide de pluie.

— Bonsoir, me voilà !

Après avoir posé sur la table son livre de lecture et son ardoise, elle se rendit dans la chambre de sa grand-mère pour lui dire bonsoir. Tsuna était au lit et lui tournait le dos en silence.

Elle traversa doucement le couloir pour descendre vers le puits, où elle trouva la servante, qui lui tournait elle aussi le dos, absorbée dans sa lessive. C'était une femme assez âgée, qui devait avoir six ou sept ans de plus que Tsuna. A l'arrivée de Tomoko, elle interrompit sa tâche et se retourna pour regarder la fillette :

— Tiens, vous êtes rentrée, jeune maîtresse ! Je ne vous avais pas entendue arriver.

— Mmouih. Bonsoir !

La main posée sur l'épaule de la servante, Tomoko regardait ses poings plongés dans l'eau grise, pétrissant le linge blanc, des sous-vêtements appartenant à Tsuna.

— Jeune maîtresse, avez-vous dit bonsoir à votre grand-mère ?

— Mmouih. Mais elle était endormie.

— Ah, si elle dort, il ne faut pas la déranger.

— Elle est malade, grand-mère ?

— Oui, une maladie qui fait qu'elle se met en colère dès que quelqu'un approche. Il ne faut pas la déranger.

Elle se leva, vida d'un coup l'eau de la cuvette, laissa tomber le seau dans le puits, et puisa énergiquement deux pleins seaux. Elle n'avait pas l'air de se faire autant de souci qu'elle le disait pour la maladie de Tsuna, sur laquelle elle semblait avoir son propre jugement, ayant déjà fait l'expérience de la ménopause. Elle se hâta de finir sa lessive, voulant profiter du beau temps pour la faire sécher, mais quand elle eut fini le rinçage, elle claqua la langue en levant les yeux vers le ciel.

— Ça y est, il se remet à pleuvoir !

Ce soir-là, Tomoko se réveilla soudain, à une heure avancée de la nuit. C'était peut-être une prémonition, car d'habitude, elle dormait profondément jusqu'au matin et ne se réveillait jamais la nuit. Du matelas voisin, aucun bruit de respiration ne lui parvenait. Elle écarquilla les yeux dans le noir, s'aperçut que sa grand-mère n'était plus là. Elle tendit l'oreille, n'entendit que le bruit sourd des gouttes de pluie.

— Grand-mère !

Tomoko se leva. Une suffocante chaleur humide emplissait la pièce. Son cœur d'enfant, en proie à une angoisse diffuse, pressentait quelque chose d'anormal. Ne pouvant rester immobile, elle descendit à petits pas rapides jusqu'aux cabinets de toilette.

— Grand-mère !

Pas de réponse. Elle entrouvrit la porte. L'atmosphère humide et nauséabonde ne paraissait avoir été troublée par aucune présence humaine.

— Grand-mère !

Son appel ressemblait maintenant à une plainte. La maison était d'une insupportable tristesse, au milieu de cette nuit pluvieuse, à l'heure où, la vieille servante et le jeune domestique ayant regagné leurs demeures respectives, il ne restait plus qu'elle et sa grand-mère. Et voilà que sa grand-mère avait disparu.

— Grand-mère ! Où es-tu ? Grand-mère !

Elle ne pouvait imaginer qu'elle soit sortie à une heure pareille. Elle devait être quelque part dans la maison, évanouie. Tomoko regarda dans la pièce de l'autel, dans la remise, dans son bureau, peine perdue. Tremblante, elle continua à appeler.

A ce moment, elle entendit un grand bruit à l'arrière du jardin. Sans penser à avoir peur, elle se précipita dehors. Alors, sous la pluie battante, dans la nuit, elle découvrit une forme qui se tordait à terre.

— Grand-mère !

Tsuna avait tenté de se suicider en suspendant une ceinture à une branche du plaqueminier tout foisonnant de feuilles nouvelles. Comme en état de somnambulisme, sous cette pluie battante de mousson, elle s'était pendue à une branche, mais cette vieille branche noire, plus vermoulue encore que Tsuna elle-même, s'était

sur sa poitrine ses longues manches qu'elle retenait du bout des doigts, pour réprimer son impulsion de courir vers l'intérieur de la maison prendre le nourrisson dans ses bras. Depuis qu'elle était toute petite, elle avait toujours adoré les enfants.

— Ma parole, c'est Tomoko !

Le maître de maison en personne se tenait devant elle et la regardait. Il n'avait pas l'air de s'apprêter à sortir, il était donc probable qu'à l'issue d'un conciliabule dans le fond de la maison, on l'avait envoyé voir Tomoko. Le physique imposant du chef de village, aux cheveux blancs soigneusement lissés sur le crâne, vêtu d'un sobre kimono de pongé, parut écrasant à sa minuscule interlocutrice.

Elle leva la tête vers lui comme vers un sauveur, lui fit un large sourire, et posant les deux mains à plat sur le bord de la marche donnant sur le vestibule, baissa poliment la tête dans une profonde courbette :

— Je vous présente tous mes vœux pour la nouvelle année. Je vous remercie de tout ce que vous avez fait pour nous pendant l'année écoulée, et me recommande également à votre bienveillance pour cette année à venir.

Interloqué par cette tirade, le chef de village s'assit sur la natte du vestibule, et répondit inconsciemment en utilisant les formules de politesse qu'il adressait aux villageois qui venaient lui présenter leurs vœux :

— Merci beaucoup. Bonne année à vous de même.

Tomoko releva alors la tête mais demeura muette, car elle n'avait prévu aucune suite à son entrée en matière. Elle pensait que les parents proches qui venaient présenter leurs vœux étaient ensuite conviés à entrer dans la maison pour saluer brièvement les membres de leur famille. Mais le chef de village, toujours assis sur la marche de l'entrée, abaissait sur Tomoko un regard dédaigneux, sans faire mine d'ouvrir la bouche pour amorcer une conversation. Derrière eux, on entendait toujours les pleurs du bébé. Pourquoi ne s'arrêtait-il pas ? Il devait avoir la gorge irritée à force de crier.

Tomoko, le cœur lourd, ne put bientôt plus supporter d'entendre ce bébé pleurer sans rien faire.

— Le bébé... dit-elle enfin, il... il pleure...

Sans hocher la tête, le chef de village répondit aussitôt :

— Ah oui, il pleure souvent.

Il était toujours aussi intimidant. A nouveau silencieux, la fillette de neuf ans et le vieillard de soixante-dix se faisaient face. Le bébé continuait à pleurer.

Tomoko lâcha soudain le bout de ses deux manches et se couvrit le visage des deux mains. Elle se mit à sangloter violemment, plus fort encore que le bébé. Les larmes coulaient le long de ses mains et tombaient en grosses gouttes sur la terre battue. Le chef de village continuait à la regarder sans se départir de son air glacial. Il attendit que les sanglots de Tomoko se calment pour lui lancer :

— Allez, va-t'en maintenant !

Folle de chagrin, Tomoko se précipita dans le jardin. Dès qu'elle eut passé la porte et senti la douce chaleur du soleil sur elle, la maison Kôsaka derrière elle lui parut une effrayante antre de ténèbres. Oubliant qu'elle portait un kimono de cérémonie, elle se mit à courir droit devant elle comme une folle, avec l'impression d'avoir un démon à ses trousses.

Quand elle arriva chez elle, ses larmes avaient séché mais comme elles avaient coulé tout le long du chemin, les manches de son beau kimono étaient toutes salies. Elle avait trébuché avec ses socques de bois, et s'était tordu la cheville. Elle enleva ses socques en entrant dans le jardin et pénétra dans la maison en socquettes et en boitant.

Elle trouva le vestibule beaucoup plus clair que celui de la maison Kôsaka, ôta ses petites socquettes blanches avant de monter la marche. Tsuna était silencieusement assise devant le brasero dans la pièce principale.

— Me voilà rentrée, grand-mère.

Ne pouvant passer devant elle sans rien lui dire, Tomoko s'assit à genoux, cachant de ses longues manches le devant sali de son kimono.

— Contente de te voir, répondit tranquillement Tsuna, sans paraître remarquer l'accoutrement de sa petite-fille. Tomoko alla se changer et revint auprès d'elle. Elle était toujours à la même place, dans la même attitude silencieuse.

— Grand-mère !

— Oui ?

— Tu veux que je te fasse griller des gâteaux de riz ?

— Si tu veux.

Le feu allait s'éteindre. Tomoko enleva les cendres et ralluma le feu en se penchant au-dessus de l'ouverture du grand brasero comme si elle allait y plonger tête la première. Les braises rougeoyèrent, et des flammes ne tardèrent pas à s'élever. Devant la dextérité que manifestait Tomoko dans cette tâche, la servante s'exclamait souvent d'un ton admiratif : « Quelle bonne épouse tu feras, Tomoko ! », car savoir bien allumer le brasero passait chez une jeune fille pour le signe qu'elle saurait bien tenir sa maison plus tard.

Tomoko se rendit à la cuisine et disposa sur un plat quatre ou cinq gâteaux de riz, des carrés et des ronds, plus petits. Hachirô revenait à ce moment-là du puits et parut surpris de la trouver là.

— Jeune maîtresse !

Il la contemplait, les yeux écarquillés.

— Qu'est-ce que tu as ? Tu m'as surprise !

— Moi aussi, je suis surpris ! Est-il vrai que vous êtes allée à la maison du chef de village aujourd'hui, vêtue d'un beau kimono ?

— Pourquoi ?

— Vous y êtes donc allée ?

— Oui, mais…

— Pourquoi êtes-vous allée là-bas ?

— Je ne sais pas…

Comme elle allait sortir, son plat dans les mains, la voix pressée de Hachirô la suivit :

— Votre maman va bien ?

Tomoko s'arrêta net, mais répondit sans se retourner :

— Je ne sais pas. Je ne l'ai pas vue.

Il lui était trop pénible de repenser à ces instants. Elle aurait préféré les effacer de sa mémoire. Que Hachirô soit au courant de sa visite à la maison du notable alors qu'elle-même aurait préféré oublier y avoir jamais mis les pieds la jeta dans une extrême fureur. Et pourquoi Hachirô n'avait-il pu garder le silence là-dessus, même s'il était au courant ? Malgré sa jeunesse, l'orgueilleuse Tomoko se sentait terriblement vexée de lui avoir laissé voir son chagrin.

Elle retourna au salon et y trouva Tsuna toujours aussi amorphe, dans la même position. Elle ne fit pas un geste pour aider sa petite-fille à faire griller les gâteaux de riz.

— Grand-mère, tu veux des gâteaux porte-bonheur ?

Elle dut insister plusieurs fois avant d'obtenir une réponse :

— … Ah, oui, oui, si tu veux, répondit-elle docilement, n'ayant visiblement même pas entendu la question.

Tomoko plaça sur la grille deux gros gâteaux porte-bonheur et un plus petit. Ce n'était pas pour elle qu'elle avait préparé ce gâteau supplémentaire mais pour sa grand-mère, dont elle connaissait l'humeur fantasque. Elle avait apporté sur le plateau de la sauce de soja et des algues séchées pour assaisonner les gâteaux de riz glutineux.

Les gâteaux de fête « porte-bonheur » étaient préparés en ajoutant des haricots rouges au riz cuit à la vapeur et pilonné. Ils étaient ronds, salés et un peu plus gros que les gâteaux ordinaires. Leur teinte rose, due aux haricots rouges mélangés à la pâte, les caractérisait également, ainsi que les grains de riz à demi écrasés qui restaient à l'intérieur, car, afin de garder presque entiers les grains de haricots rouges, le riz une fois cuit n'était pas pilonné jusqu'à obtention d'une pâte élastique et lisse comme pour les gâteaux de riz ordinaires. Tsuna adorait ces gâteaux, c'est pourquoi la coutume voulait dans cette maison que l'on préparât à la fin de l'année davantage de gâteaux « porte-bonheur » que dans les autres demeures.

— Tomo-chan, où es-tu allée aujourd'hui ? demanda soudain Tsuna.

— Après l'école ?

— Oui.

— … Je suis allée à la maison du chef de village.

Quelle triste situation ! Alors qu'elle aurait voulu ne plus y penser, voilà que sa grand-mère, après Hachirô, évoquait à son tour cette scène. Mais Tomoko ne mentait jamais.

— Qu'es-tu allée faire là-bas ?

— Je voulais voir maman…

— C'est donc ça, c'est donc ça.

Depuis qu'elle avait sombré dans la folie, Tsuna gardait un calme imperturbable même quand on prononçait devant elle le nom d'Ikuyo. Tomoko pouvait donc parler de sa mère sans crainte.

— Mais le chef de village est venu, et… et il ne m'a pas laissée la voir.

— Et pourquoi ça ?

— Je ne sais pas, moi.

— C'est donc ça, c'est donc ça.

— Le bébé pleurait, tu sais. Il n'arrêtait pas de pleurer.

— …

Les gâteaux porte-bonheur, grillés à feu doux, paraissaient cuits à cœur, leur forme s'était légèrement affaissée. Tomoko en saisit un entre deux doigts, le fit glisser sur sa paume, et le refroidit en le faisant passer d'une main sur l'autre.

— Tiens, grand-mère, il est prêt.

Elle le lui posa directement dans la main, car ce genre de gâteaux ne devait pas être mangé dans une assiette avec des baguettes.

— Je préfère en prendre un petit.

Comme prévu, Tsuna avait changé d'idée. Tomoko versa un peu de sauce de soja dans la coupelle qu'elle avait préparée, saisit avec une paire de baguettes le petit gâteau grillé, écrasa avec le bord des baguettes le morceau de pâte ramolli au feu pour bien l'imprégner de soja, le roula dans une feuille d'algue croustillante et le passa à Tsuna.

— Merci.

Tsuna le prit d'un air tout joyeux et le porta à sa bouche. Rassurée, Tomoko prit à son tour un gâteau de fête, mais comme il était resté un peu trop longtemps sur le feu, il avait durci d'un côté. Quand on le pressait entre les doigts, la croûte s'émiettait, mais le goût restait irréprochable. Légèrement salés, parfumés aux haricots rouges, comme ils étaient bons, ces gâteaux du nouvel an ! Quand on les mâchait, la salinité du riz mêlée à la douceur des haricots leur donnait une saveur d'une profondeur insoupçonnée. Tomoko s'aperçut soudain que Tsuna, tenant toujours le gâteau entre les doigts, avait reposé les mains sur ses genoux et regardait dans le vague.

— Grand-mère !

— Quoi donc ?

— Ton gâteau va durcir.

— Ah, oui, oui, c'est vrai.

Mais Tomoko avait beau le lui rappeler, Tsuna répétait indéfiniment le geste de porter le gâteau à sa bouche, puis le morceau qu'elle avait fini par mordre retombait de ses lèvres sans qu'elle essaie de le mâcher. Depuis six mois environ, depuis le fameux incident qui l'avait menée à la folie, Tsuna semblait avoir même oublié comment se nourrir. Tomoko et la servante avaient beau se relayer pour l'aider à manger, les trois repas quotidiens n'en finissaient jamais. Elle prenait bien ses baguettes dans la main, mais si elle avalait trois bouchées de riz en une heure, cela tenait du miracle. Même si l'on portait son bol de potage jusqu'à ses lèvres, elle n'en buvait pas même la moitié. Quand, à l'occasion, on essayait de lui faire manger des gâteaux de riz ou des sushis [1], cela donnait la même chose qu'aujourd'hui. Elle maigrissait donc à vue d'œil.

Autrefois replète et blanche de peau, elle paraissait si jeune que tous ceux qui lui demandaient son âge en

1. Boulettes de riz vinaigré garnies de poisson cru.

restaient pantois, mais une fois qu'elle eut commencé à maigrir de la sorte, elle changea complètement d'aspect, comme si toute sa chair grassouillette d'autrefois avait été aspirée au fond de ses os. On ne pouvait pas même dire qu'elle eût mauvaise mine, elle n'avait plus de mine du tout ! D'abord, ses joues se creusèrent, son cou devint pareil à une tige, puis les os de ses épaules se mirent à saillir, de profonds sillons apparurent sur ses paumes. Son nez, qui autrefois ne se voyait guère dans son visage bien en chair, ressortait désormais sinistrement, avec ses narines pincées, au milieu de sa figure aux paupières creuses. Ikuyo avait toujours ressemblé davantage à son père, mais en regardant Tsuna ainsi amaigrie, on s'apercevait que la mère et la fille avaient bel et bien la même charpente. Tomoko avait observé la métamorphose de sa grand-mère et fait cette découverte comme s'il s'était agi d'un prodige.

Ce jour-là, cependant, devant l'effrayante maigreur de sa grand-mère, dont la peau paraissait former des plis par-dessus les os, la fillette elle-même craignit soudain le pire. Elle ne comprenait que trop la cause de la maigreur de Tsuna. Son estomac n'absorbait jamais suffisamment de nourriture. Cela faisait six mois qu'elle ne se sustentait quasiment plus. La situation paraissait désormais sans remède. La servante et Hachirô eux-mêmes se contentaient de regarder de loin avec horreur la vieille dame s'acheminer vers un dénouement prévisible.

— Ho ho ho !

Tsuna s'était soudain mise à rire.

Si elle vivait encore, alors qu'elle n'absorbait plus aucune nourriture et qu'un être normal serait déjà mort d'inanition, c'était peut-être parce que seule l'illusion rattachait désormais son corps au monde. Sa maigreur était si extraordinaire qu'on l'aurait crue incapable de se lever, mais elle se levait pourtant chaque matin, allait s'asseoir ici ou là dans la maison, puis, le soir venu, allait se coucher et dormait normalement.

Avec une grand-mère dans un pareil état à ses côtés,

Tomoko vivait dans une solitude sans égale, mais après l'incident du nouvel an, elle ne tenta même plus de faire un pas en direction de la maison du notable. A l'école, ses maîtres la chérissaient encore pour ses bonnes notes, mais toutes ses amies s'éloignaient d'elle peu à peu. Les conversations privées des adultes atteignaient évidemment les oreilles enfantines, et le bruit se propagea vite à l'école : quand Tomoko arrivait, ses camarades murmuraient entre elles : « Voilà la fille de la folle ». Les fenêtres du cœur de Tomoko se fermèrent une à une. Elle devint une enfant renfermée qui, l'école finie, rentrait chez elle en silence. A la maison, elle avait abandonné ses conversations de grande personne avec la servante, et la servante cessa également peu à peu de la choyer et de louer sa précocité et son intelligence. Seul Hachirô l'approchait encore, et s'occupait d'elle constamment.

L'automne de l'année précédente, Tomoko avait fait un kimono pour sa poupée avec les lambeaux du kimono mauve. Cette couleur pour adulte, qui ne convenait déjà guère à une enfant comme Tomoko, ne seyait évidemment pas non plus à une petite poupée qui atteignait à peine un tiers de la taille de Tomoko. La fillette avait néanmoins étalé devant elle avec satisfaction un patron de kimono, et, après avoir bien réfléchi à la façon de procéder, elle l'avait faufilé puis cousu, et se montrait très fière du résultat. La région d'ordinaire tempérée de la péninsule de Kii avait subi une vague de froid après le nouvel an, si bien qu'elle fabriqua également avec les morceaux de tissus restants une surveste à mettre pardessus ce kimono.

Comme Tomoko aimait travailler et faisait consciencieusement ses devoirs après l'école, elle ne pouvait se consacrer exclusivement à la couture, et cousait lentement, pour son plaisir, pendant ses loisirs. Même pour une veste de poupée, la confection soigneuse du col, des manches, des pans de côtés, nécessitait du temps. Tomoko avait étalé par terre dans son bureau une veste qui lui appartenait et tout en étudiant le patron, partie par partie, elle montait petit à petit son échantillon de veste de poupée. Mais sur ce modèle réduit, le discret motif de petites feuilles de vigne, considérablement agrandi, s'avéra plus voyant qu'elle n'aurait cru.

— Jeune maîtresse, vous faites de la couture ?

Hachirô l'appela de l'extérieur, puis ouvrit les cloisons de papier coulissantes donnant sur le jardin à l'arrière de la maison, et jeta un coup d'œil dans la pièce.

— Oui. Regarde, Hachirô, c'est mignon, tu ne trouves pas ?

Elle déplia fièrement la petite veste de poupée pour la lui montrer, et Hachirô, considérant ce geste comme une autorisation d'entrer, pénétra dans la pièce. Le jeune homme avait atteint cette année-là l'âge du recensement militaire, mais, avec son air fluet, il ne ressemblait guère à un conscrit. En outre, de gros boutons d'acné le défiguraient. Il tenait dans ses bras une décoration de nouvel an si énorme qu'il pouvait à peine la porter. C'était une branche de saule décorée de délicates fleurs en pâte de riz colorées en rouge et vert, collées au bout des branchages.

— Qu'est-ce que c'est, Hachirô ? s'étonna Tomoko.

— Je l'ai fabriqué avec des gâteaux de riz froid. Je voulais le mettre dans votre chambre en décoration.

Tout en parlant, il fouillait déjà la chambre du regard à la recherche d'un endroit où planter l'objet.

En un clin d'œil, de vifs coloris avaient envahi cette chambre austère pour une chambre d'enfant et pleine de bouts de tissu éparpillés. Hachirô essaya divers endroits : à côté d'un linteau, près de la table, sous une lucarne, puis finalement il ficha son arbre en fleur dans une poutre transversale près du plafond.

— Qu'en pensez-vous, jeune maîtresse ?

— C'est joli, merci !

Désœuvré, Hachirô s'assit les genoux joints sur une natte, et regarda distraitement Tomoko qui s'était remise à sa couture. Retenant son souffle, il posa enfin la question qui lui brûlait les lèvres.

— Jeune maîtresse, avez-vous vu votre maman ces derniers temps ?

— Maman ?

— Oui.

Tomoko secoua la tête en silence.

— C'est étrange, personne ne l'a vue récemment.

— Peut-être qu'elle ne sort plus depuis qu'elle a eu le bébé.

— Tss tss tss.

Au grand étonnement de Tomoko, Hachirô avait secoué violemment la tête, comme si c'était tout à fait inimaginable. Il se faisait du souci, et se demandait si Ikuyo n'était pas tombée malade comme sa mère : la naissance du bébé remontait à plus de deux mois, et elle n'avait toujours pas quitté sa chambre. Hachirô n'était d'ailleurs pas le seul à se poser des questions, tout le village en parlait, et lui, en tant que domestique, entendait circuler toutes les rumeurs. Peut-être avait-il eu envie de confier à Tomoko ce souci qui commençait à lui peser.

— Jeune maîtresse…

— Oui ?

— N'en parlez surtout pas à madame Tsuna, mais…

Il lui confia qu'un peu plus tôt, il s'était rendu à la maison du notable, avec un arbre en fleurs de pâte de riz pareil à celui qu'il venait d'offrir à la fillette.

Tout le village connaissait la disposition des pièces de la maison du notable, et, sachant que s'il demandait à être introduit, il serait chassé, Hachirô était dignement entré par la porte de devant puis, traversant le jardin de biais, avait filé vers le jardin d'agrément à l'arrière. Il avait en effet entendu dire que les appartements privés d'Ikuyo et Keisuke se trouvaient dans une aile située au bout d'un couloir partant de la pièce de réception du fond.

— J'ai entendu pleurer le bébé…

— Oui, moi aussi, je l'ai entendu. Il pleure beaucoup, hein ?

Hochant gravement la tête comme une enfant précoce, Tomoko écoutait le récit de Hachirô avec un intérêt croissant. C'était comme si elle s'était introduite elle aussi en cachette dans la chambre de sa mère.

— Et ensuite, Hachirô ?

Son arbre en fleur sur le dos, il s'était approché à pas de loup de la lucarne, et avait pu entendre, en même temps que les pleurs du bébé qui s'intensifiaient, la voix haut perchée d'Ikuyo qui tonnait :

— Tais-toi ! Tu vas me rendre folle ! Si je reste dans cette maison, c'est sûr, je vais finir comme ma mère !

— Ne dis pas de bizarreries comme ça, voyons. Un bébé, c'est normal que ça pleure, non ?

— Mais pourquoi les femmes doivent-elles avoir des enfants ? Quel gâchis, vraiment ! Rien de tout ce que tu m'as promis avant le mariage ne s'est réalisé, et en plus, voilà que je me retrouve avec ce bébé ! Si je reste dans cette maison, ça finira par une catastrophe, c'est sûr, je me tuerai et je tuerai l'enfant aussi.

— Ikuyo ! Ne dis pas de bizarreries comme ça, je t'en supplie.

— Mais c'est toi qui m'as réduite dans cet état, c'est toi qui m'as enfermée ici ! Qu'as-tu à me supplier maintenant ?

— Mais je te l'ai déjà dit, ce n'est qu'une question de patience. Encore un peu de patience, hein, Ikuyo ?

Les pleurs de l'enfant s'étaient encore intensifiés. A cet instant, Ikuyo hurla, comme si elle avait frappé quelqu'un, le bébé ou bien Keisuke.

— Tais-toi, je te dis, tais-toi !...

Il y eut un grand bruit, comme si elle avait jeté quelque chose. Effaré, Keisuke tentait de l'apaiser. L'enfant pleurait toujours aussi fort. Ce n'était certainement pas le meilleur moment pour appeler Ikuyo et lui offrir son arbre en fleur. Hachirô avait la chair de poule. Terrorisé à l'idée qu'Ikuyo allait peut-être sombrer comme Tsuna dans la folie, il avait pris ses jambes à son cou, laissant sa branche fleurie accrochée à une branche de pin à côté de la fenêtre. Mais Ikuyo la remarquerait-elle ?

— Je me demande si elle n'est pas en train de dépérir comme Madame. Vous devez vous faire bien du souci, jeune maîtresse.

— Et toi, Hachirô, cela te cause donc tant de souci ?

— Mais il s'agit de la maîtresse, j'ai été élevé auprès d'elle depuis que je suis tout enfant.

Tomoko se sentit mal à l'aise. Elle n'aimait pas le ton passionné que prenait Hachirô chaque fois qu'il parlait de sa mère. Quand quelqu'un s'intéressait autant à sa mère, qu'elle aurait voulu avoir pour elle toute seule, il lui semblait que cela salissait son idole. Elle déclara d'un ton mordant à Hachirô qui, plongé dans ses souvenirs, avait pris un air absent :

— C'est dégoûtant, on dirait que tu es amoureux de ma mère.

Ce jeune homme un peu simple sursauta aux mots de la fillette. L'instant d'après, il rougit jusqu'aux oreilles, comme si elle était tombée juste. Sans même trouver un mot à lui répliquer pour cacher sa honte, il s'enfuit de la pièce.

La branche fleurie de pâte de riz continua à trembloter longtemps après qu'il eut refermé la porte, et Tomoko resta à la regarder d'un air absent, sans songer à reprendre sa couture. Des sentiments complexes qu'elle était trop jeune pour comprendre elle-même s'agitaient dans sa poitrine comme autant d'insectes inconnus.

Un claquement de socques traversa le jardin : c'était l'oncle Shinya. La fête des poupées était passée, le temps était doux en ce mois de mars. Tsuna, assise dans un rayon de soleil au bout de la véranda, aperçut Shinya et le salua avant même qu'il ouvre la bouche.

Depuis un mois, elle avait repris un peu d'appétit et récupéré un peu de poids, mais Shinya était trop préoccupé pour le remarquer. Il avait changé d'expression et avait l'air légèrement affolé. Il n'alla pas jusqu'à s'excuser de ne pas avoir donné de ses nouvelles depuis le nouvel an, mais il avait néanmoins une expression un peu moins froide qu'à l'ordinaire.

— Belle-sœur, c'est terrible !

— De quoi parlez-vous ?

— Ikuyo a disparu.

— Hein ?

— Ne vous affolez pas, ce n'est pas le moment, mais Ikuyo et son mari sont partis avec leur bébé…

Il hurlait dans l'oreille de Tsuna pour lui expliquer qu'Ikuyo et son mari s'étaient enfuis de la maison paternelle avec le nouveau-né.

— Ikuyo n'est pas passée vous dire quelque chose avant de partir ?

— Non, rien. J'ignorais tout de son départ.

— Elle n'a même pas prévenu sa mère ! Ça, c'est ce qu'on appelle prendre la poudre d'escampette !

Sans expliquer le but de sa visite, Shinya retrouva son ironie habituelle pour lui conter l'histoire de bout en bout.

C'était tellement soudain, personne ne s'y attendait. Ils étaient à Tôkyô, disait-on. Avec cet incapable de Keisuke, on ne voyait pas bien comment ils allaient faire pour vivre. A quoi pensaient-ils en prenant ainsi la fuite ? Ils devaient être bien naïfs. Oublier même leurs devoirs envers les vieux parents de Keisuke ! De nos jours, les jeunes avaient une conduite bien immorale !

— Vous aussi, belle-sœur, vous avez une responsabilité là-dedans.

— Comment ça ?

Dans le regard furibond qu'elle dirigeait vers son beau-frère s'était à n'en pas douter rallumée une lueur éteinte depuis plusieurs mois. Mais Shinya continua sur le même ton :

— Ils ont fait la vie dure à Ikuyo là-bas à cause de votre maladie ! Il faudrait vous remettre rapidement sur pied, et aller leur rendre visite. Après tout, c'est votre fille qui a poussé leur fils chéri à s'enfuir à Tôkyô.

Tsuna se taisait. Elle garda le silence jusqu'au départ de Shinya. Il était certain qu'elle avait retrouvé son tempérament normal, à voir la mauvaise humeur clairement étalée sur son visage depuis si longtemps dénué de toute expression.

Ensuite, en quelques jours, sa tête se couvrit de cheveux blancs. Elle qui, à cinquante ans, ne faisait toujours pas son âge, prit en quelques jours l'aspect d'une femme de soixante ans passés. C'était bien la teinte de cheveux qui convenait à son visage amaigri, mais ce changement soudain, presque en l'espace d'une nuit, stupéfia Hachirô et la vieille servante. Peut-être sa déchéance physique s'était-elle manifestée d'un coup, en même temps que son âme se mettait à revivre, alors que son corps n'avait fait que s'amaigrir tant qu'elle vivait dans ses chimères. Tsuna devint une malade capricieuse. Changement total depuis qu'elle s'était mise à dépérir, elle prit l'habitude de réprimander la servante quand elle ne faisait pas ses quatre volontés. Son corps ne lui obéissait plus : un matin, elle se mit au lit, et ne put désormais plus se lever. Elle avait retrouvé ses esprits mais en revanche, l'âge avait repris ses droits sur son corps. Son estomac longtemps privé de nourriture refusait tout aliment même liquide. L'éclat de sa peau devint de plus en plus livide, il fallut appeler un médecin.

— Tomo-chan ! Tomoko, Tomoko !

A l'appel de la voix cassée de la malade, Tomoko passa la tête entre les cloisons, et découvrit sa grand-mère essayant de se lever, son vêtement de nuit à demi défait.

— Qu'y a-t-il, grand-mère ?

— La couette est trop lourde, elle m'écrase.

A la vue de ses membres amaigris, cela paraissait vraisemblable. Tomoko demanda à la servante de sortir une légère couette d'été, mais cela ne satisfit pas sa grand-mère. Une barre entre les sourcils, plissant avec difficulté son visage, ses lèvres violacées tentaient en vain d'articuler quelque chose. Il était impossible de saisir ce qu'elle essayait de dire, mais son visage exprimait un inconfort total.

Elle refusait de recevoir Shinya quand il venait prendre de ses nouvelles. Ignorant sans se gêner les interdictions de la servante, ce dernier venait tout de même s'asseoir à son chevet, mais, rassemblant dans ses yeux étincelants toute la haine accumulée depuis plusieurs dizaines d'années, en fait depuis son entrée par mariage dans la famille Sunaga, elle articulait sans ménagement :

— Fiche le camp. Je n'ai pas envie de voir ta sale tête.

Si bien que Shinya lui-même dut s'avouer vaincu. Il partit après une ultime visite en ajoutant pour avoir le dernier mot :

— Moi non plus, je ne veux plus te voir. Et qui donc viendra maintenant ?

Cet incident marqua une rupture définitive entre le beau-frère et la belle-sœur qui avaient continué si longtemps à se fréquenter, malgré une haine réciproque, et à échanger des reparties aigres-douces. Le seul parent qui restait à la famille Sunaga ne revint plus jamais.

L'unique parente auprès de Tsuna était donc Tomoko, qui, à neuf ans, bien qu'intelligente, avait encore la naïveté de l'enfance. Malgré tout le souci qu'elle se faisait pour sa grand-mère, elle ne pouvait imaginer pour la soigner d'autre recours que d'appeler un médecin. La servante avait totalement changé d'attitude en voyant la vieille dame devenir une malade difficile, et continua son travail dans la maison comme auparavant, mais sans plus s'occuper de Tsuna. Hachirô avait également changé depuis le départ d'Ikuyo pour Tôkyô, et était toujours dans la lune. Apparemment, il n'avait plus autant envie que par le passé de venir bavarder avec Tomoko, et sans s'occuper de la grand-mère, il s'enferma dans ses rêveries d'adolescent mélancolique.

Craignant une aggravation de l'état de Tsuna, le médecin conseilla de l'hospitaliser.

— Vous voulez que j'abandonne cette maison ? Shinya n'aura rien de plus pressé que de venir me la prendre. Comment pourrais-je la laisser vide ? C'est ma maison, je la garderai jusqu'à ce que Tomoko en hérite. Depuis que cette fille indigne d'Ikuyo est partie, tout le monde ne pense qu'à me faire abandonner ma maison, mais il n'en est pas question ! Jamais je ne la quitterai, jamais ! Ce n'est pas parce qu'Ikuyo est partie à Tôkyô que je vais abandonner ma maison, ça non alors ! Même si elle revient s'excuser, jamais je ne lui pardonnerai. On ne donne pas sa maison à une fille indigne. Et tant que je serai de ce monde, cette maison restera occupée !

L'excitation montant, elle défendait sa cause avec des arguments sans suite où revenait sans cesse le nom d'Ikuyo. De guerre lasse, le médecin proposa un compromis : elle pouvait rester chez elle, à condition de respecter ses prescriptions. A dater de ce jour-là, on attribua à Tsuna une infirmière à domicile, mais son état empira. Elle n'avait plus la force de se défendre contre la maladie, et la couette trop fine lui valut un rhume, qui s'aggrava aussitôt en pneumonie.

— Tomo-chan ! Tomoko !

— Oui.

— Tu es là, hein, tu es là ? Tu ne quittes pas ta grand-mère, dis ?

— Non, je reste là, grand-mère.

— C'est bien, c'est bien... Cette fille indigne d'Ikuyo, on a beau lui dire que je suis malade, elle ne vient même pas me voir. Ma pauvre petite Tomoko, tu vas être obligée de remplacer ta mère, maintenant. Ikuyo, mauvaise fille, sale fille indigne !

Dès que l'excitation montait, l'infirmière la rappelait à l'ordre :

— Allons, restez tranquille, voyons.

Mais dès que la fièvre tombait un peu, Tsuna recommençait ses litanies :

— C'est Ikuyo, cette fille indigne, qui m'a réduite à ça ! Ah, elle pensait échapper à sa mère et à ses beaux-parents en allant à Tôkyô, et là-bas, elle en fait à sa guise ! Sa mère est malade, ça lui est bien égal. Et même, elle attend que je meure ! Mais essaie donc de venir à mon enterrement, tiens, tu verras comment je te punirai !...

Pressentait-elle sa mort ? Toujours est-il qu'elle se mit à maudire Ikuyo de plus belle.

Ce fut vers cette époque que Hachirô vint livrer à Tomoko sa nouvelle découverte : le chef de village avait enfin découvert l'adresse d'Ikuyo à Tôkyô. On envoya un télégramme : « Mère malade, venir de suite » qui resta sans réponse. Tomoko et Hachirô espéraient chaque jour voir Ikuyo arriver le lendemain, et guettaient sa silhouette au bout du jardin, mais Ikuyo ne revint pas dans sa maison natale.

« Mère à l'agonie – Sunaga »

« Mère à l'agonie, venir de suite – Sunaga »

« Viens, je t'en prie – Tomoko »

Quelle que fût la formule employée, les télégrammes restèrent sans réponse. Ikuyo avait-elle entendu sa mère la maudire sur son lit de mort ?

Shinya se déplaça finalement pour la cérémonie funéraire et s'assit derrière Tomoko, avec une moue méprisante affichant son peu d'estime pour le bouddhisme. Les gens du voisinage, qui depuis le remariage d'Ikuyo n'avaient pas mis le pied à la maison Sunaga, se rassemblèrent à l'enterrement et compatirent unanimement au malheur de Tomoko, désormais seule au monde. Les femmes du voisinage lui avaient confectionné un vêtement de deuil. Selon la coutume de la région, les enfants en deuil portaient un kimono blanc. La petite Tomoko dut, à neuf ans, porter un kimono blanc comme sa mère, qui avait déjà endossé trois fois cette tenue, comme une belle fleur épanouie. Mais la couleur seyait mal au visage non maquillé de la fillette, et sa silhouette trop frêle pour son âge, vêtue de blanc, arracha des larmes à tous ceux qui venaient lui présenter leurs condoléances.

— Pauvre petite !

— Quelle pitié ! Regardez comme elle se tient bien dans son costume de deuil.

— Ikuyo n'est même pas venue !

— Que va devenir la petite ?

— Quelle misère !

Mais la jeune actrice debout sur la scène ne voyait même pas les larmes des spectateurs. Tomoko ne pensait pas qu'elle était à plaindre, et croyait que les adultes la regardaient uniquement à cause de ce kimono blanc qui lui allait si mal. Les sentiments de la fillette, face à la mort de sa grand-mère, étaient bien éloignés de ceux des adultes. Pour la petite fille de neuf ans, la mort des êtres était une chose encore bien difficile à saisir. Les formules de condoléances conventionnelles de tous ces gens qui versaient des pleurs en lui parlant passaient au-dessus de sa tête.

— Te voilà bien seule !

— Ta grand-mère aussi doit bien te regretter, de là où elle est.

Tomoko baissait la tête à chaque phrase, pensant que l'étiquette le voulait ainsi en pareille circonstance, mais elle ne ressentait pas de véritable chagrin. Elle n'avait encore que vaguement conscience de la mort de sa grand-mère, et s'efforçait de ressentir vraiment cette perte. Elle jetait un coup d'œil rétrospectif sur les événements qui s'étaient déroulés depuis les derniers moments de sa grand-mère jusqu'à la cérémonie funéraire, mais dans tout cela il n'y avait guère que deux scènes qui évoquaient vraiment la mort pour elle. La première était le moment où elle avait vu la vieille servante enduire d'huile capillaire la chevelure de Tsuna, réduite à l'état de cadavre, en passant un peigne à larges dents dans ses cheveux. A chaque passage du peigne les cheveux blancs se redressaient sous l'effet de l'électricité statique, et la servante avait fait remarquer :

— Il n'y a plus que ses cheveux qui soient encore vivants.

Le second souvenir marquant de Tomoko était le moment où elle avait enduit de laque noire les dents de sa grand-mère pour un ultime maquillage. Même après être devenue folle, sa grand-mère n'avait jamais omis de se noircir les dents. Trempant le bout de la houppette dans le liquide noir, Tomoko avait pressé du doigt de la main gauche les lèvres sans forces de la morte pour dénuder les dents, qu'elle avait soigneusement laquées une à une. Même à ce moment-là, elle n'éprouvait aucune tristesse.

Tout entière à sa tâche, elle s'appliquait uniquement à laquer les dents de la façon la plus parfaite possible. Elle avait vu un nombre incalculable de fois sa grand-mère se noircir les dents devant elle et avait souvent eu envie d'essayer. En le faisant aujourd'hui, elle devait faire plaisir à sa grand-mère, se disait-elle, se rappelant que la vieille femme aimait à se maquiller, la revoyant polir soigneusement ses dents devant le miroir. Tomoko fut surprise par l'odeur nauséabonde de la laque, car elle ne s'était jamais suffisamment approchée de sa grand-mère pendant cette opération pour y être sensible. Elle savait que le mélange de limaille et d'eau devenait aigre et pourrissait, mais la puanteur était vraiment trop forte. C'était un étrange relent, difficile à définir. Elle ne pouvait croire que cette odeur émanât seulement de l'eau ferrugineuse.

Les assistants vinrent brûler de l'encens les uns après les autres et saluer, en baissant poliment la tête, la fillette qui présidait à la cérémonie. Tomoko inclinait elle aussi machinalement la tête en réponse, en écoutant distraitement le prêtre réciter des soûtras bouddhiques, et elle se demanda soudain si cette odeur nauséabonde de laque n'était pas précisément l'odeur de la mort. « Puanteur fétide », cette expression lui paraissait qualifier parfaitement l'odeur de la laque. Mais Tomoko pensait également à autre chose : l'expression « fille indigne » que Tsuna avait répétée tant de fois comme une malédiction à l'égard d'Ikuyo. Dans l'esprit de Tomoko, la puanteur de la laque pour les dents et l'expression « fille indigne » étaient indissociablement liés. Elle ne savait pas ce qu'était exactement une « fille indigne », et ignorait ce qu'Ikuyo avait fait à Tsuna, mais elle avait l'intuition que ces mots recouvraient quelque chose de particulièrement épouvantable, et pour elle cette chose immonde avait l'odeur de la mort.

La fumée blanche de l'encens s'élevait dans les airs autour de sa silhouette enfantine, mais le souvenir d'une odeur plus puissante que ce parfum d'encens imprégnait désormais de façon indélébile le corps et l'âme de Tomoko.

IV

Ce fut un long voyage. D'abord surexcitée de prendre le train pour la première fois de sa vie, Tomoko ne tarda pas à céder à la fatigue. Elle était elle-même étonnée de constater que cela l'avait amusée davantage de prendre le tramway dans sa province natale jusqu'à la ville voisine de Wakayama. Son cœur enfantin se demandait avec méfiance d'où venait cette tristesse au fond d'elle, alors qu'à Tôkyô l'attendait le rêve de sa vie : revoir enfin sa mère, et vivre auprès d'elle. Ce voyage en train était pourtant amusant, avec les paysages qui défilaient derrière la fenêtre. En regardant défiler les rangées de maisons, puis les chaînes de montagnes, on s'apercevait que de l'ouest à l'est le style des habitations différait, même les montagnes avaient chacune une forme particulière, et quant aux coloris verdoyants de l'été, ils étaient de nuances plus douces dans le Kansai… Avec ces observations continuelles, Tomoko n'avait pas le temps de s'ennuyer, pourtant, elle ne se sentait pas très gaie. Ils avaient d'abord pris le tramway jusqu'à la gare de Wakayama, là ils avaient changé pour prendre un train bringuebalant jusqu'à Ôsaka, puis, le lendemain, ils étaient montés dans le train de Tôkyô, un train poussif et bruyant qui s'arrêtait à toutes les gares. Tomoko lisait le nom de toutes les villes en caractères avec leur lecture en *hiragana* [1] dessous, puis réfléchissait un moment, se demandant à quel point du trajet ils en étaient, sans oser poser la question à Keisuke, assis en face d'elle.

Si le voyage la réjouissait aussi peu, c'était peut-être parce que son beau-père l'accompagnait. Mais Tomoko, malgré son jeune âge, avait assez d'emprise sur elle-même pour se dire que ce genre de réflexions ne servait à rien. Son beau-père était un homme doux, elle en était

1. Ecriture syllabique.

persuadée. Et de fait, depuis les quatre ou cinq jours qu'ils étaient en contact, il n'avait pas manifesté une once de méchanceté envers Tomoko. Ses parents avaient accueilli avec une joie non dissimulée le fils prodigue rentrant seul à la maison sans son épouse, mais, en apprenant que la raison de son retour était uniquement d'aller chercher Tomoko à la maison Sunaga, il furent encore plus stupéfaits que fâchés. Quand ils lui demandèrent s'il ne se préoccupait pas des enfants nés de son premier mariage, il pria ses parents de considérer qu'il ne faisait plus partie de la famille Kôsaka. Avait-il perdu tout discernement, Ikuyo l'avait-elle complètement ensorcelé ? Le notable et sa femme, en proie à un chagrin impuissant, n'en revenaient pas. Leur fils si obéissant autrefois avait changé du tout au tout depuis qu'il s'était remarié avec Ikuyo. Le chef de village, cependant, voyait bien ce qui risquait de se passer : Keisuke n'avait pas d'argent, et n'était pas du genre à savoir en gagner. Cela finirait par déplaire à Ikuyo, avec ses goûts de luxe. Et Keisuke finirait par revenir un jour ou l'autre. Mais pour prendre la succession du père, il y avait un fils cadet, au caractère plus trempé que Keisuke.

Keisuke passa néanmoins quelques journées désœuvrées chez ses parents. Fatigué par le voyage de trois jours de Tôkyô à Wakayama, il avait besoin de repos. Ensuite, il se rendit chez l'oncle Shinya.

Personne ne sut jamais ce que Shinya et Keisuke se dirent ce jour-là. Peut-être Shinya ne fit-il aucune objection au départ de Tomoko parce qu'une fois l'héritière directe de la famille Sunaga partie, il pourrait disposer librement de la maison. On peut cependant supposer que Shinya ne ménagea pas ses remarques ironiques à Keisuke. Mais Keisuke, aussi indifférent que s'il était ensorcelé, avait dû ignorer ses réflexions et se contenter d'agir conformément aux instructions d'Ikuyo.

Tomoko se rappelait seulement les grosses larmes que versait la servante en faisant les bagages de la fillette, emplissant une malle d'osier de ses effets. La vieille servante, plus âgée que Tsuna, déplorait sans répit la mort de sa maîtresse, répétant sans cesse : « Ah, quel malheur, quel malheur ! » Tomoko voulait partir avec sa poupée dans les bras, et se livra de son côté à divers préparatifs pour ce voyage, qui ne lui paraissait pas un événement aussi triste que la servante semblait le croire. Quant à elle, elle ne se trouvait pas du tout à plaindre. Elle observait avec étonnement les larmes de la vieille femme, se demandant ce qu'il y avait de triste à la voir partir pour Tôkyô, où sa maman l'attendait.

Mais maintenant, la fatigue du voyage aidant, il lui semblait comprendre le chagrin de la vieille servante. Un voyage était certainement un événement triste. Voir défiler les paysages à la fenêtre en sachant que quelqu'un vous attend au bout du voyage ne manquait pas d'intérêt, mais le mouvement monotone du train en perpétuel déplacement avait à n'en pas douter une certaine tristesse. Quand le paysage extérieur commença à se fondre dans le crépuscule, cette mélancolie parut à Tomoko lui pénétrer au fond du cœur. Keisuke non plus ne disait mot. Il semblait, davantage encore que Tomoko, plongé dans la mélancolie de ce trajet. Peut-être restait-il frappé de stupeur devant les perspectives du long voyage dans lequel il s'était embarqué avec Ikuyo pour compagne. A quoi pensait-il ? Sans même regarder par la fenêtre, bras croisés, une de ses jambes couvertes d'un caleçon mi-long repliée sur son siège, il restait immobile dans la même position. Sur un pantalon de toile fine, il portait une veste de laine tissée à carreaux, qui le faisait ressembler à un de ces fonctionnaires qu'on voit sur des images anciennes, mais ne pouvant supporter la chaleur de ce voyage en plein été, il avait enlevé sa veste, remonté les manches de sa chemise, dénoué sa cravate, et même fini par enlever son pantalon, avant de paraître enfin à son aise. « Quelle chaleur, quelle chaleur ! » répétait-il chaque fois qu'il enlevait quelque chose, et Tomoko écarquillait les yeux de surprise. A l'époque où il vivait à la campagne, Keisuke avait une tenue bien plus soignée que maintenant qu'il habitait Tôkyô. Plus on approchait de Tôkyô, plus sa tenue se faisait débraillée, chose étrange aux yeux de Tomoko.

De son côté, au moment où ils avaient quitté l'auberge d'Ôsaka, tout émue de se rendre à Tôkyô, elle avait tiré de sa malle un beau kimono, qu'elle avait enfilé bien correctement. Keisuke l'avait aidée à enrouler la ceinture de mousseline de presque un mètre de large et la lui avait nouée derrière. Tomoko détestait être aidée par un homme à s'habiller, et chez elle, elle s'écartait d'un bond et appelait la servante chaque fois que Hachirô s'approchait pour l'aider. Elle frémissait encore de dégoût en se rappelant le moment où Keisuke était passé derrière elle d'un air naturel pour l'aider à nouer sa ceinture. Elle ne le trouvait pas du tout méchant, n'éprouvait pas la moindre jalousie sous prétexte qu'il était le mari de sa mère, et pensait qu'il était loin d'être un compagnon de voyage désagréable, mais même avec le temps qui passait, elle n'arrivait pas à s'habituer à l'idée que son obi [1] ait été noué par cette main masculine. Les sièges en bois dur du compartiment de troisième classe rendaient d'autant plus inconfortable la position assise au long de cet interminable voyage, mais Tomoko restait dignement posée sur son siège, sans se laisser aller le moins du monde. Ce n'était pas tant à cause de la tension causée par l'idée d'aller à Tôkyô et d'y vivre désormais avec sa mère, ni même parce que les bonnes manières lui étaient naturelles, mais parce que la sensation gênante du nœud de la ceinture dans son dos l'empêchait de s'appuyer confortablement au dossier de son siège.

Le soir venant, elle commença à se sentir fatiguée mais pensa d'abord à installer sa poupée pour la nuit. Heureusement, le train n'était pas bondé, et la place à côté d'elle était libre. Elle enleva l'épaisse veste de la poupée, dénoua sa ceinture, mais lui laissa le kimono

1. Ceinture de kimono très large et formant une coque dans le dos.

avant de l'allonger. En guise de couverture, elle posa sur sa poitrine la veste qu'elle venait d'enlever. Les motifs de feuilles de vigne firent immédiatement surgir devant elle l'image de sa mère, mais elle ne se demanda pas ce que penserait Ikuyo en voyant le kimono qu'elle lui avait offert transformé en vêtement de poupée.

L'électricité allumée dans le compartiment répandait une faible lumière jaune. Après avoir mangé le léger repas à emporter acheté à la gare et être allé aux toilettes, Keisuke commença à s'assoupir sur son banc.

— Tomo-chan, tu devrais dormir aussi, sinon tu vas être épuisée.

— Hmm.

Tomoko ne pouvait éviter à son regard de se poser sans cesse sur le visage de Keisuke, qui avait fermé les yeux. C'était donc là le mari de sa mère… Elle n'arrivait pas à le croire. Il lui était tout aussi difficile de se dire que c'était là le fils du chef de village. Il était plutôt noir de peau, envahi par un embonpoint précoce, et bien qu'encore dans la fleur de l'âge, il flottait sur toute sa personne un air de mollesse et d'indécision en parfait accord avec son physique. Vers l'époque où il passait son temps installé au soleil en silence sur la véranda de la maison paternelle, il était entouré d'une atmosphère paisible, mais même s'il avait gardé jusqu'au bout sa tenue de tôkyôïte habitué à la vie citadine, maintenant qu'il était endormi, son visage complètement relâché avait quelque chose de pitoyable qui n'échappait pas même au regard d'enfant de Tomoko. Il n'avait plus aucun moyen de dissimuler son angoisse.

— Excusez-moi, cette place est libre ?

Une femme s'adressait à Tomoko, pointant le doigt vers le siège où dormait sa poupée. Il y avait pourtant d'autres sièges à sa disposition, mais comme elle paraissait décidée à s'asseoir sur celui-là, Tomoko posa bon gré mal gré la poupée sur ses genoux pour libérer la place.

— Merci, dit en s'asseyant la femme au gros chignon à la mode de Tôkyô, vêtue d'un kimono de lin. Puis elle adressa immédiatement la parole à Tomoko, comme si cela avait été le but de la manœuvre dès le départ :

— Où va donc cette demoiselle ? Ah, jusqu'à Tôkyô, c'est fantastique ! Moi aussi je vais à Tôkyô. Vous êtes toute seule ? Non, bien sûr. Ce monsieur est votre oncle ? Non ? Votre père ? Oui, votre père, je suppose.

Pour une raison inconnue, une expression de désespoir transparut sur son visage. Tomoko était restée sans voix en entendant cet accent de Tôkyô auquel elle était peu habituée, et se contentait de répondre par des hochements de tête. Keisuke, maintenant profondément endormi sous l'effet de la fatigue, n'entrouvrit même pas un œil.

— Vous êtes montée à Ôsaka, mademoiselle ? Et où à Ôsaka habitez-vous ? Comment ? Pas à Ôsaka ? Kyôto alors ? Nara ? Non, mais où donc alors ? Ah, la préfecture de Wakayama ? Je n'y suis jamais allée, c'est joli là-bas ? Pourquoi allez-vous à Tôkyô ?

— Maman m'y attend.

— Ah bon ? C'est bien, ça. Et quelle âge a cette petite demoiselle ?

— Neuf ans.

— Neuf ans ? Quelle grande fille ! Je t'aurais donné six ou sept ans.

Tomoko avait l'habitude de cette réflexion de la part de gens qui ne la connaissaient pas, mais elle détestait l'entendre. La femme sortit de son sac une planchette garnie de haricots rouges enrobés de sucre et lui en proposa, mais Tomoko refusa obstinément. Elle avait sommeil, même parler lui était pénible. Si elle s'endormit malgré la tension qu'elle éprouvait face à cette femme inconnue à l'accent de Tôkyô, c'était dû à sa jeunesse.

— Tomo-chan, réveille-toi !

La voix de Keisuke la tira de son sommeil. La douce lumière du matin pénétrait tout le compartiment, un panorama lumineux s'étendait devant ses yeux. Elle s'était endormie allongée de tout son long sur la banquette.

— On va bientôt voir le mont Fuji !

Apparemment, c'était pour cela qu'il l'avait réveillée. Tomoko n'était encore qu'à demi réveillée, et se demandait où était passée la dame assise la veille à côté d'elle. Cette dame n'était-elle pas sa maman ? Mais non, quelle idée ridicule ! Elle repoussa cette idée, encore tout ensommeillée. La poupée avait perdu sa veste et était tombée à ses pieds. Tomoko en voulut à Keisuke de n'avoir même pas pensé à la ramasser. Pendant qu'elle relevait sa pauvre poupée et l'époussetait, elle s'aperçut que ses paumes et ses poignets se couvraient de noir. Comprenant que la suie du compartiment lui avait collé à la peau, Tomoko, qui aimait la propreté, en frémit de dégoût. Le réveil de cette matinée de voyage était plutôt pénible.

Elle se leva pour aller se laver les mains, les frotta sous le mince filet d'eau, tandis qu'un jus noir s'écoulait entre ses doigts. Elle tangua sur ses pieds pour maintenir son équilibre en s'essuyant les mains, puis, en regagnant le compartiment, elle jeta un coup d'œil par la fenêtre, et la splendeur du mont Fuji, se détachant nettement dans le ciel, la cloua sur place de ravissement.

— C'est dommage que tu sois sortie juste maintenant, tu aurais pu voir le mont Fuji, lui dit Keisuke quand elle vint se rasseoir, mais elle répliqua fièrement :

— Moi aussi je l'ai vu !

La réponse de Keisuke l'accabla :

— Ah oui, tu l'as vu des toilettes ?

A nouveau de mauvaise humeur, Tomoko s'enfonça dans le silence. Keisuke eut beau l'engager à manger le repas en boîte qu'il avait sorti, elle n'y toucha pas.

— Tu es aussi têtue que ta mère ! dit Keisuke avec un sourire amer.

— Tu n'en veux vraiment pas ? insista-t-il, quand il eut fini son déjeuner, avant de tendre la main vers celui de Tomoko.

Je suis la fille de ma mère, c'est normal que je lui ressemble, murmurait Tomoko en elle-même. On lui avait déjà dit qu'elle était intelligente, qu'elle était éveillée, de caractère solide, mais qu'elle était têtue, c'était la première fois. Sa grand-mère lui répétait sans cesse qu'elle était plus gentille qu'Ikuyo, plus obéissante, mais s'entendre dire par le propre mari de sa mère qu'elle lui ressemblait par son entêtement ne laissait pas de l'étonner. Pourtant, dans les paroles de Keisuke, elle n'avait senti aucune méchanceté envers sa belle-fille. Le regardant enfourner à grands coups de baguettes son deuxième repas, celui qui lui était destiné à elle, Tomoko eut l'impression qu'elle aurait eu mauvaise grâce à réagir avec brusquerie à cette réflexion. Mais, cela mis à part, elle ne trouvait pas ce partenaire très bien assorti à son élégante mère.

A la gare de Tôkyô, personne n'était venu les chercher. Keisuke mit sur une de ses épaules la malle en osier de Tomoko et prit la main de la fillette. Intimidée par cette grande gare inconnue, Tomoko se laissa faire sans déplaisir, mais elle se sentait triste. C'était donc là la gare de Tôkyô, l'endroit où elle avait été si sûre de revoir sa mère… L'immense bâtisse au plafond incroyablement haut avait de quoi laisser pantoise une paysanne fraîchement débarquée comme elle. A ses yeux, cette gare n'était qu'une immense coquille vide et triste. Il y régnait une chaleur plus étouffante encore que dans le train.

Ils traversèrent le hall de la gare pour sortir, prirent un tramway, changèrent une fois, marchèrent de nouveau. La fin du voyage était compliquée, mais cela remit Tomoko de bonne humeur. Bientôt, elle allait revoir sa maman, se disait-elle. Toute la fatigue accumulée dans son corps d'enfant s'était muée en joie : l'espoir avait fait s'envoler la fatigue du voyage.

En outre, le paysage aperçu par la fenêtre du tramway était par sa rareté plus amusant encore que celui du train. Des deux côtés de l'avenue où roulait le tramway se pressaient des rangées de petites maisons et des devantures de magasins différant de tout ce qu'elle avait pu voir à Wakayama. Les vieilles femmes assises dans la chaleur étouffante des boutiques et agitant leur éventail avaient bien l'air de dames de Tôkyô, et les enfants qui traçaient des ronds à la bougie dans les rues écrasées de soleil pour jouer à la marelle étaient bien des enfants de Tôkyô. L'émotion d'être enfin à la capitale lui serrait le cœur à un point presque pénible. Elle débordait d'excitation.

— On y est presque, dit Keisuke en se retournant.

Il portait toujours la malle, le visage dégoulinant de sueur sous l'effort, mais ne faisait pas un geste pour s'essuyer. Sa chemise toute froissée lui collait au dos, il avait noué sa veste sur le dessus de la malle dès la descente du train.

Ils prirent une petite ruelle transversale, tournèrent ici et là, passèrent devant une longue maison, devant laquelle des femmes prenaient le frais dans des poses alanguies. Elles donnaient l'impression de ne rien avoir à faire de leurs journées, et les voix qui parvenaient aux oreilles de Tomoko avaient toutes cet accent plein de vivacité, presque vindicatif, de Tôkyô. La maison où vivaient Keisuke, Ikuyo et leur petite fille était une maison à un seul étage un peu plus élégante que la longue maison qu'ils venaient de passer.

— Ikuyo, bonjour, nous voilà ! dit Keisuke en déposant la lourde malle de Tomoko sur la natte de l'entrée.

— Ikuyo !... Ma parole, elle n'est pas là ? Quel manque d'attention !

Sur un signe de Keisuke, Tomoko monta la marche de l'entrée, et elle eut la surprise de constater que les maisons de Tôkyô, comparées à la maison paysanne des Sunaga, étaient beaucoup plus basses de plafond, avec des pièces plus petites. Même les treillis de bois des cloisons de papier paraissaient plus petits qu'à la campagne. Tomoko n'arrivait absolument pas à faire le lien entre l'image du Tôkyô qu'elle avait imaginé et ce qu'elle en voyait en réalité. La gare de Tôkyô, et maintenant cette maison vide...

— Tomo-chan ! Regarde, voilà Yasuko.

Keisuke lui présentait le bébé endormi sur un matelas dans une pièce du fond. La demi-sœur de Tomoko, qui

capitale, mais Ikuyo l'avait utilisé sans honte et même ostensiblement pour s'adresser à son mari et à sa fille.

— Tu n'as qu'à l'emmener, toi.

— Ne dis pas de bêtises. Tomo-chan a neuf ans, je ne peux pas l'amener au bain des hommes.

— Bon, eh bien elle ira toute seule. Accompagne-la simplement jusqu'à l'entrée.

— Ne dis pas ça, voyons, emmène-la. C'est la première fois qu'elle va au bain public, comment veux-tu qu'elle se débrouille toute seule ?

— Ah, quel ennui.

— Mais non, allons. Moi, je m'occupe de Yasuko, et toi, tu emmènes Tomo-chan, d'accord, hein, Ikuyo ?

Tomoko surprit involontairement ce dialogue en revenant de la salle de bains. Ayant compris de quoi ils parlaient, elle alla s'asseoir derrière sa mère, un peu de biais. Elle resta stupéfaite à la vue de la blancheur de la nuque d'Ikuyo.

Maintenant qu'elle s'était lavé le visage, il n'y eut personne pour la complimenter sur sa propreté, mais plus fort encore que son sentiment de tristesse, fut la surprise de voir cette nuque si blanche. Elle se rappelait avoir vu sa mère lors de sa cérémonie de mariage avec non seulement la nuque mais également le visage enduit de blanc. Cela lui faisait un beau visage noble de poupée mais maintenant Ikuyo n'avait pas une once de maquillage sur le visage, seule sa nuque était poudrée à blanc. En outre, son kimono d'intérieur était largement échancré dans le dos. Ses cheveux étaient relevés en un gros chignon à la mode de Tôkyô, retenu par une grosse épingle plate bon marché. Sa mère avait complètement changé. Elle avait beau fouiller dans ses souvenirs, elle ne l'avait jamais vue comme cela.

— Mais qu'est-ce que tu as à me regarder comme ça ? Dépêche-toi de te préparer, on va aux bains.

— Tomo-chan, va aux bains avec ta mère.

Au ton de la voix d'Ikuyo et de Keisuke, on eût dit que c'était lui le père, et elle la marâtre.

Tomoko sortit du linge propre de la malle préparée par la servante, prit la cuvette de cuivre que sa mère lui tendait, et la suivit. Ikuyo marchait rapidement, aussi fièrement que si une servante l'escortait, obligeant Tomoko à courir de temps en temps pour la rattraper. Arrivées devant le bain public, elles écartèrent pour entrer les pans du rideau bleu foncé sur lequel était inscrit en lettres cramoisies : « Bain des femmes ». Tomoko, derrière sa mère, jeta un timide coup d'œil à l'intérieur, et un ensemble de couleurs tapageuses lui sauta aux yeux. Il y avait là quelques femmes en train de se dévêtir ou de se rhabiller.

A la maison Sunaga, après le remariage d'Ikuyo, quand le jeune domestique préparait le bain, Tsuna et Tomoko étaient les deux seules à l'utiliser, et Tomoko se rappelait bien le corps nu de sa grand-mère. Elle était habituée à se dévêtir devant Tsuna ou la vieille servante, mais dans le vestiaire du bain public, elle hésitait à se déshabiller devant toutes ces femmes inconnues. Ikuyo, qui n'avait guère mis d'empressement à l'idée de se rendre aux bains, faisait au contraire preuve de détermination depuis qu'elle avait passé le rideau. Dénouant sa ceinture, puis le lien de la taille, elle fit tomber son kimono à terre, le fourra dans un grand panier, puis, quand elle eut enlevé son jupon de dessous, son corps entièrement nu apparut. C'était un corps splendide et ferme au point qu'on ne pouvait imaginer qu'elle eût déjà mis au monde deux enfants. On aurait cru le voir tressaillir de vie comme le corps d'une fille de vingt ans. Elle s'adressa à Tomoko qui restait debout, fascinée :

— Tomoko, ne reste pas à ne rien faire, dépêche-toi de te déshabiller. Tu peux prendre ce panier, là.

Sur ces mots, elle poussa la porte qui séparait le vestiaire de la salle d'ablutions, et disparut derrière.

Une fois seule, Tomoko reprit enfin ses esprits. Maintenant qu'elle était là, il fallait bien se déshabiller. Une fois nue, elle prit la cuvette, et poussa comme Ikuyo la porte menant aux bains. La pièce était pleine d'une épaisse vapeur blanche comme de la fumée. Il y régnait une odeur écœurante. Perdue, Tomoko chercha sa mère du regard. Au centre de la pièce se trouvait un grand bassin, et quelques femmes assises autour y puisaient de l'eau chaude. Deux ou trois femmes seulement se baignaient. Etaient-elles toutes venues avec une amie ? Toutes bavardaient entre elles. Le bain étouffait les voix, et seule une voix perçante prononçait de temps à autres des mots compréhensibles dans le brouhaha général. Tomoko aperçut Ikuyo qui s'aspergeait d'eau chaude et se rapprocha d'elle, enfin rassurée. Elle l'imita et, debout, s'aspergea d'eau chaude, sans trop faire jaillir d'écume autour d'elle.

Sans adresser la parole à sa fille, Ikuyo enjamba le bord du bassin et se trempa dedans. Tomoko la suivit. L'eau chaude lui atteignait les épaules. Ikuyo s'était baignée avec son maquillage blanc sur la nuque si bien que celui-ci s'étendait autour de son cou, formant une légère membrane huileuse sur l'eau. L'eau était brûlante et toutes deux en ressortirent rapidement.

— Elle est chaude cette eau, hein, maman ?

— Au bain, c'est toujours comme ça.

Par association d'idée, Tomoko se rappela Hachirô, mettant du bois dans le fourneau jusqu'à faire bouillir l'eau du bain, en apprenant la grossesse d'Ikuyo. Elle eut envie de faire part à sa mère, qu'elle n'avait pas vue depuis deux ans, de cette réminiscence.

— Maman…

— Qu'y a-t-il ?

— Tu sais, Hachirô, il a quitté le village après la mort de grand-mère. Il est parti travailler à Ôsaka, mais il m'a dit qu'en vrai il voulait aller à Tôkyô.

Mais Ikuyo n'avait pas l'air de s'intéresser au sort du personnel de sa maison natale. Ou alors, c'était l'accent campagnard de Tomoko qui l'inquiétait. Elle s'était en effet aperçue que les femmes voisines, cessant un instant leur conversation, avaient tendu l'oreille vers elles.

— Tomoko, n'emploie pas l'accent de Wakayama, s'il te plaît. Sinon on se moquera de toi à l'école.

Tout le corps de Tomoko se mit à rougir, mais pas à cause de la chaleur de l'eau. Venaient-elles de la remarquer, ou l'observaient-elles depuis un moment ? Deux femmes qui se frottaient le corps avec des sachets de son de riz à côté d'elle lui adressèrent alors la parole :

— Quel âge as-tu, petite ?

— … Neuf ans.

— Comme elle est mignonne !

Ikuyo les interrompit :

— Elle est petite pour son âge, hein ? Je ne l'avais pas vue depuis deux ans, mais on dirait qu'elle n'a pas grandi d'un pouce. Quelle déception !

— Mais non, voyons ! Elle est jolie, elle ressemble à sa maman. Cela va être une joie de la voir grandir. Elle fera votre fierté, cette enfant-là, vous verrez. Vous ne regretterez pas l'argent que vous dépenserez à lui enseigner le chant et la danse.

La femme qui avait parlé comme si elle lisait l'avenir avait l'air d'une femme typique des quartiers populaires de Tôkyô. Elle s'aspergea d'eau chaude et se tourna vers le mur pour commencer à se poudrer le cou de blanc.

— C'est un professeur de chant accompagné, fit Ikuyo à l'oreille de Tomoko.

A cet instant, la fillette remarqua que sa mère n'était pas la seule à avoir la nuque fardée. Presque toutes les femmes, chacune leur tour, passaient une houppette à la base de leur cou. Ikuyo, elle aussi, commença à repasser du blanc sur le maquillage précédent. Prenant un petit bloc de poudre blanche dans un pot, elle l'étalait dans sa paume et l'appliquait soigneusement des deux mains, de la base du cou vers la poitrine. Tomoko ne se rassasiait pas de ce spectacle nouveau pour elle. Cela lui rappelait sa grand-mère quand elle se laquait les dents de noir.

Ikuyo discutait joyeusement avec sa voisine, qu'elle avait l'air de connaître. Ikuyo entendait des mots qu'elle ne connaissait pas comme « jour chômé » sans en comprendre le sens.

Quand elles quittèrent l'établissement de bains, le soir était tombé et les rues étaient silencieuses. Sans doute encore sous l'effet de l'agréable sensation du bain, Ikuyo marchait cette fois avec lenteur, et paraissait d'excellente humeur. Elle avait été flattée par le compliment d'une femme qui lui avait dit, comme on le lui répétait souvent, qu'avec sa beauté, elle aurait dû être geisha.

— Maman ?

Tomoko vérifiait chaque fois qu'elle le pouvait le bonheur oublié qu'elle éprouvait à dire « maman », et, en outre, ayant l'âge où le désir d'apprendre est impérieux, elle brûlait d'envie de connaître le sens des mots tombés tout à l'heure par hasard dans son oreille enfantine.

— Eh bien, les jours chômés, ce sont les jours où il y a le plus d'affluence à l'intérieur de l'enceinte. Cette année, il y a déjà eu le nouvel an, la fête des fleurs de cerisiers, et bientôt il y aura la fête de l'été. Et les jours fériés, c'est un peu la même chose, il y a le premier et le quinze du mois, et puis… Voilà, en somme.

Ikuyo se laissait-elle aller parce qu'elle était de bonne humeur ? Toujours est-il que l'accent de sa campagne natale ressortait légèrement. Tomoko interprétait cela comme un accent de tendresse envers elle. Ensuite, Ikuyo lui expliqua le sens de divers mots qu'elle avait utilisés :

— L'intérieur de l'enceinte, c'est le quartier de Yoshiwara. Là où on trouve les belles courtisanes et les geishas. L'extérieur de l'enceinte, c'est là où se trouvent les maisons d'habitation comme la nôtre.

Quel hasard avait donc amené Keisuke et Ikuyo à habiter dans la ville basse, juste à côté du quartier des plaisirs ? En tout cas, Ikuyo, avec sa nuque blanche poudrée et parfumée, paraissait parfaitement satisfaite de cet environnement.

Keisuke se levait tôt le matin et ne revenait que le soir, menant une vie normale d'employé. Il travaillait dans une librairie du quartier de Kanda. Pendant ce temps, Ikuyo flânait dans la maison sans rien de particulier à faire. Maintenant qu'elle était là, Tomoko, en dehors de ses heures d'école, l'aidait à s'occuper de Yasuko et du ménage, si bien qu'Ikuyo fut à même d'utiliser son temps libre à sa guise, en prenant des cours de *shamisen*[1]. Ikuyo avait adopté les habitudes de la ville basse, la façon de parler, de porter le kimono. Elle avait encore plus l'air d'une femme du quartier que les femmes nées juste à côté de l'enceinte de Yoshiwara. Plus d'une femme lui avait dit qu'avec sa beauté il était dommage de rester une femme ordinaire et de ne posséder aucun art d'agrément, mais Ikuyo n'était pas sensible à la part d'ironie que contenait certainement cette réflexion. On ne se débarrasse pas si facilement de ses origines, et Ikuyo avait beau prendre des attitudes coquettes, une femme du Kansai ne pouvait passer pour une véritable Tôkyôïte. Elle-même ne s'en rendait pas compte, mais c'était une évidence pour tous les gens de son entourage.

Avec les revenus de Keisuke, il était difficile de satisfaire les désirs d'Ikuyo. Ils ne manquaient de rien en ce qui concernait le gîte et le couvert, mais ne pouvoir engager une servante paraissait insupportable à l'exigeante fille unique de la famille Sunaga, et l'état de la maison s'en ressentait. Cependant, les gens du voisinage eurent vent de son habileté aux travaux d'aiguille, et, grâce au bouche à oreille, les commandes commencèrent à affluer, sans qu'elle eut besoin de mettre un écriteau sur sa porte. Cela ne lui faisait guère qu'un peu d'argent de poche, mais Ikuyo était fière de gagner de l'argent par elle-même. Mais tout le quartier avait beau la complimenter de sa beauté, et elle avait beau habiter juste à côté de Yoshiwara, elle restait une femme élevée à la campagne dans une vieille maison, dépourvue de toute éducation et n'ayant appris aucun art d'agrément, bref, elle n'était rien d'autre que l'ordinaire épouse de Keisuke Kôsaka.

Ikuyo nourrissait depuis longtemps l'ambition de tenir un commerce comme la plupart des habitants de la

---

1. Instrument de musique à trois cordes dont jouent les geishas.

ville basse. La mère de Keisuke avait donné cent yens à son fils chéri lors de sa brève visite et cet argent devait aider à la réalisation de ce projet, mais les cent yens avaient disparu au cours du voyage de retour, ainsi que Keisuke l'avoua un jour à Ikuyo, le visage blême. Ce fut l'occasion d'une dispute.

— Comment peut-on être assez stupide pour mettre une somme d'argent aussi importante dans son sac !

— Oui, c'est vrai.

— Alors cela veut dire qu'on ne peut plus rien faire. On se retrouve comme avant, c'est ça ?

— Je suis désolé.

— Moi, j'en ai plus qu'assez de cette vie de pingres ! Tu ne comprends donc pas ?

— Je comprends, je comprends. C'est bien pour ça que je suis allé à Wakayama. Je pensais te faire plaisir à mon retour avec cet argent, mais vraiment, quel manque de chance ! On me l'aura volé dans le train pendant que je dormais, c'est sûr !

— De l'argent, ça se met dans la ceinture, voilà tout. Faut-il être stupide pour ne pas le garder sur soi !

— C'est vrai, c'est ce que je me dis.

— Tu en parles à ton aise ! Mais moi, qu'est-ce que je vais faire maintenant ?

Après ce coup d'épée dans l'eau, Ikuyo se leva d'un air furieux, tandis que Keisuke baissait la tête d'un air piteux. Jamais Tomoko n'aurait imaginé pareil spectacle. Son âme enfantine avait gardé le souvenir d'une femme d'une beauté et d'un calme olympien, assise à genoux, vêtue de blanc, à son mariage. Tomoko était complètement désorientée, n'arrivant pas à faire le lien entre la femme à la nuque poudrée qu'elle avait devant elle, et cette mère d'autrefois. « Les hommes sont donc comme ça ? » se disait-elle aussi, frappée par l'attitude soumise de Keisuke, voué sans conditions à sa femme. La seule décision énergique qu'il eût prise dans sa vie, celle de se remarier avec Ikuyo, l'avait précipité vers cette vie, conforme aux aspirations de sa femme, aussi n'avait-il nulle raison de la haïr pour cela. Tomoko trouvait sa mère bien heureuse. Et sans aucun doute, Ikuyo jouissait pleinement du bonheur de faire librement des reproches à son mari et de le traiter d'imbécile et de benêt sans se gêner, les yeux étincelants de colère.

A l'école où Tomoko entra après les vacances d'été, il y avait beaucoup d'enfants du quartier de Yoshiwara. Une petite fille de la classe de Tomoko venait à l'école avec la nuque poudrée de blanc, et, dans un tel environnement, des mots comme apprentie geisha ou *kamuro* (petite fille au service d'une geisha) firent vite partie du vocabulaire de Tomoko. Elle côtoyait sur les bancs de l'école le fils d'une patronne de maison de joie, la fille d'une patronne de maison de thé, et, pendant les cours, un bouffon, personnage qui accompagnait les geishas à leurs rendez-vous, passait la tête dans la classe pour venir chercher une petite fille à la nuque poudrée, montrant bien que tout le quartier, à l'intérieur comme à l'extérieur de l'enceinte, vivait grâce aux activités de Yoshiwara, et qu'en outre, les gens du quartier ne pensaient pas que le quartier des plaisirs fût un lieu sordide ou à exclure de leur monde. Une petite fille avec laquelle Tomoko se lia d'amitié disait que quand elle serait grande elle deviendrait une grande courtisane comme la célèbre Eizan.

Un jour, cette petite fille lui murmura d'un air entendu qu'aujourd'hui était un jour « chômé » et qu'elle avait gagné beaucoup d'argent de poche. Tomoko avait le cœur battant quand la fillette l'invita à l'accompagner au retour de l'école. Ce jour-là était effectivement le jour de la fête des morts. Main dans la main, elles traversèrent le quartier intermédiaire, bordé des deux côtés par des échoppes ambulantes. Un marchand de poissons rouges faisait tinter ses clochettes. Le fabricant de gâteaux de riz actionnait son sifflet. Après la fête de l'été, c'était la deuxième fois que Tomoko voyait dans les rues les vanniers, les marchands de sucres d'orge, et tout heureuse, elle se laissait aller à sa joie. La future courtisane, voulant sans doute se montrer généreuse pour être à la hauteur de son futur métier, acheta des gâteaux pour elle et Tomoko. Après avoir pris la commande, le vieillard qui fabriquait les gâteaux malaxa dans ses mains ridées la pâte de riz blanche, en rompit un morceau, l'étala, la colora puis la découpa habilement aux ciseaux pour lui donner la forme d'une courtisane partant en voyage en bateau. La pâtisserie d'à peine trois centimètres de haut était si jolie qu'il paraissait dommage de la manger. Les deux fillettes traversèrent la marée humaine en tenant chacune bien haut sa petite poupée sur son bateau de bois.

En arrivant à la maison, après avoir dit au revoir à son amie, Tomoko entendit sa petite sœur pleurer avec des sanglots nerveux et violents. Sans prêter attention à l'enfant, Ikuyo était installée devant son miroir et se maquillait. Elle avait l'air de sortir du bain, et un parfum vaporeux émanait d'elle. Tomoko préférait voir sa mère se maquiller plutôt que de s'ennuyer à s'occuper du bébé. Il lui arrivait bien de se dire que c'était triste pour Keisuke et pour Yasuko, mais il lui semblait que la plus malheureuse était encore Ikuyo, obligée de mener seule sa maison, étant trop pauvre pour s'offrir des domestiques. Le plus grand bonheur d'Ikuyo, qui n'avait plus le plaisir de se coudre des kimonos et d'en porter sans cesse de nouveaux, était maintenant de se poudrer le visage ou de se mettre du rouge à lèvres. Prenant la petite coupelle à rouge posée au-dessus du miroir dans sa main gauche, elle mit un peu de salive sur son majeur droit, et le frotta dans le contenu de la coupelle. Tendant son doigt couvert de rouge, elle le posa sur ses lèvres, en se regardant dans le miroir avec une gravité qui faisait toujours naître chez Tomoko un respect mêlé de crainte.

Le regard d'Ikuyo dans le miroir parut soudain s'apercevoir de la présence de sa fille derrière elle. Tomoko s'inclina poliment, les deux mains posées à plat sur la natte.

— Bonsoir maman.

— Ah, te voilà. Va voir ce qu'a Yasuko.

— Oui…

— Tiens, qu'as-tu à la main ?

— Une pâtisserie de riz de la fête. C'est Omitsu qui me l'a donnée.

— Fais voir.

Elle l'approcha du miroir et la regarda un moment, puis continua son maquillage sans faire de commentaire. Tomoko n'avait pas le temps de rester désœuvrée et elle se hâta vers la pièce voisine où Yasuko pleurait toujours.

La petite sœur de Tomoko, âgée d'un an à peine, manifestait en sanglotant de toutes ses forces l'inconfort que lui causaient ses couches mouillées. Le derrière sur les nattes, battant l'air de toutes ses forces avec bras et jambes, elle devait pleurer depuis un moment. Mais elle s'arrêta net en voyant Tomoko. Les enfants en général aimaient Tomoko, mais il était affligeant de voir la petite Yasuko rassurée uniquement en retrouvant sa sœur, qui commença par changer ses couches, prenant à dessein un air sérieux de maman. Son intention était de prendre un air digne de sœur aînée, mais dans ses gestes adroits de fillette habituée à jouer à la poupée, flottait un je ne sais quoi de maternel peu en accord avec son âge.

Elle la prit dans ses bras.

— Là, là, Yasuko, regarde, je vais te montrer quelque chose de joli. Aujourd'hui, c'est un jour chômé, tu sais, et c'est une amie qui me l'a acheté, tu vas voir.

La faisant sauter dans ses bras, elle l'emmena dans la chambre de sa mère, qu'elle trouva toujours assise devant son miroir. Son maquillage était achevé, et elle était occupée à regarder d'un air absent un objet posé sur sa paume : la petite courtisane en pâte de riz sur son bateau de bois. Sentant la présence de Tomoko et de sa petite sœur dans son dos, elle leur adressa la parole en les regardant dans le miroir :

— Ce qu'elle est jolie !

La petite pâtisserie réalisée avec autant de soin qu'une véritable poupée, en teignant de diverses couleurs la pâte de farine de riz mélangée à de l'eau chaude, était d'une telle finesse qu'on distinguait nettement le chignon de la courtisane, son long kimono flottant, et sa large ceinture. La figurine était si petite qu'elle tenait aisément dans la paume mais était-ce vraiment l'habileté de l'artisan qu'Ikuyo louait ainsi ? La jeune femme immobile, fardée de blanc à partir du cou comme une figurine en pâte de riz avant le coloriage, contemplait sans se lasser la silhouette de la courtisane.

V

En rentrant ce jour-là, Tomoko trouva sur le seuil un plateau avec deux bols ronds posés dessus. Puis, devant la marche de l'entrée, une paire de socques de bois surélevées pour marcher dans la neige jetées là à la hâte, en désordre. Ikuyo et Tomoko, élevées à la campagne dans un milieu de petits propriétaires terriens, avaient les habitudes de vie méticuleuses que donne une éducation à l'ancienne, et Keisuke de son côté avait toujours été ordonné. Aussi, quand Tomoko aperçut ces socques au retour de l'école, elle eut l'impression que leur propriétaire était un intrus négligent, et fut incapable de lancer à voix forte son habituel « Bonsoir, me voilà ! ».

Chose rare, ce jour-là, Yasuko ne pleurait pas. D'habitude, quand elle rentrait avec son ardoise sous le bras, elle entendait de loin, avant même de tourner dans la ruelle, les pleurs de sa petite sœur qui semblaient lui crier : « Tomoko, rentre vite ! » si bien qu'elle arrivait toujours en courant dans la maison. Mais ce jour-là, c'était différent.

— C'est pour ça que… S'il comprenait…

Une voix masculine lui parvenait par bribes.

Enlevant doucement ses socques de bois, elle monta la marche de l'entrée. Elle hésita un moment, se demandant si elle devait ou non aligner côte à côte les socques de bois de cet invité inconnu, mais, finalement, plus elle le regardait, plus cet arrangement négligent blessait sa vue, si bien qu'elle se décida à les ranger correctement.

— Qui est-ce ? demanda Ikuyo en sursautant. Elle se retourna puis, reconnaissant Tomoko, reprit sans même lui dire bonsoir sa conversation avec l'inconnu.

— Bienvenue, monsieur. Bonsoir, maman !

Surpris à la vue de Tomoko qui inclinait poliment la tête vers lui puis vers sa mère, l'homme se tut brusquement et regarda Ikuyo comme pour demander des explications, mais celle-ci restait agenouillée sur les nattes sans rien dire. Elle portait comme d'habitude un épais maquillage blanc, et, malgré la fraîcheur de ce début d'automne, était vêtue d'un vieux kimono doublé sans col. Comme ce kimono de crêpe était un des plus beaux dont elle disposait à l'heure actuelle, Tomoko comprit en voyant sa mère ainsi vêtue qu'elle s'était mise sur son trente et un.

Cependant, Tomoko sentait, comme un léger brouillard flottant sur la petite pièce, la gêne que sa présence occasionnait, aussi se hâta-t-elle de disparaître dans la pièce du fond. Son petit bureau y était installé, et Yasuko devait également y être endormie. Mais ce qu'elle vit en entrant la cloua sur place : Yasuko au beau milieu de la pièce, tenant sa poupée par la jambe, gazouillait en souriant, levant un regard satisfait vers sa sœur aînée.

La poupée était celle que Tomoko avait amenée de sa maison natale, la serrant précieusement contre elle dans le train. Le kimono mauve aux motifs de feuilles de vigne était déjà à moitié déchiré, des lambeaux épars gisaient sur le sol. La poupée était presque nue, un bras arraché.

— Yasu-chan !

Tomoko sentit le sang lui monter à la tête en un clin d'œil, tandis que sa petite sœur blêmissait. Elle lui prit la poupée et tout en ramassant le bras arraché et la manche déchirée, Tomoko se sentit incapable de se mettre en colère ou même de pleurer, submergée par la force avec laquelle le terrible souvenir venait de lui remonter à la conscience. Elle revoyait le moment où sa grand-mère aujourd'hui défunte avait déchiré dans une crise de folie le kimono mauve. Devant les yeux de Tomoko, le kimono que sa mère avait cousu pour elle et lui avait offert avait été réduit en un horrible tas de chiffons. La même scène venait de se reproduire sous ses yeux. En cherchant les petits bouts de tissus revenus à leur état originel, Tomoko était accablée de tristesse devant le triste sort réservé depuis le début à ce kimono.

Mais qui avait bien pu donner sa poupée à Yasuko ?

Yasuko était maintenant en âge de marcher et attrapait tout ce qui se trouvait à portée de sa main pour le casser ou le déchirer. Tous les objets de la maison étaient rangés hors de sa portée, au-dessus des commodes, sur les étagères, dans les tiroirs, ou suspendus, et Tomoko elle-même avait soin avant de partir pour l'école de rassembler livres et pinceaux dans un carré de tissu noué et de les ranger sur une étagère. De plus, depuis qu'elle vivait dans cette maison, Tomoko ne jouait plus à la poupée comme autrefois, car elle avait davantage à faire en s'occupant de Yasuko.

Avant que Yasuko abîme la poupée de la sorte, il avait donc bien fallu que quelqu'un la prenne sur la commode où elle était posée en décoration et la lui donne.

Réfléchir à cette question rendit Tomoko rêveuse, ou plutôt même la stupéfia. A ce moment, Yasuko, qui faisait toujours fête à sa sœur aînée quand elle la voyait arriver de l'école, éclata en sanglots bruyants sans doute parce que sa sœur ne s'occupait plus d'elle, ou parce qu'elle lui avait repris la poupée. Quand elle pleurait, elle faisait généralement un vacarme à ameuter tout le voisinage. Mais, sans se soucier d'elle, Tomoko restait penchée sur sa poupée dont le joli visage paraissait pitoyable au-dessus du corps mis à nu et cassé. Elle découvrit avec joie que Yasuko ne lui avait pas arraché les cheveux, et que le petit visage aux traits réguliers n'était pas sali. Tomoko restait hébétée, la poupée dans sa main gauche, les morceaux de kimono déchirés dans la droite. Les sanglots de sa sœur lui parvenaient bien, mais il lui semblait qu'ils sortaient de son propre corps, tordu par la douleur.

— Tomoko !

La voix de sa mère lui fit reprendre ses esprits.

— Oui…

— Tomoko !

— Oui…

Ces oui hésitants ne suffisaient pas à sa mère. Elle se dépêcha de se lever, quand la porte coulissante s'ouvrit :

— Qu'est-ce que tu fais ?

— Oui…

— Quoi, oui ? Tu ne vois pas que ta sœur est en train de pleurer ? Elle fait tellement de bruit qu'on ne s'entend plus parler.

— Excuse-moi.

— Elle était calme jusqu'à ce que tu rentres. Si elle ne s'arrête pas, emmène-la un peu dehors, quand je l'entends pleurer ici, ça me donne des migraines.

— Oui, maman.

Elle posa la poupée et le kimono sur son bureau et inspecta le derrière de Yasuko en la retournant. Ses couches étaient mouillées apparemment depuis un bon moment, car elles étaient glacées. Dès qu'elle les lui enleva, Yasuko s'arrêta miraculeusement de pleurer. Pendant que Tomoko l'enveloppait d'un linge sec, elle remuait la tête de droite à gauche sur la natte, en gazouillant d'un air joyeux. Elle était en retard dans son acquisition du langage, et si ses gazouillis ne formaient pas encore de mots reconnaissables, c'était sans doute parce que sa mère ne s'occupait pas assez d'elle. Tomoko mit sa sœur sur son dos et l'y maintint avec une ceinture de mousseline d'un mètre de large. Comprenant qu'elles partaient en promenade, Yasuko s'égaya encore plus. Tomoko se sentait le cœur lourd de laisser seule sa pauvre poupée toute nue, le bras arraché, mais elle traversa néanmoins le salon en direction du vestibule. L'homme et Ikuyo lui jetèrent un regard, mais ne dirent pas un mot. L'homme avait le visage rougi par l'alcool et parlait de temps à autre d'une voix trop forte, mais, la plupart du temps, il se contentait de parler à Ikuyo en la regardant de tout près.

Tomoko enfila ses socques de bois et ouvrit la porte d'entrée, mais elle était à peine arrivée dans la ruelle qu'elle faillit se heurter à un jeune homme qui portait une de ces boîtes en bois dans lesquelles les restaurants envoient les plats commandés à domicile. Elle le connaissait de vue : c'était le coursier du restaurant de nouilles au sarrasin d'à côté. Tomoko se demanda s'il était venu chercher les deux bols qu'elle avait vus dans l'entrée ou bien s'il venait amener quelque plat supplémentaire, mais elle n'osa rien lui demander. Elle réfléchit à ces maisons sans portail d'entrée et sans porte de service. Comme la vie était facile à Tôkyô : il suffisait d'appeler pour commander tout ce qu'on voulait des magasins voisins ! A Wakayama, même pour allumer le feu, c'était trois fois plus compliqué qu'à Tôkyô, lui semblait-il.

Ce jour-là, Tomoko se remémora avec nostalgie nombre de choses du passé auxquelles elle n'avait pas pensé depuis longtemps, mais que l'incident de la poupée malmenée par sa sœur avait dû faire ressurgir. Yasuko lui parut alors beaucoup plus lourde que d'ordinaire sur son dos. Plus elle approchait du fossé qui entourait l'enceinte de Yoshiwara, plus elle croisait des femmes portant des *shamisen*, ou bien vêtues d'élégants kimonos. Chaque fois qu'elles croisaient l'une d'elles, Yasuko s'agitait et bondissait sur son dos, se redressant pour regarder ce qui se passait autour d'elle et faisant vaciller la petite Tomoko. L'envie de voir sa sœur s'endormir rapidement aidant, Tomoko se mit à fredonner une berceuse, balançant doucement Yasuko sur son dos.

Dodo, fais dodo
Dodo mon bébé.
Comme un nuage, elle disparaît
La maman du bébé qui pleure
Mais elle est là près de lui
La maman du bébé qui dort.

Cela faisait longtemps qu'elle n'avait chanté cette berceuse. A la différence d'autrefois, elle comprenait maintenant parfaitement le sens des paroles. Elle était sensible à l'étrange désaccord entre ce chant et la réalité, à savoir le fait que ce n'était pas la véritable mère de Yasuko qui essayait d'endormir le bébé sur son dos, mais elle, sa sœur d'un autre lit ; cependant, ce qui l'émouvait le plus dans la chanson étaient les mots : « Comme un nuage, elle disparaît ». Tomoko éprouvait un sentiment nouveau envers sa mère qui avait autrefois disparu de sa vie comme un nuage et qu'elle avait retrouvée deux ans après pour vivre enfin sous le même toit. Elle s'étonnait de ne plus sentir frémir en elle avec la même intensité qu'autrefois ce désir languissant de la présence maternelle, si aigu à l'époque où elle vivait seule avec sa grand-mère dans l'immense vieille maison. Tomoko était encore trop jeune pour éprouver la nostalgie du passé, en outre elle aimait encore trop sa mère et sa sœur pour trouver son sort malheureux. En chantant à nouveau cette berceuse, la crainte la saisit soudain de voir à nouveau sa mère disparaître comme un nuage. Sa crainte s'approfondit encore quand elle sentit Yasuko devenir soudain plus lourde, tandis qu'une calme respiration de bébé endormi s'élevait. Maman va partir, maman va partir… Ce pressentiment, que rien ne pouvait pourtant étayer, pesait lourdement sur sa poitrine, et son cœur se serra dans un douloureux effort pour l'étouffer.

— Tomo-chan !

La voix venait de derrière elle. Elle se retourna et aperçut Keisuke, portant sous le bras la boîte qui avait contenu son déjeuner.

— Ah, bonsoir.

— Yasuko s'est endormie ?

— Oui.

— Elle doit être lourde ?

— Oui, elle devient lourde depuis quelque temps.

Keisuke n'avait rien perdu de son accent provincial, et, en discutant avec lui, Tomoko avait du mal à conserver son accent de Tôkyô acquis depuis peu.

— Tu veux que je la porte ?

Au bord du chemin, Keisuke enleva Yasuko du dos de la fillette, et la prit sur un bras, la large ceinture de mousseline entortillée sur son poignet.

— Papa, la ceinture…

— Ah, oui.

Tomoko enleva la ceinture de dessus Yasuko, et Keisuke la fourra sous le corps de sa fille.

— Voilà, c'est bien comme ça, dit-il en regardant Tomoko puis il se mit à rire sans raison. Ce rire démontrait la bonté fondamentale de son caractère, mais, en même temps, il avait quelque chose de creux, de faible et pour tout dire, de débile. Prenant la suite de Keisuke, qui se dirigeait vers la maison, sa fille dans les bras, Tomoko, qui avait pris à la main la boîte à déjeuner vide, répéta pour elle-même les mots qu'elle venait de prononcer :

— Papa, la ceinture…

Elle ne se souvenait pas elle-même quand elle avait commencé à appeler son beau-père « papa ». Ni Ikuyo, ni l'intéressé lui-même ne lui avaient jamais demandé de l'appeler ainsi, mais Tomoko considérait qu'un beau-père était un père. Cependant, elle prit conscience pour la première fois ce jour-là du véritable sens du mot « papa », et cela lui fit une impression étrange. Le mot « maman » avait pour elle une résonance extrêmement forte, elle se sentait un lien solide avec ce mot, même si désormais ce lien semblait trembler un peu plus chaque fois qu'elle le prononçait, comme prêt à se déchirer un jour, mais avec le mot « papa » elle ne ressentait aucun lien évocateur du passé. Son vrai père, Seikichi Tazawa, était mort quand elle n'avait que trois ans, c'est pourquoi elle ne se sentait pas avec lui de lien de sang réel, tandis qu'elle voyait en son beau-père le compagnon d'Ikuyo et le père de Yasuko, et ne pouvait s'empêcher de ressentir une espèce de compassion envers lui, même s'ils n'étaient pas liés par une affection particulièrement profonde.

Elle avait l'air encore plus petite que d'ordinaire, marchant ainsi derrière la grande carcasse de Keisuke, qui, sa fille endormie dans les bras, avançait lentement en se balançant à droite et à gauche, avec des allures de sumo [1]. Avec sa petite taille, Tomoko était tout de même obligée de courir de temps à autre pour maintenir entre eux la même distance. Tout en se hâtant derrière lui, elle continuait à réfléchir. « Papa… papa… papa… » Elle eut beau le murmurer plusieurs fois pour elle-même, elle ne ressentait aucune intimité avec ce mot, ce qui l'irritait.

— Tomo-chan…

En ouvrant la porte du vestibule, Keisuke se retourna vers elle avec un air défait.

— Quelqu'un est venu ? demanda-t-il en désignant le plateau toujours posé dans l'entrée, avec deux grands bols et d'autres récipients plus petits à couvercle. S'apercevoir qu'une visite avait eu lieu en son absence n'avait certes rien d'agréable pour un mari qui quitte sa maison le matin pour ne rentrer que le soir.

Tomoko resta déconcertée devant la question de son beau-père, et resta les yeux levés vers lui sans répondre, sans même hocher la tête. L'air tendu de son beau-père suffisait à l'empêcher de répondre franchement.

— Qui est venu ?

— …

Elle eut envie de répondre par un mensonge. « Je ne sais pas. » Elle n'avait que ces mots à dire pour que les choses en restent là. Mais la fillette qui ne savait pas mentir leva un regard effrayé vers son beau-père et garda le silence.

— Tiens !

Ikuyo les avait entendus arriver et, debout dans le vestibule, venait d'émettre cette exclamation. Tomoko n'avait pas encore monté la marche du seuil et, à ce moment-là, sa mère lui parut extraordinairement grande, sans doute parce qu'elle portait un kimono aux manches si longues qu'on ne voyait pas même le bout de ses ongles en dépasser.

---

1. Lutteurs japonais, caractérisés par leur grande taille et leur corpulence.

— Bonsoir, fit précipitamment Keisuke, avec l'air coupable d'un malfaiteur pris en flagrant délit. Il se hâta de se déchausser en frottant ses pieds l'un contre l'autre puis entra dans l'appartement, sa fille toujours dans les bras.

— Regarde comme elle dort bien, dit-il en s'approchant d'Ikuyo et lui montrant le bébé pour l'amadouer.

— Tu es plein de poussière, va donc te changer, lui répondit Ikuyo d'un air de profond dégoût sans manifester le moindre intérêt pour sa fille.

Tomoko fut surprise de constater qu'il ne répétait pas sa question à la principale intéressée. Sans le vouloir, elle avait furtivement entrevu le monde des adultes. Sur le carré de terre, les socques surélevées de tout à l'heure avaient disparu, remplacées par les chaussures noires de Keisuke disposées n'importe comment : l'une était à l'envers, l'autre avait rebondi loin en arrière.

Tomoko posa la boîte à déjeuner vide sur la marche du seuil, et remit les chaussures en place côte à côte.

— Tomoko !

Ikuyo avait véritablement hurlé, et à peine Tomoko s'était-elle redressée pour répondre qu'elle avait déjà surgi à ses côtés.

— Va me rapporter ça !

« Ça », c'étaient les bols du marchand de nouilles. Tomoko se dépêcha de ramasser le plateau. Les bols s'entrechoquèrent. Elle sortit, et pendant qu'elle se demandait comment refermer la porte avec les deux mains occupées, elle l'entendit claquer violemment derrière elle : Ikuyo venait de la refermer à sa place.

Le plateau ainsi que le couvercle des bols portait le nom du restaurant inscrit dans un cercle. Tomoko prit un des bords du plateau à deux mains, posa l'autre sur la ceinture de son kimono pour le maintenir. Ce plateau était certes plus léger que Yasuko, mais plus difficile à transporter !

Elle se faufila sous le rideau d'entrée du restaurant de nouilles au sarrasin.

— Bonjour !

— Bienvenue, répondit par habitude le jeune serveur.

Tomoko, pensant qu'il suffisait de poser le plateau là et de s'en aller, déposa son fardeau sur le comptoir et se dirigea à nouveau vers la porte, mais le serveur la suivit :

— Pouvez-vous me régler, s'il vous plaît ?

Il avait beau n'être qu'un jeune garçon, quand elle le vit debout devant elle, la dépassant de toute sa taille, Tomoko fut d'autant plus effrayée qu'elle n'avait absolument pas prévu cette demande.

— Je vous amène l'argent tout de suite, répondit-elle avant de tourner les talons pour rentrer en courant chez elle.

Elle trouva Ikuyo dans la cuisine. Avec un air d'ennui profond, elle rinçait du riz dans l'évier. Comme elle ne s'était mise à ces préparatifs qu'en voyant Keisuke arriver, ce soir encore, le dîner promettait d'être tardif.

— Maman…

A l'appel timide de Tomoko, elle se retourna d'un air agacé.

— Quoi ?

Ces derniers temps, Ikuyo avait adopté un ton brusque d'ouvrière pour parler à sa famille, ou plus exactement, un ton de général dans la bataille. Un ton qui en tout cas ne seyait guère à ses traits distingués.

— Au restaurant, ils m'ont demandé de payer.

Ikuyo s'arrêta soudain de laver son riz pour regarder Tomoko. Une ligne sévère s'était creusée entre les sourcils, ses yeux étincelaient de colère.

Sans rien dire, elle ouvrit le robinet à fond, ajouta de l'eau dans la marmite de riz et posa le tout sur le feu, puis, après un dernier regard à Tomoko qui était restée pétrifiée sur place, elle pénétra dans le salon sans même s'essuyer les mains.

— Il me faut de l'argent.

Keisuke leva vers elle un regard ahuri, puis, quand il eut enfin saisi le sens de ce qu'elle venait de dire, répondit :

— Je n'en ai pas.

— Mais j'en ai besoin, je te dis.

— Il ne reste plus rien de ce que je t'ai donné l'autre jour ?

— Je ne vois pas comment il en resterait !

— Evidemment, si tu achètes du saké !

— Et pourquoi je n'en achèterais pas ?

— Je ne dis pas que tu ne dois pas en acheter, mais je me demande pourquoi il y a du saké dans la cuisine, alors que moi je n'en bois jamais.

— Bah, un petit flacon de saké, ce n'est pas ça qui coûte ! Même sans acheter de saké, je ne vois pas comment il pourrait me rester de l'argent.

Pendant que cette vaine dispute s'éternisait, la pauvre Tomoko, qui attendait toujours dans la cuisine, fut complètement oubliée, ainsi que la note du restaurant voisin.

Cependant, ce genre d'incidents ne faisait que marquer le début de leur pauvreté. Ikuyo dépensait sans compter au lieu de les utiliser frugalement les maigres revenus que Keisuke, qui n'était pas un travailleur forcené, avait grand mal à gagner, si bien qu'ils en arrivèrent à manquer d'argent pour payer le marchand de riz en fin de mois. Cependant, les visites d'hommes chez Ikuyo en l'absence de son mari se répétèrent. Il en venait deux ou trois à tour de rôle, qui buvaient et mangeaient sans se soucier de qui allait payer la note.

« Quelle traînée ! » Tomoko avait maintenant à endurer les médisances du voisinage à propos de sa mère. Elle ne comprenait pas le sens précis du mot « traînée » mais fut cependant surprise de voir que les gens, tout en fronçant leur sourcil devant la conduite d'Ikuyo, ne s'en moquaient pas moins de son mari qu'ils traitaient d'imbécile. Il arrivait parfois à Tomoko de plaindre les hommes, dont elle trouvait la condition peu enviable.

Le doux Keisuke lui-même finissait parfois par perdre patience, et les disputes du ménage n'éclataient plus seulement du fait d'Ikuyo, tandis que la famille s'enfonçait dans d'irrémédiables difficultés matérielles.

Depuis son arrivée à Tôkyô, Tomoko portait, comme l'exigeait sa mère, la coiffure des jeunes filles au service des geishas, les cheveux coupés au carré à hauteur des épaules. Vers cette époque, elle prit l'habitude de mâchonner une mèche de ses cheveux en parlant. Peut-être avait-elle pris cette manie pour tromper la faim, mais avec ce tic, elle donnait aussi aux gens qui la voyaient l'impression d'une enfant malheureuse chez elle. Et peut-être est-ce parce qu'il sentait la fillette en danger et s'inquiétait pour elle, qu'un professeur de l'école de Matsushiyama, que Tomoko fréquentait depuis six mois, décida de rendre visite à la famille de la fillette.

Ikuyo fit magnifiquement face au professeur de sa fille en visite chez elle. Elle avait enlevé son fard blanc, et, ce jour-là, l'échancrure de son kimono n'était pas négligemment ouverte comme d'habitude mais au contraire soigneusement ajustée. Correctement assise à genoux, bombant la poitrine, Ikuyo avait toute l'apparence de l'autorité maternelle, et le professeur en fut impressionné. Quant à Tomoko, toute la déception qu'elle commençait à ressentir ces derniers temps vis-à-vis de sa mère s'évanouit d'un coup.

— Je suis vraiment désolée que Tomoko vous donne tout ce souci. Elle n'est pas habituée à la vie de Tôkyô, mais je pense que bientôt elle va redevenir comme avant. Si vous voulez bien la garder un peu plus longtemps dans votre établissement. Nous sommes pauvres, et cela nous cause de la gêne, j'en suis vraiment honteuse.

Le professeur repartit rapidement, ne comprenant plus très bien, face à cette mère au ton plein de fermeté, d'où avaient pu lui venir ses inquiétudes. En poste dans une école que fréquentaient beaucoup d'enfants du quartier de Yoshiwara, ce professeur avait déjà eu l'occasion de visiter des foyers où régnait un niveau intellectuel si bas qu'il ne savait comment réagir, et de voir des élèves vivre dans des maisons complètement nues dans la plus extrême pauvreté, aussi fut-il sans aucun doute déconcerté de ne trouver aucune de ces conditions dans la maison de Tomoko.

Cependant, la visite du professeur de sa fille renforça chez Ikuyo une décision qui n'était en rien dictée par un sentiment maternel. A partir de ce jour-là, on la vit souvent au bain public en compagnie de sa fille. Là, chaque fois qu'elle rencontrait le professeur de chant accompagné ou une femme d'âge moyen qui semblait être une ancienne geisha, elle exhibait sa fille, l'envoyait puiser de l'eau pour elles. Tomoko ne pouvait s'empêcher de trouver étranges les conciliabules à voix basse qui s'ensuivaient.

— Le mieux serait qu'elle commence à apprendre quelques arts d'agréments.

— C'est une enfant intelligente, en outre elle est petite de taille et ne fait pas du tout ses dix ans. La patronne se réjouira de n'avoir pas à l'envoyer longtemps à l'école.

— L'apprentissage cause davantage de problèmes à la mère qu'à l'enfant elle-même, c'est un fait.

A force d'entendre par bribes ce genre de conversations, Tomoko acquit la certitude qu'un changement allait bientôt intervenir dans sa vie.

Le jour où elle prit à nouveau le train en compagnie de Keisuke, le printemps commençait à peine, et il faisait à Tôkyô un froid bien pénible pour Tomoko, habituée à la douceur de climat de sa province natale. Elle était enrhumée et gardait frileusement les bras croisés sous ses manches, enfonçant le cou dans le col de son kimono. Dans le train, il faisait à peine plus chaud que dehors, et Tomoko fut agitée tout au long du trajet, qui était pourtant court cette fois. Elle se moucha plusieurs fois, ce qui lui rappela le reproche d'Omitsu, sa compagne de classe qui l'avait vue un jour à l'école se moucher le nez avec du papier de riz :

— Ce n'est pas très séduisant comme geste !

Etant au service d'une geisha, la petite Omitsu allait en classe la nuque poudrée de blanc comme une grande, et coiffée d'un petit chignon à coques. Le départ de Tomoko avait eu lieu si rapidement qu'elle n'avait pas même eu le temps de dire au revoir à son amie Omitsu.

— Tu vas finir par t'irriter le nez, tu as le bout tout rouge.

— …

— Arrête donc, ça ne guérira pas ton rhume de te moucher tout le temps comme ça.

— Oui…

Keisuke, que la chaleur estivale avait fait bouillir dans son costume lors du dernier voyage, portait cette fois une veste de kimono de coton et s'était mis une petite écharpe autour du cou en cours de route. Au cours des six mois écoulés, la situation de Tomoko avait beaucoup changé, mais Keisuke ne paraissait pas non plus le même homme que lors de leur précédent voyage. Dans cet homme secoué par les cahots du train, les mains enfouies dans les manches de sa veste de coton, voyageant en compagnie de sa belle-fille qui se mouchait sans cesse, il était certes difficile de reconnaître le fils aîné d'un notable de province. Aucune agitation, aucune nervosité n'apparaissait chez lui en surface, peut-être à cause d'une certaine imbécillité naturelle, mais il avait pourtant quelque chose d'effrayant comme si un sédiment menaçant reposait tout au fond de son être. Au cours de ces sept mois de vie commune, Tomoko avait tenté de cerner le caractère de son beau-père, mais maintenant, assise en face de lui dans ce compartiment, elle tressaillait intérieurement, tout en continuant à se moucher, en constatant chez lui un changement radical en si peu de temps. Elle n'était qu'une enfant, incapable de formuler consciemment cette découverte, mais l'impression qu'elle eut à ce moment-là fut suffisamment forte pour marquer son souvenir.

Après deux heures de secousses dans le train, ils arrivèrent enfin à destination. Le ciel était couvert de nuages bas, et Keisuke regretta qu'ils ne puissent voir cette fois le mont Fuji. Il étaient descendus à la gare de Shizuoka, au pied de la montagne.

Keisuke portait à nouveau la malle de Tomoko, pleine de kimonos. Tomoko se rappela la phrase qu'avait eue sa mère en l'aidant à faire ses bagages : « Tu vois, malgré tous nos problèmes d'argent, on n'a pas touché à un seul de tes kimonos. » Tomoko ne put rien répondre, se demandant si elle voyait sa mère, ainsi accablée par le poids de la misère, pour la dernière fois. Au moment de quitter à nouveau, à peine retrouvée, cette mère après laquelle son cœur d'enfant avait tellement langui, Tomoko était agitée de sentiments complexes, malgré son jeune âge.

— Je ne te vends pas, tu sais. Simplement, ici, il n'y a pas beaucoup d'argent qui rentre. Il vaut mieux que tu apprennes l'art d'être une geisha. Parce que plus tard, tu seras ennuyée si tu restes une bonne à rien comme ta mère. Quand elle n'a pas de chance avec les hommes, une femme est fichue si elle ne sait rien faire.

En guise d'adieu, sa mère lui avait dit de devenir une bonne geisha, mais l'écho le plus triste de ce qu'elle avait dit, et que Tomoko ne pouvait se rappeler sans avoir le cœur serré, c'était quand elle avait parlé des femmes « qui n'ont pas de chance avec les hommes ».

Avec sa taille de géant, Keisuke avançait rapidement sous le ciel nuageux, la malle de Tomoko sur les épaules, et la petite devait courir pour le rattraper. Obligée de courir, elle n'avait pas le temps de se laisser envahir par les souvenirs de ce qu'elle laissait à Tôkyô. Elle repensait par brefs instants à la poupée qu'elle avait laissée à Tôkyô dans un placard, mais elle y avait déjà renoncé. Elle avait rangé au fond d'une boîte, pour que même Ikuyo ne puisse plus la sortir, sa pauvre poupée au bras cassé et au kimono mis en pièces par Yasuko, après l'avoir réparée et arrangé son kimono du mieux possible sur le devant. C'était sa première réaction de défense contre une mère qui, pour empêcher sa sœur de pleurer, lui avait donné sans hésiter l'objet auquel elle-même tenait le plus. Mais elle avait rangé si jalousement sa précieuse poupée, qu'elle en avait oublié de l'emmener avec elle. Tomoko n'allait pas jusqu'à penser qu'il s'agissait d'une ironie du destin, mais il lui semblait confusément que ses relations avec sa mère avaient un lien avec l'état de sa poupée.

Ils avaient marché longtemps depuis la gare, à travers des rues glaciales, quand Keisuke se retourna, le visage cramoisi, et annonça : « Voilà la rivière Abegawa » en arrivant devant un large pont. Il posa la malle par terre, sortit de son kimono un plan dessiné sur une feuille de papier, et renifla bruyamment.

— Ça y est, j'ai attrapé ton rhume, dit-il en riant, puis il ajouta en tournant juste avant le pont :

— Ce qui fait que le tien est guéri !

Il s'efforçait d'être joyeux, mais il lui était profondément douloureux de se séparer de sa belle-fille. Quand son beau-père avait l'air triste, bien qu'Ikuyo n'ait jamais eu envers lui la moindre parole attentionnée, Tomoko avait toujours le cœur serré sans savoir pourquoi. Elle le prenait en pitié, souhaitait que sa mère soit plus gentille avec lui, et Keisuke s'était senti touché par ce sentiment, qu'il trouvait étrange de la part d'une enfant si jeune.

Le vent de la rivière leur fit rentrer la tête dans les épaules pendant un moment, puis des pâtés de maisons le long de rues animées se succédèrent, et Tomoko continua de courir derrière Keisuke jusqu'à ce qu'ils arrivent à des rues un peu moins fréquentées. La malle était lourde, et peut-être Keisuke préférait-il marcher le plus vite possible pour en finir plutôt que de se reposer en route. Il ne se retournait jamais vers Tomoko.

Ils arrivèrent ainsi à la porte du quartier de Nichômachi. A la différence de la sévère porte en fer de Yoshiwara, la magnifique porte ancienne du quartier des plaisirs de Shizuoka était en bois, recouverte d'un toit, entièrement laquée de noir et ornée de ferrures dorées. De part et d'autre de la porte s'étendaient des murs noirs hérissés de pointes. Embarrassés, Tomoko et Keisuke franchirent la porte.

L'intérieur ressemblait à l'intérieur de l'enceinte de Yoshiwara. A droite et à gauche s'alignaient les maisons de joie, et bien que le crépuscule ne fût pas encore tombé, on apercevait çà et là derrière les grillages des prostituées qui attendaient, assises. Sans doute Keisuke avec sa malle sur le dos ne ressemblait-il pas à un client ordinaire, car aucune fille ne cherchait à l'interpeller.

Rentrant frileusement le cou dans les épaules et les mains dans leurs manches de kimono comme dans un manchon, elles se contentaient de regarder d'un œil distrait les deux passants.

Keisuke s'arrêta devant une maison à l'entrée assez vaste, dont le rideau kaki portait inscrit en caractères blancs « Maison Kanô ». Derrière le treillis de laque rouge, on ne voyait pas encore de filles de joie attendant les clients.

— C'est ici, dit Keisuke à Tomoko, sans aucun doute effrayé lui-même par ce qu'il voyait. Ils suivirent la ruelle qui longeait la maison, arrivèrent devant ce qui semblait être une porte de service, et entrèrent, retenant leur souffle.

— Excusez-moi, il y a quelqu'un ?

— Ouiii !

La réponse leur parvint au bout d'un long moment, et une servante apparut, un cordon retenant les manches retroussées de son kimono.

— Nous arrivons de Tôkyô. Je m'appelle Kôsaka.

La femme disparut dans le fond de la maison, non sans lui avoir jeté un regard méfiant, car il avait beau dire venir de Tôkyô, son accent prononcé du Kansai jurait avec cette affirmation. De la porte de service partait un long couloir étroit pareil au *hanamichi* [1], dans lequel ils entendirent finalement quelques personnes s'agiter. Des filles de joie parées de beaux atours apparaissaient puis disparaissaient tour à tour, dans un chatoiement de couleurs virevoltantes, bleu, rouge ou violet. Le long couloir se prolongeait peut-être jusqu'à l'arrière du salon. On ne voyait passer que des femmes, mais si elles se gardaient de faire du bruit et de bavarder à voix haute, c'était peut-être que les appartements des patrons n'étaient pas loin.

1. Long chemin qui mène de la scène au parterre dans le théâtre traditionnel japonais.

Keisuke et Tomoko durent attendre une petite heure avant qu'une servante ne vienne les introduire.

Attendre ainsi dans cette entrée de service glaciale était plus pénible encore que le trajet en train, ou que le chemin balayé par le vent depuis la gare.

Pendant qu'ils attendaient ainsi, la présence de ce géant accompagné d'une petite fille attira l'attention de quelques fillettes qui, par groupes de deux ou trois, jetaient de loin des regards curieux à Tomoko, mais chaque fois qu'elle s'en apercevait et leur rendait leur regard, elles se dispersaient comme une volée de moineaux. Elles portaient des petites vestes sans manches en satin de coton écarlate sur des kimonos de coton à rayures, et Tomoko comprit tout de suite qu'il s'agissait des petites servantes des geishas de la maison, car elle avait souvent vu Omitsu arriver dans la même tenue à l'école de Matsushiyama. Ces enfants lui donnaient la nostalgie de son amie Omitsu, et comme elle avait aussi deux ou trois ans de plus qu'elles, elle ne se vexait en aucune façon en les voyant la montrer du doigt en murmurant entre elles. Au contraire même, quand ses yeux rencontraient les leurs, elle leur souriait. Cela l'aida à dissiper toute la tension qu'elle avait accumulée en quittant sa maison pour se retrouver maintenant dans un établissement de prostituées.

Un groupe de trois petites servantes, n'ayant probablement rien à faire jusqu'au soir, restaient agglutinées dans le couloir et concentraient toute leur attention sur Tomoko, puis s'enhardissant peu à peu, elles finirent par s'approcher d'elle.

— Dis donc, commença l'une d'elle d'un ton résolu, d'où tu viens ?

— De Tôkyô.

Les petites servantes ouvrirent de grands yeux étonnés. Apparemment, elles ne s'attendaient pas à cela. Toutes trois se répétèrent entre elles avec des murmures stupéfaits : « De Tôkyô ! Elle vient de Tôkyô ! »

— Allez, les petites, c'est l'heure du dîner !

La servante de tout à l'heure vint les chasser. Les petites disparurent sans un bruit, et la servante indiqua le chemin à Keisuke et Tomoko, sans même esquisser une courbette de politesse.

— Par ici.

Traversant un couloir glacé dont le froid semblait s'infiltrer dans leurs *tabi* [1], ils arrivèrent tout au fond, dans les appartements de la patronne. Pendant qu'ils marchaient dans le couloir, la pensée vint brusquement à Tomoko que son destin allait sans doute désormais ressembler à celui de ces petites servantes. Elle se dit brusquement : « Moi aussi, dans cette ville inconnue, loin de Tôkyô, je vais sans doute connaître le même sort qu'Omitsu. Deviens une geisha accomplie, m'a dit maman, mais dans une maison pleine de filles de joie comme celle-ci, n'est-ce pas plutôt servante que je vais devenir ? »

Tomoko ne savait pas exactement en quoi consistait le rôle de ces servantes-enfants, mais en regardant vivre Omitsu et ses autres compagnes de classe, elle avait compris qu'être servante dans une maison de plaisir ne consistait pas uniquement à être joliment maquillée comme au théâtre. Elle comprenait qu'elles devaient endurer elle ne savait quelles souffrances, mais qu'une fois devenues grandes, elles devenaient de grandes courtisanes. Cependant, tout cela lui avait toujours paru fort éloigné d'elle, jamais elle n'avait pensé ou encore moins rêvé suivre ce chemin. Tout à l'heure, subitement entourée par ces petites servantes, puis maintenant en avançant dans ce couloir glacé, Tomoko se sentait envahie par un pressentiment soudain. Non pas qu'elle détestât l'idée de devenir servante, elle n'était pas suffisamment renseignée sur leur sort pour vouloir refuser à tout prix d'en devenir une, et même si on lui avait dit que le rôle de ces enfants consistait à servir dans la chambre où la

1. Socquettes blanches au pouce séparé des autres doigts, portées traditionnellement avec le kimono et les socques de bois *geta*.

prostituée couchait avec son client, elle n'était pas assez précoce pour y trouver à redire. Simplement, elle ne s'était pas attendue à cela. Elle avait déjà l'habitude de voir sa vie prendre des tours imprévus, mais, ressemblait-elle en cela à sa mère, ou tenait-elle cela du sang des Sunaga, toujours est-il que les événements inattendus, parce qu'ils ne correspondaient pas à sa volonté propre et qu'elle ne pouvait en rien les diriger, lui étaient désagréables.

— Voici les appartements privés. Vous allez rencontrer les patrons de l'établissement, leur dit la servante avec un air déférent en se retournant devant la cloison coulissante. Le couloir était plus large, la qualité du bois excellente, tout à coup les alentours semblaient plus luxueux. Derrière la cloison coulissante s'étendait une pièce de six nattes plongée dans une semi-pénombre, sans feu allumé et apparemment déserte. La servante s'assit devant la cloison de séparation, et leur fit signe des yeux de s'asseoir également. Keisuke et Tomoko, quoiqu'embarrassés, ne purent qu'obéir.

— Excusez-moi. Vous allez être reçus ici.

La cloison s'ouvrit tranquillement de l'intérieur, manœuvrée par une fillette avec un petit chignon postiche sur la tête. Son col de satin violet avait l'air taché de poudre blanche. Quand elle eut fait coulisser avec l'aide de la servante les deux battants de la cloison, une pièce luxueuse et aussi vaste qu'une scène de théâtre apparut devant leurs yeux. Des meubles laqués aux motifs rehaussés d'or étaient disposés çà et là, les lampes électriques éclairaient brillamment la pièce, bien que la nuit ne soit pas encore tombée. L'air chaud qui emplissait la pièce frappa les narines de Keisuke et Tomoko.

Au centre de la pièce était posé un grand brasero de laque rehaussé d'or, derrière lequel étaient assis, tournés vers leurs visiteurs, Jirozaemon Kanôya, patron de l'établissement, et son épouse. Il avait le teint légèrement foncé, un cou épais, un physique impressionnant. La patronne, à ses côtés, coiffée d'un chignon imposant, tournait la tête de profil. La peau de sa nuque paraissait d'une aguichante teinte dorée, peut-être à cause de la lumière électrique.

Tous deux jetèrent un regard hautain vers la cloison qui venait de s'ouvrir. Face à eux, Keisuke et Tomoko durent tout naturellement baisser la tête en joignant les mains.

La patronne prit la parole :

— Comment t'appelles-tu ?

— Tomoko Sunaga. Tomo s'écrit en répétant deux fois le caractère signifiant lune.

Devant une réponse aussi précise, la patronne parut surprise. Elle se tourna vers son époux puis demanda à nouveau à Tomoko :

— Quel âge as-tu ?

— Dix ans.

— Lève-toi.

Tomoko se leva. Le patron tapota pour enlever les cendres sur le bout de la pipe en or qu'il fumait jusque-là.

— Tourne-toi de profil.

Tomoko se tourna de profil.

— Assieds-toi.

Tomoko s'assit et posa comme il se doit les mains sur ses genoux. Sa bonne tenue parut plaire aux patrons.

— Tu aimes les arts d'agrément ?

— Oui.

— Qu'as-tu étudié jusqu'ici ?

— Rien.

— Comment peux-tu savoir si cela te plaît, alors ?

— Si j'apprends, je suis sûre que cela me plaira.

Tomoko faisait de son mieux pour être appréciée. Peut-être avait-elle le pressentiment qu'elle était à un carrefour important de sa vie.

— Elle sait raisonner, cette petite, dit la patronne à son époux, mais ce dernier se contenta de tirer sur sa pipe en silence. Cette attitude lui rappela celle qu'avait eue autrefois envers elle le chef de village, le père de Keisuke, et la tension de Tomoko augmenta.

— Vous, vous êtes grand, pourtant, dit la patronne à Keisuke, mais vous avez une fille bien fluette. Elle ne fait pas ses dix ans. On lui en donnerait sept, elle pourrait être servante.

Tomoko tressaillit devant la méprise de la patronne et le mot de « servante », mais Keisuke réagit avec une précision qui lui était peu habituelle :

— Ce n'est pas ma fille.

— Une fille adoptive alors ?

— Non, c'est la fille de ma femme.

— Ah ? De votre femme ?

Apparemment, c'était extrêmement comique, car la patronne partit d'un rire soudain. Le patron, sans changer d'expression, tapota de nouveau sa pipe.

— Un enfant d'un autre lit, vous voulez dire ?

— Euh… oui, c'est cela…

Sans se rendre compte de la blessure qu'infligeait au cœur de Tomoko ce terme « d'enfant d'un autre lit », la patronne soupesait égoïstement ce que la situation pouvait lui rapporter. Cela valait la peine de recueillir une enfant malheureuse. Elle était certes un peu trop petite, mais avait de jolis traits. Et surtout, elle pétillait d'intelligence, cela se voyait rien qu'à sa façon de s'exprimer.

— Dix ans, comme Ochoma, on peut donc déjà l'envoyer à des engagements à l'extérieur, et puis cette enfant a l'air raisonnable… Dites à votre femme de ne pas s'inquiéter.

— Bien, madame.

— Dans notre établissement, il y a à la fois des geishas et des prostituées, cependant la formation de nos geishas est extrêmement sévère. Les geishas de la maison Kanô sont depuis longtemps réputées dans le quartier. Cette enfant a l'air d'avoir un caractère solide malgré son physique fluet, et je ferai d'elle une excellente geisha, en lui assurant une formation artistique spécialisée.

— Je vous remercie de toutes vos bontés.

— Merci à vous aussi de la peine que vous avez prise. Il est rare qu'une nouvelle soit amenée par un de ses parents, et non par un simple rabatteur.

La première entrevue de Tomoko avec les patrons de l'établissement se termina ainsi, sans que le maître des lieux ait prononcé un seul mot. La fillette au postiche, Ochoma, était une apprentie geisha dont Tomoko devenait à dater de ce jour la compagne.

Ochoma referma la cloison de la même façon qu'un peu plus tôt, et la servante, qui avait attendu en silence pendant l'entretien, les raccompagna toutes deux dans le couloir. La chambre où logerait désormais Tomoko était une pièce humide sans fenêtre encombrée d'objets sales et en désordre. La servante pointa un doigt d'une fermeté administrative vers le placard où ranger sa malle, et ajouta :

— Madame dit que votre père doit s'en aller maintenant.

Keisuke, qui errait pendant ce temps d'un air effaré dans le salon tout au fond de la maison destiné aux prostituées, eut l'air soulagé et fit aussitôt ses préparatifs de départ.

— Tomo-chan, fais bien attention à toi, hein.

Tomoko poussa un cri involontaire en voyant disparaître le large dos de Keisuke dans l'embrasure de la porte de service :

— Papa !

Keisuke se retourna en silence, le visage sombre.

— Dans le placard, tu sais...

— Oui ?

— Il y a une boîte avec ma poupée dedans.

— Tu l'as oubliée ? Tu veux que je te l'envoie ?

— Non. Donne-la à Yasu-chan.

— A Yasuko ? Bon, d'accord. Merci.

Longtemps après que Keisuke eut disparu, Tomoko resta clouée à la même place. Sa poupée allait sans doute à nouveau être réduite en charpie par Yasuko. Mais plus que cela encore, elle regrettait amèrement qu'aucun message à transmettre à sa mère ne lui soit venu à l'esprit.

Dans l'entrée principale, un bruit violent de bois entrechoqué retentit. C'était le signal de la mise en place des prostituées, dont le travail commençait. Comme chaque soir, le gardien, tenant dans la main droite le cordon de son battoir, en frappait à toute volée le sol de l'entrée, puis tapait en demi-cercle dans tout le couloir avant de ramener la ficelle à son poignet. Mais, pour Tomoko, peu au courant des habitudes du quartier de Yoshiwara, bien qu'elle ait vécu six mois à proximité, ce vacarme n'avait aucun sens. C'était un bruit de couteau sur une planche à découper, ou bien encore, quelque chose qui venait éclater à l'intérieur d'elle-même.

VI

Le chemin qui menait de Nichômachi à l'école primaire de Shintôri était un sentier irrégulier tracé entre les rizières. La saison des cerisiers en fleur tirait à sa fin. Les fleurs jusqu'alors d'un blanc éclatant allaient maintenant sur leur déclin et paraissaient prêtes à s'éparpiller. Les cheveux de Tomoko, qui avait eu tant de mal à maintenir en forme son petit chignon à coques à l'aide d'huile capillaire appliquée encore et encore sur une chevelure lui arrivant à peine aux épaules, avaient enfin poussé et elle pouvait maintenant se faire le véritable chignon « demi-pêche » des jeunes filles. Elle venait d'entrer en cinquième année d'école primaire et était la plus petite en taille de sa classe, mais heureusement son chignon la vieillissait et lui évitait d'être confondue avec une élève de deux ou trois classes en dessous.

Elle portait un kimono de coton rayé avec un col rouge, et tout en balançant sa tête alourdie par le gros chignon, avançait, son ardoise sous le bras, croisant de temps à autres de petits groupes de soldats. Les soldats du trente-quatrième régiment d'Ôtemachi avaient pour habitude, dès qu'ils avaient une permission, de se précipiter vers le quartier de Nichômachi. Chaque fois qu'un petit groupe de soldats fonçait ainsi sur l'étroit chemin longeant les rizières, les tourbillons de poussière blanche printanière soulevés par leur passage obligeaient Tomoko et ses compagnes à quitter le sentier en retenant leur respiration. Dès que les soldats les avaient dépassées en courant au pas cadencé, la poussière retombait, mais l'énergie vitale toute fraîche de ces jeunes hommes paraissait continuer à flotter derrière eux. Les paysans qui travaillaient dans les rizières, comme les enfants sur le chemin de l'école, avaient l'habitude de ce genre de scènes, et même s'il leur arrivait de sourire devant l'urgence franchement avouée du désir de ces soldats, nul ne songeait à s'en moquer. Ces soldats, qui n'avaient guère de temps pour s'amuser, étaient paisibles, même s'ils passaient en chantant de virils chants militaires à pleine gorge, car le quartier des plaisirs de Nichômachi était constitué de manière à accueillir généreusement les marchands, les étrangers, les soldats et quiconque souhaitait s'y distraire. On était loin du charme raffiné et intime de Yoshiwara.

Quand plusieurs groupes de soldats l'eurent dépassée, Tomoko leva les yeux vers le mont Fuji qui se dressait sereinement au loin vers le nord-est, flottant au-dessus d'une plaine violette qui semblait s'étendre à l'infini. Sur sa gauche, on apercevait le mont Hôei comme une excroissance, et la neige blanche du sommet du mont Fuji avait diminué depuis la saison des fleurs, rendant la montagne plus humaine, moins pure et sacrée. Ne parlait-on pas du mont Fuji et de son enfant ? Et effectivement, vu ainsi, le mont Hôei avait l'air d'un enfant dans les bras de sa mère. Ces derniers temps, une atmosphère douce et maternelle flottait autour de la montagne.

— Maman…

Tomoko pensait à sa mère chaque fois qu'elle regardait le mont Fuji. La neige blanche au sommet lui rappelait la nuque fardée de blanc de sa mère, le mauve de la plaine au pied de la montagne évoquait pour elle la couleur de kimono qu'affectionnait Ikuyo, et, plus que tout, le mont Hôei lui faisait penser à sa demi-sœur Yasuko. Cette évocation était en fait assez éloignée de la véritable

Ikuyo, mais cette association d'idée entre le mont Fuji et sa mère n'était apparue que récemment chez Tomoko. Vivant éloignée d'Ikuyo depuis maintenant un an, elle avait recommencé à idéaliser cette mère qui n'existait plus pour elle que dans son imagination.

Depuis son arrivée à Nichômachi, Tomoko avait écrit de nombreuses lettres à sa mère mais Ikuyo, qui n'aimait guère prendre la plume, ne lui avait pas répondu. Keisuke lui avait envoyé une carte postale une seule fois, à l'occasion du nouvel an. Il lui disait seulement de bien travailler et de faire attention à ne pas s'enrhumer, et ne donnait aucune nouvelle de la famille. Tomoko avait palpé cette carte jusqu'à ce que le papier se déchire, se demandant si un jour elle recevrait enfin des nouvelles de sa mère. Plus les jours passaient, plus s'éloignait le souvenir de sa mère régalant des inconnus chez elle, ou se plaignant de sa pauvreté dans ses kimonos de crêpe tout ravaudés, et plus son imagination embellissait cette mère qui n'avait jamais été tendre avec elle, la rendant douce et bonne comme le mont Fuji. A force de lever les yeux vers le mont Fuji en pensant à sa mère sur le chemin de l'école, Tomoko s'était mise à vouer à sa mère la même adoration qu'à la montagne sacrée.

A l'école de Shintôri, dans le quartier de Komagatachô, les enfants des commerçants des environs étaient aussi nombreux que les enfants habitant le quartier des plaisirs, mais ces derniers ne se mélangeaient pas aux autres aussi facilement qu'à l'école de Matsushiyama. Les enfants des patrons des maisons de joie les plus réputées étaient autant montrés du doigt que les servantes-enfants des bordels, et les apprenties geishas comme Tomoko attiraient l'attention avec leurs chignons trop voyants, et se faisaient difficilement accepter. Malgré ce nouveau changement d'école, Tomoko obtenait de bonnes notes, et ses notes de conduite étaient les meilleures de l'école, mais, à l'issue de la réunion des professeurs, elle ne put être élue première de la classe pour le trimestre. Dans cette ville aisée au climat doux, les gens étaient aussi conservateurs et sélectifs que dans sa campagne natale de Wakayama. Le directeur de l'école avait pris Tomoko en pitié, mais Tomoko, avec son caractère placide, n'avait pas conscience de son malheur.

— Ochobo est une drôle d'enfant, aimait à dire la patronne de la maison Kanô.

Tant qu'elle se trouvait aux côtés de son mari, la patronne gardait ses manières calmes, mais dès qu'il n'était plus en vue, ses accès de violence affolaient tout son entourage, sauf Tomoko, qui ne se troublait jamais. Ochobo était son nom d'apprentie geisha.

Jusqu'à l'arrivée de Tomoko, la petite Ochoma était chargée de servir dans la pièce de réception des patrons, pièce surnommée le « bureau » par le personnel de la maison, mais ce rôle fut bientôt dévolu à Tomoko dont les bonnes manières et le calme permanent plaisaient à la patronne.

La patronne était la deuxième épouse du chef de l'établissement, et soit qu'elle fût geisha d'origine ou simplement douée pour les arts, elle était passionnée de *shamisen* et adorait l'enseigner. Pareille ardeur à l'enseignement était évidemment gênante pour l'élève si bien que les geishas de la maison Kanô tremblaient de peur dès que la patronne leur annonçait une leçon de *shamisen*. Quand elle se rendit compte que Tomoko était une enfant aussi raisonnable qu'elle l'avait pressenti, la patronne décida de se consacrer à son éducation artistique. Or, la violence de cette éducation allait au-delà de toute expression. Les jours les plus terribles, il fallait rester à tenir le *shamisen* depuis l'aube jusqu'à une heure avancée de la nuit, au moins deux heures du matin, à en pincer les cordes sans un instant de répit. Les épaules et le dos de la fillette étaient souvent durs comme des planches. En outre, ses ongles tendres étaient profondément entaillés à force de frotter sur les trois cordes de l'instrument, et il n'était pas rare que ses doigts saignent. Chaque fois qu'elle faisait une erreur, la patronne lui frappait impitoyablement les genoux pour la punir, et il lui arrivait même d'enfoncer le bout pointu du plectre d'ivoire dans la tendre chair des cuisses de la fillette à travers le coton du kimono.

— C'est horrible de la voir se venger des infidélités de son mari sur cette pauvre Ochobo !

— Mais Ochobo est d'une patience à toute épreuve. Elle ne verse jamais une larme.

— C'est une enfant qui reste sur ses gardes, et qui voit les choses comme une adulte, mais elle est tellement obstinée…

Les aînées de Tomoko, les geishas de l'établissement, s'émerveillaient de son attitude et se demandaient quel genre de femme elle allait devenir.

— La patronne la dresse tellement durement que c'est normal qu'elle apprenne bien, mais le *shamisen* c'est terrible de toutes façons.

— Elle va devenir experte, c'est sûr. En un an à peine, elle a déjà appris à jouer si bien !

— Mais elle ne peut pas réussir à l'école en même temps.

— Oui, son professeur a dit qu'elle ne pouvait pas être première de la classe parce qu'elle vient d'une maison de geishas.

En général, les enfants appartenant à ce monde quittaient l'école après quatre ans de cours élémentaire, mais la patronne de l'établissement avait autorisé Tomoko à continuer l'école primaire jusqu'à la fin, sans doute émerveillée par ses capacités de travail.

Pour Tomoko cependant, l'école était le lieu béni où elle pouvait enfin échapper un moment à l'entraînement cruel qu'elle subissait et se reposer un peu. Les professeurs les plus sévères étaient encore doux en comparaison de sa patronne, et les exercices de lecture ou d'écriture les plus difficiles étaient d'une simplicité enfantine comparés aux difficultés de retenir des strophes de chants après les avoir entendues une seule fois. Tomoko était une enfant solitaire qui se mettait à l'écart du troupeau pendant les récréations pour lire dans son coin, mais les écoliers précoces de la ville basse l'avaient déjà remarquée. Ils étaient certainement amoureux d'elle, mais leur façon de s'exprimer allait exactement à l'encontre de leurs sentiments.

— Dis donc, tu n'as pas encore été dépucelée ? lui demanda un jour un de ces garçons. Mais devant l'air stupéfait de la fillette, les garnements cessèrent peu à peu leurs railleries. Tomoko avait une connaissance précise des choses sexuelles, à cause des conversations entre prostituées qu'elle entendait tous les jours, mais en général, dans l'atmosphère particulière du quartier des plaisirs, on parlait toujours de sexe de façon joyeuse, l'amour étant considéré comme une saine jouissance. Cependant les mines égrillardes de ces garçons précoces blessèrent profondément Tomoko. C'est à partir de ce moment-là qu'elle commença à avoir un doute et à considérer intuitivement le monde du sexe comme quelque chose d'obscène.

Le terme de dépucelage ou *mizuage* n'était pas nouveau pour elle. Les vierges n'étaient généralement pas bien accueillies dans le monde des prostituées, parce qu'on disait qu'elles attrapaient facilement des maladies, mais chez les geishas, au contraire, les vierges étaient soigneusement protégées jusqu'au jour où elles obtenaient un patron officiel qui procédait à leur dépucelage selon un certain rituel. Ayant tous les jours sous les yeux le spectacle de la vie dépravée des filles de joie de la maison Kanô, Tomoko, qui n'était qu'une enfant, avait naturellement adopté certaines de leurs habitudes ou façons de parler, mais quand elle s'en apercevait, la patronne la tançait vertement. Les patrons de ce genre d'établissement « mixte » considéraient en effet les geishas et les prostituées comme deux races différentes. Les geishas du quartier des maisons closes, particulièrement, devaient vivre littéralement seulement pour leur art, et si jamais elles avaient des relations intimes avec un client, la loi voulait qu'elles soient chassées du quartier. La patronne de la maison Kanô était extrêmement stricte en ce qui concernait l'éducation de ses geishas, à commencer par Tomoko, mais quand il s'agissait de ce que faisaient les prostituées, elle était beaucoup plus tolérante. Ces filles retournaient après tout dans leur village au bout de deux ou trois ans d'apprentissage, cinq au plus. Nul besoin de les protéger en pensant à l'avenir, ni de se fatiguer pour leur formation. La patronne, si sévère vis-à-vis des geishas, s'adressait poliment aux prostituées, les faisaient appeler « courtisanes » et traiter avec respect par les geishas elles-mêmes. Sans doute avait-elle calculé qu'il valait mieux utiliser en les flattant ces filles dont le temps de travail chez elle était limité.

Savoir qu'il y avait une différence clairement établie entre son statut et celui d'une prostituée, était une des choses qui soutenaient Tomoko. En rentrant seule de l'école, sur le sentier dans les rizières, elle se retournait à maintes reprises pour regarder à nouveau le mont Fuji, dont l'aspect était légèrement différent du matin. Le soir venant, la plaine à ses pieds se couvrait d'un léger rouge, plus doux encore au cœur de Tomoko que le mauve du matin. Changeant de bras son ardoise, elle tendait sa main gauche devant elle : après plus d'un an de pratique, l'ongle de son index était devenu plus dur que ceux des autres doigts, et la trace des cordes de son instrument y était incrustée. Deviendrai-je une geisha accomplie, comme maman me l'a recommandé, se demandait-elle, deviendrai-je une geisha accomplie, comme l'affirme si souvent la patronne ?

Quand elle passait sous la porte d'entrée du quartier de Nichômachi, elle jetait toujours un coup d'œil dans le bureau de l'administration, et s'il y avait quelqu'un à l'intérieur, elle le saluait. C'est ainsi que chaque jour, après l'école, Tomoko redevenait Ochobo, l'apprentie geisha de la maison Kanô.

Elle entrait par la porte de derrière, réservée au personnel, déposait ses affaires de classe dans la chambre commune. Cette pièce était strictement réservée aux geishas, tandis que la pièce voisine, séparée par un mur, était la chambre des prostituées, surnommée le « grand salon ». Les prostituées avaient aussi chacune une chambre particulière, qu'elles utilisaient pour coucher avec les clients, mais quand elles n'en avaient pas, elles dormaient dans leur salle commune. C'était là également qu'elles venaient se reposer dans la journée, quand elles étaient fatiguées. Les unes, allongées dans des poses négligées, mâchonnaient des haricots sucrés en lisant des revues, d'autres dormaient tout leur soûl jusqu'au soir, comme si, épuisées des fatigues de la nuit précédente, aucun sommeil ne pouvait leur suffire. Dans leurs chambres privées, les couettes étaient recouvertes de soie, mais dans le « grand salon », il n'y avait que des matelas et des couettes de coton tout simple, et les « courtisanes » qui dormaient là dans la journée, cramponnées à leurs oreillers, offraient un pitoyable spectacle. Quand l'heure de se montrer derrière le treillis de la devanture, où les clients les choisissaient, approchait, une certaine effervescence se mettait à régner dans la chambrée : les prostituées commençaient à se lever, entrer et sortir, dans une ambiance joyeuse. La porte donnant sur le couloir restait ouverte, et Tomoko, de retour de l'école, jetait toujours en passant un coup d'œil sur le désordre qui régnait dans la pièce, et trouvait pitoyable l'attitude et la façon de dormir de ces femmes dépourvues de formation artistique. Beaucoup de gens étaient persuadés qu'être de mœurs légères faisait également partie des fonctions des geishas et des règles du quartier réservé, mais en fait, les geishas étaient éduquées dans leur vie quotidienne même, de façon à garder conscience qu'elles n'appartenaient pas à la même catégorie de femmes que les prostituées.

Ce soir-là, en regagnant sa chambre, Tomoko surprit la conversation de deux prostituées, debout dans le couloir :

— Comment tu dis ?

— Kokonoe.

— Ah, Kokonoe ! Ça fait vraiment raffiné, ce nom.

— C'est un joyau de luxe, pas de doute, mais pour ce qui est de l'âge, je suis prête à parier qu'elle n'est pas si jeune que ça.

— Et comment veux-tu parier, puisqu'on n'a aucun élément pour savoir ce qu'il en est ?

— Je suis sûre de ce que je dis !

Elles murmuraient à voix basse, mais avec de grands gestes à l'appui, comme si le bouffon qui accompagnait les courtisanes pour distraire les clients avait transmis aux prostituées sa façon de parler typique de Tôkyô. Tomoko non plus n'avait jamais entendu ce nom de Kokonoe et elle se demanda vaguement s'il s'agissait d'une nouvelle courtisane de luxe venant de se présenter à la maison Kanô, ou si les deux femmes parlaient d'une courtisane de la maison Komatsu, l'établissement voisin, mais sans approfondir ces pensées, elle se hâta de descendre le couloir.

Dans le petit salon d'attente devant le « bureau » des patrons, elle étendit les mains dans la pénombre en annonçant : « Bonsoir, c'est Ochobo, me voici de retour ! » selon la formule de politesse que lui avait inculquée la patronne, dont la voix lui répondit alors :

— Ah, parfait, bienvenue.

Au ton de sa voix, Tomoko pouvait deviner si le patron se trouvait lui aussi dans la pièce ou non. Avant que Tomoko ne fasse coulisser les cloisons de séparation, Ochoma les avait ouvertes de l'intérieur. Ochoma avait le même âge que Tomoko mais son arrivée dans la maison Kanô précédait la sienne de deux ans, et comme elle avait malheureusement de mauvais résultats à l'école, elle avait dû abandonner ses études après quatre ans d'école primaire. Même au *shamisen*, Tomoko l'avait immédiatement rattrapée et surpassée, si bien que la pauvre Ochoma avait été effacée du devant de la scène, et que plus rien de ce qu'elle faisait n'avait l'heur de plaire à sa patronne. Celle-ci l'utilisait néanmoins comme servante en l'absence de Tomoko.

Comme, apparemment, aucun travail ne leur était dévolu pour l'instant, Tomoko et Ochoma s'agenouillèrent en silence dans un coin de la pièce. La patronne elle-même ignorant quand elle pourrait avoir besoin d'elles, se tenir ainsi immobiles à sa disposition et attendre ses ordres faisait également partie de leur tâche. Cela leur donnait l'occasion d'apprendre à maintenir une position assise correcte, et constituait un entraînement un peu du même type que la pratique zen qui consiste à rester assis sans bouger des heures durant.

Le patron et la patronne reprirent leur conversation :

— Vous avez beau dire, même si elle n'est pas très jeune, nous n'avons guère de filles d'une telle beauté.

— Quand une femme n'est plus jeune, sa beauté s'effondre d'un seul coup, le moment venu.

— Mais d'ici à ce qu'elle s'effondre, sa dette sera épongée. Nous avons conclu le marché à notre avantage.

— Hmm…

— Peut-être qu'elle n'est pas aussi jeune qu'elle le prétend, c'est vrai. Vous avez le regard d'un homme et vous y connaissez mieux que nous.

— Bah, ça ne sert à rien de discuter de sa valeur maintenant qu'on l'a achetée.

— Certes, certes.

— Mais voilà un joyau dont on ignore s'il pourra être revendu ou non, tout le problème est là.

— On pourra, on pourra, je vous assure. Elle est exceptionnelle. Et débutante, à ce qu'elle dit…

— Hmm.

Cette conversation fut échangée sur un ton si indolent qu'on avait peine à croire qu'il s'agissait d'une discussion. Le patron, avec un air d'ennui profond, tapotait sans cesse le tuyau de sa pipe à embout doré.

Au bout d'un moment, on entendit quelqu'un arriver de l'autre côté de la cloison, et la voix de la servante se fit entendre :

— Veuillez m'excuser. Mademoiselle Kokonoe est là.

Sur un regard de la patronne, Ochoma et Tomoko se levèrent, et posant les mains chacune sur une poignée de la cloison, l'ouvrirent ensemble en tirant l'une à gauche, l'autre à droite.

Suivie de la servante et d'une entremetteuse, une prostituée inconnue, au chignon piqué de plusieurs épingles, fit son entrée et attendit, mains jointes, comme sur une scène de théâtre. Sur un long kimono de dessous de crêpe écarlate à l'éclat aveuglant, orné d'un col violet brodé et d'une ceinture de dessous rose clair nouée par devant, elle portait une longue robe de cérémonie aux motifs violet pâle. Elle leva la tête, ses lèvres rouges esquissèrent une moue d'une douceur fondante, et Tomoko vit Ikuyo adresser un sourire enjôleur au patron.

Tomoko n'avait jamais eu pareille surprise de sa vie. Incapable d'émettre un son, elle sentit le cri qui lui montait aux lèvres s'étouffer dans sa gorge. Ses patrons s'étaient-ils aperçus de son ébahissement ?

La patronne jeta un coup d'œil sommaire à la nouvelle arrivée, puis, sur un ton ému où se décelait autre chose que la simple flatterie, déclara :

— Vous êtes ravissante.

Le tapotement du tuyau de pipe avait également cessé, signe peut-être que le patron était également touché par la beauté de la jeune femme.

La courtisane se comportait avec un calme et une dignité tels qu'on avait peine à penser qu'il s'agissait de sa première entrevue. Le kimono de dessous et la robe de cérémonie, qui devaient être ajoutés au montant de sa dette, lui allaient aussi bien que si elle les avait choisis et confectionnés elle-même, et son maquillage épais, sa coiffure, seyaient à merveille à son visage aux grands yeux et au menton étroit. Le fait d'avoir eu un aperçu des manières des courtisanes de luxe de Yoshiwara lorsqu'elle vivait à proximité lui avait-il servi, ou bien ses atours, cette attitude, correspondaient-ils à la réalisation d'un rêve caressé depuis longtemps ? Quand Kokonoe baissa à nouveau la tête dans son éclatant assortiment de couleurs, Ochoma referma la cloison selon les règles, mais Tomoko, de son côté, restait clouée sur place, stupéfaite.

— Ochobo !

La voix cinglante de la patronne la fit revenir à elle, et elle referma aussitôt la cloison. Ikuyo, qui à ce moment-là avait la tête levée, n'avait pu manquer de la voir.

— Qu'y a-t-il, Ochobo ?

Le patron, relâchant son attention après l'examen de sa nouvelle recrue, s'était aperçu de l'étrange état de Tomoko et la questionnait.

— Oui ?

— Quoi, oui ? fit la patronne en l'examinant d'un air soupçonneux. On te demande ce que tu as.

Tomoko avait les yeux pleins de larmes, submergée par l'émotion d'avoir revu sa mère sans s'y attendre, mais aucunement blessée de l'avoir vu accoutrée en courtisane.

— Ah, elle vient de Tôkyô ! fit la patronne, prise d'une inspiration soudaine. Tu connais cette courtisane, c'est ça ?

— Oui, répondit Tomoko, acculée.

— Qui est-ce ?

— C'est ma mère.

Même le placide maître de maison faillit en laisser tomber sa pipe de saisissement. La patronne crut un instant que ses oreilles la trahissaient, et resta bouche bée.

— Que dis-tu ? fit-elle, une fois remise de sa surprise.

Après avoir répété questions et réponses, la patronne fit ouvrir son coffret à documents par Ochoma et en tira le contrat de la courtisane.

— Elle n'a pas le même nom de famille que toi, pourtant, il me semble.

— Nous n'avons pas le même nom. Elle s'appelle Ikuyo Tazawa, non, je veux dire Kôsaka, et moi Sunaga.

— C'est bizarre, ça. Et pourquoi donc ?

— Parce que Sunaga est le nom de jeune fille de maman, et comme elle était fille unique, je suis devenue l'héritière des Sunaga. Et ensuite maman s'est remariée avec un Kôsaka…

Tomoko commençait à s'embrouiller elle-même dans ses explications, mais la patronne regardait les documents qu'Ochoma avait sortis pour elle.

— Mais elle s'appelle Tazawa, Ikuyo Tazawa !

— Normalement, son nom est Kôsaka.

— Elle a dû être vendue par son homme. Elle est divorcée.

Laissant Tomoko à ses doutes, la patronne se tourna vers son époux et s'excusa poliment :

— C'est ennuyeux, on dirait que l'entremetteuse nous a menti. Vous aviez raison, elle n'a pas l'âge qu'elle dit. Puisque Ochobo a déjà onze ans…

— Même si elle l'avait eue à dix-sept ans… Non, c'est bel et bien une femme d'âge mûr.

— Faisons-la appeler.

— Non, inutile, c'est nous qui avons mal évalué la chose. A quoi cela servirait-il de faire du tapage maintenant ? Voyons plutôt…

Le patron jeta un coup d'œil pénétrant à Tomoko.

— Ochobo !

— Oui.

— N'appelle jamais Kokonoe « maman », même par erreur, compris ?

— Oui…

Elle avait répondu machinalement, mais un instant, tout son corps en fut paralysé.

— L'homme qui t'avait amenée ici, c'était lui, le compagnon de ta mère ?

— Oui.

— Il m'avait l'air d'un abruti complet, mais, qui sait, peut-être qu'il a eu un coup de colère en apprenant qu'elle le faisait cocu.

— …

La patronne se livra ainsi à diverses supputations, auxquelles le patron ne répondit pas. Sans doute n'était-il guère important à ses yeux que la mère et l'enfant vivent dans la même maison close, l'une du côté des geishas, l'autre du côté des prostituées. Jirozaemon Kanôya, gros bonnet de Nichômachi, était un homme fort occupé. L'ère Meiji venait de finir, les anciennes coutumes du quartier des plaisirs tombaient peu à peu en désuétude. Avec l'arrivée de l'ère nouvelle, l'année précédente, l'institution des petites servantes de lit des prostituées avait été abolie, et les clients généreux qui convoquaient les prostituées en dehors des maisons closes se faisaient de plus en plus rares. Les geishas du quartier des plaisirs, si la demande disparaissait, étaient vouées à devenir une institution surannée, pour laquelle il n'y aurait plus de suppléantes. Des apprenties geishas comme Tomoko, même en fouillant tout le quartier de Nichômachi, on en aurait trouvé cinq tout au plus. Il fallait préparer le quartier à une ère nouvelle, l'ère des soldats qui se précipitaient au pas cadencé dans les bordels. C'est pourquoi les jours où le patron restait à ne rien faire dans ses appartements étaient bien rares. Il était sans cesse dehors. La rumeur disait qu'il entretenait une maîtresse dans une maison du côté de Tokiwachô, mais Tomoko ignorait si ce bruit était fondé.

Même sans cette interdiction, Tomoko n'aurait pas eu l'occasion d'appeler sa mère maman. La courtisane Kokonoe avait été admise dans l'établissement, à condition de mentir de cinq ou six ans sur son âge. Ikuyo agissait ainsi non seulement sur ordre du « Bureau », mais aussi parce que de son côté elle avait à cœur de feindre la jeunesse. Elle et Tomoko se croisaient parfois dans le couloir, ou bien se rencontraient au cours d'une soirée, mais jamais Ikuyo n'adressa la parole à sa fille. Elle était devenue une courtisane et parlait peu, se donnant surtout de grands airs.

Contrairement aux appréhensions du patron, Kokonoe acquit dès son arrivée une splendide réputation. Son gros chignon à l'ancienne mode s'avéra efficace pour la faire remarquer au milieu de têtes surmontées d'un chignon postiche rond ou coiffées avec le chignon bas écrasé des prostituées, mais surtout, sa remarquable beauté devint l'atout principal dont la devanture de la célèbre maison Kanô pouvait s'enorgueillir, car la splendeur de la prestance de Kokonoe faisait écarquiller les yeux aux passants. Les beautés de la maison Kanô étaient exposées derrière un grillage d'environ onze mètres de long, devant lequel se tenaient les clients éventuels, contemplant les prostituées qui les interpellaient. Le paysage peint en arrière-plan de cette « devanture » était dans toutes les maisons closes sans exception exécuté de façon luxueuse et sans regarder à la dépense, et à Nichômachi, le plus somptueux était celui de la maison Kanô. Sous une peinture aux motifs extrêmement colorés de style Momoyama, se trouvait une grande sculpture recouverte de feuilles d'or représentant Kichijôten, la déesse du Bonheur. Cette statue avait une histoire : on disait qu'elle avait été placée là au temps lointain de la fondation de la maison Kanô. La déesse du Bonheur exhibait une poitrine généreuse et dormait d'un sommeil paisible, allongée dans une pose confortable, sans se soucier de la présence de plusieurs dizaines de prostituées alignées sous ses yeux. La nuit venue, éclairée par des lampes à gaz, elle brillait de tout son éclat.

La place assignée à Kokonoe lors de sa première apparition publique fut justement à côté des hanches de la statue, et elle s'assit naturellement juste devant, si bien que le paysage de l'arrière-plan parut l'envelopper comme s'il n'était là que pour mettre sa beauté en valeur. Cet arrière-plan criard n'ébranla pas le moins du monde sa conscience de sa beauté ni de sa dignité d'aînée (elle avait une dizaine d'années de plus que toutes les autres prostituées). Tandis que les jeunes prostituées, accrochées au grillage, lançaient des invites aux clients ou appelaient avec des mines coquettes les habitués qu'elles reconnaissaient, Ikuyo, elle, restait simplement assise, dans tout l'éclat de sa beauté, comme si elle avait complètement oublié qu'elle était exhibée là comme une vulgaire marchandise, ce qui contribuait à accentuer chez les clients l'impression qu'elle était d'une race différente de ces prostituées bon marché. Dans les maisons closes, des règles précises régissaient les rapports entre clients et prostituées, et un client habitué d'une certaine prostituée ne pouvait faire de proposition à une autre fille de la même maison. C'est pourquoi les clients qui vinrent réclamer la compagnie de Kokonoe étaient ceux de grands établissements voisins, concurrents de vieille date de la maison Kanô, tels que les maisons Komatsu ou Hôrai. Ce succès étonna jusqu'à la patronne, qui l'avait pourtant prédit.

Le mois suivant, au détriment de la prostituée aînée de l'établissement, Ikuyo devint la favorite de la maison Kanô. Celle qu'on appelait « favorite » était la prostituée qui avait rapporté le plus d'argent à l'établissement au cours du mois écoulé. Ikuyo, arrivée en avril, n'avait pas commencé à travailler le premier du mois, mais quand on fit le total, on s'aperçut qu'elle avait largement surpassé la favorite en titre. La belle humeur du patron, tout heureux d'avoir réussi un coup comme il s'en présentait peu ces dernières années, augmentait encore quand il était l'objet des sarcasmes jaloux des patrons d'autres maisons.

— Et le changement de sa garde-robe au changement de saison va leur couper le souffle ! annonça-t-il, tout réjoui de voir arriver le mois suivant, mais quand la patronne, conformément à son rôle, se rendit chez le marchand de tissus pour commander à Kokonoe une toilette recherchée, elle se vit répondre triomphalement par un marchand empressé que mademoiselle Kokonoe avait déjà choisi elle-même, et commandé ceci et cela. La patronne en fut fort froissée. Ce fut également vers cette époque qu'elle déclara à Tomoko, avec l'expression de quelqu'un qui se repent d'avoir fait une monstrueuse erreur :

— Toi au moins, Ochobo, tu ne ressembles en rien à ta mère.

Une rumeur se répandit bientôt dans tout Nichômachi : le propriétaire d'une des plus grandes maisons de rendez-vous de Shizuoka, après lui avoir acheté ses faveurs, avait offert à Ikuyo un luxueux ensemble de couettes et de matelas. Depuis que les soldats avaient envahi le quartier des maisons closes, on n'avait pas entendu rumeur aussi intéressante, et l'apparition de la courtisane Kokonoe avait fourni au quartier des sujets de conversation joyeux et animés comme par le passé.

Mais d'un autre côté, à l'intérieur même de la maison Kanô où elle officiait, la réputation de Kokonoe allait de mal en pis. La coutume voulait que les autres prostituées éprouvent affection et respect envers la favorite de l'établissement, sans souci de différence d'âge, mais Ikuyo semblait bien de naissance dépourvue de la moindre qualité humaine, et les prostituées de l'établissement prirent l'habitude de dire du mal d'elle chaque fois qu'elles se réunissaient.

— C'est normal qu'elle ait du succès, elle les accueille tous avec joie ! crachaient certaines, qui prônaient l'idéal de sincérité et de fidélité propres aux filles de joie. Pendant qu'elles officiaient dans leurs chambres privées où se succédaient sept ou huit clients par nuit, toutes les prostituées sans exception finissaient par se trouver un amant de cœur ou un client favori. Pour une femme qui avait du cœur, c'était une petite parenthèse normale dans leur dur métier, et du côté des patrons, il était habituel de fermer les yeux sur ce genre de choses. Les autres femmes n'avaient pas tardé à découvrir qu'Ikuyo n'était pas du genre à rester fidèle à un seul homme. Ikuyo ne montrait aucun signe de vouloir adopter la coutume du quartier des plaisirs, pleine de bon sens et bien naturelle dans un métier aussi dur, qui consistait à établir une barrière définie entre la chair et le cœur, sous peine de devenir du bétail humain.

— Elle accepte n'importe qui ! Du moment que les clients tournent, même les soldats font son affaire. Pff !

Ce mépris envers Kokonoe de la part de filles de joie qui n'avaient aucun droit de choisir leurs clients, était certes étrange, et d'ailleurs la popularité de Kokonoe auprès des clients étant à son comble, les injures de ses camarades ne la troublaient en rien. Si le fait d'accepter n'importe quel partenaire lui valait le mépris des femmes, les hommes en revanche y trouvaient leur bonheur, puisqu'elle ne réservait pas ses faveurs à un seul. Ikuyo, parvenue dès son arrivée à l'apogée de sa gloire, refusait de dormir dans la grande chambre commune dans la journée, quand elle n'avait pas de clients. Pareille attitude ne pouvait qu'exciter davantage encore la jalousie de ses compagnes, mais cela la laissait indifférente et elle persista à s'enfermer dans sa chambre privée même dans la journée.

Les prostituées de la maison Kanô disposaient chacune d'une chambre de huit nattes mais la favorite du moment se voyait attribuer une chambre de dix nattes avec un lit véritable. Ikuyo avait pris possession des lieux comme si elle avait toujours vécu dans cette pièce. Les filles de joie à succès disposaient généralement des services d'un rabatteur expérimenté, qui choisissait pour elle des clients généreux et de classe élevée, sans oublier de tenir compte de leur propre salaire. Ikuyo put ainsi rapidement mener une vie luxueuse grâce à ses gains officiels et aux pourboires que les clients lui laissaient en partant.

Cette opulence nouvelle se manifesta un jour où elle ouvrit l'un des tiroirs du long brasero remisé dans un coin de la pièce avec l'approche de l'été : il était empli de bons de restaurant. Elle en prit trois ou quatre qu'elle lança négligemment aux pieds de Tomoko assise devant elle, en disant :

— Tiens, Tomoko, achète-toi quelque chose de bon à manger.

Profondément émue de s'entendre appeler Tomoko pour la première fois depuis deux ans, la fillette, sans prendre le temps de ramasser les bons éparpillés devant ses genoux, leva la tête vers sa mère :

— Maman…

A côté du *tokonoma* [1], un séduisant ensemble de couettes de soie était empilé en évidence. Seul l'homme qui les lui avait offertes était autorisé à les utiliser, tandis que les autres clients, même s'ils achetaient le droit d'occuper la chambre, devaient subir l'humiliation d'enlacer Kokonoe

1. Renfoncement dans un coin de la pièce destiné à recevoir un rouleau de peinture, une calligraphie, une décoration florale, ou autre objet d'ornement.

avec sous les yeux le spectacle de cette luxueuse literie qu'ils ne pouvaient utiliser.

Cependant, vers la fin du mois, Kokonoe commença brusquement à se plaindre de malaises, et se reposa tout un dimanche au lieu de travailler normalement. Cela faisait près de deux mois qu'elle travaillait sans relâche, aussi la patronne se demanda-t-elle en secret avec affolement si la courtisane n'allait pas commencer à se montrer capricieuse. De l'avis général, elle devait tout simplement avoir ses règles.

Ce jour-là, dans la cuisine où elles prenaient leurs repas, une servante chargée de s'occuper de Kokonoe et de deux autres prostituées vint prévenir Tomoko que la courtisane lui faisait demander d'aller la voir dans sa chambre de malade dès qu'elle aurait un moment de libre.

— Bien.

Les prostituées, qui ne s'empressaient guère devant le maigre plateau contenant leur repas, s'entre-regardèrent :

— Tiens, voilà qu'elle vient se plaindre parce que personne ne va la voir ! raillèrent-elles.

— Eh, Ochobo, dis-lui de notre part que personne ici n'est assez bête pour travailler à s'en rendre malade !

Poursuivie par ces sarcasmes, Tomoko monta l'escalier laqué de vermillon et courut le long du vaste couloir jusqu'à la porte ornée d'une pancarte au nom de « Kokonoe ». Selon les règles de la maison, elle s'agenouilla dans le couloir de l'autre côté de la porte coulissante pour annoncer :

— Madame la courtisane, c'est moi, Ochobo.

— Entre, répondit calmement Ikuyo.

A côté de son lit, elle avait installé un matelas de soie sur lequel elle était couchée à demi. Il était rare de la voir ainsi, son gros chignon défait, le postiche enlevé, les cheveux simplement tirés en arrière en un petit chignon retenu par un peigne. Même ainsi, pas une mèche ne s'échappait de sa coiffure, ce qui signifiait qu'elle avait dû se lever une fois le matin pour prendre son bain et se recoiffer. Ikuyo avait toujours adoré se baigner.

— Comment vous sentez-vous, Madame ? demanda Tomoko en la saluant poliment, les deux mains jointes. Depuis son arrivée, Ikuyo ne l'avait pas une seule fois traitée comme sa fille, elle avait d'ailleurs elle aussi été avertie par le patron de ne pas le faire, et Tomoko continuait à s'adresser à elle avec la politesse requise d'une apprentie geisha envers une courtisane de la maison.

— J'ai la nausée.

— Voulez-vous que j'aille en bas vous chercher un médicament pour les excès de boisson ?

— Non, ce n'est pas ça que j'ai.

Ikuyo se leva, s'approcha du brasero, ouvrit un tiroir, tira trois bons de la liasse qui s'y trouvait.

— Tomoko…

— Maman…

— Prends ça, et cache-le avant que le rabatteur s'en aperçoive.

Tomoko se hâta d'obéir et fourra les bons dans son kimono, sous la poitrine.

— Comment va Yasu-chan ?

— Oh, elle est toujours en pleine forme, tu sais bien.

— Et papa ?

— Tomoko !

Ikuyo regardait sa fille d'un œil sévère.

— Je ne tolérerai pas que tu me poses cette question deux fois.

— Bien.

— Tu ne peux pas savoir à quel point je préfère avoir affaire à des inconnus plutôt qu'à un mari qui me répugne.

— …

Ikuyo se leva en titubant et, faisant traîner le bord de sa longue robe de cérémonie écarlate, alla ouvrir en grand la fenêtre côté ouest.

Le soleil pénétra soudain dans la pièce, découpant le profil aux traits creusés d'Ikuyo, assise sur la balustrade. Tomoko se mit à imaginer les circonstances qui avaient dû amener sa mère jusque-là : « Vends-moi donc à une maquerelle ! » avait-elle dû dire en invectivant Keisuke, et celui-ci, perdant patience malgré son tempérament d'une douceur presque niaise, avait dû un beau jour la prendre au mot. Sachant pour avoir amené Tomoko dans cet établissement que s'y mélangeaient prostituées et geishas, il avait dû livrer Ikuyo à une agence d'entremetteuses. Mais Ikuyo n'ajouta pas un mot pour expliquer les circonstances qui l'avaient amenée à rejoindre sa fille. Tout ce qu'elle lui dit jamais fut ceci : « Tu ne peux pas savoir à quel point je préfère avoir affaire à des inconnus plutôt qu'à un mari qui me répugne. »

Tout en répétant avec ferveur au fond d'elle-même « Non, maman, non, je ne te demanderai plus de ses nouvelles », Tomoko s'approcha doucement de sa mère. Debout derrière elle, elle chercha à voir ce qu'Ikuyo regardait là en bas.

Derrière les fermes dispersées au milieu des champs de thé et des rizières, on apercevait le large ruban de l'Abegawa. La rivière avait l'air presque à sec. On apercevait le fond, par endroits affleuraient des bancs de sable, entre lesquels couraient des ruisselets, comme entre des défilés de montagne. Disséminées çà et là, on pouvait voir quelques silhouettes d'ouvriers qui remplissaient des paniers de sable. Sans doute cela correspondait-il à la saison, mais le spectacle de ce fleuve asséché était désolant.

— Eh, madame Kokonoe, comment va la santé ?

Lorsqu'un rabatteur se présenta en demandant bruyamment des nouvelles de la santé de sa mère, Tomoko en profita pour redescendre. Regagnant la chambre des geishas, elle y trouva ses aînées en train d'accorder leurs *shamisen*. L'heure où le salon de réception s'animait approchait. Tomoko devait se changer mais quand elle sortit de son kimono les bons offerts par sa mère, elle resta un moment à les contempler. Il s'agissait de tickets que l'on pouvait utiliser dans les restaurants spécialisés du quartier des plaisirs. Les petits rectangles de bois de la taille de la paume de Tomoko portaient gravés au feu les noms de restaurants de spécialités d'anguilles ou de loches : *Au Royaume des sushis, La Maison des pruniers, Chez Nakamura*… Avec ces plaquettes, on pouvait manger autant qu'on voulait le plat souhaité dans le restaurant en question, et en outre le restaurant acceptait sur simple demande de changer le bon en argent liquide. Autrement dit, c'était une monnaie d'échange particulière aux quartiers de plaisirs et utilisable seulement dans son enceinte.

— Ochobo, dépêche-toi !

— Oui…

Sur les injonctions d'une aînée, Tomoko entreprit de se changer, mais elle défit d'abord en hâte la doublure de son kimono de dessous, fit glisser les plaquettes de bois entre les deux épaisseurs de tissu les unes après les autres jusqu'au milieu. Les sentant contre son ventre, elle resserra le vêtement sur elle, s'assurant du contact dur des plaquettes de bois tout contre sa peau. Cette sensation faisait renaître en elle l'émotion de tout à l'heure. Le contenu du cadeau lui importait peu, c'était avant tout quelque chose que sa mère lui avait donné. Si je pouvais la serrer comme ça dans mes bras, sa maladie guérirait tout de suite, se disait-elle.

Mais l'état d'Ikuyo ne s'améliora pas. Il ne s'agissait pourtant pas, comme les autres prostituées le murmuraient entre elles, d'une maladie honteuse, et la courtisane Kokonoe, après avoir brillé deux mois à peine comme l'étoile de l'établissement, fut bientôt incapable de descendre s'exhiber en devanture.

Six mois à peine après le changement de saison et le renouvellement de sa garde-robe, le ventre d'Ikuyo se mit à paraître anormalement enflé.

La patronne la pressa de questions. Selon elle, il était impossible qu'elle soit tombée enceinte après son arrivée à la maison Kanô, et, après un examen médical, on arriva à la conclusion qu'Ikuyo était enceinte avant son arrivée dans l'établissement mais ne s'en était pas aperçue.

La patronne, honteuse de ses erreurs répétées concernant la personne d'Ikuyo, n'osa plus lever les yeux vers son mari pendant quelque temps.

— On ne peut pas te faire confiance, Ochobo. Quoi qu'on en dise, tu es du même sang que Kokonoe, disait-elle à Tomoko dans ses accès de colère, mais il était trop tard.

Ikuyo fut chassée de la chambre des favorites, et reléguée dans un réduit éclairé seulement par une lampe à huile, au deuxième étage de la maison, où elle devait rester enfermée jusqu'à son accouchement. Cette pièce, orientée au nord, ne disposait que d'une minuscule fenêtre, et faisait office de débarras. Au sol, les nattes étaient toutes écornées et gonflées d'humidité.

VII

La meule à thé tournait avec un bruit sourd. Le lourd cylindre de pierre aux reflets bleutés, d'environ cinquante centimètres de circonférence, tournait sans relâche, actionné par le mince bras blanc d'Ikuyo. Des veines bleues ressortaient sur le dessus de sa main.

Il fallait faire glisser dans un petit trou en haut de petites quantités de feuilles de thé, et faire tourner en même temps la meule à la vitesse appropriée. Si on tournait trop vite, la partie supérieure de la meule n'avait pas le temps de happer les feuilles et tournait à vide, si on tournait trop lentement c'était du thé pulvérisé, trop fin, qui ressortait, et on avait épuisé ses forces en vain. Tout en maintenant fermement le bâton planté au centre de la meule de pierre, Ikuyo écrasait le thé, les clavicules soulevées par sa respiration. Maintenir la vitesse de la meule exigeait d'elle juste assez d'attention pour l'empêcher de penser à autre chose, si bien que son visage restait parfaitement inexpressif. Sa peau sans trace de poudre était humide de sueur. Ses lèvres non plus ne portaient pas trace de rouge à lèvres, et son visage blême au cou trop court, émacié par l'effet de la chaleur, paraissait minuscule par contraste avec son gros ventre.

Autrefois, il était de coutume dans les quartiers de plaisirs des régions productrices de thé comme Shizuoka ou Hamamatsu d'utiliser le potentiel de travail que représentaient les prostituées sans clientèle au broyage du thé. On en était ainsi venu à désigner par l'expression « elle est bonne à broyer le thé » une prostituée qui ne parvenait pas à vendre ses charmes. Cette coutume était cependant déjà tombée en désuétude à Nichômachi, à l'époque où Ikuyo et sa fille y vivaient. Outre que la plupart des marchands de thé étaient désormais munis de machines à broyer le thé en grandes quantités, peut-être les prostituées qui ne se vendaient pas devenaient-elles de moins en moins nombreuses. Quand elles n'étaient pas occupées avec des clients, les prostituées passaient désormais leur temps à dormir dans la chambre commune pour se reposer des fatigues de leur métier. Les patrons des maisons closes eux-mêmes ne semblaient pas considérer cela comme une perte de travail.

La patronne, cependant, parut se souvenir de cette ancienne coutume au moment où elle relégua Ikuyo dans son réduit éclairé à la lampe à huile. La maison Kanô possédait un vaste entrepôt sur deux étages, et le patron se souvint également y avoir remisé une ancienne meule à thé.

Dans la pièce où vivait désormais Ikuyo étaient entassés d'un côté les meubles, un petit brasero, un accoudoir et un petit autel, tandis que dans l'autre coin de la pièce étaient négligemment empilés, pliés n'importe comment, le matelas de dessous et la couette de coton rude qu'elle utilisait pour dormir. L'ensemble, bourré de coton tout aplati, était si fin que matelas et couette empilés n'atteignaient même pas l'épaisseur d'une seule couette de soie. Ikuyo avait posé une natte de jonc recouverte d'un papier sur la vieille natte usée et, assise en silence, actionnait sa meule. Elle n'avait personne à qui parler, rien à se dire à elle-même. La chaleur était accablante.

Le ventre proéminent d'Ikuyo, qui s'enflait brusquement à partir de sous les seins, aurait suffi à la faire transpirer deux fois plus qu'une personne ordinaire, mais en plus, pas un brin de vent ne pénétrait dans la pièce. Ce réduit était donc idéal pour écraser le thé, dont le vent aurait fait s'évaporer le parfum, mais, pour Ikuyo, enceinte, actionner ainsi la meule à thé dans une pièce dépourvue du moindre souffle d'air était la tâche la plus pénible qui soit. Cependant, elle ne proférait pas une plainte.

— Maman.

Montant les escaliers sans bruit, Tomoko s'était glissée dans le réduit. La chaleur humide, jointe au parfum puissant du thé, dégageait une atmosphère si étouffante que la fillette ne put d'abord parler, la respiration coupée. Ikuyo, sans même se retourner, continuait à actionner la meule, dont le grincement monotone résonnait sans répit.

Même quand elle l'entendait de loin, ce bruit résonnait jusque dans la moelle des os de la fillette, mais à l'entendre ainsi de tout près, assise sur la même natte que sa mère, ce grincement écrasant et sourd lui perçait le cœur. Ce bruit n'était-il pas chargé de tout le chagrin et de toutes les plaintes silencieuses d'Ikuyo ? A l'époque où elle déversait violemment devant Keisuke l'insatisfaction que lui causait leur vie de misère, Ikuyo était une femme loquace, mais aujourd'hui, dans ce réduit obscur, elle semblait avoir perdu l'usage de la parole. Tomoko se demandait si ce n'était pas le bruit lancinant de cette meule qui l'avait ainsi fait changer du tout au tout.

— Maman, tu ne veux pas te reposer un peu ?

En s'entendant appeler pour la deuxième fois, Ikuyo s'interrompit enfin et tourna vers Tomoko son visage blême.

— Regarde, je t'ai amené des sushis. Rien que des poissons à chair blanche. Et je t'amène tout de suite du thé.

— Non, plus de thé, je t'en prie ! De l'eau, ça ira. Amène-en dans la bouilloire.

— Oui…

Tomoko redescendit en hâte les escaliers pour ne pas se faire voir et fut bientôt de retour. Ikuyo avait déjà fait disparaître la plupart des sushis.

— Ça vient du *Royaume des sushis* ?

— Non…

— Ah, c'est donc pour ça qu'ils étaient si mauvais !

Attristée, Tomoko versa en silence de l'eau dans sa tasse.

Ikuyo descendait au début trois fois par jour à la salle à manger, soutenant à deux mains son gros ventre, mais Tomoko n'avait pu supporter de voir sa mère montrée du doigt par ses anciennes compagnes, ni la voir manger d'un air dégoûté les plats rustiques qu'on leur servait, aussi avait-elle utilisé tous les bons qu'elle avait pour acheter à sa mère des repas dans les restaurants du quartier. Et voilà qu'Ikuyo dénigrait ces sushis parce qu'ils ne venaient pas du meilleur restaurant.

Le fait que Tomoko amenait ses repas à sa mère finit par se savoir et parvint aux oreilles de la patronne.

— Je ne la fais pas mourir de faim, tout de même, arrête donc tes bêtises !

Tomoko fut vertement tancée et reçut même une correction, mais comme, les jours suivants, Ikuyo ne toucha pas aux repas pris dans la salle à manger, elle se fit du souci et recommença à aller lui chercher des mets dans les restaurants voisins à l'insu de tous. Les prostituées de la maison avaient découvert déjà depuis quelque temps qu'Ikuyo et Tomoko étaient mère et fille, mais si elles prirent Tomoko en pitié, leur compassion n'alla pas jusqu'à plaindre Ikuyo.

— Ça lui apprendra à vendre sa fille comme geisha, disaient-elles, elle n'a que ce qu'elle mérite.

Les geishas les plus âgées et les rabatteurs lui faisaient parvenir de temps à autres en secret des reliefs de banquet et ils confiaient à Tomoko le soin de les lui apporter, mais c'était plutôt par gentillesse envers Tomoko, et nul n'aurait songé à amener lui-même ces cadeaux. Seul le rabatteur qui l'avait servie avec dévouement à l'époque où elle avait le titre de favorite du bordel, lui amena un jour en cachette mais en grande pompe un repas d'un restaurant du quartier, mais Ikuyo ne daigna pas arrêter sa meule pour le remercier. L'histoire fut répétée, et, plus que tout, cet incident intensifia l'antipathie générale à son égard.

Sans ce genre de détail, l'attitude d'Ikuyo s'asseyant à la table commune en soutenant son gros ventre, sans accorder ni un regard ni un salut à quiconque, aurait paru désagréable, sans plus, au personnel de la maison Kanô.

Ikuyo, qui aimait tant prendre des bains et se faire belle, était maintenant si lourde qu'elle avait des difficultés à se déplacer et n'arrivait plus à prendre soin d'elle-même. Les autres prostituées répugnaient d'autant plus à s'asseoir à la même table qu'elle que sa peau avait pris un aspect sale et verdâtre, à cause du mélange de sueur et de poussière de thé vert qui lui collait aussi bien sous les ongles qu'aux paumes, aux bras, et jusqu'au cou. Tout en refusant sa présence à table, aucune de ses compagnes n'était disposée pour autant à lui monter les plateaux de ses repas, et Tomoko se mit finalement à faire des allers et retours jusqu'au réduit à l'heure des repas, et se donna beaucoup de peine pour fournir des repas convenables à sa mère.

Ikuyo ne se rendait pas compte du mal que se donnait sa fille, ou feignait de ne pas le voir et devenait de plus en plus exigeante au fur et à mesure que son palais retrouvait, grâce à Tomoko, les saveurs raffinées d'autrefois.

— C'est tout à fait normal, non, d'associer des choses très sucrées à l'amertume du thé vert ? Depuis que je vis dans cette pièce, je suis prise d'envies irrésistibles de pâtisseries, je rêve de manger de la pâte de haricots rouges sucrés de Surugaya, ou alors de ces gros gâteaux ronds fourrés avec tout plein de pâte de haricots blancs, disait-elle, parlant à tort et à travers à Tomoko de ses envies.

Tomoko avait beau avoir envie de satisfaire les désirs de sa mère, il était fort difficile à une apprentie geisha de se procurer les pâtisseries réputées de Wakayama que réclamait Ikuyo. Chercher cela dans le quartier des plaisirs de Shizuoka, à l'autre bout du pays, ressemblait fort à chercher des champignons sous la neige.

Derrière le quartier de Nichômachi, la campagne commençait. Tomoko suivit le sentier plein de creux et de bosses à travers champs, sous un soleil aveuglant, jusqu'au pied du pont de l'Abegawa, et acheta des gâteaux de riz locaux chez Sekibeya. Elle fit remplir une petite boîte en lamelles de bois de gâteaux de riz fourrés aux haricots rouges sucrés et d'autres saupoudrés de farine jaune sucrée, puis rentra à la maison Kanô en serrant la boîte sur son cœur, avec des bouffées d'exaspération envers ses propres actes de piété filiale.

Finalement, Ikuyo mangea deux ou trois pâtisseries d'un air dégoûté avant de déclarer que ces gâteaux sentaient mauvais et que leur goût rustique ne correspondait pas à ce qu'elle avait envie de manger, puis elle les posa sur la natte sans plus s'en occuper.

Tomoko en eut les yeux pleins de larmes, plus d'exaspération cette fois que de chagrin. Mais, incapable d'exprimer ce sentiment à sa mère, elle changea de sujet pour faire diversion :

— Regarde comme le mont Fuji est beau, maman !

Une fois ouverte, la petite fenêtre carrée sur le mur nord de la pièce, unique source de lumière, encadrait exactement le mont Fuji avec son « enfant », qui faisait une petite bosse ronde sur sa gauche. La montagne avait une teinte bleue presque transparente, son sommet légèrement balayé de blanc par la neige. Encadré exactement par les bords de la fenêtre, le mont Fuji ressemblait à un tableau, une peinture de prix sans rapport avec ce réduit misérable. C'était la décoration la plus luxueuse dont pût rêver n'importe quelle pièce. Peut-être Tomoko n'aurait-elle jamais pu passer autant de temps dans cette pièce s'il n'y avait eu ce spectacle magnifique. Si elle ne s'était pas effondrée en voyant sa mère rejeter durement, comme toutes ses attentions, les gâteaux de riz qu'elle avait achetés spécialement pour elle, c'était certainement grâce à ce tableau du mont Fuji.

— Quand on le voit tous les jours, ça ressemble à n'importe quelle vue, répondit Ikuyo d'un ton catégorique, puis elle se remit à moudre le thé.

Tomoko quitta la pièce, mais même une fois de retour dans les appartements des patrons, d'où l'on ne pouvait entendre la meule, le grincement de l'instrument continuait de résonner à son oreille. Ce n'était ni l'écho du chagrin qu'elle éprouvait à voir sa propre mère réduite à moudre le thé dans un réduit obscur, ni le ressentiment de voir sa gentillesse rejetée avec ses gâteaux qui grinçaient ainsi en elle, non, c'était plutôt une exaspération trop longtemps contenue qui lui tordait le ventre. Elle-même ne savait ni d'où ni comment avait surgi cette sensation soudaine.

Ce soir-là, avant d'enfiler son vêtement de nuit, Tomoko resta longtemps à jouer avec la doublure de son kimono dont l'intérieur formait un sac. Les bons de restaurants que sa mère lui avait jetés vers la fin du printemps et qu'elle avait cachés dans cette doublure et gardés serrés contre son corps, avaient depuis longtemps disparu, transformés en repas acheminés jusqu'au réduit du deuxième étage. Tomoko regrettait au fond d'elle-même la perte de ces plaquettes de bois qu'elle avait reçues de sa mère avec une joie sauvage, les prenant pour une expression de l'amour et de la tendresse maternelle. Cette nuit-là, Tomoko, bouleversée, ne put fermer l'œil, se demandant d'où venait et où la menait cet étrange sentiment d'exaspération en lequel s'étaient soudain mués ses sentiments d'autrefois. La chambre où elle dormait et qu'elle partageait seulement avec Ochoma, se trouvait à l'écart de la chambre commune des geishas et de celle des prostituées. C'était une petite pièce de quatre nattes et demie située à proximité du salon des patrons. L'irritation de Tomoko montait encore en sentant Ochoma profondément endormie tout près d'elle, complètement abandonnée au lourd sommeil qui l'avait saisie dès qu'elle avait plongé la tête dans son oreiller.

Le lendemain matin, Tomoko s'aperçut qu'elle avait ses règles, pour la première fois de sa vie.

Elle n'en fut ni surprise ni effrayée car, vivant dans le quartier des plaisirs, elle était déjà avertie de ce phénomène, mais comme elle ne l'avait pas prévu, elle dut utiliser pour se protéger la première serviette de coton blanchi à portée de sa main, puis elle se hâta de se rendre au bord du puits, avant que les autres se lèvent, pour laver ses dessous souillés de sang. Si elle avait encore mené la vie heureuse et insouciante d'autrefois dans sa province natale, sans doute sa grand-mère aurait-elle célébré l'événement en faisant cuire du riz de fête, mais aujourd'hui, elle n'était plus que la solitaire Ochobo, apprentie geisha de la maison Kanô, et ne put pas même faire part de ce qui lui arrivait à sa mère, enfermée dans son réduit sous les combles. Même sa compagne de chambre, Ochoma, ne s'aperçut pas que Tomoko était désormais formée.

Le seul changement visible qu'entraîna sa métamorphose physiologique fut peut-être la réduction de la fréquence de ses visites à sa mère. Tomoko elle-même ne comprenait pas pourquoi, mais elle s'arrêta également vers cette époque d'associer la contemplation du mont Fuji au souvenir de sa mère. La métamorphose de son corps entraînait-elle une subtile métamorphose de son âme, et portait-elle sur son cœur une ombre légère, au moment même où elle quittait l'enfance pour s'intégrer enfin à ses compagnes ?

La saison des fortes chaleurs passa enfin, mais Ikuyo, toujours reléguée dans son réduit, enfila simplement une vieille robe de chambre, au moment où tout le monde passait du kimono d'été au kimono doublé. Son ventre était maintenant si énorme qu'il touchait la meule qu'elle faisait tourner, le bras tendu droit devant elle. Même descendre et monter l'escalier pour faire ses besoins était devenu une opération compliquée pour elle, mais Tomoko ne venait plus guère l'aider. Il lui était sans doute pénible de voir sa mère si belle transformée en cette affreuse créature. Cependant, sans faire la moindre remarque désobligeante à sa fille qui ne venait plus que rarement la voir, Ikuyo se contentait d'actionner inlassablement sa meule en silence, confiant toute sa rancœur à l'instrument de pierre.

Au rez-de-chaussée, on s'était habitué à entendre toute la journée le grincement de la meule, et les habitants de la maison oublièrent peu à peu la présence d'une prostituée enceinte dans le réduit sous les combles.

Par une belle journée d'automne, la maison Kanô ferma sa porte principale et toute la maisonnée s'en alla paisiblement au théâtre. Deux fois par an, au printemps et à l'automne, toutes les maisons closes offraient ainsi à leurs protégées une journée de repos et de divertissement. Ce jour-là, une troupe itinérante jouait au théâtre des Jeunes Bambous.

Les prostituées, toutes joyeuses, mirent leurs plus beaux atours, dénouèrent leurs chignons apprêtés, et passèrent bientôt la porte d'entrée du théâtre, par petits groupes de trois ou cinq. Tomoko avait également eu la permission de sortir et, main dans la main avec Ochoma, elles se rendirent toutes deux au théâtre, vêtues et coiffées comme d'habitude. La patronne les ayant autorisées à cette sortie sans les prévenir avant, elles n'avaient pas eu le temps de se changer.

A l'entrée du théâtre, le caissier faisait claquer ses battoirs de bois sur le comptoir avec énergie :

— *Le Pèlerinage à Awa* va commencer ! Ça va commencer ! hurlait-il pour faire entrer les clients.

Le théâtre des Jeunes Bambous était l'unique salle de Shizuoka en ce temps-là. C'était un minuscule théâtre qui, même bondé, ne contenait pas plus de trois cents personnes, et les clients s'asseyaient chacun sur une portion de natte.

Les prostituées achetèrent aux vendeuses qui déambulaient dans la salle des friandises, biscuits de riz salé, sucres d'orge au thé vert, mandarines qu'elles distribuèrent à Tomoko et à ses petites compagnes. Quand les *shamisen* des musiciens se mirent à résonner interminablement, annonçant le début du spectacle, les filles de joie, qui jusque-là riaient et parlaient à voix haute, se turent toutes en même temps.

Au moment de la scène où la jeune Otsuru retrouve sa mère au cours d'un pèlerinage, les spectateurs se mirent à sangloter. Certaines prostituées pleuraient sans retenue, mais Tomoko, elle, réagit différemment. Elle ne manifesta pas la moindre émotion devant les retrouvailles de cette mère avec son enfant. Plus Otsuru, jouée par un enfant, élevait une voix plaintive, plus Tomoko sentait son cœur se glacer et devenir insensible. L'acteur travesti qui jouait le rôle de la mère enlaçait son enfant en pleurant :

— Otsuru, c'est bien toi, Otsuru !

Cette scène fut si désagréable à Tomoko qu'elle en eut la chair de poule. Une fille languissant après sa mère, une fille attendant sa mère avec amour, une fille heureuse de retrouver sa mère par hasard… Tomoko, qui avait complètement dépassé ce genre de sentiments, regardait ces scènes avec une curiosité indifférente.

Sur le chemin du retour, aux côtés d'Ochoma dont les yeux étaient rougis de larmes, Tomoko se sentait exagérément irritée.

— C'était triste, cette histoire, hein, Ochobo ?

— …

— Je ne pouvais pas m'empêcher de pleurer. Les geishas aussi pleuraient. C'est bien, le théâtre, hein ? Moi, j'aimerais bien y aller plus souvent !

— …

Ochoma regarda Tomoko, obstinément silencieuse, et déclara soudain :

— C'est donc vrai que tu es insensible, Ochobo !

— Pourquoi ?

— J'ai entendu les entremetteuses le dire une fois, mais c'est bien vrai. Tu n'as pas versé une seule larme, même en voyant une pièce aussi triste, pas vrai ?

— Non, ça m'a mise de mauvaise humeur, c'est tout.

— Je ne comprends pas qu'on puisse ne pas pleurer en voyant les malheurs de cette pauvre Otsuru !

— Moi non plus, je ne comprends pas pourquoi, mais en tout cas, cette pièce ne m'a pas plu.

— Ah !

Ochoma, dont le moins qu'on puisse dire est qu'elle n'était pas très vive, parut soudain avoir saisi quelque chose, et son regard s'éclaira :

— C'est à cause de madame Kokonoe, hein, c'est ça ?

Elle ne pouvait pas lier les deux faits avec certitude mais même son esprit enfantin comprenait ce qu'il y avait d'étrange à voir la mère et la fille vivre dans la même maison close, l'une enfermée dans son réduit, l'autre apprentie geisha.

Tomoko garda le silence, et une fois sur le sentier au milieu des rizières, d'où l'on apercevait la ville, elle se retourna soudain pour regarder le ciel du nord. Le sommet du mont Fuji était à nouveau couvert d'une épaisse couche de neige. L'automne teintait la plaine au pied du mont d'un élégant bleu indigo foncé, et le mont lui aussi avait légèrement blanchi, mais aujourd'hui ces montagnes n'évoquaient plus une mère et son enfant pour Tomoko. Le mont Fuji était riche d'expressions, au cours d'une même journée il pouvait évoquer tour à tour des atmosphères fort différentes, mais c'était la première fois que Tomoko découvrait qu'à l'automne il perdait son aspect maternel.

Ikuyo accoucha dix jours plus tard. Comme elle en était à son neuvième mois de grossesse, l'événement n'était pas si inattendu, mais quand Ikuyo, dans ce deuxième étage désert, commença à ressentir les premières douleurs de l'accouchement et se rendit compte que personne ne venait malgré ses appels, elle se précipita dans les escaliers et perdit les eaux à peine arrivée en bas. Comme c'était la tombée de la nuit, heure où les clients affluaient, l'affolement fut à son comble dans la maison.

Les entremetteuses portèrent Ikuyo jusqu'à une chambre privée du premier étage. Les ordres fusaient encore : « Appelez la sage-femme, faites bouillir de l'eau ! », quand des cris puissants de nouveau-né retentirent. Les pleurs d'un nouveau-né sont sans comparaison plus énergiques que ceux d'un bébé, et même un adulte qui s'y connaît peu en matière d'enfants sait faire la différence entre les cris d'un bébé ordinaire et ceux d'un nouveau-né.

— Que se passe-t-il ?

— C'est un bébé qui vient de naître !

Les clients qui avaient entendu ces cris montraient des sourires forcés, des visages blêmes. Certainement un bordel n'était pas le lieu le plus indiqué pour une naissance. En outre, l'enfant était né dans une des chambres de passe, ce qui suscita des commentaires moqueurs :

— C'est un garçon ou une fille ?

— Un garçon.

— Un garçon né d'une prostituée dans une chambre de passe, ça fera un homme qui aime les plaisirs !

Tomoko avait déjà fait ses préparatifs pour se rendre au salon et était en train d'accorder son petit *shamisen*, quand une servante se précipita dans sa chambre :

— Madame Kokonoe, c'est terrible, c'est terrible !

Sans comprendre ce qui était si terrible, Tomoko saisit les longues manches de son kimono et en montant les escaliers quatre à quatre, elle se rendit compte de l'agitation générale et des bruits de pas précipités provenant d'une des chambres où les prostituées recevaient leurs clients. Elle chancela, se demandant soudain si sa mère, avec son corps alourdi, n'était pas tombée dans l'escalier. Totalement affolée, elle se précipita dans la pièce au moment même où retentissaient des vagissements de nouveau-né. Sans intention de le voir, elle avait assisté à la venue au monde de l'enfant. Le petit bloc noirâtre et sanguinolent qui venait d'être expulsé d'entre les cuisses grandes ouvertes de sa mère étendit aussitôt ses membres et se mit à bouger. A peine dégagé de la membrane qui le recouvrait, il se mit à pousser des cris déchirants.

Les gens qui se trouvaient là mirent un moment avant de s'apercevoir de la présence de Tomoko, blême, comme pétrifiée.

— Qu'est-ce que tu fais là ? Ce n'est pas la place d'une enfant, allez va-t'en ! fit une geisha aînée, qui appela aussitôt une entremetteuse :

— Emmène donc Ochobo en bas !

L'entremetteuse saisit négligemment Tomoko par le bras et l'emmena dans le couloir mais, s'apercevant que Tomoko était rigide comme un bout de bois, elle fronça les sourcils :

— Dis donc, petite, tu as tout vu ?

Elle vit dans le silence de Tomoko une réponse précise, et, la prenant impulsivement dans ses bras, l'aida à descendre l'escalier.

Tomoko était comme morte. Un frère du même sang qu'elle était né, mais elle n'en ressentait pas la moindre joie, elle était simplement bouleversée jusqu'au tréfonds de son corps. Ce qu'elle venait de voir était pour elle un choc d'une violence inouïe. Cette vision s'agrandissait, clignotait, s'agrandissait encore dans son esprit enfantin, la violence du choc torturant à la fois son esprit et son corps. C'était donc ça, la naissance d'un être humain ! C'est donc ainsi que les femmes mettent des enfants au monde ? Ma mère m'a fait naître comme ça, moi aussi, je suis sortie de son ventre comme ça ! Ressasser cette découverte lui infligeait une souffrance atroce. A l'âge de Tomoko, où les images de la naissance et de la maternité sont encore embuées de rêve, le spectacle de la réalité physiologique de cet événement avait été pour elle d'une cruauté insupportable.

Tomoko passa quelques jours dans un état d'absence, comme si elle n'était plus elle-même, mais n'essuya aucune réprimande de la patronne. Celle-ci comprenait-elle intuitivement les sentiments de cette enfant qui avait assisté malgré elle à l'accouchement de sa mère ?

Tomoko passa quelques jours dans un état proche de la démence. Malgré toute l'agitation qu'il avait soulevé, l'accouchement d'Ikuyo avait été facile, l'enfant était normal, la mère s'en remettait bien, bref, tout se passait normalement, mais Tomoko n'eut pas même l'idée d'aller rendre visite à sa mère et à son nouveau demi-frère. Elle était terrorisée à la simple idée de voir sa mère ou le bébé. Ikuyo était certainement maintenant gracieusement allongée, à demi couverte d'une couette, les cheveux retenus par un peigne, mais Tomoko était prise de convulsion en pensant à sa mère, car elle revoyait immédiatement l'image terrible de cette femme aux cuisses ouvertes, et elle frissonnait d'épouvante.

Au cours des sept mois qu'elle avait passés enfermée dans son réduit sans lumière, les habitants de la maison avaient presque fini par perdre le souvenir de l'existence d'Ikuyo, mais le nouveau-né hurlait et pleurait maintenant sans aucune retenue et sans souci de l'heure, ce qui faisait froncer le sourcil à la maisonnée.

— Qu'est-ce qu'il peut pleurer ! dit un soir la patronne en claquant la langue. Tomoko entendait parfois le bébé pleurer dès l'aube, depuis sa chambre pourtant fort éloignée du réduit de sa mère.

A ces moments-là, Tomoko repensait à sa demi-sœur Yasuko. Elle aussi pleurait beaucoup. Comme elle avait dû grandir ! Elle ne l'avait pas vue depuis si longtemps. Comment vivaient-ils maintenant, son beau-père Keisuke et sa petite sœur Yasuko ? Tomoko n'avait pas eu l'occasion de demander à sa mère ce qu'ils étaient devenus : Ikuyo tremblait de haine à la seule évocation du nom de Keisuke. Les pleurs lointains de ce bébé lui rappelaient le jour de son enfance où elle avait entendu Yasuko pleurer au fond de la maison du notable, et, par association d'idée, elle repensa aussi à sa grand-mère. Cela faisait longtemps qu'elle n'avait pas pensé à la défunte, mais elle ne s'abandonna pas à la nostalgie du passé : elle revoyait surtout la fin de sa grand-mère, morte dans la folie, haïssant et maudissant cette fille qui lui avait tourné le dos : « Fille indigne, sale fille indigne ! »… Tomoko frissonna. N'était-elle pas elle aussi une « fille indigne », terme dont elle avait ressenti autrefois l'horreur jusqu'au plus profond de ses os ? Oui, une fille indigne qui n'allait pas même voir sa mère sur son lit d'accouchée dans son misérable réduit.

Elle savait désormais qu'elle devait aller rendre visite à sa mère, mais il lui fallut encore du temps pour se forcer à le faire. Après ses premières règles, puis après avoir vu accoucher sa mère, Tomoko avait senti diminuer peu à peu l'attachement qu'elle lui portait. Mais elle ne s'apercevait pas elle-même de ce qu'il y avait d'étrange à cela.

Le jour où elle passa la tête dans la cuisine en annonçant : « Aujourd'hui c'est moi qui vais porter son plateau à madame Kokonoe », le cuisinier se retourna sans marquer le moindre intérêt et se contenta d'un « Ah bon ? » en guise de réponse.

Le vieux plateau de laque tout écaillée dans les bras, Tomoko monta lentement les escaliers en veillant à ne pas trébucher. Cela faisait longtemps qu'elle n'était pas montée jusqu'à cette pièce. Une fois en haut de l'escalier, elle resta un long moment à genoux, immobile, devant la porte, comme elle le faisait à l'époque où sa mère occupait la chambre de la favorite. Elle hésitait à appeler : l'intérieur de la pièce était mortellement silencieux, la mère et le bébé étaient peut-être endormis. S'ils dormaient, il valait peut-être mieux ne pas les réveiller. Tomoko réfléchit ainsi un moment en hésitant. Elle souleva son plateau, le reposa, puis, au moment où elle essayait de tendre l'oreille sans faire de bruit pour savoir ce qui se passait dans la pièce, la voix d'Ikuyo se fit entendre :

— Qui est là ?

— C'est moi, Tomoko, répondit-elle en se hâtant d'ouvrir la porte coulissante.

— Tu es réveillée ?

— Ce n'est pas une heure pour dormir !

Ikuyo n'avait pas changé de caractère.

Elle avait terriblement maigri et semblait avoir renoué avec ses habitudes de coquetterie. Les alentours du lit bien rangés, les revues à son chevet, les articles de mercerie posés sur un élégant plateau, étaient la preuve que l'entremetteuse avait retrouvé son ancien dévouement, en prévision du retour à la vie normale de la courtisane. Même son kimono d'intérieur semblait plus net qu'auparavant, et la pièce, même si c'était toujours un réduit avec une unique fenêtre, n'avait plus cette atmosphère sinistre de l'époque où elle y broyait le thé. La meule de pierre bleue, recouverte d'un papier journal, avait été remisée dans un coin de la pièce.

— Maman, comment vas-tu ?

— Bah, je pourrais me lever, mais comme je ne peux pas encore travailler, je préfère rester couchée ici.

Tomoko se sentit soulagée de ne s'entendre adresser aucun reproche pour n'être pas venue la voir plus tôt mais elle était étonnée de ne pas voir le bébé :

— Maman…

— Quoi ?

— Où est le bébé… ?

— Ah, c'est la patronne qui l'a emmené.

— Emmené ? ! Mais où ?

— Ah, ça, comment veux-tu que je le sache ? Tu n'as qu'à le lui demander !

Stupéfaite, Tomoko contemplait sa mère. « Comment est-ce possible ? » se répétait-elle, mais Ikuyo, qui s'était redressée avec difficulté sur son lit pour inspecter le contenu des bols disposés sur le plateau, paraissait avoir déjà complètement oublié la question posée par sa fille.

— Maman !

— Hein ?

— Le bébé, comment il s'appelle ?

— Elle l'a emmené avant le septième jour, alors je n'en sais rien.

— Mais, maman…

— Tais-toi donc ! Ikuyo fixa sa fille d'un regard perçant :

— Si cet enfant était encore là, que crois-tu que nous deviendrions, toi et moi ? Même pour l'enfant, il vaut mieux qu'il soit séparé de moi, il sera beaucoup plus heureux comme ça. Je n'en ai jamais voulu, de cet enfant, moi.

A ces mots, « Je n'en ai jamais voulu », Tomoko eut l'impression qu'un monstre hideux venait de s'abattre sur elle, ou plutôt sur son petit demi-frère. Ce bébé, qui n'avait pas encore de nom, emporté au loin dans les griffes d'un monstre…

En regardant Ikuyo piquer le bout de ses baguettes d'un air dégoûté dans les carrés de potiron étuvé placés dans un petit bol, Tomoko n'avait même plus le courage de parler. La pitié que lui inspirait cette mère mettant au monde un enfant qu'elle n'avait pas voulu dépassait encore celle que lui inspirait l'enfant mis au monde sans avoir été désiré, et l'étendue infinie de cet océan de tristesse lui paraissait insoutenable.

Ainsi, cet enfant qu'elle n'avait fait qu'entrevoir par hasard à l'instant de sa naissance, avait été baigné, habillé, préparé pour avoir toutes les apparences d'un être humain, puis emporté au loin, sans même être présenté à la sœur qui l'attendait avec amour. Seuls lui restaient sa tristesse et son sentiment d'abandon. Le seul réconfort auquel elle aurait pu prétendre, celui de pleurer ce malheur dans les bras de sa mère lui était également refusé, et devant le spectacle d'Ikuyo totalement indifférente à la perte de son enfant, Tomoko ne pouvait que s'enfoncer davantage encore dans la solitude.

Tomoko ne tarda pas à apprendre que l'enfant sans nom mis au monde par Ikuyo avait été confié à la troupe de comédiens itinérants qui s'étaient produits au théâtre des Jeunes Bambous, mais elle ne put savoir qui étaient son père ou sa mère adoptive. Devant l'agacement de sa patronne, et son peu d'empressement à lui faire des réponses précises, Tomoko prit peur, et n'osa insister davantage. Il serait sans doute plus exact de dire qu'elle ne trouva pas le courage de poursuivre l'interrogatoire, devant le sentiment désagréable qu'elle éprouva en apprenant que son frère avait été emmené par la troupe de comédiens. Elle se souvenait très bien de la pièce, se rappelant le travesti au maquillage craquelé et à la voix d'outre-tombe qui jouait le rôle de la mère, et à ce souvenir, Tomoko tremblait d'effroi, cette voix devenait dans son esprit celle d'un monstre difforme.

Tous les jours, en allant à l'école, elle faisait un détour par Teramachi. Devant la place désormais vide où s'était tenu le théâtre, elle aurait voulu appeler son frère, mais aucun son ne sortait de sa gorge : le bébé n'avait pas de nom. Toute à ses regrets, elle restait debout pendant un temps infiniment long, devant les baraques désertes.

Puis, un jour, comme elle rentrait à Nichômachi, laissant le mont Fuji derrière elle, mue par une intuition soudaine, elle fit un détour pour passer par l'entrée principale de la maison Kanô et jeter un coup d'œil à la devanture, au lieu d'entrer par la porte de service comme d'habitude. Il lui sembla que la voix du rabatteur appelant le client était un rien plus criarde qu'à l'ordinaire.

— Allez, allez, allez, messieurs, regardez, regardez, approchez, entrez si le cœur vous en dit ! Allez, allez, allez, messieurs, approchez ! Allez, regardez, regardez, entrez si le cœur vous en dit !

Ce débit précipité du rabatteur était une spécialité de la maison Kanô. Cette voix qui appelait le client en débitant les phrases d'un seul souffle, avalant les mots, jouait un rôle dans le paysage, et rendait les lieux d'autant plus attrayants, contribuant à la véritable atmosphère d'un quartier de plaisirs. Ce jour-là, le rabatteur désignait l'intérieur du grillage à grands coups d'éventail, forçant le client à regarder, bon gré mal gré.

Derrière le treillis se tenait, pour la première fois depuis des mois, la belle Kokonoe. Ses cheveux relevés en un gros chignon, elle brillait de tout son éclat, jamais on n'aurait pensé qu'elle relevait de couches. Sa chevelure était piquée d'innombrables peignes et épingles à cheveux, et, sous sa longue robe flottante de cérémonie à col de brocart, on voyait luire sa ceinture rose pâle comme un morceau de peau. L'éclat de sa chevelure ne le cédait en rien à celui des feuilles d'or qui recouvraient la statue de la déesse du Bonheur derrière elle. Assise dans la posture la plus hiératique qui soit, sans le moindre sourire au coin des lèvres, Ikuyo, resplendissante, paraissait plus sûre d'elle que jamais. Les clients s'arrêtaient, retenaient inconsciemment leur souffle, et, si jamais leurs regards croisaient celui d'Ikuyo, ils baissaient les yeux de surprise.

Tomoko était elle aussi ébahie. Cette mère qui broyait le thé dans un réduit obscur, cette mère qui avait mis un bébé au monde dans une attitude obscène, était aujourd'hui à nouveau belle comme un mirage, transfigurée. Elle était assise dans la cour de la maison Kanô, métamorphosée en une belle jeune femme qui n'avait jamais eu d'enfant, n'avait jamais souffert. En constatant cela, Tomoko était en proie à des sentiments complexes. De toute évidence, le simple fait d'être parée de beaux atours suffisait à mettre Ikuyo de bonne humeur, mais Tomoko savait maintenant que les choses étaient trop compliquées pour se satisfaire simplement d'avoir une mère aussi belle. Ce jour-là, pour la première fois, elle songea à la féminité de sa mère. Etait-ce réellement là la femme qui l'avait mise au monde ? Elle semblait n'avoir jamais eu d'enfant. Il lui semblait incroyable que cette courtisane, parée de beaux atours, calme et pleine de vie, paraissant deviner le cœur des clients, soit sa véritable mère, et cette pensée fit revenir au cœur de Tomoko l'exaspération qu'elle avait éprouvée plus tôt.

Au moment où elle allait s'éloigner de devant le grillage, une voix provenant de la haie humaine que formaient les badauds couvrit celle du rabatteur et railla :

— Oh, oh, une vieille qui joue les courtisanes !

Derrière les grilles, au milieu de ces femmes d'une vingtaine d'années, la seule à qui pouvait s'adresser cette injure était Ikuyo, la seule à avoir dépassé trente ans. Les femmes hurlaient de rire, et les hommes eux-mêmes, subjugués jusque-là par le charme de la belle Kokonoe, reprirent leurs esprits et esquissèrent un sourire.

Dans la tenue et l'attitude d'Ikuyo, il y avait à n'en pas douter quelque chose d'imposant qui évoquait davantage une grande courtisane qu'une vulgaire prostituée.

— Une vieille qui joue les courtisanes !

Les clients commencèrent à se disperser en ricanant, tandis que le rabatteur tentait désespérément de les retenir, mais ils ne se retournèrent même pas.

Tomoko avait assisté à toute la scène et restait clouée sur place. Il lui était insupportable de rester là mais en même temps son exaspération précédente s'était muée en une cruauté qui la forçait à regarder Ikuyo. Sa mère n'avait pas pu ne pas entendre les injures du public, ni les rires des prostituées, mais elle restait de marbre. L'éclat plus aguichant encore qu'autrefois de ses cheveux noirs avait maintenant quelque chose d'étrange aux yeux de Tomoko. En fait, c'était la beauté tout entière de la courtisane Kokonoe qui lui paraissait maintenant insolite.

VIII

Le meuble-brasero en épais bois de mûrier, qui restait allumé hiver comme été, avait acquis à la longue une patine profonde, et les bords noirs reluisaient, car la patronne avait la manie de les essuyer sans cesse dès qu'un peu de cendres s'y déposait. En ce moment même, tout en écoutant le pesant discours de son époux, elle frottait le brasero en silence avec un chiffon, réprimant sans cesse les paroles qui lui montaient aux lèvres. Sa main à l'éclat cireux, au poignet et aux doigts fins, avait durant les quatre années passées, châtié, élevé, modelé Ochobo. Combien de fois cette main l'avait-elle frappée ? Combien de fois ces jolis doigts l'avaient-ils pincée ? Tomoko observait, comme une vision qui s'éloigne, cette main cireuse serrant le chiffon grisâtre et qui polissait sans relâche le rebord du brasero.

— … Voilà. Il nous est difficile de te laisser partir après t'avoir élevée pendant tant d'années, et la patronne le regrette aussi, mais ce n'est pas la maison Kanô qui décide en l'occurrence. Il faut que tu comprennes que la maison Kanô doit également observer certaines règles fixées à Nichômachi depuis fort longtemps.

— Oui…

— Normalement, toi et ta mère devriez être libérées de votre dette, mais comme tu le sais elle s'est reposée pour cause de maladie, et doit donc travailler ici encore une année. Ton devoir sera à l'avenir de prendre soin de ta mère, qui n'a d'autre famille que toi, il vaut donc mieux que tu entres dans une véritable maison de geishas plutôt que de rester membre de notre établissement.

— Oui.

— Tu as de la chance d'avoir pu rester apprentie aussi longtemps parce que tu fais plus jeune que ton âge. Si tu deviens rapidement une geisha reconnue après avoir changé d'établissement, tes aînées s'en réjouiront. C'est un bon départ pour toi, tu ne trouves pas ?

— Si.

Tomoko répondait en secouant avec force son gros chignon en forme de pêche, mais elle n'était pas particulièrement attentive aux paroles du maître de maison.

Le quartier de Nichômachi avait perdu peu à peu ses anciennes traditions, les maisons de thé disparaissaient, les maisons de rendez-vous aussi, l'institution des courtisanes de haut rang comme de leurs petites servantes disparaissait, et bientôt Nichômachi ne serait plus qu'un immense quartier de bordels. Dans ces conditions, il était difficile de conserver l'institution des geishas attachées à un établissement qui pratiquait par ailleurs la prostitution. Tomoko n'avait pas attendu les explications de son patron pour apprendre ce fait, elle savait tout cela depuis son enfance, il n'y avait donc rien dans ce discours de nouveau ou de surprenant pour elle. Le jour était proche où la maison Kanô allait elle aussi abolir ce système mixte d'un établissement de geishas doublé d'un bordel, et chacun à la maison Kanô en avait conscience.

Tomoko l'avait compris dès le moment où, le patron l'ayant fait appeler, elle s'était retrouvée face à lui, aux côtés d'une patronne à la mine tendue. Depuis quelque temps déjà, les aînées ne parlaient plus que de cela, qui allait partir où, sous quel patronage, c'était devenu l'unique sujet de conversation dans la chambre commune des geishas. Seule Tomoko, dans cette pièce qui était le quartier général des geishas de l'établissement, se taisait, n'ayant aucune relation qui lui aurait permis de déménager ou de changer de métier. Tout en repensant à sa compagne Ochoma, qui avait changé d'établissement l'année précédente, elle restait à regarder dans le vague, pas même véritablement angoissée par les incertitudes de l'avenir.

Maintenant, pendant le discours de son patron, quelque chose venait de s'ouvrir dans son cœur. L'espèce de vague impatience qu'elle ressentait avait brusquement disparu, et elle commençait à se sentir émue. C'était étrange. Ce n'était pas la joie d'être délivrée du souvenir de cette main jaunâtre et des coups qu'elle lui avait assénés. Quitter la maison Kanô, c'était pour elle, plus encore qu'être délivrée de ses patrons, être libérée de sa mère. Aussi, quand le patron lui avait parlé de prendre en charge sa mère dont elle était le seul soutien, elle s'était sentie trembler de tous ses membres. Alors que cela n'aurait jamais dû être si sa mère s'était comportée normalement, voilà que leurs relations étaient maintenant celles d'une mère et de sa fille seules au monde, et cela paraissait insupportable à Tomoko. Elle n'aurait pu dire avec certitude quand ce sentiment avait commencé à grandir en elle, mais, ces derniers temps, elle ne supportait plus l'idée qu'Ikuyo soit sa véritable mère.

Le patron tapota sa pipe en or sur le plateau. En regardant cette pipe au corps façonné dans un morceau de bambou, au fourneau dépoli, Tomoko se rendit compte tout à coup qu'elle allait réellement quitter définitivement cet endroit.

Ce fut enfin au tour de la patronne de parler.

— Ochoma n'est plus là, et maintenant que tu t'en vas aussi, je vais me retrouver toute seule, ce ne sera pas drôle pour moi, je suis bien triste, mais puisque c'est pour ton bien, je ravale mes larmes.

— …

Tomoko n'avait jamais aimé ce genre de discours larmoyant, et plus la patronne parlait, plus cela devenait une tirade de théâtre, si bien qu'elle préférait se taire.

— Tout ce que je te demande, c'est de m'être reconnaissante pour l'art dans lequel je t'ai formée. Où que tu ailles, tu ne le céderas à personne, avec ta jeunesse et ton talent.

— …

La patronne semblait prendre le silence obstiné de Tomoko pour le chagrin de la séparation, dont le jour était maintenant fixé, qui empêchait Tomoko de parler. Soudain, les larmes affluèrent dans les yeux en amande de la patronne, puis débordèrent, se mirent à couler sur ses genoux. Elle se hâta de les essuyer avec le bord de la manche de son kimono de dessous.

— Ah, quand je pense que je te considérais comme ma propre fille. Tu étais tellement mignonne ! Bah, c'est le destin…

Tomoko n'en revenait pas d'entendre sa voix ainsi voilée par l'émotion. Cette femme, qui se montrait parfois aussi impitoyable qu'un démon, devenait aussi bien une pleurnicharde, et ces brusques métamorphoses étonnaient toujours Tomoko, qui connaissait pourtant bien son double caractère.

— Tu feras part de tout cela toi-même à Kokonoe. Parce qu'en face d'elle, nous avons toujours prétendu ignorer que vous étiez mère et fille.

— Bien.

— Dis-lui que tu vas réussir bien vite dans ta carrière et revenir la chercher.

— …

Elle ne pensait pas pouvoir dire cela. Elle était si heureuse à l'idée de la quitter enfin ! Cependant, si les patrons ne disaient rien directement à Ikuyo, il ne fallait pas qu'elle soit informée uniquement par ouï-dire, et Tomoko se devait d'aller lui rendre visite au deuxième étage.

Cela lui était difficile. Au cours de ces deux dernières années, elle avait rarement vu sa mère, et quand elle la voyait, c'était soit dans la salle à manger, soit au cours d'une réception avec des clients, soit parce qu'elle la croisait en compagnie d'un client. En dehors de cela, jamais elle ne mettait un pied dans sa chambre. La distance entre mère et fille, vivant ainsi sous le même toit sans se voir, était sans doute plus grande encore que si elles avaient vécu loin l'une de l'autre. Tomoko avait le cœur lourd en montant une à une les marches de l'escalier laqué. A chaque marche son abattement augmentait et le sentiment de bonheur qu'elle avait goûté tout à l'heure disparaissait au fur et à mesure qu'elle avançait.

La chambre personnelle de la courtisane Kokonoe se trouvait au fond du couloir. Celui-ci s'amenuisait brusquement et, dans un coin, on apercevait une plaque au nom de Kokonoe. C'était une chambre plutôt triste, pour une femme qui avait autrefois eu le titre de favorite et occupé la plus belle pièce de la maison. Tomoko s'agenouilla devant l'entrée de la chambre pour annoncer sa visite.

— Excusez-moi, c'est Ochobo ! Il y a quelqu'un ?

Elle eut beau appeler, elle n'obtint pas de réponse. On était en début d'après-midi, et Ikuyo, qui ne descendait jamais à la chambre commune, aurait dû se trouver là. Elle est peut-être allée se laver les mains, se dit Tomoko, sachant que sa mère, par paresse, ne sortait jamais pour aller acheter des colifichets en ville. Se disant qu'après tout c'était sa mère et qu'il n'y avait pas de mal à pénétrer dans sa chambre en son absence, Tomoko entrouvrit les cloisons.

La pièce était assez luxueuse. Les somptueux coussins en soie de Yûzen, la tenture qui recouvrait la commode, le tissu posé sur le miroir, tout était taillé dans des matières luxueuses teintes sur commande chez le marchand de tissus. Parmi la vingtaine de prostituées que comptait la maison Kanô, Ikuyo était certainement la seule à aimer les travaux d'aiguille. En trois ans de métier, Ikuyo avait acheté tous les tissus qui lui plaisaient et les avait cousus elle-même, en emplissant sa chambre. Ikuyo, qui se souvenait pourtant qu'elle avait contracté une dette, avait l'habitude de dépenser à tort et à travers. La courtisane qui détenait depuis près de six mois maintenant le titre de favorite à la maison Kanô ne possédait que des parures et des vêtements bien simples par rapport à ceux de

Kokonoe. Ikuyo était aussi affectée et prétentieuse qu'une courtisane du plus haut rang à l'âge d'or de Yoshiwara. La patronne lui faisait remarquer en fronçant le sourcil que sa dette augmentait, mais rien n'y faisait. Ikuyo était la prostituée de la maison qui possédait le plus de kimonos de cérémonie, de kimonos de dessous, et elle achetait sans hésitation chez le marchand de tissus des kimonos à traîne, du crêpe de soie le plus cher, qu'elle avait rarement l'occasion de porter. Le marchand de tissus, que l'on voyait souvent dans sa chambre, claquait la langue devant les goûts extraordinairement luxueux d'Ikuyo, et la flattait davantage encore en lui disant qu'elle disposait d'un luxe que même la patronne n'avait pas.

Le luxe d'Ikuyo, cependant, se limitait aux tissus. Même si elle avait voulu se régaler tous les jours, le raffinement qu'elle pouvait s'autoriser dans les restaurants du quartier était limité. Les tissus étaient voyants, mais en revanche l'ameublement de la pièce extrêmement simple. Le grand brasero laqué, l'armoire, la commode, appartenaient à la maison Kanô, et ce n'étaient que de vieux meubles bon marché qui suffisaient amplement à une chambre de prostituée.

Tomoko s'approcha du brasero, fouilla dans le feu presque éteint à l'aide de pincettes. Comme prévu, elle en retira deux ou trois braises rouges, grosses comme des haricots. Cela ressemblait bien à cette insouciante d'Ikuyo de laisser sa chambre dans cet état ! Approchant le seau à charbon, elle saisit les morceaux noirs avec les pincettes puis essaya de ranimer le maigre feu. Il suffisait pourtant d'un peu d'habileté auprès de l'entremetteuse pour changer cette chambre vulgaire de prostituée, où même le charbon était de mauvaise qualité, en une pièce bien plus attrayante, mais Ikuyo n'avait pas ce talent. Les charbons trop légers et irréguliers s'allumaient mal, et Tomoko eut bien du mal à raviver le feu. Elle avait beau approcher son visage pour souffler sur les braises, il ne s'en élevait qu'une poussière d'étincelles accrochée au charbon noir. Tomoko avait toujours aimé allumer le feu. Il fallait souffler sans relâche jusqu'à ce que de petites flammes s'élèvent, et ne pas se tromper, bien souffler directement sur le feu pour éviter de soulever des tourbillons de cendre. Cette tâche nécessitait à la fois technique et concentration.

— Ah, tu étais là ?

Tomoko ne s'aperçut du retour d'Ikuyo que lorsque celle-ci lui adressa la parole.

— Ah !...

— Que tu es bête ! Pourquoi te fatiguer, l'entremetteuse ne va pas tarder à amener des braises.

Stupéfaite, Tomoko leva les yeux vers sa mère.

Ikuyo venait de sortir du bain et tenait encore à la main une serviette mouillée. Elle portait un kimono d'intérieur vert jaune lâchement noué sur la poitrine. Ces derniers temps, cela semblait être la couleur favorite d'Ikuyo, et la nuance de ce kimono-là était particulièrement criarde, tirant sur un vert de jeunes bambous. Non seulement ce vêtement ne seyait en rien à une femme ayant dépassé la trentaine, mais ce n'était pas même un vêtement luxueux de prostituée. De temps à autre, Ikuyo descendait ainsi vêtue à la salle à manger, arrachant un cri de surprise aux plus habituées de ses compagnes. Chaque fois, Tomoko se sentait mourir de honte. En tant qu'enfant, il lui était pénible de voir sa mère se faire ainsi remarquer par sa vulgarité et donner lieu à des rumeurs diverses. Ce genre de jaune vert se rencontrait fréquemment dans les milieux du théâtre, mais n'était absolument pas une couleur d'usage courant. Pourtant cette teinte seyait à ravir au teint blanc d'Ikuyo, ce qui avivait l'antipathie de ses collègues. Certaines lui lançaient des piques et lui affirmaient en face qu'il était vain pour une prostituée dont les charmes ne se vendaient plus d'essayer de se rendre attirante, mais Ikuyo restait de marbre. Peu de femmes étaient sans doute aussi indifférentes qu'elle à la jalousie de ses semblables. Dans ces moments-là, Ikuyo n'était plus l'ancienne recluse qui broyait du thé au fond de son réduit, mais une femme au visage inexpressif et d'une blancheur de lait, en qui rien n'inspirait la pitié. Et la nuance vert jaune du kimono rehaussait étonnamment bien ce visage hautain.

Mais maintenant, Ikuyo, debout devant sa fille, dans un vêtement lâche, la peau légèrement colorée par le bain, était au contraire très expressive. La courtisane Kokonoe ne se vendait sans doute plus aussi bien qu'autrefois, mais quelques clients continuaient à visiter régulièrement sa chambre, et leur passion pour elle dépassait les relations habituelles entre client et prostituée. Ikuyo avait des dispositions innées pour rendre les hommes fous d'elle, et sans doute Tomoko ne pouvait-elle pas même imaginer cela. Cependant, sa silhouette au sortir du bain avait un charme auquel nul ne pouvait rester insensible, pas même sa fille en qui avait pourtant commencé à naître une haine farouche envers sa génitrice.

— Qu'est-ce qu'il y a ? Tu t'es fait gronder par la patronne ?

— Non, mais…

Elle allait commencer à lui expliquer la situation mais s'interrompit en voyant sa mère passer devant elle pour s'installer devant le miroir. Chose surprenante, un cruchon empli de saké tiède était posé au-dessus. Ikuyo prit le cruchon de la main droite et s'en versa une rasade dans la paume gauche. Joignant les deux mains en coupe, elle plaça son visage dans l'interstice. C'était sa dernière méthode d'embellissement : le saké. Un alcool savoureux et au bouquet agréable ne pouvait sans doute nuire à la peau. Nul ne savait de qui elle tenait l'idée, mais depuis deux ans, Ikuyo appliquait tous les soirs sans exception du saké sur son visage, son cou, ses deux bras jusqu'au bout des doigts, et massait pour le faire pénétrer. Tomoko se tut donc, sachant que quand elle était absorbée dans cette tâche, Ikuyo n'écoutait plus personne. A trente ans passés, Ikuyo était maintenant uniquement préoccupée d'empêcher par tous les moyens sa peau de se faner. En s'évaporant grâce à la température élevée du corps à la sortie du bain, l'alcool laissait une pellicule collante et mielleuse sur la peau, lui donnant un éclat brillant et lisse. Apparemment, il fallait attendre que cet éclat diminue un peu avant d'étaler fond de teint et rouge à lèvres, car, l'opération terminée, Ikuyo se retourna bientôt vers sa fille.

— Quelle drôle de fille ! Mais qu'est-ce que tu es venue faire ici à la fin ?

— Maman…

— Je te demande ce qui se passe, tu m'entends ?

— Je vais changer d'établissement.

Scrutant son reflet dans le miroir, Ikuyo remettait soigneusement un à un en place les cheveux follets échappés de sa coiffure. Elle n'eut pas l'air particulièrement surprise.

— Ah bon ? fit-elle seulement.

— A la fin du mois, je quitterai la maison Kanô.

— Hmm. Où iras-tu ? demanda Ikuyo comme s'il s'agissait d'une étrangère, tout en frottant fermement sur sa lèvre inférieure le majeur de sa main droite qu'elle venait d'enduire d'huile de camélia.

— A Tôkyô.

— Tôkyô ?

Ikuyo se raidit brusquement et se retourna d'un bloc. Le bord de son long kimono jaune vert s'entrouvrit, et un jupon d'un rouge voyant apparut.

— Où à Tôkyô ?

— A Akasaka.

— Tu vas à Tôkyô, quelle chance tu as !

Tomoko ne savait comment répondre à cette phrase proférée sur un ton ouvertement jaloux. Elle ne pouvait pas lui faire le boniment de fille dévouée à sa mère que lui avait recommandé la patronne, mais il aurait paru bizarre qu'elle ressorte aussitôt de la pièce. Pendant qu'elle hésitait ainsi, embarrassée, le feu se mit à ronfler à grand bruit dans le brasero.

— Quelle chance tu as d'aller à Tôkyô ! répéta Ikuyo en regardant dans le vide d'un air absent, pendant que Tomoko, prenant les pincettes, recouvrait de cendres les flammes trop hautes.

— Quand pars-tu ?

— Le dernier jour de ce mois-ci, ou le premier du mois prochain.

— C'est bientôt, ça !

— Oui…

— On va se quitter, alors.

Tomoko leva un regard surpris sur sa mère. Elle avait parlé exactement sur le même ton que la patronne quand elle avait dit en soupirant : « C'est le destin ! ».

Avec son saké étalé sur le visage, son kimono voyant au bord entrouvert, et la pose lascive qu'elle avait prise pour s'asseoir devant le miroir, Ikuyo n'avait rien de maternel, pourtant l'émotion perçant dans sa voix avait troublé Tomoko, qui baissa les yeux en hâte, sentant, étrangement, affluer ses larmes.

— Je n'aurais rien pu faire pour toi finalement.

— Maman, je…

— Fais bien attention à toi, dans ce nouvel établissement. Et écris-moi de temps en temps, hein ?

— …

— Moi non plus je n'ai pas envie de rester dans un endroit pareil, je voudrais bien aller à Tôkyô, mais je suis finie !

— Non, ce n'est pas vrai, maman, je reviendrai te chercher.

— Tu vas aller à Akasaka, c'est un quartier réputé pour les geishas. Une fois sortie d'ici, tu feras une belle carrière, ça ne fait aucun doute. Savoir que tu es heureuse me donnera le courage de supporter la vie ici, même si je suis seule. Evidemment, ce n'est pas de mon plein gré que je reste dans un endroit pareil mais…

— Je reviendrai te chercher très vite, maman…

En larmes, Tomoko s'agrippait au bord du brasero. Elle avait fini par faire le discours de bonne fille que lui avait recommandé la patronne, mais au lieu d'être heureuse que ces mots lui soient venus naturellement aux lèvres, Tomoko, en pleurs, était en proie à des sentiments contradictoires. Alors que se présentait enfin l'occasion de quitter cette mère exécrable, voilà qu'en se laissant aller à cet accès de larmes, elle resserrait plus profondément que jamais les liens qui l'attachaient à elle. Cette pensée n'était pas précisément formulée, car cela aurait dénoté une compréhension de la vie trop profonde encore pour ses quatorze ans, mais elle sentait cette crainte ramper confusément au fond de son cœur.

— Tiens, je vais t'offrir un kimono. Oui, c'est ça, un beau kimono que tu pourras porter même à Akasaka. C'est moi qui ai fait le modèle.

Ikuyo se leva en chancelant, mais marcha sur le bord de son kimono, ce qui la fit rouler à genoux jusqu'à Tomoko. Tomoko retint son souffle, prenant cela pour la manifestation du chagrin d'une mère au moment d'être séparée de son enfant, mais Ikuyo mit une jambe en avant pour se relever, avec un claquement de langue excédé. Sa jambe blanche fut un instant visible jusqu'à l'aine, car elle avait relevé en même temps son jupon rouge. Les jambes d'Ikuyo, qu'elle n'avait jamais poudrées, étaient d'une blancheur éblouissante de craie, d'un éclat différent de son visage et de ses bras. Mais ce n'est pas cette blancheur qui laissa Tomoko stupéfaite. Si elle retint soudain son souffle, c'est à cause du parfum qui s'était échappé de sous les jupes de sa mère.

Les prostituées dégageaient une odeur intime aigrelette qui frappait désagréablement les narines de Tomoko chaque fois qu'elle entrait dans leur chambre commune, mais Ikuyo, qui adorait les bains, se lavait toujours longuement et soigneusement, si bien que cette odeur n'était vraisemblablement autre que sa propre odeur corporelle. Surprise par ce parfum aigre-doux, et en même temps d'une violence qui la prenait aux narines, Tomoko écarquilla les yeux. Elle sentit ses larmes se tarir comme une marée qui se retire.

— Tiens, qu'en penses-tu ?

Ikuyo avait posé devant sa fille, dans un bruit soyeux, le kimono enveloppé de papier qu'elle venait de sortir de la commode. Un crêpe visiblement lourd et épais en dépassait.

— Regarde, je te le donne.

Parmi les prostituées de la maison Kanô, Ikuyo était encore une des plus polies mais en trois ans de présence dans l'établissement, sa façon de parler était devenue extrêmement grossière. Elle était particulièrement rude quand elle s'adressait à Tomoko. Il ne restait plus rien de commun entre Kokonoe de la maison Kanô et Ikuyo au temps où on l'appelait encore la jeune dame de la maison Sunaga, même s'ils n'étaient que de petits propriétaires terriens, dans un vieux village à côté de Wakayama, dont le souvenir subsistait à peine en Tomoko. Dans sa jeunesse, Ikuyo avait malgré l'excentricité de ses tenues une certaine distinction, dont elle semblait à présent totalement dépourvue. S'il lui restait quelque chose, c'était uniquement la beauté de ses traits.

Du bout des doigts, Tomoko défit les nœuds du cordon de papier et ouvrit le paquet. Ikuyo tendit rapidement le bras pour saisir le col du kimono et, le secouant violemment comme si elle étendait sa lessive, le déploya entièrement pour le montrer à sa fille.

— Il est beau, hein ? Plus je le regarde, plus je trouve la teinte jolie. C'est le kimono que je préfère.

Sur un fond mauve tirant sur le rouge, des feuilles de vigne figuratives s'étalaient, de plus en plus grosses à partir des épaules vers le bas. A première vue, cela semblait un kimono à motifs imprimés commun, mais en fait les dessins de la partie inférieure étaient assez luxueux. Tomoko se souvenait que sa mère l'avait porté souvent l'année précédente. Elle le portait également lors de la sortie bi-annuelle au théâtre des Jeunes Bambous. Tomoko avait gardé de mauvais souvenirs de sa première sortie au théâtre, si bien que même quand tout le monde sortait, elle s'obstinait à rester à la maison Kanô, mais pour on ne sait quelle raison, elle avait accepté de participer à la dernière sortie de printemps. Sans doute avait-elle voulu sortir une dernière fois, en guise d'adieu, avec Ochoma, qui devait changer d'établissement sous peu. A cette occasion, Ikuyo, dédaignant les prostituées qui bavardaient et gazouillaient sans cesse, s'était assise au milieu de la loge, d'un air arrogant et dans une posture impeccable. Comme elle était particulièrement grande, contrairement à sa fille, au milieu du groupe de prostituées assistant au spectacle, on aurait dit une magnifique grue au milieu d'une troupe de poules. Les gens qui ne la connaissaient pas n'auraient pu prendre cette femme, vêtue de couleurs inattendues, mais gardant un air imperturbable, pour une prostituée de la maison Kanô.

Voir Tomoko absorbée d'un air absent dans la contemplation du kimono agaça vite Ikuyo.

— Eh, je te le donne, je te dis.

— Ah, merci, merci beaucoup.

Tomoko se mit à genoux, mains à plat sur la natte, pour remercier sa mère, tandis qu'un effrayant souvenir lui revenait. L'autre kimono aussi avait des motifs de feuilles de vigne. Ce kimono que sa mère était venue un jour, comme se rappelant brusquement de l'existence de sa fille, lui offrir chez sa grand-mère, après son remariage... Oui, c'était le même motif. Ce kimono-là, mis en pièces par sa grand-mère, avait fini comme vêtement de poupée, et la poupée avait été à son tour mise en pièces par sa demi-sœur Yasuko, et le jour où elle avait été vendue, elle l'avait oubliée chez sa mère... Sa grand-mère taillant le kimono en pièces dans un accès de folie, sa grand-mère ratant son suicide en se pendant à une branche de plaqueminier un jour de pluie, le cadavre auquel elle avait laqué les dents, tous ces souvenirs étaient devenus autant de feuilles de vigne cadavériques grimpant autour de sa poupée, et continuant à croître. Tomoko restait silencieuse, les yeux fixés sur le kimono que lui avait offert sa mère.

— Quelle fille peu aimable !

Ikuyo était vraiment en colère maintenant, et, levant les yeux au ciel, elle se tourna à nouveau vers son miroir et commença à se maquiller à grands gestes rageurs.

Un client plus pressé que les autres était apparemment déjà arrivé, car, bien qu'il fît encore jour, on entendait des bruits animés provenant du salon de réception d'en bas. Ikuyo s'enduisait d'une épaisse couche de poudre blanche, et s'énervait parce qu'elle tenait mal. Tomoko, le kimono mauve à la main, réfléchit longtemps en se demandant si elle allait se lever et partir ou non, puis, finalement, elle se rendit compte qu'elle n'avait plus que trois jours à passer à la maison Kanô. Elle n'osait pas se lever, se disant que c'était sans doute sa dernière entrevue avec sa mère avant longtemps.

— Tomoko.

Ikuyo, rassérénée de constater, en se tapotant le front et les joues du bout des doigts, que son maquillage tenait enfin, avait adressé la parole à sa fille.

— Oui.

— Il paraît que tu as été prise en photos ?

— Oui.

— Tu les as vues ?

— Oui.

— Tu les as ?

— Non, je crois que la patronne les a données au bureau de placement.

— Ah bon.

Le visage d'Ikuyo dans le miroir était couvert de poudre blanche jusqu'aux sourcils et aux lèvres, seuls ses grands yeux noirs humides ressortaient. Tomoko contemplait, fascinée, ces deux yeux qui seuls animaient son visage blafard.

— Comment elles étaient ?

Quand elle se retourna pour poser cette question, son visage, plus blanc et sinistre encore que son reflet dans le miroir, fit sursauter Tomoko. Ikuyo paraissait passionnée par le sujet des photos.

— On m'a dit que la ressemblance était frappante. La photo reproduit exactement la réalité.

— Il paraît, oui.

— Hmm.

Ikuyo se tourna à nouveau vers son miroir et contempla fixement son visage, puis répéta « Hmm ». Elle semblait réfléchir à quelque chose. Ikuyo craignait d'être réprimandée pour se mêler de ce qui ne la regardait pas, mais elle ne put retenir sa curiosité :

— Qu'y a-t-il, maman ?

— Non, rien. Ici aussi, on va bientôt mettre des photos, aussi je m'en suis fait faire l'autre jour. Je me demandais simplement comment elles allaient être.

Dans le quartier de Yoshiwara à Tôkyô, l'ancienne habitude d'exposer les filles de joie derrière un treillis était complètement tombée en désuétude, et les clients faisaient désormais leur choix en regardant les photos encadrées à l'entrée des maisons de joie. Cette nouveauté était parvenue quoiqu'avec un peu de retard jusqu'à Nichômachi et la maison Kanô n'allait pas tarder à adopter ce système moderne. Tomoko se rappelait que, quelques jours plus tôt, toutes les prostituées de la maison avaient mis leurs plus beaux atours pour se rendre chez le photographe. Visiblement, Ikuyo se faisait du souci quant au résultat de cette séance de photos.

— On dit que tout est reproduit tel quel…

— Oui, même le motif du kimono ressort avec beaucoup de netteté.

— Le kimono, ça va, mais…

Ikuyo avait approché son visage du miroir et appuyait ses doigts aux coins des yeux.

— Ces rides, là, si elles ressortent nettement, cela m'ennuierait.

Jusqu'à ce que sa mère les mentionne, Tomoko n'avait pas remarqué l'existence de ces légères marques qui méritaient à peine le nom de rides, mais elle ne put que hocher la tête en signe d'assentiment. Dans le visage d'Ikuyo recouvert d'une première couche de fond de teint, ni les sourcils ni les lèvres ne ressortaient, et quand elle se mettait à parler, la bouche s'ouvrait comme un gouffre noir, rendant légèrement inquiétant ce masque que le silence rendait plutôt saisissant. Ce visage fortement imprégné de mélancolie ne semblait ni vieux ni jeune, il était seulement vivant, mais d'une vie de boue qui contredisait la blancheur du maquillage. Pourquoi les vies les plus noires et les plus tristes, comme celles des prostituées, exigeaient-elles un maquillage blanc ? Ou bien Ikuyo se maquillait-elle le visage de blanc parce que la noirceur de sa vie l'effrayait ? Tomoko avait beau être sa fille, elle ne put s'empêcher de frémir à la vue de cette femme, déjà en proie à la peur de vieillir, se penchant sur son miroir, uniquement préoccupée des rides au coin de ses yeux.

Le jour du départ de Tomoko pour Tôkyô, la patronne fit une cérémonie shintoïste de purification par le feu. Tomoko y assistait, vêtue d'un kimono de soie ordinaire. En regardant les étincelles voler dans le bruit du métal frappant la pierre, Tomoko sentit qu'un nouveau départ l'attendait. Une aube blanchâtre se levait. Le quartier de Nichômachi venait à peine de s'assoupir et Ikuyo devait être dans sa chambre, profondément endormie.

— Prends bien soin de toi.

Tomoko salua sa patronne en se pliant en deux, baissant ses mains jointes jusqu'à hauteur des genoux.

— Je vous remercie de tous vos bons soins, pendant tant d'années.

Une fois dehors, l'entremetteur du bureau de placement se mit à marcher devant elle. Tomoko commença à le suivre à petites foulées, mais elle s'arrêta immédiatement devant l'entrée principale, dont l'aspect avait complètement changé : les photos de toutes les filles de l'établissement y étaient exposées.

Dans des cadres ronds de quinze centimètres de diamètre, s'alignaient des visages souriants. Sous leur couche de poudre et de rouge, les visages des prostituées étaient tous plats, indiquant leurs origines de filles de paysans pauvres du nord-est du Japon. Quand elles étaient exposées directement, la vivacité et la jeunesse des filles suppléaient à la grossièreté de leurs traits, mais ici, photographiées de face dans des poses sans grâce, elles manquaient d'attraits. Parmi tous ces visages, seul celui de Kokonoe sortait du lot par sa beauté. La vue de sa photo, avec ses prunelles humides, son nez droit, ses lèvres finement ourlées, son sourire éclatant, avait dû balayer ses craintes imaginaires et calma les angoisses de Tomoko.

— Dépêche-toi donc, le train va arriver, la prévint l'entremetteur en se retournant, mais, au même instant, Tomoko se précipita à l'intérieur de la maison.

— Madame, madame !

Elle appelait la patronne à grands cris mais l'entremetteur, qui avait couru derrière elle, la rattrapa aussitôt :

— Mais qu'est-ce que tu fais ? Tu vas nous faire rater le train, je te dis.

Il saisit de force l'épaule de Tomoko dans sa grande main. Elle se débattit pour dégager sa manche et au même instant, la couture de l'épaule de sa veste se déchira avec bruit.

— Mais que se passe-t-il ?

La patronne, prévenue par la servante, accourait. Elle devait être en train d'enlever son kimono, car elle retenait à deux mains sa ceinture dénouée.

— Madame ! Madame…

Les mots se bousculaient dans la bouche de Tomoko :

— … Prenez bien soin de maman, s'il vous plaît !

Ces mots à peine prononcés, elle se précipita à nouveau dehors, mais cette fois, elle se rua sur la route sans jeter un coup d'œil à la photo. D'un côté, elle était soulagée d'avoir parlé, mais d'autre part, le regret d'avoir dit quelque chose qu'elle n'aurait pas dû la poursuivait comme un démon.

Les pas de l'entremetteur qui, sa malle sur les épaules, la rattrapait en courant, résonnèrent derrière elle comme le bruit de pas d'un démon. Balançant ses deux bras, elle courait de toutes ses forces. Quand elle parvint à la gare de Shizuoka, il lui sembla que son bras gauche s'était brusquement allongé : sa manche déchirée pendait sur sa main rougie par le froid, la recouvrant presque. La couture de l'épaule était décousue et la manche pendait de toute sa longueur.

IX

Une fois ses cheveux relevés en un lourd chignon au-dessus de son visage rond, et son visage enduit de fond de teint blanc, ce qui ressortait le plus était sa lèvre inférieure renflée soulignée de rouge. Son kimono somptueux couvert d'une veste ayant pour motif un chariot fleuri chargé de pivoines, brodé par endroits et fermé par un obi aux motifs d'éventail, composait une de ces tenues merveilleusement assorties dont seule à Akasaka la maison Tsukawa avait le secret. Le dos, la poitrine et les manches du kimono étaient ornés du blason, teint en blanc, de la maison Tsukawa.

Les manches étaient trop longues pour la minuscule Tomoko, mais la patronne avait fait confectionner ce vêtement, sans se soucier de la taille réelle de Tomoko, avec la longueur de manches réglementaire de la maison Tsukawa. Son obi rehaussé d'argent venait de chez Mitsukoshi et brillait d'un éclat aveuglant tandis qu'elle avançait, en plein jour, entre les geishas aînées accompagnées d'un bouffon professionnel, un tireur de pousse-pousse et une porteuse de *shamisen* fermant la marche, à travers les ruelles du quartier d'Akasaka, lieu florissant et fort à la mode depuis un an ou deux.

Chaque fois qu'ils arrivaient devant l'entrée d'une maison de thé ou de geishas, le bouffon posait une main sur le treillis, et tous se mettaient alors à crier en chœur sur le ton voulu au moment où la porte s'ouvrait :

— Bonjour, nous venons vous présenter mademoiselle Petite-Pivoine qui est maintenant officiellement une geisha de la maison Tsukawa.

Comme la maison Tsukawa était la plus grande maison de geishas d'Akasaka, avec les maisons Harumoto et Hayashi, on avait distribué la veille en cadeau des bons d'achat de chez Mitsukoshi, si bien que dans les maisons de thé, l'ensemble du personnel, déjà prévenu de l'événement, attendait, aligné sur le seuil, des aînées jusqu'aux servantes.

— Oh, comme elle est jolie ! Voilà une bien belle geisha.

— C'est somptueux, il n'y a que la maison Tsukawa pour faire les choses aussi bien !

— Mademoiselle Petite-Pivoine, tournez-vous un peu… Oh, quelle ceinture ravissante ! C'est certainement l'aînée Tarômaru qui l'a choisie, ça se voit !

— Comme cela vous va bien ! On ne penserait pas que, jusqu'à hier, vous portiez les longues manches traînantes des apprenties ! Ce kimono est vraiment ravissant.

— Ah, c'est un peu soudain, mais ce soir, monsieur Kochôen a commandé un banquet. J'aimerais que vous veniez aussi, vous êtes tellement jolie comme ça.

Dans les maisons de geishas, la patronne et les geishas les plus importantes, assises dans l'étroite entrée, dans leurs vêtements de tous les jours en coton, lui faisaient les mêmes compliments. La publicité avait été bien faite, et une présentation aussi somptueuse créait dans le quartier une animation sans précédent, qui mettait tout le monde de joyeuse humeur.

— On m'a dit qu'elle était déjà aux « cinquante pour cent » ? demanda quelqu'un, et l'aînée de Tomoko, une geisha du nom de Goromaru, se hâta de répondre :

— Oui, c'est exact, Petite-Pivoine n'est restée qu'un an aux « trente pour cent », c'est une exception à la règle de la maison Tsukawa.

Le « trente pour cent » désignait littéralement la commission que touchaient les geishas, et ce terme servait à désigner une geisha du rang le moins élevé, qui ne possédait que quelques effets personnels tandis que ses patrons lui fournissaient kimonos et ceintures, tout en gardant pour eux soixante-dix pour cent de ses revenus. Le terme « cinquante pour cent » désignait au contraire une geisha qui s'occupait elle-même de son habillement, kimonos et obis, et gardait la moitié de ses honoraires. Les traditions de la maison Tsukawa voulaient que les geishas entrent en apprentissage dès l'enfance, et il était d'usage que le système des « trente pour cent » reste en vigueur très longtemps, pendant toute la période d'apprentissage et d'initiation et même une fois devenues officiellement geishas. Mais Tomoko, qui avait fait son entrée dans la maison à quatorze ans, était devenue immédiatement apprentie, et avait accédé en une seule année au statut officiel de geisha et au système des « cinquante pour cent ». Il était de coutume, quand une geisha accédait à ce statut, de l'appeler respectueusement « aînée ».

Mais l'appellation d'aînée ne seyait guère à Tomoko qui, à quinze ans, avait gardé un visage enfantin et une taille trop petite pour son âge. Comprenant que, même en manière de flatterie, ce terme lui convenait mal, ses compagnes avaient décidé après mûre réflexion de l'appeler « Petite-Pivoine ».

Le coût total de sa présentation, la magnificence de ses vêtements, le fait qu'un bouffon professionnel l'accompagne, qu'elle soit présentée par Goromaru, une geisha de toute première classe, et enfin son accession rapide au système des « cinquante pour cent », tout indiquait clairement une entrée exceptionnelle dans le monde des geishas. Entrée dans le monde des geishas... Cela supposait, bien entendu, l'existence derrière cette geisha d'un homme riche au point de ne pas répugner à de telles dépenses, mais aucune de ces femmes ne se serait permis de le nommer ni même de faire la moindre remarque indiquant l'existence d'une telle personne. A la place, elles encensaient la maison Tsukawa dont Tomoko faisait partie.

Quand la porteuse de *shamisen* eut refermé sous sa poitrine en la serrant le plus fort possible une nouvelle ceinture de crêpe épais, Tomoko se sentit tellement comprimée que la douleur ne lui laissa plus une minute de répit. Confuse de voir les geishas participant à sa présentation prendre soin d'elle comme d'une mariée, et sachant qu'elle n'avait pas le droit d'intervenir dans la conversation, car seules les aînées ou la porteuse de *shamisen* pouvaient répondre aux questions, Tomoko était loin d'avoir le cœur aussi resplendissant que sa tenue. Elle répondait d'un mot aimable, en souriant selon le protocole, aux compliments que lui faisait le personnel des maisons où ils s'arrêtaient, mais elle avait l'esprit ailleurs.

Elle s'était levée ce matin-là à cinq heures pour aller chez la coiffeuse, et se remémorait les pensées qui l'avaient envahie tandis qu'on lui confectionnait ce lourd chignon. Tout en regardant dans le miroir monter peu à peu ce lourd chignon *shimada* que les femmes ordinaires ne portaient qu'une fois mariées, elle s'était remémoré toutes les métamorphoses de sa coiffure, depuis la coiffure de page de son enfance. Pour aller à Shizuoka, ses cheveux avaient été coiffés en coques, puis bientôt en un petit chignon « demi-pêche », vite transformé en un gros chignon bas formant une boule gonflée, puis elle était arrivée à Akasaka. A Akasaka, les apprenties geishas se coiffaient traditionnellement à la chinoise, ce qui seyait bien au visage de Tomoko car les cheveux n'étaient pas tirés, et, l'automne précédent, sa coiffure s'était transformée en chignon *shimada*...

La coiffeuse, une femme d'une quarantaine d'années, avait serré de toutes ses forces le cordon qui retenait la masse de ses cheveux, en en tenant une extrémité entre ses dents, si bien que Tomoko sentait une souffrance aiguë parcourir la peau de son crâne. Le chignon à la chinoise des apprenties n'était transformé en chignon *shimada* à la japonaise qu'une fois la jeune vierge vendue à un client, ce qui, dans le monde des geishas, s'appelait *mizuage*, la « montée de l'eau », ou cérémonie de dépucelage.

Tomoko elle-même ignorait quelles circonstances lui avaient valu de passer de la maison Kanô de Shizuoka à la maison Tsukawa d'Akasaka. Toujours est-il qu'elle était entrée dans la maison Tsukawa sans dette importante, et avait été choyée dès son arrivée. La patronne de la maison Tsukawa, une geisha encore en service actif nommée Tarômaru, avait remarqué Tomoko et en faisait l'objet d'une affection bien moins pesante que celle de la patronne de la maison Kanô. Tarômaru n'était pas très belle, mais, à force de talent, d'intelligence et d'opiniâtreté, elle avait conquis une position incontestable. Elle appréciait plus que tout l'intelligence chez les fillettes qui entraient à son service. « J'ai trouvé celle qui me succédera », l'entendit-on bientôt proclamer, et dès lors commença pour Tomoko un apprentissage rigoureux et plus accompli que celui qu'elle avait subi à la maison Kanô. Pendant la première année, Tarômaru lui enseigna sans relâche la danse, le chant d'accompagnement et le drame chanté, en commençant par lui faire abandonner ses manières de « geisha bouseuse », selon ses termes, acquises à Shizuoka. Et, du début à la fin de l'apprentissage, elle déclara à maintes reprises qu'elle « ferait dépuceler cette petite par le partenaire idéal ».

Dans le monde « des saules et des fleurs » avaient cours certaines façons de penser étranges et incompréhensibles aux yeux du profane. Ainsi, l'on pensait que perdre sa virginité avec un partenaire d'une extrême opulence resterait pour une geisha un ornement de sa carrière. Le *mizuage* et le fait d'avoir un protecteur étaient deux choses différentes, et une geisha dépucelée par un noble ou une personnalité en vue du monde financier avait de grandes chances de trouver facilement un patron pour s'occuper d'elle.

— Cette petite a quelque chose d'étrange. Quand une geisha un peu volage participe à une soirée, cela met de l'animation, c'est amusant, certes, mais elle, elle n'a pas l'étoffe d'une femme volage, et quand on la voit assise, bien tranquille, à une soirée, on en est tout attendri.

Quand le comte Hidekimi Kônami, un habitué de la maison, lui fit ce compliment au sujet de Tomoko, Tarômaru sentit son cœur bondir de joie en secret.

— Excellence, n'accepteriez-vous pas de faire son *mizuage* ?

Mais quand, s'avançant à genoux, elle fit cette demande au comte, ce dernier répondit d'un air stupéfait :

— Allons, impossible ! C'est une enfant d'à peine douze ou treize ans.

— Mais non, excellence, elle a l'air d'une enfant parce qu'elle est petite, mais elle aura bientôt quinze ans.

Tout le monde s'obstine à la traiter en enfant, cela me donne bien du souci.

— Ah, vraiment, quinze ans ?

Le comte Kônami était connu à Shimbashi comme à Akasaka pour sa vie dissolue. Des cheveux prématurément blanchis lui donnaient un air de beau vieillard avant l'âge, et il passait auprès des geishas pour un des hommes les plus dignes de confiance. Il avait un rang social élevé, savait s'amuser et dépenser généreusement, disait sa flatteuse réputation répandue par les patronnes des maisons de rendez-vous du quartier. Il évoluait comme un poisson dans l'eau dans le quartier des plaisirs, et ne tarda pas à atteindre l'âge correspondant à la blancheur de ses cheveux. Pour la patronne de la maison Tsukawa, personne n'était plus apte que lui à procéder à la cérémonie de dépucelage de Tomoko.

Peu de temps après, le comte Kônami notifia à la patronne de la maison Tsukawa, par l'intermédiaire d'une patronne de maison de thé, qu'il s'était conformé à ses souhaits. Dans une chambre de la maison de thé Mikawa, l'une des maisons de rendez-vous qui avaient pignon sur rue à Akasaka, Tomoko, vêtue d'un long kimono de dessous, selon les indications de Goromaru, avait passé la nuit dans les bras du comte Kônami et, à l'aube, était devenue femme. Après avoir été traitée avec les ménagements et la délicatesse d'un homme habitué à ce genre de choses, Tomoko eut le loisir de s'abandonner à ses pensées. Depuis son séjour à Nichômachi, elle savait qu'elle était destinée à cela, et rien ne la surprenait. Cependant, les compétences de ce vieillard au lit ne pouvaient lui faire oublier son âge, et Tomoko, tout en faisant l'amour pour la première fois, espérait que le vieux comte ménagerait ses forces. Aussi, quand il se fut endormi se sentit-elle soulagée, et, se glissant hors du lit, elle alla se laver ainsi qu'on le lui avait enseigné. Pendant qu'elle rajustait son kimono de dessous à la faible lueur d'une lampe à huile sous un abat-jour en papier, elle se surprit à penser à sa mère à Nichômachi.

La tristesse d'une vie vouée à la prostitution lui serra soudain le cœur, et elle s'effondra sur les nattes, sanglotant en pressant sur sa bouche le bout des manches de son kimono.

Le vieillard au sommeil léger se réveilla aussitôt, et lui ordonna gentiment de s'allonger à ses côtés et de dormir. Tomoko se rapprocha docilement de lui, mais ses larmes ne s'arrêtaient pas. Le comte lui caressait les épaules, le dos, la taille, caresses destinées à consoler une jeune fille qui a perdu sa virginité, mais il ne put apaiser le chagrin de Tomoko. Car Tomoko, allongée contre la poitrine du vieillard, ne songeait pas au changement que son corps venait de subir, mais à sa mère qui se languissait dans le lointain quartier de Nichômachi en attendant des nouvelles de sa fille.

Les lettres que lui envoyait Ikuyo n'étaient pas précisément pleines d'attente, mais expliquaient ostensiblement que, ces derniers mois, les clients s'étaient mis à affluer et qu'elle avait retrouvé son titre de favorite. Elle disait ouvertement qu'ayant déjà payé sa dette, elle pouvait venir à Tôkyô n'importe quand mais attendait l'accord de la patronne de la maison Tsukawa, faisant ainsi sentir à Tomoko qu'elle ne pouvait laisser indéfiniment sa mère vivre dans un bordel. Quant à la nouvelle qu'elle était à nouveau favorite, cela paraissait impensable pour une femme de trente-deux ans, si belle fût-elle, et c'était vraisemblablement un mensonge destiné à sauver la face même devant sa fille et à ne pas avoir l'air pitoyable. Tomoko, qui avait assisté à la décadence de sa mère à la maison Kanô, ne pouvait imaginer que sa popularité ait pu effectivement remonter grâce à la photo d'elle affichée pour les clients.

Je sortirai maman de là, se promit Tomoko en étouffant ses sanglots contre la poitrine du vieillard. C'était pourtant la même Tomoko qui avait fait tous ses efforts pour oublier sa mère depuis son arrivée à la maison Tsukawa, pour ne pas se rappeler tous ces souvenirs pénibles, et qui, au début de l'année, même après avoir reçu la nouvelle que la dette de sa mère était remboursée, avait été incapable de lui dire qu'elle allait la faire venir auprès d'elle. Elle avait remis à plus tard sa réponse, si longtemps que Tarômaru avait fini par lui dire, l'air étonné : « Cela m'étonne de toi. Tu détestes donc ta mère ? » Et il avait fallu qu'elle couche pour la première fois avec un homme pour se dire qu'elle ne pouvait laisser sa mère vivre un jour de plus dans le quartier des plaisirs.

Même trente pour cent du prix exorbitant que le comte Kônami avait versé à la maison Tsukawa pour dépuceler Tomoko suffisaient largement pour faire venir sa mère de Shizuoka et lui louer un étage dans une des maisons d'habitation entassées le long de la berge dans le même quartier. La règle de la maison Tsukawa voulait que même après avoir accédé au statut de geisha officielle, une apprentie ne pouvait acquérir son indépendance qu'après trois années consécutives, si bien que Tomoko ne pouvait évidemment pas aller vivre avec sa mère.

Même si elle portait toujours le kimono à longues manches des apprenties, le chignon à la chinoise de Tomoko s'était transformé en chignon de femme japonaise, ce qui attira l'œil des habitués : de nombreux clients demandèrent aux aînées qui l'avait dépucelée, et bientôt tout le quartier fut au courant des relations de Tomoko et du comte. La patronne de la maison Tsukawa fit mettre à Tomoko un nouveau kimono à manches longues, fit tout son possible pour la mettre en avant en la faisant jouer du *shamisen* lors des banquets, et la faire remarquer davantage encore. Cela ne tourna pas la tête à Tomoko, qui garda son attitude réservée, se montrant néanmoins pleine d'esprit avec les clients lors des banquets auxquels elle assistait, si bien qu'elle ne tarda pas, un an seulement après son arrivée, à devenir l'apprentie la plus demandée du quartier.

Au printemps de l'année suivante, le comte Kônami prévint la maison Tsukawa par l'intermédiaire de la maison de thé Mikawa qu'il était disposé à prendre soin officiellement de Tomoko, mais comme Tomoko était une apprentie qui se vendait bien, la maison Tsukawa tenait à elle. Le succès de cette maison était d'ailleurs dû en partie à sa réputation de ne pas céder sans réfléchir aux désirs des clients, mais le comte continua à observer Tomoko et sentit apparemment en elle des qualités rares. Quand la patronne de la maison de thé Mikawa lui demanda ce qui lui plaisait tant chez cette jeune fille, il répondit :

— C'est à cause d'une histoire que Nôzawa m'a racontée…

Ce Nôzawa était un des gros bonnets de la finance de l'époque, il n'avait pas à proprement parler de titre de noblesse, mais son pouvoir et sa dignité faisaient largement de lui l'égal du comte Kônami, et il était lui aussi un habitué du quartier. Si Hidekimi Kônami était un vieillard de noble souche, Shûichi Nôzawa était, lui, un indécrottable roturier, et en tirait même vanité. Il buvait énormément, et une fois ivre, avait l'habitude d'embrasser de force n'importe quelle geisha, sans se soucier de savoir si elle était la protégée d'un de ses amis. Comme, dans ce monde, tout pouvait s'échanger contre de l'argent, les geishas embrassées par Nôzawa recevaient généralement ensuite de sa part une énorme somme d'argent, pour payer leur rouge à lèvres, disait-il, si bien que les geishas, même si elles faisaient d'abord mine de s'échapper, finissaient toujours par lui abandonner au moins leurs lèvres. Quand Tomoko avait changé de coiffure, Nôzawa avait déclaré : « Te voilà une femme, maintenant ! Il faut fêter ça, viens voir ici ! » Au milieu des applaudissements des aînées et du bouffon commença une charmante poursuite, au cours de laquelle le spectacle de Tomoko s'enfuyant çà et là avec une expression des plus sérieuses mit toute l'assistance en joie, si bien que tous se firent un plaisir de venir en aide à Nôzawa en bloquant le passage à Tomoko qui tentait de fuir dans le couloir. Nôzawa était ivre, mais grand et fort, si bien que Tomoko, acculée, ne put se défendre. Au moment où son visage rougeaud s'approchait du sien, elle appliqua soudain le bout de sa manche sur sa bouche et ferma les yeux.

— C'est Nôzawa lui-même qui me l'a dit : c'est la seule femme du quartier qu'il n'a jamais pu embrasser. Il a même ajouté : « Si tu ne t'occupes pas d'elle, je la ferai mienne, même si tout mon argent doit y passer ! »

En disant cela, le comte avait plissé les yeux avec un sourire satisfait.

La patronne de la maison Tsukawa, la patronne de la maison de thé Mikawa et toutes les aînées félicitèrent Tomoko de ce début inespéré, mais Tomoko continuait à marcher sans joie dans les ruelles d'Akasaka, vêtue d'un kimono somptueux, couverte d'un épais maquillage et coiffée d'un haut chignon *shimada* brillant de laque. Le bouffon, qui bavardait sans relâche lors des engagements, ne disait généralement rien de plus que son boniment tant que le soleil était haut, et la petite troupe parcourait en silence, avec un air si sérieux que c'en était comique, les rues d'Akasaka. La porteuse de *shamisen*, sans un brin de maquillage, les cheveux simplement serrés derrière la tête, était vêtue d'un kimono de coton rayé. Goromaru, l'aînée de Tomoko, portait un kimono taillé dans un tissu peu voyant, orné de discrets motifs dans le bas, et passant tantôt derrière, tantôt devant Tomoko, rectifiait l'obi ou le col de sa petite protégée, comme une entremetteuse prenant soin d'une mariée, tendant de temps en temps la main pour lui remettre une manche à la même hauteur que l'autre.

— Bonjour ! Nous venons vous présenter mademoiselle Petite-Pivoine de la maison Tsukawa ! Faites-lui bon accueil !

La petite troupe continuait sa tournée de présentation en s'arrêtant devant chaque maison de thé ou de geishas du quartier, retenant son souffle pour crier en même temps le même boniment, et arriva finalement près du quartier de Tango, devant une maison de geishas où une petite pancarte annonçait « Maison Fuji Harumoto ».

Tomoko, qui marchait tête baissée en tenant le bas de son jupon, se retourna vers une maison à un seul étage un peu en retrait au coin de la rue. Ikuyo avait ouvert les cloisons de papier, et, appuyée sur la balustrade, regardait passer la petite troupe. Comment avait-elle appris que la présentation officielle de sa fille avait lieu ce jour-là ? Ou peut-être, n'ayant rien de particulier à faire, passait-elle l'après-midi à regarder dans la rue d'un air désœuvré ? La mère et la fille, séparées par la rue, se regardèrent, puis Tomoko baissa les yeux, pour éviter que ses compagnons s'aperçoivent de la présence de sa mère. Par cette belle journée de fin d'automne, Ikuyo était vêtue de couleurs voyantes. Ce vert clair tirant sur le jaune, comme des feuilles de saule au moment des premiers bourgeons, était bien trop voyant pour une femme ordinaire de ce quartier où les geishas rivalisaient de magnificence. Tomoko n'osait pas lever les yeux vers sa mère, honteuse de la voir vêtue de teintes plus éclatantes encore que celles de son kimono de cérémonie frappé au sceau de la maison Tsukawa.

— Bonjour, nous venons vous présenter mademoiselle Petite-Pivoine, geisha de la maison Tsukawa…

Tout en écoutant d'un air absent les compliments de tout le personnel de la maison Fuji Harumoto, de la patronne jusqu'aux servantes qui se pressaient dans l'entrée obscure, et en leur répondant d'un sourire absent, Tomoko se sentait morte d'anxiété. Pourquoi maman se conduit-elle de la sorte en plein jour, malgré la présence d'Okane la porteuse de *shamisen* et de Goromaru à mes côtés ? Okane spécialement est si prompte à tout observer, elles ont peut-être vu maman à sa fenêtre avant moi ? Elle n'a même pas fait mine de se cacher quand elle nous a vues, et maintenant peut-être attend-elle, à demi penchée par-dessus la balustrade, pour nous voir ressortir d'ici. Si mon aînée s'en aperçoit, qu'elle échange un regard de connivence avec Okane, et que le tireur de pousse-pousse et les bouffons s'en aperçoivent aussi, j'ai beau porter un kimono et un obi de chez Mitsukoshi, ce sera comme si tout le monde me voyait toute nue… En voyant sa mère porter un kimono jaune vert en cette saison, il ne leur serait pas difficile de deviner son ancien métier. Et même si toutes la complimentaient ainsi, debout dans la luxueuse entrée, certaines de ces femmes devaient néanmoins, chose bien naturelle, ressentir de la jalousie envers Tomoko. Si jamais elles apprenaient que sa mère avait vécu dans un bordel, quel beau sujet de commérages ! Ah, pourvu que maman rentre dans la maison avant que nous ne sortions d'ici, priait-elle intérieurement. Pourvu que personne ne devine qui habite cette maison en levant les yeux vers les cloisons ouvertes ! Au moment où les geishas de l'établissement les raccompagnaient à grand bruit jusqu'à la rue, elle jeta un coup d'œil rapide vers le premier étage.

Ikuyo était toujours appuyée sur sa balustrade dans une pose alanguie. A voir son attitude, elle n'avait certes pas l'air d'une mère qui attend là pour admirer sa fille en tenue de fête. Pourtant, quand ses yeux rencontrèrent ceux de Tomoko, elle se mit à sourire. « Ah, trop tard ! » pensa Tomoko en se hâtant de baisser les yeux et de partir.

Au bout d'un moment, le bouffon qui marchait devant Tomoko se retourna pour s'adresser à Goromaru, qui marchait derrière la jeune fille :

— Madame l'aînée, avez-vous remarqué cette femme extraordinairement belle qui nous regardait du premier étage tout à l'heure ?

— Comment aurais-je pu ne pas la remarquer ? Une femme aussi provocante arrête le regard !

— Elle s'est tournée vers moi en souriant, je considère ça comme de bon augure !

Le bouffon se mit à marcher en mimant un homme pressé, selon son tour favori. Tomoko entendit derrière elle, avec une douloureuse netteté, le rire de connivence qu'échangeaient Okane et Goromaru. De toute évidence, tous trois savaient qui était la femme au premier étage, et leur conversation faussement innocente contenait une allusion malveillante qui lui était destinée à elle, Tomoko. Elle sentait la colère monter en elle, sous sa poitrine oppressée par la ceinture.

Une fois de retour à la maison Tsukawa, elle alla saluer la patronne, à genoux et les mains à plat sur les nattes. Tarômaru l'accueillit en ces termes :

— Félicitations. Cela fait longtemps que nous n'avions pas eu d'aussi belle présentation. Montre-toi bien dévouée envers ton patron, tout ça, c'est grâce à lui.

Puis elle ajouta gentiment :

— Va donc voir ta mère pour lui montrer comme tu es jolie aujourd'hui.

— Oui…

— Vas-y comme ça. Je suis sûre qu'elle sera ravie de te voir aussi bien vêtue.

— …

Il était difficile de répondre que sa mère l'avait vue dans cette tenue un instant plus tôt. Goromaru se tenait silencieuse à ses côtés, apparemment sans intention de venir à sa rescousse. Même si elle avait pensé que cela ne valait pas la peine de rendre spécialement visite à sa mère, Tomoko savait qu'on ne discutait pas les ordres de sa patronne, et en outre les paroles de Tarômaru, dépourvues de fiel, lui étaient uniquement inspirées par la bienveillance, si bien que Tomoko, relevant son corps alourdi par sa parure de geisha, se prépara à sortir à nouveau.

Cette fois, elle sortit seule par la porte de service. Elle marchait dans les rues désertes, croisant seulement de temps à autre un livreur à domicile, quand, au moment où elle s'apprêtait à traverser le pont de la Halte des Saules, la voix d'une femme l'appelant par son nom d'apprentie l'arrêta :

— Maruya-chan !

Se retournant, elle aperçut quatre aînées de la maison Tomi Harumoto, vêtues de kimonos à col de satin.

— Tu vas à un engagement ?

— Non, j'ai quelque chose à faire par ici.

— Ah ? Tu ne veux pas venir nous rejoindre au Yaokan après ? Il n'y aura pas de pourboire, on y va pour s'amuser. Viens donc, même un petit moment. Tout le monde sera content de voir une nouvelle geisha aussi jolie.

— D'accord.

Elle avait compris que ses collègues l'appelaient Maruya exprès pour qu'elle ne soit pas tentée de prendre de grands airs une fois devenue aînée, et qu'elles-mêmes se donnaient de l'importance en insistant pour qu'elle se rende à leur soirée, aussi se contenta-t-elle de donner son assentiment avant de traverser le pont jeté sur le fossé. En dessous, l'eau était noirâtre, et une odeur pestilentielle flottait dans l'air qui commençait à se réchauffer.

Tomoko s'excusa auprès des locataires du rez-de-chaussée et monta en hâte les escaliers, comme pour échapper aux regards curieux qui s'appesantissaient sur sa somptueuse tenue. Elle ouvrit brutalement les cloisons avant même de saluer, et vit Ikuyo, assise devant une commode dans un coin de la pièce de six nattes, se retourner lentement.

— Ah, c'est toi ?

— Maman !

Toujours debout, Tomoko se lança immédiatement dans une diatribe :

— Qu'est-ce que ça veut dire, de t'exhiber comme ça à la fenêtre en plein jour, dans une tenue indécente ?

— Qu'est-ce qui n'allait pas dans ma tenue ?

— Que crois-tu qu'ont pensé mon aînée et le bouffon qui m'accompagnaient ?

— Ils m'ont reconnue ?

— Même s'ils ne t'ont pas reconnue, ils ont été stupéfaits à la vue de ton kimono, c'est sûr !

— Pourquoi donc ?

— Tu sais bien qu'il n'y a que des femmes de mauvaise vie pour porter des kimonos pareils ! Je te donnerai de l'argent, mais je t'en prie, va t'acheter un kimono en coton ordinaire. Tu n'as donc rien à te mettre de convenable et d'adapté à ton âge ?

— Mais j'aime cette couleur. Tu sais bien que le coton ne me va pas, Tomoko.

— Que ça t'aille ou non, je te prie d'en porter. Tu as compris ? Je ne veux pas te revoir dans des tenues aussi criardes. Mets-toi donc un peu à ma place, maman. Tu ne comprends donc pas ce que vont dire les gens en voyant une mère porter un kimono aussi voyant le jour de la présentation de sa fille ?

Il n'était guère convenable de faire ainsi des reproches à sa mère, mais Ikuyo acceptait imperturbablement les critiques de Tomoko. Tout en s'excusant pendant que sa fille la grondait, son regard tout joyeux contredisait ses paroles, et elle observait le kimono de sa fille dans tous ses détails jusqu'aux motifs de la ceinture. Après un dernier coup d'œil au jade vert qui retenait le lien de la ceinture de Tomoko, elle dit enfin :

— Quel kimono ravissant ! Il te va très bien.

Tomoko, vidée de ses forces, s'assit sur les nattes, découragée par l'attitude de sa mère. Ce n'était pas la première fois qu'elle critiquait les kimonos verts de sa mère. Combien de fois déjà depuis l'arrivée de sa mère à Tôkyô lui avait-elle fait remarquer ses tenues trop voyantes ? Après quatre ans de séjour dans un bordel, les goûts de sa mère avaient sombré dans la vulgarité. Elle s'habillait toujours comme au temps de la maison Kanô, comme si elle avait voulu exhiber son passé de prostituée. Comment cette apparence de débauchée était-elle perçue dans le milieu des geishas aux honorables idéaux artistiques ? Cette seule idée mettait Tomoko en colère, et pendant qu'elle faisait rageusement remarquer à sa mère qu'elle ne devait pas laisser entrouvert le bas de son kimono, qu'il fallait fermer son obi un peu plus haut, se faire un chignon moins affaissé, ni la mère ni la fille ne se rendaient compte que leur façon de se parler était exactement à l'opposé d'autrefois.

Chaque fois qu'elle faisait ainsi des reproches à sa mère, Tomoko était ensuite prise de regrets. Elle se disait qu'elle ne se comportait pas comme une fille vis-à-vis de sa mère, que même si les parents se comportaient mal, ce n'était pas aux enfants de leur en faire reproche. Ikuyo, elle, gardait toujours son sang-froid, les critiques de sa fille glissaient sur elle comme le vent dans les saules, et elle ne faisait aucun effort pour changer de comportement. Même en ce moment, elle n'avait pas la moindre réaction devant les violentes remarques de sa fille, mais elle admirait son kimono comme si elle inspectait un article chez le marchand de tissus.

— Quel joli kimono !

— Vraiment ?

Il devait être joli puisqu'il avait été confectionné spécialement pour elle chez Mitsukoshi, mais Tomoko avait répondu d'un ton brusque.

— L'encolure est ravissante. C'est bien dans le style d'Akasaka. Tomoko, te voilà une aînée maintenant.

— Je viens tout juste d'être nommée geisha, personne ne m'appelle encore aînée. A l'instant, en venant ici, on m'a appelée Maruya-chan.

— Mais tu es aux cinquante pour cent, non ?

— Quoi ? Comment le sais-tu ?

— C'est madame Tarômaru qui me l'a dit quand je suis allée à la maison Tsukawa.

— Qu'est-ce que tu allais faire là-bas ?

— Je voulais te voir.

— Mais je te demande pourquoi !

Sa colère montait à nouveau :

— Tu as beau être ma mère, j'appartiens à la maison Tsukawa, et je n'ai aucune liberté. Cela ne te suffit pas que je vienne te rendre visite ici ? Je tremble rien qu'à l'idée que tu sortes ou te montres à la fenêtre dans cette tenue, et toi, que fais-tu ? Tu vas à la maison Tsukawa ! Mais enfin, maman, que leur as-tu dit ?

— Je n'ai rien dit du tout.

— Tu as vu ma patronne, pourtant ?

Ikuyo garda le silence, ce qui augmenta l'inquiétude de Tomoko. Il s'était certainement passé quelque chose. Quelque chose qu'Ikuyo ne pouvait lui dire, ou que Tarômaru lui avait demandé de taire.

— De quoi as-tu parlé avec ma patronne ?

— De rien.

— Alors comment sais-tu que je suis aux cinquante pour cent ?

— …

— Maman, qu'est-ce qu'elle t'a dit ? Tu me caches quelque chose.

— …

— Réponds ! Qu'a-t-elle pu te dire de si important que tu sois obligée de me le cacher ?

— Je ne te cache rien. Elle m'a seulement donné un peu d'argent…

— Que dis-tu ?

Tomoko s'était à demi levée de surprise, et fit répéter deux ou trois fois la phrase à Ikuyo.

— Combien t'a-t-elle donné ?

— Vingt yens.

— Tant que ça…

Tomoko connaissait l'importance d'un prêt même de vingt yens dans le quartier des fleurs. Ces vingt yens se transformeraient sans nul doute en quatre-vingts ou même cent yens qui s'ajouteraient à sa propre dette et qu'elle devrait rembourser à sa patronne. Tant qu'elle était au système des trente pour cent, c'était la maison Tsukawa qui avait la charge de ses kimonos et de ses ceintures, et même si on lui avait fait porter des tenues exceptionnellement belles, jamais elle n'avait porté de kimono aussi splendide qu'aujourd'hui. Maintenant qu'elle était geisha, sa tenue de présentation allait être à sa charge, mais elle savait que quand la note de Mitsukoshi lui parviendrait après être passée par la maison Tsukawa, le prix serait multiplié par deux ou trois. Depuis que le comte Kônami était son protecteur et veillait à ce qu'elle ne manque pas d'argent, la maison Tsukawa employait toutes les ruses possibles pour soutirer de l'argent à Tomoko. Cela n'était aucunement contradictoire avec l'affection désintéressée que lui portait Tarômaru : dans le monde des saules et des fleurs, il n'y avait rien d'immoral à faire de l'argent avec ce qui pouvait en rapporter.

Même en comptant l'argent que le comte lui envoyait chaque mois, ses propres émoluments et les pourboires des soirées de divertissement, comme la moitié de tous ces gains revenait d'office à la maison Tsukawa et que ses toilettes lui coûtaient trois fois plus cher que leur prix normal, elle aurait beau travailler nuit et jour, elle ne gagnerait jamais assez d'argent pour rembourser sa dette, si l'argent de poche donné à sa mère devait lui être compté en plus.

— Ecoute, maman, pour ce que tu as déjà reçu, je n'y peux rien, mais je t'interdis d'aller à nouveau à la maison Tsukawa demander de l'argent ! Si tu as besoin de quelque chose, dis-le-moi à moi. Je m'arrangerais toujours. Ne va plus jamais à la maison Tsukawa, tu as compris ?

— Oui…

— Et arrete de rester à traînasser toute la journée. Ce n'est pas très joli à voir, tu sais.

Tenant le bord de son vêtement, elle se releva, et s'apprêtait à partir quand sa mère l'arrêta.

— Tomoko, je m'ennuie, je n'ai rien à faire.

— Je t'ai dit que je te donnerai de l'argent de poche. Tu n'auras qu'à aller au théâtre pour te distraire.

— Toute seule ?

Ni son visage ni son ton n'exprimaient la moindre rancœur, mais cette simple question avait un écho sincère qui coupa le souffle à Tomoko.

— Maman…

— Toi au moins, tu as de l'animation à la maison Tsukawa, et le soir tu es occupée avec tous tes engagements. Tu ne sais pas ce que c'est que de s'ennuyer ! Et si je sors je me fais gronder, tu m'interdis même de me montrer à la fenêtre ! Moi ça ne m'amuse pas d'aller au théâtre, je suis venue à Tôkyô parce que tu étais tout ce qui me restait au monde, mais j'ai l'impression d'être une prisonnière ! Cette fois, je ne peux plus retourner à Nichômachi, et voilà que tu m'interdis même de m'habiller comme j'en ai envie !

— Maman…

— Tu es tout ce que j'ai au monde, voilà pourquoi je me tais, mais quand tu me parles méchamment comme ça, je me dis que je n'ai plus qu'à me pendre.

— Ne dis pas des choses comme ça, ça porte malheur.

— Mais c'est vrai ! Il n'y a rien de pire au monde que d'avoir une fille indigne !

Tomoko frémit d'horreur en entendant sa mère prononcer ces mots. Des souvenirs sinistres étaient rattachés à ces mots : sa grand-mère tentant par une nuit pluvieuse de se pendre au plaqueminier au feuillage foisonnant, la folie de sa grand-mère réduisant son kimono en pièces, le cadavre de sa grand-mère auquel elle avait laqué les dents... Tous ces horribles souvenirs revenaient comme la langue d'un démon dardée sur elle. Sa grand-mère était morte en maudissant sa fille, et maintenant sa mère la menaçait pitoyablement de se pendre si elle se comportait en fille indigne... En proie à la chair de poule, Tomoko sentit son corps devenir aussi blême que le cadavre de sa grand-mère. Peut-être que tirer sa mère du bordel où elle croupissait revenait à l'emprisonner, mais que pouvait-elle faire d'autre ? Elle se sentait impuissante à pallier à l'insatisfaction de sa mère. Même aller au théâtre seule l'ennuyait ! Totalement découragée, elle releva le bord de son kimono et descendit l'escalier.

Tout en marchant, la tête vide, oppressée même par la lumière du jour, elle repensait à son programme de la journée : lever à cinq heures du matin pour son entraînement quotidien, qu'elle répétait ensuite devant sa patronne, puis si elle avait un programme de divertissement dans la journée, elle devait se préparer, et le soir accompagner son aînée à ses engagements pour la servir. Elle ne rentrait dormir à la maison Tsukawa que vers deux ou trois heures du matin. Ikuyo parlait bien de sa vie animée dans sa maison de geishas et des beaux kimonos qu'elle portait pour aller aux engagements, mais les jeunes geishas souffraient de manque de sommeil. Elle se souvint qu'une de ses compagnes lui avait dit d'un air envieux quand elle avait loué cet appartement pour sa mère qu'elle avait de la chance d'avoir désormais un endroit où dormir. Une jeune apprentie comme elle, qui se vendait bien, n'avait pas une seule nuit dans l'année l'occasion de dormir tout son soûl. Maman, tu sais, il m'est arrivé de m'assoupir adossée au mur des toilettes. Toi aussi, quand tu étais enfermée dans ce réduit à moudre du thé, cela a dû être pénible, et moi je ne me plains pas, mais ne crois pas que je ne souffre pas pour autant. Je suis tellement sur les nerfs à cause du manque de sommeil qu'il m'arrive d'être un peu véhémente mais ne crois pas pour autant que je sois une fille indigne. S'il y a une chose que je ne veux pas être, c'est une mauvaise fille, aussi, je t'en prie, ne me menace pas avec des phrases aussi horribles... En un instant, ses pensées s'étaient muées en supplications adressées à sa mère, et quand elle s'en aperçut, elle songea à nouveau à quel point une simple petite phrase pouvait transpercer profondément le cœur. Des souvenirs ineffaçables étaient accrochés à ces mots, des souvenirs d'enfance tournant autour de la folie et de la mort fixés comme de la rouille aux mots de « fille indigne ». Tout comme certaines personnes ont la phobie des serpents, des grenouilles ou des crapauds, Tomoko avait la phobie de l'expression « fille indigne », d'autant plus forte qu'elle ne pouvait lui donner de forme précise.

Elle s'aperçut qu'elle était arrivée au pont de la Halte des Saules. On traversait en quelques pas ce petit pont jeté par-dessus un fossé. Elle se souvint alors de la promesse faite un peu plus tôt aux geishas de Tomi Harumoto.

Relevant bien haut le bas de son kimono, elle se mit à courir. Le Yaokan était une maison de thé de deuxième ordre fréquentée par de nombreux militaires, et Tomoko n'était pas une habituée, elle n'y était allée que quatre ou cinq fois. Cependant, une des geishas lui ayant précisé qu'il n'y avait pas de pourboire mais qu'elles y allaient pour s'amuser, il était facile de conclure qu'elles allaient y dépenser leur propre argent, et, quant à leurs compagnons, il était aussi aisé de deviner de quel genre il s'agissait.

— Merci pour votre invitation de tout à l'heure ! annonça-t-elle dans l'entrée.

— Ah, bonsoir, par ici, par ici !

Les jeunes gens qu'elle trouva dans le salon où elle fut introduite étaient tous, comme elle s'y attendait, des élèves de l'école des officiers de l'armée de terre. En uniforme jaune ocre, le crâne rasé, ils discutaient avec animation en buvant de grandes rasades de saké. Les geishas appelèrent Tomoko à grand bruit :

— Petite-Pivoine, par ici, par ici !

Puis elles la présentèrent :

— Voici Petite-Pivoine, de la maison Tsukawa. Elle est devenue geisha aujourd'hui !

— Qu'elle est jolie ! s'exclama franchement un jeune homme déjà ivre, en la regardant fixement sans se gêner.

Habituée à ce genre de regards, Tomoko salua en s'écartant un peu et dit un mot de politesse à chacun des convives en commençant par ceux assis à la place d'honneur devant le *tokonoma*. Apparemment, c'étaient des élèves du cours fondamental, et à peine leurs vacances de printemps entamées, ils s'étaient précipités à pied de leur quartier d'Ichigaya jusqu'à Akasaka. Ils étaient cinq. Tous avec le même crâne rasé, et une peau étincelante de santé et de jeunesse hâlée par le soleil. Peut-être par manque d'habitude de l'alcool, l'un d'entre eux avait le cou rouge cuivré. Ils avaient défait le ceinturon de leurs uniformes de serge et ouvert les boutons de leurs vestes. Une étoile dorée, symbole de l'esprit de l'armée de terre, brillait à leurs cols.

— Ça au moins, c'est une vraie toilette de geisha ! Vous, avec vos cols noirs, on voit bien quel âge vous avez !

— Mais à cette heure-ci, c'est parfaitement normal pour une geisha de porter un col de crêpe. Pour mettre un kimono aussi beau, il faut attendre la nuit. Petite-Pivoine porte une tenue particulière aujourd'hui.

— Pourquoi n'avez-vous pas toutes mis une « tenue particulière » pour nous ? Nous, la promotion trente-deux, sommes la gloire de l'école des officiers de l'armée de terre. Un jour prochain, nous serons candidats à des postes de cadres de l'armée impériale.

Cette attitude arrogante alors qu'ils s'amusaient aux frais des geishas faisait partie de leurs manières de soldats. Les femmes du monde des saules et des fleurs savaient que les paroles rudes étaient la forme de coquetterie des hommes, et elles se montraient d'autant plus joyeuses, se mettant au diapason, que ces vigoureux jeunes gens adoptaient une attitude pleine de rudesse.

On comptait quatre geishas pour les cinq élèves de l'école militaire. Tous avaient l'air de bien connaître les jeunes femmes et d'être parfaitement à l'aise en leur compagnie, à l'exception de l'un d'eux, le dos au mur, qui se taisait. Tomoko avait l'intention de rentrer rapidement à la maison Tsukawa, et n'avait guère envie de s'asseoir tour à tour à côté de chacun d'entre eux, comme le voulait la coutume dans les soirées de geishas, mais quelque chose chez ce jeune homme solitaire l'attira. Elle s'approcha de lui. Il avait un beau visage hâlé, un regard énergique, une bouche d'une fermeté impressionnante.

— Enchanté.

Comme il lui tendait la main tout en restant assis en tailleur, ce geste déclencha l'hilarité d'un de ses camarades ivres, qui s'écria :

— Vas-y, Ezaki ! Courage !

— La rencontre du talent et de la beauté !

— Ah ah ah !

— On dirait le samouraï Tsukigata Hanpeita et sa dulcinée !

— Elle est bien bonne !

Même ces jeunes gens rustres parurent saisir la plaisanterie. Ils étaient impressionnés par la petitesse de taille de Tomoko et le fait qu'elle se tenait à l'écart des autres. En voyant côte à côte le jeune homme au crâne rasé que ses compagnons avaient appelé Ezaki et Tomoko, il n'était pas difficile d'évoquer les amours du valeureux Tsukigata Hanpeita avec Hinagiku, l'apprentie geisha de Tôkyô, à la fin de l'ère Meiji.

Sans se démonter le moins du monde devant ces railleries, Ezaki jeta un regard furtif un peu gêné vers Tomoko : ses yeux riaient, il avait une expression confuse et enfantine.

— Comment t'appelles-tu ?

— Petite-Pivoine.

— Ah, Petite-Pivoine ? murmura-t-il à nouveau pour lui-même avant d'ajouter :

— C'est un joli nom.

Le cœur de Tomoko palpitait, car c'était la première fois qu'un homme la tutoyait ainsi. De peur que la conversation ne cesse à peine entamée, elle chercha en hâte quelque chose à dire qui soit digne d'un élève de l'école de l'armée de terre, mais tout ce qui lui vint à l'esprit fut :

— Mon vrai nom, c'est Tomoko Sunaga. *Tomo*, avec deux lunes à côté.

Elle avait oublié son rôle de geisha et resta décontenancée d'avoir dit une telle énormité, mais Ezaki répondit comme par réflexe :

— Moi, je m'appelle Fumitake Ezaki. *Fumi* comme « littérature » et *take* comme « art militaire ».

L'instant d'après, tous deux pouffaient de rire.

— Eh, regardez, Ezaki bavarde avec cette beauté. C'est scandaleux, il l'accapare pour lui tout seul !

Des protestations énergiques s'élevèrent un peu plus loin et Tomoko répondit joyeusement :

— Ne vous en faites pas, c'est moi qui l'accapare !

Mais en levant la tête vers lui comme pour quêter son approbation, elle se sentit rougir, chose qui n'était pas dans son caractère, et eut soudain terriblement honte de cette repartie de coquette. Elle restait là, ne sachant que dire ou que faire, avec au fond du cœur un sentiment léger entièrement nouveau pour elle, et, dans sa confusion, se mit à s'agiter, arrangeant son col, mettant bord à bord le bout des deux manches de son kimono, trop longues pour elle.

— Ce kimono est vraiment joli, lâcha soudain Ezaki au bout d'un long moment de silence. Lui aussi cherchait apparemment quelque chose à dire.

— Vraiment ?

Serrant ses manches contre sa poitrine, Tomoko lui fit un grand sourire. Un sourire tellement débordant de candeur qu'elle-même s'en rendit compte. Depuis sa tendre enfance, elle avait toujours eu un air sérieux d'adulte, et peut-être ce jour-là, malgré une vie où l'enfance avait peu compté, un peu de sa jeunesse qu'elle avait elle-même oubliée lui était-elle revenue. Un reste d'enfance, en accord avec sa taille – elle faisait moins d'un mètre cinquante – sembla soudain affluer à ses lèvres et au bout de ses doigts posés devant sa bouche, et elle se mit à rire sans raison d'une voix de gorge.

Après le compliment du jeune homme, elle se sentit tout à coup enveloppée par ce vêtement de cérémonie. Toute la journée, dans les maisons de thé et les maisons de geishas, partout on l'avait complimentée sur ce kimono mais, jusqu'à maintenant, elle n'avait pu se défaire de l'impression que cette magnifique tenue ne lui allait pas bien, or la petite phrase d'Ezaki venait de métamorphoser comme par magie le kimono en un vêtement qui lui seyait à merveille. Ce n'étaient peut-être pas les mots d'Ezaki qui avaient rendu le kimono seyant, il serait exact de dire qu'un équilibre venait enfin de naître entre la beauté éclatante du vêtement autour de son corps et la beauté du sentiment qui venait de naître dans son cœur.

Tomoko sortit discrètement une serviette en papier imprégnée de poudre de l'intérieur de sa ceinture ajustée, et la pressa sur son visage. Au même moment, elle prit une profonde inspiration, si bien que l'odeur douceâtre de la poudre la suffoqua et qu'elle dut fermer un instant les yeux en retenant sa respiration. Elle n'aurait su dire pourquoi, mais elle était bien contente de porter un si joli kimono ce jour-là.

X

La commode en bois de paulownia d'environ un mètre vingt de large était munie de lourdes poignées de fer, qui claquaient violemment chaque fois qu'Ikuyo ouvrait ou fermait les tiroirs. Ce vacarme se répercutait partout dans l'étroite maison. En l'entendant depuis ses appartements, Tomoko, exaspérée, se disait qu'on aurait pu chercher parmi tous les fabricants de commodes de Tôkyô sans en trouver un capable de fabriquer des meubles de paulownia aussi rustiques. A l'époque où sa mère vivait dans un appartement loué au premier étage d'une maison de Tanimachi, Tomoko ne faisait guère attention à cette armoire qui occupait la moitié de la pièce, mais depuis qu'elle partageait une maison avec sa mère, même en habitant des pièces séparées, le bruit des tiroirs de cette commode lui agaçait sans arrêt les nerfs. Le terme de « commode en bois de paulownia » évoque sans doute un meuble assez raffiné, mais celle que possédait Ikuyo était d'un genre plutôt robuste, qui remplissait à merveille la fonction traditionnelle du bois de paulownia, qui consiste à laisser circuler l'air entre les vêtements par temps sec, et par temps de pluie, à empêcher les vêtements de prendre l'humidité, grâce au jeu du bois qui se gonfle alors, bouchant les interstices entre les planches.

Cependant, si Tomoko haïssait autant l'armoire de sa mère, ce n'était pas par antipathie pour sa rusticité. C'était que ce meuble avait une histoire : la maison Kanô de Shizuoka avait coutume d'offrir une armoire de ce genre à toute prostituée ayant remboursé sa dette et retrouvant sa liberté. Il était en effet fréquent chez les filles de paysans pauvres du nord-est du Japon de séjourner quelques années dans des bordels où elles économisaient l'argent de leur dot avant de rentrer se marier au pays, et la maison Kanô offrait une armoire en cadeau de mariage à ces jeunes filles lorsqu'elles repartaient chez elles. La coutume s'étant généralisée, Ikuyo, à trente ans passés, avait elle aussi reçu de ses patrons cette armoire rustique à grosses poignées ferrées quand sa fille était venue la chercher pour l'emmener vivre avec elle à Tôkyô. Pendant les cinq années où elle avait exercé le métier de prostituée, Ikuyo, qui aimait les belles toilettes, avait accumulé les vêtements au point que quand elle sortit de sa malle de voyage tout ce qu'elle y avait entassé, l'armoire se trouva pleine à craquer.

Depuis son arrivée à Tôkyô, Ikuyo, désœuvrée, s'asseyait plusieurs fois par jour devant sa commode, et elle ouvrait et fermait les tiroirs en faisant claquer les grosses poignées dans un bruit de ferraille. Elle ne se lassait jamais de sortir tous les kimonos qu'elle s'était achetés au cours de sa carrière, de les déployer devant elle puis de les replier. Pour quelqu'un vivant sous le même toit, cette manie répétée plusieurs fois par jour semblait confiner à la folie.

Ce jour-là, en entendant à nouveau claquer les tiroirs de la commode, tandis qu'elle était en train de dénouer son obi, Tomoko se sentit si exaspérée qu'elle se précipita en jupon dans la chambre de sa mère qui donnait au nord.

— Enfin, maman, combien de fois par jour faut-il que tu changes de kimono pour être satisfaite ?

— Mais je n'avais pas l'intention de me changer, j'étais seulement en train de ranger mes kimonos.

— Essaie de faire un peu moins de bruit avec ces tiroirs, alors. J'ai déjà tellement mal à la tête, ce bruit me tape sur les nerfs.

— Qu'est-ce qui peut bien te donner la migraine, hein ?

— Qu'est-ce que tu dis ?

Ikuyo regarda fixement sa fille en silence, puis prit son nécessaire à broder d'un air indifférent.

Apparemment, elle n'avait pas perdu son habileté aux travaux d'aiguille même pendant ces longues années de prostitution, et depuis qu'elle s'était remise à la broderie elle paraissait moins s'ennuyer. Elle se mit à broder et se pencha sur son ouvrage aux points délicats, mais tout son corps aux aguets semblait épier la moindre réaction de Tomoko, après l'insinuation qu'elle venait de faire sur un ton sarcastique.

Même sans être geisha, diriger une maison et s'occuper seule de son foyer était certes une raison suffisante pour donner des maux de tête à n'importe quelle femme. En outre, Tomoko, depuis qu'elle avait quitté la maison Tsukawa pour s'établir à son compte, était accablée par tous les soucis du monde flottant. Le plus important de ces soucis restait celui de l'argent, car, malgré le soutien du vieux comte, elle ne pouvait demander des sommes importantes à son protecteur sans les justifier. Elle devait gérer elle-même ses comptes, dont la maison Tsukawa s'était occupée tant qu'elle était au système des cinquante pour cent, et son ancienne patronne, qu'elle avait pourtant considérée comme une alliée, lui réclamait maintenant une fabuleuse somme d'argent, qui risquait de la ruiner si elle ne la récupérait pas. Des dépenses dont elle ne se rappelait absolument pas, des achats dont elle n'avait jamais entendu parler s'étaient transformés en autant de factures qui avaient brusquement surgi du livre de comptes de la patronne, et on lui demandait de payer rubis sur l'ongle la somme exorbitante de mille quatre cent seize yens. Elle avait déjà dû payer l'autorisation de mettre le nom Hana Tsukawa sur son enseigne, puis, résignée à se voir soutirer des pots-de-vin, elle payait entièrement la totalité des commandes que le marchand de tissus amenait à la maison Tsukawa. La maison qu'elle avait fait construire dépassait largement le budget prévu, et enfin, même si elle ne s'entourait que de deux apprenties et deux geishas, il lui fallait également de l'argent pour elles. Qu'elle jette un regard à droite ou à gauche, qu'elle lève à peine le petit doigt, au moindre geste l'argent paraissait s'envoler. Simplement réfléchir au moyen de trouver l'argent pour payer tous ces frais suffisait amplement à lui donner la migraine. Elle se disait que même si elle venait à mourir, jamais la maison Tsukawa n'oublierait sa dette de mille quatre cent seize yens. Quand elle avait fondé son propre établissement, la veille du jour où elle devait quitter la maison Tsukawa, Okane, la porteuse de *shamisen*, était venue la trouver :

— Sœur aînée, allez-vous laisser votre nom en partant ?

— Mon nom ? Que veux-tu dire ? Quel nom ?

— Eh bien, votre nom d'aînée.

— Si tu veux parler de « Petite-Pivoine », c'est mon nom, comment veux-tu que je l'abandonne en partant d'ici ? Ne plaisante pas !

— Mais c'est un nom qui existait déjà avant à la maison Tsukawa. C'est le nom que portait une aînée dont madame Tarômaru s'est occupée autrefois, et elle a laissé son nom à la maison Tsukawa quand elle a racheté sa liberté.

— C'est bien la première fois que j'entends parler de cette histoire. Et que se passera-t-il si je quitte la maison en gardant mon nom ?

— Vous aurez certainement à payer un droit pour l'utilisation du nom. Je n'en sais rien, à vrai dire, mais c'est ce que j'ai entendu la patronne dire.

C'était donc ça. La patronne lui faisait dire par une subalterne ce qu'elle n'osait dire elle-même à Tomoko. Tomoko quitta donc la maison Tsukawa en laissant derrière elle cinq cents yens enveloppés dans un papier sur lequel elle avait inscrit en gros caractères « Droit d'utilisation du nom ».

Mon nom, ma maison, mon kimono, mon jupon même, tout ce qui se trouve dans cette maison, jusqu'au moindre *tabi*, je l'ai acheté moi-même ! pouvait maintenant se dire Tomoko, débordant d'enthousiasme, sûre qu'une maison qu'on peut appeler sienne, même s'il ne s'agit que d'une chaumière, vaut n'importe quel château. Depuis la mort de sa grand-mère, elle avait toujours vécu chez des étrangers, et l'idée de posséder à vingt ans sa propre maison l'aurait fait pleurer de joie, si seulement elle avait eu le temps d'y attarder ses pensées.

Non seulement elle pouvait vivre seule à sa guise dans sa propre maison, mais elle était aussi la patronne de la maison Hana Tsukawa, et commandait à des geishas qui avaient le même âge qu'elle.

Sa mère, vivant sous le même toit, était évidemment au courant de ses difficultés matérielles. La sachant surmenée, elle aurait pu lui manifester un minimum d'égards, se disait Tomoko, mais au lieu de cela, elle lui demandait ironiquement ce qui lui donnait la migraine. Et Tomoko savait bien ce qu'elle cherchait à insinuer.

Car, si Tomoko s'était tant hâtée de s'établir à son compte et de quitter la maison Tsukawa, si la maison Tsukawa avait commencé à lui soutirer de l'argent de cette façon démoniaque, si sa propre mère refusait de compatir à ses soucis, il y avait à cela une seule et même raison, une raison qui avait nom Fumitake Ezaki. Près de trois années s'étaient écoulées depuis leur première rencontre à la soirée du Yaokan.

Au cours de ces trois années, Tomoko avait pleinement compris que si, dans le quartier des fleurs, les amourettes des prostituées ou les infidélités des geishas à leurs protecteurs étaient des secrets connus de tous, mais que chacun feignait d'ignorer, selon les conventions de ce monde régi par un certain sens du raffinement, en revanche, jamais le fonctionnement extrêmement rigide de ce monde-là ne permettrait à un amour sincère de s'accomplir.

Les geishas de la maison Tomi Harumoto n'étaient pas les seules à louer les salons du Yaokan pour s'y amuser avec les élèves de l'école d'officiers de l'armée de terre. Chez les jeunes apprenties geishas du quartier d'Akasaka, il était même à la mode d'organiser des rendez-vous amoureux avec des étudiants dans les salons du premier étage de la maison de thé Mitsumame à Tanimachi, et les aînées toléraient en souriant cette habitude, affirmant que c'était là une distraction plus économique et moins compliquée que d'entretenir des acteurs. Il valait mieux attraper l'infection de l'amour et s'immuniser ainsi contre les hommes, de même qu'il vaut mieux avoir une fois la rougeole. Si les jeunes geishas n'avaient pas eu cet exutoire, leur permettant de s'amuser de temps à autre en payant de leur poche, elles auraient été incapables de supporter certains banquets plus sérieux. Que ce soit par la douceur ou par la violence, il était parfaitement vain d'essayer d'inculquer l'art de la séduction à une apprentie geisha dépourvue de charme, la meilleure école pour faire ses premières armes et laisser éclore sa féminité étant face à un partenaire qui lui plaisait réellement. Telle était la morale en vigueur dans ce commerce, si bien que, sans aller jusqu'à encourager la frivolité de leurs geishas, les patronnes fermaient complaisamment les yeux sur bien des choses. Mais dans le cas de Tomoko et de Fumitake Ezaki, il en allait tout autrement.

Les geishas de la maison Tomi Harumoto qui avaient servi d'intermédiaires au début de leur liaison, s'attiraient des remarques désobligeantes de la part de Tarômaru, quand un même engagement les réunissaient. Quant à la maison Tomi Harumoto, avant même que les choses en arrivent là, beaucoup de geishas avaient commencé à hésiter à courir le risque de servir de messagers entre les amants, même s'ils le demandaient.

La raison de ces hésitations n'était pas seulement que si la geisha appartenant au comte Kônami prenait un amant, tout le quartier des fleurs se sentait responsable. Non, la raison principale était que tous ceux qui connaissaient Tomoko avaient conscience, même confusément, qu'elle était une femme incapable d'infidélité. Chacun pouvant également être convaincu au premier coup d'œil de la sincérité de Fumitake Ezaki, leur entourage jugea donc que l'union de ces deux-là ne pouvait s'accomplir dans le cadre du monde flottant.

Dans ce milieu où certaines geishas un peu légères ne répugnaient pas à coucher avec un homme dès la première rencontre, Tomoko et Ezaki, comme deux jeunes puceaux, conservèrent une année entière la pureté de leurs relations. Entre le printemps où eut lieu leur première rencontre et la sortie de l'école du jeune homme en septembre, ils se virent trois fois, puis à nouveau trois fois après son affectation à un régiment, à l'occasion de laquelle il apparut au Yaokan en tenue d'apparat de sous-lieutenant, un long sabre au côté. Jusqu'à leur septième rencontre, leurs lèvres ne s'étaient pas même effleurées.

Dans le salon déserté par les amis d'Ezaki qui s'étaient retirés un à un avec des geishas dans des pièces séparées, Tomoko jouait du *shamisen*, tandis qu'Ezaki qui n'avait aucun goût particulier pour la musique ou le chant, l'écoutait longuement, adossé au mur ou allongé sur les nattes. Tomoko, aussi sérieuse et tendue qu'autrefois lors des séances d'entraînement, chantait de temps en temps, avec une respiration entrecoupée.

Ezaki était peu disert de nature, mais il parlait si peu avec Tomoko qu'on pouvait se demander s'il avait jamais parlé à une femme. Lors de leurs brèves rencontres du début, ils parlèrent à peine de leurs vies respectives. Si on le laissait faire, Ezaki pouvait rester un temps infiniment long sans ouvrir la bouche, mais l'affection qui transparaissait dans son silence pénétrait le cœur de Tomoko, assise seule à ses côtés.

— Tu joues bien du *shamisen*, tu sais, lui déclara-t-il soudain, au moment où elle accordait son instrument après avoir chanté.

— Pourquoi me dites-vous cela maintenant ?

— Je ne sais pas, mais quand je suis rentré chez moi lors de ma dernière permission, je me suis aperçu qu'il y avait près de chez moi une maison où on enseignait le chant d'accompagnement.

— Depuis longtemps ?

— Oui, je crois, mais je ne m'en étais jamais aperçu avant.

— Vraiment ?

— Ça m'a rendu nostalgique, et je suis sorti pour écouter le son du *shamisen* de plus près, mais je ne sais pourquoi, ce n'était pas le même son que quand tu joues toi.

— C'était sans doute quelqu'un qui s'entraînait ?

— Je ne sais pas. Mais c'est grâce à cela que j'ai compris que tu jouais particulièrement bien.

Tomoko était sûre d'elle au *shamisen*, et savait que malgré son jeune âge elle surpassait à cet instrument bien des geishas expérimentées, mais ce compliment maladroit lui alla droit au cœur et l'emplit de joie. Elle inclina légèrement la tête pour le remercier, et, pensant que cette joie allait se dissiper, reprit en silence son instrument. Ezaki ne comprenait pas la différence de ton, mais devant lui, elle jouait toujours du *shamisen* dans le style lyrique dit *kiyomoto*. C'est à Akasaka qu'elle avait commencé à apprendre cette musique chargée d'émotion et son professeur louait ses rapides progrès, mais elle sentait elle-même que ces derniers temps sa maîtrise du *shamisen* lui permettait de donner à la mélodie une profondeur nouvelle.

Ce soir, mon cœur en attente se languit de toi, la neige mouille les boutons de fleurs aux teintes délicates, et je voudrais que les pivoines soient déjà épanouies...

Le style *kiyomoto* allongeait démesurément les syllabes du chant, si bien qu'Ezaki ne comprenait sans doute pas grand-chose aux paroles, mais Tomoko quant à elle n'avait jamais été si profondément émue par les vers du poème qu'elle chantait. Elle connaissait depuis longtemps le sens de mots comme « teintes délicates, mouille » qui revenaient si souvent dans les chants *kiyomoto* pour évoquer l'attente amoureuse, mais cette phrase anodine l'émouvait profondément en cet instant où elle se demandait justement combien d'années allaient s'écouler avant qu'Ezaki se rapproche d'elle et pose la main sur son épaule. Lui, pendant ce temps, restait plongé dans ses pensées laconiques.

Ainsi se déroulaient immuablement leurs rencontres : Tomoko jouait de la musique, et Ezaki rêvassait en l'écoutant, jusqu'à ce que quelqu'un pénètre dans le salon, ou que la porteuse de *shamisen* vienne lui rappeler que la pause était finie et la presse de partir. Cependant, Tomoko, qui avait souffert depuis son enfance de tourments dont Ezaki n'avait probablement aucune idée, ne put bientôt plus endurer cette attente. Elle se dit soudain, tout en pinçant délicatement les cordes de son instrument, qu'une année entière s'était déjà écoulée depuis leur rencontre, et s'arrêta alors de jouer pour se rapprocher de lui. Elle n'osa pas poser la main sur son genou, mais tout en raccordant son instrument, lui déclara courageusement :

— Cela me rend bien triste de vous voir toujours si distant.

Ezaki se raidit instantanément, et Tomoko attendit, le visage baissé, ressentant à un point douloureux sa position de geisha, tandis qu'un désir ardent comme un volcan submergeait son compagnon.

Tremblant comme une jeune vierge dans les bras d'Ezaki, elle se demandait encore avec honte si les mots qu'elle avait prononcés n'étaient pas impensables dans la bouche d'une jeune fille ordinaire. Tout en fermant les yeux sous les violentes caresses d'Ezaki, elle se demandait si le lien précieux qu'ils avaient réussi à préserver une année entière n'allait pas maintenant disparaître sans laisser une trace. Mais tandis que sa raison lui parlait ainsi, tout son corps vibrait d'extase. L'amour franc et vigoureux d'Ezaki n'avait rien de commun avec l'avidité du vieillard qui l'enlaçait d'ordinaire avec la douceur et la technique d'un habitué de la débauche. Jamais Tomoko n'avait trouvé la jeunesse belle à ce point. Serrant Ezaki contre elle de toutes ses forces, elle se sentait naître à une nouvelle vie.

Elle n'avait pas l'impression d'avoir commis une infidélité. Intuitivement, elle savait l'amour d'Ezaki sincère.

Ezaki prit l'habitude de se rendre de Kudan à Akasaka chaque fois qu'il en avait l'occasion, mais Tomoko, qui faisait encore partie de la maison Tsukawa, ne disposait pas librement de son temps. Tous les soirs sans exception, elle devait se rendre à des engagements, et, dans la journée, son temps était entièrement pris, entre les banquets et l'entraînement artistique. Ezaki venait à peine d'être affecté dans l'armée et n'avait guère plus de liberté que Tomoko pour faire coïncider son temps libre avec le sien, si bien que c'était en fait toujours elle qui s'arrangeait pour se libérer quand il avait un peu de temps devant lui. Ils ne pouvaient se rencontrer très souvent au Yaokan, et comme ils préféraient éviter Akasaka, ils fréquentaient des maisons de rendez-vous du quartier de Fushimi, proche du cantonnement d'Ezaki. Cependant, comme elle délaissait pour ses rendez-vous avec lui des leçons de *shamisen* ou des rendez-vous avec des clients, ils avaient beau se rencontrer en dehors d'Akasaka, il devint vite difficile de dissimuler leur liaison à la maison Tsukawa.

— Si tu fais des infidélités au comte, ce n'est pas bien grave. Ça arrive bien à tout le monde au moins une fois !

Tarômaru aborda directement le sujet en face à face avec Tomoko, mais en voyant son expression, elle comprit qu'il était déjà trop tard.

— Seulement, c'est un militaire qui a été récompensé par l'empereur lors de sa promotion, non ? Si on jase à propos de son aventure avec une geisha, cela ne pourra que nuire à sa carrière. Tu as presque vingt ans maintenant, je suppose que tu comprends les implications de tes actes. Si tu tenais à t'enticher d'un soldat, j'aurais préféré que ce soit au moins un général de division. Un sous-lieutenant, pour Petite-Pivoine, une geisha qui se vendait si bien, c'est un peu insuffisant, tu ne trouves pas ? Si jamais le comte Kônami l'apprenait, même lui se moquerait de toi d'avoir trouvé un partenaire aussi mesquin !

Tarômaru ne lui demanda pas ouvertement de rompre avec Ezaki, mais cette volonté transparaissait dans la sévérité de son ton. Si elle n'arracha pas à Tomoko la promesse de quitter son amant, c'était seulement parce qu'elle n'avait pas encore joué son atout.

— Si tu ne montres pas un peu de retenue dans ta conduite, je vais te dire ce que je vais faire : j'irai au Yaokan, même s'il m'en coûte, un jour où tous les gros bonnets de l'armée y seront réunis, et je leur raconterai tout.

— Sœur aînée…

— « Ah, ils se croient tout permis, ces soldats de l'empereur ! Certains ont reçu une montre en gratification impériale, et du coup ils se croient autorisés à aguicher des geishas qui ont un protecteur. » Si je leur dis ça carrément, je n'aurai pas besoin d'en rajouter, ils comprendront tout de suite.

— Sœur aînée…

— Voilà un mélodrame digne du théâtre moderne : si tu tiens à ton Ezaki, tu devras cesser de le voir. De toutes façons, je saurai bien t'en empêcher.

Mais Tomoko était complètement aveuglée. Elle quitta la maison Tsukawa, feignant de se rendre à un engagement, et se rendit tout droit à Tanimachi. Elle monta en hâte l'escalier menant à l'étage où vivait Ikuyo.

Dès qu'elle ouvrit les cloisons, la variété incroyable des teintes des kimonos étalés sur les nattes lui sauta aux yeux. Ikuyo, tournée vers la commode, referma le tiroir en silence en constatant que c'était sa fille qui venait d'entrer. La poignée de fer claqua.

— Maman, mon kimono !

— Ah !…

— Comment, ah ? Où l'as-tu rangé ? Je l'ai laissé ici en partant la dernière fois.

— Il n'est plus là.

— Comment ça, plus là ? Maman !

Ikuyo s'était détournée et restait immobile. La patronne de la maison Tsukawa était-elle venue chercher ce kimono, ou sa mère l'avait-elle simplement dénoncée ? La seule chose claire était que sa mère, qu'elle avait crue son alliée, était devenue elle aussi une ennemie.

— Donne-le-moi !

— Il n'est pas là.

— Pourquoi donc ?

— …

— Qui l'a emmené ? Je suis sûre qu'il est là. Allez, donne-le-moi, maman, je suis pressée.

— Et ton engagement de ce soir, tu n'as pas l'intention d'y aller ?

— Ça ne te regarde pas. Donne-moi mon kimono.

Au ton d'Ikuyo, Tomoko avait compris que le kimono devait se trouver quelque part dans la maison, mais elle eut beau supplier et ordonner tour à tour, Ikuyo ne bougea pas. Tomoko portait ce jour-là un kimono à petits motifs japonais traditionnels semés sur fond mauve, avec une encolure de satin noir. La coutume à Akasaka voulait qu'à huit heures du soir, la porteuse de *shamisen* vint les chercher pour la soirée et que les geishas ne revêtent leur élégant kimono de soirée qu'une fois à l'intérieur de la maison de rendez-vous. Jusque-là, elles restaient vêtues de leur kimono à col noir, indiquant officiellement leur profession de geisha. Tomoko avait horreur des maquillages épais, et ses cheveux étaient coiffés en un petit chignon haut. Elle savait que si elle mettait un kimono aux motifs discrets, elle n'aurait plus l'air d'une geisha. Quand elle rencontrait Ezaki au-dehors, elle trouvait préférable, par attention envers lui, de ne pas trop avoir l'air d'une geisha. Sous l'habit de sa profession, son cœur était celui d'une jeune fille ordinaire, et comme elle avait le sentiment que bientôt elle serait sa femme, elle était toute heureuse de se vêtir comme une femme ordinaire.

A l'époque où Tarômaru ne s'était pas encore aperçue de leur liaison, elle se préparait dès le matin les jours où elle avait rendez-vous avec Ezaki, et se coiffait exprès avec un chignon le plus simple possible, sans épingles, ou bien à l'occidentale, avec une raie sur le côté et les cheveux en bandeaux sur l'oreille. Ensuite, elle passait chez sa mère pour se changer et revêtir un kimono ordinaire. Aucun mot ne saurait exprimer la joie qu'elle éprouvait dans sa nouvelle tenue, avec son kimono de pongé, sa ceinture et son jupon achetés avec ses propres économies dans un magasin de nouveautés. Comparé au kimono qu'elle portait pour les engagements, celui-ci était certes très sobre, mais au moins elle savait d'où il venait, et elle l'avait payé de ses deniers. Le jour où elle l'essaya pour la première fois, elle crut sentir tout proche le jour où Ezaki et elle pourraient montrer leur amour au grand jour.

Mais cette joie ne se répéta que deux ou trois fois, jusqu'à ce jour où elle trouva Ikuyo assise le dos à sa commode, l'air fermement décidée à n'en pas bouger quoi qu'il advienne. Qu'avait bien pu lui dire la patronne de la maison Tsukawa, pour que les rapports de force entre la mère et la fille soient ainsi inversés du jour au lendemain ? Ikuyo qui obéissait d'habitude docilement à Tomoko, du moins quand il ne s'agissait pas de sa façon de s'habiller, semblait cette fois décidée à se conduire en mère avec une certaine arrogance.

— Maman, donne-moi ce kimono. Je suis pressée, je t'expliquerai après. Allez, donne-le-moi.

Pour calmer sa colère, Tomoko se leva et commença à dénouer son obi. La lourde bande de tissu glissa de sa taille sur les nattes en bruissant. Lentement, soigneusement, elle plia la ceinture.

— Maman, mon kimono !

Elle enleva son kimono, mais même quand sa fille fut devant elle en jupon de dessous, Ikuyo resta immobile.

— Très bien. Si tu ne veux pas me le donner, je le prendrai moi-même. Pousse-toi.

Sentant qu'elle n'avait plus le choix, Tomoko prit rudement Ikuyo par l'épaule et la poussa de devant la commode. Ikuyo se dégagea brutalement. La fille en jupon et la mère en kimono criard luttèrent un moment en silence. Elles étaient à peu près de la même force, mais celles de Tomoko étaient décuplées par le désir d'aller rejoindre son amant, et elle se montrait de loin la plus violente. Elle réussit finalement à écarter Ikuyo de la commode, et posa la main sur un tiroir. Elle en fit claquer un ou deux au hasard, puis voyant que son kimono ne s'y trouvait pas, elle inspecta la commode de fond en comble en partant des tiroirs du bas. En vain. Elle reprit son inspection une deuxième fois, mais sans trouver le moindre jupon ou accessoire qui lui appartînt.

— Maman, où l'as-tu mis ?

Elle en devenait folle. Elle ouvrit un placard, chercha jusqu'au milieu des matelas qui y étaient entassés, retourna une malle, tandis qu'Ikuyo se contentait de la regarder faire d'un air absent. Voulait-elle la rendre folle, voulait-elle se venger de quelque chose, pour avoir une attitude aussi méchante ? Tomoko n'osait sonder le fond du cœur de sa mère.

— Tu l'as emmené à la maison Tsukawa, c'est ça ?

— Je ne sais pas.

— Tu es toute seule ici, tu veux me faire croire que tu ne sais pas ce qui s'y passe ?

— Je ne sais pas, c'est vrai.

— Très bien. Si tu as égaré ce que je t'avais confié, je n'ai plus qu'à me dédommager.

Tomoko se sentait prête à courir nue s'il le fallait à son rendez-vous. Si elle n'avait pas son propre kimono, n'importe lequel ferait l'affaire, du moment qu'il n'avait pas de col en satin noir. Elle sortit du tas de vêtements de sa mère ce qu'elle trouva de plus discret, un kimono en crêpe de soie, qu'elle commença aussitôt à enfiler.

— Non, Tomoko, pas celui-là, il est à moi !

Elle repoussa d'une bourrade Ikuyo qui essayait de l'arrêter en s'agrippant à elle, et saisit à deux mains les manches et les deux pans du kimono :

— Essaie de m'en empêcher, et je le déchire.

A ce mot, Ikuyo se raidit. Puis elle se mordit la lèvre inférieure et se contenta de regarder sa fille d'un air impuissant.

Tomoko se hâta de mettre le vêtement de crêpe vert. Comme elles étaient de même corpulence, mais de taille très différente, la partie qu'elle dut retrousser dans son obi lui alourdissait les hanches. Les manches étaient également trop longues pour sa petite taille, car sa mère avait des bras et des jambes bien plus longs que les siens. Si elle avait pu retrousser et retenir dans sa ceinture la longueur en trop, pour les manches elle ne pouvait pas faire grand-chose. Le bout des manches lui couvrait le dos de la main, le bout de ses doigts dépassait à peine.

Mais elle n'avait pas le temps de se soucier de ces détails. Elle se hâta de rajuster la ceinture qu'elle avait dénouée un instant plus tôt, et se rua dehors sans un mot.

— Tomoko ! hurla Ikuyo avec l'énergie du désespoir de la fenêtre du premier étage. Tu reviendras, dis, Tomoko ? Reviens, s'il te plaît ! Je n'ai que toi au monde ! N'oublie pas que je suis ta mère !

Tomoko resta un instant clouée sur place mais ne se retourna pas. Elle était si en colère que le sang lui montait au visage de voir que sa mère ne trouvait que ces pitoyables phrases à lui dire. Elle était folle d'impatience et d'énervement dans cet accoutrement, avec ce kimono qui n'était pas à sa taille, dont elle n'aimait pas la couleur, ce col dont les mesures ne correspondaient pas à celles de son kimono de dessous. Parce qu'elle était sa mère, devait-elle lui jeter ce fait au visage, et la piété filiale consistait-elle à la considérer de force comme une mère simplement parce qu'elle affirmait qu'elle l'était ? Une vraie mère aurait dû comprendre ce que sa fille désirait le plus au monde, mais elle, elle ne lui avait pas même demandé le moindre renseignement sur celui qu'elle aimait, elle avait seulement essayé de l'empêcher de le rejoindre. Comme elle la haïssait pour cela !

En proie à ses pensées, elle se dirigea vers la pension où vivait Ezaki, tout en veillant à ce que ses mains ne disparaissent pas complètement à l'intérieur des manches. La position des geishas leur permettait de côtoyer dans le quartier des fleurs les personnalités les plus haut placées, mais les excluait totalement de la société ordinaire. Tomoko ne l'ignorait pas et, pour cette raison, elle ne s'était encore jamais aventurée jusqu'à la pension d'Ezaki. Celui-ci vivait décemment dans une pièce de la pension Shimota, et ne parut nullement troublé en voyant arriver son amie. Il la fit entrer, puis resta un moment à la regarder en silence.

Tomoko elle aussi se taisait, songeant à la gêne qu'éprouverait Ezaki si les gens de la pension posaient des questions sur son identité ou venaient voir ce qui se passait dans la pièce.

— Je suis désolée, finit-elle par dire.

— Non, ça ne fait rien.

— Je m'en vais tout de suite.

— Ah bon ?

Elle ne savait plus pourquoi elle était venue, mais elle ressentait à un point douloureux combien il y avait peu de place pour elle dans son existence bien rangée. Fumitake Ezaki, originaire de la province d'Akita, fils de médecin militaire, élevé dans un foyer austère, ne pouvait racheter une geisha juste après son affectation au poste de sous-lieutenant, c'était totalement impensable. Dans cette chambre nue où étaient entassés des livres aux caractères compliqués que Tomoko ne comprenait pas, et dont la seule décoration était des instructions impériales dans un cadre, Tomoko se sentait incapable d'aborder le sujet dont elle voulait l'entretenir. Mais elle n'était pas découragée pour autant. L'atmosphère sévère de cette pièce dans laquelle certainement aucune femme n'était entrée avant elle, satisfaisait son orgueil. Mon intuition ne m'avait pas trompée. C'est un homme remarquable, il ira loin, se disait-elle, convaincue.

La soudaineté et la brièveté de la visite de Tomoko plongèrent Ezaki dans la perplexité. Il proposa de la raccompagner et commença à se changer pour sortir.

Tomoko plia soigneusement le kimono de serge qu'il avait enlevé et qu'il portait sur un kimono de dessous. Comme elle aurait aimé vivre ainsi avec lui, songeait-elle tristement, un poids sur la poitrine.

Tous deux, lui en uniforme de sous-lieutenant de l'armée de terre, un long sabre au côté, elle avec son chignon *shimada* aplati et son kimono vert, attiraient l'attention des passants, malgré la nuit. Tomoko se sentait d'autant plus gênée qu'elle avait conscience de porter un kimono appartenant à sa mère.

— Allons au sanctuaire de Yasukuni, proposa Ezaki.

Une fois dans la vaste enceinte du sanctuaire désert, le vent tiède de la nuit printanière les enveloppa. Cependant, un soldat de la glorieuse armée impériale ne pouvait marcher côte à côte avec Tomoko dans l'enceinte sacrée du temple impérial, et ils se mirent à marcher à un mètre de distance l'un de l'autre. Malgré la distance, ils commencèrent enfin à parler :

— Tu sais, dit Tomoko, je suis peut-être une geisha, mais je ne suis pas une femme frivole.

C'était une façon un peu maladroite de s'exprimer, mais rien d'autre ne lui venait à l'esprit.

— Je sais. Pour moi aussi, c'est sérieux.

— Est-ce que tu m'épouseras ? Non, je veux dire, pas maintenant, mais un jour, plus tard ? Si tu me demandes d'attendre, j'attendrai toute ma vie.

— Je réfléchissais justement au moyen de t'épouser. Je n'ai ni titres, ni richesses, et je ne sais pas si je pourrai te racheter. Mais pourquoi me parles-tu de ça si soudainement ?

— A la maison Tsukawa, on ne veut plus me laisser sortir. Nous, les geishas, n'avons pas la moindre liberté.

— Vraiment ?

— Je ne veux pas que quoi que ce soit puisse nuire à ta carrière, aussi je voulais connaître tes véritables sentiments.

— Ma carrière ?

Fumitake Ezaki eut un sourire amer. Depuis qu'il avait fini l'école militaire, son visage hâlé avait retrouvé sa pâleur initiale. Sous le réverbère à gaz, son visage aux traits réguliers flottait comme une estampe.

Tomoko se mordit les lèvres. Le destin d'une geisha devait-il toujours être tragique, comme dans les pièces de théâtre ? Les mêmes pensées inspiraient Ezaki quand il demanda à Tomoko, qui levait le visage vers lui :

— Tu ne peux pas quitter ton métier de geisha ?

Tous deux se trouvaient juste sous la statue de bronze du patriote Mazujirô Ômura. La masse noire d'un ginkgo s'élançait vers le ciel, et au loin de l'autre côté du portique d'entrée, on apercevait clairement l'emblème du chrysanthème impérial, figurant sur les deux pans d'une tenture. Il semblait à Tomoko que le vent du printemps qui sifflait autour d'elle venait la frapper.

Elle promit à son amant d'abandonner sa carrière de geisha, il promit de l'épouser, et tous deux restèrent longtemps debout en silence, dans l'enceinte du sanctuaire impérial. Cependant, la geisha Petite-Pivoine devait rentrer à la maison Tsukawa, et Ezaki n'avait aucun moyen de la retenir. Une fois dans la rue, ils marchèrent à nouveau à distance l'un de l'autre, et se dirigèrent vers la gare d'Ichigaya. A mi-chemin, ils croisèrent un ou deux hommes qui paraissaient revenir de Fushimi. Ils semblaient de fort bonne humeur, et pour une raison inconnue, fredonnaient tous le refrain à la mode :

Je suis un roseau desséché dans le lit à sec de la rivière
Toi aussi tu es un roseau desséché
Tous deux en ce monde, sommes des roseaux desséchés
qui ne porteront jamais de fleurs...

Ezaki ralentit son allure et murmura de façon à être entendu de Tomoko, parvenue à sa hauteur :

— Je n'aime pas cette chanson.

Ce chant était critiqué pour son caractère décadent, mais restait en faveur même auprès des enfants qui le fredonnaient dans les rues. On l'entendait cependant rarement à Akasaka.

En songeant que ce jour-là ils traversaient sans s'arrêter le quartier de maisons de rendez-vous de Fushimi, où ils se retrouvaient d'habitude, Tomoko put enfin croire à la noblesse des promesses échangées. Ils avaient, se disait-elle, profondément liés leurs cœurs l'un à l'autre ce soir-là, et elle en ressentait un sentiment de satisfaction bien plus intense que si c'étaient leurs corps seulement qui s'étaient aimés quelques instants en hâte.

Je quitterai le quartier des fleurs, et alors, je n'aurai plus besoin de me cacher comme aujourd'hui, je n'aurai plus de comptes à rendre à la maison Tsukawa. Je n'ai pas de contrat déterminant un certain nombre d'années de travail comme les prostituées, il me suffit de rembourser ma dette pour être libre. Même si je dois travailler jusqu'à l'épuisement, cela en vaut la peine si cela me permet de payer ma dette. Si je deviens madame Ezaki, je serai femme de militaire. Mais peut-être n'aurais-je pas dû lui demander de m'épouser, il a dû être surpris au fond de lui… Mais tout en pensant cela, un sourire vint flotter sur ses lèvres. Son jeune cœur était tout gonflé d'espoir en l'avenir.

En montant chez sa mère, elle trouva Tarômaru qui l'attendait, assise à côté d'Ikuyo.

— Qu'est-ce que c'est que cette tenue ? Tu es allée retrouver un homme habillée comme ça ? Tu fais honte à ton nom de Petite-Pivoine de la maison Tsukawa. Regarde-toi donc dans le miroir, tu es couverte de saletés !

Après cette douche froide, elle lui tendit le miroir de poche d'Ikuyo, et Tomoko put constater que son chignon paraissait saupoudré de poussière jaune. En silence, elle commença à ôter une à une du doigt ces fines pellicules, en se demandant où et comment elles avaient pu atterrir sur elle, sans plus écouter la patronne de la maison Tsukawa qui continuait à tempêter d'un ton autoritaire. Elle posa sur son doigt une des pellicules châtain clair dont la taille et la forme évoquaient des écailles de poisson, et réfléchit. Ah, le sanctuaire ! Elle se rappela, dans la vague lueur du réverbère à gaz, les ginkgos qui se dressaient vers le ciel, et ce léger bruissement du vent. C'étaient des écailles de bourgeons de ginkgo !

Tomoko, qui venait de décider d'abandonner le monde des geishas, ne pouvait rien craindre des menaces que faisait peser sur elle une des autorités du quartier des fleurs. Elle ne répondait pas, parce qu'elle savait qu'elle ne pouvait quitter ce monde immédiatement, mais même silencieuse, son impertinence n'échappa pas à Tarômaru et la rendit plus furieuse encore.

Le monde des saules et des fleurs était d'une complexité que Tomoko, dans l'ingénuité de la jeunesse, avait sous-estimée, mais dont elle ne tarda pas à se rendre compte. Ne quittait pas ce milieu qui voulait. Elle était prise dans un réseau d'implications plus étroites qu'elle ne l'aurait imaginé, et dont il n'était pas facile de se dégager. Le métier de geisha exigeait un certain maintien, des toilettes recherchées. Ses dépenses obligatoires l'empêchaient de faire suffisamment d'économies pour rembourser sa dette. Tomoko appartenait au comte Kônami, et à ce titre, on n'aurait pas admis de la voir apparaître à des soirées dans des kimonos trop simples. Or, une femme tenue de se vêtir magnifiquement, fût-elle Tomoko, ne pouvait le faire sans argent.

Vers cette époque, le comte Kônami, sentant peut-être sa fin approcher, avait parlé à Tomoko de racheter sa liberté, mais elle refusa, alors qu'il s'agissait pourtant pour elle de la façon la plus rapide de quitter son métier.

— J'aime travailler, voyez-vous. Mais si vous voulez m'aider, ne pouvez-vous pas plutôt m'aider à devenir une geisha indépendante ?

S'il la rachetait, elle ne serait plus geisha, mais deviendrait sa concubine officielle. Il était clair que cela la séparerait à jamais d'Ezaki. Même si elle éprouvait de la reconnaissance envers le comte, qui avait été son protecteur à Akasaka, elle n'allait pas jusqu'à souhaiter devenir la concubine d'un vieillard. Pour une geisha, avoir un patron ou être la maîtresse officielle d'une homme se ressemblait certes, mais il y avait une énorme différence entre les deux. Même liée par l'argent, une geisha conservait une certaine liberté. Plutôt que d'être une maîtresse entretenue entièrement coupée du monde extérieur, mieux valait être une geisha vivant dans le monde. Ayant enfin compris que son désir de quitter le quartier des fleurs était presque irréalisable, Tomoko se tourna vers le souhait plus concret de devenir une geisha indépendante, qui un jour ou l'autre, pourrait cesser de sa propre volonté d'exercer ce métier.

L'influence du comte Kônami prévalant, la maison Tsukawa dut une fois de plus faire une entorse à la coutume.

De même qu'elle était passée en une année du statut d'apprentie à celui de geisha « cinquante pour cent », Tomoko put prendre son indépendance deux ans seulement après avoir été nommée aînée, alors que la tradition voulait qu'elle attende trois ans. Elle acheta un terrain et, six mois plus tard, sa propre maison, bien que modeste, était construite.

Pour ouvrir sa maison indépendante, elle avait bénéficié de l'appui constant du comte Kônami, ce qui eut l'étrange effet de rendre le nom de Petite-Pivoine plus célèbre encore parmi la clientèle du quartier de fleurs. Akasaka vivait son heure de déclin en ces temps difficiles, mais seul l'établissement tenu par Tomoko ne désemplissait pas. Tomoko avait désormais compris que pour mener sa vie selon sa propre volonté, la chose primordiale était le pouvoir. Et le pouvoir, dans le monde où elle vivait, c'était le charme, l'argent et les arts. Même une fois devenue la patronne du Hana Tsukawa, Tomoko continua à s'exercer avec plus de zèle que jamais aux différents arts de sa corporation.

Mais pour pratiquer le chant et la danse, il fallait de l'argent pour payer les leçons. Les dépenses imprévues se succédèrent après la construction de sa maison, et la patronne de la maison Tsukawa avait souvent du mal à joindre les deux bouts pour son entretien personnel. Malgré ces soucis, elle allait rejoindre Ezaki, chaque fois qu'elle en avait l'occasion, toujours en secret. En effet, même indépendante, elle ne pouvait le rencontrer librement. Une maison de geishas était un établissement de plaisirs, et le comte Kônami faisait régulièrement appeler Tomoko depuis la maison de thé où il se trouvait. Il aurait été indécent de faire venir un militaire de l'empire dans un établissement du quartier des fleurs.

Pour la première fois depuis longtemps, elle vivait à nouveau sous le même toit que sa mère. Elle avait aménagé à son intention une petite pièce retirée, mais Ikuyo avait alors à peine quarante ans. Enfermée dans sa chambre à un âge bien trop jeune pour la retraite, la rage d'Ikuyo couvait, et elle observait, avec une indignation plus grande encore que celle de Tarômaru autrefois, la conduite de sa fille. Tendant l'oreille aux coups de téléphone d'Ezaki, lisant en cachette les lettres qu'il écrivait à Tomoko. Et quand Tomoko lui en faisait le reproche, elle répondait :

— De quoi parles-tu ? Cet Ezaki doit être le chauffeur du comte Kônami, non ?

Dans cet établissement où les autres geishas, les apprenties, et même la porteuse de *shamisen* et les domestiques étaient tous des étrangers, pourquoi elles deux qui étaient parentes ne pouvaient-elles rapprocher leurs cœurs ? se demandait Tomoko avec une profonde tristesse. Si elle avait été un peu plus âgée, elle aurait pu assurer à sa mère une formation de domestique, mais Ikuyo était trop capricieuse et égoïste pour accepter une formation quelconque. Elle était tout aussi incapable d'aider à tenir les comptes de l'établissement et donc, en tant que mère de la patronne du Hana Tsukawa, Ikuyo se montrait d'une inutilité complète. Tout ce qu'elle pouvait faire, c'était tirer l'aiguille, et chaque fois que Tomoko commandait des coupons aux magasins de tissus et demandait à sa mère de lui coudre ses kimonos, celle-ci acceptait avec joie mais dès que le vêtement était faufilé, elle l'enfilait elle-même pour l'essayer, allant jusqu'à mettre la ceinture, et se pavanait devant sa fille en disant : « Il est fini ! Regarde comme c'est joli ! » tandis que celle-ci se demandait en frissonnant s'il existait au monde un pays où les mères portaient les vêtements de leurs filles avant elles. Cependant, les kimonos de geisha qu'Ikuyo essayait n'étaient pas sans lui aller. A y réfléchir, elle était plus jeune que Tarômaru, la patronne du Tsukawa, et avait un âge où une geisha est encore dans la pleine maturité de sa beauté et de ses talents. Sa jeunesse était même si éclatante qu'on n'aurait jamais pensé qu'elle avait mis trois enfants au monde : Tomoko aurait pu la faire passer pour sa sœur en toute crédibilité.

En outre, elle se baignait tous les matins, et se maquillait avec plus de soin encore que Tomoko. Quand elle essayait devant Tomoko, en tirant sur le bas trop court pour elle, un de ces kimonos en gaze de soie avec une veste à motifs floraux, on aurait dit qu'elle sortait elle aussi de la maison Hana Tsukawa, et sa beauté, plus grande encore que celle de Tomoko et des autres geishas de l'établissement, paraissait éclater bien davantage que quand elle était enfermée dans sa chambre en train de coudre. Ou plutôt, ces moments où elle se pavanait dans la maison avec les kimonos qu'elle avait confectionnés étaient les seuls où son visage perpétuellement maussade s'éclairait vraiment.

Comme il était désagréable à Tomoko de voir sa propre mère porter en premier les kimonos confectionnés pour elle, il était bien naturel que cela agace aussi les geishas attachées à l'établissement, et même si elles demandèrent une fois ou deux à la mère de leur patronne, simplement pour la flatter, de leur confectionner un kimono, elles murmurèrent ensuite entre elles en cachette que cela portait malheur de faire essayer leurs kimonos par une ancienne prostituée. A l'époque où elle était encore sous la protection de la maison Tsukawa, et où Tarômaru exerçait son ascendant, personne n'osait dire assez haut pour que Tomoko l'entende que sa mère venait du quartier réservé, mais depuis qu'elle avait ouvert son propre établissement, les langues allaient bon train. A peine l'établissement avait-il ouvert ses portes que la servante personnelle de Tomoko était revenue les yeux gonflés de larmes :

— Des aînées sont passées en disant que la maison Hana Tsukawa était un lieu de perdition tenu par une ancienne prostituée.

Etait-ce par esprit de vengeance que, cette fois, ces calomnies honteuses se dirigeaient contre Tomoko ? Toujours est-il que pendant un temps, les rumeurs les plus débridées circulèrent. En quittant la maison Tsukawa pour créer son propre établissement, Tomoko n'avait nullement déchu par rapport aux statuts de sa corporation, mais la carrière de courtisane de sa mère étant désormais divulguée au grand jour, le bruit se répandit que la nouvelle maison de geishas servait de couverture à l'exercice de la prostitution. Tous ces bruits étaient dictés par la jalousie des consœurs de Tomoko : aucune geisha indépendante n'était aussi jeune qu'elle, et sa popularité dans les salons ne se démentait pas. Tomoko avait beau le savoir, elle n'en était pas moins sensible à ces calomnies car il lui semblait que l'ancienne vie de fille de joie de sa mère lui collait à la peau comme une marque au fer rouge ineffaçable, qui entacherait également à jamais sa propre vie.

Pour devenir l'épouse d'un militaire, être une geisha était déjà un obstacle, mais si la famille d'Ezaki apprenait qu'elle était la fille d'une ancienne prostituée, l'obstacle deviendrait insurmontable, si immense que soit l'amour que lui portait Ezaki, se disait Tomoko et cette seule pensée la faisait défaillir.

En entendant claquer sans relâche les tiroirs de la commode d'Ikuyo comme pour confirmer son passé de fille de joie, Tomoko, impuissante, sentait croître en elle une haine injustifiée à l'égard d'une mère.

Les jours passaient dans cet environnement hostile, sans qu'elle trouve de solution à ses soucis, et sans qu'elle ait l'occasion de voir Ezaki. Ses soucis d'argent étaient tels qu'elle passait des nuits d'insomnie à se demander ce qui se passerait si un voleur venait à faire irruption chez elle et révélait au monde que le coffre-fort du Hana Tsukawa ne contenait que sept cent cinquante sens.

L'idée ne lui était pas venue, quand sa mère lui avait demandé ce qui pouvait bien lui donner la migraine, de lui répondre avec une animosité semblable : « Tu ne peux pas savoir, maman, tous les soucis que j'ai à cause de toi et de ton passé de prostituée. »

La petite et vaillante Tomoko continuait à réfléchir de toutes ses forces. Sa maison était construite. Elle était devenue indépendante. Elle avait accompli le premier pas dans l'accomplissement de la promesse faite à

Fumitake Ezaki. Si elle se retournait pour voir tout ce qu'elle avait enduré jusqu'à présent, ces souffrances paraissaient bien minces une fois passées, et sans doute en serait-il de même pour les soucis qui l'attendaient, une fois qu'elle les aurait surmontés. Pour l'instant, il n'y avait rien d'autre à faire que de se consacrer de toutes ses forces au succès de la maison Hana Tsukawa. A cette idée, son esprit combatif reprenait le dessus.

D'après le calendrier, l'automne était commencé depuis longtemps mais il faisait toujours une chaleur humide d'été, et Tomoko se rendait à ses cours de *shamisen* en kimono de crêpe porté à même la peau.

Présenter ses honoraires mensuels à son professeur en début de mois, au lieu de payer à la fin du mois selon la coutume, était une élégance réservée aux geishas de première classe, et Tomoko vida donc son coffre-fort pour se rendre à son cours de *kiyomoto* ce matin-là. Quand elle sortit, à sept heures du matin, il faisait encore sombre, et il pleuvait à petites gouttes. Par chance, elle avait pris son parapluie de papier huilé, car au retour il pleuvait à torrents, si fort qu'elle devait marcher en relevant le bas de son kimono.

Tandis qu'elle priait, les deux mains jointes devant le riz de fête aux haricots rouges servi le premier jour du mois, en demandant aux dieux d'assurer ce mois-ci encore la prospérité de son établissement, étrangement, son âge lui vint soudain à l'esprit : déjà vingt et un ans ! Son repas terminé, elle écoutait distraitement le bruit de la pluie, se demandant vaguement ce que pouvait faire Ezaki par un aussi mauvais temps, quand elle perçut à travers le bruit des gouttes l'habituel claquement sourd des tiroirs de la commode.

Cela lui fit un effet désagréable qui lui parut de mauvais augure pour commencer le mois, mais, à peine avait-elle tendu la main vers un journal pour se changer les idées et écarter cet espèce de sinistre pressentiment, qu'elle roula sur les nattes, prise d'un vertige soudain. Mais non, elle n'avait pas le vertige ! En quelques minutes à peine, le bâtiment nouvellement construit du Hana Tsukawa s'était mis à trembler sur ses bases et s'effondrait avec des craquements terribles. C'était un tremblement de terre ! Il lui avait fallu quelque temps pour réaliser ce qui se passait. Ensuite, impuissante, et trop terrifiée pour songer à s'enfuir, elle ne put qu'assister à la destruction totale de sa propre maison.

XI

Cet automne-là, après le passage du typhon, il fit un temps splendide. Dans la préfecture de Wakayama, où le contrecoup avait à peine été ressenti, la catastrophe qui s'était abattue sur le Kantô paraissait fort lointaine. Le visage levé vers le mont Ryûmon, qui se découpait distinctement au loin sur le ciel, Tomoko y repensait comme à un cauchemar.

Cela faisait dix ans qu'elle n'avait pas revu son village natal. En parcourant la route principale de Nishinoshô, elle s'était demandé combien de fois déjà elle l'avait fait. A l'ouest se trouvait la maison du chef de village et, au milieu, la maison des Sunaga. Tomoko se souvenait de toutes les fois où elle avait parcouru ce chemin dans son enfance, entre le remariage de sa mère avec le fils du notable et son départ pour Tôkyô. Le jour où le chef de village l'avait chassée de la maison, tandis qu'elle entendait au loin pleurer sa petite sœur… Et le jour où elle avait pris prétexte de cueillir des prunelles dans le jardin avec les enfants de Keisuke pour se rapprocher de cette mère inaccessible qui lui manquait tant…

Elle rentrait à l'instant d'une visite à Keisuke Kôsaka, qui avait été autrefois son beau-père. Keisuke avait succédé à son père et occupait maintenant la demeure du chef de village, mais ainsi qu'il l'avait pressenti autrefois, il n'avait plus le même pouvoir que son père. Il ne jouait aucun rôle effectif dans la vie du village, il n'était que le gardien grabataire d'une vieille bâtisse obscure, qui vivait ses derniers instants dans une pièce sans soleil du fond de la maison. Depuis longtemps déjà, il était malade du cœur. Sans doute cet homme placide avait-il été lui-même surpris autrefois d'être poussé à bout au point de vendre sa femme à un bordel de Shizuoka. Sa grande carcasse, qui avait enduré sans flancher tous les tourments qu'Ikuyo lui infligeait, était aujourd'hui presque anéantie, rongée par la maladie, et lui donnait l'air complètement sans défense.

Quand Tomoko était arrivée, une vieille servante l'avait conduite au chevet du malade, avec un air inexpressif mais qui en disait long sur l'atmosphère de la maison du notable. Keisuke était atteint d'une maladie incurable, et, dans cette maison, où il aurait dû élever Yasuko, l'enfant de son ex-femme, il ne semblait pas y avoir apparence humaine en dehors de cette vieille servante.

— Bonjour !

Dans la pénombre de la chambre, elle distingua la silhouette de Keisuke, le visage mangé par la barbe, couché sur un lit suintant l'humidité. Il tourna vers elle un visage terreux aux orbites creuses.

— C'est toi, Tomoko ? fit-il d'un air de doute.

— Oui, c'est moi. Cela fait si longtemps que je ne vous ai pas donné de nouvelles, je suis désolée…

Elle ravala la phrase de convenance qu'elle avait préparée pour lui demander des nouvelles de sa santé.

Son beau-père d'autrefois n'était plus qu'une ombre rongée par la maladie, et, devant ce spectacle, les malheurs de son enfance prenaient des allures d'images fanées.

— C'était affreux, ce tremblement de terre à Tôkyô, hein ?

Apparemment, il avait encore la force de lire le journal.

— Oui, tout a été détruit. Les maisons, tout s'est écroulé en une minute… De notre côté, la maison où nous vivions n'a pas pris feu tout de suite, si bien que nous avons pu sauver quelques biens précieux, mais quant au reste, tout a disparu…

— Vous allez vous réinstaller dans la maison des Sunaga ?

— Oui, nous comptons y trouver refuge quelque temps, jusqu'à ce que Tôkyô soit un peu reconstruit.

— Tomo-chan !

— Oui ?

— Comment va Ikuyo ?

— Bien.

— Ah bon. Elle ne s'est pas détruit la santé à Shizuoka ?

— Non.

— C'est mal, ce que j'ai fait. Quand j'y repense, j'en suis horrifié. Mais j'ai eu ma punition, va, regarde où j'en suis maintenant.

Il émit un semblant de rire, mais Tomoko fut incapable d'y faire écho.

— Tomo-chan !

— Oui.

— Tu as grandi, hein. Comme tu es devenue belle ! Laisse-moi te regarder.

— …

— Je te croyais déjà mariée.

— Je suis devenue geisha.

— Ah, oui. Tu as dû bien souffrir pour en arriver là.

— Avec le grand tremblement de terre de Tôkyô, me voilà revenue au point de départ.

Keisuke se gratta la barbe de ses ongles noirs de crasse.

Il n'avait pas l'air de se soucier outre mesure du sort de sa belle-fille qui était venue lui rendre visite. Il savait aussi que si elle était belle, sa beauté était loin d'égaler celle de sa mère.

— Ta mère est déjà à la maison des Sunaga ?

— Oui. Elle dit du mal de la famille, et affirme que la maison est plus agréable à vivre qu'elle n'aurait cru, parce que l'oncle Shinya est déjà mort.

— Ta mère, elle n'aime pas les malades… grommela-t-il entre ses dents, avant d'ajouter :

— Tu crois qu'elle viendra me voir ?

Tout en se hâtant sur le chemin du retour, Tomoko était encore troublée par l'écho désespéré de la voix de Keisuke, qui venait résonner à ses oreilles alors même qu'elle essayait de ne plus y penser. Elle se demandait également ce qu'elle devait dire à sa mère de cette visite. Elle avait eu honte devant Keisuke de parler d'Ikuyo, qui le savait malade mais n'avait pas eu l'idée de lui rendre visite, et avait omis de lui dire qu'elle avait mis au monde un enfant à lui dans un bordel, si bien que maintenant, sur le chemin du retour, les cris de nouveau-né entendus autrefois à la maison Kanô se superposaient à la voix désespérée de Keisuke.

Elle se sentit enfin soulagée quand elle fut passée sous la petite porte de la maison de son enfance, à côté du grand portail d'entrée donnant sur le jardin. Offrant son visage au vent d'automne, elle distinguait nettement les contours du mont Ryûmon devant elle.

— Tomo-chan ! Tomoko !

Debout sur la véranda devant sa chambre, Ikuyo appelait sa fille.

— Qu'est-ce que tu fais ?

— Maman, tu sais qu'on appelle cette montagne le mont Fuji de la péninsule de Kii…

— Quoi donc ? Le mont Ryûmon ?

— Oui.

Ikuyo rit du bout des lèvres.

— Pff, il faut vraiment n'avoir jamais vu le vrai mont Fuji pour dire ça ! Comparer une vilaine petite montagne comme ça au mont Fuji !

La mère et la fille partageaient de tristes souvenirs, rattachés à Shizuoka et au mont Fuji. Mais, dans le profil méprisant d'Ikuyo tourné vers le « mont Fuji de Kii », ce passé n'avait pas laissé une ombre : il semblait avoir totalement disparu pour elle. Tomoko, stupéfaite, contemplait sa mère. Comme elle était jeune, malgré ses quarante ans ! Sa peau était aussi éclatante que celle d'une jeune mariée, ses cheveux qu'elle avait elle-même coiffés en chignon à l'occidentale sans même utiliser un fer à friser, étaient toujours aussi noirs et épais. Sa silhouette, debout sur la véranda de la vieille maison, avec son visage soigneusement maquillé, son col bien arrangé, sa haute taille au buste court, paraissait nette et élancée. Elle n'avait plus rien de commun avec Kokonoe, la courtisane de haut vol de Shizuoka, au kimono débraillé.

Une autre chose qui surprenait Tomoko était la façon de parler de sa mère. Ikuyo avait adopté l'accent d'Edo [1] à l'époque où elle vivait près de Yoshiwara, et était revenue à Tôkyô après l'épisode de la maison Kanô avec le langage vulgaire des quartiers de plaisirs de Shizuoka, mais elle avait maintenant retrouvé comme par miracle l'accent provincial de Wakayama en revenant dans son village natal.

Qui aurait pu deviner, dans cette femme dont le langage et les vêtements avaient subi une véritable métamorphose, une ancienne prostituée ? Tomoko restait sans voix de surprise et d'admiration devant cette transformation soudaine. Cette femme avait beau être sa mère, quelle étrange personne !

Ikuyo allait-elle renouer avec sa vie d'autrefois en rentrant au pays natal ? Allait-elle enfin oublier, dans cette maison de famille où elle avait vécu dans un lointain passé avec son mari, qu'elle n'était jusqu'ici qu'une mère impuissante, vivant à Akasaka à la charge de sa fille ? Tomoko avait beau remonter dans ses souvenirs, il lui semblait n'avoir jamais vu chez sa mère une expression aussi magnanime et maternelle que depuis son retour dans la maison natale.

Après la mort de l'oncle Shinya, le fils cadet de celui-ci s'était installé dans la maison des Sunaga avec

---

1. Ancien nom de Tôkyô.

son épouse. Le couple, accueillant et aimable au point qu'on n'aurait jamais dit qu'il s'agissait du propre fils et de la bru de ce méchant oncle, avait accueilli sans hésiter leur cousine et sa fille de retour au pays. Cela avait mis Ikuyo à l'aise et elle se comportait maintenant avec la liberté de quelqu'un qui a toujours vécu dans la maison. Elle ne se doutait évidemment pas que cet accueil chaleureux avait été en partie acheté par des bagues et autres objets de valeur que Tomoko avait sauvés de la catastrophe.

— Tomoko, rentre vite. On a une visite, quelqu'un que tu n'as pas vu depuis longtemps !

Accroupie, Ikuyo pressait Tomoko de rentrer et paraissait trépigner comme un enfant arrêté devant une vitrine qui réclame un cadeau à sa mère.

Tomoko, qui s'attendait à devoir faire face à des questions sur ce qu'elle avait fait, où elle était allée, se sentit plutôt soulagée et se hâta de rentrer. Comparées aux maisons de Tôkyô avec leurs auvents légers, les maisons du Kansai avec leurs toits aux lourdes avancées étaient bien sombres, se disait Tomoko tout en constatant que maintenant, plus d'un mois après leur arrivée, elle commençait à se réhabituer à cette obscurité.

Dans le salon exposé au nord, un homme était assis, dans une posture rigide, genoux rassemblés. Quand Tomoko entra dans la pièce, il raidit les épaules et étendit les bras à plat sur les nattes, frottant le front par terre en un salut rustre et franc.

— Tu sais qui c'est ? demanda Ikuyo à sa fille avec un sourire joyeux.

— Jeune maîtresse, cela fait si longtemps ! Comme vous avez grandi !

Malgré son visage encore jeune, sa voix et sa façon de parler étaient presque celles d'un vieillard, si bien que Tomoko hésitait, mais s'entendre appeler « jeune maîtresse » amena aussitôt une association d'idées dans son esprit : seul Hachirô, leur serviteur d'autrefois, donnait ce titre affectueux à la fille unique et héritière des Sunaga.

— Hachiran !

— Oui. Comme je suis content que vous me reconnaissiez ! Vous étiez une enfant si intelligente, je suis heureux de voir que vous avez réussi dans la vie.

C'est donc bien lui, se disait Tomoko en l'observant. Ses boutons d'adolescent avaient disparu mais avaient laissé sur son visage des marques pareilles à la petite vérole, et en retrouvant, à le voir sourire en plissant les yeux, les traits du garçon d'autrefois sous ce visage grêlé comme une peau d'orange, Tomoko sentait remonter en elle, comme des bulles éclatant à la surface, tous les souvenirs oubliés de son enfance. Elle se rappela aussitôt la fois où il s'était rendu en cachette à la maison du notable pour voir Ikuyo, une branche de saule décorée à la main.

— Hachiran, que deviens-tu ? Je te croyais parti vivre à Ôsaka ?

— C'est exact, j'ai fait mon apprentissage à Ôsaka chez un horloger. Et depuis l'année dernière, je possède mon propre magasin, petit, il est vrai, mais…

— Heureusement que tu as choisi Ôsaka ! A Tôkyô, maisons et boutiques, tout est sous les décombres à l'heure qu'il est.

— Oui, vraiment. C'est bien grossier de ma part de dire cela devant vous, mais j'ai eu de la chance de choisir Ôsaka. Il paraît que ça a été terrible à Tôkyô. Penser qu'au départ, c'est un dépôt de vêtements qui a brûlé, et que des tas de gens en sont morts ! J'ai vu des photos de cadavres de courtisanes calcinés dans le quartier de Yoshiwara, on aurait cru voir des images de l'enfer. Je suis plus heureux que je ne saurais le dire de vous voir toutes deux saines et sauves.

Aux mots de « courtisanes » et de « Yoshiwara », Tomoko avait sursauté et hoché la tête, mais Ikuyo, gardant tout son sang-froid, s'adressa à Tomoko :

— Tu sais, Hachiran se demandait si nous avions fui Tôkyô après le tremblement de terre, et il est revenu ici pour la première fois depuis longtemps exprès pour avoir de nos nouvelles.

— Ah, vraiment ?

— Vous ne me croirez sans doute pas si je vous dis cela après vous avoir laissées sans nouvelles si longtemps, mais je me faisais du souci pour vous. Je ne vous ai jamais oubliées !

Il disait cela d'une façon si étrange qu'Ikuyo ne put réprimer un rire puéril. Un rire si joyeux qu'inconsciemment, Tomoko lui jeta un regard surpris.

Par réaction à ce qu'elle pressentait, elle demanda à Hachirô s'il avait de la famille.

— J'ai deux enfants.

— Des fils ?

— Mais oui. Comment le savez-vous ? Tous les deux des garçons, c'est bien triste !

— Et dans votre magasin, vous réparez aussi les montres ?

— Oui, j'ai appris à le faire, et je me débrouille.

Ikuyo montra alors à Tomoko, comme si elle en avait attendu l'occasion depuis un moment, la montre qu'elle portait à son poignet gauche, en disant :

— Regarde ça. C'est un cadeau de Hachiran.

L'intéressé haussa les épaules en s'excusant :

— Bah, ce n'est rien, un bien modeste présent…

C'était une montre en or pour femme de fabrication suisse, et Tomoko, habituée aux objets de luxe, comprit au premier coup d'œil qu'elle n'était pas aussi dénuée de valeur qu'il le prétendait. Tenir une horlogerie était un commerce magnifique qu'elle avait du mal à associer avec Hachirô, fils d'un de leurs métayers d'autrefois et ancien serviteur de leur maison. Cependant, en voyant sa mère, qui s'était empressée de glisser ce cadeau à son poignet, contempler le cadran sans se lasser en plissant les yeux de bonheur comme s'il s'agissait d'une bague ou d'un bijou, Tomoko ressentit un de ces pressentiments désagréables dont elle avait oublié la sensation depuis son arrivée ici.

— Tomoko, déclara sa mère après le départ de leur visiteur, Hachiran a bien dit que si pour une raison quelconque il nous était difficile de rester ici nous serions les bienvenues chez lui à Ôsaka.

— En effet, c'est ce qu'il a dit.

— Et si on y allait ?

— Ma foi…

— Il paraît que le commerce y est en pleine expansion depuis deux ou trois ans. Toi aussi, avant de retourner à Tôkyô, tu devrais aller y faire quelques achats. Moi, il faut que je m'achète quelques kimonos doublés, je n'ai plus rien à me mettre sur le dos.

Ikuyo semblait avoir pris très au sérieux les aimables propositions de Hachirô et parlait avec animation comme si elle devait partir s'installer chez lui dès le lendemain, mais Tomoko ne tint aucun compte de ce qu'elle semblait sous-entendre et l'interrompit.

— Maman !

— Quoi ?

— Tu as l'intention de repartir d'ici sans aller à la maison du chef de village ?

— Et pourquoi j'irais ? répliqua Ikuyo, visiblement de mauvaise humeur.

— Il est alité et a l'air d'avoir très envie de te voir.

— Il a une angine de poitrine, c'est ça ?

Sa voix avait un écho glacial qui fit sursauter Tomoko.

— Mais tout de même, maman…

— S'il commence à me causer des problèmes simplement parce qu'on vit dans le même village, moi, je pars tout de suite chez Hachirô.

Se levant brusquement, elle se dirigea vers la cuisine où se trouvaient le fils de l'oncle Shinya et sa famille.

La haine, se dit Tomoko, pouvait être un lien bien plus puissant entre deux êtres qu'une relation ordinaire. La haine qu'éprouvait Ikuyo envers Keisuke pour l'avoir précipitée dans l'abominable monde du quartier des plaisirs, dépassait sans aucun doute tout ce que Tomoko pouvait imaginer, même si sa mère n'avait jamais évoqué la dureté de ces années passées à se prostituer, sans doute à cause d'une détermination farouche à s'en sortir gagnante. Elle s'abstint donc de parler à sa mère de sa visite au malade et des paroles échangées. Elle comprenait parfaitement qu'il aurait été vain de l'évoquer.

Cependant, Tomoko ne parvenait absolument pas à comprendre l'attitude de sa mère vis-à-vis de sa deuxième fille, Yasuko, et elle en souffrait énormément.

Un jour, vers l'époque de la première visite de Hachirô, Tomoko se trouvait dans le jardin, debout près des lespédézas au feuillage foisonnant en ce début d'automne, et s'entraînait au *shamisen* un peu avant le dîner. Se concentrant de tout son être, elle s'était mise à chanter à pleine voix, à la façon particulière du *kiyomoto*, quand elle remarqua soudain une présence devant la porte en bois de l'entrée : une jeune étudiante en uniforme de serge bleu marine regardait fixement l'intérieur du jardin.

Tomoko s'avança aussitôt droit vers l'entrée, ravalant sa honte d'avoir été entendue pendant qu'elle s'entraînait, se doutant qu'il ne pouvait s'agir que de Yasuko. Mais, en la voyant s'approcher, la jeune fille tourna les talons et s'enfuit en courant vers l'ouest, sur le chemin qui passait devant la maison.

— Yasuko ! Yasuko, c'est toi ?

Elle la suivit un moment en l'appelant, mais la jeune fille ne se retourna pas.

Depuis qu'elle avait quitté la maison de son enfance, Tomoko avait passé plus de dix ans à se lever tôt pour travailler dur et s'entraîner aux arts chaque jour, si bien qu'elle s'ennuyait maintenant à mourir dans cette demeure où elle n'avait rien d'autre à faire que d'attendre la reconstruction de sa propre maison à Tôkyô. Ses pensées allaient à Fumitake Ezaki, dont elle était restée sans nouvelles, dans la confusion qui avait suivi le tremblement de terre et l'incendie consécutif. Son angoisse quant au sort du jeune homme était encore décuplée par le fait qu'elle ne pouvait ni lui parler ni le voir. Elle avait dû attendre que cette inquiétude se calme un peu avant de pouvoir toucher à nouveau à son instrument pour s'entraîner. Son *shamisen* était son compagnon de vie, c'est pourquoi elle avait tout de suite songé à l'emmener avec elle, en même temps que quelques objets de valeur, lors de la fuite qui avait suivi l'effondrement de sa maison, juste avant l'incendie. Elle l'avait donc amené jusqu'ici avec elle, mais s'était sentie jusque-là un peu gênée de jouer de cet instrument réservé aux soirées de luxe dans cette maison paysanne entourée de rizières et de champs aux couleurs mordorées de l'automne.

Elle avait l'impression que c'était sa propre voix qui avait attiré sa demi-sœur devant la porte et l'avait poussée à épier l'intérieur du jardin, aussi recommença-t-elle dès le lendemain à s'entraîner en chantant à pleine voix.

Au début, elle surveillait la porte de bois de l'entrée mais, au bout d'un moment, elle fut tellement concentrée sur son chant qu'elle ne pensa plus qu'à tendre ses cordes vocales, quand elle aperçut soudain l'uniforme de serge bleue. Elle s'arrêta net de chanter et reprit le contrôle de sa respiration :

— Yasuko !

Au son de sa voix, la jeune fille se figea sur place.

— C'est toi, n'est-ce pas, Yasuko ? Entre donc.

Tomoko s'approcha avec une aisance due à son rôle d'aînée.

— Entre donc. Tu es venue voir maman, c'est ça ?

Yasuko se courba profondément pour passer sous la petite porte. Quand elle se redressa en arrivant près de Tomoko, celle-ci se rendit compte que sa jeune sœur était si grande qu'elle devait lever la tête vers elle pour la regarder. Elle n'avait pourtant que quatorze ans, puisqu'elle était de sept ans la cadette de Tomoko, mais elle devait tenir de son père Keisuke, pour être grande comme ça, avec de grands bras et de longues jambes.

Elle était si élancée qu'on n'aurait jamais pensé qu'elle et Tomoko puissent être sœurs. Et son visage, ah, son visage ressemblait tant à celui de sa mère que

Tomoko eut peine à réprimer un cri de surprise et un mouvement de recul en la voyant de près. C'était son portrait vivant : la même forme de visage, les mêmes yeux, le même nez, les mêmes lèvres fines. Ses cheveux noirs étaient séparés en deux par une raie et coiffés en tresses qui lui pendaient sur la poitrine. Elle ressemblait à sa mère jusque dans l'éclat de sa chevelure, et son teint de porcelaine.

— Maman !

Tomoko appela sa mère dans un cri.

Elle se précipita dans l'entrée et appela à nouveau :

— Maman !

— Qu'y a-t-il ? Pourquoi cries-tu comme ça ? répondit Ikuyo en apparaissant dans l'entrée, les sourcils froncés par la curiosité.

— C'est Yasuko…

— Quoi ?

Cette image des retrouvailles d'une mère et de sa fille toutes deux rayonnantes de beauté se refléta un instant comme un rêve dans les yeux de Tomoko : Ikuyo debout dans l'entrée, se détachant sur le fond sombre de la vieille demeure, et Yasuko dans son uniforme de serge bleue, debout dans le jardin pas encore envahi par le crépuscule.

Toutes deux restaient muettes, le souffle coupé par cette rencontre soudaine au bout de dix années. Ikuyo aurait dû parler la première, mais elle paraissait trop embarrassée pour cela et évitait le regard de Yasuko qui, les yeux levés vers elle, la regardait fixement. Echappant à ce regard embarrassant, elle retrouva enfin la parole, mais ce fut à Tomoko qu'elle s'adressa :

— Tomoko, quand est-ce qu'on va enfin rentrer à Tôkyô ?

Tomoko, stupéfaite, leva les yeux vers sa mère. Retourner à Tôkyô ? Cette pensée ne la quittait pas elle non plus, mais jamais elle n'aurait pensé que sa mère prononcerait ces mots en pareille occasion.

— Maman !…

Elle s'apprêtait à réprimander sa mère, mais il était déjà trop tard. Yasuko avait tourné les talons, et en un instant disparut à nouveau sous la porte basse du jardin.

Tomoko fit inconsciemment quelques pas derrière elle comme pour la suivre, puis se ravisa et leva les yeux vers sa mère :

— Enfin, maman, pourquoi ne lui as-tu pas dit au moins un mot gentil, au lieu de te mettre à parler d'autre chose comme ça, comme pour te débarrasser d'elle…

Tomoko était outrée comme si elle était elle-même victime de cette cruauté.

— Mais… ce ne sont pas des façons, d'arriver soudain comme ça pour dire bonjour ! C'était gênant pour moi, et puis je n'avais pas l'impression que c'était la petite que j'ai mise au monde, ça m'a fait drôle.

— Pourtant, vous vous ressemblez comme deux gouttes d'eau.

Ikuyo rentrait déjà dans la maison. Elle avait tourné le dos à Tomoko, qui entendit à peine sa réponse :

— Oui, c'est vraiment une beauté.

Tomoko se rappela alors son enfance, le voyage jusqu'à Tôkyô avec Keisuke. Les retrouvailles avec sa mère avaient été plutôt froides mais cela valait tout de même mieux que cela. Le souvenir du moment où sa mère lui avait dit qu'elle était sale, et où elle s'était rendue seule à la salle de bains après ce long voyage en train, oui, ce souvenir lui était revenu souvent en se regardant dans des miroirs de salles de bains, mais l'attitude de sa mère alors lui parut soudain presque affectueuse en comparaison du traitement monstrueux que venait de subir Yasuko.

Tomoko passa à son tour sous la petite porte de bois pour regarder dehors, mais il n'y avait plus trace de Yasuko. Un soleil rouge automnal se couchait de l'autre côté du chemin poudreux, et Tomoko restait figée sur place, les yeux dans le vide.

Quelques jours plus tard, Tomoko négligea son entraînement quotidien au *shamisen* pour s'installer une journée entière devant une table, dans la pièce du fond de la maison : elle avait décidé d'écrire une lettre à Fumitake Ezaki. Cette table était celle où elle posait autrefois son ardoise pour faire ses devoirs, et, à la regarder, Tomoko repensait au passé. La table avait longtemps été reléguée dans une remise et Tomoko avait sollicité l'autorisation de l'actuel occupant de la maison de la ressortir. Ça n'avait jamais été une table laquée de première qualité, si bien que le vernis en était tout écaillé, et la laque vermillon passée avait tourné à l'ocre. Comme c'était une table pour enfant, Tomoko avait beau être petite, elle avait les genoux coincés dans une position plutôt inconfortable, mais elle était bien trop absorbée par ce qu'elle avait à écrire pour s'en apercevoir. Elle avait déjà noirci puis froissé et jeté plusieurs pages de son papier à lettres japonais.

« Cher Ezaki-san,

J'espère que vous ne souffrez pas trop du froid de l'automne. Depuis la catastrophe, je ne sais ni où vous êtes, ni ce que vous faites, et de mon côté, j'ai dû trouver refuge ici et là pendant quelque temps, ce qui m'a empêchée de vous donner de mes nouvelles. Veuillez me pardonner.

Le tremblement de terre a réduit en poussière jusqu'à l'enseigne de la maison indépendante que j'avais eu tant à cœur de fonder. J'en ai été très affectée dans un premier temps, mais maintenant qu'un mois est passé, je me dis que c'est peut-être l'occasion de quitter une bonne fois pour toutes le métier de geisha. »

Elle avait réussi à rédiger sa lettre jusque-là, mais elle se rendit compte alors que les mots « maison indépendante » ou « geisha » pouvaient avoir de terribles conséquences si quelqu'un d'autre qu'Ezaki ouvrait cette lettre avant lui. Se ravisant à l'idée qu'elle ne voulait surtout rien faire qui pût lui nuire à l'orée de sa carrière, elle déchira pour la énième fois son brouillon en secouant la tête. Il lui resta l'impression d'avoir déchiré de ses propres doigts les caractères du mot « geisha ».

Elle avait suivi l'école élémentaire jusqu'à la sixième année, en obtenant de bonnes notes, mais, depuis lors, elle n'avait guère eu l'occasion de tenir un pinceau, si bien que ses caractères, tout en étant personnalisés, n'étaient guère jolis, et qu'elle s'impatientait à essayer de se rappeler l'orthographe de certains mots. Elle s'était toujours sentie illettrée face à Ezaki, mais jamais autant qu'en rédigeant cette lettre, à sa grande honte. Elle avait reçu un entraînement qui lui permettait de lire sans difficultés des expressions poétiques compliquées, mais elle était presque entièrement dépourvue d'éducation dans les choses ordinaires, et se rendait bien compte que, pour devenir la femme d'Ezaki, il ne lui suffirait pas d'abandonner le métier de geisha.

D'après son uniforme bleu bordé de deux lignes blanches, Yasuko devait fréquenter l'école supérieure de filles de la ville de Wakayama. Elle ne pouvait oublier l'image de sa demi-sœur figée devant elle, dans cet uniforme de lycéenne qu'elle-même avait tant rêvé de porter à l'époque où elle allait à l'école primaire tout en suivant son apprentissage de future geisha. Elle avait envie de lui demander affectueusement quels livres elle lisait, ce qu'elle étudiait. Pour écrire une lettre comme celle-ci, Yasuko se donnerait sûrement dix fois moins de mal que moi, se disait-elle. A quoi ressemblait le cahier où elle notait les caractères qu'elle apprenait ? Savoir rédiger des lettres faisait partie des devoirs d'une jeune mariée, aussi apprenait-on certainement aux lycéennes à tracer des caractères déliés sur une feuille de papier à lettres.

Avec une conscience presque douloureuse de son manque d'éducation, Tomoko reposa nombre de fois son pinceau, déchira des pages, reprit le pinceau, et rédigea finalement une lettre d'une extrême simplicité.

« Pardonnez-moi de vous avoir laissé sans nouvelles si longtemps.

Je suis maintenant en sécurité à l'adresse ci-dessous, où j'attends de vos nouvelles. Prenez bien soin de vous.

Bien sincèrement. »

Elle adressa la lettre au régiment où était affecté Ezaki, et écrivit « Tomoko Sunaga » sous la mention « expéditeur ». Elle était heureuse d'utiliser son véritable nom, mais se rappelant avoir entendu dire que les lettres de femmes étaient parfois lues devant tout le monde et pouvaient, en fonction de leur contenu, faire l'objet d'une punition de la part d'un officier supérieur, elle se ravisa à nouveau et écrivit la même lettre dans un style plus masculin :

« Désolé pour l'absence de nouvelles.

Me trouve maintenant en sécurité à l'adresse ci-dessous, donnez de vos nouvelles. Faites attention à vous. »

Puis, après avoir longuement hésité, elle signa d'un nom d'homme : « Tomoichi Sunaga ». En fermant l'enveloppe, elle sentit son cœur palpiter violemment : c'était la première lettre d'amour qu'elle eût jamais écrite.

Quand elle tendit la lettre à l'employé au guichet du bureau de poste devant la gare, où elle s'était rendue à pied à travers les rizières, le jeune employé lui jeta un regard surpris. Tomoko eut l'espace d'un instant l'impression de l'avoir déjà vu quelque part, mais elle ne pouvait se rappeler de qui il s'agissait, et n'ayant plus rien à faire à la poste, elle ressortit aussitôt. Sur le chemin du retour, tout en s'extasiant sur le paysage de vagues dorées à perte de vue que composaient les rizières aux couleurs automnales, elle se rendit compte qu'il s'agissait d'un ancien camarade de l'école primaire, mais elle n'en ressentit pas une émotion profonde au point de s'arrêter de marcher. Plutôt que de la nostalgie du passé, ce visage blanc et plat typique de sa région natale lui évoquait des souvenirs qu'elle aurait préféré effacer. Dans chaque épi de blé ployant et tremblant sous le poids du grain, elle ressentait la nostalgie de sa province natale, mais pour une raison encore ignorée d'elle, elle n'éprouvait aucune nostalgie pour les compagnons de son enfance. Plus qu'elle encore, sa mère n'était-elle pas dépourvue de toute nostalgie pour les souvenirs de sa jeunesse ? Tomoko envisageait de rentrer à Tôkyô dès qu'elle aurait reçu des nouvelles d'Ezaki.

Le plaqueminier à l'arrière du jardin de la maison des Sunaga était chargé de kakis verts et durs, qui mûrissaient tardivement malgré la douceur du climat, peut-être parce que l'arbre était situé au nord. Du jour où elle envoya sa lettre, Tomoko, attendant une réponse, prit l'habitude de se promener autour de la maison et de s'arrêter sous ce plaqueminier. La véranda couverte qui constituait autrefois la pièce où Tomoko faisait ses devoirs, maintenant dans un état lamentable et presque démolie, s'avançait au-dessus du jardin. Tomoko s'y asseyait doucement et restait des journées entières à regarder les kakis, attendant de les voir prendre une teinte orangée.

Le souvenir de sa grand-mère, pendue sous la pluie au bout d'une ceinture, à une de ces branches foisonnant de feuilles vertes, lui revenait à l'esprit, mais Tomoko le contemplait sans frémir. Si elle n'avait pas la nostalgie des vivants qu'elle avait connus dans le passé, elle avait la nostalgie des morts. Après le remariage de sa mère, elle avait vécu étroitement unie à sa grand-mère Tsuna, et cette brève période était la seule, passée dans cette maison, où elle s'était sentie vivante.

Grand-mère, nous voilà de retour, après bien longtemps, et tu vois, même cette fille que tu as aimée au point de la haïr est de retour aussi. Mais tu n'es plus là, il n'y a plus que des étrangers dans la maison des Sunaga. C'est pour ça, grand-mère, qu'il va me falloir repartir. Maman, elle, est déjà partie hier pour Ôsaka, étrangement joyeuse, peut-être à cause de l'anxiété. Elle m'a dit que je pouvais faire ce que je voulais de mon côté, puisque Hachirô allait prendre soin d'elle à Ôsaka, mais moi, je dois rentrer à Tôkyô, parce qu'ici je ne peux avoir les rentrées d'argent nécessaires. Mais tu sais, grand-mère, même si je retourne à Tôkyô, il ne reste plus trace de tout ce que je possédais là-bas avant le cataclysme, et je n'ai aucune idée de ce qui va se passer maintenant… Toi, grand-mère, tu as vécu toute ta vie dans la même maison, et tu y es morte. C'est sans doute pour ça que nous, ta fille et ta petite-fille, sommes condamnées à errer sans cesse…

Tandis que Tomoko poursuivait ainsi une conversation sans fin avec la défunte, la douceur et la tendresse inhérentes à sa personnalité semblaient avoir disparu. Aucun des enfants de son cousin ne s'approchait d'elle. Tout en regardant les kakis mûrir peu à peu, Tomoko restait souvent perdue dans ses pensées, songeant soit à sa grand-mère soit à Fumitake Ezaki.

Plusieurs fois par jour, elle allait regarder dans la boîte aux lettres à côté de la porte d'entrée, et guettait dans le jardin l'arrivée du facteur. Un beau jour, il amena une enveloppe assez volumineuse qu'il lui tendit en disant :

— Voilà, pour mademoiselle Tomoko Sunaga.

L'enveloppe blanche portait bien inscrit, en caractères tracés d'une main habile les caractères : « Mlle Tomoko Sunaga », énergiquement calligraphiés, mais quand Tomoko retourna l'enveloppe avant de l'ouvrir, le cœur battant, elle s'aperçut que l'expéditeur n'était pas Fumitake Ezaki comme elle l'espérait, mais Hidekimi Kônami.

Tomoko était déçue, mais néanmoins heureuse d'avoir des nouvelles de Tôkyô. Le contenu de la lettre, apparemment rédigée par un intendant ou un secrétaire, était très administratif, et expliquait qu'en ce qui concernait la demande de fermer la maison Hana Tsukawa, le comte était tout à fait consentant et n'y voyait aucune objection. Il avait eu l'occasion de revoir monsieur Nôzawa au cours d'une réunion d'amis et ils avaient parlé de Tomoko. Monsieur Nôzawa lui avait conseillé d'acheter maintenant un terrain du côté de Tsukiji, et il avait donc acheté plus de trois mille mètres carrés de terrain dans le quartier de Tsukiji. Il pensait que cela suffirait quels que soient les projets futurs de Tomoko, et l'invitait à rentrer à Tôkyô quand elle voudrait sans se faire de souci. Tôkyô était loin d'être reconstruit, et rien ne pressait particulièrement, ajoutait-il. Il aurait voulu lui envoyer un chèque pour ses besoins actuels, mais la poste et les communications étaient encore mal rétablies et donc peu sûres, il avait préféré confier cinq cents yens en liquide au préfet de Wakayama, et l'invitait à aller les chercher munie de cette lettre de recommandation...

En tant que protecteur d'une geisha dans le monde des saules et des fleurs, il se conduisait avec une droiture exemplaire, et Tomoko ne pouvait que l'estimer et le remercier de toutes ces faveurs. Tomoko elle aussi s'était habituée à la logique particulière de la vie des geishas, et le fait qu'elle reçoive une aide financière du comte Kônami ne venait en rien assombrir l'amour exclusif qu'elle portait à Ezaki. Elle était également heureuse de constater que Nôzawa s'intéressait toujours à son sort. Elle y pensait depuis longtemps mais maintenant sa décision était prise : elle ouvrirait une auberge. Elle pourrait ainsi couper ses liens avec le monde des saules et des fleurs. En devenant patronne d'une auberge, elle aurait immédiatement une clientèle assurée grâce au soutien du comte Kônami, qui avait des relations tant dans le monde des finances que dans le monde politique. Même sans être assurée de son avenir économiquement, si elle se libérait du monde des geishas, elle pourrait épouser rapidement Ezaki, tout de suite peut-être, ou dès qu'il aurait fini son école militaire. A bien y réfléchir, il paraissait contradictoire de vouloir en même temps épouser Ezaki et tenir un hôtel, mais Tomoko pensait aux deux projets en même temps, impatiente de quitter le village. Quand elle se sentait dans la gêne ou esseulée, l'idée des cinq cents yens qui l'attendaient à Wakayama lui rendait sa sérénité. C'était une tâche bien embarrassante de se rendre chez le préfet avec la lettre du comte, mais, d'un autre côté, cela lui fournissait une stimulation à l'ennui que son inactivité lui faisait ressentir. Aller rendre visite au personnage le plus influent de la province était une aventure convenant à l'humeur énergique dans laquelle Tomoko se sentait après avoir pris la décision d'ouvrir un hôtel à Tôkyô. L'influence du comte semblait avoir des ramifications jusque dans cette province lointaine, car elle fut reçue chez le préfet avec force civilités, et raccompagnée de même.

Rentrer vite à Tôkyô. Construire rapidement les fondations d'une nouvelle vie, se répétait-elle comme une incantation dans le tramway bringuebalant du retour. Rentrer vite à Tôkyô. Construire rapidement les fondations d'une nouvelle vie. Trois mille mètres carrés de terrain à bâtir à Tsukiji !…

Une fois à la maison des Sunaga, elle y trouva Ikuyo qui arrivait tout juste d'Ôsaka. Elle était restée près de dix jours chez Hachirô. Le séjour devait être agréable, pour qu'elle reste si longtemps, se disait Tomoko, de fort bonne humeur après sa visite au préfet.

— Bienvenue à la maison, maman. Alors, comment était-ce à Ôsaka ?

— C'était amusant. J'ai dit une fois que j'aimais les anguilles, et il m'en a fait manger tous les soirs !

Ikuyo évoquait en riant le chaleureux accueil de Hachirô.

— Je suis même allée au théâtre.

— Hachiran était avec toi ?

— Hmm. Il a laissé son travail pour s'occuper de moi.

— Tu as dû bien le déranger.

— Mais non, ça lui faisait plaisir. Je ne lui ai rien demandé, hein, il n'était pas obligé. Tiens, regarde…

Trois ou quatre paquets, visiblement des pièces de tissu, étaient posés sur les genoux d'Ikuyo.

— C'est lui qui me les a tous achetés.

— …

Apparemment, Ikuyo avait déjà déballé les paquets avec l'aide de la femme de son cousin avant le retour de Tomoko, si bien que personne de la famille n'osait plus s'approcher. Ikuyo recommença à ouvrir ses paquets d'un air ostentatoire devant Tomoko. Un coupon de pongé d'Ôshima à larges motifs. Un coupon de crêpe de soie à la mode du moment avec des motifs floraux sur fond rayé. Un autre crêpe aux motifs floraux élaborés teints dans la masse. Un coton aux rayures de diverses couleurs. Tomoko doutait que des tissus aussi criards fussent vraiment en vogue. Sa mère avait-elle l'intention de se vêtir d'une façon aussi voyante qu'une jeune étudiante ? Elle qui allait avoir quarante ans !

A son grand agacement, Tomoko sentit sa propre bonne humeur s'assombrir à vue d'œil après ce déballage. Sans même toucher aux tissus, elle prit un ton persifleur :

— Et qui va porter tout ça ?

— Moi, bien sûr. Hachiran dit que ça me va bien.

Ikuyo restait rayonnante sans prêter la moindre attention à l'expression de sa fille. Apparemment, elle avait dû penser que celle-ci ne trouverait rien à redire puisque le vert jaune abhorré de Tomoko ne figurait pas dans le lot.

— Maman, tu t'es fait acheter tout ça par Hachiran ?

— Oui, je lui ai dit que ce n'était pas la peine mais il a insisté, il avait envie de me les offrir.

— Renvoie-lui tout ça immédiatement !

Ikuyo sursauta et releva la tête, plus surprise encore par le contenu de la phrase que par la violence du ton.

— Ah non, quel gâchis ! Ça ne se fait pas de rendre un cadeau. Je refuse.

— La femme de Hachiran est-elle au courant ?

— Bien sûr. Je lui ai montré tous ces tissus.

Sans s'arrêter à l'expression tendue de sa fille, Ikuyo se mit soudain à rire en se rappelant quelque chose :

— Tiens, tu sais, Tomoko, Hachiran a été adopté par la famille de sa femme parce qu'ils n'avaient pas de fils. Il est l'héritier de la maison.

— Ah, vraiment ?

Alors que cette situation aurait dû inciter Hachiran à montrer encore davantage de respect à son épouse, il s'était promené plusieurs jours en ville en compagnie de son invitée, lui avait acheté des tissus pour faire des kimonos, tout cela au vu et au su de sa femme. Quel genre de couple était-ce là ? se demandait Tomoko, perplexe.

— Mais c'est uniquement grâce au travail de Hachiran qu'ils ont un aussi beau magasin, tu sais. Sa femme est toujours malade, elle est restée alitée presque tout le temps de mon séjour. Hachiran m'a dit que ma venue avait éclairci sa vie.

Y avait-il quelque chose de comique derrière ces paroles ? Ikuyo s'était mise à rire sans s'arrêter, d'un rire de gorge.

XII

En sortant discrètement par la porte arrière du Mikawa, elle aperçut un tireur de pousse-pousse qu'elle connaissait de vue qui attendait, accroupi devant la porte. A l'époque où elle était une geisha d'Akasaka, elle l'aurait salué en riant et en plaisantant, mais aujourd'hui, vêtue d'un kimono indigo à petits motifs nids d'abeille plus discret que son âge ne l'exigeait, Tomoko ne pouvait lui adresser la parole avec autant de légèreté.

— A Tsukiji, s'il vous plaît.

— Bien.

Bringuebalée en pousse-pousse dans les rues noires de Tôkyô, au cœur de la nuit, Tomoko ne pouvait s'empêcher de repenser à sa liaison avec le comte Kônami, si désagréable que cela lui fût.

Elle tenait maintenant sur les berges de la rivière Tsukiji une auberge de style japonais appelée Hanaya, de plus de neuf cents mètres carrés de superficie, et était toujours la maîtresse du comte Kônami. Hidekimi Kônami, anciennement patron de la geisha Petite-Pivoine, était aujourd'hui le protecteur attitré d'une patronne d'hôtel, mais ne passait cependant jamais la nuit au Hanaya. Peut-être par amour-propre d'aristocrate excentrique, ou bien à cause de la maison Mikawa, qui faisait tout pour s'attacher ce client important et ne pas le perdre, toujours est-il que quand il voulait voir Tomoko, le comte se rendait invariablement au Mikawa, et faisait appeler Tomoko comme on fait venir une geisha dans une maison de thé. Tomoko ne pouvait lutter contre l'influence de la patronne du Mikawa, qui s'étendait bien au-delà d'Akasaka, et jusqu'à Tsukiji.

Cela faisait maintenant trois ans qu'ils avaient pris ces habitudes. Les changements dans la vie de Tomoko avaient été énormes au cours de ces trois années, mais le changement le plus frappant était le déclin du comte : c'était désormais un vieillard. Il avait beau laver soigneusement au blanc d'œuf sa chevelure blanche à l'éclat si beau autrefois, elle s'était clairsemée et avait pris une affreuse teinte jaunâtre. La luxuriance de sa chevelure, tant vantée autrefois, n'était plus qu'un souvenir d'un passé lointain. Ses yeux et ses dents étaient dans un état inquiétant, et chaque fois que Tomoko se rendait au Mikawa, elle emmenait avec elle de l'hôtel dans une petite boîte des mets au goût du vieillard, tendres et faciles à mâcher. Le comte se montrait heureux comme un enfant de ces attentions, et avait presque les larmes aux yeux en prenant ses baguettes.

Le dos courbé, le bol dans la main gauche, les baguettes dans sa main droite aux doigts raidis, il mangeait maladroitement. Le médecin et l'intendant du comte veillaient souvent dans la pièce voisine, et Tomoko se sentait oppressée, croyant entendre tout près le souffle de ses proches qui s'attendaient à le voir mourir d'un moment à l'autre. Ces derniers temps, l'attachement du vieillard à une vie qui s'enfuyait semblait décupler à chacune de leurs rencontres. Dire qu'autrefois elle avait été dépucelée par cet homme ! Le vieillard d'aujourd'hui avait oublié l'amour plein de douceur qu'il lui manifestait jadis. Ce n'était plus elle qu'il enlaçait, mais la vie elle-même qu'il cherchait à retenir de force entre ses bras. Le rôle que remplissait désormais Tomoko, c'était de maintenir en vie un vieillard moribond.

Quand c'était fini, il s'endormait d'un sommeil de plomb, comme un enfant. Il se réveillait après quelques heures d'un repos suffisant pour un vieillard. Tomoko, durant tout ce temps, restait allongée auprès de lui, en proie à une intense fatigue, épuisée au point de douter de posséder encore un corps de femme, saisie par l'illusion que l'âme du vieillard, devenue un pigment aux sinistres couleurs, souillait çà et là sa peau blanche et rongeait sa jeune chair.

Vers le milieu de la nuit, le comte montait dans sa grande voiture sous la garde de son médecin et de son intendant, et regagnait sa résidence d'Aoyama. Il avait pris cette habitude sur les injonctions de sa famille, qui craignait le pire depuis une légère attaque de paralysie deux ans plus tôt, et le vieillard lui-même préférait cette solution, ne pouvant dormir tranquillement jusqu'au matin dans le salon que lui prêtait la maison Mikawa.

La patronne du Mikawa, après avoir dit adieu à ce vieillard à demi impotent, se tournait vers Tomoko pour exprimer son admiration :

— Monsieur le comte semble toujours aussi vigoureux !

Secouée dans le pousse-pousse qui l'emmenait dans la nuit, Tomoko se sentait misérable. Ce vieillard qui s'accrochait à la vie et semblait ne jamais vouloir mourir avait promené une langue vorace sur les moindres parcelles de sa peau, aspirant la vie aux pores de sa jeunesse. Tomoko se sentait aussi exténuée qu'une marionnette aux fils arrachés. A l'intérieur du pousse-pousse, à l'abri de la capote noire, elle se trouvait enfin dans un monde privé où elle pouvait se laisser aller et être elle-même sans personne pour l'observer. La patronne de l'hôtel Hanaya, travailleuse et intelligente, n'existait plus. A sa place, une jeune femme sans forces fermait les yeux et se laissait aller à son sentiment d'humiliation et de désespoir. Elle ne pouvait oublier sa dette envers le comte. Elle ne pouvait oublier qu'il était son bienfaiteur et avait fait d'elle, jeune femme sans aucun appui, la patronne de l'hôtel Hanaya. Voilà ce qui la faisait souffrir au fond de ce pousse-pousse qui la secouait dans la nuit. Elle se rendit soudain compte que son corps répandait une odeur douteuse. Elle fit aussitôt arrêter le pousse-pousse au bord du chemin.

— Ouvrez la capote, je vous prie.

— Vous n'allez pas avoir froid ?

— Non, je suis presque arrivée.

— Bien.

Quand ils traversèrent le pont Mihara, elle offrit son visage au vent cinglant de la rivière, qui lui semblait craqueler son maquillage épais. C'est le vent de décembre, se dit-elle. Cinglés par le vent, non seulement son corps, mais son cœur même se redressaient. La fin de l'année était une saison propice qui fouettait l'esprit combatif des commerçants, et Tomoko, debout dans la petite entrée de son auberge, bomba le torse : elle était redevenue la solide patronne du Hanaya.

— Vous voilà arrivée, vous devez être fatiguée !

— Merci.

Tandis qu'elle payait sa course, elle reprenait sa dignité de patronne.

— Bonsoir, je suis rentrée !

— Bonsoir, bon retour !

La servante qui vint l'accueillir à l'entrée travaillait depuis l'aube, et, en dépit de sa jeunesse, l'heure tardive traçait des cernes noirs autour de ses yeux. Le travail était dur. Tomoko se réjouissait d'avoir autant de clients, mais quand elle rentrait ainsi épuisée du Mikawa, elle n'avait pas le loisir de remercier ses employés pour leurs bons et loyaux services. La première chose qu'elle souhaitait quand elle rentrait ainsi en pleine nuit, était de se plonger dans un bain brûlant. Tandis qu'elle se précipitait dans le couloir, dénouant déjà son obi, elle entendit la voix de la servante derrière elle :

— Madame…

— Qu'y a-t-il ?

— Quelqu'un vous attend dans vos appartements.

— Qui donc ?

— Monsieur Ezaki.

Il n'était pas rare qu'Ezaki lui rende visite à l'hôtel, et les servantes savaient depuis longtemps qu'il était l'amant de leur patronne, aussi, quand il venait passer la nuit chez elle, n'avaient-elles pas besoin de tourner autour du pot pour annoncer sa présence à Tomoko.

Tomoko comprit donc immédiatement à l'expression gênée de la servante qu'il se passait quelque chose d'anormal mais, avant tout, elle ressentait un besoin impérieux de prendre un bain. Elle enleva impatiemment, comme si elle les arrachait, son obi, son kimono et son jupon, et sitôt nue, se précipita dans l'eau bouillante. Elle aimait les bains brûlants mais, cette nuit-là, elle apprécia plus que jamais la morsure de l'eau sur sa peau.

La chaleur suffocante de l'eau pénétrait tout son corps, et elle ferma les yeux pour supporter la douleur. Elle éprouvait quelque chose de bien plus profond que le simple plaisir de prendre un bain très chaud. Décontamination, désinfection, ces mots ne lui venaient pas précisément à l'esprit, mais tandis qu'elle repliait ses membres dans l'eau brûlante comme un enfant, les sensations de son corps raidi ressemblaient à celles que devaient éprouver les ascètes d'autrefois en se purifiant sous des cascades glacées. C'était l'unique moyen dont elle disposait pour nettoyer par le feu le contact du vieux comte sur sa peau, la seule façon qu'elle connaissait de guérir sa fatigue. La peau blanche que Tomoko avait héritée de sa mère rougissait à vue d'œil, la sueur perlait derrière ses oreilles, sous ses cheveux.

Une fois redevenue la patronne du Hanaya, Tomoko changeait sa coiffure en un chignon strict à l'occidentale, coiffure pratique pour travailler et donner des ordres aux servantes. Cela ne seyait pas particulièrement à son visage rond et à sa petite taille mais cela lui était égal. Elle n'avait guère le temps de songer à soigner son apparence, d'ailleurs, si elle avait eu du temps libre, elle l'aurait plutôt consacré à réfléchir au moyen de régler sa dette de geisha. Elle avait ouvert le Hanaya grâce au soutien du comte Kônami, et le terrain avait été acheté en son nom propre, mais les capitaux pour faire tourner l'affaire venaient de ses propres ressources. Tomoko était une patronne d'auberge à la hauteur de sa réputation, mais son but en travaillant aussi vaillamment n'était autre que d'acquérir son indépendance. Et le but de cette indépendance n'était autre que Fumitake Ezaki.

Ezaki devait sortir au printemps prochain de l'académie militaire. Tomoko avait fait tous les efforts possibles en se donnant cette date pour limite. Elle avait également eu l'intention d'en parler au comte. Le monde des saules et des fleurs abondait en histoires édifiantes de patrons autorisant leurs protégées à reprendre une vie de femme au foyer ordinaire avec le compagnon de leur choix, à cause d'un amour sincère et passionné, allant même parfois jusqu'à payer leur mariage, et elle aurait pu attendre ce genre d'attitude de la part du comte Kônami d'autrefois. Mais aujourd'hui, elle n'avait plus le courage de tout expliquer à ce vieillard qui s'accrochait à elle comme au souffle de vie qui lui échappait peu à peu. Plus les étreintes du vieillard lui répugnaient, moins elle pouvait s'arracher à son emprise. Tomoko n'avait pas la cruauté de sa mère, capable de refuser de rendre visite à son ancien mari agonisant. Même maintenant, que la rentabilité et l'avenir de son affaire étaient assurés, et qu'elle avait une dignité bien assise de patronne d'auberge, Tomoko devait néanmoins se brûler dans des bains bouillants pour se purifier d'un acte accompli par devoir.

Tout en enfilant un kimono à motifs de bambous et de pruniers, Tomoko poussa un profond soupir. Son cœur palpitait, après s'être immergée si brusquement dans une eau brûlante. Ce kimono aux motifs rouges éclatants était le plus voyant de tous ceux qu'elle possédait, et n'était pas un vêtement qui convenait à la patronne du Hanaya, mais plutôt à une jeune femme amoureuse. Elle noua la large ceinture haut sur la poitrine et se hâta à petits pas dans le couloir. Comme elle avait chaud, s'étant habillée immédiatement au sortir du bain, elle n'avait pas enfilé de *tabi*, et l'agréable fraîcheur du couloir sous ses pieds nus faisait monter en elle une sensation de jeunesse. Elle avait un peu honte d'avoir mis un lien rouge vif si voyant pour maintenir sa ceinture, et s'arrêtait de temps à autre pour le dissimuler en le glissant sous la ceinture.

Ezaki l'attendait dans une petite pièce raffinée attenante au salon. Assis de façon protocolaire sur un coussin, il semblait avoir gardé longtemps la même posture rigide, et conserva son immobilité même quand Tomoko se glissa dans la pièce. Le feu s'était éteint dans le petit brasero, un froid glacial régnait dans la pièce.

— Excusez-moi de vous avoir fait attendre. Si j'avais su que vous alliez venir, je serais rentrée plus tôt.

Tout en parlant, elle tendit le bras pour prendre le seau à charbon et entreprit de rallumer le brasero. Fouillant dans les cendres blanchies du fond, du bout de ses pincettes, elle trouva de petits charbons incandescents comme des lucioles. Elle ajouta du charbon dans le fourneau, alluma un petit feu, approcha son visage pour souffler dessus. Des cendres blanches voletèrent, puis les flammèches orangées se propagèrent jusqu'aux charbons noirs, grossirent à vue d'œil. Tomoko se consacra pendant un moment à rallumer le feu. Ou plutôt, elle feignit de s'y consacrer.

Elle se sentait embarrassée. Même son bain au retour du Mikawa n'avait pas eu raison de ce sentiment de gêne, et, en outre, comme elle se rendait compte que la visite d'Ezaki était plus insolite encore qu'elle ne l'avait imaginé, elle se contentait d'allumer le feu, attendant qu'il parle le premier. Tomoko était habile à cette tâche depuis son enfance et aimait sincèrement regarder le feu élever de belles flammes rouges tandis qu'elle soufflait dessus. Aussi, tout en épiant l'attitude de son amant pendant qu'elle se livrait à cette activité, sentait-elle son agitation intérieure se calmer peu à peu.

— Où étais-tu ? demanda Ezaki.

— La patronne du Mikawa m'a fait appeler. Cela fait trois ans que j'ai quitté le quartier des fleurs mais, même maintenant, je suis obligée d'y aller quand elle me fait appeler, je trouve cela fort désagréable.

Elle avait répondu sans se troubler, et jeta un coup d'œil sur Ezaki avant de se remettre à enfourner du charbon.

— Vous devez avoir faim. Voulez-vous que je fasse griller des gâteaux de riz ?

— Non.

Il avait répondu à voix basse, mais sur un ton coupant qui fit retenir son souffle à Tomoko. Manifestement, il était de mauvaise humeur et avait dû ruminer quelque souci en l'attendant.

— Qu'avez-vous ?

— …

— Il s'est passé quelque chose ?

— …

— Mais qu'y a-t-il alors ?

Elle continua à le questionner précautionneusement comme si elle avançait des pions sur un échiquier.

— Je ne peux pas t'épouser, finit-il par dire, à sa façon caractéristique : il réfléchissait longuement, puis annonçait tout à trac la conclusion de ses réflexions. Après cette phrase brève, il garda le silence.

Tomoko n'en croyait pas ses oreilles, et elle resta un moment à contempler ce front énergique et viril qui s'était assombri. La lumière des lampes se réfléchissait sur l'arête de son nez et sur ses tempes. Ezaki buvait et fumait en quantités raisonnables sans jamais d'excès, et avait une peau exceptionnellement belle pour un homme. Il restait assis, dans tout l'éclat de sa jeunesse, les sourcils froncés, sans changer de position malgré le froid nocturne.

Tomoko avait l'impression que son cœur, après avoir battu un dernier coup, venait de s'arrêter, et elle en oublia un moment de respirer. « Je ne peux pas t'épouser. » Ces mots reflétaient-ils sa volonté propre, ou exprimaient-ils son désespoir de voir le mariage refusé par sa famille pour diverses raisons ? Tomoko était bien en peine d'en juger, puisqu'après s'être exprimé aussi brutalement, il gardait le silence. « Je ne peux pas t'épouser. » Tomoko tendit doucement la main comme pour tâtonner à la recherche de ces mots qui résonnaient encore à son oreille, mais l'instant d'après elle se recroquevilla sur elle-même. Si elle les touchait, ces mots allaient se volatiliser, disparaître en fumée, craignait-elle. Ou bien peut-être allaient-ils s'effondrer dans un vacarme de verre brisé, comme la maison Hana Tsukawa lors du tremblement de terre.

— Pourquoi ?

Sa question ressemblait à un soupir.

— Je ne peux pas te le dire.

— Mais pourquoi ?

Sa question était sans force. Le charbon de bois crépitait, mais il ne s'en éleva que des flammes minuscules, qui s'évanouirent aussitôt dans l'espace.

— Vous êtes lassé de moi, c'est cela ? Lassé d'une femme mal coiffée qui tient une auberge ?

Tomoko n'aimait guère se livrer à ce genre d'exercice, mais attaquer par derrière était un procédé banal vis-à-vis d'un homme qui refusait de parler. Tomoko s'était mise à genoux en parlant, et elle se rapprocha ainsi de lui, sur les genoux. Une fois assise de biais, avec ses jambes nues, elle avait l'allure provocante d'une naïade sortant de l'eau.

— Crois-tu vraiment que ce soit la raison ?

— Qu'est-ce donc alors ?

— …

— Une autre femme ?

Elle regretta ces paroles à peine prononcées, mais il était trop tard. Ezaki leva brusquement la tête, la regarda fixement, les lèvres tremblantes, puis il cracha :

— Comment une femme comme toi peut-elle dire cela ?

— Allons donc, qu'ai-je fait ?

— Tu oublies le comte Kônami ?

— Vous savez bien que c'était mon patron quand j'étais geisha. C'est le monde des saules et des fleurs qui le veut ainsi. Quoi de plus normal pour la Petite-Pivoine de la maison Tsukawa que d'avoir un protecteur ? D'ailleurs, vous le saviez bien, non ? Je ne me souviens pas que vous me l'ayez reproché jusqu'à présent.

Tout en ripostant vivement ainsi, elle s'était redressée et assise dans une position correcte. Un silence oppressant s'établit entre eux. Une sueur glacée coulait entre les seins de Tomoko sous son kimono. Elle se défendait avec de belles paroles, mais elle savait bien, elle, qu'elle venait juste de le voir, ce comte Kônami dont il était question. Elle se mentait à elle-même avec l'énergie du désespoir : le comte n'est plus un homme à présent, ce n'est qu'un vieillard, cela ne compte pas, je n'ai pas à avoir honte. Mais tout en se disant cela, elle ne pouvait empêcher la honte de la gagner. C'étaient là les entraves de ce monde flottant. Elle avait l'impression de se changer en pierre. Non seulement le silence d'Ezaki, mais son propre silence, oui, le silence même se muait en pierre. Une pierre si rugueuse que, si elle l'effleurait du doigt, elle lui arracherait la peau, et si elle la frappait, elle ensanglanterait ses poings.

— Je suis désolé.

Ezaki s'excusa soudain, les épaules basses. L'existence du comte Kônami, ce « secret » connu de tout le monde du temps où elle était Petite-Pivoine, et le fait qu'elle avait ouvert cet hôtel grâce au soutien du comte, étaient des sujets tabous que tous deux avaient toujours soigneusement évités. Ezaki en avait parlé le premier, et il s'excusait maintenant, se sentant responsable.

Si lui-même pliait ainsi, comment serait-elle restée sur la défensive ?

— En fait…

Cette fois, il allait vraiment lui dire ce qu'il avait à dire. Tomoko avait de nouveau laissé glisser ses genoux à terre et attendait, tête baissée, une main sur les nattes.

— En fait, ma famille a fait faire une enquête sur toi par une agence de détectives.

— …

— Je suis désolé. Mais le mobile était simplement de se renseigner sur tes origines. Mes parents n'ignoraient pas que tu étais geisha, et même les gens de la campagne savent bien qu'une geisha a toujours un patron. Cela fait cinq ans que je leur parle de toi, et, pour mes parents, cette enquête était une façon de faire un compromis. Il y a des exemples parmi mes camarades d'études de militaires qui ont épousé des geishas. Et puis, mes parents ont une profonde confiance en leur fils, et, après cinq ans de fréquentation, ils étaient prêts à te faire confiance également.

— Moi, je pensais qu'il me suffirait d'arrêter d'être geisha pour pouvoir t'épouser. C'est pour ça que de toutes mes forces j'ai…

— Ecoute, Tomoko, si pendant cinq ans, personne n'a prêté attention à un certain soldat en embuscade, c'est que ma tactique était trop franche, et en résultat j'ai été malchanceux.

— Mais de quoi parlez-vous ?

— Je te l'ai dit tout à l'heure : je ne veux pas en parler.

— Le comte Kônami n'en a plus pour longtemps à vivre.

— Idiote. Il ne s'agit pas de lui, voyons.

— Mais de qui alors ? Dites-moi.

— Je ne veux pas t'en parler.

Une légère appréhension naquit en elle. Tout en sachant au fond d'elle-même qu'elle ne devait pas lui en demander davantage, elle s'exaspérait :

— Dites-le-moi, je veux savoir !

Se jetant à ses genoux, elle enfouit le visage dans sa poitrine.

— Je ne te le dirai pas. De mon côté, il y a mes parents qui font obstacle, mais toi, ta mère…

Son sang lui parut soudain se glacer dans ses veines. Cette confirmation soudaine de ses craintes la frappa comme un éclair fulgurant dans les yeux, et lui fit perdre la vue un instant.

— Ah, c'est à cause de ma mère !

— …

— C'est cela, n'est-ce pas ?

— J'ai dit que je ne te le dirai pas.

— … C'était donc ça ?

Tomoko continuait à marmotter sans réfléchir au sens de ses paroles, comme saisie de démence. C'était donc ça, n'est-ce pas ? C'était donc ça ?… Ma mère, c'était donc ça…

Plus que son passé de geisha, ce qui faisait obstacle à leur union, c'était le passé de prostituée de sa mère. Elle était obligée d'admettre que selon la loi bouddhiste des causes et des conséquences des actes, il y avait là une certaine justice. Les prostituées étaient méprisées partout jusque dans le monde des geishas. Même une prostituée ayant pignon sur rue dans les quartiers réservés, et employant des geishas à son service, se voyait obligée de vivre dans la honte si elle faisait un seul pas dans le monde ordinaire. Tomoko n'avait pas oublié les médisances essuyées par la maison Hana Tsukawa à ses débuts : on avait traité son établissement de lieu de débauche, simplement à cause de l'existence de sa mère.

Tomoko exécrait suffisamment le passé honteux de sa mère, sans qu'on ait besoin de venir le lui rappeler. Un simple mot d'Ezaki lui avait suffi pour saisir le sous-entendu, et en même temps, elle avait perdu toute force pour se défendre. Comment la société ordinaire aurait-elle pu accepter une prostituée, femme méprisée même dans le monde particulier des geishas ? Il était aisé de comprendre que les antécédents de sa mère lui valaient une disqualification immédiate pour être l'épouse d'un militaire de métier. Plus que tout, devant l'air abattu de son amant, Tomoko ressentait avec une vive intensité la surprise et la déception qu'il avait dû éprouver en apprenant tout cela. Il n'était pas un lâche, mais un soldat de l'empereur devait vivre dans la dignité, et Fumitake Ezaki, de toute sa vie, ne pourrait comprendre ce que Tomoko avait vécu. Lui, il ne savait pas ce qu'était la souffrance.

— Que vais-je devenir ? demanda Tomoko, les yeux dans le vague, du même ton que si elle parlait d'une inconnue.

— Pour moi, c'était tellement inattendu, je suis complètement décontenancé. Mais les parents sont les parents, et les enfants leur doivent le respect. Du moins, c'est ma façon de penser. Aussi, je crois que nous ne pouvons plus envisager de mariage. Pour obtenir le consentement de mon officier supérieur, je dois d'abord avoir obtenu l'assentiment de mes parents.

— Et cela vous convient ?

— Je n'ai pas dit que ça me convenait.

— Dites la vérité. Vous avez bien dû hésiter même avant d'apprendre cela.

— …

— N'y a-t-il pas autre chose que vous ne pouvez pas me dire ? Je le devine, allez.

— Tomoko…

— Vous ne voulez pas me le dire, n'est-ce pas ?

— …

Toutes sortes de contingences viennent entraver la vie d'une femme, tandis qu'un homme a le droit de mener sa vie selon ses propres choix. Tomoko n'avait pas envie de reprocher son manque de sincérité à Ezaki. Peut-être un militaire doit-il obligatoirement faire alliance avec une famille de bonne souche dont il peut être fier. Si Ezaki avait découvert une tache fatale dans la lignée de Tomoko, et qu'en contrepartie, ses parents lui avaient trouvé une partenaire plus appropriée, elle ne pouvait guère l'en blâmer.

Tomoko se rappela vaguement la silhouette du comte Kônami, qu'elle avait regardé descendre de son pas chancelant la marche de l'entrée du Mikawa, enveloppé de son manteau de loutre. Jamais Ezaki ne lui avait dit qu'il avait parlé officiellement à ses parents de son intention de l'épouser, mais la découverte du passé de sa mère l'amenait à désavouer sa proposition de mariage. Jamais elle ne se serait attendue à pareille attitude de sa part, d'après ce qu'elle connaissait de son caractère. Depuis son enfance les adultes avaient habitué Tomoko à deviner ce qui se cachait derrière les mots, et cette triste aptitude était à l'œuvre une fois de plus, lui permettant de lire dans le cœur d'Ezaki.

Pendant qu'elle refermait le fourneau du brasero, Ezaki gardait le silence, n'acquiesçant pas à ce qu'elle venait de dire, ne le niant pas non plus. Tomoko était d'autant plus désespérée qu'elle savait que son intuition ne la trompait pas : il allait en épouser une autre. Ses forces engourdies lui ôtaient le courage de lui adresser des reproches, et elle restait là à contempler, les yeux dans le vague, le petit tas de charbon d'où commençaient à s'élever des flammèches.

— Je m'en vais, déclara soudain Ezaki en se levant.

Tomoko se leva aussitôt à demi, et elle en voulut un peu à son corps de la trahir ainsi, par habitude d'un métier où il fallait toujours s'empresser auprès des clients. Dès qu'un client se levait, une geisha ou une patronne d'auberge devait se conformer à son souhait et se lever également pour le raccompagner. Tomoko n'aurait pas dû avoir une seconde la tentation de l'arrêter, mais dans un mouvement impulsif, ses mains s'accrochèrent soudain à sa poitrine.

— Tant pis si je ne peux pas être votre femme. De toutes façons mon chemin a toujours été celui de l'ombre. Jamais je n'aurais dû croire que j'allais pouvoir cette fois marcher en plein soleil ! D'ailleurs je n'y croyais pas…

— Ne dis pas ça, Tomoko.

— Je n'avais pas l'intention d'attacher un espoir démesuré à votre personne, c'est pourquoi…

Ezaki avait enlevé les mains de Tomoko de sa poitrine et les gardait dans les siennes. Il parut un instant chercher ses mots, mais ne sut finalement que répéter :

— Je m'en vais.

Tomoko avait dit tout le contraire de ce que criait son cœur, et peut-être Ezaki aussi.

Elle n'essaya pas de le retenir, mais elle eut mal en le regardant mettre lentement ses chaussures, assis dans l'étroite entrée. Ses épaules solides, sa taille robuste. La jeunesse qui bouillonnait dans ses jambes quand il fut debout sur le carré de terre battue.

Elle aurait pu prétexter l'heure tardive, le froid, mille autres choses pour le retenir, mais elle ne le fit pas. Même après qu'il eut disparu, elle resta encore longtemps debout, sur la marche de l'entrée. Elle pouvait sentir le froid de la nuit s'infiltrer dans ses talons. Le même froid qu'elle avait senti tout à l'heure dans ses talons après le bain, tandis qu'elle courait vers la pièce où l'attendait son amant, mais quelle différence de sensation !

Elle repensa avec stupeur à la phrase qui lui était venue sans réfléchir tout à l'heure : mon chemin a toujours été celui de l'ombre. Jamais je n'aurais dû croire que j'allais pouvoir cette fois marcher en plein soleil. Pourquoi avait-elle dit cela ?

Le chemin de l'ombre. Même si aujourd'hui elle semblait être une femme indépendante, la patronne du Hanaya, elle restait comme par le passé la maîtresse du comte Kônami. Même si elle avait toujours prétendu vis-à-vis d'Ezaki qu'il n'en était ainsi que du temps où elle était geisha, elle s'était dévoilée involontairement en disant qu'il n'en avait plus pour longtemps à vivre. Sa vie à elle était loin d'être assez transparente pour qu'elle pût reprocher à Ezaki d'avoir trouvé une compagne plus appropriée.

Etait-ce depuis son arrivée dans le quartier des plaisirs de Shizuoka, d'où l'on voyait le mont Fuji, qu'elle avait commencé à parcourir la route de l'ombre ? Non, elle avait sans doute fait le premier pas sur cette route le jour où elle avait quitté Wakayama pour Tôkyô. Non, plus loin encore, c'était le remariage de sa mère avec le fils du chef de village qui l'avait précipitée sur cette route ombreuse. Ces réminiscences la firent soudain remonter dans le passé jusqu'aux circonstances de la mort de sa grand-mère. Tsuna devenue folle, tentant de se pendre à une branche du plaqueminier foisonnant de verdure. Tsuna qui s'était mise à rire sans rime ni raison. Tsuna ayant cessé de rire et de maudire, morte, sa mâchoire relâchée, exhibant une dentition rougeâtre à la laque écaillée. Ses malédictions n'étaient-elles pas passées au-dessus d'Ikuyo pour s'abattre à la place sur la tête de sa petite-fille ? Tomoko, comme frappée par un sort, restait indéfiniment immobile dans l'entrée glaciale.

Ainsi, tout est fini… comprit-elle dès le lendemain. Elle passa les jours suivants dans l'abattement, sans trouver le courage de rendre visite à Ezaki à sa pension. Elle se reprochait le peu de profondeur de son attachement, mais même en se remémorant les souvenirs agréables des nuits passées avec lui, leurs étreintes violentes et passionnées, et en les comparant à la froideur de glace du vieux comte, elle ne put se décider à agir. Elle trouvait elle-même étrange un tel manque d'énergie.

La patronne avait beau rester prostrée sous le poids du chagrin, le Hanaya ne désemplissait pas en cette fin d'année. La veille du jour de l'an, elle sortit de chez le coiffeur à la nuit tombée et se hâta de regagner l'hôtel pour décorer toutes les pièces avec des gâteaux de riz empilés dans le *tokonoma*. Elle en amena également à la chambre de sa mère, située dans une petite annexe à l'autre bout de l'hôtel.

— Maman !

Ouvrant les cloisons coulissantes de la pièce de six nattes, elle appela sa mère, mais en vain.

La chambre de sa mère était vide. Cette vision fut immédiatement associée à un souvenir de son enfance, chose qui lui arrivait fréquemment en ce moment. Elle se souvint du jour où, ayant appris qu'elle devait quitter Nichômachi pour Akasaka, elle s'était rendue à la chambre de sa mère au premier étage de la maison Kanô pour lui annoncer son prochain départ. Il y avait de cela dix ans déjà…

La chambre de sa mère, située un peu à l'écart, n'était pas orientée au sud, ni faite de matériaux raffinés, et comptait parmi les pièces les plus simples du Hanaya. Elle était cependant beaucoup plus vaste que la chambre qu'Ikuyo occupait autrefois au Hana Tsukawa, et que la fameuse commode en bois de paulownia suffisait à remplir. Elle avait l'atmosphère calme d'une pièce où l'on pouvait vivre à l'aise.

Cette commode dont les tiroirs bruyants avaient tant agacé Tomoko avait heureusement disparu dans l'incendie qui avait suivi le grand tremblement de terre. Mais que les souvenirs peuvent donc être dérangeants ! Dans sa chambre du Hanaya, Ikuyo avait installé une nouvelle commode en bois de paulownia. Elle avait insisté auprès de Tomoko pour en acheter une, à peine l'hôtel construit, dès qu'elle était revenue s'installer à Tôkyô avec sa fille. Une commode était un objet indispensable pour Ikuyo qui aimait tant se vêtir. Le mobilier d'Ikuyo se limitait à cette commode, des étagères laquées et un miroir sur pied décoré de façon voyante. La vue de cette commode, aux poignées de métal léger dans le style de Kyôto, beaucoup moins imposante que la précédente, faisait néanmoins ressurgir chaque fois dans le souvenir de Tomoko la commode tant haïe disparue dans l'incendie de Tôkyô. Comme les souvenirs peuvent être dérangeants !

Pourquoi la commode toute neuve que Tomoko avait achetée à sa mère faisait-elle surgir le souvenir d'une commode en bois de paulownia offerte par le patron d'un bordel à une prostituée parvenue au terme de son contrat ?

Le passé de sa mère, se dit Tomoko, était tout entier dans cette commode. Ce passé qui faisait obstacle à son bonheur. Elle sentit soudain s'alourdir son plateau chargé d'une pile de gâteaux de riz. Chose étrange, elle qui ne parvenait à éprouver ni rancœur ni regrets vis-à-vis d'Ezaki, voilà que sa rancœur et sa colère à l'égard de sa mère surgissaient brutalement à la simple vue de cette commode.

— Tiens !

Ikuyo venait d'arriver, resplendissante de bonne humeur, une serviette humide à la main, sortant apparemment de son bain. Sa nuque n'était pas poudrée, son visage ne portait pas trace de maquillage, mais elle était toujours aussi belle. Tomoko ne put s'empêcher de songer à l'âge de sa mère, qui venait d'avoir quarante ans.

— Tu reviens du bain ?

— Oui. J'en ai pris deux aujourd'hui. Demain c'est le nouvel an, hein !

— …

— Qu'y a-t-il, Tomoko ?

Cette fois, même de retour à Tôkyô, elle avait gardé son accent de Wakayama. Elle avait enfin pris conscience de la douceur de l'accent du Kansai et comptait bien s'en servir. Elle avait perdu son attitude de mère autoritaire vis-à-vis de Tomoko, et s'était peut-être dit que l'accent doux du Kansai ferait passer cela plus inaperçu.

— Je t'ai apporté des gâteaux de riz pour décorer ta chambre.

— Merci.

Elle s'assit lourdement devant son miroir, sans même tendre la main pour prendre le plateau, et enleva la couverture de gaze qui recouvrait le dessus de la coiffeuse, révélant ainsi de luxueux produits de maquillage d'importation, et une coupelle à saké en porcelaine qui appartenait au Hanaya. Elle avait recouvert l'embouchure d'une feuille de papier de riz pliée en deux, sans doute pour éviter la poussière. Elle enleva le papier et prit la coupelle sur laquelle était peint un motif de pivoine, puis versa dans sa paume le liquide qu'elle contenait.

— Qu'est-ce que c'est, maman ? demanda Tomoko qui le savait pourtant déjà.

— Du saké.

Ikuyo étala le liquide sur sa peau encore humide, aussi soigneusement que si elle avait adopté la veille ce soin de beauté, dont elle était fervente adepte depuis dix ans. A l'époque de Nichômachi, elle utilisait du saké ordinaire, mais depuis qu'elle était la mère de la patronne du Hanaya, elle avait pris l'habitude de se faire apporter une coupe du meilleur saké par la servante, après le ménage. Elle était devenue pointilleuse sur la marque, disant que le saké doux était meilleur pour la peau que le sec, et préférant par-dessus tout celui que Tomoko faisait venir spécialement d'Akita pour Ezaki. Ce saké du Nord, à cause de la qualité du riz de la région, était plus moelleux, doux et parfumé, et adoucissait la peau, disait-elle, comme du miel.

Tomoko avait posé sur les nattes le plateau avec la pile de gâteaux de riz et regardait distraitement sa mère se maquiller devant son miroir. Elle était envahie de sentiments complexes à l'idée que sa mère étalait en ce moment même sur son visage le saké d'Akita qu'elle avait spécialement préparé pour Ezaki.

Tandis qu'elle la regardait d'un air absent étaler soigneusement à plusieurs reprises le liquide réparateur sur sa peau, en insistant autour des lèvres et au coin des yeux, un sentiment inattendu s'éleva soudain en elle : sa mère, elle aussi, avait perdu son homme depuis longtemps. Cette pensée la rendit triste à un point indicible. Moi aussi, maman, moi aussi, je sais ce que c'est maintenant...

— Maman !

— Quoi ?

— C'est le troisième jour de l'an que nous fêtons ici.

— Ah, oui, c'est vrai. Il faut que je me couche tôt ce soir, mais personne n'est encore venu faire le lit.

C'était sans doute pour préserver la jeunesse de sa peau qu'elle voulait se coucher tôt. Elle avait l'air de se plaindre à Tomoko. Mais, pour préparer le nouvel an, les servantes avaient ce jour-là fait un ménage particulièrement soigné, puis étaient sorties à tour de rôle pour se rendre chez le coiffeur, si bien qu'on manquait un peu de bras. D'ordinaire, l'une d'elles venait sitôt après le dîner préparer le lit d'Ikuyo, et sans doute aujourd'hui n'avait-elle pas encore eu le temps de le faire.

— Je te le prépare, moi, si tu veux, proposa Tomoko en se levant d'un bond léger.

— Ah, ne te donne pas cette peine, répondit Ikuyo du bout des lèvres, absorbée dans l'entretien du chignon rond que le coiffeur avait mis des heures à lui confectionner le matin même. Avec sa chevelure épaisse, la coque du chignon ressortait bien, formant une lourde masse.

Ikuyo se coiffait toujours ces derniers temps d'un chignon à l'occidentale assez voyant, comme pour imiter

Tomoko et ses cheveux tirés à l'occidentale. Quelle idée lui avait donc pris soudain de se faire faire ce gros chignon classique de style japonais ? se demanda Tomoko, puis elle balaya ses propres soupçons : après tout ce n'était pas la première fois que sa mère se conduisait de façon étrange et inexplicable. Elle posa la pile de gâteaux de riz à côté de la coiffeuse. Il lui semblait que, dans la chambre d'Ikuyo, l'endroit qui se prêtait le mieux à une décoration était ce miroir et cette coiffeuse, et non le *tokonoma* selon la tradition.

Puis elle ouvrit le placard, en tira les matelas et les couettes luxueux sur lesquels dormait sa mère. Tout en les installant sur les nattes, elle se demandait s'il lui était déjà arrivé de préparer ainsi le lit de sa mère. A Nichômachi, c'était l'entremetteuse qui préparait la couche des prostituées. Tomoko se souvint avec un douloureux pincement au cœur de l'ensemble de lit en soie qu'Ikuyo utilisait alors qu'elle était la favorite de l'établissement. En préparant ainsi le lit de sa mère, il lui semblait que la haine qu'elle ressentait pour son ignoble passé s'effondrait aussi facilement que ce tas de couettes glissant sur le sol.

Maman, maman, toi aussi tu as perdu ton homme, et depuis longtemps, disait Tomoko sans regarder sa mère, s'adressant à l'oreiller dur et surélevé dont elle changeait la housse blanche.

Ayant elle-même perdu son amant, elle se rendait compte que sa mère vivait sans homme depuis longtemps déjà. La tristesse insupportable qu'elle ressentait lui permettait d'imaginer la solitude de sa mère depuis dix ans. A y réfléchir, n'avait-elle pas été une fille bien cruelle ? se demandait Tomoko, attribuant à sa mère une souffrance identique à la sienne. Puis elle s'énerva et étendit la couette.

Ikuyo aimait les lits faits à la façon du Kansai, c'est-à-dire avec un matelas assez large recouvert de cinq épaisseurs de couettes. Après avoir sorti la dernière couette du placard et l'avoir étalée sur les autres,

Tomoko s'arrêta un instant, tant le motif floral de cette couette lui paraissait inhabituel.

En y regardant de plus près elle remarqua que le motif était trop délicat pour une couette de lit, mais en même temps, ces grosses fleurs rouge foncé teintes dans le tissu étaient un peu trop voyantes pour un kimono. C'était le coupon qu'elle avait montré fièrement à Tomoko à son retour à Wakayama, après son séjour chez Hachirô. Oui, c'était le tissu qu'elle s'était fait offrir à Ôsaka ! Elle s'en souvenait maintenant. Ainsi, même Ikuyo avait dû le juger finalement trop voyant pour un kimono.

Mais tout de même, se dit-elle, poussant plus loin la réflexion : pourquoi prendre exprès l'aiguille pour tailler une couette dans ce coupon ? Les couettes ne manquaient pas dans la maison. Non, c'était impossible, Ikuyo ne pouvait s'intéresser à l'ancien serviteur des Sunaga, à ce jeune homme qui avait manqué faire bouillir le bain de Tomoko autrefois ! Pourtant, en se rappelant la joie d'Ikuyo, heureuse comme une jeune fille de l'accueil de Hachirô, Tomoko eut soudain pitié de sa mère. Elle trouvait le sort d'Ikuyo, réduite par la solitude à dormir avec cette couette aux motifs trop voyants, plus pitoyable encore que le sien.

— Ah, merci !

Ikuyo avait revêtu pour la nuit un kimono voyant qui ressemblait à un kimono de dessous. Tomoko reconnut également ce coton aux rayures de couleurs diverses : c'était là encore un des rouleaux de tissu offerts par Hachirô. Cela aussi, ne pouvant le porter en kimono, même d'intérieur, elle en avait fait un vêtement de nuit.

Tomoko aurait voulu dire quelque chose, mais ne trouvant pas les mots, elle se mit à vérifier le brasero. Comme prévu, le feu était presque éteint, alors que le froid allait augmenter pendant la nuit. Approchant le seau à charbon, elle entreprit de rallumer le feu, pensant à nouveau avec attendrissement à sa mère incapable de s'occuper de ce genre de contingences.

Du bout des pincettes, elle entassa en un tournemain du charbon sur lequel elle mit le peu de braises qui restait. Sûre que des flammes allaient s'élever sans même qu'elle ait besoin de souffler dessus, elle attendit un moment sans bouger.

— Bon, eh bien, je vais dormir, dit Ikuyo en se glissant sous la couette et en s'allongeant, le dos tourné à Tomoko, après avoir posé précautionneusement sous ses oreilles l'oreiller de bois laqué.

— Maman…

— Oui ?

— Bonne nuit.

— Bonne nuit.

Ikuyo paraissait prête à s'endormir paisiblement, sans plus se soucier de la présence de Tomoko.

Elle avait pris un oreiller le plus haut possible, à cause de son gros chignon, et avec la couverture posée sur son épaule gauche, sa silhouette allongée paraissait plus grande encore que d'habitude. Tomoko la regardait dormir en retenant son souffle. Ikuyo avait toujours été grande, surtout par rapport à la petite Tomoko, mais la voir paraître aussi volumineuse une fois endormie était inattendu. La jeunesse de sa mère, associée à cette impression massive, émouvait profondément Tomoko.

Le son des cloches du temple de Tsukiji fit revenir Tomoko à elle, lui rappelant tout ce qui lui restait à faire avant minuit. Elle se releva en hâte. Un autre tintement de cloche s'éleva alors, puis un autre encore. L'enveloppant d'ondes sonores profondes et mélancoliques qui lui donnaient envie de se rasseoir pour les écouter, cloches et carillons de temples proches ou lointains se mirent à sonner les uns après les autres pour annoncer le nouvel an. Ikuyo avait dû s'endormir, car elle n'avait pas l'air de prêter l'oreille à ces tintements, et sa respiration régulière se faisait légèrement entendre.

Elle s'aperçut soudain que le feu était reparti. Des flammes bleues brûlaient au centre. Les charbons noirs commençaient à être enfouis sous les cendres. Ce spectacle lui rappela le feu qu'elle avait allumé en attendant qu'Ezaki se décide à parler. Les flammes rouges l'irritèrent soudain violemment. Proches et lointaines, les cloches de toute la ville sonnaient maintenant à intervalles réguliers en l'honneur du nouvel an. Elle reprit les pincettes, en chauffa le bout un moment dans les flammes. Mais bientôt, n'y tenant plus, elle les planta violemment dans le feu.

XIII

Le nombre de cartes de vœux déposées cette année-là dans la boîte à lettres du Hanaya fut bien minime en comparaison de l'importance de l'établissement. Comme il s'agissait d'un commerce, il était normal que Tomoko ait envoyé davantage de cartes qu'elle n'en recevait, mais cela ne l'empêchait pas d'être triste. Elle n'était pas la femme de Fumitake Ezaki, n'avait même jamais vécu plusieurs jours de suite sous le même toit que lui, mais néanmoins, ils avaient cette fois bel et bien rompu, et la tristesse de ce jour de l'an n'en était que plus grande. Les cartes à peine en main, elle avait déjà compté combien il y en avait et les lisait maintenant une à une, se résignant difficilement à en trouver si peu.

Une carte de Wakayama, de Keisuke Kôsaka. Ecrite au pinceau, elle ne portait que des vœux et la signature, en gros caractères, mais cette carte laissa Tomoko perplexe. Pourquoi envoyait-il ses vœux à la fille de l'ancienne épouse dont il vivait séparé depuis si longtemps ? Deux ans auparavant, elle lui avait rendu visite sur son lit de malade, au cœur de l'été, puis elle lui avait envoyé une boîte d'algues d'Asakusa, ce qui l'avait apparemment réjoui outre mesure, car, depuis, il envoyait chaque année une carte de vœux.

— Il y a une carte de la maison du chef de village.

— Ah bon ? répondit Ikuyo avec un manque d'intérêt total.

La carte était adressée à Tomoko et non à sa mère. Il y en avait une autre, comme celle qui arrivait à coup sûr chaque année, habilement rédigée, probablement par un secrétaire, qui ne causa à Tomoko aucune émotion particulière.

Depuis qu'elle était installée à Tsukiji, la carte de vœux que Tomoko attendait chaque année sans se l'avouer et qui lui faisait le plus plaisir était celle de Shûichi Nôzawa. Le comte Kônami faisait toujours rédiger ses vœux par son intendant, mais Nôzawa prenait lui-même le pinceau, et son écriture n'appartenait qu'à lui. Les énormes caractères écrits à l'encre pâle, qui paraissaient prêts à déborder de la carte, avaient une sorte de violence audacieuse.

« Meilleurs vœux de santé et de prospérité pour cette année. Shûichi Nôzawa. »

De l'autre côté de la carte, l'adresse était rédigée ainsi : « Madame la patronne du Hanaya » comme s'il avait oublié son nom véritable. Comme son adresse ne comportait pas de numéro de rue, cela donnait à la carte de vœux un ton personnalisé, bien éloigné du style administratif, si bien que ces quelques lignes allèrent droit au cœur de Tomoko.

— Dis, Tomoko, je me demande pourquoi Hachiran n'a pas envoyé ses vœux cette année.

— Je n'en ai pas la moindre idée !

— L'année dernière et l'année d'avant, il les a envoyés pourtant.

— …

— Quel ennui ! Il doit s'occuper de sa femme malade et n'a même plus le temps d'envoyer ses vœux.

Surprise, Tomoko regarda le profil de sa mère. S'étonner que le fils d'un ancien employé de ferme n'envoie pas ses vœux de nouvel an, passe encore. Se mettre en colère, passe encore. Mais attribuer à la maladie de sa femme le fait qu'il oublie d'envoyer une carte, et le dire d'un ton aussi jaloux, il y avait de quoi surprendre et même effrayer Tomoko. Le profil d'Ikuyo était toujours aussi joli, et le menton un peu court, qui dans sa jeunesse était le seul défaut de ce visage, le rendait aujourd'hui plus juvénile encore. Ce n'était pas le visage d'une femme de plus de quarante ans. Etait-ce dû à l'efficacité du saké des provinces du Nord, dont elle s'enduisait chaque soir le visage ? En tout cas, sa peau blanche était à peine rosée comme celle d'un bébé, et le léger duvet qui la recouvrait en accentuait la grâce juvénile. Il était étrange pour une fille de constater que la beauté de sa mère était fraîche à ce point. Il était d'autant plus surprenant pour elle de constater la jeunesse de sa mère à quarante ans passés que, de son côté, depuis qu'elle avait décidé de ne plus chercher à revoir Ezaki, elle avait soudain le sentiment de se voir vieillir. Rajustant le bout de ses manches, elle compara inconsciemment son kimono discret aux couleurs vives qu'arborait sa mère. Elles portaient le même tissu, un pongé d'Ôshima, mais quelle différence dans les motifs choisis : celui de Tomoko avait un motif de minuscules nids d'abeille, tandis que celui d'Ikuyo était orné de gros motifs brodés selon la mode du moment. Sa ceinture était taillée dans un tissu rouge vif tel qu'en portent les jeunes filles, et le lien qui la fermait, un tissu torsadé et teint de trois couleurs voyantes, formait un amoncellement voyant par-dessus l'obi. On aurait dit que la mère et la fille avaient échangé leurs vêtements, tant ils correspondaient peu à leurs âges respectifs. Peut-être, se dit soudain Tomoko, l'âge qu'elles paraissaient avoir était-il lui aussi inversé, comme leurs vêtements.

— Il fait drôlement froid, cette année ! dit Ikuyo en fronçant les sourcils, le visage plissé.

Comparé au climat doux de Wakayama et même à celui de Shizuoka, l'hiver à Tôkyô était horriblement froid. Ikuyo détestait allumer le feu, mais quand elle venait dans la chambre de Tomoko, elle glissait avec plaisir ses jambes sous la table-chaufferette. Elle ôta ses *tabi*, peut-être parce que le sang lui était monté à la tête tellement elle avait chaud.

Ce qui surprenait également Tomoko depuis qu'elle vivait à nouveau sous le même toit que sa mère, c'était la santé dont celle-ci faisait preuve. Tomoko n'avait jamais eu de maladie grave, son physique menu supportait néanmoins le surmenage, mais elle était incapable par exemple de dormir sans bouillotte par une nuit glaciale, tandis qu'Ikuyo semblait se réchauffer dès qu'elle était sous la couette. Depuis leur arrivée à Tôkyô, Ikuyo n'avait jamais attrapé même un rhume.

— Le feu a l'air un peu fort, Tomoko.

Juste après s'être plainte du froid, voilà qu'elle trouvait la chaufferette trop brûlante. Tomoko se sentit contrainte de relever le bord de la couverture qui recouvrait la table pour inspecter la chaufferette placée dans un creux dessous. Pliant son corps en deux, elle fourra la tête sous la table et recouvrit le feu de cendres. En relevant la tête, elle aperçut les pieds nus de sa mère, des pieds mignons et petits par rapport à sa taille. Son regard s'attarda sur le gros orteil d'un de ses pieds qui remuait sans cesse comme pour battre le rythme d'une musique.

Ikuyo s'appliquait à un ouvrage de broderie anglaise. Elle lissait le bout de son fil pour le passer à travers l'aiguille, et brodait sur un tissu portant un motif dessiné. Ce genre d'ouvrage une fois terminé donnait une impression de volume et de douceur au toucher, et était fort en vogue à cette époque auprès des étudiantes. Habile de ses doigts, Ikuyo avait également une patience grâce à laquelle elle confectionnait elle-même tout ce qu'elle portait, de la ceinture de ses kimonos jusqu'aux sous-vêtements, et quand elle n'avait plus rien à coudre, elle s'absorbait dans des ouvrages de broderie ou de tapisserie. Elle en faisait tant qu'elle ne pouvait tous les utiliser dans son entourage immédiat, et la chambre de Tomoko était également remplie à perte de vue d'ouvrages réalisés par Ikuyo, depuis le voilage du miroir, les coussins, et jusqu'à la housse qui couvrait la commode. La chambre de Tomoko était d'une sobriété qui dépassait même celle des chambres des servantes du Hanaya, et le mobilier était beaucoup plus modeste que celui des salons de l'hôtel. Elle avait racheté une coiffeuse juste après le grand tremblement de terre, et la grande table adossée au mur, dont elle se servait pour vérifier les comptes ou écrire des lettres administratives, était d'une rusticité peu adaptée à une chambre de femme. De plus, deux ou trois barils de saké enveloppés de paille étaient entreposés dans un coin, en prévision de clients tatillons sur la qualité de la boisson, et enfin, une grande chaufferette creusée à même le sol au centre de la pièce achevait de donner à la pièce un aspect désordonné.

Tomoko, méticuleuse au point d'être intransigeante sur le ménage et de passer elle-même la serpillière, était tellement épuisée quand elle se retirait dans sa chambre le soir venu qu'elle n'avait plus le temps de penser à ranger sa propre chambre. Face aux clients, elle redevenait la patronne dynamique et travailleuse de l'hôtel Hanaya, attentive aux goûts et à l'humeur de ses hôtes. Peut-être cette partie d'elle-même se relâchait-elle totalement quand elle réintégrait sa propre chambre.

La mère et la fille vivaient jusque-là éloignée l'une de l'autre dans cet immense domaine de trois mille mètres carrés, mais depuis l'arrivée des cartes de nouvel an, Ikuyo avait pris l'habitude de venir souvent dans la chambre de sa fille. Peut-être avait-elle compris grâce à son flair que les visites d'Ezaki avait cessé, et qu'ainsi la barrière qui la séparait de sa fille était tombée. Tomoko ne pouvait pas ne pas s'en rendre compte, mais elle avait perdu l'envie de se rapprocher de sa mère. Un sentiment d'intimité était enfin né entre la mère et la fille, toutes deux privées d'homme, mais Tomoko ne s'en réjouissait pas pour autant.

— Dis, Tomoko…

— Qu'y a-t-il ?

— Il fait froid à Tôkyô. Glacial, même. A Wakayama, même pendant les hivers les plus froids, jamais je n'ai senti mon aiguille glacée comme ça quand je cousais. Le froid se transmet du bout de mon aiguille jusque dans mes doigts.

En regardant l'aiguille qui brillait au bout des doigts de sa mère, Tomoko oublia aussitôt qu'un instant plus tôt elle la trouvait d'une santé de fer, et se demanda si sa santé ne commençait pas à décliner avec l'âge. Elle sentit douloureusement germer en elle le souci que cause la santé d'une mère vieillissante.

Tandis qu'Ikuyo brodait, Tomoko, de son côté, mettait à jour les comptes de l'année précédente. Elle avait fini par apprendre à se servir d'un abaque, et ses doigts devenus lestes calculaient aussi vite que sa tête. Cependant, tout en comptant, son regard se tournait parfois vers sa mère : quelle femme étrange ! Elle l'admirait de pouvoir se passionner à quarante ans passés pour la broderie, mais en la regardant tirer l'aiguille, elle se disait que sa mère avait fait cela toute sa vie. Il y avait certes une infinie différence entre la femme qui autrefois broyait le thé dans un réduit obscur donnant sur le mont Fuji et la femme d'aujourd'hui occupée à broder dans la chambre de sa fille à l'hôtel Hanaya, pourtant ces deux femmes avaient la même expression. Elles étaient si semblables que Tomoko se laissa prendre à l'illusion et se demanda si autrefois, dans le quartier de plaisirs de Shizuoka, sa mère ne faisait pas déjà de la broderie. Ikuyo qui avait su métamorphoser son accent campagnard de Wakayama en accent de Tôkyô et qui aujourd'hui avait retrouvé son accent d'autrefois. Ikuyo qui s'était remariée en chignon *shimada* classique, puis, vivant à proximité de Yoshiwara, avait adopté la nuque poudrée de blanc des filles de joie du quartier, et avait aujourd'hui opté pour un chignon de style occidental que Tomoko hésitait encore à porter. Aux yeux de sa fille, elle était la personne la plus fantasque du monde. En fait, de temps à autre, Tomoko avait du mal à imaginer que sa mère ait jamais pu donner le jour à des enfants. Pourtant, elle l'avait eue, elle, et aussi Yasuko qui vivait toujours dans la maison du chef de village, et puis… De temps à autre, le souvenir de la scène de la naissance dans la maison Kanô venait la bouleverser à nouveau. Ce petit garçon aussi était l'enfant d'Ikuyo. Tomoko se souvenait en vain avec horreur de ce frère, abandonné dès la naissance à une troupe de comédiens ambulants, dont elle ne savait pas même le nom ni où il vivait aujourd'hui.

Si elle avait eu un enfant de Fumitake Ezaki, leurs relations n'auraient-elles pas pris un tour différent ? Si, maintenant que l'homme de sa vie s'était éloigné, elle ne partait pas à sa recherche et n'éprouvait pas davantage de regrets, c'était sans doute parce que son désespoir était trop profond, mais la cause principale n'était-elle pas que leur union n'avait pas porté de fruit ?

Un jour où il avait fait grand froid, Tomoko et Ikuyo passaient comme à l'ordinaire une soirée paisible face à face devant la chaufferette, quand la sonnerie du téléphone interrompit Tomoko, absorbée dans ses comptes.

— Allô, bonjour, ici l'hôtel Hanaya.

— Petite-Pivoine ?

L'appel venait de la patronne du Mikawa, et dans son affolement, elle appelait Tomoko de son ancien nom de geisha.

— Tu n'as pas eu la nouvelle ?

— Non, de quoi parlez-vous ?

— Le comte Kônami est mort.

— Comment ? !

— Tu ne le savais pas ?

— Non.

— J'ai dû te surprendre alors, mais moi aussi j'ai été étonnée. C'est que, vers la fin de l'année, tu sais bien, la dernière fois, il avait l'air en bonne santé. Je ne sais plus combien de jours ont passé depuis mais…

La mort soudaine du comte semblait être un choc pour la patronne du Mikawa qui s'éternisa au téléphone, mais Tomoko, intérieurement agitée par des émotions contradictoires, gardait son sang-froid.

Cette nuit-là, la dernière qu'ils avaient passée ensemble, le comte n'avait-il pas eu le pressentiment de sa mort prochaine ? Dans le salon au premier étage du Mikawa, quand il s'était retrouvé seul avec Tomoko, il lui avait dit, les larmes aux yeux, en retenant longuement sa petite main dans la sienne :

— Tu t'es occupée de moi bien longtemps, je te remercie.

— Que dites-vous là, voyons ! s'était récriée Tomoko, puis, sans plus parler, elle s'était rapprochée de lui. Elle se rappelait avoir pensé à ce moment-là que cela faisait en effet dix ans déjà que le comte l'entretenait.

Quand la main du vieillard s'était tendue vers son corps, elle avait ressenti le même dégoût que d'ordinaire, mais elle n'avait pas envie de pousser plus loin l'association d'idées car elle savait que c'était bien aussi ce soir-là qu'elle était rentrée au Hanaya en pousse-pousse et y avait retrouvé Ezaki.

Après avoir raccroché, elle resta un moment à regarder dans le vague, si bien qu'Ikuyo finit par demander :

— Il est arrivé quelque chose ?

— Le comte Kônami est mort.

— Mais quand donc ?

La patronne du Mikawa ne le lui avait pas dit, et sur le moment elle n'avait pas pensé à le lui demander, songeant surtout à garder son sang-froid, mais elle se rendait compte maintenant à quel point la nouvelle l'avait bouleversée.

— Il était très âgé, non ?

— …

— Tu vas porter le deuil ?

Surprise, Tomoko regarda sa mère. Puis, baissant les épaules, elle se pelotonna à nouveau sans rien dire sous la couverture qui recouvrait la chaufferette.

Des vêtements de deuil. Elle avait dû en préparer, peu après l'ouverture du Hanaya, à cause du décès soudain d'une de ses anciennes camarades d'Akasaka. Elle avait donc ce qu'il fallait pour la veillée funèbre et pour l'enterrement.

Mais le problème n'était pas là. En fait, elle n'avait pas reçu le moindre coup de téléphone de la famille du comte pour l'informer de sa mort. Elle n'avait aucune idée de la date de l'enterrement. Ikuyo pensait avec logique : qui dit mort dit enterrement, qui dit enterrement dit vêtements de deuil, mais Tomoko n'entrait pas dans cette logique, car elle, c'était un simple coup de téléphone de la patronne d'une maison de thé qui l'avait prévenue de la mort de son protecteur. L'homme qui avait pris soin d'elle dix années durant venait de mourir, et elle, elle ne pouvait rien faire. La courageuse Tomoko n'était pas d'un tempérament à rester inactive devant les événements, mais dans la situation présente, elle se sentait impuissante au point d'en ressentir une solitude sans remède.

A ce propos, elle se surprit à penser qu'elle ne savait pas même quelle religion suivait le comte. Où se trouvait le temple tutélaire de sa famille ? Dans quel cimetière serait-il inhumé ? Frappée de plein fouet par l'annonce brutale de sa mort, elle était maintenant oppressée par une multitude de questions sans réponse.

Que faisait donc l'intendant qui avait rédigé la carte du nouvel an ? On ne pouvait penser que sous le choc de la mort de son maître, il ait oublié l'existence de Tomoko. Les gens qui s'occupaient du bien de la famille avaient-ils pensé profiter de la mort du vieux comte pour couper tout lien entre lui et Tomoko ?

Elle n'aurait été après tout pour la famille Kônami qu'un instrument permettant de prolonger la vie du vieillard ? Tomoko se rendait compte seulement maintenant à quel point elle était exclue de cette famille : n'ignorait-elle pas et la religion, et l'emplacement du tombeau de famille du vieux comte ? Cela lui rappela soudain qu'elle avait également été tenue dans l'ignorance de la religion et du lieu d'inhumation de la famille de Fumitake Ezaki, dont elle avait pourtant espéré devenir l'épouse. Il lui fallait aujourd'hui regarder en face la réalité de sa position, maintenue à l'écart du cercle de famille.

Parce que j'ai été geisha. Parce que ma mère est une ancienne prostituée. Est-ce pour cela que je ne peux être acceptée par une « famille » digne de ce nom, digne de posséder un tombeau familial ?

La mort paraissait trop lointaine à Tomoko pour être prise au sérieux, c'est pourquoi elle ne s'était jamais posé la question de savoir où elle serait enterrée, mais devant le dédain manifeste de la famille Kônami, elle était obligée de reconnaître sa position d'exclue de la société.

Mais malgré tout, maintenant qu'elle était au courant de la mort du comte, elle ne pouvait rester les bras croisés. Après avoir réfléchi et hésité longtemps, elle décida, le souvenir de la carte de vœux aidant, de demander conseil à Shûichi Nôzawa. Elle l'appela dès le lendemain matin. Il répondit lui-même au téléphone et lui apprit que la cérémonie funèbre aurait lieu le lendemain à deux heures.

— Mais comment ? Tu ne le savais pas ?

— Non, j'ai appris son décès hier soir grâce à un coup de téléphone de la patronne du Mikawa.

— Ah bon ?

— Que dois-je faire ? Est-il si inconvenant que quelqu'un comme moi aille brûler de l'encens pour le repos de son âme ?

Nôzawa réfléchit un moment, puis :

— Très bien. Tu n'as qu'à m'attendre, je viendrai te chercher.

— Merci mille fois. Eh bien, je vous attends demain.

— A propos, Hanaya…

— Oui.

— N'oublie pas de te faire un chignon de femme mariée.

Tomoko acquiesça et reposa le récepteur, sans comprendre la raison de cette exigence. Quoi qu'il en soit, elle obéirait à Nôzawa. Le lendemain matin, elle prit un bain soigneux puis fit appeler la coiffeuse, et se fit confectionner un chignon *shimada* à la place de ses bandeaux à l'occidentale.

— Ne mettez pas d'épingles, faites-moi seulement un chignon rond.

— Madame, quel dommage, avec la chevelure épaisse que vous avez, de serrer vos cheveux comme ça.

— Cela ne fait rien, répondit vaguement Tomoko, sans expliquer clairement qu'elle devait se rendre à l'enterrement de son protecteur, puis elle insista plusieurs fois auprès de la coiffeuse, lui donnant des directives jusqu'à obtenir une coiffure aussi discrète qu'elle le souhaitait. Elle compléta sa coiffure d'un ruban d'un bleu très pâle, se poudra très légèrement la nuque, se maquilla discrètement sans utiliser de rouge à lèvres, et se sentit enfin soulagée à l'idée qu'ainsi elle ne se ferait pas remarquer.

Elle s'enroula autour de la poitrine une bande de coton blanc toute neuve, mit un kimono de dessous d'un blanc immaculé, et enfila par-dessus son kimono de deuil noir. Les deux épaisseurs de soie lisse retenues à la taille par un lien lui parurent cintrer rigoureusement son corps. Dans le miroir, seul son petit visage rond était d'une blancheur qui l'étonna elle-même.

Ikuyo la complimenta :

— Il te va bien, ce kimono de deuil.

Peut-être s'intéressait-elle davantage au kimono que portait sa fille qu'à la mort même du comte. Après l'avoir complimentée avec l'accent de Tôkyô, elle appuya ses propres paroles d'une interjection dite avec l'accent de Wakayama :

— Oui, c'est vraiment bien !

— Mais Tomoko, reprit-elle d'un ton de reproche, pourquoi as-tu pris du noir pour le lien de ton obi ?

Tomoko savait qu'un lien blanc enfoncé sous la ceinture pour le rendre invisible lui aurait fait une silhouette plus nette et plus jolie, mais Tomoko pensait que cela ne lui irait pas à cause de sa petite taille, et le but de sa tenue était non pas d'être jolie mais de se faire remarquer le moins possible.

— Tu aurais pu prendre un rose très pâle, ça aurait fait plus joli.

Pour une raison inconnue, ce jour-là Ikuyo paraissait fort attentive à la toilette de sa fille et revenait obstinément à ce regrettable lien noir.

Shûichi Nôzawa se présenta à l'heure dite devant l'entrée du Hanaya dans sa voiture particulière. Tomoko, qui l'attendait, enfila une veste noire dès que le gardien la prévint de l'arrivée de la voiture et sortit aussitôt.

— Cette toilette vous fait paraître encore plus jeune ! dit Nôzawa en regardant Tomoko. Il avait six ou sept ans de moins que le comte Kônami, mais son visage aux traits puissants et au teint foncé paraissait beaucoup plus jeune. Sa belle prestance et sa carrure robuste donnaient l'impression virile d'un homme que nulle circonstance ne pourrait ébranler. Quand elle s'assit enfin à côté de lui, compassé dans sa veste courte et son large pantalon de cérémonie, et qu'il commença à rouler dans les rues de Tôkyô, elle sentit enfin son agitation se calmer et son cœur s'apaiser.

— Cela attirera peut-être un peu l'attention à cause de ta jeunesse, mais aujourd'hui, tu es ma femme.

— Pardon ?

— Tu es ma femme, je te dis.

— Ah !

Cette sollicitude de la part de Nôzawa lui fit venir les larmes aux yeux. Les paroles de reconnaissance lui manquèrent, ou plutôt, l'émotion qui la submergeait l'empêcha de s'exprimer.

La résidence du comte Kônami à Aoyama était entièrement entourée de hautes branches de *shikimi* [1] ornées de tissus blancs. Parmi les gens qui assistaient à la cérémonie funèbre, on comptait nombre de membres importants du monde des finances ou de la politique, que Tomoko connaissait de vue de l'époque où elle était geisha, ce qui ne fit qu'augmenter sa confusion.

Au moment où ils passaient devant un groupe de domestiques de la maison Kônami, l'un d'entre eux se

---

1. Arbre que l'on place autour des tombes bouddhistes.

mit à regarder fixement Tomoko d'un air effaré. Au même instant, Nôzawa passa prestement devant elle et la présenta comme étant sa femme. Puis il se fraya un passage vers le fond du parc. Tomoko le suivit à petites foulées, les yeux fixés sur le gros blason blanc représentant une fleur de bruyère qui tremblait sur le dos de son kimono. Plus elle se rendait compte de l'immensité du domaine des Kônami, plus elle se sentait émue et reconnaissante de la protection que Nôzawa lui accordait. La cérémonie funèbre de feu Hidekimi Kônami eut lieu selon les rites shintoïstes. Un rameau de *sasaki* aspergé d'eau à la main, Tomoko, debout à côté de Nôzawa, joignit les mains en regardant le cercueil au loin. Elle se sentait étrangement déprimée, et il lui semblait que la neige qui tombait en tourbillonnant venait se poser au bout de ses mains jointes.

Une photo du comte encore jeune, dans un cadre de bois blanc, ornait l'autel. Cette photo datait de l'époque où ses cheveux prématurément blanchis étaient encore abondants. Comme elle avait été très agrandie, ses yeux et son nez étaient flous mais cela ne faisait qu'accentuer le côté un peu distrait et raffiné du défunt, évoquant ses origines nobles. La cérémonie fut d'une extrême sobriété, d'autant plus surprenante pour Tomoko, peu habituée à ce genre de choses.

Encore stupéfaite et se rendant à peine compte que la cérémonie était achevée, elle repartit en voiture aux côtés de Nôzawa par le même chemin qu'à l'aller.

En s'arrêtant devant l'entrée de l'hôtel Hanaya, Nôzawa lui dit sans descendre de la voiture :

— Reprends courage. Tout passe, tu sais. Allez, bonne chance.

Puis il démarra et repartit sans se retourner vers Tomoko qui le saluait une dernière fois en inclinant la tête.

Dès qu'elle eut pénétré dans la petite entrée, la servante se précipita, pleine d'attention :

— Ah, madame, je vous apporte du sel.

Elle se dirigeait déjà vers la cuisine, mais Tomoko l'arrêta :

— Ce n'est pas la peine, c'était une cérémonie shintoïste, il n'y a donc pas besoin de répandre du sel.

Tout en parlant, Tomoko monta rapidement jusqu'à sa chambre où elle trouva comme d'habitude Ikuyo installée sous la couverture de la chaufferette, occupée à broder. Elle leva la tête et la salua fort civilement :

— Bon retour. Comment c'était ? ajouta-t-elle en faisant un nœud à son fil.

Sans répondre, Tomoko dénoua son obi. Quand elle en défit le lien et le cordon qui le maintenait, noir également, quelque chose tomba sur les nattes avec un bruit sourd. C'était un chapelet de quartz, dont les grains violets s'étalèrent avec éclat sur le sol. Elle avait rapidement fourré le chapelet dans la ceinture de son kimono, Nôzawa lui ayant rappelé qu'il s'agissait d'une cérémonie shintoïste et qu'un rosaire, objet du culte bouddhiste, n'était pas nécessaire. En le voyant ainsi tomber sur les nattes, le courage de Tomoko retomba et, perdant l'envie de se changer, elle s'assit sur les nattes d'un air absent.

Comme cette cérémonie shintoïste lui avait parue froide ! Tomoko restait indéfiniment les yeux dans le vague. Perdue dans de sombres pensées de famille, de tombeau, elle avait pleuré la mort de son protecteur, mais la cérémonie funèbre avait complètement trompé son attente. En dehors de la sensation de la neige qui tombait en tourbillonnant sur le bout de ses mains jointes, c'était dénuée de toute pensée et de toute émotion qu'elle avait fermé les yeux, elle ne comprenait pas elle-même pourquoi. L'homme qui avait fait d'elle une femme, et qui, dix années durant, l'avait aidée à construire sa vie, l'homme à qui elle devait tout était mort, et elle n'avait pas éprouvé la moindre émotion, n'avait pas eu la moindre pensée vers lui au moment de la cérémonie d'adieu.

Etait-ce parce qu'il s'agissait d'une cérémonie shintoïste ? Désormais, elle ne pouvait plus penser au comte Kônami que nimbé d'une auréole divine. Un adieu pouvait-il se faire sans paroles ? Désormais, la rancœur qu'elle avait ressentie envers les serviteurs du comte qui ne l'avaient pas même prévenue de sa mort, comme son apitoiement sur elle-même à l'idée d'être exclue de la famille Kônami, tout cela avait disparu, complètement oublié.

Le comte Kônami était mort, Ezaki avait disparu de sa vie : n'aurait-elle pas dû éprouver des regrets ? Mais si on doit perdre quelque chose, on le perd, se murmurait-elle à elle-même. Quand on perdait quelque chose, si on lâchait prise résolument, peut-être le courant pouvait-il le ramener un jour ? Il lui restait maintenant entre les mains cette maison et ce terrain, achetés au nom de Tomoko Sunaga. La rumeur publique lui prêtait de l'habileté pour avoir obtenu du comte Kônami de son vivant une maison et un terrain en son nom, mais Tomoko ne pouvait être insensible à la chance qu'elle avait là.

Tomoko devait désormais mener seule et habilement les affaires du Hanaya, sans le soutien du comte. Seulement maintenant, tout cela n'avait plus d'autre but que de lui permettre de survivre.

— La fortune dedans, dedans ! Les démons dehors, dehors ! criait le cuisinier la veille du « jour de l'an de printemps [1] », après avoir fait griller avant le crépuscule des graines de soja qu'il répandait à la volée autour de lui dans toute la maison. Au Hanaya, les femmes étaient en majorité, et les seuls hommes étaient en fait deux vieillards : le cuisinier et le portier.

— Dedans, dedans, la fortune !

— Dehors, dehors, les démons !

Ce n'était pas la première fois que Tomoko assistait à cette cérémonie d'exorcisme avant la fête du nouvel an de printemps, mais cela lui paraissait chose nouvelle. Chaque fois qu'elle entendait les graines de soja tomber

1. 4 février, date correspondant au jour de l'an selon l'ancien calendrier, et qui marquait également l'arrivée du printemps.

à terre avec un bruit sec, la tristesse d'une maison sans hommes résonnait en elle. Afin que le dieu de la Fortune que l'on avait fait entrer ne puisse ressortir, et que les démons que l'on avait chassés ne puissent plus entrer, les servantes couraient derrière le cuisinier pour refermer les portes sur son passage, et les claquements de portes, les cris de joie et les rires qui accompagnaient ce rite résonnaient dans toute la maison.

La coutume voulait qu'au Hanaya soit servi ce soir-là à tout le monde sans distinction entre les clients, patronne et serviteurs, le même repas de sardines grillées entières. C'était la quatrième fois que le Hanaya fêtait ainsi le réveillon du jour de l'an selon l'ancien calendrier.

La tradition voulait également qu'à la veille du jour de l'an de printemps on remplisse une mesure de capacité de ce qui restait de soja grillé et que chacun en mange autant de grains qu'il comptait d'années, plus un. Ce soir-là, une fois la nuit tombée, Tomoko regagna sa chambre et demanda à sa mère :

— Maman, si on comptait les graines de soja ?

— Ah, si tu veux.

Mettant de côté son ouvrage, Ikuyo releva la tête. La broderie délicate n'avait pas l'air de lui fatiguer les yeux, car elle ne cillait même pas.

— Combien dois-tu en prendre ?

— Moi ?

Si Ikuyo garda alors le silence, ce n'était pas parce qu'elle avait du mal à se rappeler son âge, mais parce que cela la mettait de mauvaise humeur.

— Quarante… combien déjà, quarante-trois, c'est ça, maman ?

— Non, quatre.

— Alors tu dois en rajouter un.

Tomoko prit des graines dans la mesure et les compta à voix basse dans sa paume, quand Ikuyo s'écria soudain d'une voix stridente :

— Ah non, alors, ça suffit !

Tomoko s'arrêta de compter sous l'effet de la surprise

— Si je dois manger quarante-cinq graines, ça va me faire mal aux dents, sans compter les maux d'estomac après !

L'air on ne peut plus sérieux, Ikuyo protestait contre le nombre de graines que son âge lui imposait. Tomoko décida donc de compter un grain par dizaine, et fit deux petits tas qu'elle posa devant sa mère, l'un de quatre grains de soja, l'autre de cinq, puis elle commença à compter ceux qu'elle devait avaler de son côté.

— … Vingt-cinq, vingt-six, vingt-sept, vingt-huit.

Les vingt-huit grains de soja formaient dans sa petite paume un tas conséquent, qu'elle contempla un moment d'un air absent en se disant : moi aussi, j'ai donc déjà pris tant d'années. Il lui semblait que jusqu'à cette année, sa vie lui avait déjà fait traverser maints cols et maintes montagnes, et c'était la première fois que cette pensée lui venait à la veille du jour de l'an de printemps. Etait-ce la mort du comte Kônami et sa séparation d'avec Ezaki qui donnaient ce goût particulier au rite cette année ? Elle n'avait en fait vraiment vécu ni avec l'un ni avec l'autre, mais la disparition des deux hommes de sa vie créait autour d'elle un vide énorme.

Elle reprit ses esprits en entendant les graines de soja craquer sous les dents de sa mère. Elle fourra elle aussi une des graines dans sa bouche, mais, après l'avoir écrasée sous ses molaires, se laissa absorber à nouveau dans ses pensées. Cette fois, elle songeait au destin de sa mère, deux fois mariée, séparée de son premier époux par la mort, et du second par la vie. Tout en regardant à la dérobée le profil de sa mère qui croquait toujours ses graines, elle se demandait quel effet cela pouvait faire, de voir mourir l'homme qui avait accompagné vos matins et vos nuits, ou de le quitter à force de disputes. Comment avait-elle passé toutes ces longues années, comment avait-elle pu survivre à dix années de solitude ? La séparation d'avec un amant de cœur laissait déjà un tel vide, quel terrible sentiment de solitude cela devait être quand il s'agissait d'un époux !

— Maman… fit-elle sans même s'en rendre compte.

— Oui, quoi ? répondit Ikuyo en se tournant vers elle. Dis donc, ce n'est pas bon, le soja grillé, hein ?

Elle mâchait toujours, les sourcils froncés dans une expression de dégoût profond, son visage paraissant exprimer l'écœurement qu'elle ressentait à avoir pris de l'âge.

— Moi aussi, l'an prochain, j'aurai vingt-huit ans déjà.

— Vraiment ?

Ikuyo se tut un moment puis ajouta :

— Tu as eu tort d'abandonner ta carrière de geisha, tu sais.

— Pourquoi donc ?

— Eh bien, tu ne vas pas arrêter de vieillir maintenant. Et tu ne pourras plus jamais porter d'aussi beaux kimonos qu'avant.

— Je ne porte peut-être plus de kimonos voyants comme ceux des geishas, mais ceux que je porte sont plutôt luxueux, tu sais, répondit Tomoko en effleurant l'encolure de son kimono de coton de Satsuma teint de motifs délicats. Malgré sa jeunesse, elle était patronne d'auberge. Elle n'aurait pu préserver sa dignité sans se vêtir de façon discrète.

— Quel ennui !

— Pardon ?

— Oui, vieillir, quel ennui, vraiment !

— Tu parles pour ne rien dire, maman. Vieillir, c'est le propre de chaque être humain.

— C'est justement pour cela que tant qu'on est vivant, autant se faire le moins de souci possible.

— Moi, j'ai l'impression de me faire plutôt moins de souci maintenant que quand j'étais geisha.

— Tu crois ?

— J'en suis sûre.

— Pourtant, si tu étais encore à Akasaka, tu aurais déjà trouvé un successeur au comte Kônami.

Tomoko, stupéfaite, regarda sa mère. C'était la première fois que la mère et la fille abordaient ce sujet. En même temps que cela renforçait son sentiment d'intimité avec sa mère, qui avait subi le même destin qu'elle et perdu les hommes de sa vie, Tomoko sentit un instant flamber en elle le feu de l'aversion et de la révolte pour ce que sa mère affirmait. « Si tu étais encore à Akasaka, tu lui aurais déjà trouvé un successeur. » En somme, un amant, puis un autre. Un amant, puis un autre, et un autre encore…

— Tu as l'air de croire que quand je vivais à Nichômachi, je menais une vie honteuse, mais moi, pour te dire la vérité, je n'en ai pas du tout honte. C'était dur, cette époque, mais en même temps je me sentais plutôt heureuse d'être une femme qui pouvait librement choisir ses hommes. Depuis que j'ai quitté Nichômachi et que je suis revenue à Tôkyô, je n'ai fait que m'ennuyer tout le temps. Et quand je pense que cette année je dois croquer quarante-cinq graines de soja, pour tout te dire, ça me fait bien de la peine…

Ikuyo avait laissé le dernier grain qui restait posé sur la table-chaufferette, et continuait à parler, en murmurant comme pour elle-même. C'était la première fois que la mère faisait ainsi ses confidences à sa fille. De la même façon que Tomoko s'était rendu compte que sa mère avait, comme elle, perdu les hommes de sa vie, Ikuyo n'avait-elle pas également pris conscience de la similitude de leurs destins, et n'était-ce pas ce sentiment de solidarité féminine qui avait abattu la barrière séparant la mère et sa fille ?

Tomoko avait fourré trois ou quatre graines de soja grillé dans sa bouche et les mâchait en même temps, les écrasant rapidement sous ses dents. Ce goût étrangement douceâtre, cette saveur qui restait indéfiniment collée au bout de la langue l'irritait. La coutume de répandre des graines de soja grillé dans la maison à la veille du jour de l'an venait d'une légende selon laquelle les démons ne pourraient gouverner le monde tant que les graines de soja grillé ne pourraient germer, et le goût de ces graines, elle ne savait pourquoi, évoquait pour elle la cruauté des démons de la légende.

Déglutissant après avoir avalé ses vingt-huit graines, elle se rendit compte qu'elle avait soif.

— Je boirais bien du thé, dit alors Ikuyo, saisie par la même idée.

Tout en servant le thé brûlant, après avoir puisé de l'eau dans la bouilloire en fonte qui chantait sur le brasero, Tomoko se demandait si la joie de compter les années qui passent n'appartenait qu'à l'enfance, et si les êtres ne faisaient plus ensuite que déplorer vainement le temps qui passe, au fur et à mesure qu'ils avançaient dans la vie, ou bien si cette tristesse venait seulement de leur situation actuelle, à sa mère et à elle-même.

— Hmm, c'est bon, fit Ikuyo en plissant les yeux après la première gorgée de thé.

Au milieu de cette atmosphère empreinte de tristesse, son expression était étonnamment belle. Elle avait le visage de quelqu'un qui se concentre purement sur la dégustation du thé. Tomoko en oublia un moment de boire le sien, tandis que la tasse lui brûlait la main.

Le lendemain, à l'hôtel Hanaya, on fêtait joyeusement et en avance l'arrivée du printemps selon l'ancien calendrier. Les clients commençaient à affluer. Tomoko s'était mise au travail comme pour y trouver son salut, après avoir d'abord craint de ne pas s'en sortir, privée de l'appui du comte. Depuis l'enterrement, elle était sans nouvelle de la maison Kônami, et n'avait reçu aucun message désagréable comme elle l'avait craint. Elle se demandait s'il fallait voir là une conséquence de l'influence de Nôzawa.

— Tomoko, Tomoko !

Tard ce soir-là, Ikuyo vint rendre visite à Tomoko dans sa chambre, alors que celle-ci était épuisée après avoir dû aider au départ de clients levés tôt et tenir compagnie à d'autres jusque tard dans la nuit. Ikuyo se glissa dans la chambre de sa fille, vêtue d'un peignoir voyant, recouvert d'une veste en coton matelassé. Elle s'était apparemment relevée. Sans doute était-elle venue voir plusieurs fois depuis la tombée de la nuit si Tomoko était rentrée. Elle avait dû finir par renoncer et aller se coucher à cause de l'heure tardive, puis s'était relevée en l'entendant arriver.

Tomoko, si fatiguée qu'elle avait à peine le courage de parler, demanda cependant à sa mère ce qui se passait, tout en dénouant la ceinture de son kimono et la bande de coton serrée autour de sa poitrine.

— J'ai reçu une lettre de Hachiran !

Son accent de joie manifeste déplut vivement à Tomoko, et la voix lui manqua pour répondre.

— Regarde-moi ça ! fit Ikuyo en sortant la lettre de l'enveloppe, et en brandissant sous le nez de sa fille plusieurs feuilles de papier à lettre, mais apparemment sans intention de lui en faire lire le contenu.

— Je me demandais pourquoi il n'avait pas envoyé ses vœux, et voilà !

Elle eut un petit rire cristallin :

— Il est en deuil !

— Qu'est-ce que tu dis ?

— Ecoute, Tomoko…

Ikuyo avait les traits détendus, comme un enfant plein d'une joie innocente.

— Sa femme est morte !

— Ça alors…

— Elle est morte juste avant la fin de l'année, c'est pour ça qu'il n'a pas pu envoyer de carte de vœux. C'est normal, il venait de devenir veuf !

Tomoko, stupéfaite, regardait sa mère continuer à rire d'un rire de gorge comme si elle racontait une histoire d'une irrésistible drôlerie.

XIV

Même en restant immobile, Tomoko sentait une sueur acide suinter de tous ses pores. Elle n'avait pas été sans songer à un séjour sous des climats plus tempérés pour échapper aux grandes chaleurs de l'été à Tôkyô, mais la disparition du comte Kônami l'avait laissée un peu dans la gêne, et, si l'atmosphère luxueuse de l'hôtel Hanaya ne s'en ressentait pas, elle ne pouvait néanmoins se permettre des dépenses personnelles irréfléchies. C'était le vent chaud de la côte, s'infiltrant jusqu'au cœur de la capitale, qui rendait la chaleur aussi accablante, et, par association d'idées, Tomoko songeait distraitement à la nouvelle que les rumeurs de la ville lui avaient amenée. Comme l'odeur de la mer que le vent chaud de l'été amenait jusqu'aux berges de la Tsukiji, le vent du hasard avait porté jusqu'à elle la nouvelle du mariage de Fumitake Ezaki.

Comme elle portait un kimono non doublé à même la peau, la sueur avait rendu le dessous de sa ceinture tout humide.

— Tomoko, Tomoko !

Assise dans le salon, elle sursauta en s'entendant appeler d'une voix stridente, et se retourna en direction du couloir, d'où venait la voix de sa mère.

— Enfin, maman, que…

De stupéfaction, elle en perdit un instant la voix. Ikuyo se tenait devant elle, vêtue à l'occidentale, tout en blanc, comme une danseuse de la troupe Takarazuka, et minaudait d'un air faussement gêné, le visage resplendissant de jeunesse.

— Qu'est-ce que c'est que cette tenue ?

— J'ai trouvé le modèle dans un magazine, et je l'ai copié. C'est réussi, tu ne trouves pas ?

Une large bande de tissu s'enroulait autour de sa poitrine, et la robe se poursuivait dans une étoffe différente d'abord serrée sur les hanches puis voltigeant jusqu'à quelques centimètres au-dessus des chevilles. Ces derniers temps, il n'était pas rare de voir des femmes habillées de la sorte se promener dans le quartier chic de Ginza, mais apparaître dans ce genre de robe était chose sans précédent au Hanaya, établissement japonais traditionnel tenu par une ancienne geisha. Et qui plus est, c'était la propre mère de Tomoko, une femme de quarante ans passés, qui arborait cette tenue !

Bouche bée devant ce spectacle, Tomoko observait sous toutes ses coutures la robe de sa mère, remarquant qu'elle était remarquablement bien taillée, d'une manière presque incroyable pour une femme ignorant même les rudiments de la couture à l'occidentale. En outre, Ikuyo avait une silhouette jeune et ravissante, il fallait reconnaître que le vêtement lui était seyant. La robe sans manches exaltait la peau éclatante de jeune fille de ses bras nus. Tomoko ajusta d'un geste machinal l'encolure de son sobre kimono de pongé.

— C'est agréable à porter, très frais.

Ikuyo entra en souriant dans la pièce, et s'assit à même le sol devant la table basse au milieu de la pièce, sans même tirer un coussin à elle.

— Maman, tu n'as quand même pas l'intention de sortir dans cette tenue ?

— Et pourquoi pas ?

— Ce n'est pas de ton âge, voyons !

— Ah bon ? Moi qui étais venue te demander de quoi m'acheter un chapeau et des chaussures pour aller avec…

Elle se tortillait et regardait sa fille en se mordillant les ongles exactement comme une jeune fille suppliant sa mère de lui acheter un article à la mode. La robe faisait ressortir les moindres détails de sa silhouette, et Tomoko n'osait lever les yeux sur ces courbes féminines, effarée à la pensée que ce corps était celui de sa mère.

— Et où comptes-tu aller habillée comme ça, avec ton chapeau et tes chaussures ?

— A Asakusa.

— Pardon ?

— Voir la revue de music-hall.

Tomoko comprit brusquement pourquoi Ikuyo, qui avait passé l'année précédente absorbée par ses ouvrages de broderie anglaise, sortait si souvent en ville depuis le printemps. Comme ses dépenses semblaient se limiter à l'argent de poche que lui donnait Tomoko, celle-ci n'était pas intervenue, bien qu'elle se soit aperçue de l'intérêt croissant que portait Ikuyo à la revue musicale Matsutake.

C'était certainement l'influence de ces spectacles à la mode qui l'avait incitée à porter des robes à l'occidentale. A la réflexion, il n'y avait rien de surprenant à ce qu'Ikuyo, si habile de ses doigts, ait eu envie de se coudre une ou deux de ces tenues occidentales en vogue. Pourtant, Tomoko ne pouvait s'empêcher de rester stupéfaite par la puérilité de sa mère.

— C'est donc si amusant, le music-hall ?

— Oui, c'est vraiment magnifique, et puis c'est drôle. Le théâtre traditionnel, c'est trop compliqué, dans une revue, il n'y a pas toutes ces intrigues, et Tsusaka Orie, elle est tellement jolie, si tu savais !

— Il y en a une autre qui s'appelle Taki, qui est très populaire aussi, non ?

— Oui, mais moi je préfère Tsusaka Orie. Elle a les yeux de ton père.

— De mon père ? répliqua Tomoko, étonnée, tandis qu'Ikuyo répondait sans se démonter :

— Oui. Ah, quels yeux il avait !

— Mon père à moi ?

Ce fut au tour d'Ikuyo d'être surprise :

— Mais bien sûr, de qui veux-tu que je parle ?

Tomoko avait oublié depuis longtemps qu'elle avait un jour eu un père, et voilà qu'Ikuyo faisait ressurgir ce souvenir. Elle était émue d'entendre Ikuyo parler de son père.

Seikichi Tazawa, c'est comme ça qu'il s'appelait. Papa, papa… La source d'une insondable nostalgie avait jailli soudain du fond de son cœur, nostalgie pour un père qui ne lui avait pourtant pas laissé le moindre souvenir. Et elle pensa soudain à l'unique moyen de calmer le choc que lui avait causé cette évocation.

— Maman, emmène-moi aussi.

— Hein ?

— A Asakusa. Moi aussi je voudrais voir le spectacle.

— Ça fait du bien au moral, tu sais. D'accord, allons-y ensemble.

Ikuyo était aussi heureuse qu'une enfant. Elle ajouta d'une voix enjôleuse :

— Dis, Tomoko, et pour le chapeau et les chaussures ?

— Il y a beaucoup de spectatrices habillées comme ça dans la salle ?

— Evidemment !

— Bon, je t'achèterai ce qu'il faut.

L'intensité de la joie qu'éprouva Ikuyo à se rendre à Ginza avec sa fille pour faire des emplettes laissa Tomoko abasourdie. Une mère de quarante ans passés, heureuse comme une gamine d'acheter des accessoires peu appropriés à son âge, et qui laissait sa propre fille les payer ! Tomoko en était presque dépitée, mais elle n'avait pas le choix, si elle voulait aller avec Ikuyo au music-hall pour voir cette fameuse Orie.

La revue Matsutake faisait concurrence à la revue Takarazuka, et avait été fondée à Ôsaka en l'an 12 de l'ère Taishô (1923), l'année du grand tremblement de terre, puis avait émigré à Tôkyô, faisant d'Asakusa son quartier général. Les troupes Tôhô et Matsutake se mirent alors à rivaliser de splendeur dans leurs spectacles. Quand Tomoko s'y rendit en compagnie de sa mère, c'était un peu avant l'âge d'or des spectacles de revues, mais l'engouement des « fans » pour leurs vedettes favorites avait déjà commencé, et il régnait au théâtre Matsutake une atmosphère étrangement surexcitée dès avant le lever du rideau.

C'était là une atmosphère totalement différente de celle des petites salles de théâtres avec lesquelles Tomoko était familière. Le théâtre Shintomo ou le Kabukiza faisaient souvent salle comble avec des spectateurs venus spécialement à la capitale pour assister à des représentations classiques, et Tomoko elle-même ne manquait pas de se rendre au théâtre au moins une fois par mois, mais elle s'aperçut au premier coup d'œil que la clientèle était ici fort différente. Les jeunes filles figuraient en nombre écrasant dans le public, ou plutôt, la majorité des places paraissaient occupées par des collégiennes.

Ikuyo attira bien entendu l'attention dans sa robe à l'occidentale, car elle avait beau avoir l'air jeune, elle paraissait tout de même plus de trente ans, et Tomoko, regrettant en son for intérieur d'être venue avec elle, se promit de lui interdire de porter à l'avenir ce genre de tenue. Mais dès que le rideau se leva, les jeunes filles qui les entouraient perdirent tout intérêt pour la tenue extraordinaire d'Ikuyo.

Une musique étrangement légère jaillit soudain à flots de la scène. Une troupe de femmes aux bras nus et aux jambes dénudées jusqu'en haut des cuisses apparut et se mit à danser en chassé-croisé avec un autre groupe de femmes coiffées de bérets et lançant haut leurs jambes recouvertes de longues robes.

— Wouaaa, wouaaa !

Les jeunes filles s'étaient mises à pousser des hurlements entre la plainte et le cri de joie. Ikuyo tapota le genou de Tomoko, qui restait bouche bée :

— Tiens, c'est elle, regarde !

Elle lui montrait du doigt un homme, ou plutôt une femme au long corps sinueux, travestie en homme, qui venait d'apparaître sur l'estrade et adressait un sourire radieux au public. Pendant un moment, les hurlements des jeunes filles couvrirent la musique. En voyant Ikuyo se redresser, les yeux brillants, Tomoko comprit qu'il s'agissait de Tsusaka Orie. Elle était vêtue d'un pantalon moulant et d'une somptueuse veste courte décorée de passementeries brillantes, mais avec ses yeux largement fendus, sa grande bouche, et surtout ses proportions, elle ne pouvait guère passer pour un homme. Tomoko, médusée, la regarda cependant danser et jouer sur scène en essayant de retrouver l'image de son père disparu.

Le spectacle se poursuivit sans aucune logique, avec des chants sans lien entre eux et des groupes de danseurs différents, qu'une spectatrice comme Tomoko, habituée au théâtre kabuki classique, était incapable de suivre. Au milieu de ce tourbillon de couleurs et de musiques, Tomoko continua à suivre des yeux les évolutions de Tsusaka Orie, mais, à la fin du spectacle, elle se sentit épuisée.

« Elle a les yeux de ton père... » avait dit Ikuyo, mais Tomoko ne retrouvait rien qui pût évoquer son père dans les yeux d'Orie Tsusaka, dont le maquillage de scène n'avait rien de commun avec celui des acteurs de kabuki qu'elle avait l'habitude de voir. A côté d'elle, sa mère, les yeux brillants d'excitation, retenait son souffle dès qu'Orie apparaissait sur scène, et était visiblement absorbée par le spectacle. Ce n'était pas là une manière très élégante d'évoquer le souvenir de son premier mari, mais sa ferveur dépassait celle d'un spectateur anodin qui prend simplement plaisir à regarder danser une troupe de music-hall. Tout le corps et l'esprit tendus vers la scène, Ikuyo regardait Orie d'une façon presque obscène, au milieu des hurlements des jeunes filles. Ah, ces cris de joie des jeunes filles. Leurs gémissements. Leurs soupirs... Pareil spectacle, qui mettait en scène une très belle femme travestie en homme, jouait habilement sur le processus psychologique consistant à transmuer en désir sexuel pour un homme l'admiration que ces adolescentes naïves croyaient vouer à une actrice.

Sur le chemin du retour, ni Ikuyo ni sa mère ne parlèrent. Encore sous le coup de l'excitation, Ikuyo paraissait perdue dans un rêve enchanteur, comme si elle contemplait dans l'espace devant elle le sourire de Tsusaka Orie. Tomoko marchait en silence à côté de sa mère. Elle la trouvait superficielle. Une femme de quarante ans passés qui se laisse aller à évoquer le souvenir d'un homme grâce à une danseuse travestie... Cette idée la remplissait de dégoût. Le gouffre qu'avait ouvert dans son cœur l'annonce du mariage d'Ezaki ne pouvait certes pas être guéri par ce genre de spectacle, mais Ikuyo, elle, délaissait aussi bien ses kimonos que sa broderie pour s'adonner à ces spectacles vulgaires.

Ikuyo parut enfin revenir à elle sur le chemin longeant les berges de la Tsukiji, quand elles arrivèrent en vue de la porte d'entrée du Hanaya, après avoir traversé le pont Mihara, car elle fit alors remarquer en haussant frileusement les épaules :

— Le temps s'est rafraîchi !

Deux mois s'étaient déjà écoulés depuis que Tomoko lui avait promis d'aller avec elle voir ce spectacle, à cause des séjours d'Orie Tsusaka à Ôsaka, et Ikuyo était certainement plus sensible à l'approche de l'automne dans sa robe légère qu'avec un kimono.

Tomoko, avec ses sandales de paille, avait l'impression d'être à nouveau une petite fille marchant à côté de sa mère, tant les talons hauts d'Ikuyo renforçaient leur différence de taille. Etrange illusion, qui n'avait pu être provoquée par un souvenir nostalgique du passé, puisqu'en réalité Ikuyo ne s'était jamais comportée comme une mère envers elle. Ces chaussures à talons, ce chapeau, c'était elle qui les avait offerts à sa mère, sur sa demande. Cette mère démesurément grandie par une tenue qui n'était pas de son âge et cette fille trop petite devaient former un étrange couple aux yeux des passants.

— Maman, qu'est-ce que tu lui trouves de si bien, à cette Orie ?

— Mais tout, voyons ! Pas un homme ne lui arrive à la cheville !

— Oui, elle est jolie.

— Ah, non, jolie n'est pas le mot…

— Ça, tu as raison !

La servante vint les accueillir à l'entrée de l'hôtel :

— Madame, monsieur Nôzawa est là.

— Ah, bon ? Que peut-il vouloir ?

— Il a pris une chambre.

— Une chambre ? !

Tomoko se hâta vers la chambre la plus luxueuse de l'hôtel, dans l'aile du fond, et y trouva Nôzawa, vêtu d'un peignoir qui lui dénudait la poitrine, assis à même les nattes, un genou en l'air dans une position peu protocolaire, et contemplant un échiquier de go d'un air songeur.

— Bienvenue au Hanaya !

— Ah, te voilà de retour ! Où étais-tu donc ?

— Au music-hall.

— Ho ho ! Tu es encore plus jeune que tu n'en as l'air ! Comment était-ce ? Il paraît que c'est plutôt animé comme spectacle.

— Ce n'est pas d'un niveau très élevé, mais c'est surprenant.

— Ah ah ah ! Dans le monde en mutation où nous vivons, les surprises ne manquent pas !

Après avoir ri de bon cœur, Nôzawa revint à son échiquier, serrant ses lèvres épaisses l'une contre l'autre. Cela faisait plus de dix ans qu'elle le connaissait. Ces dix années avaient vu décliner puis disparaître le comte Kônami, mais Nôzawa, lui, les avaient traversées sans le moindre changement. Ses cheveux à peine moins abondants étaient restés du même noir, et ni sa peau cuivrée, ni son grand front, ni son nez robuste, n'avaient subi la moindre altération.

— Vous comptez donc séjourner ici ? demanda doucement Tomoko.

Jusqu'ici, Nôzawa n'était venu au Hanaya que pour rendre visite à un de ses amis qui y séjournait sur ses recommandations, mais il n'y avait jamais pris de chambre pour lui-même. Tomoko ressentait le besoin de vérifier par elle-même la véracité des propos de la servante, tant cela l'étonnait. Mais Nôzawa déplaça bruyamment un pion blanc sur l'échiquier, puis regarda Tomoko en hochant la tête :

— Oui, je m'en remets à vos bons soins.

— Combien de temps comptez-vous rester ?

— Un mois environ. Si cela vous pose un problème, je prendrai une chambre ailleurs.

— Non, cela me convient parfaitement, je suis très honorée que vous ayez choisi mon établissement. Simplement, comme je ne suis pas habituée à vous avoir ici comme client, n'hésitez pas à me signaler ce qui ne va pas.

— Je manque de saké.

— Très bien.

— On ne peut pas faire venir de geishas chez vous ?

— Je préfère que vous vous en absteniez, par égard pour les autres clients.

— Très bien, très bien. Nous ne sommes pas loin de Shimbashi, je peux toujours aller voir des geishas là-bas.

— Voyons, allez plutôt jusqu'à Akasaka, c'est tout de même plus élégant.

Nôzawa rit en relevant la tête.

— Vous avez le sens du devoir vis-à-vis de votre ancien quartier !

— Akasaka, c'est comme ma maison de famille.

— Même si vous trouviez un mari à Tsukiji ?

Cette plaisanterie avait échappé à Nôzawa, qui se mit à rire. Tomoko fit écho à sa gaieté mais une fois dans sa chambre, elle repensa à cette petite phrase avec un arrière-goût amer. A la réflexion, elle avait atteint son âge actuel sans se marier une seule fois.

Ikuyo n'était pas dans les appartements de sa fille. Elle était certainement enfermée dans sa propre chambre, serrant une photo de Orie Tsusaka sur son cœur.

Ce n'était pas la peine de demander à la patronne du Hanaya pour quelle raison Shûichi Nôzawa avait préféré son établissement aux nombreux autres du même style que l'on trouvait à Tôkyô, ni pourquoi il comptait y séjourner un mois entier. Depuis la grande panique financière, trois ans auparavant, il y avait eu une vague d'arrestations de membres du parti communiste et le gouvernement avait créé une force de police spéciale. Le 16 avril de l'an 4 de Shôwa (1929), Hamaguchi, le nouveau chef de cabinet, avait été assassiné par balles, et même des gens sans éducation et sans aucune connaissance en matière de politique, ou qui ne lisaient jamais les journaux comme Tomoko, avaient eu vent des bruits alarmants concernant la situation mondiale. L'époque était si troublée qu'il n'y avait rien d'étrange à voir un homme comme Nôzawa, d'une influence reconnue dans le monde de l'industrie, et qui d'après la rumeur tirait aussi des ficelles dans le monde politique, éprouver le besoin de disparaître quelque temps parce que des menaces pesaient sur sa vie.

Nôzawa recevait une ou deux fois par jour des visites d'industriels, ou de messagers de personnalités politiques, et dans la journée un jeune homme, apparemment son secrétaire, venait écouter ses directives ou recevoir les visiteurs avant de les introduire auprès de son maître. Son travail terminé, ce jeune homme repartait lui aussi, si bien que Nôzawa passait souvent la journée seul devant son échiquier de go.

— Vous allez vous déprimer à rester enfermé ainsi ! Pourquoi n'irions-nous pas ensemble à Akasaka nous distraire un peu ?

— Bah, à mon âge, on n'a plus besoin de femmes, tu sais. Le go m'amuse davantage que la compagnie des geishas.

— Cessez donc de plaisanter !

— Je ne plaisante pas. En fait, je me sens bien mieux ici que tu ne le penses, et je n'ai aucune envie de sortir. Les servantes sont très attentives, en un mot parfaites. Quoi de plus normal, avec une patronne comme toi !

— Vous me flattez, merci.

— Depuis ma jeunesse, je fonce tête baissée et maintenant que je me retrouve brusquement avec du temps libre, je ne sais plus m'amuser, c'est l'âge qui veut ça ! Et moi qui pensais que seuls les rentiers de naissance disposaient d'aussi longues périodes d'oisiveté !

— Monsieur Nô, arrêtez donc de vous plaindre de votre âge. Votre carrière n'est pas encore terminée, que je sache ?

— Il me reste cinq ans, tout au plus.

— Quand je vous ai rencontré à Akasaka, vous aviez déjà plus de quarante ans ?

— J'avais l'air si vieux ?

— Vous étiez le seul à tutoyer le comte Kônami, et vous aviez la même dignité qu'aujourd'hui.

— Voilà deux ans maintenant que le comte est mort.

— Oui, on célébrera bientôt le troisième service commémoratif de sa mort.

— Cet homme-là symbolisait un certain Japon paisible. C'est rare de trouver dans la noblesse un homme aussi calme que lui. Il était également perspicace, puisqu'il a su te découvrir, au milieu de toutes les beautés que comptait Akasaka.

— Dommage que je n'ai pas été une beauté. Enfin, grâce à lui je suis tout de même arrivée à mener ce modeste commerce.

— Allons, ne le prends pas mal ! Dis-moi plutôt, tu ne me trouves pas plus raffiné qu'autrefois quand je bois ?

— Si, vraiment. Vous vous faisiez plutôt remarquer au cours de vos beuveries…

— Cela fait combien d'années maintenant ?

— J'étais une apprentie qui servait à boire à l'époque, cela fait donc, voyons, plus de dix ans.

— C'est exact. Toi aussi, tu avais déjà de la dignité…

Nôzawa faisait allusion à la fameuse soirée où il avait poursuivi Tomoko pour lui donner un baiser de force, et où elle l'avait repoussé en maintenant sa manche devant sa bouche.

L'évocation de ces souvenirs vieux de plus de dix ans les rendit nostalgiques et les rapprocha à un point presque gênant, même s'ils leur laissaient à tous deux la conscience en paix.

Une habitude s'installa entre eux, ils n'auraient su dire à quel moment : Tomoko venait elle-même lui porter son repas du soir. Nôzawa s'en réjouissait, et Tomoko s'en faisait également une joie toute la journée, jusqu'au moment où elle entrait dans sa chambre, le plateau du dîner dans les mains.

— Ah, le comte a eu bien de la chance ! Le seul fait d'être servi par toi apporte un tel réconfort !

— …

— Dis-moi, depuis que tu es seule, beaucoup de tes clients ont dû tenter de prendre la succession du comte, non ? Tu t'habilles bien discrètement, mais tu n'as pas même trente ans, je pense ?

— Monsieur Nô !

— Hmm ?

— Monsieur le comte a été très bon pour moi, et de mon côté, je l'ai servi de mon mieux, je ne regrette vraiment rien. Je lui suis infiniment reconnaissante, car même cette modeste auberge, c'est à lui que je la dois, mais je n'envisage absolument pas d'être entretenue à nouveau, par qui que ce soit.

— Aurais-tu refusé quelques-uns de ces malheureux, par devoir envers le comte ?

— Absolument pas.

Tomoko était assise à genoux à côté du grand bol de bois contenant le riz, et, serrant ses mains posées l'une sur l'autre sur ses genoux, elle leva la tête vers Nôzawa et lui dit résolument :

— Cela vous fera peut-être rire, mais la prochaine fois qu'il y aura un homme dans ma vie, j'ai l'intention d'exiger le mariage.

Que ressentit Shûichi Nôzawa à ces mots ? Ses baguettes tendues vers le plat en face de lui restèrent en suspens, et, figé dans cette position, sans même regarder Tomoko, il parut réfléchir à ce qu'elle venait de dire.

— Quand on entretient des relations qui vous empêchent d'assister à l'enterrement de l'être aimé, on s'aperçoit que l'amour et l'attention qui existaient entre vous n'ont finalement servi à rien. A la réflexion, jamais je n'ai pu apparaître fièrement dans le monde en sa compagnie. Je ne veux plus jamais être la maîtresse d'un homme, même s'il s'agit de l'être le plus merveilleux au monde.

Nôzawa resta un long moment silencieux, puis laissa simplement tomber :

— Ah bon ? Oui, je comprends.

Nôzawa commandait du saké tous les soirs, mais n'en buvait pas plus de trois coupes. Après le repas, soit il s'endormait comme une souche au bout d'une heure, soit il se mettait à déclamer des poèmes chinois d'une voix de stentor, puis lisait les journaux et restait jusque tard dans la nuit à lire ou à écrire. Le rôle de Tomoko auprès de lui s'achevait avec la fin du repas.

« Je ne veux plus jamais être la maîtresse d'un homme, même s'il s'agit de l'être le plus merveilleux au monde. La prochaine fois qu'il y aura un homme dans ma vie, j'ai l'intention d'exiger le mariage… »

Une fois de retour dans ses appartements, Tomoko regretta légèrement de s'être laissée aller à exprimer le fond de sa pensée devant Shûichi Nôzawa, simplement parce qu'il s'agissait d'un homme à l'esprit généreux et compréhensif. Après tout, il était chez elle en tant que client. N'avait-elle pas dit quelque chose qu'il aurait été préférable de taire, étant donné son passé de geisha, même si elle le pensait sincèrement ?

L'amant suivant… Elle réfléchit à l'expression qu'avait employée récemment Ikuyo. Le visage de Shûichi Nôzawa se mit à flotter devant ses yeux, et elle se sentit affolée : non, pas de bêtises de ce genre, elle ne voulait plus être la maîtresse d'aucun homme. Nôzawa devait avoir une famille merveilleuse, une femme, des enfants…

La solitude et la frustration poussaient sa mère à se farcir la tête de spectacles pour midinettes. Cela avait un côté froid et désagréable. Elle aurait davantage supporté de voir sa mère s'amouracher d'un acteur de kabuki, comme les courtisanes d'autrefois, mais Ikuyo, qui n'avait pas été élevée à Tôkyô, ne savait apprécier ni les spectacles de kabuki ni le théâtre nouvelle vague.

Ainsi la fille de près de trente ans et la mère de quarante ans passés, veuves toutes les deux, coulaient des jours vains dans la même tristesse et la même solitude, l'une sans bouger de chez elle, l'autre en allant de spectacle en spectacle. A cette pensée, Tomoko avait le cœur serré, mais d'autre part, quand elle se rappelait la franchise dont elle avait fait preuve vis-à-vis de Nôzawa, elle se sentait plus forte. Vivre seule avait au moins l'avantage de lui éviter la honte d'être la maîtresse d'un homme marié.

Nôzawa quitta l'hôtel après plus d'un mois de séjour. Quelques jours plus tard, Ikuyo se précipitait dans la chambre de sa fille, le visage éclatant de joie :

— Tomoko, Tomoko !

Tomoko, occupée à vérifier les comptes en compagnie de la domestique en chef, leva la tête en fronçant les sourcils :

— Que se passe-t-il ?

Dès qu'elle eut aperçu l'homme derrière sa mère, elle laissa tomber son boulier sur ses genoux. La servante, qui maniait les boules à petits coups, se leva aussitôt et quitta la pièce, après avoir refermé et posé le livre de comptes sur la table.

— Mademoiselle, excusez-moi, voilà bien longtemps que je ne vous avais donné de nouvelles.

Celui qui la saluait ainsi depuis le couloir en baissant la tête n'était autre que Hachirô.

— Eh bien, eh bien !

Cela faisait sept ans qu'elles s'étaient réfugiées à Wakayama après le grand tremblement de terre de Tôkyô. Même après si longtemps, elle reconnut immédiatement Hachirô, qui avait maintenant plus de quarante ans. Son front terriblement dégarni paraissait deux fois plus large qu'autrefois.

— Tomoko, c'est Hachirô !

En voyant l'air stupéfait de sa fille, Ikuyo semblait craindre qu'elle n'ait oublié son nom.

— Je sais. Il n'y a que lui qui m'appelle encore mademoiselle, comment pourrais-je ne pas le reconnaître ?

Tomoko invita chaleureusement Hachirô à entrer et à prendre un coussin pour s'asseoir. Mais Hachirô, qui avait un rigide sens du devoir, refusa le coussin avec la dernière énergie, et préféra rester sur les nattes, peut-être en souvenir de la hiérarchie d'autrefois.

— J'ai appris que vous aviez perdu votre femme ?

Elle se disait que sa façon de l'appeler Hachiran était un peu familière, aussi avait-elle choisi aussitôt un sujet de conversation.

— Oui, le troisième anniversaire de sa mort vient d'être célébré, répondit Hachirô.

— Combien d'enfants avez-vous ?

— J'en ai deux, mais ils sont assez grands pour se débrouiller seuls maintenant, et comme madame votre mère a eu la gentillesse de m'inviter à Tôkyô… Madame votre mère vient de me dire que vos affaires étaient prospères et qu'elle était vraiment heureuse ici.

C'était bien la première fois que Tomoko entendait parler de cette invitation, et sur le moment cela la rendit furieuse, mais après tout il s'était occupé de sa mère pendant leur séjour à Wakayama, il était naturel de lui rendre la pareille. Elle ne pouvait reprocher à Ikuyo d'avoir invité à Tôkyô pour le consoler un homme qui avait perdu sa femme.

— Vous êtes le bienvenu. Comme vous pouvez le voir, nous tenons une auberge, aussi les chambres ne manquent-elles pas. Je ne pourrai pas m'occuper beaucoup de vous, mais si cela ne vous dérange pas, vous pouvez rester ici autant qu'il vous plaira.

— Merci infiniment. Mais je tiens un commerce, alors…

— Ah, l'horlogerie !

— Oui. Les affaires marchent bien, mais un patron ne peut rester absent trop longtemps, aussi, si vous me le permettez, je profiterai trois ou quatre jours de votre hospitalité avant de rentrer à Ôsaka.

— Si peu ? Quel dommage ! Enfin, si vous voulez vous distraire, la salle de kabuki est juste à côte d'ici, c'est commode. Tiens, maman, tu pourrais aussi emmener Hachirô voir le music-hall à Asakusa.

Elle avait dit cela sans grand enthousiasme, mais Ikuyo prit la proposition très au sérieux.

— J'en avais bien l'intention, répondit-elle.

Les jours suivants, Tomoko les vit sortir souvent ensemble, mais n'y prêta guère attention. Elle ne s'inquiétait pas, ayant remis un peu d'argent d'avance à Ikuyo en se disant que son argent de poche habituel ne suffirait pas à distraire son invité. L'absence de Nôzawa la préoccupait davantage : il lui manquait. Elle devait cependant amèrement regretter par la suite d'avoir encouragé Ikuyo à emmener son invité au spectacle, car cette surenchère n'était vraiment pas nécessaire.

« Je ne veux plus jamais être la maîtresse d'un homme, même s'il s'agit de l'être le plus merveilleux au monde. La prochaine fois qu'il y aura un homme dans ma vie, j'ai l'intention d'exiger le mariage. »

Si Nôzawa était resté les baguettes en l'air en l'entendant dire cela, était-ce parce qu'il avait entrevu ce que cachait au fond le cœur de cette femme, que tout le monde avait cru être l'heureuse maîtresse du comte Kônami de son vivant ? Avec son caractère franc mais sensible, avait-il compris à ces simples mots toute la tristesse du sort de Tomoko pendant ces dix années passées auprès du comte ? Tomoko regrettait cependant d'avoir oublié devant Nôzawa l'art consommé de la dissimulation qu'un dur entraînement lui avait pourtant inculqué au cours de son apprentissage. Les souffrances et le chagrin passés ne devaient jamais être avoués à autrui, même si on les ressassait seul avec soi-même : c'était l'un des grands principes du monde où elle vivait.

Une fois Nôzawa parti, Tomoko commença à se sentir désœuvrée chaque soir aux alentours de l'heure où elle avait coutume de lui porter son dîner. Vérifier les comptes ou aller faire un tour dans les cuisines lui paraissaient des tâches on ne peut plus fastidieuses, et elle finit par se dire que le mieux dans ce cas-là serait encore de se mettre à la broderie.

Tomoko était très différente de sa mère, au physique comme au moral, mais lui ressemblait quant à l'habileté manuelle. Elle n'avait eu le temps d'apprendre la couture ni au temps où elle était apprentie ni une fois devenue geisha, mais elle possédait le talent de monter des kimonos avec simplement du fil et une aiguille, même sans mètre. Cela faisait environ deux ans qu'Ikuyo n'avait plus touché à ses ouvrages de broderie anglaise, mais le matériel nécessaire devait être rangé quelque part dans sa chambre, elle avait même une idée de l'endroit : certainement dans le petit meuble laqué à tiroirs placé à côté de sa coiffeuse.

Ikuyo, qui considérait les affaires de sa fille comme lui appartenant, ne se gênait pas pour entrer dans sa chambre en son absence et manger par exemple les gâteaux qu'elle trouvait dans le buffet, aussi Tomoko n'éprouvait-elle aucun scrupule à l'idée de prendre le nécessaire à broder de sa mère dans sa chambre en son absence. Elle ne pensait qu'à sa joie de partager un des divertissements favoris de sa mère. Tant de choses lui étaient incompréhensibles dans la personnalité d'Ikuyo que se rappeler leurs rares points communs l'emplissait de joie.

Tomoko se hâta à pas légers dans le couloir vers l'annexe où se trouvaient les appartements de sa mère. Pour aller jusqu'à sa chambre il fallait traverser une froide galerie extérieure de cinq mètres de long simplement couverte d'un toit, reliant le bâtiment principal à l'aile annexe, mais il était tout de même possible d'aller jusque-là en socquettes, sans enfiler ses socques de bois.

Une fois devant le petit bâtiment, Tomoko s'arrêta net. Elle croyait Ikuyo partie depuis le matin en compagnie de Hachirô pour se rendre à un spectacle. Or, elle les entendait tous les deux discuter sur un ton assez animé.

— Moi, ça m'est bien égal…

— Mais écoutez…

— Tu n'en as donc pas envie, Hachirô ?

— Pas envie ? Que dites-vous là ? Vous ne pouvez pas savoir combien de fois j'ai pleuré en mordant mon oreiller, bien avant de partir comme conscrit, parce que je ne pouvais pas vous oublier, même après votre remariage avec le fils du notable. Cette période a été un cauchemar pour moi. Et c'est pour ça que je suis parti à Ôsaka, je ne pouvais plus vivre à Nishinoshô.

— Arrête de ressasser le passé, je te demande ce que tu comptes faire maintenant. Maintenant, Hachirô !

— J'ai toujours les mêmes intentions. Dès que j'ai reçu votre lettre, ne me suis-je pas précipité à Tôkyô en laissant tomber ma boutique ?

Tomoko avait vite fait de reprendre ses esprits et souriait à l'idée d'être tombée au beau milieu d'une scène d'amour, mais l'instant d'après, la réplique d'Ikuyo lui coupa le souffle :

— Eh bien alors, emmène-moi avec toi à Ôsaka !

— Ma foi non, c'est impossible !

— Tu n'en as pas envie, c'est bien ce que je dis !

— Je n'oserais pas dire une chose pareille. Mais simplement, rendez-vous compte, je suis veuf, ma femme est morte ! Et je n'ai que quarante ans ! Je ne peux répondre de rien, si la femme dont j'étais amoureux dans ma jeunesse venait vivre sous mon toit.

— Mais puisque je te dis que ça m'est égal !

— Madame !

— Hachiran, tu n'as pas envie ?

— Alors, vous vous marieriez avec moi ?

Tomoko ne pouvait plus rester sans rien faire à écouter cette conversation et avait déjà tourné les talons, mais à cette réplique de Hachirô, elle trébucha et faillit tomber dans le couloir.

Se marier !

Il lui faisait une proposition de mariage, rien de moins ! Elle avait quarante-cinq ans, lui à peine quarante, et il lui proposait le mariage ! Des événements incroyables étaient en train de se dérouler pratiquement sous ses yeux, de l'autre côté de cette cloison de papier !

Le mariage… Ce dont elle-même avait rêvé si longtemps. Elle en avait rêvé, et la moitié de sa vie l'avait entraînée en sens inverse, l'obligeant à être la maîtresse d'un vieillard, dur apprentissage dont elle n'était libérée que depuis deux ans. Et le prochain homme qu'elle rencontrerait, elle voulait qu'il l'épouse ! Elle avait été jusqu'à révéler le fond secret de ses pensées à Nôzawa. Et voilà que maintenant, presque sous ses yeux, derrière cette cloison, un homme faisait à sa mère une proposition de mariage !

Le silence régnait maintenant. Ikuyo avait-elle simplement baissé la tête en signe d'assentiment ? Ou plutôt, une main sur les genoux de Hachirô, n'était-elle pas en train de prendre une pose aguichante ?

Au bout d'un long moment, Tomoko entendit Hachirô demander :

— Qu'en dites-vous ?

— Que veux-tu que je te dise ? Moi je n'ai que ma fille, et elle ne se soucie guère de moi.

— Je crains seulement que ce ne soit difficile pour vous de quitter cette magnifique résidence pour la modeste demeure d'un horloger d'Ôsaka.

— Hachiran, cette maison est peut-être grande, mais le seul endroit où je sois un peu libre, c'est dans cette petite pièce. Je vis dans la solitude, même les servantes se moquent de moi, c'est vraiment pénible, tu sais ! Dis, Hachiran, je voudrais que tu m'emmènes loin d'ici, que tu me délivres.

— Ne dites pas de choses pareilles, je n'en suis pas digne !

— Hachiran…

Son ton jusque-là éclatant d'énergie avait brusquement changé, sa voix s'était faite rauque.

— Tu n'as pas envie de moi ?

— Pensez-vous que je serais venu aussi vite d'Ôsaka si je n'avais pas envie de vous ? Mais je pensais à notre différence de rang, et je croyais être amoureux sans espoir de retour, aussi, je ne sais plus trop où j'en suis, je suis tout retourné !

— Hachiran !

— Madame !

— …

— Vous êtes sûre que…

— Oh, tais-toi donc, Hachiran !

Tous deux, les mains entrelacées, entendirent nettement le léger bruit de pas qui s'éloignaient en courant dans le couloir.

Hachirô sursauta et retira sa main, mais Ikuyo, retenant les doigts noueux à la peau rêche, fit avec un petit rire :

— Ce n'est rien, c'est Tomoko !

Seul le rouge profond des fruits pendant à profusion aux branches du prunier perçait les ténèbres du jardin, et leur vue frappa Tomoko tandis qu'elle se précipitait de toutes ses forces vers le bâtiment principal. Ralentissant sa course, elle se rendit compte qu'elle tremblait de tout son corps. Elle aurait voulu sortir du Hanaya et continuer à courir ainsi le long de la rivière Tsukiji jusqu'au bord de mer.

XV

Quand Tomoko fit glisser la cloison de papier pour entrer dans la pièce sans le moindre mot d'excuse, Ikuyo et le marchand de tissus levèrent la tête d'un air surpris. La richesse de coloris et de motifs des coupons de soie étalés à profusion dans la pièce sauta immédiatement aux yeux de Tomoko : motifs de croisillons, de nids d'abeille, de fleurs de cerisier ou d'églantier, de barques, de grains de riz, de nœuds sans fin, tous ces petits motifs typiques d'Edo étaient présentés dans les coloris également typiques de la capitale : mauve, lavande, lie-de-vin, violet sombre, vert tendre de jeune bambou…

— Ah, madame la patronne. Merci, merci. J'étais justement en train de féliciter madame votre mère pour l'heureuse nouvelle.

Le commis principal du Matsuya s'étant ainsi embarrassé dans ses étranges compliments, ce fut au tour d'Ikuyo de regarder Tomoko avec un rien de coquetterie et d'expliquer :

— Une fois à Ôsaka, je ne pourrai plus acheter ce genre de choses, alors j'ai appelé le marchand d'étoffes pour préparer mon trousseau.

Tomoko, assise au beau milieu de la pièce, raidie par la colère, ne répondit ni à l'un ni à l'autre. Obstinément silencieuse, elle ne cessait de parcourir du regard l'étalage de somptueuses couleurs. Elle était froissée par le ton du marchand qui semblait vouloir faire ressortir tout le ridicule du remariage de sa mère, et les minauderies d'Ikuyo parlant de son trousseau de mariée à quarante-six ans passés lui donnaient la nausée. Non seulement elle n'avait pas envie de leur répondre, mais elle se refusait également à leur manifester la moindre sympathie.

— Je suis resté bien longtemps, veuillez m'excuser. Je vous ferai porter tout cela au plus tôt.

Le marchand repliait en hâte ses coupons et se préparait à battre en retraite en débitant à Ikuyo des politesses incompréhensibles à sa fille.

— Qu'est-ce que vous lui ferez porter ? demanda-t-elle sans les regarder ni l'un ni l'autre.

— Eh bien, les tissus pour le dos et la bordure complétant la pièce pour kimono que madame a eu l'obligeance de m'acheter.

— Que *qui* vous a acheté ?

— Eh ? Je veux dire, madame votre mère.

— Parfait. Car je vous préviens que ce n'est pas moi qui vais les payer.

— Eh ?

Le commis, interloqué, s'arrêta un instant de plier sa marchandise, puis se mit immédiatement à sourire :

— Madame plaisante sans doute ? Ce n'est pas gentil de vous moquer ainsi de ma misérable personne.

— Je ne plaisante absolument pas. Il me semble parfaitement normal que ma mère règle elle-même ces achats. Je vous prie donc de ne pas les mettre sur mon compte.

Le marchand pâlit devant ce ton ferme et cette attitude inébranlable, et continua un moment à rouler ses coupons sans rien dire. Il y avait tant de rouleaux étalés dans la pièce que venir à bout de cette tâche nécessitait un certain temps même pour un vendeur expérimenté comme lui. Tomoko regardait d'un air absent les pièces de soie glisser sur les nattes comme des créatures vivantes, et les petits motifs qui les ornaient onduler tandis que le commis les roulait. Un kimono de soie indigo couvert de petits motifs évoquant de la peau de requin semblait luire comme le ventre d'un poisson, un kimono à rayures avec des fils d'or serpentait sur les nattes.

Le marchand, paraissant comprendre que garder le silence valait mieux pour son commerce que parler à mauvais escient, entassa dans un coin de la pièce les coupons choisis par Ikuyo, enveloppa le reste dans son baluchon, puis se retira prestement après avoir lancé :

— Veuillez m'excuser de vous avoir dérangées. Merci encore de votre fidélité à notre magasin.

Une fois privée de ces luxueux tissus, la pièce de six nattes parut plus dénudée encore que d'habitude, comme un rivage dont la marée s'est retirée. Tomoko restait assise en silence, l'air buté.

— Dis, Tomoko.

N'y tenant plus, Ikuyo lui adressa la parole sur un ton d'enfant gâté.

— Ne sois pas méchante, allez, achète-les-moi.

Cette expression enfantine ne fit qu'accroître l'agacement de Tomoko, qui cracha :

— Enfin, quel âge as-tu, maman, pour parler de trousseau comme une jeune fille ?

— Mais je me marie ! Un trousseau de mariage, c'est un trousseau de mariage, quel que soit l'âge qu'on a.

— Tu as l'intention de coudre ces kimonos toi-même ?

— Hmm.

Ikuyo se glissa à genoux jusqu'aux coupons laissés par le commis et se pencha avec amour sur les rouleaux de soie pour les déployer devant elle. Une averse de grains de riz blancs sur fond mauve, une peau de requin vert tendre, et des motifs coniques couleur lie-de-vin qu'elle semblait affectionner particulièrement, car quand elle eut déployé ce dernier coupon, elle se mit à le contempler inlassablement d'un air extatique. Elle était maintenant rassurée, sûre que Tomoko, une fois son accès de mauvaise humeur disparu, finirait par payer la note du marchand de tissus.

Tomoko tremblait presque de rage devant la grossièreté des stratagèmes de sa mère. Elle ne comprenait pas elle-même pourquoi elle bouillait à ce point de colère. Pourquoi la seule idée du mariage de sa mère l'énervait-elle à ce point, pourquoi ce mariage lui paraissait-il la chose la plus ignoble, la plus obscène, la plus sale qui fût au monde ?

Quand Ikuyo et Hachirô étaient venus la voir en chœur vers la fin de l'année pour lui annoncer leurs fiançailles, elle avait beau s'y attendre, le choc l'avait laissée un moment sans voix.

— Si vous n'y voyez pas d'inconvénient, mademoiselle, comme madame m'a déjà donné son accord, nous pensons organiser la cérémonie au plus tôt.

Hachirô se tenait devant elle, comme s'il s'adressait à la mère de sa fiancée, dans l'attitude humble d'un petit horloger d'Ôsaka s'adressant à la patronne d'une auberge luxueuse de la capitale.

— Hachiran, sais-tu quel âge a ma mère ?

— Euh, oui…

— Dis-moi voir.

— Elle a cinq ans de plus que moi…

— Elle a quarante-six ans, bientôt quarante-sept, autant dire presque la cinquantaine.

— Oui.

— J'ignore comment s'est passée ta proposition, mais que dirais-tu d'y réfléchir une dernière fois ? Je ne te ferai aucune critique, mais, Hachirô, je crois que tu devrais rentrer seul à Ôsaka, bien réfléchir de ton côté, et nous en reparlerons par la suite.

Ikuyo fixait Tomoko depuis un moment avec une moue de mécontentement, et finit par intervenir, comme si elle ne pouvait en endurer davantage :

— Tomoko, pourquoi t'opposes-tu à notre mariage, hein ? Nous ne sommes plus des enfants, Hachirô et moi, et cette décision, nous l'avons prise ensemble. Qu'est-ce que tu nous chantes maintenant, à lui dire de rentrer seul à Ôsaka pour réfléchir ? C'est moi ta mère, rappelle-toi bien ça !

Tomoko fut plus agacée qu'elle ne s'y serait attendue de s'entendre rappeler ainsi à l'ordre par Ikuyo. Elle se tourna vers le fiancé en ignorant sa mère, et ouvrit à nouveau les hostilités.

— Hachiran ! Ma mère n'est plus ni la jeune maîtresse de la maison Sunaga que tu as connue autrefois, ni la jeune veuve qui s'est remariée avec le fils du chef de village. Elle a deux autres enfants en dehors de moi. Le savais-tu ?

— Je sais qu'elle a eu la petite Yasuko avec le fils du notable, mais…

— Quand elle vivait dans un bordel de Shizuoka, elle a eu un fils, je ne sais pas de qui. A peine né, elle l'a abandonné, et depuis nous n'avons jamais eu de nouvelles de lui.

— …

— Tu ne savais pas non plus qu'elle avait vécu dans un bordel de Shizuoka, je suppose ? Eh oui, ma mère s'est prostituée pendant quatre ans à Nichômachi. Moi, elle m'avait vendue au même bordel, mais comme apprentie geisha, alors je suis bien placée pour te parler d'elle en ce temps-là. On l'appelait la courtisane Kokonoe, elle était la favorite du bordel et se montrait bien arrogante, mais elle faisait la même chose que les putains de Wakayama !

— Tomoko, comment oses-tu…

Ikuyo tenta de s'interposer d'une voix stridente, mais Tomoko poursuivit :

— Hachiran, si tu me dis que tu étais au courant de tout cela, je ne ferai rien pour t'arrêter. Mais tu as été marié à la fille d'un horloger honorable qui t'a adopté dans sa famille, et même si ton épouse est décédée, tu as encore de la famille. Pour ton propre bien, je crois qu'il vaut mieux bien réfléchir avant d'épouser en secondes noces une ancienne prostituée, de presque cinquante ans, qui plus est. Tu dois aussi penser à l'éducation de tes enfants.

— Tomoko !

Ikuyo, hors d'elle, se mit à pousser des hurlements stridents :

— Moi, je suis peut-être une putain, mais toi alors ? Tu n'es qu'une geisha !

— Il n'y a rien de comparable entre une prostituée et une geisha.

— Et quand tu as arrêté de faire la geisha, qu'est-ce que tu as fait, hein ? Avec l'argent de qui tu l'as construit, cet hôtel ? En étant la maîtresse d'un homme marié, voilà comment tu t'en es sortie ! Si moi je suis une prostituée, elle, c'est une concubine, hein, Hachirô, elle a beau prendre ses grands airs, elle n'est jamais que la concubine d'un vieillard !

Concubine ! Le mot affola Tomoko, la fit bafouiller un instant. Pendant qu'elle injuriait sa mère, elle ne s'était pas aperçue que celle-ci avait repris ses esprits et montrait les crocs. Quel spectacle amusant ce devait être pour Hachirô de voir la mère et la fille se traiter réciproquement de putain et de concubine ! Cette pensée permit à Tomoko de reprendre le contrôle d'elle-même et de réfléchir à son attitude. Elle en fut pétrifiée de honte. Elle resta un moment silencieuse, se mordant les lèvres, puis releva la tête, et dit à Hachirô d'une voix rauque :

— Hachiran, rentre à Ôsaka, je t'en prie, et remets à plus tard notre conversation à propos de ce mariage.

Ikuyo se leva :

— Hachiran ! Viens dans ma chambre. Je te l'avais bien dit que cela ne servirait à rien de parler avec une fille indigne incapable de traiter sa mère comme une mère.

Tous deux se retirèrent dans les appartements d'Ikuyo. Cette nuit-là, ainsi que Tomoko s'y attendait, Hachirô ne regagna pas sa chambre dans le bâtiment principal de l'hôtel, mais resta dans celle d'Ikuyo. Tomoko passa une nuit difficile, se retenant pour ne pas faire irruption dans la chambre des deux amants. Pourquoi se sentait-elle salie au point d'avoir envie de déchirer jusqu'à ses propres vêtements ? L'évocation de sa mère dans les bras de Hachiran lui donnait la nausée. Otant l'épingle à cheveux ornée d'une perle de corail piquée dans son chignon, elle se gratta violemment la peau du crâne avec. Ses pensées et les images qui les accompagnaient lui étaient si désagréables qu'elle aurait voulu se percer le crâne du bout de cette épingle et se gratter la cervelle pour se les ôter de la tête. Le visage enfoncé dans son oreiller, les poings sur les paupières, elle se frotta les orbites pour effacer les visions que son imagination dessinait sur sa rétine. Pourquoi lui paraissait-il si obscène que sa mère ait un amant ?

Mais au-delà de ses pensées et de ses images, elle ressentait une douleur sourde au cœur. « Fille indigne ! » lui avait jeté Ikuyo en se levant. Fille indigne ! Elle ne s'était pas attendue à ces mots-là, pourtant, il était tout naturel de les adresser à une fille qui insultait sa mère. Mais ces mots étaient encerclés d'un halo noir. Et l'énergie qu'elle employait à chasser la vision des étreintes de sa mère et de leur ancien serviteur lui permettait de tenir éloignée l'ombre menaçante de ces mots. Des souvenirs lointains de sa petite enfance lui revenaient, fragmentés, mais avec une force insoupçonnée. Sa grand-mère maudissant sa mère, sa grand-mère morte dans la folie, sa grand-mère pendue à une branche noire de plaqueminier. Ses dents rougies à la laque écaillée. Le kimono mauve déchiré. Le rire de démente de Tsuna, un gâteau de riz à la main. La puanteur de la laque. A chacune de ces bribes de souvenirs étaient intimement associés, comme l'arrière-goût rance d'un vieux gâteau de riz collant aux gencives, les caractères composant les mots « fille indigne », le son d'une voix hurlant « Fille indigne ! » La première et la plus forte terreur de son enfance lui revenait avec la même force qu'autrefois. Toute la nuit, jusqu'à l'aube, Tomoko revit sans cesse, comme une image sortie de l'enfer, sa silhouette d'enfant penchée sur sa grand-mère, son doigt minuscule laquant les dents de la morte. La terreur que lui inspirait cette vision, plus horrible que le pire cauchemar qu'elle eût jamais fait, la maintint éveillée toute la nuit.

Le surlendemain, Hachirô se présenta à l'entrée de la chambre de Tomoko et lui déclara en se prosternant :

— Je vous remercie de m'avoir accordé l'hospitalité si longtemps. Suivant vos conseils, je repars seul pour Ôsaka.

Après des civilités d'invité ordinaire, comme s'il avait totalement oublié son séjour dans la chambre de sa mère, il repartit pour Ôsaka. Tomoko se faisait un peu de souci, se demandant si Ikuyo était allée ou non l'accompagner à la gare de Tôkyô, mais elle ne posa pas la question aux servantes. Elle avait décidé de penser simplement qu'une tempête venait de passer. Un étranger du nom de Hachirô s'était immiscé entre elle et sa mère veuve, et le conflit s'achevait avec son départ. Elle se disait aussi que Hachirô, avec sa naïveté de campagnard, un instant égaré par les ruses d'ancienne prostituée d'Ikuyo, faisait finalement preuve de l'entendement et du bon sens qu'on pouvait attendre d'un homme de quarante ans.

Maintenant qu'elle voyait les choses sous cet angle, elle avait pitié de sa mère, à nouveau seule, et regrettait d'avoir révélé son passé à un homme qui lui proposait le mariage. Tomoko, bourrelée de remords, rendait fréquemment visite à sa mère et l'entretenait de sujets plaisants. Ikuyo semblait également avoir oublié cette scène pénible, et parlait à sa fille des spectacles de music-hall qu'elle venait de voir, se répétant jusqu'à l'absurdité.

— Moi, je ne suis pas une habituée comme toi, mais vraiment, cette Tsusaka Orie, elle ressemble tant que ça à mon père ?

— Ça oui ! Les yeux, le nez, c'est tout à fait lui. Il était bel homme, ton père, tu sais.

— Et Keisuke, le fils du notable, comment était-il ?

— Ah, mais c'est incomparable ! Avec ton père, c'était différent : on était fous l'un de l'autre, c'est pour ça qu'on s'est mariés.

Keisuke Kôsaka n'était pas particulièrement bel homme, mais comparé au visage grêlé d'Hachirô, il avait les traits d'une indéniable pureté. Tomoko aurait bien voulu enfoncer encore un peu le clou et demander à sa mère comment elle trouvait Hachirô, mais elle s'en abstint, trouvant cette question trop cruelle.

Le nouvel an passa, Tomoko allait sur ses vingt-neuf ans, quand un beau jour, une épaisse enveloppe à son nom arriva d'Ôsaka. Hachirô avait-il pensé qu'il devait absolument rédiger pareille missive au pinceau ? Des caractères horriblement griffonnés s'alignaient sur plusieurs feuilles de papier japonais. La lettre débutait par un long compliment de saison assorti d'interminables remerciements pour l'excellent séjour qu'il avait passé à l'hôtel Hanaya.

« ... Depuis mon retour à Ôsaka à la fin de l'année dernière, j'ai eu de nombreuses occasions de discuter de mon projet de remariage, tant avec ma famille qu'avec mes relations et tous m'ont donné leur accord, c'est pourquoi je vous prie de bien vouloir m'accorder l'autorisation d'épouser madame votre mère. Je sais que l'âge de la future mariée vous cause du souci, mais je compte organiser une cérémonie tout à fait en règle, avec enregistrement à la mairie, qui permettra à mes enfants d'appeler ma nouvelle épouse "maman", aussi je vous prie de bien vouloir vous tranquilliser. Fort heureusement, mon commerce marche à merveille, je n'ai aucun problème financier, et cela devrait également vous rassurer. En outre, je vous prie de bien vouloir pardonner ce caprice, mais je souhaiterais que la cérémonie ait lieu chez moi à Ôsaka, et le onze mars étant un jour favorable, je vous prie de bien vouloir me donner votre accord pour cette date. »

Comme la lettre était parsemée de formules de politesse et de « je vous prie de bien vouloir » qui la rendaient difficile à lire, Tomoko mit un certain temps à tout déchiffrer, mais resta stupéfaite une fois la lecture achevée.

Ainsi, les prétentions de leur ancien domestique à épouser sa mère ne s'étaient pas démenties, même après avoir pris connaissance de son passé de prostituée, même en sachant qu'elle avait abandonné ses enfants ! La première stupéfaction passée, Tomoko releva la tête avec une expression aussi sévère que le jour où les deux tourtereaux étaient venus la voir ensemble pour lui annoncer leurs fiançailles. Toute la colère et l'incompréhension ressenties à ce moment-là lui revinrent d'un coup, et elle se sentit agacée au dernier degré par toute cette affaire.

— Tomoko, tu as reçu une lettre de Hachiran ?

— Oui.

— Parce que moi aussi, j'en ai reçu une où il me dit qu'il a tout réglé pour que tu n'aies plus à t'inquiéter de rien.

— Ah bon ?

— Hein, Tomoko, tu es d'accord maintenant, hein, dis ?

— Comme tu voudras.

— Ah, merci, que je suis heureuse !

Ikuyo exprimait naïvement sa joie, sans voir ou en feignant de ne pas voir l'évidente mauvaise humeur de sa fille, puis elle quitta la pièce.

Ensuite, les jours passèrent sans qu'elles se voient, alors qu'elles vivaient sous le même toit.

Tomoko avait donné son accord à sa mère. En outre, elle gardait à l'esprit qu'une bonne fille ne pouvait que se réjouir pour sa mère d'avoir trouvé un homme prêt à l'épouser sans se soucier de son âge, aussi résistait-elle à l'envie de se rendre chez Ikuyo, pour éviter de lui dire des choses pénibles, mais au fond l'envie de l'abreuver d'injures ne l'avait pas quittée. La seule différence avec la situation précédente était que le fiancé se trouvait à Ôsaka, ce qui lui permettait de tenir éloignée la vision de leurs étreintes, mais elle bouillait toujours intérieurement de la même fureur.

Que pouvait bien faire sa mère, enfermée dans sa chambre, sans mettre le nez dehors ? A force de se poser cette question, Tomoko avait fini par se rendre jusqu'à l'annexe où vivait Ikuyo : c'est ainsi qu'elle l'avait surprise en compagnie du marchand de tissus, au beau milieu d'un océan de pièces de soie. Avait-elle l'intention de porter à Ôsaka ces kimonos élégants en soie à motifs typiques d'Edo ? Les teintes comme les motifs avaient été choisis avec un goût sûr, et seyaient à la peau encore éclatante de jeunesse d'Ikuyo et à ses traits toujours aussi ravissants, mais Tomoko restait incapable de comprendre les goûts changeants de sa mère. Agacée par sa propre incompréhension, elle fixait un regard brillant de colère sur Ikuyo, qui, les yeux plissés, restait plongée dans sa contemplation extatique des coupons de soie étalés devant elle.

— Maman !

Le regard d'Ikuyo quitta à regret les tissus. Son beau visage avait une candeur enfantine.

— Maman, est-ce que c'est *vrai* ?

— Quoi donc ?

— Ton mariage avec Hachirô.

— Mais bien sûr, ce n'est pas une plaisanterie.

— Vraiment ? Moi je n'avais pas pris la nouvelle au sérieux.

— Pourquoi donc ?

— Une mariée de quarante-sept ans, mais c'est ridicule !

A peine eut-elle craché cette phrase qu'elle se sentit incapable de contenir plus longtemps ce qu'elle avait sur le cœur. Les mots jaillirent malgré elle :

— Qu'est-ce que c'était que ces histoires, hein ? « Tsusaka Orie, c'est le portrait de ton père », et toutes ces niaiseries ? Cela veut-il dire que du moment qu'il s'agit d'un homme, n'importe lequel fait ton affaire, même un domestique ? Tu n'as pas honte de toi, en comparant Tsusaka Orie et Hachirô ? Le passé c'est le passé, d'accord, mais se contenter du premier venu simplement pour avoir un homme dans ton lit, quelle honte, vraiment !

— Un homme dans mon lit, mais qu'est-ce que tu racontes ? N'oublie pas que je vais me marier dans les règles, Tomoko !

— Combien de mariages faudra-t-il pour que tu sois satisfaite ? Alors que moi, ta fille, je n'ai jamais pu me marier à cause de toi !

Les larmes avaient jailli de ses yeux, elle s'abandonnait à un chagrin éperdu. Une fois de plus, elle s'était laissée aller à dire ce qu'elle avait vraiment sur le cœur, et cela ne fit qu'accroître son désespoir. Ikuyo n'avait jamais vu sa fille dans un tel état, aussi restait-elle les yeux écarquillés, fixant ces larmes en silence.

— J'ai patienté des années, oui, des années pour épouser Fumitake Ezaki ! Et finalement il m'a repoussée, parce qu'une geisha peut devenir l'épouse d'un militaire, mais pas la fille d'une putain ! Si je suis devenue la maîtresse officielle du comte Kônami, c'était pour me libérer du monde des geishas et m'assurer un avenir toute seule, je n'avais pas le choix ! Et si on remonte à l'origine, si je suis devenue geisha et maîtresse d'un homme mariée, c'est de ta faute à toi, maman ! Si seulement tu étais restée dans la maison Sunaga, si tu avais respecté ton union avec mon père jusque dans la mort, je n'en serais pas arrivée là ! Toi, tu n'as pas arrêté de te marier et de te remarier, et à cause de ça, moi, jamais je n'ai pu le faire, pas une seule fois ! Même mon mariage, tu me l'a pris, tu m'as enlevé tout ce qui peut faire le bonheur d'une fille normale ! Toi, tu n'as pas arrêté de te marier et de te remarier, et moi, une union dans les règles, à la mairie, avec une belle cérémonie, jamais je n'y ai eu droit, jamais ! La mère se marie je ne sais combien de fois, et la fille, la fille…

Les larmes lui coulaient dans l'arrière-gorge, cassant sa voix, déformant son visage, et elle se mit à répéter les mêmes phrases sans suite, d'une voix criarde, ne sachant plus elle-même ce qu'elle disait. Puis les sanglots gagnèrent sur les mots, et des gémissement hoquetants jaillirent de sa gorge. Pleurer, ah, pleurer ne serait-ce qu'une fois toutes les larmes de son corps !

C'était peut-être la seule occasion qui fût jamais offerte à Ikuyo de consoler sa fille. Mais sans doute cette femme ne possédait-elle pas même une once d'instinct maternel, car elle asséna soudain une douche glacée à sa malheureuse fille :

— Ma parole, tu es jalouse !

Tomoko crut s'arrêter de respirer. Mais cette phrase avait coupé net, non sa respiration, mais ses sanglots. Un instant, elle resta comme fascinée par le beau visage insensible de sa mère.

Puis elle se leva en silence et regagna sa propre chambre, empruntant la galerie glaciale qui reliait les deux bâtiments. Des branches de saules, arbres chantés par les poètes, pendaient vers le sol, chargées de chatons. Tomoko avait repris son emprise sur elle-même en contemplant les belles teintes des arbres, et comprit quel était son rôle. Commode, literie, coiffeuse, kimono de cérémonie, la patronne du Hanaya fournirait tout, mais n'apparaîtrait pas à la cérémonie de mariage. Elle se comporterait en femme à la fois ferme, franche et obstinée, conformément à sa réputation.

Après avoir envoyé sa mère à Ôsaka avec tout le nécessaire, y compris une commode en bois de paulownia avec une housse ornée de motifs de feuilles de vigne, Tomoko passa plusieurs jours à broyer du noir, dans un état de prostration totale. Elle se reprochait de s'être laissée aller à reprocher aussi violemment son mariage à sa mère. Elle n'avait pu contenir la colère et la rancœur qui bouillonnaient en elle. Et elle avait le souffle coupé chaque fois qu'elle se remémorait sa mère l'accusant froidement de jalousie. Elle avait elle-même du mal à démêler ses sentiments confus et à comprendre la cause exacte de sa fureur. Etait-elle vraiment jalouse de sa mère ? Elle s'interrogeait. Mais de quoi aurait-elle été jalouse ? De cette reconnaissance sociale que donnait le mariage, et qui permettait à une femme de marcher la tête haute ? Ou bien la fille, séparée de l'un de ses amants par la mort, de l'autre par la société, aurait-elle envié à sa mère la présence d'un nouvel homme dans sa vie ? Etait-elle une femme seule jalouse d'une autre femme plus heureuse en amour ?

Ikuyo ne lui avait envoyé aucune nouvelle depuis son départ pour Ôsaka, mais Hachirô lui adressa un mot poli écrit sur le papier à en-tête d'une auberge où ils étaient descendus au cours de leur voyage de noces. Sa lettre, rédigée simplement mais avec des formules maladroites – il s'était s'appliqué, visiblement – exprimait un débordement naïf de joie enfantine, mais cela n'aida pas Tomoko à effacer ses pensées lugubres.

Cette mère qu'elle croyait pourtant aimer si peu, cette mère qu'elle restait plusieurs jours de suite sans voir, même en vivant sous le même toit, lui avait laissé en partant un sentiment de solitude fort différent de la rancœur qu'elle éprouvait jusque-là envers elle. Un sentiment de terrible isolement, qui l'étouffait. Le printemps était arrivé, mais il gelait encore, et le moral de Tomoko ne remontait pas.

Ce fut vers cette époque que Shûichi Nôzawa réapparut dans sa vie :

— Patronne, j'ai de nouveau des ennuis !

Depuis son précédent séjour, il n'avait plus passé de nuit à l'hôtel, mais était souvent venu demander de ses nouvelles, ou avait utilisé le Hanaya pour des dîners entre amis ou des réunions de joueurs de go. Cette fois, apparemment, de nouveaux incidents dont Tomoko ne pouvait avoir idée avaient dû se produire dans le monde politique ou financier.

— Nous vivons une époque bien instable !

— Même toi, Hanaya-san, tu en as conscience ?

— Bien sûr que oui. Tenez, dans le monde du kabuki aussi, les acteurs en vogue se font une concurrence sans pitié, un jour c'est l'un, un jour l'autre, qui occupe le devant de la scène…

Cette façon d'orienter la conversation vers les acteurs de kabuki était une ruse courante chez les geishas, car il était inconvenant pour une personne sans éducation d'exprimer une opinion sur un sujet politique, mais Nôzawa interpréta cette ruse coquette de Tomoko comme une charmante facette de son caractère.

— Tu as maigri, on dirait ?

Elle avait repris l'habitude de lui servir son dîner, et Nôzawa mangeait généralement en silence, mais un soir, il posa ses baguettes pour faire cette réflexion.

— J'ai des soucis…

— Quel genre de soucis ? A cause d'un homme ?

— J'aimerais bien que ce soit des soucis distrayants de cette espèce, répondit Tomoko avec un sourire, mais elle avait décidé de ne pas en dire plus.

Au cours des trois mois qui avaient précédé et suivi le remariage de sa mère, elle avait été si tendue que les repas passaient à peine son gosier. Chaque matin en se regardant dans le miroir, il lui semblait se voir plus maigre que la veille. Ses joues rondes s'étaient creusées, son cou aminci, accusant la ressemblance avec sa mère. Elle constatait chaque jour dans son miroir, avec des sentiments ambigus, une ressemblance accrue entre elle et Ikuyo.

— C'est étrange comme la minceur te rend belle.

— Merci beaucoup, mais je me croyais déjà belle avant de maigrir.

— Ah ? Peut-être. Oui, c'est vrai, maintenant que tu me le dis.

— Oh, que vous êtes désagréable ! Vous mériteriez que je vous pince !

Les reparties coquettes de son passé de geisha lui revenaient inconsciemment à la bouche, peut-être à cause du sentiment d'intimité qu'elle éprouvait en portant à nouveau chaque soir son dîner à son hôte. Ce soir-là, chose rare, Nôzawa avait refusé la coupe de saké qu'elle lui tendait, mais avait mangé de fort bon appétit. Après le dîner, quand il eut aspiré son thé à grand bruit, il lui demanda soudain avec une expression pleine d'entrain, comme un jeune homme :

— Hanaya-san, tu ne partirais pas en voyage avec moi ?

— Pardon ?

— Je suis de Fukuoka. L'endroit où je suis né se trouve en pleine montagne, mais c'est très joli. Je n'y vais pas très souvent, cela doit faire près de vingt ans que je n'y ai pas mis les pieds, mais tout d'un coup, tu me donnes envie de t'y emmener.

— Bien volontiers. Et qui d'autre sera du voyage ?

— Mais personne d'autre que toi.

Tomoko, surprise, releva la tête, et Nôzawa, gêné, cilla un peu mais soutint son regard.

— Hanaya-san, quelle femme intraitable tu fais ! J'ai une femme et des enfants, mais je suis marié depuis si longtemps, avec une femme qui a vécu même les années de pauvreté avec moi, que je ne peux la quitter comme ça, sous prétexte que je suis amoureux d'une autre. Je n'irais pas jusqu'à dire qu'elle a été la fidèle compagne des jours d'infortune, ce serait exagéré, mais un homme ne peut pas faire ça, tu comprends.

— …

— Tu ne veux vraiment pas de quelqu'un qui ne peut t'épouser ?

— …

— A mon âge, je ne devrais pas faire la cour à une femme comme toi, qui n'appartient pas au quartier réservé, mais nous nous connaissons depuis plus de dix ans. Je pense que tu me connais bien, et quant à moi, j'ai toujours été amoureux de toi. Tu ne t'en es peut-être jamais aperçue, mais c'est vrai, j'ai toujours été amoureux de toi.

— …

— Hanaya !

— Oui…

Nôzawa la fixait droit dans les yeux, et Tomoko lui rendit son regard, sans un battement de cil.

— Tu ne voudrais pas avoir un enfant de moi ?

Un enfant… Un enfant de lui. Devant cette proposition inattendue, Tomoko resta un instant stupéfaite.

Non qu'elle n'eût jamais envisagé jusqu'à présent d'avoir un enfant. A l'époque du comte, déjà, les gens de son entourage avaient eu à un moment le sentiment qu'un petit bâtard allait bientôt voir le jour. Et avec Ezaki aussi, au moment de leur séparation, elle avait eu un retard de règles qui l'avait laissée le cœur battant d'espoir. Mais jamais encore le mot « enfant » n'avait résonné d'un écho si fort à son cœur qu'au moment où Nôzawa le prononça.

Même si elle ne pouvait se marier, même si elle ne pouvait devenir l'épouse officielle d'une homme, ne restait-il pas la perspective éblouissante d'avoir un jour un enfant ? Elle avait l'impression de s'être réveillée tout à coup. Et si le père était Nôzawa, il ne faisait aucun doute qu'il reconnaîtrait officiellement son enfant et lui donnerait ainsi au moins les bases nécessaires pour vivre sans honte face à la société.

A la réflexion, il était peut-être le partenaire idéal avec qui avoir un enfant. Elle n'avait pas besoin de réfléchir à deux fois à son pouvoir et à son influence dans les milieux financiers. Quant au tempérament, le sien contrastait avec l'harmonie, la douceur et le raffinement qui caractérisaient le comte Kônami, mais si son apparence extérieure laissait deviner un homme fort, solide, de l'étoffe d'un héros, il se révélait dans ses rapports avec les femmes d'une nature subtile et attentionnée qui ne cadrait guère avec son physique imposant. Autrefois, sa conduite de sauvage dès qu'il s'enivrait mettait Tomoko mal à l'aise, mais il s'agissait sans doute pour lui d'une manière un peu provocante d'affirmer sa naissance paysanne en face de gens d'origine noble comme Kônami. Aujourd'hui, au Hanaya, il n'avait plus aucun sentiment d'infériorité. Sa peau cuivrée d'enfant du Kyûshû avait gardé l'éclat de sa jeunesse, et ses grands yeux, son nez légèrement épaté, ses lèvres épaisses, loin de lui donner l'air mal dégrossi, donnaient plutôt l'impression d'un homme solide sur lequel on pouvait compter.

— Alors, qu'en dis-tu ? insista-t-il après un long moment de silence. Tomoko s'était légèrement reculée, et elle lui répondit, les bras tendus et les mains côte à côte à plat sur les nattes dans un geste de respect :

— Je vous remercie de bien vouloir m'emmener avec vous en voyage.

Si elle gardait le visage baissé, c'était pour cacher les larmes qui roulaient sur ses joues. Elle ne savait pas elle-même quelle émotion les avait déclenchées exactement. Pleurait-elle à cause du nouveau sens que prenait sa vie en envisageant de mettre un enfant au monde, ou sur le sort qui la condamnait au rôle détesté de concubine ?

Cette idée d'un voyage à Fukuoka, dans la province de son enfance, était venue soudain à Nôzawa. Quel que soit son âge, quand il était amoureux d'une femme, il retrouvait son cœur d'adolescent. Sur une impulsion soudaine, il avait eu envie d'emmener Tomoko voir avec lui les rivières et les montagnes de sa jeunesse.

Mais Shûichi Nôzawa était un homme trop occupé pour avoir le temps d'emmener une femme en voyage jusqu'aux lointaines provinces méridionales du Kyûshû. A cette époque, les voyages en avion étaient encore peu communs, et pour y aller en train et revenir il fallait prévoir au moins dix jours de voyage en tout. Si Tomoko pouvait se libérer pour une telle durée, cela était absolument impossible à Nôzawa avec ses diverses occupations. Il proposa un compromis :

— Hélas, je n'ai pas encore l'âge de me retirer des affaires et de mener une vie de loisirs ! dit-il avec un sourire. Mais toi, où aurais-tu envie d'aller en voyage ? Que dirais-tu de Kyôto, par exemple ? Nous pourrions aller jusqu'à Nara et visiter tous les anciens temples bouddhistes.

Tomoko acquiesça aussitôt. Elle était déjà allée à Kyôto au temps où elle était geisha à Akasaka : un de ses clients l'y avait invitée avec quelques aînées, et elle se souvenait avoir visité la ville, mais elle n'y était jamais allée au printemps.

Trois jours plus tard, tous deux montaient dans le train pour un voyage de cinq jours. Discrètement vêtue, la silhouette svelte de Tomoko se tenait aux côtés de Nôzawa. Etait-ce à cause des dispositions de son cœur à lui ? Pas une seule fois au cours de ce voyage, elle ne se sentit traitée en concubine. Cela devait également être une question de personnalité, car elle se rappelait que le comte Kônami portait tellement sur lui sa fierté d'appartenir à la vieille noblesse japonaise que son entourage se voyait également obligé de le respecter comme tel. A côté de Nôzawa, plutôt que de se sentir là pour le servir humblement, elle ressentait une sérénité qui ressemblait au bonheur.

Des émotions taries en elle depuis l'enfance s'épanouissaient à nouveau. Quelque chose d'indéfini dont elle avait la nostalgie. Elle se rappelait le moment où elle s'était fait faire un chignon de femme mariée pour assister à la cérémonie funéraire du comte. Elle devait peut-être ce nouveau sentiment de bonheur au comte, après tout. Elle se sentait délivrée de ses pensées amères et de sa vie desséchée, la preuve en était la sensation de gratitude et d'harmonie qu'elle ressentait pour toutes choses, sensation parfaitement en accord avec le pèlerinage dans les anciens temples bouddhistes où la guidait son compagnon.

Ils prirent une chambre dans une auberge du quartier de Gion à Kyôto. Nôzawa fit appeler des geishas et des apprenties, les célèbres *maiko* de Kyôto. Il avait apparemment l'habitude de faire cela à chacun de ses séjours à Kyôto, car les geishas les plus connues de la ville furent rassemblées en un clin d'œil. Elles parurent un instant déconcertées à la vue de Tomoko à ses côtés. Une des aînées déclara habilement :

— Bonsoir, monsieur Nôzawa, cela faisait longtemps que nous ne vous avions vu. Vous êtes donc venu avec madame votre épouse ? Nous envions votre bonheur d'avoir une épouse si charmante.

Puis la soirée s'anima et toutes les femmes présentes, jusqu'aux danseuses, firent chorus, afin de se concilier les bonnes grâces de Tomoko, en proposant une dernière coupe de saké :

— Monsieur Nô, nous vous savions une personne intelligente, mais quelle épouse dévouée et fine vous avez là ! Vraiment, je vous envie !

Nôzawa paraissait de meilleure humeur que quiconque :

— Quel est d'après vous le but de mon voyage dans le Kansai ? Celle qui devinera aura une récompense.

— C'est pour remercier votre femme de son dévouement, sans doute ? C'est inscrit sur votre visage, vilain !

— Non, en fait, nous sommes venus en pèlerinage.

— Oh, le vilain menteur ! Puisque je vous dis que c'est inscrit sur votre visage !

— Mais non, c'est un pèlerinage, vous dis-je. Nous sommes venus prier le Bouddha de nous accorder un enfant. Dites-moi quel est le temple le plus efficace pour cela, si vous le savez.

— Non, non, je ne vous crois pas. Buvez plutôt une autre coupe de saké.

— Madame n'a plus rien à boire non plus.

— Quelles bêtises ! Depuis que je suis geisha, jamais je n'ai vu un client poser une devinette pareille !

Les geishas et les danseuses se mirent toutes à parler en même temps, mais quand elles comprirent que Nôzawa ne plaisantait pas, l'une d'elles dit en pinçant les lèvres :

— Il y a bien le temple du Lotus de la Loi. Les femmes y vont prier pour avoir un enfant, ou un accouchement facile, et on dit que leurs vœux sont toujours exaucés. C'est un tout petit temple où l'impératrice Kômei allait prier autrefois, dit-on. C'est un très joli temple bien entretenu, ce sont des nonnes qui s'en occupent.

— Ah, oui, le temple du Lotus de la Loi. Il est situé sur la colline où se trouve l'ensemble du Kokubunniji, c'est bien ça ?

— Oui, je crois. Je ne sais pas exactement, mais l'endroit est célèbre parce qu'on y trouve de jolis charmes protecteurs, des effigies de chien.

— Fort bien. Et si nous y allions tous ensemble demain ?

Une des danseuses déclara d'une voix sans timbre :

— Ah, non, surtout pas ! Qu'est-ce que je ferais si je tombe enceinte ?

Toute l'assistance fut secouée de rires.

Pour emmener des geishas avec eux, il fallait payer les honoraires prévus pour accompagner un client en excursion. On décida qu'une petite troupe d'une dizaine de personnes, dont quelques danseuses, se joindraient à la promenade le lendemain. Les nonnes du petit monastère isolé de Nara furent fort surprises le lendemain en voyant arriver cette joyeuse et luxueuse compagnie, un jour où elles n'attendaient guère de visites.

Tout le monde, jusqu'aux danseuses, s'extasia sur les charmes protecteurs en forme de chiens sculptés dans l'argile et peints par les nonnes : il y en avait de toutes tailles, certains à peine plus gros que le petit doigt et d'autres pouvant servir d'encensoirs qui tenaient dans la paume. Chacun acheta un de ces petits objets au charme naïf.

Tomoko, le cœur battant comme les petites danseuses de douze ou treize ans, acheta le plus petit modèle, un encensoir en forme de chien dressé. Quelle splendeur que de pouvoir prier pour que les dieux lui accordent un enfant, en aussi somptueuse compagnie ! Jamais elle n'avait pensé que pareille joie lui serait donnée dans la vie.

Les deux mains jointes, Tomoko priait de tout son cœur devant le bodhisattva de la Compassion aux onze faces que l'impératrice Kômei avait autrefois invoqué elle aussi, selon la légende. « Accordez-moi un enfant, accordez-moi un enfant ! Que ce bonheur me soit accordé ! »

Les cerisiers fleurissaient plus tardivement à Kyôto qu'à la capitale, et ils étaient à l'apogée de leur floraison au moment de leur séjour. Le soir, en rentrant à Kyôto, ils purent admirer les saules, avec leurs bourgeons duveteux et jaunes, au bord de la rivière Kamo. C'était un paysage de printemps qui touchait à la perfection. Cela valait la peine d'être venus de Tôkyô pour voir cela ! J'aimerais que l'enfant soit une fille, se disait déjà Tomoko, alors qu'elle n'avait pas encore le moindre signe de grossesse. Si ce bonheur se cristallisait, il fallait que ce soit une fille, se disait-elle sans savoir pourquoi. Elle était persuadée que son vœu se réaliserait.

— Il n'y a personne que tu connais et que tu voudrais voir dans les environs ? lui demanda Nôzawa alors que leur séjour tirait à sa fin. Il lui proposait de prendre une demi-journée seule, pour rendre une éventuelle visite à quelqu'un.

Tomoko se contenta de secouer la tête en signe de dénégation.

Elle savait qu'en une demi-journée, elle pouvait facilement se rendre à Ôsaka, tout proche, mais elle n'avait pas la moindre envie de rendre visite à sa mère.

XVI

Vêtue d'un kimono d'été en crêpe dont elle avait retroussé le bord bien haut, Tomoko, trempée de sueur, faisait des allers et retours entre le salon vide, sa chambre et la remise, absorbée dans sa tâche, qui consistait à exposer l'ensemble de ses kimonos au soleil. Des servantes lui avaient bien proposé de l'aider, mais elle avait sèchement refusé avant de repartir et de continuer à s'activer seule :

— Non, si je le fais c'est parce que j'en ai envie.

Aérer les vêtements d'hiver vers le milieu de l'été était de coutume dans toutes les maisons, aussi les servantes n'y trouvaient-elles rien à redire, mais quand elles croisaient Tomoko dans le couloir, l'étrange atmosphère qui émanait de la jeune femme en intriguait plus d'une, et elles s'arrêtaient pour la regarder passer.

Tomoko ouvrait toutes les commodes qui se trouvaient dans la remise, prenait les vêtements à pleins bras et se hâtait de traverser le couloir menant au salon. Là, elle étendait les kimonos sur des cordes à linge tendues entre les linteaux de la pièce. Tomoko n'était pas femme à être particulièrement attachée à ses vêtements et à raffoler de nouvelles toilettes, mais elle avait pour habitude – trace peut-être de son passé de geisha – de prendre grand soin des kimonos qu'elle possédait en nombre relativement important, même si les plus vieux n'avaient pas plus de dix ans puisque tous dataient d'après le tremblement de terre. Pour la patronne du Hanaya, de discrets kimonos de tous les jours en pongé suffisaient amplement mais pour rendre visite aux professeurs de chant d'accompagnement ou de *shamisen* du voisinage, il lui fallait des tenues un peu plus voyantes quoiqu'adaptées à son âge.

Malgré cela, l'ensemble de ses kimonos étendus formait un assortiment de couleurs discrètes, tons gris clair, bleu clair ou vert tendre, mille fois moins voyants que le trousseau de mariage d'Ikuyo.

Tomoko, en femme ordonnée, aérait sa garde-robe hiver et été au jour dit du calendrier et, à chaque fois, saupoudrait d'antimite l'intérieur des commodes et des malles, si bien que quand elle sortait les vêtements pour les aérer, des boules de camphre roulaient toujours çà et là. La remise, le salon, la chambre de Tomoko, étaient tous emplis d'une odeur de camphre qui piquait les narines, excitait les glandes lacrymales, et faisait d'abord éternuer et pleurer à chaudes larmes la pauvre Tomoko, qui finissait vite par s'immuniser.

Le dernier kimono rangé tout au fond de la commode était gorgé d'humidité et fripé comme une peau de vieille femme. Elle le prit par les deux manches et l'étala d'un coup sur les nattes. Un parfum de camphre envahit la pièce et le vêtement parut soudain rajeunir. Tomoko aimait cette tâche. Le changement d'aspect des kimonos à rayures ou à petits motifs, en soie teinte ou tissée, trop pliés et compressés, quand on les faisait respirer en les déployant à l'air libre, ne pouvait que paraître extrêmement intéressant aux yeux d'une femme aussi assoiffée de liberté et d'indépendance que Tomoko.

Après plusieurs allers et retours entre la remise et le salon, elle avait fini par arriver au fond de la commode, et quelque chose tomba avec un bruit sourd à ses pieds.

L'objet lui parut trop gros pour être une boule de camphre, et, regardant par terre, elle aperçut un yo-yo de plus de trois centimètres de diamètre. Tomoko s'accroupit pour le ramasser et l'emmena dans le salon.

Elle se rappelait avoir acheté ce yo-yo deux ans plus tôt pour la somme d'environ dix sens. Vers la fin du printemps de l'an huit de Shôwa (1933), la mode des yo-yo s'était répandue comme une traînée de poudre à travers le Japon. Tout le monde était devenu fou de répéter ce geste tout simple : faire monter et descendre une grosse boule de bois attachée au bout d'un fil en actionnant celui-ci. Les marchands de yo-yo avaient établi leurs étals dans Ginza et on faisait la queue pour en acheter. Femmes, enfants et vieillards confondus, tout le monde, confortablement installé dans un rayon de soleil, était plongé dans l'extase du yo-yo. Le Japon entier s'était pris d'un engouement irrésistible pour le yo-yo, au point que les jeunes femmes modernes qui emplissaient les dancings, comme les geishas dans leurs salons, se mirent à faire des démonstrations de leur habileté au yo-yo.

Tomoko se rappelait cette époque, en jouant à nouveau avec le yo-yo, au beau milieu du salon empli de kimonos fleurant le camphre.

A l'époque de la mode du yo-yo, même au Hanaya, tout le personnel, des servantes au portier, en avait un glissé dans la ceinture, et chacun, dès qu'il avait une minute de liberté, faisait monter et descendre sa boule de bois d'un air absent. Tomoko et la servante en chef avaient beau les réprimander en disant que cela les empêchait de travailler, cet engouement ressemblait fort à une épidémie et ne guérit que quand le temps en fut venu.

D'ailleurs, Tomoko avait beau tancer les servantes sur le sujet, elle s'était elle aussi entichée du jeu, et, une fois son travail terminé et les clients endormis, elle s'asseyait sur le rebord de sa fenêtre dans sa chambre et regardait monter et descendre son yo-yo jusqu'à l'aube sans fermer l'œil.

Cette mode abrutissante était un étrange phénomène, apparu l'année où Yôsuke Matsuoka avait démissionné de la Société des nations, et où les journaux titraient en gros « le Japon en état d'urgence ». Tomoko, comme le Japon entier à ce moment-là, ressentait le besoin d'un dérivatif. Elle avait décidé d'avoir un enfant, un enfant de Shûichi Nôzawa, et s'était vainement épuisée en prières et en souhaits, jusqu'à se sentir au bord de la démence. Une année, puis deux s'étaient écoulées sans que rien ne se produise, malgré les prières ferventes qu'elle faisait à chaque étreinte avec Nôzawa, et tous les talismans dont elle s'entourait.

Les commentaires de Nôzawa lui pesaient également sur le cœur :

— Toujours rien ? Quel dommage !

— Je suis désolée, s'excusait Tomoko avec des larmes dans la voix.

Nôzawa souriait amèrement puis ajoutait avec un rire franc :

— Cela ne dépend pas seulement de toi, tu sais, c'est un don du Ciel, tu n'y arriveras pas en ne pensant qu'à ça. Allez, moi aussi je suis encore jeune, va, on ne peut pas dire déjà qu'il n'y a plus aucun espoir.

— J'ai pourtant fait dire quantité de prières, je suis même allée voir un devin : il m'a dit que j'aurai beaucoup d'enfants !

— Une fois que tu auras eu le premier, tu pourras en avoir chaque année.

— Je devrais peut-être aller voir un médecin ?

— Ce n'est pas en une consultation qu'il pourra te dire quelque chose. Moi, ça ne me plaît guère que tu ailles chez un médecin pour ça.

— Bien.

— Ne t'inquiète pas. On a encore du temps devant nous.

Nôzawa avait parlé d'un ton plein d'entrain, mais il arrivait à Tomoko de frissonner d'angoisse à l'idée d'être stérile.

Femme stérile. Quel écho désespéré elle trouvait à ces mots ! Femme stérile. Elle refusait de se voir ainsi. Elle était loin d'être frigide, et avait beau être petite, avec ses rondeurs bien féminines, elle avait un corps de femme sans défaut. Chaque fois qu'elle sentait ce corps fondre entre les bras de Nôzawa, elle reprenait confiance et se disait qu'il n'y avait aucune raison pour qu'elle ne puisse pas avoir d'enfant.

Nôzawa avait eu cinq enfants de son épouse légitime. Le dernier était encore au lycée. Peut-être était-ce l'amour qui lui avait fait souhaiter un enfant de Tomoko, alors qu'il était déjà comblé dans ce domaine, et en outre peut-être Tomoko possédait-elle à ses yeux un charme particulier qu'il souhaitait voir s'épanouir dans la maternité.

Les jours où Nôzawa regagnait le domicile de son épouse, Tomoko s'adonnait au yo-yo comme une folle, parfois au point de ne plus pouvoir bouger son épaule droite le lendemain. Ce jeu puéril était une échappatoire qui l'empêchait de trop réfléchir. L'esprit se concentrait en un clin d'œil sur cette boule qui montait et descendait, et la répétition de ce geste machinal vidait l'esprit. En fait, c'était peut-être le yo-yo qui l'avait sauvée de la folie. Ce n'était pas non plus un hasard si la fureur du yo-yo avait atteint une telle intensité au moment où la société japonaise était accablée de tant de soucis.

Tomoko se rappelait aussi le moment où elle était brusquement devenue incapable de toucher à ce yo-yo, avec lequel elle jouait pourtant à s'en abrutir, dès qu'elle avait le moindre moment libre. Ses glandes olfactives anesthésiées par le camphre ne pouvaient percevoir la moindre odeur, pourtant elle se remémora soudain une étrange odeur de sang. Elle resta un moment stupéfaite, se demandant pourquoi des souvenirs aussi désagréables lui revenaient au milieu d'occupations ménagères telles qu'aérer ses vêtements.

Elle se rappelait : c'était la fin de l'été. Il faisait encore très chaud, et elle souffrait d'insomnie. Il lui arrivait cependant de s'assoupir, en frottant de sa main gauche sa main droite endolorie par le maniement du yo-yo. C'était lors d'un de ces brefs moments de sommeil qu'elle avait eu ce rêve…

Elle regardait un corps de femme, mais ne savait pas à qui il appartenait. La douleur qui la parcourait tout entière aurait dû la renseigner, mais elle ne se rendait pas compte que c'était elle-même qu'elle regardait accoucher.

Elle voulut hurler de toutes ses forces mais aucun son ne sortit de sa bouche. Tandis qu'elle se tordait de douleur dans des souffrances atroces, elle se réveilla, la nuque, le dos, les aisselles et même l'aine trempés de sueur comme au sortir du bain. Sur l'instant, elle s'était demandé comment elle avait pu rêver d'un accouchement, elle qui de sa vie n'avait jamais aidé de femme en couche, ni même rendu visite à une jeune accouchée. Puis aussitôt, le souvenir de son enfance lui était revenu.

L'accouchement de sa mère ! Elle revoyait sa mère accouchant d'un petit garçon dans une chambre réservée aux clients, au premier étage d'un bordel de Shizuoka, au beau milieu du tumulte provoqué par cet événement imprévu. Le spectacle de cet accouchement était trop violent pour la petite Ochobo d'alors, à peine âgée de onze ans, mais plus mûre qu'une fillette ordinaire de son âge, à cause de son éducation dans un bordel. Quand cet étrange petit bloc de chair sorti d'entre les cuisses de sa mère s'était mis à pousser des cris monstrueux, Tomoko, blême de la tête aux pieds, était restée figée sur place, sans même se rendre compte qu'il s'agissait de vagissements de nouveau-né.

Après avoir revécu cette scène en rêve dans les moindres détails, à trente ans passés, Tomoko était restée un instant allongée pour reprendre son souffle. Elle avait la gorge sèche mais n'eut pas le temps d'aller à la cuisine boire de l'eau. Couchée sur le ventre, son oreiller serré entre les bras, elle douta un instant de la réalité de la douleur qui lui mordait le bas-ventre. Ces contractions, elle les avait ressenties en rêve, mais si la douleur subsistait après son réveil, ce ne pouvait être seulement une impression.

Persuadée qu'elle venait de faire une fausse couche, elle vérifia l'état des draps, et ne trouva évidemment pas une trace de sang sous elle. Elle se leva, alla jusqu'à la cuisine, but goulûment une tasse de l'eau tiède du robinet, que même la nuit ne rafraîchissait pas. Le bruit qu'elle faisait en buvant, amplifié par ses oreilles, lui parut emplir toute la vaste cuisine plongée dans la pénombre.

Mais boire l'avait complètement réveillée, et quand la tasse qu'elle tenait encore à la main se fracassa à grand bruit sur le sol, ce n'est pas parce qu'encore ensommeillée elle l'avait laissée tomber, mais parce que la découverte qu'elle venait de faire lui avait ôté toute force.

« Cet enfant, maman… Cet enfant, c'était le mien ! » La vérité venait de lui apparaître. « Même l'enfant, maman, c'est toi qui l'as eu à ma place ! C'est mon enfant à moi qui tu as mis au monde dans ce bordel ! A l'instant où je t'ai vue le mettre au monde, mon utérus a cessé de fonctionner et est mort à jamais. » Tomoko s'assit sur le plancher de la cuisine et regarda d'un regard absent les éclats de porcelaine éparpillés. Elle maudissait sa mère à s'en déchirer le cœur. « Toi, tu t'es mariée tant de fois que moi je n'ai pas pu le faire une seule fois ! » Tout comme elle avait accusé sa mère de lui avoir volé jusqu'à son mariage, la veille du départ d'Ikuyo pour Ôsaka, elle hurlait maintenant de toutes ses forces dans son cœur, avec la même violence intérieure : « Maman ! Maman ! Tu m'as volé jusqu'à mon enfant ! Je ne pourrai jamais avoir d'enfant, à cause de ce bébé que tu as mis au monde sous mes yeux ! Maman ! » hurlait-elle, avec une rage d'autant plus impuissante que sa mère n'était pas sous le même toit qu'elle. Alors, dans un moment de folie, elle saisit dans sa main droite un éclat de la tasse brisée, et mettant sa main entre ses cuisses, les serra de toutes ses forces. La tasse mince posée près du robinet s'était brisée en trois gros morceaux tous tranchants comme des sabres, qui entaillèrent profondément la paume et les doigts de Tomoko. Une douleur aiguë parcourut sa main droite, et quand elle la leva en l'air, un sang tiède se mit à ruisseler entre ses doigts, mais la douleur lui paraissait incomparablement moins forte que celle qu'elle avait ressentie un instant plus tôt dans le bas-ventre.

Le lendemain et le surlendemain, Tomoko était restée prostrée. Le bandage épais autour de ses doigts l'empêchait de jouer au yo-yo, mais elle n'en avait de toutes façons plus envie.

Le yo-yo, ayant perdu la faveur de sa maîtresse, fut abandonné à son sort. Comment avait-il atterri dans la remise ? se demandait maintenant Tomoko en contemplant le banal objet peint en rouge d'un côté et en bleu de l'autre.

Changeant de main, elle le mit dans sa main gauche et ouvrit la droite : elle venait de se rappeler la douleur de sa blessure. La petite paume tendrement renflée, pareille à son visage qui ne laissait deviner aucune des souffrances qu'elle avait subies dans sa vie, ne portait à première vue pas la moindre cicatrice. Mais si on s'approchait pour regarder de près, on apercevait entre le pouce et l'index une ligne blanche de cinq millimètres, et une autre cicatrice blanche gonflant la chair à la racine du pouce, au beau milieu de la ligne de vie.

Tomoko qui, comme tous les gens de sa profession, aimait à se faire dire la bonne aventure, était allée un jour voir un chiromancien, préoccupée par la présence de cette cicatrice sur sa ligne de vie. Le devin lui avait prédit que, la blessure tombant juste sur son année néfaste, elle devrait à nouveau faire face à des difficultés au cours de cette année-là. Tomoko se rappela que cette année néfaste, celle de ses trente-trois ans, était celle-ci. Mais l'été tirait à sa fin, et la moitié de l'année s'était déjà écoulée [illegible] sans nouvelle de sa mère à Ôsaka [illegible] du nouvel an. « Pas de nouvelles, bonnes nouvelles », se disait-elle.

Elle se rappela également qu'au moment où elle avait serré les éclats de tasse dans sa main, elle s'était juré de tuer l'enfant de sa mère en lui jetant des mauvais sorts, si elle venait à en avoir un avec Hachirô, et elle fut horrifiée par ses propres pensées [illegible] terrifiée de se souvenir à quel point l'idée de sa stérilité l'avait obsédée et rendue folle. Nôzawa avait tenté de l'apaiser :

— Il y a des gens qui ont eu des enfants après avoir essayé pendant dix ans, et un homme peut en avoir même après soixante ans, alors rien ne presse. Rien ne presse.

Mais Tomoko ne voulait pas guérir de sa folie :

— Si je n'en ai pas d'ici cinq ans, je me suiciderai en me mordant la langue !

A la pensée qu'elle arrivait maintenant à la cinquième année, et qu'à trente-trois ans elle ne pouvait espérer avoir aussi facilement un enfant qu'avant la trentaine, Tomoko se sentit complètement découragée. Elle faisait passer sans cesse le yo-yo d'une main dans l'autre, ne trouvant pas même la force de tirer le fil pour essayer.

Une servante qui avait traversé le couloir à pas rapides la tira de ses pensées. Jetant un coup d'œil sous le rideau de kimonos suspendus, elle avait aperçu Tomoko au milieu du salon :

— Ah, madame, vous êtes là !

— Qu'y a-t-il ?

— Quelqu'un vient d'arriver.

Un client en cette saison, et qui plus est au milieu de la journée, était chose rare.

— Qui est-ce ? demanda clairement Tomoko qui s'était levée, pensant qu'il devait s'agir d'un habitué, mais la servante répondit d'un ton mal assuré :

— C'est une jeune dame, elle dit qu'elle veut vous voir.

— Je te demande qui c'est !

— Elle dit s'appeler Yasuko et venir de Wakayama.

Retroussant le bas de son kimono, Tomoko se précipita dans le couloir. En cours de route, elle laissa tomber le yo-yo qui roula dans le couloir et alla s'écraser sur la marche de l'entrée.

Yasuko ! Tomoko courut jusqu'à la porte. Yasuko, debout dans l'entrée, avait posé une petite malle sur le carré de terre battue, et tenait à la main une vieille ombrelle et un sac à main. La première chose qui frappa Tomoko fut la taille de sa sœur. Cela lui faisait pitié de la voir arriver ainsi à l'heure la plus chaude de l'après-midi, comme une jeune fille en fugue.

— Yasuko, c'est toi ? s'exclama-t-elle, puis, sans attendre la réponse, elle l'entraîna par la main :

— Tu as dû avoir chaud en route ! Viens, allons nous mettre dans un endroit plus frais.

Comme il y avait peu de clients en cette saison, elle la fit entrer dans une pièce attenante au salon où étaient étendus les kimonos, mais Yasuko s'arrêta devant le salon pour regarder autour d'elle d'un regard dépourvu de timidité, comme si elle inspectait la garde-robe de sa sœur.

— Assieds-toi ! Mets-toi à l'aise, desserre ton obi.

Tout en parlant, Tomoko s'étonnait intérieurement du changement d'apparence de Yasuko. Elle avait bien grandi, la petite lycéenne qui était venue autrefois la regarder chanter dans le jardin de la maison des Sunaga avant de s'enfuir, et à qui sa mère n'avait pas adressé la moindre parole affectueuse lors de leurs retrouvailles. Elle était née quand Tomoko avait neuf ans, elle avait donc maintenant vingt-cinq ou vingt-six ans. S'était-elle mariée au cours de toutes ces années ? Tomoko se gardait de tirer des conclusions hâtives sur la façon dont vivait maintenant Yasuko, en la retrouvant ainsi épuisée par la chaleur et le voyage, mais elle ne pouvait imaginer de raison justifiant cette soudaine visite.

Yasuko resta un moment silencieuse en agitant son éventail, et but le thé glacé qu'avait amené la servante. Elle n'avait pas encore dit un mot à sa sœur qu'elle n'avait pas vue depuis tant d'années, seulement un bref hochement de tête en entrant, mais Tomoko, sans songer à l'en critiquer, se contentait de la regarder bouche bée.

D'une taille bien au-dessus de la moyenne, elle était le portrait de sa mère, de la ligne du nez à la forme des oreilles. Tomoko avait presque l'illusion d'avoir sa mère rajeunie sous les yeux. Yasuko était la réplique exacte d'Ikuyo, jusqu'à la ligne du cou un peu court, la forme de la nuque, les cheveux fins d'un noir d'ébène. Mais, chose étrange, Tomoko qui avait tant maudit sa mère en la rendant responsable de l'échec de sa vie, ne ressentait pas la moindre animosité envers sa sœur, vivant portrait de cette mère détestée. Au contraire, elle ressentait une sorte de nostalgie. Se disant que Yasuko se taisait peut-être par timidité, face à cette sœur aîné qu'elle connaissait à peine, ce fut elle qui engagea la conversation :

— Yasuko, tu es venue seule ?

Yasuko hocha la tête.

— Tu es arrivée aujourd'hui ? Maintenant ?

Nouveau hochement de tête.

— Comment va ton père ?

Yasuko releva enfin la tête pour dire :

— Il est mort le mois dernier.

— Ah, mon dieu !

A la pensée des souffrances de Keisuke, qui avait été autrefois son beau-père, et qui avait sans doute rendu le dernier soupir dans la pièce mal aérée et sans soleil au fond de la demeure du notable où la maladie l'avait cloué, Tomoko ne pouvait que le pleurer.

— Je n'ai pas reçu la nouvelle de sa mort, je me demande si maman est au courant.

— Oui, elle le sait.

— C'est toi qui le lui as appris ?

— Je suis partie de chez moi pour aller à Ôsaka.

Elle avait levé la tête en prononçant ces mots, et comme si une digue était soudain rompue, se mit à raconter en détail les circonstances de sa venue à Tôkyô.

Comme Keisuke avait épousé Ikuyo en secondes noces, les enfants de son premier mariage étaient beaucoup plus âgés que Yasuko, et quand il était rentré au pays natal avec sa fille après avoir vendu Ikuyo à un bordel de Shizuoka, il avait trouvé son foyer occupé par la famille de son fils aîné, déjà un homme fait. Les enfants avaient toujours été froids envers leur belle-mère, et ils n'avaient aucune raison d'accueillir à bras ouverts un père qui les avait abandonnés à cause d'elle. Il n'y eut personne pour le plaindre quand il fut atteint juste après son retour d'une maladie de poitrine dont tout le monde craignait la contagion. Yasuko, fille de cette belle-mère peu appréciée, fut nourrie et envoyée à l'école, mais personne ne lui manifesta la moindre affection. Le rôle de garde-malade auprès de son père lui échut, et Keisuke l'en aima dès lors d'un amour aveugle. Malgré sa grande beauté héritée de sa mère, Yasuko passa dans cette campagne l'âge de se marier sans qu'aucun prétendant ne se présente, car personne ne se souciant d'elle dans la famille, nul ne chercha à lui arranger un mariage.

— Quelle patience tu as eue, Yasuko, cela a dû être vraiment dur pour toi !

Tomoko avait les yeux pleins de larmes à l'idée qu'Ikuyo avait une nouvelle fois semé elle-même la graine des malheurs de sa fille. Sa jeune sœur n'avait-elle donc elle aussi connu de l'adolescence, la période la plus belle et la plus insouciante de la vie, qu'une chambre sans soleil et des soins à donner à un poitrinaire ? A la pensée qu'elle avait dû supporter toutes ces années le regard froid de son frère d'un autre lit, au fond de cette demeure campagnarde étouffante et sombre, Tomoko eut envie de serrer dans ses bras et de caresser en pleurant la joue de sa demi-sœur.

Après la mort de Keisuke, l'indifférence de l'entourage de Yasuko envers elle s'était encore accentué, lui faisant sentir qu'il n'y avait pas place pour elle dans cette maison. Sans doute le chagrin de n'avoir pu se marier avait-il également joué un rôle dans sa décision de se rendre à Ôsaka pour y retrouver sa mère, et malgré le souvenir amer de l'accueil glacial d'Ikuyo dans la maison des Sunaga, un certain automne de son adolescence, elle était partie la rejoindre, dans un moment d'exaltation.

Mais Ikuyo ne l'accueillit pas non plus à bras ouverts :

— Qu'est-ce que tu es venue faire ici ? avait-elle demandé en regardant avec un mépris glacial sa fille, debout sur le seuil du magasin d'horlogerie, sous les yeux stupéfaits de Hachirô qui les observait tour à tour.

— Papa est mort.

Ikuyo garda un silence mécontent et ne demanda même pas de quand datait cette mort.

— Et mon adresse, demanda Tomoko, c'est maman qui te l'a donnée ?

— Non, c'est monsieur Kuwata. Il m'a même donné l'argent pour le voyage et de l'argent de poche.

— Maman l'a-t-elle su ?

— Oui. Il a noté ton adresse sur un papier devant elle.

Ni Hachirô, ni sa mère n'avaient donc changé ! Tomoko les imaginait aussi nettement que s'ils se trouvaient là sous ses yeux. Après tout, s'étant enfuie de chez elle, Yasuko n'avait pas d'autre endroit où aller que chez sa sœur aînée, si sa propre mère lui refusait l'hospitalité.

Il n'était pas facile de trouver immédiatement un mari à Yasuko, qui avait déjà vingt-six ans, et pas la moindre éducation, mais il ne convenait pas non plus de la laisser toute la journée inactive en l'installant dans l'annexe où avait vécu sa mère. Yasuko, venant de la campagne, ne pouvait être livrée à elle-même dans Tôkyô, et il semblait à Tomoko qu'à présent il était un peu tard pour la former aux arts d'agrément qui permettent aux jeunes filles de trouver un bon parti.

— Yasuko, qu'avais-tu l'intention de faire à Tôkyô ?

— Rien de particulier… J'ai quitté la maison en pensant aller vivre chez maman, je n'avais pas pensé à Tôkyô avant de venir.

— Vois-tu, je tiens une auberge, et je vis de cela, aussi, si tu viens vivre ici avec moi, il te faudra travailler comme le reste du personnel. Est-ce que cette solution te convient ? Bien entendu, comme tu es ma sœur, je te donnerai un salaire plus élevé que celui des autres domestiques.

Yasuko n'avait pas l'air autrement surprise de la proposition, et elle répondit, le visage dénué d'expression, que cela lui était égal. Tomoko comprit qu'elle ne pourrait jamais deviner ce que pensait réellement sa sœur, et se rappelant avoir vu quelquefois la même expression sur le visage de sa mère, une tristesse inexpliquée lui serra soudain le cœur. Il lui était également pénible d'être obligée d'engager sa propre sœur comme servante dans son établissement.

Mais Tomoko devait vite se rendre compte de la difficulté de traiter une proche parente en employée. Les autres servantes ne traitaient pas Yasuko comme une de leurs collègues, et Yasuko, de son côté, ne faisait aucun effort pour nouer des relations de camaraderie avec les autres domestiques. Tomoko lui avait attribué des vêtements et une chambre bien meilleurs qu'à une apprentie ordinaire, mais d'autre part, elle critiquait son manque de bonnes manières bien plus violemment qu'elle ne l'aurait fait pour une servante ordinaire, si bien que son attitude manquait d'équilibre. Elle ne savait pas très bien elle-même selon quels critères traiter Yasuko.

Yasuko n'était pas aussi coquette que sa mère mais en contrepartie, elle ne faisait aucun effort quelle que soit sa tâche, et se montrait aussi maladroite pour faire le ménage que pour accueillir les clients, ce qui horripilait Tomoko, femme plutôt efficace de nature. Voir par exemple la silhouette élancée de sa sœur avancer nonchalamment dans le couloir au moment où le travail pressait le plus avait le don d'irriter Tomoko.

Malgré cela, elle voyait sa sœur devenir de jour en jour plus raffinée, grâce au simple fait de vivre à Tôkyô, et, peu à peu, sa façon de porter ses kimonos cessa d'être plus négligée que celle des servantes, ses manières s'améliorèrent, sa coiffure devint plus nette, et Tomoko dut la rappeler à l'ordre de moins en moins souvent.

— Yasuko est la sœur de la patronne, paraît-il ? commencèrent à demander certains clients, dont le regard s'attardait sur la jeune femme.

— C'est votre vraie sœur ?

— Nous avons la même mère, mais un père différent.

— Je vois.

Tomoko n'était pas peu fière de voir ses clients admirer la beauté de sa sœur, et quand certains habitués demandaient expressément à être servis par elle, elle acceptait de bonne grâce, allant jusqu'à leur raconter d'elle-même la triste histoire de sa sœur, et leur demandant aide et conseils, comme une mère qui a une fille bonne à marier.

— Elle a connu bien des malheurs, mais ce n'est pas comme moi, elle n'a jamais été geisha, aussi je voudrais bien la marier dans une bonne famille. Ne voudriez-vous pas lui chercher quelqu'un, s'il vous plaît ? Elle a vingt-six ans, mais elle est d'une telle naïveté !

Shûichi Nôzawa, qui venait à intervalles réguliers passer deux ou trois nuits de suite au Hanaya, lui déclara un jour à brûle-pourpoint :

— Tu devrais surveiller ta sœur.

Tomoko, qui ne l'avait jamais entendu dire du mal de qui que ce soit, ni se mêler des affaires domestiques, fut fort surprise de cet avertissement.

— Il lui est arrivé quelque chose ? demanda-t-elle.

— Non, mais cette fille va te causer des problèmes.

Il n'ajouta rien, mais sa réflexion ne fit que confirmer ce que pensait Tomoko. Yasuko n'avait aucune qualité en dehors de sa beauté. Elle était maladroite, peu aimable, et pas très douce. Non qu'elle fût vraiment taciturne, mais elle n'était pas d'une conversation très intéressante, et son beau visage inexpressif ne laissait deviner aucune de ses pensées.

Tomoko pensait la marier dès qu'elle lui trouverait un parti convenable. Peut-être avait-elle pris cette décision parce qu'inconsciemment elle sentait un danger.

Yasuko avait rapidement trouvé faveur auprès de quelques clients qui demandaient toujours à être servis par elle, et Tomoko, sans aucune arrière-pensée, se mit à leur demander à nouveau, comme une mère cherchant à caser sa fille :

— Ne pourriez-vous lui trouver un époux convenable ? Je lui donnerai quelques petites choses pour sa dot.

— Une belle fille comme ça n'a pas besoin de sa grande sœur ! Elle trouvera bien un homme ou même deux toute seule !

— Vous savez, elle n'a jamais été geisha. Je ne voudrais pas qu'elle en passe par les mêmes souffrances que moi, je souhaiterais qu'elle fasse un mariage arrangé en bonne et due forme.

Dès qu'elle parlait de mariage arrangé, Tomoko, tout à son idée, s'excitait, si bien qu'elle ne s'apercevait pas du léger sourire de ses interlocuteurs.

Tomoko voulait faire suivre à sa sœur des cours d'art floral et d'art du thé, pour lui assurer l'éducation que doit acquérir toute jeune fille japonaise de bonne famille avant le mariage, et entendait, tout en l'employant comme servante au Hanaya, lui donner l'éducation d'une jeune demoiselle. La taciturne Yasuko se plia sans discuter aux ordres de sa sœur quand celle-ci lui eut fait part de son plan.

Elle surprit une ou deux fois Yasuko à rire franchement au cours de conversations animées avec le portier ou le cuisinier, et trouva ce rire inconsidéré car jamais elle n'en avait entendu de si joyeux entre Yasuko et ses camarades femmes.

Mais Tomoko fut sans doute la dernière personne au Hanaya à s'apercevoir que sa sœur était enceinte. Comme Yasuko restait depuis quelque temps au lit dans sa chambre sans même s'alimenter, Tomoko murmura un jour comme pour elle-même devant la doyenne des servantes :

— Que peut-elle bien avoir ? Je ferais peut-être mieux d'appeler un médecin.

L'employée la regarda alors d'un air stupéfait :

— Mais, madame, Yasuko est enceinte, vous n'étiez pas au courant ?

Une sorte de gémissement échappa à Tomoko, trop abasourdie pour pouvoir parler. Yasuko enceinte ? Plus encore que de surprendre Tomoko, qui avait tant cherché à protéger sa sœur, l'annonce de cet événement imprévu lui sembla pénétrer dans l'intimité de sa chair et ébranler son âme. Elle n'eut pas le temps de réfléchir à l'ironie du destin, qui voulait que l'enfant qu'elle avait tant désiré pour elle-même prenne forme dans le ventre de sa sœur comme s'il s'était trompé de matrice. Elle vit soudain vaciller devant ses yeux le visage de la servante, et ferma aussitôt les yeux, en appuyant ses mains sur son front.

Yasuko resta alitée quatre ou cinq jours de suite. Tomoko, fronçant les sourcils devant l'odeur de renfermé de la chambre, vint s'asseoir à son chevet et lui ordonna sévèrement de se lever.

Yasuko se leva sans la regarder, le visage soudain assombri.

— Il paraît que tu attends un bébé ?

Yasuko ne répondit pas, mais comme elle ne niait pas le fait, la réponse paraissait claire.

— Je veux savoir de qui il est.

— …

— Si tu aimes cette personne, je suis prête à faire ce que je peux pour arranger les choses.

— …

— Est-ce quelqu'un que tu as rencontré aux cours de maintien ?

— …

— Un client, alors ?

Le silence obstiné de sa sœur finit par l'irriter.

— Je t'ordonne de me le dire !

— …

— Crois-tu t'en tirer par le silence ? Il faudra bien que tu le dises quand tout le monde verra ton gros ventre. Tu seras bien obligée de desserrer ton obi et d'aller voir un médecin. Je ne te gronde pas, mais tu dois me dire qui est le père, si tu veux que j'essaie d'arranger les choses.

Elle la questionna jusqu'à l'épuisement, et l'obstinée finit par lui livrer le nom d'un client de l'hôtel, que Tomoko soupçonnait déjà.

— Tu devais pourtant savoir qu'il était marié ?

— Hmm.

— A-t-il promis de s'occuper de toi ?

— …

— Mais comment en es-tu arrivée là ? !

Peut-être par honte, Yasuko s'entêta à ne rien raconter, et Tomoko finit par céder à l'épuisement :

— Bon, j'irai lui parler et voir s'il accepte de reconnaître sa responsabilité, cela te convient-il ?

Devant son insistance, Yasuko finit par hocher la tête en signe d'assentiment.

Tomoko ne parvenait pas à comprendre ce qui avait pu passer par la tête de sa sœur, mais elle n'entendait pas que les choses en restent là.

Par-dessus tout, le responsable, un nommé Kogane, lui paraissait haïssable. Ce riche commerçant de Hamamatsu logeait au Hanaya chaque fois que ses affaires l'amenaient à Tôkyô, et Tomoko ne lui pardonnait ni d'avoir osé faire des avances à une servante de son établissement, ni son insupportable lâcheté, car dès que la grossesse de Yasuko fut connue, on ne le revit plus au Hanaya. Elle avait de fortes présomptions que sa sœur avait été violée et maudissait Kogane, se promettant de ne pas le laisser s'en tirer comme ça.

Sa décision fut vite prise. Elle alla acheter un billet et prit aussitôt le train pour Hamamatsu. Elle ne voulait pas envenimer l'affaire et avait l'intention d'avoir d'abord un entretien avec lui pour connaître ses intentions véritables. A Hamamatsu, l'air printanier était tiède, la température plus élevée d'un degré ou deux qu'à Tôkyô. Mais l'entrée de la vieille boutique, plus sombre que la façade ensoleillée, rappela à Tomoko l'entrée de la maison du père de Yasuko. Elle se souvint de cette scène de son enfance au cours de laquelle elle était restée longtemps debout dans cette entrée obscure, dans l'espoir d'apercevoir sa mère.

Kogane avait la corpulence qui sied à un opulent propriétaire de commerce, la peau légèrement hâlée et un manque total d'éducation, mais son savoir-vivre de commerçant transparaissait jusque dans son goût affiché pour les kimonos de coton rayé.

— Que me vaut cette soudaine visite ?

Il accueillit aimablement Tomoko, mais changea légèrement d'expression en l'entendant annoncer sans détour l'objet de sa visite :

— Que comptez-vous faire au sujet de ma sœur ?

— Vous m'embarrassez ! Je n'ai rien l'intention de faire particulièrement. C'est elle qui aurait dû savoir.

— Des propos aussi irresponsables sont fort gênants. Yasuko est ma sœur, et j'avais l'intention de lui arranger un mariage convenable. Maintenant que vous avez bouleversé tous mes projets en allant jusqu'à lui faire un enfant, vous ne croyez tout de même pas vous en tirer comme ça ?

— Madame, vous me surprenez ! Je n'aurais jamais pensé que la patronne du Hanaya viendrait exprès jusqu'à Hamamatsu uniquement pour me chercher querelle !

— Vous chercher querelle ?

— Mais oui, vous voulez me faire porter toute la responsabilité de l'affaire. Vous n'allez tout de même pas me dire que vous croyiez votre sœur encore pucelle ?

— Yasuko…

— Ah, écoutez, elle aime ça, voilà tout. N'importe quel homme peut voir ça au premier coup d'œil.

— Qu'est-ce que vous dites ?

— Quand on est servante d'auberge, il faut s'attendre à ce que les clients essayent au moins de vous prendre la main, c'est normal, non ? Et là, il suffit de leur dire d'arrêter ces bêtises et de sortir de la chambre, non ? C'est humain, de faire la cour à une servante.

— …

— Seulement, Yasuko, si un homme lui serre la main, elle la lui serre en retour, et elle se colle contre lui. Même si le lit est prêt, elle ne s'en va pas. Si on la tire par la main, elle ne se défend pas, bien au contraire, elle dénoue d'elle-même sa ceinture. Et je ne suis pas le seul à qui c'est arrivé, vous pouvez me croire ! Ma foi, si vous voulez porter plainte, ne vous gênez pas. Mais si vous faites une enquête, vous comprendrez tout de suite. On conclura sans doute que la patronne du Hanaya a utilisé sa sœur pour faire un chantage à la séduction à un honnête homme.

Complètement décontenancée, Tomoko ne trouvait plus un mot à dire. Elle se rappelait la réflexion de Nôzawa : « Tu devrais surveiller ta sœur. » Il lui semblait aussi comprendre soudain pourquoi Yasuko n'avait pas desserré les lèvres quand elle lui avait demandé le nom du père.

Une fois rentrée à Tôkyô, elle fit une enquête rapide auprès des servantes, et plusieurs noms furent aussitôt cités comme père présumé. Tomoko était stupéfaite : ainsi, même les servantes étaient au courant, mais faisaient semblant de ne rien voir, parce qu'il s'agissait de la sœur de la patronne ! Tomoko ne pouvait s'empêcher de repenser au passé de prostituée de sa mère. Le même sang coulait donc dans les veines de cette fille qui lui ressemblait tant ? Il lui semblait que sa mère, partie refaire sa vie à Ôsaka, était revenue la tourmenter. Cette mère haïssable lui gâcherait donc toujours la vie ?

Cependant, les jours passant, l'idée naquit en elle d'adopter l'enfant que sa sœur mettrait au monde. A trente-cinq ans, se dit-elle, il était temps de renoncer à l'espoir d'avoir un jour un enfant de Nôzawa. Mais son désir de maternité était pourtant toujours aussi violent. Si elle avait un enfant, elle saurait bien, au contraire de sa mère, l'entourer d'amour et lui assurer la meilleure éducation qui soit…

— Yasuko, tu peux mettre ton enfant au monde sans te faire de souci, je l'élèverai pour toi.

Yasuko souffrit de nausée pendant deux mois, puis son ventre commença à se bomber, ses pommettes devinrent saillantes, et la vue de cette transformation physique mit un terme aux plaintes et aux remontrances de Tomoko. Elle ne fit plus que prier pour que sa sœur puisse mettre un bel enfant au monde sans difficulté.

Pour une employée d'un hôtel aussi renommé, il s'agissait d'une négligence sans exemple, dont on pouvait penser qu'elle allait ruiner complètement la réputation de sérieux du Hanaya, mais Tomoko ressentait une joie violente dont elle s'étonnait elle-même à l'idée que sa sœur allait mettre un enfant au monde.

— Comme tu as l'air heureuse, lui dit Nôzawa quand il se rendit compte de son état d'exaltation.

— Oui, je ne sais pas pourquoi, mais je me sens incroyablement heureuse ! répondit franchement Tomoko.

Son cœur bondissait de joie à l'idée que les pleurs vigoureux d'un nouveau-né retentiraient bientôt sous son toit. Serait-ce un garçon ou une fille ? Elle faisait des projets, se réjouissait autant que si c'était elle qui s'apprêtait à mettre ce bébé au monde. La véritable intéressée, les yeux hagards, essoufflée, s'épuisait à traîner son énorme ventre et arborait une expression bien éloignée de celle d'une heureuse future maman, mais Tomoko transformait jusqu'à l'air maladif de sa sœur en une source de joie, se disant que d'après le changement physique qu'elle avait subi, ce serait à n'en pas douter un garçon, un beau garçon aux cris vigoureux.

Par une nuit de fin d'été où régnait une chaleur accablante, Yasuko, qui en était au dernier mois de sa grossesse, ressentit les premières douleurs et fut immédiatement hospitalisée à la clinique Seiroka, comme prévu de longue date. Mais l'enfant vint au monde sans un cri : il était mort-né. L'obstétricien se consacra à soigner Yasuko, s'inquiétant davantage du sort de la mère que de l'enfant mort-né.

Tomoko, prostrée, ne bougeait pas de la chaise longue où elle était installée dans le couloir de l'hôpital. L'enfant qu'elle avait tant attendu était mort, et elle se sentait vidée de ses forces. Il lui sembla soudain entendre des pleurs de nouveau-né. Ce n'était qu'une illusion : elle s'était seulement rappelé les cris vigoureux du petit garçon qu'Ikuyo avait mis au monde autrefois à la maison Kanô. Le bébé de Yasuko aussi, c'est à ce moment-là qu'il est né, se dit-elle, obscurément persuadée que sa sœur subissait après elle, à la place de leur mère, la punition du ciel pour l'abandon de cet enfant à la naissance. S'il vivait encore, cet enfant-là devait avoir plus de vingt ans maintenant. Où était-il, comment vivait-il, dans quelles souffrances peut-être ? Ce sentiment d'impuissance à ne pas même pouvoir imaginer ce demi-frère dont elle ignorait tout ressemblait à du désespoir. Elle se mit à haïr jusqu'à la maudire cette mère qui vivait en ce moment même tranquillement à Ôsaka, insensible aux cris de souffrances de ses enfants. Ce couloir sombre d'hôpital lui semblait se prolonger jusqu'à l'infini.

XVII

Vivre, n'était-ce pas regarder mourir les autres ? Tous les êtres naissent d'une mère et doivent mourir un jour, mais la même durée de vie n'est accordée à aucun. Certains, plus jeunes qu'elle, avaient déjà quitté ce monde, d'autres encore, comme le bébé de Yasuko, étaient morts à peine sortis du ventre de leur mère. Même s'il avait vécu longtemps, la mort d'un être était toujours regrettée, et pourtant inévitable. La mort de Tsuna. La mort du comte Kônami. La mort de Keisuke Kôsaka. Et maintenant, Shûichi Nôzawa…

Tomoko caressait d'un air songeur le kimono noir armorié déployé sur ses genoux. C'était le kimono de deuil qu'elle avait porté lors de l'enterrement du comte Kônami, en se faisant passer pour la femme de Nôzawa pour assister à la cérémonie. Cela faisait douze ans de cela maintenant, et elle n'avait pas eu d'autre occasion de porter ce kimono, ni de s'en faire faire un nouveau, et, si on le regardait attentivement, le plissé était un peu à l'ancienne mode, la soie noire, légèrement passée, avait perdu son éclat, mais les cinq blasons se détachaient en blanc sur le fond noir, toujours impeccables.

A l'époque où elle faisait partie de la maison Tsukawa à Akasaka, elle avait pour blason le motif de glycine de cette maison, mais, une fois devenue geisha indépendante, elle avait créé son propre blason, au motif de pétales de fleurs de cerisiers flottant sur l'eau. L'usage dans le monde des saules et des fleurs voulait qu'une geisha indépendante adopte le blason familial de son protecteur, mais la famille Kônami ne l'aurait jamais admis. Le blason de la famille Sunaga de Wakayama représentait une branche de bruyère fleurie, et elle savait pour l'avoir appris de sa mère que, pour le blason des femmes, on utilisait traditionnellement une branche de bruyère portant trois fleurs, mais Tomoko avait tenu à conserver ses propres armoiries, celles qu'elle avait inventées pour la maison Hana Tsukawa. Elle trouvait ce motif de fleurs de bruyères trop paysan pour une femme, et celui qu'elle avait créé elle-même lui plaisait plus que tout : elle l'avait fait teindre non seulement sur ses kimonos, mais aussi sur les petits carrés de soie utilisés pour la cérémonie du thé et sur les grands tissus servant à envelopper les paquets.

Cependant, ces pétales de fleurs de cerisiers qu'elle redécouvrait sur son kimono de deuil lui inspiraient diverses pensées. Elle avait près de quarante ans et venait d'être séparée de Nôzawa par la mort : elle se livrait donc naturellement à un retour sur le passé. Quel était le blason utilisé par sa mère ? se demanda-t-elle brusquement. Il ne lui fallut pas longtemps pour se rappeler les armoiries qu'Ikuyo avait fait imprimer sur les kimonos de son trousseau à l'occasion de son mariage avec l'horloger d'Ôsaka : un motif doux et féminin de bambou nain et de gentianes.

Tomoko n'avait à l'époque opposé aucune résistance au choix de ces armoiries, mais maintenant, en repensant au choix de sa mère et en regardant son propre blason, elle regrettait amèrement que celui de sa famille n'apparaisse nulle part.

Elle avait appris la mort de Shûichi Nôzawa le jour même, par un coup de téléphone de l'un de ses secrétaires. Depuis environ deux mois son état de santé laissait beaucoup à désirer, et il se soignait chez lui sans quitter la chambre. Elle avait beau le savoir menacé, sa mort lui parut si soudaine et si abstraite, ne l'ayant pas constatée de ses yeux, qu'elle eut du mal à accepter la réalité de cette nouvelle. Elle était restée longtemps sous le choc, les yeux dans le vide, puis, reprenant ses esprits, était allée chercher le kimono de deuil qu'elle tenait maintenant sur ses genoux. Il n'était que trop naturel de lier la mort d'un être cher à un vêtement de deuil, mais si Tomoko restait plongée dans ses pensées en caressant tristement le kimono, c'était pour une raison plus triste encore : elle avait sorti ce vêtement dans l'intention de le porter, mais elle savait qu'elle n'assisterait ni à la veillée funèbre ni à l'enterrement. La femme de Nôzawa était bien entendu au courant de leur liaison, après toutes ces années, et si Tomoko n'envisageait pas d'assister aux cérémonies, ce n'était pas seulement par égard envers elle.

« La prochaine fois que j'aurai un homme dans ma vie, j'exigerai qu'il fasse de moi sa femme. Plus jamais je ne ferai de promesses d'amour à un homme qui ne peut pas m'épouser... » Elle se rappelait aussi clairement que si elle les avait dits la veille les mots prononcés devant Nôzawa après la mort du comte. Pourtant, voilà que j'ai à nouveau perdu l'homme de ma vie, se disait-elle, après le départ de Fumitake Ezaki, après la mort du comte, après avoir dit ce que je pensais au plus profond de mon cœur de femme solitaire. Elle n'avait plus envie de faire brûler de l'encens pour l'âme d'un défunt sous le regard glacial de sa famille. Mais l'idée de regarder le cercueil de loin pour un dernier adieu à l'insu des invités de la cérémonie, lui était tout aussi désagréable. Peut-être le comte Kônami s'était-il réjoui depuis l'autre monde en la voyant assister à son enterrement en dépit de tous les obstacles, mais elle savait que Nôzawa aurait compris sa décision de ne pas venir lui rendre un dernier hommage.

Et après avoir décidé de ne pas sortir de chez elle le jour de l'enterrement, elle avait néanmoins sorti avec nostalgie le kimono de deuil, et contemplé longuement le blason au motif de pétales de fleurs de cerisiers flottant sur l'eau.

Elle devait être bien jeune alors pour oser créer pareil blason, qui évoquait surtout une femme légère, se disait-elle. Ce motif d'eau courante était bien trop sensuel, et cet effet était accentué d'autant par les pétales de fleurs de cerisier : décidément, ces armoiries ne paraissaient pas appartenir à une femme très sérieuse. Elle les contemplait maintenant avec stupéfaction, se demandant comment elle avait pu les arborer jusqu'à maintenant. Des pétales de fleurs de cerisier s'en allant au fil de l'eau, cela manquait de goût au point qu'on n'aurait pas même pu composer un chant sur ce thème, et en quoi cela évoquait-il son destin à elle ? Non, si ce motif devait évoquer la vie de quelqu'un, c'était plutôt celle de sa mère. A peine cette idée lui fut-elle venue qu'elle fut frappée par sa pertinence.

Sa mère qui avait mis trois enfants au monde uniquement pour les abandonner, et s'était agenouillée tant de fois déjà devant l'autel du mariage... Pleine de sentiments contradictoires envers cette mère, Tomoko se dit que c'était à elle qu'elle devrait offrir ce kimono, c'était elle qui méritait ce blason symbolisant une vie éphémère et sans attaches.

A quelques jours de là, comme s'il y avait eu transmission de pensée entre elles, Ikuyo se présenta inopinément au Hanaya. Une vieille servante, hors d'haleine, était accourue prévenir Tomoko d'un air alarmé :

— Madame, votre mère...

— Ma mère ?... D'Ôsaka ? Avec qui ? Seule ?

Tandis qu'elle se levait en accablant la servante de questions, celle-ci se contenta de hocher rapidement la tête plusieurs fois. Sur ce, Ikuyo apparut derrière elle, l'air radieux :

— Tomo-chan !

— Maman ! Cela fait si longtemps ! Que t'arrive-t-il ?

Sans répondre, Ikuyo s'assit au beau milieu de la pièce et regarda autour d'elle d'un air nostalgique.

— Est-ce que je peux rester quelque temps chez toi ?

— Si tu veux, mais explique-moi donc ce qui se passe.

— Attends un peu, je vais tout te raconter, mais je voudrais prendre un bain d'abord. Et avant, je boirais bien un bon thé bien chaud.

Tomoko claqua aussitôt dans ses mains pour faire venir une servante, puis, jusqu'à l'arrivée du thé et des gâteaux, resta à contempler en silence cette mère qu'elle n'avait pas vue depuis si longtemps. Elle avait toujours l'air aussi jeune, mais avait pris de l'embonpoint et son visage bien en chair à la peau blanche était celui d'une respectable bourgeoise d'âge moyen. Vêtue d'un luxueux kimono, elle portait au doigt une grosse bague de jade vert.

— Cela fait combien d'années que nous ne nous sommes pas vues, maman ?

— Cela doit faire dix ans.

— Tu fais toujours aussi jeune !

Même deux personnes aussi proches qu'une mère et sa fille éprouvaient nécessairement une certaine retenue en se revoyant après tant d'années, mais Tomoko, malgré l'irritation qu'elle ne pouvait manquer de ressentir au fond de son cœur, n'avait pu s'empêcher de lui adresser de prime abord ce compliment. « Elle doit avoir cinquante-six ans maintenant, mais on dirait que nous avons le même âge ! » pensait-elle. Rien ne pouvait réjouir Ikuyo davantage que ce genre de compliments, aussi est-ce avec un large sourire qu'elle répondit :

— Vraiment, tu trouves ? A Ôsaka aussi, on me demande toujours comment je fais pour rester aussi jeune !

Tomoko voulut demander des nouvelles de Hachirô, mais elle hésita un moment sur la façon de l'appeler : « ton mari » lui paraissant étrange et « Hachirô » trop familier, elle opta finalement pour « monsieur Kuwata ».

— Monsieur Kuwata va bien ?

Ikuyo se renfrogna aussitôt, et fit cet étrange commentaire sur la santé de son mari :

— Je n'en sais rien. De toutes façons, cet imbécile n'attrape jamais rien, pas même un rhume.

A cette heure de la journée, Tomoko avait trop de choses à faire à l'hôtel pour pouvoir questionner sa mère en détail. Elle quitta la pièce pour vaquer à ses occupations, mais quand elle revint à une heure tardive pour le dîner, elle trouva Ikuyo installée devant sa coiffeuse, sortant apparemment du bain, le col de son peignoir entrouvert, et exhalant un agréable parfum.

Une coupe posée sur un plateau à côté d'elle, elle était occupée à son habituel soin de beauté. Versant un peu de saké dans sa paume, elle l'appliqua soigneusement sur son visage jusque derrière les oreilles. Tout en appliquant de petites pressions du bout des doigts sous ses yeux, elle examina attentivement son visage dans la glace. Elle semblait satisfaite de sa jeunesse et de sa beauté, et légèrement grisée par les vapeurs de l'alcool. Ses cheveux encore humides du bain avaient un lustre éclatant, son corps alangui enveloppé d'un luxueux peignoir en crêpe de soie évoquait la sensualité d'une pivoine pleinement épanouie. Comment une femme de cinquante-six ans pouvait-elle être aussi séduisante ? s'étonna Tomoko, figée sur place.

Ikuyo ne tarda pas à remarquer dans son miroir la présence de sa fille derrière elle, et en oublia un instant son maquillage :

— Ah, Tomoko. Il paraît que le professeur est mort ?

Elle avait toujours respectueusement appelé Nôzawa « le professeur ». Sans doute la servante lui avait-elle annoncé la nouvelle au moment où elle allait prendre son bain.

— Oui, cela fait une semaine aujourd'hui.

Tout en lui répondant de la sorte, Tomoko sentit une bouffée de haine envers sa mère monter en elle avec une violence si soudaine qu'elle en fut elle-même surprise.

— Maman, me diras-tu la raison de ta venue à Tôkyô, à la fin ?

— Mais enfin, ma fille vit ici, non ? J'avais envie de te voir et de revoir Tôkyô, cela fait dix ans que je n'ai pas quitté Ôsaka.

Tomoko ravala les paroles qui lui montaient aux lèvres : « Tu me considères donc toujours comme ta fille ? Alors que tu n'as jamais agi envers moi comme une mère ? » Les mots qu'elle prononça furent tout autres :

— Yasuko était ici jusqu'à récemment.

— Mmh.

— Tu le savais ?

— La servante me l'a dit tout à l'heure.

Tomoko restait stupéfaite de voir que sa mère ne demandait même pas des nouvelles de Yasuko. Je ne lui dirai rien, décida-t-elle.

— Maman, Hachirô sait-il que tu es ici ?

— Il doit bien s'en douter.

— Tu ne le lui as pas dit ?

— Je suis partie sans rien dire, mais il sait que je n'ai pas d'autre endroit où aller. Et puis, j'ai envoyé le commis du magasin m'acheter mon billet pour Tôkyô, alors il doit bien se douter…

— Tu t'es disputée avec lui ?

Sans répondre, Ikuyo détourna du miroir son visage entièrement enduit de saké, puis se leva et s'approcha de sa fille. Etait-ce parce qu'elle avait grossi ? Elle semblait se mouvoir avec plus de lenteur qu'autrefois.

— Tomoko, je voudrais que tu écoutes ce que je vais te dire comme étant mes dernières volontés.

Ses dernières volontés ? Un instant, Tomoko n'en crut pas ses oreilles, tant ces mots dans la bouche d'une femme encore si attirante paraissaient incroyables. Son accent d'Ôsaka, traînant et vulgaire, si loin de la douceur du parler de Wakayama, lui parut insupportable.

Ikuyo, sans doute pour exprimer le sérieux de ses intentions, avait pudiquement baissé les yeux vers les nattes du sol, et, quand elle releva la tête, son regard se fit implorant :

— Ecoute, Tomoko…

— Quoi ?

— Quand je serai morte, je voudrais que mes cendres soient enterrées près de celles de ton père.

— Qu'est-ce que tu racontes ?

— Je voudrais être enterrée dans le caveau de famille des Tazawa.

Cette déclaration était si incongrue que Tomoko resta un instant à contempler sa mère en silence, pour prendre le temps de digérer ces paroles.

— Mais enfin, qu'est-ce que cela veut dire, maman ?

— Cela veut dire que ce sont mes dernières volontés, c'est tout.

Tomoko se rassit avant de parler :

— Ecoute, maman. Tu es la femme de Hachirô Kuwata, non ? Tu l'as épousé officiellement. Qu'est-ce qui te prend de dire des choses qui mériteraient la punition du ciel, alors que tu as tout pour être heureuse ? Qu'est-ce qui te manque, tout à coup, avec Hachirô ?

— Même si je te le disais, tu ne comprendrais pas.

— Va-t'en, maman. Rappelle-toi, tu as fait tous tes préparatifs de mariage, et tu l'as épousé pour aller vivre à Ôsaka selon ta propre volonté, alors, quand tu mourras, tu seras enterrée dans le caveau des Kuwata, à Ôsaka, un point c'est tout. Qu'est-ce que c'est que cette lubie de vouloir retourner chez les Tazawa ?

— Mais Seikichi Tazawa était ton père, Tomoko !

— Peut-être, mais toi, tu n'as plus rien à voir avec lui. Combien d'hommes ont partagé ton intimité depuis la mort de mon père ? Tu as vraiment du toupet de dire une chose pareille maintenant. En premier lieu, tu te rends compte de ta grossièreté vis-à-vis de Hachirô ?

— Tu ne comprends pas, Tomoko.

— Je ne vois pas comment je comprendrais si tu ne m'expliques pas. Pourquoi es-tu venue à Tôkyô ? Qu'est-ce que Hachiran t'a fait ?

— Il ne m'a rien fait. Il s'occupe de tout, de ses enfants, du magasin, et de moi avec dévouement comme s'il était encore domestique comme autrefois.

Stupéfaite, Tomoko regardait sa mère, qui avait sans doute prononcé ces mots intentionnellement. Cette femme de presque cinquante-six ans osait traiter d'« imbécile qui n'attrape même pas un rhume » un homme qui continuait à la servir avec dévouement, perpétuant leurs anciens rapports de maîtresse à serviteur, et prétendait, alors qu'elle l'avait épousé, partager la tombe d'un autre ! Avec le caractère qu'elle avait, Tomoko ne pouvait pardonner pareille arrogance, ni pareille déloyauté.

— Tu as l'intention de le quitter ?

— Mais non. Même si je voulais, il n'accepterait jamais.

— Mais toi, tu as envie de le quitter ? Réponds clairement !

— Si tu me permets de rester ici, oui.

— Je refuse.

Elle se sentit soulagée d'avoir répondu cela. Ikuyo avait sans doute prévu sa réponse, et n'avait en fait aucune intention de quitter réellement Hachirô. Tôt ou tard, il viendrait la chercher ici. Comment rabattre le caquet de cette prétentieuse qui faisait si peu cas de son mari ? se demandait Tomoko, sentant la rancœur bouillir en elle.

— Maman, tu vas rentrer tout de suite à Ôsaka, je t'achèterai le billet.

— Comment ? Mais je suis venue exprès pour te rendre visite ! Garde-moi au moins quelques jours.

— Pas question.

— S'il te plaît, Tomoko…

— Je refuse. Tu partiras demain matin.

— Tomo-chan !

Ikuyo avait l'air légèrement défait, et de grosses larmes jaillirent soudain de ses yeux. Ces larmes soudaines troublèrent Tomoko, qui voyait certainement sa mère pleurer pour la première fois de sa vie.

— Maman !

— Tomo-chan ! Personne ne comprend à quel point je suis malheureuse ! Garde-moi ici, s'il te plaît ! Je ne m'incrusterai pas, je ne te créerai aucun ennui. S'il te plaît, Tomoko, je suis ta seule parente !

Ravagé par les larmes, son visage encore jeune et beau un instant auparavant laissait apparaître clairement son âge véritable, tandis que des sanglots aigus la secouaient. Elle couvrit de sa paume son visage ruisselant de pleurs. Tout son corps vibrait à chacun de ses sanglots, et son peignoir de bain était de plus en plus débraillé. Tomoko s'aperçut soudain que sa mère essayait de l'émouvoir comme si elle avait eu un homme en face d'elle.

— Maman !

— Je n'ai que toi au monde, tu es la seule personne sur qui je puisse compter, et toi, toi, tu me parles cruellement comme ça ! Je ne serai pas toujours jeune, tu sais !

Regarde mes dents, elles sont presque toutes fausses, déjà, et quand je me réveille à l'aube, croyant que c'est déjà le matin, je me sens si triste, si triste, à l'idée de vieillir comme ça !

— Justement, qu'est-ce qui t'empêche de vivre tranquillement auprès de Hachirô qui fait tout pour que tu sois heureuse ? Tu trouves ce que je dis cruel, mais c'est toi qui t'es mariée, c'est de ton propre choix que tu es devenue madame Kuwata, non ? C'est bien pour ça que je t'ai aidée à préparer ton trousseau.

Tomoko restait de marbre, gardant apparemment son sang-froid face à une mère secouée de sanglots, qui criait d'une voix de plus en plus hystérique, mais au fond d'elle-même, elle ne pouvait s'empêcher d'être troublée.

Chose rare, il y avait de nombreux clients ce jour-là au Hanaya, si bien que même l'annexe était occupée. La mère et la fille durent cette nuit-là dormir sur des matelas installés côte à côte dans le salon de Tomoko. A peine couchée, Ikuyo s'endormit profondément, fatiguée par le voyage et épuisée d'avoir sangloté si longtemps. Tomoko de son côté ne pouvait trouver le sommeil, et la respiration régulière de sa mère endormie lui agaçait les oreilles.

Comme la vie était étrange ! Après lui avoir causé tous les ennuis du monde, sa sœur Yasuko s'était brusquement enfuie de chez elle pour se mettre en ménage avec un amant, et voilà que sa mère venait aussitôt la remplacer ! Allaient-elles continuer à la tourmenter ainsi tour à tour ? Sa mère qui affirmait ne pouvoir compter que sur elle, alors qu'elle avait un époux tout dévoué, et sa sœur qui ne disait pas un mot, mais passait son temps à lui causer des ennuis ?

Crr, crr, crr. Un bruit étrange lui fit soudain redresser la tête sur son oreiller. Elle avait dû s'assoupir au milieu de ses pensées, et ce bruit venait de la réveiller en sursaut. Sans comprendre tout de suite de quoi il s'agissait elle inspecta les alentours du regard. Le bruit continuait : c'étaient les fausses dents d'Ikuyo qui grinçaient dans son sommeil.

Tomoko se rappela aussitôt les pleurs versés par sa mère sur les ennuis de l'âge et l'implantation de fausses dents. Le bruit des fausses dents du haut et du bas qui s'entrechoquaient était suffisamment sinistre pour donner le frisson à Tomoko.

Maman... Toi aussi, tu as pris de l'âge... murmurait-elle au fond d'elle-même, sans pour autant ressentir de la pitié pour sa mère. Elle reprit aussitôt ses esprits en repensant aux paroles de sa mère : « Je suis ta seule parente. » Son irritation lui revenait en songeant à la façon dont sa mère avait prononcé cette phrase au beau milieu de ses sanglots, comme si elle jouait sa carte maîtresse.

Crr, crr, crr. Tomoko se redressa sur son lit et secoua violemment l'épaule d'Ikuyo, qui poussa quelques gémissements sans se réveiller, mais le bruit cessa. Tomoko se pelotonna à nouveau sous sa couette, tout en se disant que sa mère choisissait bien mal son moment pour ce nouveau caprice.

Non, ce n'était vraiment pas le moment. En cette période troublée où on entendait répéter partout les mots « état d'urgence », où le pays allait être acculé à la guerre, c'était une idée bien curieuse pour une femme de cinquante-six ans de s'enfuir de chez son mari. A l'âge où ses fausses dents grinçaient, qui plus est ! A cette pensée, Tomoko sentit son irritation revenir.

Cela faisait déjà longtemps que le jeune portier de l'hôtel avait été appelé sous les drapeaux, et la feuille de route du cuisinier était arrivée la veille, envoyée de sa province natale. A peine six mois auparavant, Nôzawa lui avait prédit que la situation allait encore empirer, elle s'en souvenait.

Bien entendu, elle ne pouvait savoir exactement en quoi les choses allaient empirer, mais elle se doutait vaguement que c'était lié à l'enlisement du Japon dans une guerre avec la Chine qui n'en finissait pas. Dans le quartier de Tsukiji aussi, tous les hommes recevaient les uns après les autres leur ordre de route et partaient à la guerre. Chaque fois, Tomoko, vêtue d'une veste aux couleurs nationales, et agitant un drapeau japonais, venait leur dire adieu, ainsi que tout le quartier.

Lors du départ du cuisinier du Hanaya, tous les voisins se rassemblèrent une fois de plus pour dire adieu à un jeune appelé. Il repartait pour sa province natale, où l'attendait sa feuille de route, il ne faisait donc aucun doute qu'il allait lui aussi partir sous peu à la guerre.

— *Banzaï* pour Saburô Nômura ! cria le patron du restaurant voisin du Hanaya, encourageant le malingre Saburô comme s'il était un héros de l'empire. Tomoko, reconnaissante de cette attention, salua son concurrent en inclinant profondément la tête. Saburô, qui avait dépassé la trentaine, dit à Tomoko :

— Adieu, madame la patronne, je pars me battre pour le pays.

Il s'était mis au garde-à-vous, et fit à Tomoko un salut militaire comme s'il était déjà dans l'armée, mais personne n'avait le cœur à s'apercevoir du comique de la chose. Tomoko ne faisait pas exception.

Une atmosphère de tension extrême avait envahi tout le pays. Dans le métier de l'hôtellerie, la clientèle avait changé depuis que les banquets et les réjouissances bruyantes étaient interdits, et les gens qui se réunissaient dans les salons de l'hôtel amenaient leur propre saké. Autrefois, on ne voyait jamais de tôkyôïtes parmi les clients de l'hôtel, mais, ces derniers temps, ils étaient devenus nombreux. Quand ils étaient ivres, ils réclamaient des geishas, chantaient et dansaient sans se soucier de déranger les occupants de la chambre voisine. Dans l'annexe, les habitués se réunissaient pour jouer au mah-jong, si bien que le Hanaya, établissement assez strict jusque-là, était devenu soudain le centre d'une étrange gaieté.

Ce nouvel état de choses, qui avait commencé déjà du vivant de Nôzawa, troublait Tomoko, et elle avait souvent confié ses inquiétudes à son amant :

— Quand je vois ça, je me demande ce que le Japon va devenir !

— Tu as parfaitement raison, le changement du Hanaya reflète exactement le changement du pays.

— J'ai beau refuser leur clientèle, ou essayer de les empêcher de se comporter ainsi, rien à faire, depuis quelque temps, il n'y a plus que ce genre de clients.

— Désormais, personne ne peut plus arrêter les nouvelles tendances du Japon.

— Vraiment ? Moi, je me demande plutôt si ces gens appartiennent bien au même peuple que les soldats qui partent se battre courageusement, prêts à sacrifier leur vie pour l'Empire.

Finalement, le seul interlocuteur qui lui restait pour se plaindre de l'évolution des mœurs, son cuisinier, partit lui aussi à la guerre, et il ne resta plus au Hanaya qu'un personnel exclusivement féminin. C'était triste de ne plus avoir un seul homme à la maison, sans compter que quand les clients se faisaient nombreux, Tomoko, débordée, devait aussi travailler à la cuisine. Quand elle prenait son bain avant de se coucher vers deux ou trois heures du matin, l'épuisement n'en rendait sa solitude que plus grande. Elle se disait vaguement qu'elle aurait aimé avoir un homme à la maison, fût-ce un simple cuisinier. Le vent de l'automne la transperçait jusqu'aux os. Cette phrase conventionnelle correspondait exactement à ce qu'elle ressentait.

Trois jours à peine après l'arrivée d'Ikuyo, Hachirô, comme prévu, se présenta à son tour. Vêtu d'un uniforme kaki, il était apparemment parti d'Ôsaka en toute hâte, sans le moindre bagage. Avec sa barbe qui commençait à pousser et ses cheveux longs et négligés, il avait l'air d'un sauvage. Malgré les cinq années qui le séparaient d'Ikuyo, il faisait beaucoup plus âgé qu'elle, et avait tout l'air d'un vieux veuf. Tomoko vint l'accueillir en soupirant intérieurement qu'avec une allure pareille, il n'y avait rien d'étonnant à ce que sa femme le déteste.

— Ah, jeune maîtresse, vous n'avez absolument pas changé !

Il la salua profondément, les mains étendues en avant et le front frottant les nattes.

— Ma mère vous cause bien des tracas avec ses caprices.

— Non, non, la maîtresse a bien raison de se mettre en colère, mais je suis venu la chercher. Je vous prie d'intercéder en ma faveur.

Tomoko n'en croyait pas ses oreilles. Etait-il possible qu'il l'appelât toujours « maîtresse », après tant d'années de mariage ?

— Hachiran, c'est parce que tu te comportes comme ça qu'elle devient si arrogante ! Quand elle fait ses caprices, tu devrais te fâcher tout rouge ! Es-tu un homme, oui ou non ?

— Oui, oui, mais si je me fâche, quels ennuis, après !

— Qu'est-ce que cela peut faire ? Puisque de toutes façons une femme comme elle est inutile dans une maison.

— Mais tout de même, quand elle est de mauvaise humeur, c'est bien triste à la maison... Il suffit que je m'excuse pour que tout rentre dans l'ordre, alors...

Ainsi, il suffisait qu'il se montre complaisant envers sa femme et tout s'arrangeait ! A cette idée, Tomoko se sentait étouffer de colère même si la femme en question était sa propre mère. Quel étrange couple, vraiment ! A l'idée qu'Ikuyo perpétuait dans leur foyer leurs anciens rapports de maîtresse à serviteur, sa colère envers lui retomba. C'était d'une tristesse sans nom : dire qu'elle osait demander à être enterrée auprès d'un autre, alors que son mari se comportait comme un esclave fidèle ! Elle envoya la servante chercher sa mère, mais celle-ci devait déjà être prévenue de l'arrivée de son mari, car elle entra dans la pièce sans manifester la moindre surprise, et commença immédiatement à se plaindre :

— C'est seulement maintenant que tu arrives ? Mais qu'est-ce que tu faisais donc ?

Etait-ce là une de ses singulières coquetteries, ou faisait-elle semblant de bouder devant Tomoko ? Cette attitude surprit néanmoins grandement celle-ci.

Elle ignorait toujours les raisons détaillées de la fugue de sa mère, mais étant sûre d'avance que ce récit ne ferait que l'ennuyer, elle s'était abstenue de poser des questions, et en les voyant tous deux devant elle, elle se sentit d'autant plus heureuse de tout ignorer des causes de leur dispute.

Hachirô regardait sa femme faire l'enfant gâtée d'un air attendri, les yeux à demi clos, l'air soulagé de la retrouver, et Ikuyo lui rendait son regard, d'un air rancunier mais satisfait en même temps, tout en faisant coquettement ondoyer ses formes rebondies. Entre ces deux-là, il n'y avait plus besoin d'excuses ni d'explications. On pouvait supposer qu'Ikuyo avait joué toute cette comédie uniquement pour pouvoir continuer à faire l'enfant gâtée comme autrefois.

Tomoko s'attendait à ce qu'ils restent quelques jours chez elle puisque Hachirô était venu spécialement de si loin, mais dès le lendemain, il se hâta de repartir avec Ikuyo qui paraissait elle aussi quitter sans aucun regret la maison de sa fille. Elle se contenta de dire une méchanceté destinée à son époux, au moment de partir, dans le vestibule, causant une nouvelle surprise à Tomoko :

— Hein, Hachirô, au moins au Hanaya on se régale, ce n'est pas comme chez toi !

Parler de la maison de l'homme qu'elle avait épousé comme si ce n'était pas la sienne témoignait déjà d'un manque de délicatesse pour le moins étonnant, mais il était en outre complètement extravagant de comparer la cuisine d'un foyer ordinaire à celle d'un établissement réputé comme le Hanaya, où, malgré le départ du cuisinier, les servantes s'efforçaient de présenter une cuisine digne du lieu. Définitivement écœurée par la réaction de Hachirô, qui, confus, se contenta de sourire évasivement à Tomoko, sans le moindre mot de réprimande pour sa femme, Tomoko ne les engagea pas à revenir la voir, et ne leur souhaita même pas bon voyage.

Après leur départ, Tomoko déchargea sa colère en répétant à l'envi : « Quelle histoire ridicule, vraiment, que c'est ridicule ! » sans même se soucier d'être entendue par son personnel. Elle ne pouvait s'empêcher de ressentir une sorte de dégoût comme si elle avait touché quelque chose de sale, en entrapercevant malgré elle la sensualité trouble qui liait cet homme de cinquante et un ans et cette femme de cinq ans son aînée. Elle regrettait presque les dix yens qu'elle avait glissés à sa mère au moment du départ. Il lui semblait que tout le souci qu'elle avait pu se faire pour eux ou la sympathie qu'elle éprouvait avaient été inutile, et s'en voulait à en grincer des dents de sa propre bonté d'âme. Grincer des dents… Cette expression lui rappela le crissement des fausses dents de sa mère dans la nuit, ce qui acheva de rendre son humeur exécrable.

Sa colère mit longtemps à s'apaiser, même après le départ de sa mère, et vers la même époque, triste ironie du sort, une lettre de Yasuko arriva.

« Je n'ai vraiment pas le droit de demander cela à une sœur aînée que je sais fâchée contre moi, mais le travail de Maejima ne marche pas aussi bien qu'il l'avait escompté, et ces derniers temps il est complètement découragé. Le mois prochain nous serons déjà en décembre, et, avec les fêtes de nouvel an toutes proches, et les dépenses que cela nécessite, je me suis décidée à prendre la plume pour te demander ton aide une fois de plus. Bien entendu, si tu me refuses ce prêt, je serai obligée de travailler, mais il est très difficile de trouver rapidement un emploi en ce moment. Pourrais-je dans ce cas travailler à nouveau au Hanaya ? Maejima veut que je reste à la maison et refuse que je travaille, aussi, si je suis obligée de le faire, je m'exposerai certainement à des ennuis. »

Comme elle avait fait des études, elle calligraphiait bien les caractères, mais ses phrases étaient terriblement ambiguës. Elle ne précisait ni combien elle voulait d'argent, ni dans quel but, ni s'il s'agissait d'un emprunt, ou d'une aumône, et tout en demandant à être de nouveau employée au Hanaya, elle précisait que Maejima refusait qu'elle travaille et qu'elle aurait des ennuis, si bien que sa demande ressemblait quelque part à du chantage, ce qui redoubla la mauvaise humeur de Tomoko.

La cause première de son irritation venait de ce qu'elle savait qu'elle finirait par envoyer de l'argent.

Elle envoya donc un mandat de trente yens tout en maugréant qu'elle aurait dû se désintéresser totalement du sort de cette sœur qui s'était enfuie de chez elle avec un homme, n'écoutant que son propre caprice, sans suivre aucun de ses conseils. Après quoi, elle s'apitoya sur elle-même : pourquoi se comportait-elle toujours avec autant de faiblesse ? Certes, trente yens n'était pas cher payé pour échapper à l'ennui de voir Yasuko débouler chez elle à l'improviste, et sa sœur était dans une bien triste situation avec ce compagnon à l'identité incertaine, Maejima ou qui que ce soit, mais elle avait beau trouver toutes sortes de justifications à l'envoi du mandat, elle ne parvenait pas à se convaincre elle-même du bien-fondé de ce geste.

Décembre passa très vite, et il fallut préparer le nouvel an. Fallait-il respecter le deuil de Nôzawa, ou mettre les décorations d'usage, branches de pin sur la porte, etc., importantes après tout pour un commerce… ? Tandis qu'elle tergiversait ainsi, une servante passa la tête entre les deux cloisons sans même un mot d'excuse, et annonça, toute blême :

— Madame, c'est la guerre !

— Qu'est-ce que tu dis ?

— La guerre ! La radio vient d'annoncer que le général Tôjô a déclaré la guerre à l'Amérique et à l'Angleterre.

Tomoko alluma la radio, qui se mit à déverser les notes martiales d'une marche militaire. Une fois l'édition spéciale terminée, le doute ne fut plus permis.

Certaines paroles de Nôzawa résonnaient encore à ses oreilles :

— Ce serait bien qu'on n'en arrive pas à la dernière extrémité… Mais on n'y échappera pas, on n'y échappera pas…

Tomoko elle-même était convaincue que le pays en arriverait à « des extrémités » mais, concrètement, elle ignorait ce que cela pouvait bien signifier, et quelle pourrait être l'influence des événements sur sa propre vie. Si Nôzawa avait été vivant, il aurait pu répondre à ses inquiétudes d'une façon accessible à sa compréhension, mais il était mort avant ce terrible événement. Elle se sentit d'autant plus abandonnée, d'autant plus solitaire face à cette nouvelle épreuve.

Peu de temps après, l'ancien secrétaire de Nôzawa vint lui rendre visite au Hanaya et lui annonça que la cérémonie des quarante-neuf jours après la mort de Nôzawa avait eu lieu selon la coutume. Tomoko le fit entrer au salon et s'excusa d'être restée si longtemps sans donner de nouvelles, ne sachant que dire au juste, elle qui n'était apparue ni à la veillée funèbre ni à l'enterrement.

— Mais non, c'est nous qui vous devons des excuses, répondit le secrétaire, en baissant la tête avec déférence, avant de dénouer devant elle un carré de tissu enveloppant un paquet. Il était venu s'excuser auprès de Tomoko et lui offrir un souvenir du défunt sur ordre de la veuve de Nôzawa.

Devant Tomoko médusée, le secrétaire déploya une veste de pongé que Nôzawa affectionnait de son vivant, et lui présenta un rouleau de billets enveloppé dans du papier de soie.

Tomoko prit la veste et refusa l'argent, mais le secrétaire insista en disant qu'il serait gêné si elle refusait :

— Acceptez, je vous en prie. Nous ne pouvons nous opposer aux ordres de madame.

Elle ne put s'empêcher de se souvenir de la seule fois où Nôzawa avait fait allusion à sa femme : « Je n'irais pas jusqu'à dire qu'elle a été la fidèle compagne des jours d'infortune », lui avait-il dit. Tomoko étendit les mains et s'inclina profondément, front à terre, devant le secrétaire, tout en évoquant en esprit les traits vigoureux d'une vieille femme née dans la province du Kyûshû.

— Remerciez-la de ma part. Remerciez-la de ces attentions, que je considère imméritées.

Après le départ du secrétaire, Tomoko revint seule dans le grand salon et resta assise un moment. Remerciez-la… Les mots qu'elle venait de prononcer lui résonnaient sans cesse aux oreilles.

Elle ouvrit le paquet enveloppé de papier et y trouva un chèque de trois cents yens. C'était une somme importante, mais pas tant que cela si l'on songeait qu'elle était adressée par la famille de feu Shûichi Nôzawa à la maîtresse officielle de celui-ci. Tomoko se sentait triste.

Après la mort du comte Kônami, elle était restée sans nouvelles de sa famille, et en comparant mentalement cette attitude aux procédés pleins d'attention à son égard de la veuve de Nôzawa, elle se mordit les lèvres, regrettant de n'avoir même pas assisté à l'enterrement.

Elle se trouvait bonne à rien et se dénigrait tout en s'apitoyant sur son propre sort : elle n'avait pas pu avoir d'enfant de Nôzawa, n'avait même pas été à son enterrement. La veuve de Nôzawa, même si elle avait perdu son mari, ne devait pas se sentir aussi vide qu'elle, et elle se mit à songer avec regret à cette situation de femme mariée qu'elle n'avait jamais connue.

La veste de pongé gris acier portait un gros blason blanc dans le dos. Nôzawa aimait porter des vestes et des kimonos armoriés même comme vêtements de tous les jours. Elle se rappelait l'avoir vu porter une veste de ce tissu et de cette couleur, et reconnaissait aussi le blason, une grosse fleur de bruyère blanche, oui, elle reconnaissait même la crasse qui luisait aux poignets, et les taches de saké sur l'encolure.

Tout en déployant la veste pour regarder le blason de plus près, elle se prit à songer à sa propre mort et à l'endroit où elle aimerait que ses cendres soient enterrées. Elle venait de se rappeler sa mère, qui voulait être enterrée auprès de son premier mari et non avec Hachirô Kuwata.

Tomoko, elle, ne pourrait jamais reposer à l'ombre des bruyères blanches du blason de Nôzawa. Mais alors, où iraient ses restes après sa mort ? Il était douteux que les occupants de la vieille maison familiale des Sunaga à Wakayama acceptent de la voir enterrée là-bas : elle ne les avait pas vus depuis si longtemps qu'ils l'auraient à peine reconnue. Elle-même ne pouvait s'imaginer reposant là-bas pour l'éternité.

« Maman ! » s'écria-t-elle soudain inconsciemment, sursautant elle-même au son de sa voix. Pourquoi avait-elle soudain pensé à sa mère ? Elle l'ignorait elle-même. Elle murmura, doucement cette fois : « Maman ! » et les mots se mirent à couler sans effort de ses lèvres.

« Maman, quand tu seras morte, tu iras rejoindre Hachirô dans la tombe. Jamais je ne respecterai tes dernières volontés, jamais ! »

Elle se mordit les lèvres, regrettant longuement de n'avoir pu prononcer ces mêmes mots devant sa mère quand elle était repartie pour Ôsaka.

XVIII

De véritables bacchanales avaient lieu dans les salons du Hanaya, où des hommes s'enivraient dès l'après-midi, sans aucune présence féminine à leurs côtés. Ils se contentaient de boire, absorbant verre après verre sans prendre le temps de savourer l'alcool. Sur les tables, les plats où se mêlaient tranches de poisson cru et pâtés fourrés à la viande, éparpillés par les coups de baguettes, offraient un spectacle déplorable. Ces derniers temps, la cuisine n'avait plus ni le goût ni le parfum approprié. Mettre du poisson cru et des pâtés à la viande sur le même plat était une offense au bon goût. Mais ces deux denrées, aussi difficiles à se procurer l'une que l'autre, avaient désormais valeur égale, et pouvoir les aligner ainsi côte à côte était un tour de force dû à l'habileté de la patronne.

Le Hanaya était devenu le lieu de prédilection des banquets des cadres de l'armée et des usines d'armement, et l'atmosphère d'auberge discrète d'autrefois avait totalement disparu.

— Hé, la patronne, une chanson ! Amène ton *shamisen* !

A cette époque, les militaires tenaient le haut du pavé, et, devant eux, Tomoko n'était plus la respectable patronne du Hanaya : ils avaient entendu parler de son passé de geisha et, dès qu'ils étaient un peu ivres, lui demandaient de danser ou de chanter pour eux. Elle pinçait à contrecœur les cordes de son *shamisen* et leur chantait une strophe d'un chant d'accompagnement classique, ou un couplet de *Kantarô*, l'air en vogue de l'époque :

Est-ce une ombre, est-ce un saule, est-ce toi, Kantarô ? Yoï, yoï !

Les hommes se mettaient à taper dans les mains et à chanter avec elle en hurlant.

Quelle décadence ! songeait Tomoko en voyant les beuveries commencer dans son établissement dès midi, à l'heure où le Japon entier était mobilisé par l'effort de guerre, où des hommes et des femmes par milliers disaient préférer une mort honorable à la honte d'une défaite. Mais peut-être était-ce pour oublier tout cela que ces hommes buvaient ainsi.

— Madame !

Une servante qui venait d'amener un flacon de saké chuchotait à son oreille. Cette servante avait elle aussi été réquisitionnée par l'usine d'armement.

— Une visite pour vous, la dame d'Ôsaka…

Oh non, encore elle, pensa Tomoko, qui n'eut pas le courage de se lever tout de suite.

Maintenant que les vêtements et la nourriture se faisaient rares dans tout le pays, Ikuyo s'était mise à rendre visite au moins une fois par mois à sa fille. Manifestement, la maison Kuwata était dans la gêne et elle ne supportait plus d'y vivre. Le Hanaya, où on parvenait à maintenir un niveau de vie assez luxueux, s'était soudain mis à lui manquer, mais Tomoko ne supportait plus l'avidité franche et avouée de sa mère. Certes, comparée à celle des foyers ordinaires où pour survivre on faisait bouillir des tiges d'igname ou griller les cosses de haricots, la vie au Hanaya, où l'on se nourrissait des restes des banquets militaires, paraissait d'un luxe inouï. Mais Tomoko supportait mal ce quotidien qui l'obligeait à remuer ciel et terre pour se procurer quelques denrées au marché noir. La cuisine que l'on servait désormais au Hanaya évoquait pour elle les femmes du monde des saules et des fleurs, ces femmes qui se paraient de beaux atours à seule fin de gagner l'amour d'hommes déjà mariés et pères de famille. Les denrées du marché noir ressemblaient à des maîtresses qui, malgré tout leur luxe, ne pouvaient se montrer au grand jour. Après la mort du comte Kônami, la disparition de Nôzawa l'avait laissée seule au monde et Tomoko, femme intègre qui dirigeait seule son établissement, était obligée une fois de plus, à cause du marché noir, de mener une vie contraire à ses principes et dont elle ne pouvait se vanter au grand jour. En apprenant que sa mère arrivait d'Ôsaka, Tomoko n'avait guère eu envie de se précipiter à sa rencontre, mais, trouvant le banquet fastidieux, elle profita de ce prétexte pour s'éclipser.

Elle fit glisser sans mot dire les cloisons de papier de sa chambre et trouva sa mère en train d'enlever son pantalon de paysanne aux jambes bouffantes.

— Tomo-chan, je viens te déranger une fois de plus ! annonça-t-elle de son ton le plus naturel, tout en faisant glisser à ses pieds le pantalon dont elle avait dénoué le lacet. Sous son large pantalon, elle portait un kimono dont elle n'eut plus qu'à dérouler le bord avant de le tapoter pour le défroisser. Quand elle enleva sa veste croisée en coton assorti au pantalon, elle dévoila au grand jour un obi vermillon et de larges manches de kimono. Le spectacle était surprenant. Avec son kimono en crêpe de soie d'un violet profond, parsemé de motifs blancs traditionnels de grains de riz, on aurait dit qu'une fleur venait d'éclore dans la pièce.

— Le voyage en train a dû être pénible ? demanda Tomoko, sans même souhaiter la bienvenue à sa mère, et uniquement pour masquer sa surprise.

— Ah, oui, vraiment pénible !

Insistant sur le mot « pénible », elle leva la tête vers sa fille :

— C'était tellement bondé que je n'ai pas pu m'asseoir. Je suis restée debout d'Ôsaka jusqu'à l'arrivée !

— Debout, vraiment ?

— Hmm. Personne ne m'a laissé sa place. Arrivée vers Nagoya, j'étais tellement épuisée que j'ai demandé une place en disant que j'allais avoir bientôt soixante ans, mais penses-tu, personne ne m'a cru !

Tomoko elle-même ne pouvait s'empêcher de compatir aux fatigues de ce voyage, mais l'intéressée riait, le visage levé. Elle avait raconté cela intentionnellement, toute fière que personne ne lui donnât son âge.

— Tu dois être épuisée. Tu veux que je te fasse installer un lit ? L'annexe est libre.

— Mais non, le simple fait d'être arrivée à Tôkyô, et ma fatigue s'est envolée ! Je crois que c'est l'air d'Ôsaka qui ne me convient pas.

— Que ça te convienne ou non, tu connaissais déjà Ôsaka quand tu as épousé Hachiran et que tu es partie y vivre, non ? dit Tomoko, se dressant devant elle comme si elle avait l'intention de ne pas lui laisser faire un pas de plus chez elle.

Mais Ikuyo ne se laissa pas démonter pour si peu. Elle secoua sa main, occupée jusque-là à arranger sa ceinture, et lança en riant, comme si c'était du plus haut comique :

— Quel idiot, celui-là, d'avoir épousé une vieille comme moi !

Tomoko se rassit sur son coussin, et leva la tête vers sa mère :

— Qu'est-ce que tu es venue faire ici ?

— Comment ça, ce que je viens faire ? Tu es vraiment sèche avec ta mère. En tout cas, tu es très forte, arriver à faire tourner un établissement aussi grand par les temps qui courent, bravo !

Tirant d'un sac de secours des *tabi* blancs et une veste portant le même motif que le kimono, elle fut bientôt transformée en une élégante dame d'âge mûr, comme si la guerre n'existait pas. Tomoko comprenait on ne peut mieux les raisons de cette transformation, et pourquoi elle avait jeté au loin son pantalon de paysanne comme un vieux chiffon sale. Elle en était exaspérée.

— Excusez-moi de vous avoir fait attendre, dit une servante en entrant avec un plateau chargé de nourriture. Il s'agissait d'un repas préparé avec les reliefs du banquet de la veille mais par rapport à l'ordinaire de ces temps de guerre, c'était un repas bien luxueux.

— Merci, merci, ah, ça a l'air délicieux ! s'exclama Ikuyo d'une voix ragaillardie, en s'emparant de ses baguettes.

Elle avait dû commander ce repas dès qu'elle avait franchi le seuil du Hanaya. Sinon, comment expliquer qu'il soit prêt si rapidement ? Tomoko ne pouvait supporter la bassesse de sa mère qui, sous prétexte qu'en ces jours de disette, la nourriture était plus luxueuse au Hanaya que dans une maison ordinaire, se précipitait sur le repas en prenant à peine le temps de se changer à la descente du train. Après avoir contemplé en plissant les yeux le morceau de thon cru rouge brun piqué au bout de sa baguette, elle en goûta un moment la fraîcheur fondante à l'intérieur de sa bouche puis se mit à mâcher en faisant claquer ses fausses dents.

— Pas mauvais, pas mauvais !

Elle paraissait en pleine concentration.

— Maman !

— Ça fait une éternité que je n'avais pas mangé de riz blanc.

— Maman !

Ikuyo finit par relever la tête pour regarder sa fille.

— Oui ?

— Qu'es-tu venue faire à Tôkyô ?

— Oh, là-bas, ce n'est pas drôle, tu sais.

— Qu'est-ce qui n'est pas drôle ?

— Tous les horlogers sont employés au service obligatoire dans les usines d'armement, et mon bonhomme va tous les jours à l'usine en uniforme. Ce n'est vraiment pas drôle de rester à la maison.

— On est en guerre, au cas où tu ne le saurais pas, et tu peux bien aller où tu veux au Japon, ce ne sera drôle nulle part !

— Et puis, il revient fatigué le soir, alors, même si je n'ai pas envie, il faut encore que je prépare le repas.

— C'est normal, non ?

— On ne trouve plus de riz ni même de blé là-bas, comment veux-tu faire à manger ?

— Depuis Ôsaka, tu pourrais facilement aller jusqu'à Wakayama acheter de la nourriture, non ? Comment crois-tu que je fais ? Moi aussi, de temps à autre, je prends mon sac à dos et je vais à la campagne, jusqu'à Nerima, pour trouver de quoi manger.

— Mais moi je vais avoir soixante ans, Tomoko !

Tomoko se tut. Il était difficile d'argumenter avec une mère qui mettait son âge en avant quand cela l'arrangeait. Ikuyo, paraissant oublier totalement leur conversation, se concentra à nouveau sur son bol et ses baguettes. Elle aspira une gorgée de bouillon à grand bruit :

— Mmh, délicieux, ce bouillon ! C'est à base d'algue *konbu*, hein ?

Elle enfourna d'une seule bouchée plusieurs boulettes de porc froides, reste du banquet de la veille, parsemées de morceaux de graisse blanche figée, puis, tout en mâchant, regarda à loisir de l'autre côté de la vitre donnant sur le jardin :

— Dis, donc, Tomo-chan, tu as des jardiniers ?

— Tu crois qu'en ce moment on peut encore se préoccuper de jardiner ? On est en train de construire un abri antiaérien !

— Pourquoi ça ?

— Parce que des clients de l'hôtel m'ont conseillé d'en faire un solide, il va y avoir des bombardements à coup sûr.

— Ah, oui, à l'usine où travaille mon bonhomme aussi, ils ont construit un abri souterrain plutôt impressionnant, mais les ouvriers n'ont pas le droit d'y aller, c'est juste pour les gens importants. Mon bonhomme, il a pu y aller une fois parce que l'horloge à l'intérieur était détraquée, et on l'a envoyé la réparer.

Depuis un moment, ce terme de « mon bonhomme » blessait les oreilles de Tomoko. Cette façon peu délicate d'appeler son propre mari, typique des femmes d'Ôsaka, l'énervait au plus haut point.

— Monsieur Kuwata va bien ? demanda-t-elle d'un ton exagérément poli.

— Il n'est jamais malade. Mais il n'est plus bon à grand-chose.

— Pourquoi ? Qu'est-ce qui ne va pas ?

Ikuyo avait enfourné un morceau de radis en saumure, mais le reposa dans son assiette sans le mâcher en faisant la grimace.

— Enfin, tu comprends ce que je veux dire, je vis comme une veuve, quoi.

Tomoko resta coite de surprise en voyant sa mère étouffer un petit rire.

A quarante-deux ans, Tomoko avait elle aussi atteint l'âge où une femme observe son miroir avec angoisse tous les matins et y voit ses rides se creuser, et sa différence d'âge avec sa mère se remarquait de moins en moins. Un observateur qui ne les connaissait pas ne les aurait jamais prises pour une mère et sa fille, à voir la peau blanche et éclatante d'Ikuyo, bien plus fraîche que celle de Tomoko, mal entretenue. Le corps replet de la mère paraissait également plus juvénile que celui de Tomoko qui, minée par les soucis, avait encore perdu du poids. Et si son aspect reflétait sa condition physique, on ne pouvait qu'admirer la vitalité d'Ikuyo, qui affirmait en riant que son mari ne la touchait plus et qu'elle était venue à Tôkyô parce que la vie à Ôsaka n'était pas drôle pour elle. Tomoko, cependant, malgré son manque d'expérience de la vie conjugale, se refusait à croire que le seul lien entre époux fut un lien charnel. Elle pouvait en juger d'après son expérience à elle des rapports physiques : le vieux comte Kônami, qui l'enlaçait avec l'énergie du désespoir pour se raccrocher à la vie, possédait une vieille épouse de son âge, et même s'il avait cessé tout rapport charnel avec elle depuis longtemps, c'était bien elle qui restait pour toujours son épouse, et non la jeune femme à qui il dispensait ses caresses. Son souvenir physique du comte Kônami était devenu bien lointain, mais pas celui de l'épouse de Shûichi Nôzawa lui envoyant son secrétaire : non, le souvenir de ce qu'était une épouse ne s'était pas effacé. Elle n'y avait jamais réfléchi jusqu'à présent, mais être une épouse forcée à la chasteté devait sans conteste donner à la vie un goût de désespoir, davantage encore que de dormir seule comme elle-même en ce moment. Elle se sentit soudain proche de sa mère, encore si jolie, qui se plaignait en riant de mener une vie de veuve.

— Maman...

— Ah, merci, c'était délicieux ! Qu'est-ce que j'ai bien mangé !

En entendant sa mère grasseyer en parlant, mêlant des expressions d'Ôsaka à son accent de Wakayama, les mots affectueux qu'elle allait prononcer restèrent coincés dans la gorge de Tomoko, mais elle se sentait maintenant incapable de renvoyer autoritairement sa mère à Ôsaka après l'aveu qu'elle venait de lui faire.

Mais même si elle ne la renvoyait pas chez elle, Ikuyo repartirait certainement si Hachiran venait la chercher. Cette femme de soixante ans passés courant les routes pour fuir son mari en pleine période de guerre lui paraissait d'un ridicule consommé, mais Hachiran n'avait pas dû changer non plus et ne manquerait pas de venir la chercher. En pensant à ce mari courant lui aussi les routes, à plus de cinquante ans, à la recherche de sa femme, Tomoko se sentit à nouveau en proie à des sentiments mêlés, trouvant cette histoire d'un comique teinté d'obscénité.

Le salon de Tomoko était situé à l'angle est du bâtiment principal, et la moitié inférieure des cloisons de papier coulissantes s'ouvrait sur une baie vitrée, donnant sur un bosquet d'arbustes, plantés de façon à dissimuler l'intérieur de la pièce depuis le coude du couloir menant aux chambres de la partie ouest.

Tomoko, selon la coutume, et pour ajouter un élément féminin à l'hôtel qu'elle dirigeait, entretenait un jardin japonais traditionnel et, pour être sûre d'avoir des arbres en fleurs durant les quatre saisons, elle avait planté des arbustes de différentes espèces : rhododendrons, azalées, pommiers nains, camélias, résédas, en grand nombre, sans compter les nombreux cerisiers qui fleurissaient au printemps. Plusieurs vieux cerisiers, évoquant un paysage de Kyôto, avaient été plantés de l'autre côté d'une petite colline artificielle de façon à être visibles de ses appartements au moment de leur floraison. Pour le moment, aucun arbre n'était en fleur, mais, au milieu des arbustes au feuillage épais, derrière le vert sombre des pins, éclatait un flamboiement de feuilles écarlates.

— Comme les feuilles d'érables sont belles !

Tomoko venait de les remarquer, mais sa mère avait jeté cette exclamation avant elle, en employant pour « belles » un vieux mot du dialecte de Wakayama. Sans doute avait-elle employé inconsciemment cette expression qu'elle devait rarement utiliser, et ce mot vieilli lui était venu aux lèvres par nostalgie d'un monde où l'on avait le temps d'admirer les couleurs automnales, comme elle venait de le faire, pour la première fois au milieu de la guerre, après un bon repas, et après avoir enfin quitté le pantalon de paysanne que la guerre l'obligeait à porter au lieu des seyants kimonos d'autrefois.

Etrangement, ce simple mot avait soudain dissipé l'agacement de Tomoko envers sa mère. Ce mot exprimant la beauté avec des consonances vieillies avait-il donc à lui seul le pouvoir de fasciner et d'apaiser les cœurs ?

Oui, vraiment, comme les feuilles d'érables sont belles, maman.

Dans les jardins japonais traditionnels, on plantait toujours du côté ouest des arbres dont les feuilles devenaient rouges à l'automne, que l'on appelait « arbres du soleil couchant », mais sans doute Tomoko n'avait-elle jamais contemplé ces feuilles écarlates avec autant d'émotion que ce jour-là, au cours des vingt années écoulées depuis la fondation du Hanaya. Les feuilles d'érable flamboyant de tous leurs feux somptueux semblaient aspirer les rayons rouges du couchant. La beauté de ce spectacle plongea un long moment Tomoko dans une sorte d'extase, allant jusqu'à lui faire oublier la présence, qui attristait le paysage, de vieillards debout devant les arbres, occupés à creuser un abri antiaérien.

Les fleurs printanières aussi avaient leur beauté propre mais il leur manquait cette tristesse émouvante des feuilles écarlates de l'automne. Même les pivoines en plein épanouissement, avec leur grâce épanouie et rendue plus voluptueuse encore par l'âge, n'avaient pas la hardiesse des feuilles rouges de l'automne. Tandis que Tomoko contemplait le jardin en se livrant à ces pensées, les lueurs du couchant disparurent rapidement, marquant la brièveté de ce jour d'automne. Les teintes somptueuses des feuilles d'érable pâlirent à vue d'œil, le crépuscule se mit à flotter sur le jardin. Les ouvriers de l'abri antiaérien avaient également disparu. Privées de l'éclat de la lumière, les feuilles accusaient un brun lugubre.

— Maman !

Tomoko s'était retournée vers sa mère, comme pour chercher un secours, mais celle-ci était allongée, assoupie, devant la table.

Ce repas avait dû la détendre, sans compter la fatigue du voyage. Cependant, jamais Ikuyo ne se serait conduite avec un telle impolitesse dans sa jeunesse. Elle ne s'était pas laissée abattre par l'âge, mais avait perdu toute résistance devant les phénomènes physiologiques comme l'appétit, la fatigue. Jusqu'à son appétit sexuel et ses secrets d'alcôve dont elle faisait maintenant étalage devant sa fille.

Elle respirait profondément, avec le visage d'une femme pleinement satisfaite, qui s'était endormie rassasiée dans la maison de sa fille. Tomoko regarda sa mère livrée au sommeil : elle faisait certes plus jeune que son âge avec cette peau qui avait conservé tout son éclat, mais son visage possédait à la fois une ombre enfantine et une malignité de vieille femme. Peut-être à cause de ce vilain double menton accentué par le sommeil : à cause de ses mâchoires courtes, les bajoues menaçaient son visage, devenu d'une rondeur enfantine avec l'âge. A y regarder de près, sa peau de jeune fille avait bel et bien disparu, elle avait un étrange éclat légèrement beige, comme si on l'avait enduite de colle. Etait-ce l'effet trop puissant de son traitement de beauté à base de saké ? Après la trentaine, Tomoko avait commencé à avoir des rides et des taches brunes sur la peau, et maintenant, il semblait y en avoir davantage chaque jour, il n'y avait vraiment plus rien à faire pour arrêter le processus, mais, chez sa mère, on aurait dit que le pigment de ces taches de vieillesse était répandu uniformément sur son visage. Quand elle se réveillerait et se lèverait, la ligne pure de ses lèvres et de son nez bien formés ressortirait, et les feuilles d'automne resplendiraient à nouveau de tout leur éclat. Mais le sommeil avait tué la beauté de sa mère, aussi sûrement que la nuit celle des feuilles rouges brillant dans le crépuscule du jardin.

« Une fois de plus, je la garderai dans l'annexe jusqu'à ce que Hachirô vienne la chercher », soupira Tomoko.

— Maman, tu vas t'enrhumer !

— Mmh.

— Je t'ai fait préparer un lit dans l'annexe, va donc te coucher.

— Mmh.

Ikuyo, enfin réveillée, bâilla de bon cœur.

— Tu peux rester ici jusqu'à ce que Hachiran vienne te chercher, va.

— Ah, Tomoko, je me demande s'il viendra cette fois.

Les yeux d'Ikuyo tournés vers elle brillaient d'un éclat inquiet qui fit retenir son souffle à Tomoko.

— Mais bien sûr, il viendra, affirma-t-elle pour chasser ses propres craintes. Sa mère s'était plainte de vivre comme une veuve, et maintenant, cette lueur d'inquiétude dans son regard...

— Mmh, je me demande...

— Mais si, maman, il viendra, bien sûr qu'il viendra.

Tomoko ne comprenait pas elle-même pourquoi elle affirmait cela avec autant de véhémence, mais Ikuyo la regardait d'un air toujours aussi dubitatif.

Il était certainement très pénible à Hachirô, qui devait se souvenir de son passé de domestique, d'être envoyé à l'usine à plus de cinquante ans. Même la population civile commençait à ressentir une certaine incertitude quant au résultat de la guerre. Depuis le débarquement américain à Saipan, les défaites de l'armée impériale s'étaient succédé, et le pays jetait ses premiers cris d'agonie. Le manque de nourriture et de vêtements se faisait cruellement sentir, mêmes les cuisines du Hanaya n'échappaient plus à la disette. La plupart du temps, c'étaient les clients eux-mêmes qui amenaient les boissons et les vivres qu'on leur servait.

Ikuyo, qui ne supportait plus les difficultés de ravitaillement d'Ôsaka, eut l'air de se satisfaire pleinement de la cuisine à base de restes du Hanaya, et, au bout de quelque jours, ne parut plus trop se soucier de rester sans nouvelles d'un mari qui, de son côté, ne donnait pas signe de vouloir venir la chercher.

Tomoko se disait qu'aucun homme, pas même Hachirô, n'aurait pu endurer les caprices d'une femme capable d'abandonner son foyer en une période aussi critique. En outre, il ne devait pas être facile de quitter Ôsaka pour se rendre jusqu'à Tôkyô, et Hachirô n'avait sans doute pas la liberté de le faire, avec son emploi à l'usine. Elle avait pourtant affirmé à sa mère que Hachirô allait venir, malgré tous ces éléments poussant au pessimisme.

De son côté, Tomoko n'avait pas eu une minute pour envoyer une carte à Hachirô, car, dix jours à peine après l'arrivée de sa mère, les bombardements aériens de l'armée américaine avaient commencé.

Les alertes aériennes.

Les sirènes d'alarme.

L'attente dans les abris.

Le vacarme des bombes.

La fréquence des bombardements s'accélérait de jour en jour, et l'abri antiaérien du jardin, agrandi et refait, devint le centre d'allées et venues intenses, avant même que le mortier eût fini de sécher.

Plus personne ne s'enivrait dans les banquets. Même s'il y avait de l'alcool, il n'enivrait personne. Tous avaient des regards désespérés et ne remarquaient même pas les mets rares posés sur la table, mais contemplaient seulement, avec terreur, le mot « défaite » inscrit dans l'espace.

Les sirènes d'alarme. Lointaines, proches, aiguës, basses, toutes les sirènes de Tôkyô se déclenchaient en même temps. Quelle différence avec le son paisible et émouvant des cloches du nouvel an qu'elle avait écouté autrefois, lors du premier réveillon passé au Hanaya. Dès que les sirènes se déclenchaient, clients et servantes se précipitaient dans l'abri sans emporter le moindre objet personnel.

— Maman, maman !

Avec son tempérament ordonné, Tomoko comptait le nombre de gens présents, vérifiait qu'ils laissaient tout en ordre, éteignait le feu et pénétrait la dernière dans l'abri, mais Ikuyo était la plus compliquée à faire bouger. Elle avait eu beau lui répéter de se mettre en pantalon, Ikuyo s'obstinait à s'habiller en kimono même à l'intérieur, si bien que, dès que les sirènes retentissaient, elle se levait lentement pour enfiler avant toute chose son pantalon. Puis elle pliait soigneusement tous ses vêtements et ensuite seulement, les serrant contre elle, entrait sans se presser dans l'abri.

— Maman, ce n'est pas le moment de compter tes kimonos ! Si tu y tiens tellement, tu n'as qu'à les laisser dans l'abri en permanence.

— Ah, non, c'est humide dans ce souterrain, ils s'abîmeraient !

— Tu ne comptes tout de même pas les amener et les ressortir à chaque alerte ?

— Je n'ai pas le choix.

— Mais enfin, tu retardes tout le monde chaque fois. Que feras-tu si tu n'arrives pas à te mettre à l'abri à temps ?

— …

— Et moi ? Je… je perdrais complètement la face !

« Je passerais pour une fille indigne », avait-elle failli dire, mais elle s'était retenue. Ces mots, ceux qui lui faisaient le plus peur au monde, ne pouvaient passer ses lèvres. Le simple fait d'avoir failli les prononcer la mit mal à l'aise pour un bon moment.

Les B-29 continuaient à lâcher des nuées de bombes incendiaires, le ciel nocturne de Tôkyô était illuminé de flammes de plus en plus fréquemment, des nuits entières se passaient avant l'avis de fin d'alerte, et même Ikuyo finit pas être obligée de regarder l'horrible réalité en face. Bouleversée, elle se mit à exprimer son angoisse et demandait sans cesse à sa fille, pendant qu'elles attendaient la fin des alertes :

— Tomoko, tu crois qu'on s'en sortira ?

Tomoko ne pouvait guère lui répondre par l'affirmative. Les clients se faisaient de plus en plus rares, et il n'y avait plus guère qu'elles deux à se réfugier dans l'abri avec les deux servantes de l'hôtel, ce n'était donc pas la présence d'autres personnes qui l'empêchait d'exprimer son sentiment. Seulement, vers cette époque, il ne restait plus personne au Japon capable de répondre par l'affirmative à pareille question, et Tomoko ne faisait pas exception.

Incapable de répondre : oui, maman, ça ira, elle serrait dans la sienne en guise de réponse la main de sa mère, cette main douce aux doigts si souples qu'on n'aurait jamais dit une main de vieille femme.

Je ne sais pas si on s'en sortira, maman, je ne sais pas, mais maintenant, tu vois, nous sommes seules au monde toutes les deux. Nous n'avons d'homme ni l'une ni l'autre. Nous allons peut-être mourir calcinées dans les décombres, et au moment de mourir nous serons seules toutes les deux, cet abri nous servira peut-être de tombe. Si le Hanaya disparaît sous les bombes, on nous retrouvera enlacées dans les décombres… Nous n'aurons pas vécu dans l'intimité et la tendresse qu'on attend d'une mère et de sa fille, mais mourir main dans la main sera peut-être la meilleure façon de finir pour deux compagnes de vie comme nous, liées par le sang. Hein, maman, finalement, peut-être n'aurons-nous réussi ensemble que notre mort.

— Tomoko, tu crois qu'on s'en sortira ?

Tremblante de peur, Ikuyo continuait à questionner sa fille, et Tomoko, sans lui répondre, continuait à murmurer au fond de son cœur son amour pour elle.

Les vrombissements des forteresses volantes se rapprochaient, s'éloignaient, suivis du fracas des bombes tombant tout près. S'ils lâchaient une bombe incendiaire sur eux, autant qu'elle atteigne l'abri tout de suite. Plutôt que de courir à l'aveuglette dans un océan de flammes, mieux valait mourir ici. Mourir calcinée dans les bras de sa mère, n'était-ce pas une chance pour une fille prisonnière de sa haine et de son ressentiment et pour une mère qui ne s'était jamais conduite comme telle ? Tomoko, transportée, s'enivrait de ces pensées.

— Tomo-chan !

— …

— Quel imbécile, ce bonhomme, non ?

— …

— Qu'est-ce qu'il fait donc, cet imbécile de Hachirô ? Il ne se rend donc pas compte à quel point j'ai peur ? Pourquoi ne vient-il pas me chercher ?

— …

— J'aurais mieux fait de rester à Ôsaka, là-bas au moins, je n'aurais pas peur comme ça.

Tomoko s'éveilla enfin de son rêve, comme si elle avait reçu un baquet d'eau froide. La colère éclata en elle, avant même qu'elle se rende compte que sa mère n'était absolument pas au diapason de ce que lui murmurait son cœur.

— Hein, Tomoko, si j'envoyais un télégramme pour voir ?

— Fais ce que tu veux !

— A Ôsaka, ils ne doivent pas être bombardés comme ça.

— C'est exactement la même chose.

— Tu crois ? Non, je suis sûre que ça ne doit pas faire aussi peur.

— C'est pareil, je te dis !

— Tu crois ?

— Evidemment.

Ikuyo finit par se taire, tandis que Tomoko, prise entre chagrin et colère, s'enfonçait dans le désespoir, comme si les murs de terre de l'abri obscur avaient aspiré son âme. Même quand le fracas des bombes s'éloigna et que retentit le signal de fin d'alerte, Tomoko resta accroupie au fond de la cave, comme ayant perdu l'esprit.

Le nouvel an passa sans aucune des joyeuses festivités qui l'accompagnent d'ordinaire, et le neuf mars, avant même que les bourgeons des saules ne commencent à s'ouvrir, eut lieu une attaque aérienne décisive sur Tôkyô. De minuit à l'aube, les quartiers de Ginza, Tsukiji, Nihombashi puis toute la ville basse, noyés sous une pluie de bombes incendiaires, furent transformés en une gigantesque mer de feu, dont les vagues engloutirent totalement l'hôtel Hanaya.

— Quittez les abris ! Fuyez vers la mer, le long de la Tsukiji ! Quittez les abris ! Fuyez vers la mer ! hurlait le propriétaire du restaurant japonais voisin, d'une voix habituée à chanter les ballades traditionnelles, et toutes les femmes du voisinage, obéissant comme en rêve, se précipitèrent le long de la Tsukiji. De nombreuses familles du voisinage étaient parties se mettre à l'abri en province, mais les gens qui se mirent à courir vers la mer étaient tout de même nombreux. Tomoko, en *tabi*, serrait fort la main de sa mère dans sa main droite, elle avait perdu en route le balluchon qu'elle tenait toujours prêt à l'entrée de l'abri au cas où il faudrait fuir, et la seule chose qu'elle avait réussi à emmener avec elle vers la mer, en dehors de son sac d'urgence, c'était sa mère. Se retournant, elle vit d'énormes flammes trembler dans le ciel, flottant au vent comme les ailes d'un démon, une fourche de fumée noire au bout de leurs langues écarlates. Le Hanaya flambait. Le parquet qu'elle avait frotté elle-même avec amour à la peau de chamois quand il venait juste d'être terminé, la galerie intérieure, la chambre où dormait Nôzawa autrefois, celle où avait dormi Fumitake Ezaki, tout s'était transformé en feu, crachant une fumée noire. La lueur violente des flammes l'aveuglait, mais elle affrontait cette lumière trop vive pour continuer à contempler les fumées noires de l'incendie. Voilà mon passé qui brûle, voilà mon passé transformé en cendres sous mes yeux, se disait-elle. Davantage encore que les flammes, c'était cette fumée noire qui lui évoquait le passé.

— Tomoko, j'ai mal !

Ikuyo avait laissé échapper un cri de douleur. Tomoko lui serrait la main de toutes ses forces depuis un bon moment, mais sans doute sa mère elle-même venait-elle seulement de s'en apercevoir.

— Tout a disparu, maman, je n'ai plus rien ! fit Tomoko comme pour elle-même. Sans répondre, Ikuyo rajusta le devant de son kimono.

XIX

La fin de la guerre…

L'abri antiaérien, agrandi peu avant la fin de la guerre, servait d'habitation temporaire à Tomoko, qui avait tout perdu dans l'incendie de son hôtel. Sans même un vêtement de rechange, Tomoko, enveloppée de son vieux pantalon usé, préparait une bouillie de riz au fond de cette cave, l'esprit totalement vide. A une poignée de riz, elle avait ajouté de l'eau, qui sortait d'un tuyau à même le sol, et faisait cuire cette bouillie dans une marmite toute tordue sortie des décombres de la cuisine, sur un fourneau de fortune fabriqué avec des pierres du jardin, où brûlaient quelques bouts de planches épargnés par l'incendie. On était en plein midi, un soleil accablant brûlait la terre rouge et calcinée.

— Maman !

Tomoko se redressa et appela sa mère qui devait se trouver à l'endroit où avait existé autrefois une vaste salle de bains. Il n'en restait que le sol de carrelage blanc, qui constituait le seul endroit à peu près propre des alentours après l'incendie, c'était donc là qu'elle avait installé ce qui tenait lieu de cuisine. Le Hanaya était bien fourni en vaisselle pour un hôtel, puisqu'on y faisait également la cuisine, et dès le début des bombardements, comme les clients ne venaient presque plus, Tomoko avait pris la précaution de la mettre en sûreté en l'enterrant dans l'abri antiaérien. Plutôt que d'utiliser des débris de tasses brûlées pour servir la bouillie, elle avait préféré utiliser au moins de la jolie vaisselle, et, depuis le matin, s'était employée à la déterrer avec Ikuyo, qui devait la laver tandis qu'elle préparait le repas. La bouillie formait maintenant une épaisse pâte amidonnée avec de grosses bulles à la surface, mais Ikuyo ne revenait toujours pas, aussi Tomoko s'était-elle redressée pour jeter un coup d'œil derrière la butte que formait l'abri. Le carrelage blanc se remarquant dans les ruines calcinées, elle aperçut tout de suite sa mère, mais l'instant suivant, son cri d'appel s'arrêta dans sa gorge.

Ikuyo était en train de se laver les cheveux ! Quelle idée saugrenue lui avait pris pendant qu'elle lavait les bols ? Assise de profil sur une pierre, elle passait un peigne dans ses cheveux. Ses cheveux, qu'elle n'avait pas soignés ni permanentés depuis longtemps, avaient poussé et pendaient tout raides jusqu'à sa poitrine, toujours aussi épais. Ces derniers temps, elle les roulait et les retenait avec un peigne, et c'était sans doute avec ce petit peigne fragile qu'elle était en train de les démêler. Malgré l'absence de miroir et d'huile capillaire, elle passait et repassait le peigne de la tête vers les épaules avec des gestes précautionneux, sans doute parce que le soleil ardent de cette fin d'été lui brûlait la peau du crâne.

Le geste de se peigner les cheveux était sans doute le plus féminin qui soit, mais le voir accomplir ainsi en plein soleil avait quelque chose d'épouvantable. Cette chevelure était loin d'évoquer la décrépitude de la vieillesse, et pourtant quelque chose dans ce spectacle figeait d'horreur Tomoko. L'épaisse chevelure noire luisait sous les dents du peigne. On sentait que ces cheveux qui n'avaient pas été lavés depuis longtemps respiraient enfin vigoureusement, et dans cette chevelure d'ébène étincelaient par moment des éclairs, peut-être des cheveux blancs qui brillaient au soleil. Tomoko, sans voix, restait pétrifiée, attendant que sa mère s'arrête. Finalement, elle perdit patience.

— Maman !

Ikuyo releva la tête. Apparemment, elle n'avait pas vu sa fille arriver, mais ne parut pas surprise pour autant.

— Mais qu'est-ce que tu fais ?

— Je me peigne.

— Je vois bien, oui. Tu as lavé les bols ?

— Pas encore.

Exaspérée, Tomoko s'accroupit près du tuyau d'où coulait un mince filet d'eau, et se mit à laver les bols à grand bruit.

— Tomo-chan, tu sais, j'ai trouvé des cuillères de porcelaine, dit Ikuyo en rassemblant lentement ses cheveux pour les nouer.

— Où ça ?

— Sous un tas de débris de vaisselle dans la cuisine. Tu as dû oublier de mettre la vaisselle chinoise dans le souterrain. Je pensais que tout était détruit, mais j'ai quand même regardé, et j'en ai trouvé trois qui ne sont même pas fêlées.

— Ah, c'est incroyable, avec une forme aussi délicate, elles ne se sont pas cassées ! dit Tomoko sur un ton admiratif en prenant les cuillères dans sa main.

Les cuillères de porcelaine destinées à la cuisine chinoise avec leurs motifs épais rouges, jaunes et verts, avaient résisté à l'incendie, alors que les étagères de la cuisine s'étaient effondrées, réduisant en miettes les bols comme les assiettes. Comme ces trois cuillères avaient de la valeur maintenant ! Sans doute Ikuyo les avait-elle trouvées en fouillant les ruines avant de se mettre à la vaisselle. Elle avait dû pousser un soupir, et cette idée de se laver les cheveux lui était venue ensuite.

— J'avais déjà fouillé dans ces débris, pourtant…

Grâce à ces petites cuillères, Tomoko se mit à table le cœur un peu plus léger. Grâce aussi à cette jolie vaisselle civilisée qu'elle n'avait pas utilisée depuis longtemps, elle se sentait un peu revivre. Elle avait même pu préparer un accompagnement à la bouillie de riz avec de la pâte de soja retrouvée dans les décombres de la cuisine et mélangée à des haricots, et quand elle le servit dans des bols en porcelaine de Kyômizu à motifs bleu foncé sur fond blanc, le goût lui en parut transformé, il lui sembla savourer pour la première fois depuis longtemps un mets délicieux. Tout en mangeant sa bouillie où le blé surpassait le riz en quantité avec la cuillère aux coloris vifs, elle la soulevait de temps en temps pour en admirer la beauté. Bien entendu, ces cuillères tout à fait ordinaires n'étaient pas d'une beauté exceptionnelle, mais ces instruments de porcelaine blanche à l'éclat délicat avaient maintenant plus de valeur qu'une œuvre d'art, maniés par des humains sortis en rampant d'un abri antiaérien, au milieu des décombres fumants.

— Tu sais, maman, c'est vrai, quand on dit que la vaisselle a plus d'importance que la cuisine qu'on met dedans. Lors des banquets des cadres de l'usine d'armement, c'était tout le contraire, ils attachaient davantage d'importance à la nourriture qu'aux plats qui la contenaient, mais tu vois, aujourd'hui j'ai l'impression de faire un vrai festin grâce à cette vaisselle. Je ne sais pas quel avenir attend le Japon, avec des militaires et des gens haut placés qui ont perdu à ce point le sens de leurs racines, mais moi, tu vois, rien qu'avec cette vaisselle, j'ai l'impression qu'il me reste quelque chose. C'est ce que je me disais tout à l'heure en déterrant ces bols. Ils sont peut-être dépareillés, mais il y là de quoi mettre le couvert pour quarante personnes, et je me dis qu'avec ça, je peux repartir à zéro. La cuisine, on peut toujours la faire, et avec de la vaisselle comme ça, même une bouillie semble délicieuse. Demain, on creusera encore, et j'en amènerai quelques-uns à échanger contre des provisions du côté de Nerima. Les paysans, même s'ils ne savent pas la valeur que ça a, les trouveront tout de même jolis et nous céderont volontiers quelques patates en échange. Une fois qu'on aura l'estomac plein, on pourra réfléchir à la suite.

Tout en remarquant elle-même qu'elle se sentait de bonne humeur pour la première fois depuis longtemps, Tomoko continuait à bavarder à tort et à travers. Depuis qu'elle avait commencé à creuser la terre pour en sortir ces quelques plats qui y étaient enterrés, elle avait retrouvé son optimisme et se disait que le futur donnerait bien lui aussi quelque chose, comme ces bols blancs surgis un à un de la terre.

Voilà tout ce qui me reste maintenant, se disait-elle, ces trois mille mètres carrés de terrain et la vaisselle enterrée dedans. Il ne reste plus rien du Hanaya, et nul ne sait ce que demain nous réserve, mais avec de la terre et des bols, je devrais m'en sortir. Ce n'était pas la première fois qu'elle perdait en une nuit tout ce qu'elle avait. Elle se rappelait bien ce jour de 1923 où le Hana Tsukawa s'était effondré lors du grand tremblement de terre. Et maintenant, c'était le tour du Hanaya. Mais l'un comme l'autre de ces établissements, elle les devait au soutien matériel du comte Kônami, et non pas à elle-même. Sans lui, comment aurait-elle acheté un terrain si immense, fait construire pareille maison ? Et après la mort du comte, c'était Shûichi Nôzawa qui avait joué de son influence pour lui assurer une clientèle. Bien sûr, il n'avait pas autant de pouvoir que le comte, mais en tout cas, seule, elle ne serait jamais arrivée à maintenir la prospérité d'un établissement comme le Hanaya. Ces pensées ne lui ôtaient pas pour autant sa confiance en l'avenir, sa certitude de tout reconstruire. N'était-elle pas arrivée à s'en sortir après la mort de Nôzawa, seule, sans homme, en ces temps difficiles de guerre ? La nécessité l'avait contrainte à aller courir après le ravitaillement au marché noir, mais elle s'en était sortie, elle, une femme seule. Oui, elle pouvait avoir confiance en elle, elle était capable de se débrouiller toute seule. Elle regarda sa mère et poursuivit :

— Tu vois, maman, le Japon est peut-être vaincu et occupé par les Américains, mais les Américains ne font pas des choses aussi horribles qu'on l'avait craint, et les Japonais vont survivre d'une manière ou d'une autre. Mon hôtel a brûlé mais Tôkyô tout entier a brûlé aussi, et on va avoir des difficultés quelque temps, mais même quand on n'a plus rien, personne ne peut survivre sans manger… Je me demande s'il ne faudrait pas ouvrir un petit restaurant, cela marcherait sûrement. Je n'aime pas les commerces trop animés, mais il me semble que, juste un hôtel, ça ne marcherait pas, et puis, sans argent, comment construire tout de suite un hôtel ? Alors, pourquoi on ne commencerait pas par un petit restaurant, hein ? Dès demain, tu garderas la maison, maman, pendant que moi j'irai chercher quelqu'un auprès de qui prendre conseil, là où je vais acheter les provisions, ce doit être possible.

A ce moment, Tomoko s'aperçut que sa mère n'avait pas écouté un mot de ce qu'elle disait, et était restée tout ce temps à regarder dans le vague.

Son bol vide dans une main, la cuillère de porcelaine dans l'autre, Ikuyo contemplait fixement un point dans l'espace entre sa fille et elle. Elles avaient disposé entre elles en guise de table un coffre de bois empli de vêtements et de nourriture conservé dans l'abri antiaérien, et avaient posé dessus en guise de nappe un carré de tissu tout froissé, mais d'une blancheur aveuglante.

Se demandant avec angoisse ce que sa mère pouvait bien regarder ainsi, Tomoko leva à nouveau la tête et suivit son regard. Au centre de la nappe blanche, il n'y avait qu'un malheureux plat de pâte de soja, avec une cuillère de porcelaine posée à côté. C'était la troisième des cuillères chinoises épargnées par l'incendie, les deux autres se trouvant dans les mains de la mère et de la fille, car Tomoko avait gardé comme sa mère son bol vide et sa cuillère dans les mains.

Malgré le soleil d'été qui l'inondait, cette cuillère aux coloris vifs ressemblait à un pauvre petit animal privé de forces, peut-être à cause du contraste avec le tissu blanc sur lequel elle reposait. Elle avait beau avoir une élégante et tendre forme de pétale de lotus, la complexité de cette forme, si contraire à la simplicité de la poterie japonaise, lui donnait l'air d'une chose vivante et vénéneuse endormie sur la table. Tomoko ne comprit pas immédiatement pourquoi sa mère s'était abîmée dans la contemplation fascinée de cet objet au lieu d'écouter son discours passionné sur ses projets d'avenir.

— Maman !

Ikuyo releva enfin la tête et jeta à Tomoko un regard aveuglé par le soleil.

— Qu'y a-t-il, maman ?

— Tomoko, je me demande ce que fait Hachirô. A l'heure qu'il est, il doit savoir que Tôkyô a brûlé et pourtant, je suis toujours sans nouvelles. Même après la défaite du Japon, il n'a pas donné signe de vie, je me demande bien pourquoi…

Ikuyo contemplait toujours tristement la cuillère écrasée de chaleur sur la table. La sueur qui suintait du corps de Tomoko sous cette canicule se glaça d'un coup tandis qu'un frisson lui parcourait l'échine.

Ainsi, au moment où, emplie d'espoir, elle pensait enfin à revivre et faisait part à sa mère de ses plans d'avenir, au moment où elle venait de décider que cette fois, elle se relèverait seule sans l'aide d'un homme, sa mère, elle, loin d'encourager sa fille, se préoccupait uniquement d'elle-même et de son mari, et murmurait des reproches dictés par sa rancœur envers un époux qui la laissait sans nouvelles.

— Hein, Tomoko, qu'est-ce qui a pu lui arriver ? A Ôsaka aussi, il y avait des usines d'armement et des militaires, donc il y a sûrement eu des dommages de guerre, mais tout de même, il n'est pas venu une seule fois depuis que je suis à Tôkyô voir comment j'allais.

— Tu crois que qui que ce soit a le temps en une période pareille de se préoccuper uniquement de toi et de ta santé ? cracha Tomoko avant de se lever.

Elle avait dû manger trop de bouillie sans y prendre garde, tout à son discours, car elle sentit soudain un étrange poids sur son estomac en se levant. Elle alla laver son bol et sa cuillère sur le carrelage blanc, à grands gestes violents, sans se préoccuper des gouttes d'eau qui jaillissaient. La sensation étrangement vivante de cette cuillère l'agaçait pendant qu'elle la lavait. Elle s'était soudain mise à la détester, cette cuillère aux coloris aveuglants, tout comme elle détestait cette mère qui ne pensait qu'à se peigner et à demander où était Hachirô, ce qu'il faisait, pourquoi il ne venait pas. Elle frottait la cuillère avec le gras de son pouce, en y imprimant toute sa force, comme si elle cherchait à effacer ces coloris trop brillants.

Ikuyo, sans aucune intuition de l'état d'esprit de sa fille, l'avait suivie :

— Dis, Tomoko, tu ne trouves pas ça bizarre ? Jusqu'ici, il a toujours tout laissé en plan pour venir me chercher chaque fois que je venais à Tôkyô, non ? Il n'est pas venu, même quand le Hanaya a brûlé, et ça fait quoi, maintenant, mars, avril, mai, juin, juillet, août, presque six mois ?

— Ecoute, maman, le Japon est en pleine confusion. Un pays invincible vient d'être vaincu, alors il n'y a pas de quoi s'étonner si les communications entre Ôsaka et Tôkyô sont coupées, crois-moi.

— Mais ça fait plus d'un mois que le Japon a perdu la guerre. Il croit peut-être que je vais passer ma vie dans ce trou à rats ?

— Désolée de t'obliger à vivre dans un trou à rats, maman.

Elle trouvait sa mère puérile, mais une telle puérilité lui donnait en même temps envie de hurler. Sous le soleil brûlant de l'après-midi, alors que la préoccupation du moment était uniquement de parvenir à survivre, quelle importance, que ce vieil homme vienne ou non la chercher ! L'abri antiaérien était peut-être un trou à rats, mais tout ce qui se trouvait dedans et qu'elles avaient sauvé était précieux. Elles disposaient de tout un tas de choses qui allaient leur être utiles maintenant, comme les bols qu'elles avaient déterrés ce matin. A un moment où elles n'avaient personne, pas un homme auprès d'elles pour les aider, même un trou à rats faisait un abri appréciable.

— Ecoute, maman, si tu t'inquiètes à ce point, tu n'as qu'à aller voir ce qui se passe à Ôsaka.

Saisie, Ikuyo murmura en regardant sa fille d'un œil vide :

— Moi ?

— Mais oui, toi.

— Toute seule ?

— Ce « trou à rats » ne te plaît pas, n'est-ce pas ? Vivre avec moi ne te plaît pas ? Alors pourquoi ne retournes-tu pas à Ôsaka ? Je ne te retiens pas. De toutes façons, tu es la femme de Hachirô Kuwata, non ?

— Tomoko !

Ikuyo grimaça légèrement et dit d'un ton suppliant :

— Je ne suis pas sa femme.

— Qu'est-ce que tu racontes ? Tu l'as épousé !

— Epousé ou pas, je ne l'aime pas.

— Alors pourquoi te soucier qu'il vienne te chercher ou non ?

— Ce n'est pas ça qui me tourmente. Je me demandais seulement s'il n'était pas mort.

— …

— Hein, Tomoko, si c'est le cas, je n'ai plus que toi au monde comme soutien. Ne sois pas méchante avec moi. Je m'excuse d'avoir parlé de trou à rats, j'ai eu tort. Garde-moi ici, même si je suis embarrassante, hein, s'il te plaît ?

Ainsi, elle n'était pas la femme de Hachirô Kuwata, d'ailleurs il était peut-être mort, et Tomoko était son seul soutien au monde, elle la suppliait de la garder ! Cette tirade théâtrale exaspéra Tomoko.

— Hein, Tomoko, quand je pense qu'il est peut-être mort, hein, c'est terrible !

Tomoko lança un regard furibond à sa mère qui osait encore évoquer la mort de son mari, après avoir affirmé qu'elle ne l'aimait pas et qu'elle n'était pas sa femme, même si elle l'avait épousé. Et moi, se dit-elle, moi je n'ai ni fille ni mari sur qui compter, moi je ne peux compter que sur moi-même ! Cet après-midi-là, jusqu'au crépuscule, Tomoko tenta d'écrire au crayon une lettre adressée à Hachirô Kuwata à Ôsaka, sur un bout de feuille qu'elle avait sous la main.

« Nous sommes absolument sans nouvelles de vous. Entre-temps, ma maison a brûlé et le Japon a perdu la guerre. La terreur des bombardements ressemble maintenant à un rêve, mais nous nous demandons ce que l'avenir réserve à notre pays réduit en cendres. Nous vivons à présent dans l'ancien abri antiaérien, et maman ne fait que penser à vous, elle est très inquiète d'être sans nouvelles de vous depuis le printemps, aussi je vous écris à sa place. Je ne me sens pas le droit de vous demander cela après tous les caprices qu'elle a faits, mais nous attendons de vos nouvelles. Je ne saurais me contenter plus longtemps de vivre dans cette cave et pense sérieusement à entreprendre quelque chose, mais la présence de maman… »

Ecrire donnait une forme concrète à sa colère envers sa mère. Pourquoi écrivait-elle une lettre si polie ?

Enervée par ses propres précautions, elle ne put achever sa lettre. « Si vous êtes sain et sauf, j'aimerais le savoir, et savoir si vous comptez récupérer votre femme ou non. » Voilà ce qu'il suffisait d'écrire. Une fille n'avait pas besoin de s'excuser pour les caprices de sa mère. Tomoko reposa son crayon. Elle venait de se souvenir de Yasuko. Malgré la fin de la guerre, en six mois, Hachirô n'avait pas donné signe de vie, ni envoyé la moindre carte, cela en disait sans doute assez quant à ses intentions vis-à-vis d'Ikuyo. Mais Ikuyo n'avait pas qu'elle au monde : elle avait une autre fille, Yasuko.

Parfait, décida Tomoko. Quoi qu'elle envisage de faire, cela lui serait impossible si elle avait à charge une capricieuse femme de soixante ans, incapable de lever le petit doigt pour travailler. Tant que c'était l'été, cela allait, mais dès les premiers froids, une femme âgée ne pourrait supporter de vivre dans une cave. Ni Yasuko, ni son compagnon n'avaient les moyens de garder Ikuyo en permanence avec eux. Il fallait donc que, pour un certain temps, Tomoko assume les frais de vie de Ikuyo, mais qu'elle puisse vivre en échange sous un toit décent.

— Tomoko, à qui écris-tu ?

Ikuyo passa la tête dans la cave abritée du soleil.

Le soleil n'avait pas encore baissé, mais la chaleur était devenue plus supportable. Pourtant, Tomoko était restée installée en plein soleil pour écrire sa lettre et venait seulement de rentrer dans l'abri.

— Je n'arrive pas à l'écrire, répondit-elle en déchirant la feuille. Je sors un petit moment, maman.

— Où vas-tu donc ?

— Je viens d'avoir une idée.

— Laquelle ?

— Je rentrerai peut-être un peu tard, mais je rentrerai de toutes façons, ne t'inquiète pas.

— Mais où vas-tu, enfin ? Je ne peux pas rester tard toute seule dans cette cave !

Ikuyo n'avait pas maigri, en dépit des exécrables conditions pour se nourrir, et son visage émacié d'autrefois était d'une étonnante rondeur, peut-être à cause de ses mâchoires courtes. Cela lui donnait un air d'enfant capricieux quand elle baissait ainsi les sourcils et les remuait d'un air inquiet en même temps que les épaules. Mais elle eut beau insister, Tomoko ne répondit pas à ses questions. En pantalon bouffant, son sac de secours sur l'épaule, de vieilles socques de bois sur ses pieds nus, elle partit en recommandant à sa mère d'attendre son retour sans s'inquiéter. Elle sentait le regard de sa mère dans son dos, mais se garda bien de se retourner. Elle traversa le pont Mihara, prit l'avenue de Ginza et se retourna seulement après avoir tourné en direction de Kyôbashi. A droite du bâtiment noirci par la fumée du théâtre Oriental, se trouvait l'abri antiaérien du Hanaya, avec sa mère sans doute encore debout devant, mais on ne le voyait plus après avoir passé l'angle d'Owarichô.

Les tramways et les bus n'avaient pas encore été remis en service. Tomoko descendit l'avenue tout droit, en faisant claquer ses socques de bois. Elle avait l'intention d'aller à pied jusqu'à la gare de Tôkyô. Du côté de Yûrakuchô, il y avait beaucoup de soldats américains, et cela l'effraya un peu, mais, en dehors de cela, elle avait grande envie de marcher et, tout heureuse, avançait d'un pas alerte en faisant claquer ses socques. Elle avait enfin le sentiment que la guerre était finie. Les rues étaient en ruines, mais on voyait çà et là des femmes en jupes. Tôkyô avait déjà complètement changé depuis que la guerre était finie.

Même secouée dans un train aux vitres cassées, remplacées par des planches à demi arrachées elles aussi, elle constata que l'atmosphère n'était plus la même que quand elle se rendait à Nerima en pleine guerre pour se ravitailler. Les gens étaient encore pâles et mal vêtus, le paysage couleur de rouille derrière la fenêtre n'était que ruines, mais quelque chose avait changé. Une verdure éclatante perçait çà et là entre des arbres calcinés. Tout comme Tomoko, les gens, la nature paraissaient prêts à recommencer à respirer et à vivre.

Elle descendit à la gare de Nakano. La maison où Yasuko vivait avec le dénommé Maejima avait heureusement été épargnée par les bombes. C'était bien ce que pensait Tomoko, car si sa maison avait brûlé, si elle avait eu des ennuis, Yasuko serait certainement allée rendre visite à sa demi-sœur. Ces deux-là, en pleine guerre, avaient maintes fois rendu visite au Hanaya, tout comme Ikuyo, pour profiter des bons repas servis à l'hôtel, et elle leur avait plusieurs fois donné de l'argent ou des victuailles.

Maejima était enrôlé à l'usine d'armement et avait au moins eu du travail pendant la guerre, mais maintenant que les usines de guerre avaient fermé leurs portes, il était certainement aussi dans la gêne qu'avant le début des hostilités, se disait Tomoko. Quant à Yasuko, aussi paresseuse que sa mère et sans aucun talent lui permettant de travailler à la place de son mari, elle ne devait pas savoir que faire, puisque l'hôtel de sa sœur, le seul endroit où elle aurait pu travailler, avait brûlé. Sans doute pensait-elle que ni sa mère ni sa sœur, souffrant des désastres de la guerre, ne pouvait lui venir en aide, puisqu'elle avait cessé ses visites. Pas de doute, à la vue de sa sœur, dont elle n'attendait aucun espoir, qui venait lui proposer de l'argent, elle allait arborer un visage hilare, à la place de sa mine inexpressive habituelle.

Après avoir déchiffré la petite pancarte portant le nom de Tatsuo Maejima, Tomoko y jeta à nouveau un coup d'œil avant de pousser la porte d'entrée. Elle venait de remarquer quelque chose d'inhabituel cloué sous la pancarte : une autre planchette de bois de la même taille, portant inscrit, en alphabet occidental cette fois, et non en caractères japonais, « T. MAEJIMA ». Tomoko ne pouvait le lire, ne connaissant pas l'alphabet, et comprit seulement que ce devait être de l'anglais, ce qui lui fit un effet bizarre. Elle savait que les grandes maisons avaient été réquisitionnées par l'armée d'occupation, mais il était impensable que cette petite maison japonaise de deux pièces seulement soit occupée par des soldats américains. Tout en se livrant à ces pensées, Tomoko put rapidement se rendre compte des changements opérés dans la petite maison.

— Bonjour, il y a quelqu'un ? lança-t-elle en entrant. La première chose qu'elle aperçut fut, alignées sur le seuil, trois paires de chaussures d'homme, qui n'étaient certes pas flambant neuves, mais enfin, ce n'étaient pas les grossiers souliers sans éclat qu'elle s'était accoutumée à voir pendant la guerre, mais des brodequins de cuir marron, simples et de bon goût, à bout rond et à lacets. Des chaussures de l'armée américaine, à n'en pas douter ! Que faisaient donc Yasuko et son mari dans cette maison ?

Yasuko resta sans voix en trouvant sa sœur dans l'entrée. Elle n'eut pas un mot pour l'accueillir : « Cela fait longtemps, entre donc » ou quoi que ce soit de ce genre. Elle n'avait même pas l'air embarrassé, mais plutôt l'air équivoque de quelqu'un qui n'analyse pas bien la situation. Sur ce point, elle n'avait pas changé depuis avant la guerre.

Bon gré mal gré, Tomoko lui adressa la parole en premier.

— Bonjour, tu vas bien ?

— Oui.

— Je suis heureuse pour toi que votre maison n'ait pas brûlé. Comment va monsieur Maejima ?

— Il est sorti.

— Ah bon. Et toi, qu'est-ce que tu fais maintenant ?

— Je faisais la lessive.

— Je ne voulais pas dire maintenant, à l'instant. Je me demandais ce que vous faisiez, avec tous ces changements, la fin de la guerre... Je peux entrer ?

— Je t'en prie.

Tomoko enleva ses socques et monta la marche de l'entrée, s'invitant elle-même.

— J'ai cru qu'il y avait des soldats américains ici en voyant les chaussures.

Yasuko qui était debout dans la cuisine se retourna avec un grand sourire et répondit fièrement :

— Elles sont toutes à Maejima, il en met une paire différente chaque jour.

— Ah bon ? Vous avez l'air plutôt prospères tous les deux, dis-moi.

Yasuko ne répondit pas, mais ne tarda pas à revenir de la cuisine avec deux tasses de thé brun de qualité inférieure, apparemment dans l'intention de bien recevoir sa sœur.

— Merci.

Tout en se demandant comment aborder le sujet de sa visite, Tomoko porta la tasse à ses lèvres. Elle sentit immédiatement un goût différent de celui du thé japonais, et, surprise, releva la tête, le goût du sucre encore sur la langue. Elle ne s'en était pas rendu compte parce qu'il était servi dans une tasse à thé japonaise, mais il s'agissait de thé anglais.

— Ah, voilà une chose rarissime ! Cela fait des années que je n'en avais pas bu ! Comme il sent bon. C'est du thé d'importation, n'est-ce pas ?

— Il paraît que c'est du Lipton.

— Du Lipton ? Cela fait au moins quatre ans que je n'en avais pas bu.

Tout en s'extasiant sur la saveur du thé, elle continuait à se demander quelles pouvaient être les activités de Tatsuo Maejima. Avant-guerre, il n'était qu'un client occasionnel du Hanaya, qui venait parfois y manger et y boire et passait son temps à ne rien faire, sans travail. Ensuite, il s'était mis en ménage avec Yasuko, et c'était Tomoko qui s'était occupée en grande partie de les faire vivre. Ils lui avaient demandé de l'argent parce qu'ils avaient trouvé cette maison à acheter, et ils s'étaient fait largement entretenir par elle, lui demandant des sommes d'argent importantes quand ils en avaient besoin. Le fait que ni lui ni elle n'avait songé à rendre visite à leur bienfaitrice après l'incendie de son hôtel prouvait assez que le couple était bien assorti. Tomoko était écœurée par leur attitude, comme toujours, mais ce qui la poussait à aborder rapidement le sujet principal de sa visite n'était pas seulement le dégoût, mais aussi la pensée qu'il lui fallait se hâter si elle voulait rentrer avant la nuit.

— Que fait ton mari maintenant ?

— Je ne sais pas au juste…

Elle n'avait pas l'air de mentir. Yasuko était une femme maladroite, qui ne savait que parler ou se taire, mais ne mentait guère. Quand elle était de mauvaise humeur, elle s'enfonçait dans le silence. Il suffisait à Tomoko de la regarder dans les yeux pour se rendre compte qu'elle avait dit la vérité : elle ignorait ce que faisait son compagnon. En tout cas, se dit-elle, ce qu'il faisait lui valait de recevoir des chaussures de l'armée américaine en cadeau. Et, tout comme il y avait eu pendant la guerre du poisson cru et de la viande au Hanaya, il y avait aujourd'hui dans cette maison du thé anglais et du sucre, ce qui était un signe de prospérité certain, vu l'époque.

— Tu sais, Yasuko, maman est venue vivre avec moi quelque temps avant le bombardement de l'hôtel, et elle est toujours là.

— Ah bon ?

Yasuko ne manifesta aucune surprise, pas plus qu'elle ne demanda de nouvelles de sa mère.

— Son mari n'a pas donné signe de vie, et, depuis que l'hôtel a brûlé, elle et moi vivons ensemble dans l'abri antiaérien, sur les ruines de mon hôtel.

— …

— Mais je ne compte pas rester à ne rien faire dans cette cave, je pense me remettre à travailler sous peu. Je vais d'ailleurs commencer à bouger dès demain, pour essayer de remettre sur pied un petit commerce, aussi, tu ne voudrais pas te charger de maman, le temps que je m'organise ? C'est pour te demander cela que je suis venue aujourd'hui…

— …

— Maman est ta seule parente à toi aussi, et même si je n'ai plus autant d'argent qu'avant, je ne te demande pas de la prendre gratuitement, et puis c'est pour quelque temps seulement.

— …

— Dès que j'aurai à nouveau un toit au-dessus de ma tête, je viendrai la reprendre, mais je voudrais que tu t'en occupes dans l'intervalle. S'il te plaît, Yasuko !

— Pourquoi ne la renvoies-tu pas à Ôsaka ?

— Je ne crois pas qu'on puisse en demander plus à Hachiran, elle ne s'est jamais conduite en épouse vis-à-vis de lui. Il ne vient pas la chercher, c'est bien la preuve qu'il ne veut plus d'elle. Cette fois, c'est lui qui s'est dégoûté le premier.

— Avec moi non plus, elle ne s'est jamais conduite en mère, Tomoko.

Tomoko resta silencieuse un moment. C'était vrai, elle ne pouvait pas le nier. Leur mère avait vendu Tomoko comme apprentie geisha, et ne s'était jamais occupée de Yasuko, jusqu'à ce que Keisuke Kôsaka se débarrasse d'elle en la vendant à son tour.

— Oui, je sais, pour moi aussi, c'est la même chose, mais les parents sont les parents.

— …

— On ne peut pas laisser une vieille femme de soixante ans passés vivre dans un abri antiaérien ! Maintenant, il fait encore chaud, mais quand il va se mettre à faire froid ou à pleuvoir, ça va être terrible, Yasuko.

— On n'a que ce qu'on mérite.

Bouche bée de surprise, Tomoko regarda sa sœur. Quelle phrase terrible dans cette jolie bouche, si semblable à celle de sa mère ! La nonchalance de son léger accent de la province de Kii, moins prononcé que celui d'Ikuyo, correspondait bien à son tempérament. Sa mère pouvait bien ramper au fond d'une cave, exposée à la pluie ou au froid, Yasuko laissait simplement tomber, d'un air profondément ennuyé : « On n'a que ce qu'on mérite ! » tout en buvant du thé anglais bien sucré, car on n'a que ce qu'on mérite, n'est-ce pas ?

Tomoko en restait muette de stupeur. La maison de Yasuko n'avait pas succombé aux bombardements, son mari avait trois ou quatre paires de chaussures interchangeables, et tout en menant une vie tranquille exempte de tout souci, elle n'hésitait pas à dire que sa propre mère, vivant dans un abri antiaérien, n'avait que ce qu'elle méritait !

— Que dois-je faire, alors, à ton avis ? Même si tu dis qu'elle n'a jamais agi comme une mère envers toi, le mot mère existe bel et bien ! Peut-être qu'elle n'a que ce qu'elle mérite en tant que mère. Mais toi et moi, nous sommes ses enfants, nous avons le même sang qu'elle, alors nous ne pouvons pas la laisser comme ça.

— …

— Je savais que tu n'aurais aucune piété filiale envers elle. C'est pour cela que je te propose des conditions. Ce ne sera pas pour longtemps : je te demande de garder maman dans cette maison une année seulement, et je te verserai une pension pour la nourriture. Est-ce que cela te convient ?

— …

— Je ne pense pas que tu puisses refuser ma proposition. Même si ce n'était pas notre mère mais une totale étrangère, tu n'aurais pas le droit de refuser. Alors ?

— Je ne sais pas, il faut que je demande à Maejima d'abord.

— A quelle heure rentre-t-il ?

— Ça dépend des jours… Quelquefois, il rentre très tard. Aujourd'hui, il est sorti après le déjeuner, alors…

— Mais il rentre tous les soirs ?

— Oui, ça oui.

— Dans ce cas, je l'attendrai, fit Tomoko en se carrant sur son coussin. Elle aurait voulu rentrer aussi tôt que possible chez elle, mais étant donné la tournure des événements, elle resterait là obstinément et ne rentrerait que quand elle aurait arraché son consentement à Maejima. Elle ne pourrait pas se remettre à travailler tant qu'elle n'aurait pas trouvé de solution pour sa mère.

Yasuko se taisait et restait elle aussi assise. S'était-elle dit que, même si elle se levait, la maison, avec ses deux pièces, était trop petite pour lui permettre d'échapper au regard de sa sœur ? Yasuko avait toujours eu cette faculté, quand elle était embarrassée, de rester assise en silence dans un coin. Observant son profil boudeur, Tomoko se dit en soupirant intérieurement qu'elle ressemblait vraiment à sa mère. Les yeux, la forme du nez, le menton trop court, on aurait vraiment dit Ikuyo jeune. En repensant à ce qu'elle avait dit, Tomoko se fit la réflexion qu'Ikuyo avait effectivement eu la fille qu'elle méritait, et cela lui donnait un sentiment étrange. Elle, qui ressemblait si peu à sa mère, de traits comme de caractère, s'était toujours occupée d'elle, depuis qu'elle était enfant.

Maejima revint aux alentours de huit heures. Il ouvrit énergiquement la porte d'entrée en lançant un « hello » qui déconcerta totalement Tomoko. Prise de court, elle en oublia de le saluer et resta démontée tandis que Maejima se lançait dans une tirade :

— Tiens, belle-sœur ! Ça fait longtemps, dites donc ! Où est-ce que vous habitez ? Alors le Hanaya a brûlé, il ne reste pas une ruine, hein ? L'autre jour je suis passé dans le quartier en jeep, Ginza aussi a été terriblement détruit, hein ?

Tomoko put à peine répondre :

— Mais vous, de votre côté, avez l'air d'avoir prospéré. Félicitations.

Ce n'était pas son genre d'ajouter comme elle aurait pu que c'était sous cette terre calcinée, où ne restait même pas une ruine, qu'elle habitait. En outre, elle n'avait pas encore repris ses esprits, et les vêtements, l'allure et la façon de parler haut de Maejima ne faisaient qu'augmenter sa surprise et son effarement.

— Eh oui, c'est parce que la guerre est finie, et qu'on est libre maintenant, pas vrai ? L'armée d'occupation garantit la liberté du peuple japonais, c'est pour ça que je suis aussi prospère. Allez, Yasuko, sors-nous de la bière. De la bière, belle-sœur, de la bière en boîte ! Je veux trinquer avec vous ! Amène du chocolat aussi, et ouvre donc une boîte d'asperges, tiens ! Toi, tu peux boire du coke avec nous. Oui, c'est ça, le coca-cola que j'ai mis sous le lit.

Yasuko s'activait selon ses ordres, et, bientôt, des articles de ravitaillement américains s'entassèrent sous les yeux ébahis de Tomoko. Tout sortait de boîtes de conserve, mais Tomoko n'avait pas eu l'occasion de goûter d'aussi bonnes choses depuis longtemps. Quelque chose cependant lui rappelait la cuisine du Hanaya pendant la guerre. Du chocolat et des asperges : cet assortiment pour le moins incongru était proche du poisson cru et des pâtés à la viande qu'elle servait alors.

Tard dans la nuit, Tomoko retourna à pied, les épaules recroquevillées, jusqu'à l'abri où l'attendait sa mère. Arpenter ainsi dans le noir les rues pavées de ces quartiers dévastés par la guerre n'était guère recommandé à une femme seule, mais l'agacement causé par les paroles de Maejima, qui résonnaient encore à ses oreilles, lui faisait oublier d'avoir peur.

« Les parents ! » avait-il dit avec mépris. Il avait toujours mal supporté la boisson et deux bières américaines à faible teneur en alcool avaient suffi à lui empourprer le visage. « Mais, belle-sœur, les parents, la famille, tout ça, c'est dépassé ! On est en démocratie maintenant. Arrêtez donc de vous occuper de votre mère. Nous ne sommes pas responsables de ce qui lui arrive. Désormais, c'est l'ère de l'individualisme ! Vous c'est vous, moi c'est moi, Yasuko c'est Yasuko, à chacun de préserver son propre bonheur et sa propre liberté. Votre mère n'a qu'à s'occuper d'elle-même. Laissez tomber ! Dites-moi plutôt, vous allez monter un restaurant, non ? Je peux vous fournir tous les vivres que vous voudrez. Oh, Yasuko, amène le *sugar* qui est en haut du placard. *Sugar*, ça veut dire sucre, rappelez-vous ça : on vit à l'heure de l'anglais maintenant. Tenez, regardez-moi ce sucre, belle-sœur ! De la qualité supérieure, hein ? *Ten pounds* ! Dix livres, et je vous le vends trois cents yens. C'est donné, non ? Pour les autres, ça fait cinq cents yens, mais vous, vous nous avez tellement aidés, je vous les cède à prix coûtant. Qu'en dites-vous ?

Tomoko n'avait pas compris tout de suite son histoire de démocratie, où le devoir envers les parents ou les frères et sœurs n'existait plus. Il avait eu beau lui dire de laisser tomber sa mère, comment aurait-elle pu abandonner une vieille femme sans moyen de survie ? Il y avait quelque chose d'irrésistible dans l'énergie de Maejima, vêtu d'une chemisette rouge à manches courtes, et après avoir repoussé sa demande d'un mot, il lui avait forcé la main comme un vendeur à la sauvette pour lui vendre dix livres de sucre, tandis qu'elle se demandait, rêveuse, comment le jeune homme blême et sans le sou d'avant-guerre avait pu devenir ce quadragénaire énergique et qui parlait avec un débit intarissable.

En traversant le pont Mihara, la colère avait fini par la submerger. Tout, jusqu'à ce paquet de sucre dans ses bras, lui paraissait soudain insupportable, et elle avait envie de le jeter d'un coup de pied au fond de la Tsukiji, mais il était naturellement impossible de faire subir un tel sort à une denrée aussi rare. D'impuissance et de colère, la courageuse Tomoko avait cette fois les yeux pleins de larmes en arrivant à l'entrée de son abri. Quelle misère, se disait-elle, vivre dans un abri souterrain et y rentrer ainsi en pleine nuit, avec dans les bras du sucre vendu par son beau-frère !

Elle resta un moment figée sur place dans l'entrée. Elle n'avait pas envie de parler avec sa mère. Elle ne pouvait supporter l'idée de chercher des paroles réconfortantes pour sa pauvre vieille mère, alors qu'elle se sentait elle-même si misérable, dans une cave plus obscure encore que les ténèbres de la nuit extérieure. Elle sentait bouillonner en elle une insurmontable aversion envers sa sœur qui avait osé dire que sa mère n'avait jamais rien fait pour elle, même si c'était vrai. Elle était révoltée de s'être entendu conseiller par son beau-frère de ne plus s'occuper de sa mère et de l'abandonner à son sort, alors qu'elle souhaitait d'ordinaire pouvoir agir ainsi. Quel manque de sens du devoir, quelle ingratitude, quel comportement indigne, quel manque de piété filiale ! Pour prendre sa revanche sur eux, tout ce qu'elle pouvait faire, c'était s'occuper elle-même de sa mère et remettre sur pied un commerce aussi prospère, non, plus prospère encore, que le Hanaya d'autrefois. Elle arriverait bien à se procurer des denrées au marché noir, et ouvrirait un petit restaurant pour commencer. Il y aurait bien des gloutons qui viendraient s'y restaurer sans se soucier des prix ! Cela valait davantage la peine de s'atteler à la tâche en période de disette qu'en période d'abondance.

Au bout d'un moment, un peu calmée, elle ouvrit la porte et entra doucement. Retenant son souffle, elle tendit l'oreille dans les ténèbres. Elle crut un instant qu'il n'y avait personne et sentit battre son cœur, mais ne tarda pas à entendre la calme respiration de sa mère endormie dans le fond de l'abri.

Elle se rappela sa mère la regardant partir d'un air angoissé, comme si elle la suppliait du fond du cœur de revenir, de ne pas la laisser seule dans un endroit pareil.

Ne t'en fais pas, maman, je suis revenue. Ta fille Yasuko estime que ce n'est pas la peine de s'occuper de toi, et refuse de te garder chez elle, même pour de l'argent. Alors, ton seul enfant maintenant, maman, c'est moi. Je n'ai plus de sœur non plus, alors vivons ensemble toutes les deux. Tu verras, on sortira de ce trou à rats, je construirai une maison magnifique sur ce terrain. En attendant, patiente encore un peu ici avec moi. Nous n'avons pas vécu longtemps ensemble comme une mère et sa fille, mais nous n'avons pas traversé de difficultés ensemble, c'est peut-être pour ça que nous n'avons pas pu passer de moments agréables non plus. Cette fois, maman, endure un peu les choses avec moi, et tu verras, on sera heureuses après, comme une mère et une fille normales.

Elle s'adressa longuement ainsi à sa mère dans les ténèbres, puis éclata en sanglots. Ses yeux s'étaient habitués aux ténèbres, mais les larmes l'empêchaient de voir exactement où se trouvait Ikuyo, pas plus qu'elle ne pouvait voir la lettre de Hachirô Kuwata que la dormeuse serrait dans sa main.

Cette lettre adressée à Ikuyo était arrivée juste au moment où Tomoko sortait, jetée par le facteur dans les ruines du Hanaya. Hachirô s'excusait de n'avoir pas donné de nouvelles pendant si longtemps. C'était la troisième lettre qu'il écrivait ; même s'il n'obtenait pas de réponse, il continuerait à écrire jusqu'à ce qu'il en obtienne une. Ses phrases débordaient de passion. L'horlogerie Kuwata à Ôsaka avait été miraculeusement épargnée par les bombardements, et, dès qu'il aurait une réponse d'Ikuyo, il viendrait la chercher, où qu'elle se trouve. La flamme de la passion brûlait encore dans le cœur de ce quinquagénaire qui la croyait peut-être morte, et cela avait suffi à satisfaire Ikuyo qui, après avoir lu la lettre, s'était endormie d'un sommeil bienheureux, dans l'attente du lendemain.

Tomoko enleva ses vêtements trempés de sueur, et, en se déshabillant, fit tomber divers objets à terre, mais le bruit ne réveilla pas Ikuyo.

XX

Encadrées de verdure, les azalées de Ryûkyû à floraison tardive portaient de somptueuses fleurs blanches, tandis qu'en face la bruyère de Chine colorait le jardin de rose pâle. Tomoko avait insisté auprès du jardinier : elle voulait un jardin fleuri tout au long des quatre saisons, afin de correspondre au nom de l'établissement : Hananoya, ou « la Maison des fleurs ». Dès les premiers jours de printemps, les arbustes odoriférants fleurissaient les uns après les autres, les parterres de fleurs embaumaient l'air comme dans un jardin botanique. Les iris étaient déjà fanés, les pivoines aussi, mais les boules-de-neige et les genêts n'avaient pas encore éclos. Comme pour le Hanaya d'autrefois, elle avait acheté de vieux cerisiers, mais, comme elle n'avait pas encore les moyens de faire construire une colline artificielle ou un étang, elle avait sagement empli le jardin d'essences fleuries peu coûteuses. Le résultat avait été inattendu, et même à l'époque où on ne trouvait pas beaucoup de victuailles et où les repas étaient encore sommaires, les clients affluaient déjà au Hananoya pour admirer ce magnifique jardin croulant sous les fleurs.

Tôkyô avait à peine commencé à se relever de ses cendres et à retrouver son animation, mais seul le marché noir et la prostitution étalaient leurs attraits, à un moment où les esprits, encore pleins des souvenirs sanglants de la guerre, avaient grand besoin d'être réconfortés par la vue de jardins fleuris. Grâce à l'émotion que suscitait la vue de son jardin, le Hananoya devint vite un endroit réputé, où l'affluence dépassait largement l'attente de Tomoko.

— Quel plaisir de voir cette jolie vaisselle ! s'exclamaient les clients en regardant avec émotion, après les fleurs, les bols du Hanaya, qui avaient traversé la guerre sans dommage, protégés sous la terre.

A cette époque encore pleine de restrictions, on pouvait néanmoins se procurer en grande quantité, si on avait de l'argent, bien plus facilement que pendant la guerre, viande, riz et sucre. Grâce à quoi la restauration faisait des gains énormes, mais, dans la plupart des établissements, les clients comme les propriétaires se montraient peu soucieux de la qualité du service : les bols avaient des couvercles dépareillés, à une même table chaque client se voyait servir dans une assiette avec des motifs différents de celle de son voisin, et les commerces prospéraient uniquement grâce à la taille des *tempura* [1] ou à l'épaisseur des tranches de viande, mais bien entendu la clientèle raffinée méprisait ce genre d'endroits. Tout naturellement, la clientèle qui connaissait et

1. Beignets de poissons et légumes.

appréciait le luxe de l'avant-guerre prit l'habitude de fréquenter le restaurant de Tomoko. Tomoko ne choisissait pas ses clients mais les clients de la classe la plus élevée l'avaient déjà choisie.

La Maison des fleurs, le Hananoya, ne faisait pas le tiers de la superficie du Hanaya d'autrefois. La construction elle-même était d'une simplicité sans comparaison avec celle d'autrefois, ce n'était en fait qu'une baraque de bois agrandie. Mais, comme l'écriteau annonçait cette fois un restaurant, Tomoko avait engagé un cuisinier beaucoup plus habile et expérimenté que celui de l'ancien Hanaya, un vieillard qui s'entêtait à cuisiner à la manière d'autrefois, et elle se félicitait de ce choix. La construction, les tables, l'ameublement n'étaient qu'une pâle imitation de l'ancien Hanaya, ce qui donnait parfois envie de soupirer, mais le goût de la cuisine qu'on y servait était bien celui d'antan, et la clientèle se sentait pleinement satisfaite à contempler les fleurs.

Tomoko avait ouvert ce petit restaurant japonais de deux salles un an seulement après la fin de la guerre, et tous les jours à l'aube, elle allait elle-même choisir ses poissons à l'arrivée de la pêche. Au fur et à mesure qu'elle retrouvait certains de ses anciens clients de l'hôtel, elle venait les saluer et prendre de leurs nouvelles. Le cuisinier se montrait plein d'initiatives et la secondait fort bien. Au début, ils n'étaient que tous les deux pour tenir le restaurant, et, malgré l'exiguïté du lieu, Tomoko devait travailler en étant partout à la fois, jouant à la fois le rôle de patronne, de servante et de portier. Le plus difficile pour elle était le rôle de caissière car, depuis qu'elle avait cessé d'être geisha, plus jamais elle n'avait été payée directement. Même au Hanaya, ce n'était pas elle qui encaissait les factures, si bien que, quand les clients lui demandaient discrètement au moment du départ s'ils pouvaient régler leur note à la fin du mois, elle ne savait pas le leur refuser, et les raccompagnait aimablement jusqu'à la porte, pour broyer du noir seulement le lendemain en s'apercevant qu'elle n'avait pas assez de liquide pour faire les courses. Jamais elle n'avait été en butte à pareilles difficultés financières, entre le blocage des comptes d'épargne et les changements de cours du nouveau yen.

Le quartier de Shimbashi avait été entièrement détruit par la guerre, mais Akasaka subsistait encore en partie, et le monde des saules et des fleurs avait rapidement retrouvé sa prospérité. Tarômaru, sa patronne du temps de la maison Tsukawa, vint la solliciter à plusieurs reprises :

— Reviens donc travailler chez nous. Même moi à mon âge, je suis toujours appelée à des engagements. Si tu te maquillais un peu, tu aurais l'air très jeune, et puis tu as dû continuer à t'entraîner au *shamisen* même pendant la guerre, non ? Tu devrais reprendre le métier, tu sais, le commerce maintenant, on ne sait pas ce que ça va donner, les choses ne sont pas encore bien stables. Ecoute, tu ne veux pas travailler à nouveau pour la maison Tsukawa ? Je te promets que tu seras bien traitée.

Elle fut tentée de céder à ses sollicitations, mais décida de continuer seule : elle ne voulait pas redevenir geisha. « Heureusement que j'avais ce terrain, heureusement que j'avais gardé cette vaisselle, se disait-elle chaque fois. J'avais une base pour commencer, c'est grâce à cela que j'ai pu monter ce petit restaurant. » Ce qui l'avait aidée à se relever de ses ruines, ce n'était personne, seulement cette terre et ces bols.

Le comte Kônami était loin, Shûichi Nôzawa aussi, et pour la première fois de sa vie, elle s'en sortait par ses seuls moyens, elle avait emprunté seule de l'argent, monté seule ce commerce, servait seule les clients. Ses traits avaient changé à un point qui la frappait elle-même. Ses pommettes s'étaient arrondies et empâtées, ses paupières s'étaient au contraire creusées. Même ses épaules avaient pris un étrange renflement, et ses phalanges, douloureuses la nuit, paraissaient déformées le jour. Tarômaru venait de temps en temps prendre de ses nouvelles ou amenait dîner quelques clients de son établissement, mais cessa vers cette époque de faire la moindre allusion à une possibilité de redevenir geisha. Si elle était redevenue une geisha de la maison Tsukawa, si elle avait joué du *shamisen* dans des soirées galantes, sans doute aurait-elle conservé le charme d'une femme de quarante ans encore belle, mais à faire chaque jour son marché de riz et de poisson, elle avait pris des allures vigoureuses et masculines.

Cependant, elle n'avait guère le temps de s'observer. Comme une toupie qui retombe dès qu'elle s'arrête de tourner, le Hananoya ne restait debout que parce que Tomoko continuait à s'activer sans prendre le temps de respirer. Ses revenus augmentaient, il fallut agrandir la maison. Les clients affluaient, il fallut engager une servante. L'argent tournait, mais Tomoko ne chômait pas.

A midi on servait des repas léger, le soir de la cuisine japonaise traditionnelle, et les clients se succédaient, tout comme les fleurs du jardin tout au long de l'année. Elle avait à peine le temps de dormir, ne se souciait pas de son apparence, gardait à ses tenues l'élégance minimale exigée pour ne pas déplaire à la clientèle. Comme Tomoko mettait la main à la pâte pour tout, le ménage, la vaisselle, les achats, l'accueil des clients, même la servante peu habituée à ce genre de travail s'acquittait avec plaisir de ses tâches. D'anciennes servantes du Hanaya vinrent la voir pour lui demander de les reprendre à son service. Tomoko accepta avec joie. Le Hananoya prenait de l'extension sans arrêt. Avant même que soit reconstruit l'ancien quartier à la mode de Shimbashi, la réputation du Hananoya était faite, et sans qu'on s'en aperçoive c'était devenu l'un des lieux à la mode de Tôkyô, un restaurant de luxe fréquenté même par des geishas. La réputation de luxe du Hananoya se répandant parmi les clients, elle se répandit aussi parmi les commerçants du quartier qui en tirèrent la déduction que le Hananoya devait être acheteur de produits de luxe, et peu à peu Tomoko n'eut plus besoin de se déplacer, ce furent les commerçants qui vinrent à elle. Les jardiniers, par exemple, venaient chaque jour sans qu'elle ait besoin de les appeler entretenir le jardin, et le marchand d'étoffes, son fournisseur d'autrefois, vint lui rendre visite, chargé de ses ballots :

— Madame, cela fait si longtemps... Je suis heureux de vous voir en bonne santé.

— Monsieur Matsuya, quelle surprise ! J'ai appris que votre magasin avait brûlé, je me demandais ce que vous étiez devenu.

— Oui, entièrement brûlé, ça a été terrible. Même l'entrepôt a pris feu, c'était sans remède ! Mais Tôkyô a été bien vite reconstruit, n'est-ce pas, comme à l'époque du grand tremblement de terre. Je vois que vous aussi avez à nouveau un commerce prospère, toutes mes félicitations. Vraiment, c'est un restaurant magnifique, bien digne de l'ancienne patronne de l'hôtel Hanaya !

Tout en s'excusant de ne pas être venu depuis si longtemps, il dénouait un large carré de tissu enveloppant des marchandises.

— Vous avez sauvé cela de l'incendie ?

— Non, non, impossible ! Je suis allé chercher ces tissus moi-même à Kanazawa, et je viens vous les présenter en exclusivité.

— Montrez donc !

Le marchand d'étoffes lui passa le bout d'un coupon et le déploya devant elle.

— Quelle drôle de couleur pour un imprimé !

— Le bleu indigo ne se porte plus, cela fait vieux. Cette année, tous les tissus se font sur fond vert. Mais ce n'est pas donné, cela vient de sortir, et vous ne trouverez pas ce genre d'article partout.

Tomoko n'avait pas besoin de réprimer son envie, même en entendant dire que c'était cher. En ces temps d'inflation, un restaurant était un petit commerce commode où l'on manipulait beaucoup de liquide.

Tout en contemplant le tissu aux fins motifs blancs sur fond vert, Tomoko se taisait, tout heureuse de la sensation de la soie dans la main. La soie était douce mais assez épaisse et empesée. L'imprimé avait un air très moderne, ce devait être effectivement ce qui se portait. Dans le monde des saules et des fleurs, ce genre de kimono était réservé aux serveuses, et avant-guerre, Tomoko, issue de ce monde raffiné, n'aurait jamais porté ce genre de tenue, mais aujourd'hui cette soie épaisse lui paraissait convenir parfaitement à la patronne du Hananoya, aux doigts enlaidis et déformés par le travail.

— Je prendrai ça, ça, et ça. Et vous n'auriez pas quelque chose d'un peu plus simple, pour les serveuses ?

Tandis que le marchand d'étoffes s'étonnait intérieurement de cette façon un peu désinvolte de faire des achats, il y devina également un état de prospérité, et hocha vigoureusement la tête plusieurs fois pour remercier sa cliente.

— Bien entendu. Voulez-vous que je vous fasse faire les kimonos sur mesure ? Voyez, avec un tissu comme celui-là, il faut quelque chose de chic pour la doublure aussi, n'est-ce pas ?

— Oui, tout à fait. Eh bien, je me fie à vous. Faites-les-moi livrer rapidement.

— Naturellement, dans les plus brefs délais.

Mais le marchand ne se décidait pas à se retirer. Après avoir abondamment loué le jardin magnifiquement entretenu, la structure de la maison, et à nouveau le talent de la patronne qui avait monté seule une pareille affaire, il demanda poliment des nouvelles d'Ikuyo, en examinant sa fille à la dérobée.

— Maman ? Ah oui, je pense qu'elle va bien. Pas de nouvelles, bonnes nouvelles, n'est-ce pas !

— Elle est toujours à Ôsaka ?

— Oui. Elle était ici au moment du bombardement, mais cela l'ennuyait de vivre dans un abri antiaérien, alors elle est retournée chez elle.

Tout en se disant qu'il fallait à tout prix éviter de se plaindre de sa mère devant un commerçant du quartier, elle ne put empêcher l'irritation de transparaître dans sa voix.

Le jour même où Tomoko s'était promis de monter seule ce restaurant, Ikuyo serrait contre son cœur la première lettre de son mari reçue depuis longtemps, et, dès qu'il était venu la chercher, elle s'était complètement détachée de sa fille. Tomoko se rappelait l'émotion ressentie ce jour-là, trois ans plus tôt, aussi nettement que si c'était la veille. Un instant auparavant, elle venait de décider, face à l'indifférence de sa sœur et de son beau-frère au sort de sa mère, qu'elle ferait tous les efforts possibles pour s'en sortir et garder sa mère auprès d'elle, mais celle-ci avait choisi de fuir la vie difficile que sa fille lui offrait. Avant la fin de la semaine, Hachirô se présentait à la porte de leur abri.

— Madame, vous voir dans un endroit pareil...

Il avait pris la main d'Ikuyo en pleurant, les larmes roulant sur son visage ridé de vieillard, tandis que sa femme commençait immédiatement à se plaindre, sans le moindre mot de remerciement pour être venu la chercher :

— Si je suis dans un endroit pareil, c'est parce que tu n'es pas venu me chercher plus tôt.

Hachirô s'était incliné devant elle pour s'excuser :

— Je n'ai vraiment aucune excuse pour m'être conduit ainsi, mais quand j'ai appris que vous étiez saine et sauve, les larmes me sont montées aux yeux, j'ai compris que cela valait la peine d'avoir survécu à toutes ces épreuves. A Ôsaka non plus, on ne peut espérer vivre comme avant la guerre, mais au moins la maison n'a pas brûlé. Je vous supplie de rentrer avec moi.

Apparemment, leurs rapports de maîtresse à serviteur se poursuivaient et Ikuyo, à plus de soixante ans, prenait des airs dédaigneux de jeune châtelaine, abaissant un regard hautain sur Hachirô, courbé comme un vassal. Hachirô avait encore vieilli avec la défaite du Japon, et paraissait beaucoup plus âgé qu'Ikuyo. Son visage, sa façon de parler et son attitude étaient celles d'un vieillard, il n'y avait plus aucun moyen de reconnaître en lui le jeune domestique d'autrefois. Tomoko ne put s'empêcher de repenser à ce qu'avait dit sa mère : « Il n'est plus bon à grand-chose. »

— Mon logis n'est pas digne de vous, mademoiselle, mais consentiriez-vous à nous accompagner et à vivre vous aussi à Ôsaka jusqu'à ce que les choses aillent un peu mieux à Tôkyô ?

Ikuyo ne s'occupait déjà plus de sa fille, mais Hachirô faisait au moins preuve de politesse en invitant courtoisement Tomoko à les suivre, mais elle lui rétorqua sèchement, en insistant sur le mot « seule » :

— Non merci, je me débrouillerai seule. Dépêchez-vous plutôt de repartir pour Ôsaka aujourd'hui même, vous ne pouvez pas dormir dans cette cave. Depuis qu'elle a reçu votre lettre, le cœur de maman est déjà à Ôsaka, sous votre toit.

Elle n'avait pas vraiment l'intention de faire une allusion malveillante, mais le ressentiment perçait sous ces mots.

Cet homme qui paraissait bien plus vieux que son âge et la vieille femme aux allures de coquette partirent main dans la main comme deux amoureux de théâtre, mais Tomoko, debout sur le seuil, appela sa mère, et quand celle-ci se retourna, lui lança au visage :

— Surtout, demande à être enterrée aux côtés de Hachirô quand tu seras morte, c'est un époux si dévoué !

Si elle avait trouvé des mots plus durs, elle n'aurait pas hésité une seconde, mais c'était le sarcasme le plus blessant qui lui soit venu à l'esprit. C'était une façon de refuser catégoriquement la demande d'être enterrée aux côtés de son premier mari, qu'Ikuyo lui avait présentée comme ses dernières volontés.

Ikuyo fronça les sourcils d'un air surpris et pâlit en regardant sa fille, mais cela ne dura qu'un bref instant. Elle se retourna aussitôt vers son mari, sans manifester la moindre réaction, et tous deux se mirent à marcher, main dans la main, comme un soldat américain accompagné d'une fille. Ils se tenaient par la main avec le plus grand naturel, peut-être un peu intentionnellement sachant que Tomoko les regardait, et celle-ci, figée sur place sur le seuil de son abri, les regarda s'éloigner avec un sentiment de désespoir et de haine irraisonnés.

Après cela, elle se rappelait aussi avec un serrement de cœur les incroyables difficultés qu'elle avait dû traverser avant de monter ce petit restaurant de deux salles, et les déboires qu'elle avait connus aussi juste après l'ouverture du restaurant. Elle n'avait pas la moindre nouvelle de sa mère, hormis une carte de vœux envoyée par Hachirô pour le nouvel an, dans laquelle il lui disait de se tranquilliser, sa mère se montrant satisfaite de sa vie à Ôsaka. Cette mère, toujours absente quand elle vivait des moments difficiles ! Cette idée la mettait toujours dans une colère folle, qui la poussait à travailler avec encore davantage d'acharnement. Ikuyo n'était d'ailleurs pas la seule à briller par son absence en cas de coup dur : sa demi-sœur était devenue invisible depuis que son mari gagnait bien sa vie. Oui, ces deux belles femmes au menton un peu court se ressemblaient décidément par la beauté mais aussi par le caractère. Et elle, la fille aux traits si dissemblables de sa mère, incapable de communiquer avec elle, comme avec sa sœur, était livrée seule à sa colère envers elles.

Cependant, ces quelques années difficiles s'étaient écoulées aussi vite qu'un rêve, sans qu'elle ait grand temps pour penser à sa mère. Il fallait penser à planter des fleurs, être sans cesse derrière les jardiniers à donner des ordres pour obtenir le résultat souhaité, et ce n'était que récemment qu'elle avait pu se mettre à apprécier elle-même la beauté de ces fleurs. N'était-ce pas aujourd'hui seulement qu'elle avait enfin trouvé le temps et l'envie d'évoquer le passé avec ce marchand d'étoffes, qu'elle voyait si souvent autrefois ? Ah, le passé était réellement passé, jamais il ne reviendrait.

Le marchand d'étoffes, monsieur Matsuya, connaissait de longue date les rapports chaotiques de la mère et de la fille, et s'il avait demandé prudemment des nouvelles d'Ikuyo, c'était dans un but commercial et intéressé qu'il poursuivit obstinément :

— Madame votre mère a toujours eu l'air étonnamment jeune, elle n'a probablement pas changé ?

— Je l'ignore, cela fait trois ans que je suis sans nouvelles.

— Quel dommage ! Et moi qui la croyais toujours à Tôkyô !

— Pourquoi serait-elle ici ?

— C'est que vous avez un restaurant qui marche si bien maintenant.

— Mais ma mère a un mari pour s'occuper d'elle. Un horloger d'Ôsaka, qu'elle a épousé dans les règles, vous ne vous rappelez pas ? Elle n'a aucune raison d'habiter chez moi.

— Oui, c'est vrai. Et moi qui étais venu avec des tissus choisis spécialement pour lui plaire !

Il avait à peine fini sa phrase qu'il avait déjà déroulé un coupon de trois mètres devant elle. Un crêpe de soie plus fin et aux motifs plus délicats que celui choisi par Tomoko, mais d'un vert astringent.

— C'est trop voyant. Maman a soixante ans passés, vous savez.

— Mais non, voyons, madame votre mère a toujours fait quinze ans de moins que son âge, et avec sa peau blanche, cette couleur lui irait à ravir.

— Eh bien, moi qui ai le teint foncé, le vert ne doit pas m'aller, alors.

— Vous plaisantez ! Ce n'est pas gentil de vous moquer ainsi de votre humble serviteur ! Vous m'honorez de votre confiance depuis si longtemps, jamais je ne vous conseillerais un article qui ne soit pas seyant.

— Maman aime les tissus plus doux, elle n'aime pas le crêpe de soie.

— Mais c'est la mode, madame. La mode de l'*après* [1]. Aujourd'hui plus personne ne porte de crêpe léger comme autrefois, je vous assure.

— Vive l'*après,* alors !

— Votre mère a toujours aimé les nouveautés, aussi je les avais amenées pour elle, pensant qu'elle me féliciterait du choix de la couleur et du tissage.

Tomoko avait maintenant compris l'intention du marchand d'étoffes, qui répétait inlassablement et à regret la

1. En français dans le texte, pour « après-guerre ».

même phrase. C'était une époque où l'on manquait de ressources. On ne faisait pas ses achats avec pour seuls critères une couleur ou un tissage qui vous plaisait. L'habile marchand essayait de surmonter la répugnance de Tomoko à acheter cet article en répétant qu'il plairait à Ikuyo, insistant en somme pour lui faire accomplir un acte de piété filiale en envoyant au moins un coupon en cadeau à sa mère. Tout en ressentant toujours un agacement qui n'allait que s'approfondissant envers une mère qui ne lui avait jamais demandé de ses nouvelles depuis qu'elle l'avait quittée devant la porte d'un abri antiaérien, Tomoko finit par acheter le coupon. Cela la mit en colère de le voir posé à côté d'elle après le départ du marchand, et elle se hâta d'appeler une servante inoccupée pour lui demander de faire un colis. Elle écrivit elle-même l'adresse, et contempla un instant les caractères qu'elle venait d'écrire : « Madame Ikuyo Kuwata », avant d'envoyer la servante à la poste de Kyôbashi pour poster le colis, chose rare pour l'active Tomoko qui préférait toujours faire les choses elle-même.

Quand la servante revint avec la monnaie, elle s'était calmée et se disait qu'elle aurait voulu au moins une fois faire acte de piété filiale avec un véritable sentiment d'amour pour sa mère. Son entourage pouvait prendre ce qu'elle faisait pour les actes d'une fille aimante, mais elle-même sentait toujours la haine bouillir en elle. Elle avait beau essayer de se consoler en se disant que c'était après tout sa mère, et qu'elle était bel et bien sa fille, cela ne servait à rien.

Pour se changer les idées, elle reprit le journal dont elle avait abandonné la lecture vers midi. Sur l'unique feuille du quotidien s'étalait en gros une annonce du ministère de l'Armée de terre américaine. Autrefois, Tomoko n'aurait jamais lu ce genre de choses, mais en ces temps où les prix augmentaient énormément, elle s'était mise à lire passionnément les journaux, cherchant avant tout le mot « inflation » dans les colonnes et lisant tout ce qui s'y rapportait. Tout en se demandant ce que

Shûichi Nôzawa aurait pensé de tout cela s'il avait été vivant, elle arriva à la dernière colonne intitulée « Contrôle de l'inflation ».

Il est indispensable de réduire l'inflation si l'on veut développer le commerce extérieur et augmenter la production. Les six mesures suivantes sont d'une importance majeure pour limiter l'inflation. Premièrement, le gouvernement japonais doit équilibrer son budget le plus rapidement possible. Deuxièmement, le point crucial pour accomplir cette tâche est le calcul précis des dépenses et des recettes du Trésor public. Troisièmement, le commandant suprême de l'armée, le général MacArthur, doit persévérer sans faillir dans ses efforts afin de faire baisser les dépenses de l'occupation américaine au Japon...

Le journal s'était mis à bruisser, car les mains de Tomoko étaient agitées d'un tremblement violent. Un petit article, juste sous la colonne qu'elle était en train de lire, venait d'attirer son attention, et elle en avait le souffle coupé.

Le colonel Fumitake Ezaki condamné à la pendaison.

Tomoko posa le journal sur les nattes pour l'empêcher de bouger, et se mit à lire l'article en l'encadrant de ses deux mains pour maintenir le journal en place.

Le tribunal de Yokohama a condamné le douze de ce mois quatre personnes impliquées dans l'affaire du meurtre de l'équipage d'un B-29 dans l'arrondissement XX *de Tôkyô.*

L'ex-colonel Fumitake Ezaki de la garnison de l'arrondissement XX, *régiment* XX *du secteur oriental : condamné à la mort par pendaison.*

L'ex-lieutenant Sadao Kawamoto appartenant au même régiment : idem.

L'ex-chef de bataillon Tomio Harada appartenant au même régiment : prison à perpétuité.

L'ex-sergent-major Saburô Sonoi appartenant au même régiment : deux ans de travaux forcés.

Le petit entrefilet brûlait le regard de Tomoko, et les mots « mort par pendaison » ainsi que le nom de Fumitake Ezaki s'élargissaient jusqu'à devenir énormes. Fumitake Ezaki. Un nom auquel elle n'avait pas repensé depuis si longtemps. A l'évocation de ce nom, lui revenaient de plein fouet des souvenirs doux-amers de jeunesse qui, associés aux termes cruels de « mort par pendaison » lui semblaient exhaler une fumée noire. Elle sentait ces lointains souvenirs enfouis couver au fond de son corps, fumer sans produire vraiment de flammes, dénués de toute forme réelle. Elle se leva, prise d'une impulsion subite de se rendre à Yokohama, et commençait déjà à dénouer son obi pour se changer, quand elle se rappela que le procès était fini depuis la veille. Dans ce cas, Ezaki avait peut-être déjà été exécuté. Elle n'avait aucune idée du temps qui pouvait s'écouler entre une sentence et son exécution, ni de la façon dont se déroulaient les procès des criminels de guerre et leurs exécutions. Elle était au courant de ces procès à cause de celui du général Hideki Tôjô, coupable des crimes de guerre de classe A, considérés comme les plus graves. Ce procès avait fait couler beaucoup d'encre, mais quant aux crimes de guerre de classe B et C, elle ne s'y était jamais intéressée jusqu'ici. Tout juste s'était-elle dit qu'on allait bientôt voir la fin de ce genre de procès, en apprenant récemment la libération d'un certain nombre de hautes personnalités accusées par les Américains de crimes de guerre, et si elle s'était intéressée à cette affaire, c'était que certains de ses anciens clients du Hanaya figuraient parmi ces prisonniers relâchés. Quelle ironie du sort ! Quelques jours après cela, c'était dans la liste des condamnés à mort qu'elle reconnaissait le nom de son amant d'autrefois. Le mot de « pendaison » avait une aura sinistre, et inconsciemment, elle avait porté une main à son cou. Même quand elle s'en rendit compte, elle ne la retira pas.

— Comment peut-on rencontrer les criminels de guerre de grade B et C dont on vient de rendre publiques les condamnations ? demanda-t-elle ce soir-là à un groupe de clients du Hananoya, avec dans les pupilles une pâleur qu'ils ne lui avaient jamais vue. La tension perceptible qui accompagnait sa question empêcha les clients de lui demander davantage d'éclaircissements, et ils la regardèrent un moment fixement en silence.

Le surlendemain matin, Tomoko quitta le Hananoya très tôt, pour se rendre au bureau de démobilisation d'Ichigaya.

Ichigaya. Comme ce quartier-là aussi s'était métamorphosé ! A l'époque où elle avait rencontré Ezaki, il était étudiant à l'école d'officiers de l'armée de terre d'Ichigaya. Quelques années avant le début de la guerre, l'état-major de l'armée avait été transféré à Ichigaya, et après la défaite, quand avait commencé l'occupation américaine, la grande salle de conférence où des officiers tels que Fumitake Ezaki avaient autrefois reçu des mains de l'empereur lui-même des cigarettes et autres cadeaux lors de la cérémonie de fin d'études, cette même salle était devenue le cadre des procès des plus grands criminels de guerre.

« Section des enquêtes judiciaires du bureau de démobilisation, ministère du Bien public. » Il fallut un moment à Tomoko pour comprendre qu'il s'agissait du bureau qui traitait les crimes de guerre. Elle passa l'entrée principale gardée par des soldats américains, fit le tour vers l'arrière, se renseigna ici et là avant de parvenir enfin au bâtiment au plafond bas qui abritait la section des enquêtes judiciaires du bureau de démobilisation. Cette salle était l'ancienne écurie de la section de cavalerie de l'école militaire. L'école militaire prenait grand soin de ses chevaux et leur avait octroyé une écurie magnifique, ce qui n'allait pas jusqu'à en faire un lieu digne d'abriter des bureaux administratifs. Face aux anciennes écuries se dressait un bâtiment modernisé par l'armée d'occupation, et dont l'atmosphère évoquait tout à fait l'image de la défaite.

Essuyant son cou humide de sueur à grands gestes violents, Tomoko se tenait face à monsieur Murata, fonctionnaire de l'Administration publique.

— Je voudrais absolument voir monsieur Ezaki, dont j'ai appris la condamnation à mort par les journaux.

— Ezaki... Ezaki... Le colonel Fumitake Ezaki, c'est bien ça ?

Le fonctionnaire disparut dans une pièce du fond et revint aussitôt avec un épais dossier. Au-dehors, un ciel couvert annonçait le début imminent de la saison des pluies, et dans les anciennes écuries basses de plafond régnait une chaleur étouffante presque lugubre. Les gens se bousculaient dans ce bureau minuscule, et Tomoko se rendit alors compte que la plupart avait dû venir comme elle solliciter une entrevue avec un criminel de guerre. Tous avaient des visages blêmes et fatigués, des vêtements grossiers, tous cherchaient désespérément à revoir un être cher...

— Le jugement a eu lieu le douze, et la famille a été informée immédiatement.

— Je n'ai vu l'annonce dans le journal qu'hier. Monsieur Ezaki est-il toujours en vie ?

Murata répondit en la regardant dans le blanc des yeux :

— Les sentences ne sont jamais exécutées aussitôt après la condamnation. Ces derniers temps, il faut environ un an avant d'avoir l'agrément du général MacArthur.

— L'agrément ?

— C'est lui qui ratifie le jugement final.

— Et dans l'intervalle, il est possible de faire appel ?

— Non, impossible. Toutes les décisions sont prises par les autorités américaines, les Japonais n'ont aucun droit de recours.

— Ah bon... En tout cas, serait-il possible d'avoir une entrevue avec lui ?

— Vous êtes de la famille ?

Elle n'avait pas pensé à cette question. Elle porta en silence la main à son cou pour essuyer une fois de plus la sueur qui dégoulinait, et repensa à la pendaison.

— Non, c'est un ami d'autrefois.

— Je vois.

Murata lui expliqua alors d'un air plein de regret :

— Les autorités du lieu de détention des criminels de guerre à Sugamo limitent les visites aux condamnés comme aux personnes en attente de jugement à une fois par mois. Et chaque fois, seuls cinq membres de la famille sont autorisés à rencontrer le détenu.

— Une seule fois par mois ?

— Dans le cas du colonel Ezaki…

Murata ouvrit le dossier posé devant lui, et consulta la note concernant les visites au détenu.

— Oui, en dehors de sa femme, il y a ses trois enfants et son père qui les accompagne à chaque visite, cela fait donc cinq.

— Un enfant compte pour une personne ?

— Oui…

— Serait-il possible de me joindre à eux ?

— Impossible. Nous ne sommes pas autorisés à dépasser cinq personnes.

Tomoko était désespérée.

— Y a-t-il un autre moyen de le rencontrer ?

— Malheureusement non. A part faire un compromis avec la famille et attendre votre tour. De notre côté, nous ne pouvons rien faire de plus. C'est d'une telle absurdité, tous ces procès, vous savez.

Une indignation longtemps contenue commençait à percer dans le ton du fonctionnaire.

— Monsieur Ezaki a-t-il tué des soldats américains pilotes de B-29 ?

— Comment savoir ? On ne peut penser que le commandant d'un régiment ait agi personnellement, mais enfin, il a donné les ordres, il porte la responsabilité des actes commis par son régiment, malheureusement.

— Etre pendu pour un crime qu'on n'a pas commis, qu'y a-t-il de plus horrible ? Et dire que les Japonais ne peuvent rien faire pour empêcher ça…

Les yeux de Tomoko étaient pleins de larmes, mais elle n'était pas la seule à pleurer dans le bureau. Le fonctionnaire Murata devait avoir l'habitude de ce genre de scènes, mais, apparemment, il prenait à cœur la défaite de son pays et ne chercha pas à consoler Tomoko.

— Monsieur Murata, je vous en prie, faites quelque chose ! Il faut absolument que je le voie.

— Quel lien avez-vous exactement avec le colonel Ezaki ?

La question répétée du fonctionnaire était dénuée de toute mauvaise intention. Il semblait parfaitement au courant des rapports complexes qui peuvent exister entre les êtres, et c'était à seule fin de proposer un arrangement qu'il insistait pour savoir s'il existait un lien intime réel, quoique non enregistré par l'état civil, entre la visiteuse et le détenu.

— C'est un ancien… un vieil… ami… d'autrefois. Je vous en prie ! Sinon, je ne le reverrai jamais !

— Voulez-vous que je vous communique l'adresse de sa famille ? Ils se sont réfugiés à la campagne dans la préfecture d'Akita pendant la guerre, mais je pense qu'ils ne vont pas tarder à regagner Tôkyô. Aujourd'hui, la date de leur visite n'est pas encore fixée, mais comme ce sera la première après le procès, toute la famille viendra certainement.

— …

— Souhaitez-vous être prévenue quand sa famille sera là ?

— Eh bien…

Tomoko s'apprêtait à dire que c'était délicat, mais elle s'arrêta à temps. Il lui aurait été trop pénible d'expliquer au fonctionnaire pourquoi elle ne souhaitait pas voir la famille d'Ezaki.

— Ou bien nous pouvons nous arranger pour que vous soyez inscrite sur la liste des membres de la famille si une des cinq personnes officielles se désiste lors d'une visite. Nous vous préviendrons si le cas se présente.

Un membre de la famille… Tomoko releva la tête. Les larmes coulaient à nouveau sur son visage.

— Oh, je vous remercie ! Je vous en prie, faites cela. Alors… Quand pourrai-je le voir ?

Dans son trouble, Tomoko semblait avoir déjà oublié les explications du fonctionnaire.

— Nous nous chargeons d'établir la liste des postulants aux visites et la présentons ensuite aux autorités américaines qui contrôlent le centre de détention de Sugamo. Ce sont eux qui nous indiquent le jour fixé pour la visite.

— Quand est-ce ?

— Je l'ignore.

Le fonctionnaire Murata, probablement un ancien soldat, avait rapidement repris son attitude purement administrative :

— Nom et adresse ?

— Tomoko Sunaga. *Su* s'écrit avec le caractère signifiant « nécessairement », et *naga* avec le caractère signifiant « éternel ».

Tout en parlant, elle se demandait si elle-même aurait une longue vie, sensible à l'ironie d'épeler un nom promettant l'éternité au moment où elle cherchait à revoir un condamné à mort.

Le fonctionnaire nota l'adresse du Hananoya, puis referma son dossier.

— Je vous préviendrai dès qu'il y aura une place pour vous, dit-il en la saluant d'un hochement de tête.

Une fois dehors, elle aperçut devant les écuries un terrain nouvellement défriché où rampaient çà et là de petites tiges de potiron. Ces tiges vertes sous la pluie ressemblaient à des reptiles. Sans se soucier de la pluie battante, Tomoko resta longtemps figée sur place.

A bien y réfléchir, elle n'avait pas revu cet homme depuis vingt ans. Il l'avait quittée sans même se retourner, pour épouser une femme de bonne naissance. Depuis, jamais il n'avait manifesté le moindre regret. Pourquoi voulait-elle donc le revoir, cet homme qui avait foulé aux pieds ses rêves de jeunesse et l'avait abandonnée ? Pourquoi ressentait-elle ce besoin impérieux de le revoir ? Au cours de ces vingt années, la seule nouvelle qu'elle avait eue de lui avait été l'annonce de son mariage, et, pendant la guerre, elle n'avait même pas su s'il était encore au Japon ou non. Elle non plus, jamais jusqu'à aujourd'hui elle n'avait souhaité le revoir, pas même au nom de la nostalgie du passé. Et cet homme qu'elle avait presque oublié, voilà qu'elle apprenait soudain par les journaux…

De retour chez elle, et tout au long des jours suivants, Tomoko continua à réfléchir.

Etait-ce parce qu'elle avait appris par la presse à la fois son existence et sa condamnation à mort, qu'elle avait reçu un tel choc ? S'il avait mené après guerre une existence paisible entre sa femme et ses enfants, jamais elle n'aurait cherché à le revoir, elle n'en aurait pas même eu l'idée. Etait-elle aveuglée par le fait qu'il était injustement condamné à mort pour crimes de guerre, et par les circonstances extraordinaires qui faisaient de lui un prisonnier coupé de sa famille ? Pourquoi voulait-elle tant le revoir ? Que ferait-elle si elle le voyait, que lui dirait-elle ? Elle l'ignorait. Elle n'avait aucun but précis. Simplement, elle voulait le revoir, elle voulait désespérément le revoir.

Au milieu de mai, au moment où les massifs d'hortensias du jardin commençaient à épanouir leurs énormes fleurs blanches, Tomoko, toujours sans nouvelle du bureau de démobilisation, commença à bouillir d'impatience. Les iris étaient en pleine floraison, les branches des boules-de-neige continuaient à crouler sous les fleurs, et bientôt, les larges fleurs du magnolia embaumeraient le jardin. Cette année-là, le jardin était empli de fleurs blanches, et Tomoko contemplait avec angoisse cette couleur de deuil, y voyant un triste présage.

La nuit même, elle rêva de fleurs blanches épanouies. Elle travaillait tant que, la nuit, elle dormait habituellement d'un sommeil lourd et sans rêves, mais depuis qu'elle s'était mise à repenser à Ezaki, elle faisait à nouveau des rêves qui la réveillaient la nuit et la faisaient sourire à ses souvenirs de jeunesse.

— A mon âge ! A quarante-six ans, faire des rêves pareils !

L'Ezaki qu'elle revoyait en rêve était resté celui de sa jeunesse, mais la Tomoko qu'il enlaçait dans ses rêves avait parfois l'âge d'alors, parfois son âge actuel. Elle souriait même dans son sommeil de cette différence d'âge, consciente qu'il ne s'agissait que d'un rêve. Cette fois, même après son réveil, elle se rappela nettement l'éclat des fleurs blanches de magnolia illuminant l'enceinte plongée dans les ténèbres du sanctuaire commémoratif où ils se promenaient ensemble. Tout en se demandant depuis combien de temps le nom du sanctuaire impérial de Yasukuni avait été changé en « sanctuaire commémoratif des soldats morts au combat », elle s'étonnait elle-même de la rapidité avec laquelle ce rêve avait fait remonter en elle tous les souvenirs du passé.

— A quarante-cinq ans passés…

Elle avait beau se morigéner ainsi, elle avait le souffle coupé comme si elle avait reçu une flèche en plein cœur. N'était-ce pas à cet âge-là que sa mère avait épousé Hachirô Kuwata en troisièmes noces ? Tomoko avait aidé sa mère à préparer son trousseau de mariage tout en la méprisant pour ce mariage à quarante ans passés, mais n'était-elle pas aujourd'hui plus vieille encore que sa mère à l'époque de son mariage ?

Elle était troublée par le récent espacement de ses règles, sentant sa féminité disparaître avec elles. Brûlait-elle à nouveau d'amour pour Ezaki, simplement parce qu'elle avait besoin d'un homme dans son lit ?

Mais non, se dit-elle, chassant cette pensée. Ezaki est un prisonnier qui attend l'heure de la sentence. Il n'est pas libre, il est encore plus loin de moi que s'il vivait avec sa femme. Il était déjà difficile de le rencontrer, elle ne pouvait espérer être à nouveau un jour dans ses bras. Ce n'est pas pour cela que j'ai tant envie de le revoir.

Pourquoi, alors, pourquoi ? Elle continuait à interroger son cœur muet.

Mais elle voulait le voir, cela, elle ne pouvait l'empêcher, et pour calmer son agitation, l'idée lui vint de se rendre à nouveau à Ichigaya. « Je supplierai Murata.

Pendant que je ne fais rien, les mois s'écoulent. Il faut que le mois prochain, je sois sur la liste des visites. » Etrangement, en se livrant à ses pensées, Tomoko oubliait jusqu'à l'existence de la femme légitime d'Ezaki. Pendant qu'elle se préparait fébrilement à sortir, elle se demandait ce qu'elle pourrait amener en cadeau à Murata, sans réfléchir comme elle l'aurait fait dans son état normal que cet ancien militaire ne se laisserait jamais soudoyer. Elle était prête à aller coûte que coûte le supplier, avec un cadeau à l'appui s'il le fallait.

XXI

A l'automne de cette année-là, Ikuyo fit une apparition soudaine au Hananoya. Les branches souples des lespédézas rampaient dans le jardin, chargées d'élégantes fleurs d'un rouge violacé.

— Madame votre mère est là, vint annoncer une des servantes, déjà à son service avant la guerre. Tomoko ne réagit pas immédiatement, tant elle était préoccupée par la conversation qu'elle venait d'avoir avec le fonctionnaire Murata, et, même en regagnant ses appartements, elle n'avait pas encore vraiment compris que sa mère venait d'arriver d'Ôsaka.

— Maman…

Debout devant la porte de sa chambre, elle resta pétrifiée un moment avant de pouvoir prononcer ce mot. Il lui avait fallu un certain temps pour reconnaître sa mère. Debout dans la pièce avec le jardin en toile de fond, Ikuyo évoquait une branche élancée de lespédéza. A soixante ans passés, elle était vêtue d'un kimono rouge cramoisi. Elle avait maigri au cours de ces trois années, et avait une jolie silhouette. Tomoko put également constater, quand sa mère se retourna en s'entendant appeler, que sa peau, toujours aussi blanche, n'était pas celle d'une vieille femme.

— Qu'est-ce qu'il y a comme fleurs ! fit Ikuyo en guise de salut.

Tomoko s'approcha de sa mère et contempla distraitement le jardin. Elle ne trouvait pas le courage de lui demander ce qu'elle venait faire chez elle, si elle s'était à nouveau disputée avec Hachirô, et combien de temps elle comptait rester, mais elle ne se sentait pas non plus d'humeur à faire des simagrées en la remerciant de sa visite.

— Vous avez eu un typhon à Tôkyô aussi ?

— Non, il y a eu du vent et de la pluie mais nous avons échappé au typhon.

— C'est plein de fleurs rouges ici !

— On a beau les couper, les amaryllis repoussent sans cesse après la pluie. Avant, il n'en poussait pas par ici.

— Et ça, ce sont des fleurs ou des fruits ? demanda Ikuyo en désignant du doigt, au pied du magnolia maintenant dépouillé de ses feuilles, de hautes tiges portant chacune au sommet un bulbe d'un rouge profond qui attirait le regard, différent du pourpre élégant des lespédézas et de l'écarlate étincelant des amaryllis.

— Ah, les pimprenelles !

— Ce sont des fleurs ?

— Oui.

Juste à côté des pimprenelles, les belles fleurs rouge clair des bégonias de Chine s'étaient ouvertes. C'était une idée du jardinier, de disposer de jolies plantes à larges feuilles, aux fleurs d'un rouge moins vif, juste en dessous des pimprenelles aux longues tiges fines ornées de petites feuilles. En les contemplant, Tomoko se rappela soudain une de ses aînées d'autrefois, du temps où elle était la Petite-Pivoine de la maison Tsukawa : cette geisha aimait tant les bégonias qu'elle portait ce motif sur les ceintures de ses kimonos et jusque sur ses kimonos. Les feuilles assez informes ressemblaient à des feuilles de potiron, mais le bégonia évoquait les amours malheureuses, à cause de ses fleurs qui penchaient lourdement de façon déséquilibrée d'un seul côté des tiges, ainsi que le lui avait murmuré l'aînée dans le creux de l'oreille à l'insu de la patronne. Tomoko s'était soudain rappelé cette geisha, qui, ayant un protecteur attitré auquel elle avait promis fidélité, ne pouvait avouer à un autre client son attirance pour lui. Tout en se remémorant ces vieux souvenirs, ressuscités à la vue des bégonias, Tomoko ne pouvait s'empêcher de repenser également à son entrevue avec le fonctionnaire Murata.

Murata finissait par ne plus savoir comment se débarrasser de cette femme qui au cours des six derniers mois lui avait rendu visite au moins tous les dix jours et téléphoné tous les trois jours. Mais il ne pouvait chasser catégoriquement Tomoko qui, chaque fois, lui amenait des plats de son restaurant dans d'élégantes boîtes de bois, « pour vous et vos collègues », disait-elle. A cette époque, généralement parlant, les difficultés de ravitaillement n'étaient pas encore résolues, et les cadeaux de Tomoko étaient attendus au bureau de démobilisation avec un secret espoir. Murata avait vaguement pris conscience de la nature des rapports de Tomoko avec Ezaki, mais ne trouvait pas leur histoire particulièrement sordide dans la mesure où elle appartenait à un lointain passé, et, peu à peu, il s'était mis à prendre en pitié la patronne du Hananoya.

Cependant, il n'était pas en son pouvoir d'ôter un nom de la liste des visiteurs d'Ezaki pour le remplacer par celui de Tomoko. Il avait tâté le terrain auprès du père d'Ezaki en disant qu'une autre personne de sa connaissance souhaitait rendre visite au condamné, mais le père avait seulement répondu, sans même demander de qui il s'agissait :

— Personne n'est aussi proche de lui que les cinq membres de sa famille.

Même s'il avait exigé un nom, Murata en savait maintenant assez pour comprendre qu'il ne pouvait citer celui de Tomoko. Il avait donc fini par ne plus savoir que faire au sujet de ses visites insistantes au bureau de démobilisation.

— Ecoutez, je comprends très bien votre sentiment, mais nous ne sommes en aucun cas autorisés à briser cette règle de cinq personnes maximum par visite. Je suis désolé pour la famille Ezaki de dire cela, mais la seule chose à faire est d'attendre que l'un d'entre eux tombe malade et rate son tour de visite. Soyez compréhensive vous aussi.

— Mais cela fait six mois que vous me demandez d'être compréhensive ! C'est trop dur, me laisser ainsi dans l'expectative, alors que la sentence peut être exécutée d'un moment à l'autre. Je vous en prie, je ne vous demanderai rien d'autre, je ne vous importunerai plus, mais laissez-moi le voir, juste une fois !

— Mais je m'évertue à vous dire que je vous préviendrai à la première occasion. Tout est enregistré dans ce dossier, depuis la date de votre première visite, votre nom, votre numéro de téléphone, tout est noté !

— Monsieur Murata, voilà six mois que vous me répétez la même chose.

Tomoko le regardait, les sourcils froncés, d'un air de reproche.

— Exactement, je vous répète la même chose, parce qu'ici nous n'avons aucun pouvoir, nous ne faisons qu'exécuter les ordres de l'armée américaine et rendre ses décisions publiques, répondit-il avec une sorte d'autodérision. Peut-être l'indignation que suscitait l'oppression des Etats-Unis chez cet ancien militaire désormais privé de ses armes s'était-elle peu à peu muée en résignation.

— On ne peut même pas lui faire parvenir une lettre, ni un repas… Quelle honte !

— L'armée américaine s'oppose à toute communication entre les criminels de guerre et l'extérieur, je n'y peux rien.

Il avait dit cette phrase pour la repousser, mais se reprit ensuite et tenta de la consoler par des paroles plus douces :

— Ces temps-ci, les décisions du général MacArthur sont moins sévères, et les remises de peine de plus en plus nombreuses. Il n'est pas impossible que le colonel Ezaki bénéficie lui aussi d'une mesure de ce genre.

— C'est trop cruel de condamner quelqu'un qui n'a fait que donner des ordres. Croyez-vous qu'il pourrait être sauvé ?

— C'est ce que nous souhaitons, mais nous avons encore moins d'influence sur le commandement américain que sur l'état-major pendant la guerre !

Le fonctionnaire Murata était d'une nature franche, et finalement sa tentative de consolation eut sur Tomoko l'effet contraire. Elle repartit, comme d'habitude emplie de confusion : il y avait bien une possibilité de remise de peine, mais elle n'était absolument pas entre les mains de l'administration japonaise.

Tout en contemplant les pimprenelles et les bégonias du jardin, Tomoko se remémorait les six mois écoulés, qu'elle avait passés comme ensorcelée, pensant exclusivement à Ezaki. Le restaurant continuait à prospérer, même si la patronne avait la tête ailleurs : le commerce était désormais sur les rails. Le mois dernier encore, le monde des saules et des fleurs avait été éclaboussé par un scandale de corruption ayant pour cadre Akasaka, mais le Hananoya n'était pas un lieu où les politiciens venaient tenir leurs réunions secrètes, si bien que chez elle tout restait paisible. Tomoko en profitait pour sortir tous les jours et aller prier pour le salut d'Ezaki dans tous les oratoires et les temples, bouddhistes et shintô confondus, de Tôkyô. Une prêtresse qui faisait des prédictions lui recommanda de prier tous les matins tournée vers l'ouest afin d'apaiser les esprits des ancêtres d'Ezaki, car ses épreuves actuelles étaient dues au poids du karma négatif de ses ancêtres. Un autre oracle encore lui déclara avec une voix de cloche fêlée, en frappant sur son tambour, qu'Ezaki était en prison à cause de l'esprit assoiffé de vengeance d'un chat qu'il avait autrefois pris par inadvertance dans un piège à souris, et qu'il fallait planter un arbre de Judée dans le jardin du Hananoya, édifier dessous une pierre tombale et prier tous les jours pour le repos de l'âme de ce chat afin d'en écarter l'influence néfaste.

Tomoko prenait pour argent comptant tous ces oracles auxquels elle n'aurait autrefois jamais ajouté foi tant ils lui auraient paru stupides. On la vit bientôt courir d'un air affairé tous les matins à travers sa maison pour prier à tel ou tel endroit. Il lui était arrivé au temps où elle était apprentie geisha de se rendre avec la patronne de la maison Tsukawa au temple de la déesse de la Fortune Benten à Kamakura, et elle avait alors, avec la cruauté de la jeunesse, jugé lamentable et comique à la fois le spectacle de ces gens superstitieux occupés à laver des billets de banque dans l'eau du puits dans l'espoir de les voir se multiplier et assurer leur prospérité, selon la coutume du lieu. Trente ans plus tard, avait-elle perdu toute objectivité ? Elle faisait la tournée de tous les temples de la ville, du temple shintô Kishimojin de Zôshigaya au temple bouddhiste Myôhôji de Horinouchi, et sans se soucier du culte ou de la secte auxquels ces temples appartenaient, elle en ramenait des plaquettes votives qui s'accumulèrent rapidement jusqu'en haut des étagères de sa chambre.

Oui, elle s'était conduite comme si elle n'était plus elle-même, au cours des six derniers mois. Et c'était en regardant les fleurs de bégonias déséquilibrées penchant d'un côté ou de l'autre des tiges, qu'elle avait enfin fait ce retour sur elle-même. Fumitake Ezaki, lui, se dit-elle soudain, ne devait pas avoir la moindre pensée pour la femme qui se démenait ainsi en espérant le sauver. Tout comme il avait autrefois rejeté la jeune fille dont le seul désir au monde était de l'épouser, sans doute allait-il cette fois encore s'éloigner d'elle à jamais sans prêter la moindre attention à ses efforts ni à son attente.

A cette idée, Tomoko, qui était rentrée fatiguée de sa dernière entrevue avec Murata, ressentait une sorte de désespoir.

— Maman… avait-elle crié comme pour se raccrocher à sa mère. Inconsciemment, elle était redevenue la fillette d'autrefois, cherchant en sa mère un soutien contre la tristesse.

— Tomo-chan…

Ikuyo semblait elle aussi avoir quelque chagrin à confier à sa fille. Toutes deux s'étaient interpellées presque en même temps, et, un instant plus tard, elles s'asseyaient ensemble sur les nattes et se regardaient pour la première fois.

Maman, Ezaki a été condamné à la pendaison, il est détenu à Sugamo pour crimes de guerre. Voilà six mois que je me rends au bureau de démobilisation pour essayer de le voir, mais c'est impossible. Dis, maman, que puis-je faire, que puis-je faire ? C'étaient les phrases qu'elle avait envie de crier à sa mère, mais son cœur trop plein ne lui permit pas d'en dire le premier mot.

Ikuyo, totalement insensible à l'état de sa fille, pérorait à tort et à travers.

— Je te reconnais bien là, Tomo-chan !

Si elle avait perdu un instant l'usage de la parole en arrivant, il fallait voir là l'expression de sa stupéfaction admirative. Elle était restée abasourdie de constater que Tomoko, en l'espace de trois ans seulement, avait réussi à faire construire ce nouveau restaurant et à monter cette affaire florissante.

— J'ai été si heureuse de recevoir ce coupon pour kimono ! A Ôsaka, tu sais, on a un toit au-dessus de nos têtes, mais c'est bien tout. C'est dur de trouver à se nourrir, et quant aux vêtements, on se sert toujours des vieux d'avant-guerre, alors tu imagines comme ton cadeau est tombé à pic ! C'est si gentil d'avoir pensé à ta mère ! Penser à moi en ces temps difficiles… Ah, je me suis dit, Tomoko est bien ma fille, nous sommes du même sang. Et tout à coup, j'ai eu tellement envie de te revoir, je n'en pouvais plus d'impatience ! Mais évidemment, Hachirô a refusé, non, non, il m'a dit, ne va pas à Tôkyô, mais je lui ai menti, j'ai répondu que j'allais juste voir comment tu allais, et voilà !

— Menti… ?

— Mais oui. Je ne peux quand même pas comparer un mari que je n'ai jamais aimé à ma propre fille, qui a le même sang que moi dans les veines ! Dis, Tomo-chan, tu veux bien vivre avec moi comme avant, hein ?

Stupéfaite, Tomoko contemplait le double menton de sa mère, qui n'arrivait même pas à l'enlaidir. La peau sous son menton s'était distendue, parce qu'elle avait maigri brusquement. Mais ironiquement, cela avait pour effet de cacher le défaut de son menton trop court, et de donner à son beau visage un ovale élégant. Dans cette vieille dame distinguée vêtue d'un kimono voyant, qui aurait pu reconnaître la courtisane Kokonoe de la maison Kanô ?

— Tu veux dire que tu as quitté Hachirô ?

— Il a dit qu'il viendrait me chercher, mais je lui ai répondu que ce n'était pas la peine.

— Que veux-tu dire ?

— J'en ai assez de vivre avec un total étranger.

— Comment, un total étranger ? Mais c'est ton mari, non ?

— Ah, écoute, ça fait belle lurette que nous ne sommes plus que des étrangers l'un pour l'autre.

Tomoko renonça à la questionner. Elle savait bien ce que sa mère voulait dire. Mais elle restait interdite devant cette logique particulière, selon laquelle des époux devenaient des étrangers parce que leurs rapports physiques s'espaçaient. Pour Tomoko, qui n'avait jamais fait l'expérience du mariage, c'était presque un blasphème de réduire à cette question triviale des relations d'époux officiellement unis par les liens sacrés du mariage.

Comparée à la façon de penser de sa mère, elle devait faire preuve d'une bien grande noblesse d'esprit, elle qui cherchait par tous les moyens à sauver la vie d'un homme qu'elle n'avait pas vu depuis vingt ans ! Ses pensées avaient à nouveau bondi vers Ezaki. Comparée à la vie sordide de ma mère, quelle vie pleine de pureté j'ai vécu, moi, se disait-elle, mais davantage qu'à l'orgueil, cette pensée était due à l'indignation qu'elle ressentait envers une mère capable de fouler ainsi aux pieds la sacralité du mariage.

Tomoko se tut si longtemps qu'Ikuyo reprit, en épiant sa réaction :

— Hein, Tomoko, dis, il n'y a plus que toi au monde qui ait des liens de sang avec moi. La seule personne qui me reste, c'est toi, Tomo-chan.

— Tu oublies Yasuko. Je ne suis pas fille unique, cracha Tomoko.

— Yasuko n'a pas le même père que toi.

— Et alors ? C'est bien ta fille, il n'y a aucun doute là-dessus. Va donc les voir à Nakano, eux aussi sont prospères maintenant. Pourquoi ne leur demandes-tu pas de te prendre chez eux ?

— Ne fais pas ta têtue, Tomo-chan. Allons, cela fait trois ans que nous ne nous sommes pas vues.

Ikuyo avait pris un ton suppliant.

— Oui, trois ans que tu t'es enfuie en courant parce que tu n'avais pas envie de vivre dans un trou à rats, trois ans que tu ne m'as même pas envoyé une lettre. Et tu prétends être ma mère ? Je ne vais pas m'occuper seule de toi toute ma vie sous prétexte qu'on est du même sang. Va donc chez Yasuko !

— Mais Yasuko est la fille de Seikichi. Je n'ai aucune affection pour elle.

— Qu'est-ce que tu racontes ?

— Je te l'ai déjà dit : c'est dans la tombe de ton père que je veux être enterrée quand je mourrai. Je suis ta mère, Tomo-chan, mais Yasuko n'est qu'une étrangère pour moi. C'est ce que je pense, vraiment.

Quel magnifique raisonnement ! Tomoko en restait interdite. Même cette Yasuko que sa mère considérait comme une étrangère était venue la voir elle, Tomoko, quand elle se trouvait en difficulté, en disant qu'elle n'avait qu'elle au monde sur qui compter. Dans ce cas, Yasuko et moi, que sommes-nous l'une pour l'autre ?

Tomoko n'avait plus ni l'envie ni le temps de se disputer avec sa mère et de lui faire des reproches. Les clients allaient commencer à arriver d'un moment à l'autre, et Tomoko devait se montrer.

Tandis que le crépuscule descendait sur le jardin, l'entrée du restaurant s'animait. Une servante vint annoncer l'arrivée des premiers clients. Au moment où Tomoko se levait pour descendre, sa mère s'affala sur les nattes, les mains en avant, en faisant le geste de retenir sa fille par le bord de son kimono. Ce geste théâtral acheva d'agacer Tomoko, mais elle s'abstint de faire le moindre commentaire et lâcha seulement à sa mère d'un ton méprisant :

— C'est d'accord, tu peux rester.

Puis elle commença à se changer rapidement.

Tout en faisant claquer les tiroirs de la commode, elle en sortit un kimono doublé, en soie teinte de petites croix blanches sur fond noir et parsemée de carrés rouges çà et là, ainsi qu'un obi à motifs d'indienne appliqués sur un tissu épais. Elle lança le tout sur les nattes et commença par changer de kimono de dessous.

— C'est joli, dis donc, rien que des choses neuves !

Ikuyo, sous l'impulsion d'une insurmontable envie, avait tendu la main pour soupeser le kimono et la ceinture.

— Ne touche pas à ça ! cria Tomoko d'une voix suraiguë, à bout de patience.

— Je voulais seulement t'aider, répondit Ikuyo non sans rancune, mais Tomoko, folle de rage, se hâta de déployer le kimono sans adresser un mot de plus à sa mère, l'enfila, mit la ceinture avec des gestes brusques, et quitta la pièce avant même d'avoir fini de nouer le lien par-dessus l'obi. Après le départ de sa fille, Ikuyo ramassa tranquillement le kimono et l'obi abandonnés sur les nattes et se mit à les plier tout en les examinant en détail. La peau et les cheveux d'Ikuyo avaient beau garder l'éclat de sa jeunesse, elle devait commencer à accuser son âge, car, avec cette indifférence propre aux vieillards, elle ne manifesta pas la moindre réaction à la colère de Tomoko.

La présence de sa mère plongeait Tomoko dans un agacement croissant au fur et à mesure que les jours passaient. La maison n'était plus aussi spacieuse qu'au temps du Hanaya, et il lui était difficile de vivre à l'écart de sa mère tout en partageant le même toit. Elle était obligée de la croiser matin et soir, ce qui lui parut vite insupportable.

Elle se mit à sortir plus fréquemment encore, tous les jours même. Elle faisait des pèlerinages quotidiens dans tous les temples de Tôkyô, allait prier au sanctuaire shintô de Suiten [1] à Hamamachi, au temple bouddhiste dédié à Konbira [2] à Toranomon, au temple shintô Hikawa à Akasaka. Mais son but n'était plus seulement les prières pour le salut de son amant d'autrefois, c'était un prétexte pour sortir et marcher dans les rues. A l'intérieur de la maison, elle ne parvenait pas à garder son calme, et la présence de sa mère lui était devenue insupportable. Elle prit l'habitude de sortir dès le matin.

Un mois plus tard, vers le moment où les lilas embaumaient le jardin et même la maison de leur parfum pénétrant, Tomoko se rendit chez un oracle du côté de Hachijôji, assez loin de chez elle, et ne revint qu'en début d'après-midi. A son retour, une servante qui l'attendait se mit à lui expliquer avec un débit rapide :

— Madame, il y a eu plusieurs coups de téléphone d'un soi-disant « bureau de démobilisation ». Ils demandaient madame Tomoko Sunaga, heureusement je me suis rappelée que c'était votre nom, j'ai failli dire qu'il n'y avait personne de ce nom-là ! En tout cas, ils ont appelé quatre ou cinq fois depuis ce matin…

Tomoko avait changé de couleur et s'était ruée sur le téléphone sans attendre la fin des explications.

— Allô ? Monsieur Murata, de la section des enquêtes judiciaires, je vous prie.

La voix grave de Murata retentit bientôt dans l'écouteur.

---

1. « Dieu de l'Eau », divinité protectrice d'origine bouddhiste adoptée par le shintoïsme.

2. « Dieu de la Mer », divinité gardienne également protectrice.

— Ah, madame Sunaga. Il y a eu un désistement sur la liste des visites du colonel Ezaki. Venez le plus rapidement possible. Encore un peu, et vous alliez manquer la visite. Je vous attends d'ici une demi-heure, arrangez-vous pour faire vite !

— Oui, allô, allô…

Murata avait déjà raccroché, sans laisser à Tomoko le temps de poser la moindre question. Un désistement… D'ici une demi-heure… Les mots résonnaient encore à ses oreilles. Elle n'avait plus le temps de changer de kimono. Elle enfila une autre veste par-dessus son kimono, saisit au vol des *tabi* et un lien pour son obi dans l'intention de les changer en cours de route, puis se précipita en courant à la gare de Yûrakuchô. L'occasion de rencontrer Ezaki venait enfin de lui tomber du ciel.

Quand elle arriva en courant à l'entrée du bureau d'Ichigaya, elle trouva un grand camion stationné devant le bureau de démobilisation, avec déjà une vingtaine de personnes à l'intérieur. Murata, qui consultait sans arrêt sa grande montre de gousset, parut soulagé en la voyant arriver :

— Ah, montez vite, nous partons !

Soutenue par le chauffeur et par Murata, Tomoko monta dans le camion qui démarra aussitôt. Secoués à pleine vitesse sur un mauvais chemin, les passagers ne disaient mot. Les familles des criminels de guerre n'échangeaient pas la moindre civilité, à moins que ce ne fût chose faite avant l'arrivée de Tomoko. En tout cas, une fois qu'elle fut montée dans le camion, le silence le plus intense qui soit se mit à régner, percé seulement par les cris aigus des quelques enfants présents lors d'un cahot plus violent que les autres.

Des enfants… Ceux d'Ezaki se trouvaient peut-être là aussi. Tomoko examina attentivement les visages des enfants, cherchant à retrouver en eux les traits d'Ezaki, mais en vain. Trois planches étaient clouées à l'intérieur du camion, et tous les passagers se serraient sur ces bancs improvisés. Le camion était si plein que certains avaient dû s'asseoir à même le sol. Arrivée la dernière, Tomoko faisait naturellement partie de ceux-là, et les secousses violentes du camion l'empêchaient de changer ses *tabi*. Elle était trop occupée à essayer de se maintenir en place à chaque cahot, et à examiner les passagères en se demandant laquelle de ces trois femmes de trente ans passés pouvait bien être l'épouse d'Ezaki.

Elle observa ensuite les hommes de plus de soixante ans qui avaient une allure d'ancien militaire, mais elle en trouva près de dix : il était plus difficile encore de trouver le père d'Ezaki que sa femme. D'ailleurs, elle ne savait pas qui s'était désisté. Etait-ce un des enfants ? Comment saluerait-elle le père d'Ezaki, qui s'était autrefois si fortement opposé à leur mariage ? S'obstinerait-il, devant l'entrée du parloir, à l'empêcher de voir son fils ? A cette pensée, pareille à un mauvais pressentiment, Tomoko sentit la sueur couler sous ses aisselles, dans ce camion où s'engouffrait le vent froid de l'automne. Et à la femme d'Ezaki, que dirait-elle ? Quand les enfants la regarderaient d'un air déconcerté, saurait-elle leur sourire sans se troubler ? Pendant ces six mois passés à penser comme une folle à Ezaki, pas une fois elle n'avait évoqué sa femme ni ses enfants. Et maintenant, voilà qu'elle se trouvait tout près d'eux dans ce camion bondé, sans aucun moyen de les reconnaître ! Au milieu de ces pensées confuses, elle en négligeait l'essentiel : elle allait enfin revoir Ezaki. Le camion traversait à pleine vitesse des quartiers en ruine dévastés par la guerre et pas encore reconstruits, des rangées de maisons couvertes de tôle, et soulevait sur son passage des tourbillons de poussière blanche dans les rues marquées par l'automne.

Le centre de détention des criminels de guerre de Sugamo était gardé par des sentinelles américaines coiffées de casques en fer-blanc, et entouré d'un imposant dispositif de fils de fer barbelés. A l'entrée, le camion fut aussitôt encerclé par d'impressionnants soldats américains en tenue de combat. Le fonctionnaire Murata discuta à voix haute avec eux en agitant des documents, et les soldats, le menton pointé en avant, leur donnèrent l'autorisation de passer.

Les familles des détenus descendirent du véhicule devant un bâtiment gris. Parmi les trois femmes qui accompagnaient Tomoko, deux portaient des pantalons bouffants de paysannes, et une autre, vêtue d'un kimono de pongé brun clair, se rajusta en hâte. Tous les passagers du camion pénétrèrent en file indienne à la suite de Murata dans le lugubre bâtiment. Les adultes, peut-être à cause de la tension, avaient des visages inexpressifs, mais les enfants, excités à l'idée de revoir leur père pour la première fois depuis un mois, commençaient à bavarder, la main dans celle de leurs mères. Tomoko surprit une conversation :

— Hein, grand frère, il ne faut pas dire que grand-père est mort ?

— Non, tu ne dois surtout pas le dire.

— Mais je crois que je vais le dire. Il est même enterré maintenant.

— Idiot. Si on te dit de ne pas le dire, tu n'en parles pas, c'est tout.

— Dis, maman, pourquoi il ne faut pas le dire ?

Retenant son souffle, Tomoko leva la tête. Il y avait trois enfants, et leur mère était la femme au kimono de pongé brun, de bonne qualité malgré les motifs surannés visiblement d'avant-guerre.

— Parce qu'il ne faut pas que papa s'inquiète.

— Oui, hein, il faut lui dire qu'il n'a pas pu venir ce mois-ci parce qu'il était un peu malade.

— C'est moi qui le lui dirai, vous, vous parlerez comme d'habitude de ce que vous faites à l'école, et ce genre de choses.

— Bon, d'accord. Vous aussi, c'est compris, hein ?

Le fils aîné avait l'air intelligent et continuait à avancer en faisant la leçon à ses deux cadets.

Etait-ce une simple impression ? Tomoko crut retrouver les traits d'Ezaki dans son profil, et les yeux du benjamin avaient à n'en pas douter le même beau regard transparent qu'Ezaki.

Tomoko, le cœur serré, se demandait que faire. Elle n'aurait jamais pensé que le désistement était dû à la mort du père d'Ezaki, et elle était encore sous le choc de la conversation des enfants. La femme d'Ezaki, qui avançait entourée de ses trois enfants, était plus jeune et plus grande de taille que Tomoko, et de loin beaucoup plus belle. Son beau visage ovale et distingué, et le kimono de pongé qui bruissait à chaque pas, découvrant des *tabi* immaculés – quand avait-elle bien pu en changer ? – donnaient à Tomoko un indéniable sentiment d'infériorité.

Elle pensa repartir. Elle avait un peu mal au ventre et une pointe au cœur qui l'empêchait de respirer. Se mêler à ces quatre personnes pour voir Ezaki lui paraissait trop étrange, et impossible.

Mais leur tour de visite arriva avant que Tomoko ait eu le temps de remettre un peu de cohérence dans ses idées. La voix de Murata résonna soudain dans la salle d'attente sombre où les familles attendaient silencieusement :

— La famille du colonel Ezaki ! Veuillez me suivre, je vous prie.

La femme et les enfants d'Ezaki se levèrent aussitôt. Tomoko les suivit en hésitant. La femme d'Ezaki ne se retourna pas une fois, mais le plus petit des enfants leva une fois le regard surpris de ses beaux yeux naïfs sur Tomoko. Tomoko songea à s'arrêter mais continua néanmoins à avancer.

Le parloir était situé au deuxième étage, en haut d'un escalier partant de la salle d'attente. A l'entrée, une sorte de géant montait la garde, comme les démons gardant la porte des temples, et sur les explications de Murata, il hocha la tête et ouvrit la porte après un regard d'une froideur administrative sur les cinq personnes accompagnant le fonctionnaire. Ils entrèrent dans une immense pièce vide et morne, avec deux soldats armés montant la garde à chaque coin, et une simple chaise de bois au milieu. Aucune trace d'Ezaki, dont la famille, cependant, s'était rassemblée devant une sorte de grand cadre accroché au mur gris, qu'ils regardaient intensément.

Ce que Tomoko avait pris pour un cadre était une grande ouverture pratiquée dans le mur et donnant sur la pièce voisine. Un épais grillage était tendu en travers : on ne pouvait toucher la main des criminels de guerre. La pointe au cœur de Tomoko s'accentua. Oubliant même de respirer, elle gardait le regard fixé sur l'autre côté du grillage.

— Papa ! cria le benjamin.

— Ah, merci d'être venus ! Ça doit être terrible d'être secoué dans ce train tous les mois ! Je suis sûr que vous n'avez même pas de place pour vous asseoir.

Fumitake Ezaki n'avait guère changé en vingt ans : il avait le même visage plein, le menton rasé de près, la peau légèrement hâlée, et n'avait pas autant maigri au cours de son incarcération qu'elle l'imaginait. Il parlait franchement avec ses enfants, puis s'aperçut de la présence de Tomoko et prit un air étonné comme s'il se demandait de qui il s'agissait, avant de se tourner vers sa femme :

— Et père ?

Il s'informait ainsi à la fois de l'absence de son père et de l'identité de la femme qui le remplaçait, mais son épouse, qui ne s'était toujours pas aperçue de la présence de Tomoko, répondit :

— Il était un peu fatigué, il se repose aujourd'hui.

Elle avait pris une voix enjôleuse, peut-être pour cacher son mensonge. Ezaki insista en fronçant les sourcils :

— Il est malade ?

— Non, simplement, le voyage en train jusqu'à Tôkyô est un peu fatigant pour lui, comme il vient d'avoir une grippe, il faut éviter les complications, et nous l'avons empêché de venir. Il a dit de te saluer de sa part. Et toi, comment vas-tu ?

— Ah, ça va. Il paraît qu'à l'extérieur il y a encore des rationnements de vivres, mais ici, on ne nous donne que des produits importés, très nourrissants. De temps en temps, je me dis que j'aimerais partager avec les enfants !

— Qu'est-ce qu'on te donne à manger, papa ?

— Eh bien, des nouilles, et des steaks gros comme ça.

— Ouaah !

Tomoko allongea un peu le cou pour voir, s'étant aperçue qu'Ezaki avait utilisé la main gauche pour indiquer la taille des steaks, et elle remarqua alors que sa main droite était retenue par une menotte, l'autre moitié étant fixée au poignet d'un soldat debout à côté de lui.

Ezaki, cependant, n'avait pas l'air morose d'un prisonnier. Elle retrouvait inchangé le lieutenant Ezaki de sa jeunesse dans ce père expliquant avec passion à ses enfants la composition des repas américains. A l'époque cependant, sa liaison secrète avec une femme qui n'était pas de son milieu assombrissait parfois ses traits, mais aujourd'hui, tandis qu'il bavardait sans trêve avec ses enfants, il n'y avait que gaieté sur son visage.

A la réflexion, sept mois déjà avaient passés depuis l'annonce de sa condamnation, et sa femme et ses enfants venaient régulièrement le voir lors de la visite mensuelle autorisée. Ils avaient déjà dû se dire tout ce qu'ils avaient d'important à se dire. Et maintenant, la famille réunie faisait sciemment tous ses efforts pour ne pas sentir ou faire sentir la tristesse de cet emprisonnement.

Cependant, tandis qu'il parlait à ses enfants, Ezaki jetait des regards de plus en plus inquiets en direction de Tomoko, et lançait des coups d'œil interrogateurs à sa femme. Quand celle-ci se retourna enfin, Tomoko se décida à baisser la tête pour saluer Ezaki de l'autre côté du grillage.

— Bonjour, voilà bien longtemps que nous ne nous sommes vus.

Ezaki concentra son regard sur la personne de Tomoko mais ne sembla pas la reconnaître. Cela n'avait rien d'étonnant, tant elle avait changé depuis son élégante jeunesse. Tomoko répéta alors en y mettant tout son cœur, consciente des regards furibonds que lui jetait la femme d'Ezaki :

— Le Hanaya à Tsukiji, souvenez-vous. Je suis Tomoko…

Le cœur serré, elle ne put continuer, et se contenta de regarder le prisonnier d'un air désespéré.

— Ah ! fit-il, paraissant enfin la reconnaître et ouvrant de grands yeux étonnés.

A ce moment-là, il y eut un bruit de chaînes. Derrière la grille du parloir, une main couverte de poils roux venait de s'abattre sur l'épaule d'Ezaki, lui indiquant la fin des dix minutes de l'entrevue.

Ezaki jeta un regard attendri à sa femme avant de disparaître de derrière l'encadrement.

— Prends bien soin de toi. Travaillez bien, les enfants.

Sa femme et ses enfants venaient chaque mois de la lointaine province d'Akita pour ces dix minutes de visite ! Sans doute s'étaient-ils accoutumés à la brièveté de l'entretien, car ils sortirent sans protester, et le benjamin s'adressa alors à son frère aîné :

— Tu vois, je n'ai rien dit pour grand-père.

— Oui, papa ne s'est aperçu de rien.

Tomoko, tout en les écoutant, restait stupéfaite. Le visage étonné aux yeux écarquillés d'Ezaki lui semblait imprimé sur sa poitrine douloureuse et engourdie, comme privée de sensations. L'homme qui l'avait quittée il y a vingt ans la voyait apparaître aux côtés de sa femme, et cela n'avait rien suscité d'autre en lui que de l'ébahissement. Tomoko se sentait d'autant plus amère qu'ils n'avaient pas échangé une seule parole. Pourquoi, sans se soucier du regard des autres, ne s'était-elle pas agrippée au grillage, pourquoi ne s'était-elle pas approchée de lui ?

— Excusez-moi, je me suis montrée très impolie tout à l'heure sans le savoir : je suis la femme du colonel Ezaki.

La femme au kimono de pongé s'était approchée d'elle et inclinait poliment la tête pour la saluer. Tomoko reprit ses esprits.

— C'est moi au contraire qui ai fait preuve de grossièreté en omettant de vous saluer, pardonnez-moi. Je suis la patronne du Hananoya de Tsukiji. Votre mari m'a honoré de sa clientèle avant la guerre, j'ai appris par hasard qu'il était détenu à Sugamo, et je voulais lui offrir quelque chose venant de mon restaurant, mais finalement c'est impossible, ils sont trop strictement gardés. Et comme monsieur Murata m'a téléphoné pour me proposer à brûle-pourpoint de remplacer un membre de votre famille lors de la visite, je me suis précipitée, mais de le voir comme ça sans y être préparée, et l'air en bonne santé, cela m'a coupé la voix, je suis désolée de mon impolitesse…

Tomoko ne comprenait pas elle-même pourquoi les mots lui venaient si facilement aux lèvres maintenant. Elle continua à fournir des explications superflues, se morigénant elle-même de dire des choses aussi inutiles, mais cependant incapable de s'arrêter. Et au moment où elle commençait à s'embrouiller, la femme d'Ezaki l'interrompit brutalement :

— Mon beau-père est décédé.

— C'est ce que j'avais cru comprendre d'après la conversation de vos enfants. Où logez-vous à Tôkyô ? Accepteriez-vous de venir jusqu'à mon restaurant ? Je serais ravie d'offrir aux enfants tout ce qu'ils voudront.

— Nous rentrons immédiatement par le train de nuit. C'est ce que nous faisons à chaque fois, répondit madame Ezaki en évitant poliment de regarder le visage de son interlocutrice. Son ton n'était pas particulièrement froid ni formel mais Tomoko sentit qu'elle ne pouvait continuer à s'adresser aussi familièrement à elle.

Toutes les visites de la journée étaient terminées, et cela n'avait guère pris plus d'une heure. Les familles montèrent à nouveau dans le camion et quittèrent l'enceinte de la prison, pour reprendre le même chemin qu'à l'aller jusqu'à Ichigaya. Il faisait encore clair. Au retour, personne ne parla. Même les enfants restaient silencieux, comme s'ils repensaient à ce qu'ils venaient de vivre.

Une fois devant le bureau de démobilisation, tout le monde se dispersa, après avoir salué le fonctionnaire Murata.

— Je vous remercie… dit Tomoko sans trouver d'autre moyen d'exprimer sa reconnaissance que d'incliner la tête à maintes reprises.

— Vous avez pu lui parler ?

— Oui.

— Parfait, répondit sommairement Murata avant de dire au revoir à la personne suivante.

Tomoko regarda autour d'elle, mais la femme d'Ezaki et ses enfants avaient déjà disparu. Ils avaient dû partir avant elle, elle les avait vus saluer Murata dans les premiers, et elle se hâta vers la gare d'Ichigaya, pensant qu'avec les enfants, la femme d'Ezaki n'irait sans doute pas très vite. Elle ne tarda pas en effet à les rattraper.

— Madame, madame !

La femme d'Ezaki, qui tenait son plus jeune fils par la main, se retourna lentement en s'entendant appeler, et dit en reconnaissant Tomoko :

— Merci de la peine que vous avez prise. Je vous remercie au nom de mon mari.

Elle baissa poliment la tête puis tourna les talons et se remit à marcher.

Les rayons du soleil couchant automnal éclairaient l'épaule de l'épouse d'Ezaki et faisaient trembler les petits motifs démodés de son kimono. Tomoko restait figée sur place. Elle avait certainement deviné, même si elle l'ignorait jusque-là, son identité et ses liens avec Ezaki. Son visage distingué, son attitude de femme élevée à l'ancienne, tout en elle blessait Tomoko. Elle repoussait la maîtresse de son mari pour éviter d'être blessée elle-même. Tomoko se mordit les lèvres. Elle s'était bien doutée qu'elle serait repoussée, pourquoi alors avoir couru derrière elle ? Fumitake Ezaki ne se souvenait même plus d'elle et, à l'instant où il s'en était souvenu, la surprise s'était peinte sur son visage puis s'en était effacée aussitôt. N'était-ce pas cela qui avait blessé Tomoko et lui laissait de tels regrets qu'elle s'était sentie poussée à appeler sa femme pour la retenir ?

Le choc avait-il été trop fort pour elle ? La pointe au cœur qu'elle ressentait, la douleur dans son bas-ventre, n'avaient fait que s'accentuer et étaient maintenant accompagnés de nausées. Elle qui n'avait jamais été enceinte se dit que les nausées que donnait la grossesse devaient ressembler à cette sensation, puis elle se reprocha sa stupidité : penser à une chose pareille à son âge, elle qui n'avait pas même de relations avec un homme ! Elle se remit en route.

Quand elle arriva au Hananoya, son malaise était à son comble. Son cœur palpitait violemment, son bas-ventre était extrêmement douloureux, elle se sentait recrue de fatigue comme jamais.

Elle n'eut même pas la force de répondre à la servante venue à sa rencontre et se traîna jusqu'à sa chambre. En chemin, elle croisa Ikuyo qui sortait justement de la cuisine : elle avait l'air extatique.

— Ah, te voilà ! Tu sais, Tomo-chan, Hachirô vient d'arriver ! annonça-t-elle fièrement, d'un ton joyeux de petite fille.

Hachirô se tenait assis dans la pièce, courbé, flétri, comme si toute son énergie vitale avait été aspirée par Ikuyo, pourtant son aînée de cinq ans.

— Mademoiselle, cela fait longtemps que je ne vous avais vu ! Je me suis permis de venir aussi, puisque vous avez eu l'amabilité de nous inviter… Je suis heureux de voir que votre commerce est florissant.

— Tranquillise-toi, Hachirô, toi aussi tu vas pouvoir rester ici. Hein, Tomoko ? Il sera mille fois mieux ici que dans une boutique d'horlogerie qui végète.

En entendant Ikuyo exprimer ainsi ses véritables intentions, Tomoko, qui avait réprimé jusque-là sa douleur, la sentit submerger son corps.

— Sortez d'ici ! Rentrez à Ôsaka immédiatement ! Qui au monde accepterait de vous prendre en charge ? Partez ! Partez immédiatement ! hurla-t-elle, folle de rage, avant de s'effondrer sur les nattes en se tordant de douleur.

— Mon dieu, elle est toute blanche !

— Il faut appeler le médecin, vite !

Tous deux, objets de la colère de Tomoko, s'entre-regardèrent et jugèrent qu'elle était malade.

Mais Tomoko savait que ce n'était pas une maladie. Des sécrétions mêlées de sang s'écoulaient à flots d'entre ses cuisses. Sa féminité disparue lançait ses derniers soubresauts. Tout le sang et les liquides de son corps lui avaient semblés un moment coagulés autour de sa poitrine, et ils couraient maintenant vers son bas-ventre, s'écoulaient de son utérus. Elle en ressentait à la fois une douleur et une joie intense. Le médecin qui ne tarderait pas à arriver diagnostiquerait sans aucun doute des troubles de la ménopause, et Tomoko savait que chez les femmes qui n'avaient pas eu d'enfants, ils étaient plus précoces. Dans son corps, la femme donnait ses derniers soubresauts. Frappe, frappe encore ! Fais-moi encore plus mal ! Plus fort ! Tout en se tordant de douleur, Tomoko savait, au fond de sa conscience qui lui échappait peu à peu, que c'était la femme en elle qui avait cet accès de folie, et elle savait pourquoi elle se débattait ainsi.

XXII

Dans une des pièces du bureau de démobilisation, Tomoko, atterrée, regardait le fonctionnaire Murata. Il faisait sombre dans les anciennes écuries basses de plafond, et plus froid encore qu'à l'extérieur.

Murata fixait lui aussi en silence le visage de Tomoko, presque gris à force d'être blême. Il avait beau avoir été confronté un nombre incalculable de fois à ce genre de situation, il ne pouvait en pareil cas rester uniquement fidèle à son rôle froid de fonctionnaire. Peut-être y avait-il en lui une sorte de volonté tenace d'être le dernier gardien protégeant ses visiteurs d'un destin trop cruel.

— Quand est-ce arrivé ? demanda enfin Tomoko, les lèvres tremblantes.

— Le treize. La nouvelle de son exécution à l'aube du treize nous est parvenue le quinze. Nous avons immédiatement informé la famille, mais il était difficile de vous écrire cela sur une carte, et je ne pouvais pas non plus vous le dire par téléphone. Je suis désolé.

— Je pensais bien que je ne le reverrai jamais, murmura-t-elle.

Aux visites de décembre et de janvier, un proche de la famille, Tomoko ne savait qui, avait remplacé le père du détenu, si bien que Tomoko n'avait pu se glisser à nouveau parmi les membres de la famille. Affaiblie par une anémie qui lui causait toutes sortes de troubles et l'obligeait à garder fréquemment le lit, Tomoko se précipitait dès qu'elle allait mieux sur son téléphone pour demander à Murata la date de la prochaine visite aux criminels de guerre. Elle s'entendait répondre que le jour n'était pas encore fixé et raccrochait pour rappeler un peu plus tard, et s'entendre dire cette fois que le jour était fixé mais que les cinq places réservées à la famille seraient occupées, et, à chaque fois, elle reposait l'appareil, désespérée. Il suffisait de repenser à l'attitude de la femme d'Ezaki envers elle pour comprendre que toute nouvelle visite lui serait refusée. Pourquoi alors, pleine de regrets, ne pouvait-elle s'empêcher de tendre la main vers le téléphone posé à son chevet, et d'appeler un nombre incalculable de fois le bureau de démobilisation ? Chaque fois qu'ils composaient le numéro, ses doigts tremblaient de désespoir, comme effrayés de voir sa vie de femme décliner ainsi.

A entendre chaque fois la même réponse au téléphone, le temps lui paraissait long, et quand elle se levait pour se dégourdir les jambes et marcher un peu dans la maison, elle croisait invariablement, à son grand désagrément, Hachirô ou Ikuyo :

— Qu'est-ce que tu as, Tomo-chan ?

— Mademoiselle, comment vous sentez-vous ?

Chaque fois qu'elle entendait leurs voix, un frisson de dégoût la parcourait et lui ôtait le courage de sortir, comme si elle rechutait.

Le couple s'était installé en un tournemain au Hananoya. Hachirô servait de portier, et au bout d'un mois, tous deux se sentaient déjà comme chez eux. Ikuyo traînait dans la cuisine ou au comptoir, et quand elle dérangeait trop, sortait flâner un moment avant de rentrer. La reconstruction de Tôkyô se poursuivait à vue d'œil, si bien qu'elle avait chaque fois quelque chose de nouveau à raconter, et semblait prendre plaisir à raconter ce qu'elle avait vu lors de sa promenade à la première personne inoccupée qu'elle trouvait sur son chemin.

Complètement insensible à l'aversion épidermique que Tomoko éprouvait pour elle, elle s'asseyait à son chevet pour jacasser des heures durant :

— Les Américains, on ne peut pas dire rien qu'en les regardant s'ils sont vieux ou jeunes, impossible de savoir leur âge. Mais il y en a beaucoup qui ont des nez en trompette, et de jolies bouches. C'est amusant de regarder ceux qui se promènent dans la rue. On dit qu'ils ont les yeux bleus et les cheveux rouges, mais il y en a plein avec les yeux marrons et les cheveux noirs.

Pour Tomoko, qui avait ressenti profondément la défaite du Japon, au bureau de démobilisation comme au centre de détention de Sugamo, ce genre de babillage était difficile à supporter.

— Arrête, maman, ça ne m'intéresse pas. J'étais en train de dormir tranquillement, alors laisse-moi tranquille. Et ne viens plus me déranger dans ma chambre, s'il te plaît.

— Oui, mais je n'ai pas de chambre à l'écart comme autrefois, et tant que le restaurant n'est pas fermé, je ne peux pas dormir, je n'ai pas d'endroit où aller.

— Hachirô a une maison à Ôsaka. Tu n'as qu'à lui demander de te ramener là-bas.

— Jamais je ne retournerai vivre dans un endroit pareil. Je ne peux pas vivre chez lui, avec des enfants qui ne sont pas de mon sang.

Fallait-il donc qu'elle prenne en charge une mère qui ne s'était jamais montré maternelle avec elle, et son mari en prime, simplement parce qu'elles étaient du même sang ? Mais Tomoko n'avait nulle envie d'engager une discussion sur ce sujet.

— Je viens de te demander de me laisser dormir tranquille. Alors sors d'ici s'il te plaît.

— Mais toi-même tu ne tiens pas tranquille, tu passes ton temps à téléphoner.

— Sors d'ici, je te dis !

Exaspérée, Tomoko allait parfois jusqu'à faire mine de lui lancer au visage la tasse à thé ou la bouteille de médicaments qui se trouvait à son chevet. Elle se demandait parfois si elle n'était pas en train de devenir folle. Physiquement, en tout cas, elle se sentait toujours dans un état de délabrement total.

Ikuyo ne bougeait pas.

— Je me demande bien pourquoi… disait-elle en se parlant à elle-même.

— Quoi donc ?

— Moi je les ai eues jusqu'à cinquante ans passés, et même récemment encore, c'est peut-être pour ça que tout le monde disait que j'avais l'air jeune.

— De quoi parles-tu ?

— De mes règles, voyons ! Toi, elles s'arrêtent trop tôt, je me demande bien pourquoi. Moi j'ai eu des accouchements faciles, et aucun trouble à la ménopause.

— Parce que je ne suis pas ta fille, voilà pourquoi ! Je ne te ressemble pas, ni physiquement ni moralement.

— Oui, de temps en temps, tu as des côtés qui me font penser à ton père. Mais tu ne peux pas nier que tu es ma fille.

N'y avait-il aucun moyen en ce monde de couper les liens entre parents et enfants, se demandait Tomoko, excédée, alors que les liens entre mari et femme étaient devenus si faciles à trancher avec l'avènement du divorce.

Son seul réconfort dans ces cas-là était de contempler les fleurs du jardin. Quand elle avait mis en place ce jardin, avec surtout le souci de ne pas dépenser trop d'argent, jamais elle n'aurait pensé qu'il deviendrait sa consolation. Sans se soucier du froid, Tomoko ouvrait les cloisons de papier de sa chambre et contemplait avec joie les changements de cette fin d'hiver et les premiers bourgeons du printemps.

Ce jour-là, les bois-jolis avaient commencé à fleurir dans un coin du jardin.

Les fleurs de ces arbustes ressemblaient à des fleurs de daphné, plante de la même famille, et formaient au bout des branches encore dépourvues de feuilles, de petits bouquets jaune pâle évoquant ces épingles à cheveux fleuries que l'on pique dans les chignons de fête. Les arbustes, en boutons depuis la fin de l'automne, annonçaient le printemps à l'avance en fleurissant dès la fin de l'hiver. Tomoko contemplait avec ravissement ces fleurs discrètes qui chaque année lui annonçaient l'arrivée du printemps. Dans l'état d'abattement et de fatigue où elle était, sentant sa féminité l'abandonner définitivement, ces fleurs lui paraissaient chargées d'espoir.

Quand le bois-joli avait fleuri pour la première fois dans son jardin, Tomoko avait demandé au pépiniériste le nom de cette variété d'arbustes, et les mots qu'il avait prononcés alors lui revinrent ce jour-là à l'esprit :

— On dit que quand le bois-joli fleurit, c'est signe qu'on va bientôt rencontrer son amoureux, car ses fleurs sont de bon augure en amour. Moi, je ne suis pas très cultivé, mais je tiens cette information d'une personne instruite chez qui je vais livrer des arbres.

L'information venait certainement d'un amateur de poésie qui connaissait ces vers du *Manyôshu*[1] : « Si j'ai la fortune de voir fleurir d'abord le bois-joli au retour du

1. Le *Recueil des dix mille feuilles*, célèbre compilation regroupant les poèmes japonais les plus anciens.

printemps, je te retrouverai bientôt, épouse bien-aimée. » Tomoko, quant à elle, n'avait aucune connaissance des poèmes du *Manyôshu*, et se rappelait simplement l'expression populaire disant que quand le bois-joli fleurissait, on rencontrait l'amour.

Le bois-joli avait fleuri.

Tomoko se leva ce jour-là, persuadée que, cette fois, elle pourrait rencontrer Ezaki. Les forces bouillonnaient à nouveau en elle, et même après avoir changé de kimono, la tête ne lui tournait pas le moins du monde. Tout en s'habillant, il lui semblait que l'espoir renaissait en elle, pour la première fois.

En sortant de sa chambre, elle tomba nez à nez dans le couloir avec Ikuyo.

— Oh, tu t'es fait belle, dis donc ! Tu sors ?

En voyant sa fille habillée d'un kimono de bonne façon comme elle en mettait rarement, elle la regarda de la tête aux pieds comme seule une femme peut le faire.

Tomoko eut à ce moment-là le pressentiment que cela commençait mal. Chassant cette pensée, elle sourit à sa mère, chose qui lui arrivait rarement.

— C'est parce que le printemps est là !

Puis elle se hâta vers la sortie.

— Hachiran, sors mes sandales de paille. Au moment où elle l'appelait elle se rendit compte de la tension dans sa voix.

Il avait beau être le compagnon de sa mère, depuis qu'il occupait ce rôle de portier, même les servantes avaient pris l'habitude de l'appeler familièrement « Hachiran ».

— Mademoiselle, vous sortez ? Vous ne voulez pas que quelqu'un vous accompagne ? lui demanda-t-il en clignant ses petits yeux d'un air inquiet, dans son visage tout ridé.

— Ça ira, ça ira, pas la peine de te faire du souci, répondit-elle d'un ton badin, puis elle partit en hâte comme si elle avait rendez-vous avec un amoureux, mais c'était vers le bureau de démobilisation d'Ichigaya qu'elle dirigeait ses pas.

Elle s'était précipitée, croyant au message des fleurs du bois-joli, mais les fleurs s'étaient lourdement trompées.

Atterrée, elle regardait le fonctionnaire. Dans ces écuries sombres et froides au plafond bas, l'hiver ne donnait pas encore signe de vouloir finir.

— … Le treize de ce mois, dites-vous ?

Dix jours plus tôt… Tomoko, regardant distraitement à ses pieds, essayait de se rappeler s'il ne s'était rien passé de particulier ce jour-là au Hananoya, mais elle n'arrivait pas à s'en rappeler. Tous les jours s'écoulaient de même : son corps sans énergie, sa colère qu'elle déchargeait sur sa mère. Non, même au moment où son âme quittait son corps, Ezaki n'avait rien cherché à lui dire de particulier, semblait-il.

— Et, euh… balbutia-t-elle, l'enterrement ?…

Murata secoua la tête en silence, et Tomoko, ne comprenant pas bien le sens de cette réponse, le questionna à nouveau :

— C'est fini ?

— Voyez-vous, on annonce à la famille que la sentence a été exécutée, mais il n'y a pas de remise de corps. C'est l'armée américaine qui se charge de tout, et ici, on ne nous transmet que les objets personnels du défunt. Nous envoyons le tout à la famille, mais nous ne savons absolument pas ce qui est fait du corps.

— Les cendres ?

— Nous ignorons où elles se trouvent. En dehors d'un prêtre, aucun Japonais n'assiste à l'exécution.

— Comment est-ce possible ? La famille ne reçoit même pas les cendres ? Mais on le fait même pour ceux qui sont morts au combat à l'étranger !

— C'est également notre avis. La famille du défunt nous a suppliés de nous renseigner, mais c'est hors des limites de notre pouvoir. En fait, nous menons des investigations en privé, mais c'est difficile, parce que la date des exécutions ne nous est jamais communiquée d'avance.

— Ne pas même savoir où sont les cendres d'un mort, mais c'est absurde !

Tomoko continuait sans fin, comme si elle avait le délire, à parler des cendres d'Ezaki.

— C'est la même chose pour les criminels de guerre de classe A, nous ne savons pas où sont les corps, ni ce qu'on en a fait après leur exécution.

Les criminels de guerre de classe A, le général Tôjô et six autres personnes, considérés comme les plus hauts responsables des crimes de guerre, avaient été exécutés le vingt-trois décembre.

Le fonctionnaire Murata dit sans regarder Tomoko, fixant un point dans l'espace :

— Certaines personnes ont été reconnues innocentes après leur exécution. Il y a eu de nombreuses erreurs, mais nous sommes complètement impuissants.

— Le colonel Ezaki est-il vraiment mort ?

— C'est la seule chose dont nous soyons certains. Un prêtre a assisté à ses derniers moments et va envoyer son témoignage à la famille du défunt, dans la mesure de ce qu'il peut dire.

Ces mots que Murata répétait depuis tout à l'heure, « la famille du défunt », résonnaient douloureusement aux oreilles de Tomoko. Elle en était exclue, de cette « famille du défunt ».

Mais elle reposa à nouveau la même question, avec le courage du désespoir.

— Pensez-vous que je puisse un jour obtenir ses cendres, bien que je ne fasse pas partie de la famille ?

— Tout ce que je peux vous répondre, c'est que nous continuons nos investigations pour savoir ce qu'est devenu le cadavre. Je ne peux vous en dire davantage, car les recherches que nous menons sont gardées secrètes.

Murata avait clairement détaché les mots et semblait mettre ainsi un point final à l'entretien.

Tomoko baissa la tête en silence pour prendre congé. Dans son métier, le geste de baisser la tête s'accompagnait invariablement d'un sourire aimable ou d'un mot de salutation, mais cette fois, ses lèvres raidies étaient incapables d'émettre un son.

Une fois dehors, un froid glacial l'enveloppa. Ce n'était pas le printemps qu'avaient annoncé les fleurs de bois-joli, mais la mort de Fumitake Ezaki.

Le personnel de la maison regarda Tomoko d'un air étrange quand elle rentra sans un mot. Elle n'avait dit à personne où elle se rendait, mais une des servantes qui avait surpris un de ses nombreux coups de téléphone à Ichigaya, et était au courant de sa liaison d'autrefois avec Ezaki, avait plus ou moins raconté l'affaire à toute la maison. Quand Tomoko revint en silence, portant sur ses épaules tout le poids de la fatigue de sa convalescence, personne ne lui posa de questions.

Dès que Tomoko s'absentait, Ikuyo venait s'installer dans sa chambre. Il n'y avait pas assez de place dans la maison pour qu'Ikuyo puisse disposer d'une chambre indépendante, et il n'y avait donc rien à faire, mais il était toujours désagréable à Tomoko de trouver sa mère installée chez elle en rentrant. Ce jour-là, cependant, il en allait différemment.

— Maman…

Tomoko, comme brisée, s'assit sur les nattes en entrant dans la pièce.

Ikuyo, tête baissée, remuait activement ses doigts, mais en entendant Tomoko entrer, elle avait relevé la tête pour la saluer puis repris sa position. Elle était en train de découper et coudre ensemble des chutes de kimonos que Tomoko s'était fait faire sur mesure. C'est vrai, maman a toujours aimé coudre, se rappela Tomoko. Une pensée lui traversa l'esprit : je lui achèterai de quoi se faire un ou deux kimonos de printemps quand le marchand d'étoffes passera.

— Maman !

— Qu'y a-t-il ?

— Tu te rappelles d'Ezaki ?

— Le jeune militaire ? Ah oui, toi aussi, tu as eu tes moments de folie autrefois.

— Il a été exécuté il y a dix jours.

Ikuyo s'arrêta un instant de remuer les doigts, puis reprit son ouvrage sans regarder sa fille. On aurait dit qu'elle n'avait rien entendu, et sans doute faisait-elle exprès de ne pas répondre, mais Tomoko lui en fut plus reconnaissante que si elle avait maladroitement tenté de la consoler.

— Maman.

— Oui ?

— Qu'est-ce que tu fais ?

— Une veste sans manches.

Ce genre de gilet, porté sous une veste à manches longues quand il faisait froid, protégeait des rigueurs du climat et donnait de la tenue à la veste portée par-dessus. Ikuyo avait apparemment l'intention de faire une veste originale avec des bouts d'étoffe différentes cousus ensemble.

— C'est pour qui ?

Tomoko regretta aussitôt sa question stupide, mais il était trop tard.

— C'est pour toi. Regarde la mienne, répondit Ikuyo en soulevant le bord de sa veste pour lui montrer qu'elle portait dessous un gilet en soie d'un rouge presque aveuglant.

Cela faisait déjà trois ou quatre ans qu'elle avait passé son soixantième anniversaire, s'avisa soudain Tomoko, et elle regretta d'avoir été trop prise par son travail pour songer à fêter l'entrée de sa mère dans la vieillesse, comme cela se faisait d'ordinaire.

— Ça doit être chaud.

— Hmm. Avec ça, tu oublies complètement le froid. Quand j'ai vu où tu mettais tes restes de tissus, ça m'a donné l'idée de te faire un gilet avec.

Tomoko faisait à peine un mètre cinquante, si bien que chaque fois qu'elle se taillait un kimono, il restait une large bande de tissu en trop, qu'elle conservait dans un tiroir, se disant que cela servirait peut-être un jour. Ikuyo venait de fournir la preuve qu'en l'absence de Tomoko elle allait jusqu'à inspecter l'intérieur de sa commode et le contenu des tiroirs, mais ce jour-là, contrairement à d'habitude, Tomoko n'éprouva pas une sorte de répugnance physique à cette idée. Elle regarda l'ouvrage que tenait sa mère : le gilet, avec des carrés de tissu différents composant un grand échiquier, avait l'air presque terminé. Elle reconnut un morceau de crêpe de soie jaune à petits motifs qui restait du kimono qu'elle portait ce jour-là. Elle se rappela qu'elle avait mis exprès ce kimono à cause du jaune pâle rappelant la couleur des fleurs de daphné.

— Maman, quand tu auras fini, je demanderai un coupon de tissu au marchand d'étoffes pour te faire un kimono en remerciement.

— Merci.

Ikuyo continuait à coudre activement sans même lever la tête, et ne parut pas surprise par l'accès de gentillesse de sa fille. Sa mère aimait tellement coudre et était si concentrée sur son ouvrage qu'elle n'entendait même pas ce qu'on lui disait, pensa Tomoko, mais pour une fois cela ne lui était pas désagréable.

Le marchand d'étoffes leur rendit visite peu après.

— Je suis vraiment désolé d'avoir tant tardé ! J'étais en tournée quand vous m'avez téléphoné, dit-il en s'adressant à Ikuyo, puis il se tourna vers sa fille.

— Votre santé s'est-elle améliorée ?

Il était bien normal qu'Ikuyo n'ait pas manifesté de joie particulière en entendant Tomoko lui promettre un kimono neuf pour le printemps : en fait, elle avait déjà appelé le marchand d'étoffes ! Malgré cela, elle prit l'air déconcerté :

— Ah, monsieur Matsuya, excusez-moi, ne voudriez-vous pas revenir une autre fois ? Tomoko est déprimée aujourd'hui.

— Ah, vous ne vous sentez pas bien ? Mais ne voulez-vous pas regarder les étoffes pour vous changer les idées, sans rien acheter ? Toutes les femmes adorent cela, n'est-ce pas ? Ces derniers temps les artisans de Kyôto sont revenus au niveau d'autrefois, ils font un travail magnifique. Que vous achetiez ou non, c'est secondaire pour moi, je vous assure, je me ferai un plaisir de vous les montrer !

Tout en bavardant, l'habile marchand avait déjà dénoué son ballot, et commençait à étaler ses coupons sur les nattes.

Tomoko se leva :

— Monsieur Matsuya, montrez quelque chose de bien à ma mère. Moi, je vous laisse.

Il devait à l'origine amener des étoffes destinées à satisfaire une commande d'Ikuyo, il y avait donc peu de tissus du goût de Tomoko. Monsieur Matsuya parut soulagé et continua à bavarder, mais Tomoko ne l'écoutait pas.

A côté de l'étagère où était installée la statuette de chat à la patte levée qui est le porte-bonheur des commerçants, était amoncelée la montagne de plaquettes votives que Tomoko avait ramenées des temples de Tôkyô et des environs où elle allait prier pour le salut de Fumitake Ezaki. Elle se dressa sur la pointe des pieds pour les attraper et, les deux mains pleines de plaquettes de bois, descendit dans l'entrée, mit ses socques de jardin et sortit.

Accroupie à l'ombre du bosquet de bois-joli, elle sortit une boîte d'allumettes de la manche de son kimono. Il lui fallut gâcher deux ou trois de ces brindilles sommaires, bien différentes des robustes allumettes d'avant-guerre, avant d'en allumer une, mais elle ne s'énerva pas le moins du monde. Elle regarda d'un air dépité les allumettes qui refusaient de brûler, pensant qu'elles ressemblaient à sa vie. Le feu ne tarda pas à prendre, enflammant les prières gravées sur d'épaisses plaquettes de cyprès, les simples plaques de bois et les images votives. Il y en avait un grand nombre mais elles étaient petites, si bien qu'il ne s'en éleva pas de grandes flammes, juste une légère odeur de quinquina et des flammèches d'une couleur indistincte en plein jour. Les flammes bleues ressortaient plus nettement que les rouges, et, quand elles léchaient une plaquette, elles y laissaient une grande auréole noire qui allait en s'élargissant, puis une flamme rouge apparaissait l'espace d'un instant juste avant que la plaquette se transforme en cendres. Tomoko avait l'impression de brûler des lettres d'amour, tant elles disparaissaient vite. Elle avait arraché une des branches basses de bois-joli et fouillait le feu de cette pointe fleurie pour remettre en tas les plaquettes restantes, ou faire tomber les tas de cendres. Les fleurs odoriférantes répandaient en brûlant une odeur désagréable bien éloignée de leur suave parfum habituel, une odeur âcre de chair brûlée. Tomoko porta à ses narines l'extrémité de la branche où les fleurs calcinées formaient de vilaines cloques : cette odeur lui rappelait celle des crémations.

L'air printanier était léger et sec, et il ne resta bientôt plus que cendres de toutes ces plaquettes votives ramenées de tous les temples de la ville. Tomoko resta longtemps accroupie devant le tas de cendres blanches. Voilà tout ce qui devait rester aujourd'hui d'Ezaki, mais qui donc avait enseveli ses cendres, et où ?

Elle se rappela l'insistance avec laquelle elle avait demandé à Murata peu de temps auparavant où se trouvaient les cendres d'Ezaki. C'était l'homme qui l'avait quittée autrefois, l'homme qui l'avait complètement oubliée, alors qu'elle avait bravé mille tourments pour le revoir, l'homme qui en la reconnaissant avait seulement exprimé de l'étonnement, c'étaient les cendres de cet homme-là qu'elle souhaitait si fort conserver auprès d'elle. Elle-même ne comprenait pas pourquoi. Si elle avait su parler anglais, elle serait sans doute allée négocier elle-même au quartier général américain pour les obtenir.

Quand le comte Hidekimi Kônami était mort, la famille avait omis de la prévenir, mais de son côté l'idée ne lui était pas venue de réclamer une partie de ses cendres en souvenir. Quand Shûichi Nôzawa était mort à son tour, elle n'était pas allée à l'enterrement, et quand son secrétaire lui avait remis un chèque de la part de l'épouse du défunt, elle ne s'en était pas servie pour acheter un autel bouddhiste dédié à son souvenir. Elle n'avait pas même pensé au fait tout naturel que les cendres de Nôzawa reposaient dans le cimetière de sa famille.

Nôzawa tout comme le comte l'avaient aimée et lui avaient offert leur appui pour construire sa vie, pourquoi alors ne lui avaient-ils pas laissé le même regret lancinant qu'Ezaki ? se demandait Tomoko pour la première fois. Pourquoi Ezaki était-il le seul dont la mort la rendît nostalgique ? Pourtant, elle n'avait pas repensé à cet homme jusqu'au jour où elle avait lu l'annonce de sa condamnation dans les journaux.

Du bout de la branche de bois-joli, elle tapota les cendres blanches qui tourbillonnèrent dans l'air comme de la fumée, tandis que les vilaines fleurs calcinées se détachaient enfin de la branche. Tomoko répéta indéfiniment le même geste. Ces cendres sont l'aboutissement d'images votives rassemblées par une foi trop légère. Je n'avais pas assez de foi. Comme maman. Finalement, je lui ressemble quand même sur certains points. Une foi aussi légère était vouée à manquer d'efficacité, et maintenant je suis là à tapoter avec regret ce tas de plaquettes calcinées… Il ne restait plus aucune trace de fleurs au bout de la branche.

— Ah !

Elle venait de voir le visage de Fumitake Ezaki, les yeux exorbités, qui s'était immédiatement éloigné de son champ de vision. Ce visage, en dehors d'une expression de surprise, ne portait pas la moindre trace de nostalgie, ni même de sympathie envers elle. Elle fit un effort, mais en vain, pour rappeler du fond de son cœur le souvenir d'Ezaki jeune, au temps de leurs amours. L'amour les tourmentait pareillement alors.

Elle ne se souvenait plus que de ce visage étonné. La toile de ses souvenirs restait blanche, elle était incapable de se rappeler par exemple son expression au moment où il était venu lui annoncer leur séparation.

Ezaki est mort, condamné à mort pour crimes de guerre, tenta-t-elle de se dire afin ne plus voir ce visage, cette bouche ouverte sur un cri, mais ce fut également en vain.

Le visage d'Ezaki montant un escalier, une corde autour du cou, le visage d'Ezaki tombant dans l'abîme du néant au moment où l'on retirait la planche de sous ses pieds… Tomoko continuait à réfléchir pour chasser son épouvante, mais Ezaki restait là devant elle, les yeux exorbités, la bouche ouverte sur un cri.

Il n'y avait plus une seule fleur au bout de la branche de bois-joli, mais elle avait beau s'en rendre compte, Tomoko ne faisait pas mine de changer de position. Elle sentait le froid de la terre la pénétrer, des chevilles jusqu'à la taille, mais elle restait immobile, traçant des caractères dans les cendres du bout de sa branche. « Fumitake Ezaki. » Les uns sur les autres, elle écrivit, encore et encore, les caractères composant son nom, jusqu'à ce qu'ils semblent gravés dans la terre.

— Tomo-chan ! Tomo-chan !

La voix de sa mère lui fit enfin retrouver ses esprits. Elle s'aperçut alors qu'elle avait gravé sur la terre, sans même s'en rendre compte, le nom du mort, et se hâta de l'effacer en utilisant ses deux mains.

— Tomo-chan, qu'y a-t-il ? demanda Ikuyo par la fenêtre.

— Rien.

— Tu es encore en train de jardiner ? Tu aimes donc ça à ce point ?

— Je ne le fais pas parce que j'aime ça, mais…

Tout en regardant ses paumes couvertes de boue, Tomoko se leva dans l'intention d'aller se laver les mains.

Le torse à demi sorti de la fenêtre basse, Ikuyo lui cria :

— Tomo-chan, qu'est-ce que tu penses de ça ?

Elle avait un tissu à petits motifs bordeaux posé sur l'épaule. Elle avait complètement oublié que sa fille venait d'apprendre la mort de son amant d'autrefois, seul comptait maintenant le choix de son kimono.

— Très joli, répondit Tomoko sans aucune énergie dans la voix.

Ikuyo se montra satisfaite de la réponse et remplaça aussitôt le coupon par un autre. Cette fois, c'était une soie jaune ocre teinte en dégradé de vert et de jaune, qui ne convenait absolument pas à une femme de plus de soixante ans.

— Et celui-ci ?

— Très joli, répondit Tomoko, se désintéressant totalement de la question. La facture finirait de toutes façons par lui revenir mais elle ne se sentait pas l'énergie de penser à ce genre de choses, qui ne faisaient que la mettre en colère.

— Monsieur Matsuya, je prends ça, et ça. Faites-moi parvenir une bande dans le même ton, un rien plus clair, pour la doublure du bas de celui-ci.

— Et pour la doublure du kimono jaune ?

— Non, je la ferai dans la même tissu, ça ira.

— Mais madame, cela va alourdir le kimono, et puis vous n'aurez plus assez de tissu pour la longueur.

— Ne vous inquiétez donc pas pour la longueur. Depuis que j'ai passé soixante ans, je perds trois centimètres par an, et je suis obligée de raccourcir mes kimonos de dessous tous les ans !

Ainsi, Ikuyo, dont la peau avait gardé une fraîcheur en accord avec ses cheveux encore noirs, même si elle teignait un peu les blancs, vieillissait tout de même ! Tomoko, qui s'était lavé les mains avant de rentrer dans la pièce, n'avait entendu que la dernière phrase de sa mère et alla s'asseoir en silence de l'autre côté du brasero, face au marchand d'étoffes qui, silencieux lui aussi, repliait ses marchandises pour les remettre dans son balluchon. Ikuyo ne se lassait pas de regarder ses coupons de tissu, les comparant, les déployant, les repliant comme un enfant qui s'amuse avec un nouveau jouet. Elle allait certainement remettre à plus tard la confection du gilet sans manches de Tomoko pour coudre ses propres kimonos, et le gilet ne serait sans doute terminé qu'à la saison chaude, quand il aurait perdu toute utilité.

Mais Tomoko regardait fixement sa mère, qui s'amusait comme un enfant innocent.

Elle non plus, se disait-elle, elle n'avait pas eu de chance avec les hommes, dans sa vie. Elle s'était mariée plusieurs fois, mais n'avait pas eu de chance. Parvenue à un âge où elle avait définitivement renoncé au mariage, Tomoko commençait à se sentir proche de sa mère. Après le départ du marchand d'étoffes, elle s'adressa à Ikuyo avec mélancolie :

— Maman, où sont les cendres de mon père ?

Ikuyo releva la tête en sursautant, ce qui lui arrivait rarement. Etait-ce parce qu'elle commençait à devenir gâteuse ? Ces derniers temps, ses gestes étaient beaucoup plus doux qu'autrefois.

— Les *quoi* de ton père ?

— Ses cendres.

— Eh bien, dans la tombe familiale des Tazawa, évidemment.

— A Wakayama ?

— Oui. Mais pourquoi cette question ?

— Maman, demanda Tomoko, le regard fixé sur sa mère, tu ne t'es jamais dit que tu aurais dû les garder ?

Ikuyo parut hésiter devant cette question inattendue. Puis elle répondit sur un ton de reproche enjôleur :

— C'est bien pour ça, Tomoko. Je te l'ai demandé depuis longtemps, je voudrais être enterrée auprès de lui.

— Et moi, si je meurs, où iront mes cendres ?

— Toi, tu es l'héritière de la maison Sunaga, encore maintenant, c'est donc là-bas qu'elles iront. Tu représentes la branche aînée des Sunaga, même maintenant, puisque tu es la fille adoptive de la maison.

— La fille adoptive ? Mais voyons, maman, tu sais quel âge j'ai ?

— Quarante-six ou quarante-sept, non ? Tu es encore jeune, va. Pour la patronne du Hananoya, avec la clientèle que tu as, ça ne devrait pas être trop difficile de trouver un mari. Enfin, il ne faudrait pas que tu en prennes un minable comme le mien.

Tomoko elle-même ne comprit pas ce qui la blessait autant dans ce que disait sa mère. Mais avant que celle-ci ait fini sa phrase, elle avait violemment renversé la bouilloire posée sur le brasero. Au moment même où elle se mettait à crier, une terrible fumée emplit la pièce.

— Tomo-chan ! cria Ikuyo en s'écartant vivement, ses pièces de soie à la main. De l'autre côté d'un brouillard de fumée, Tomoko criait d'une voix suraiguë de démente :

— Tu seras enterrée aux côtés de Hachiran, un point c'est tout !

XXIII

Le bruit métallique du marteau et des ciseaux du charpentier résonnait dans l'air pur. Ce tintement clair et léger seyait bien à cette belle journée d'automne. Sous les arbustes du jardin, dont la plupart portaient déjà des baies qui se coloraient peu à peu, brillait le rouge profond des amarantes crêtes-de-coq. Cette année-là, il n'y avait guère de chrysanthèmes dans le jardin, car Tomoko avait commandé beaucoup de petits chrysanthèmes de rocaille en pots, mais des chrysanthèmes du Hokkaidô et des chrysanthèmes blancs à large corolle, embaumant jusque dans la salle du restaurant, dressaient leurs formes élégantes au-dessus des groupes d'amarantes inodores.

Le Hananoya avait entrepris une fois de plus des travaux d'agrandissement. En cet an 28 de l'ère Shôwa (1953) où les termes nouveaux comme le mot français *après* pour désigner l'après-guerre connaissaient eux aussi une grande vogue, les travaux du bâtiment n'étaient pas rares à Tôkyô. L'immeuble Maru devant la gare de Tôkyô avait été restauré, et le nouveau building Shinmaru, dont l'architecture audacieuse attirait l'œil, semblait symboliser le nouvel essor du Japon moderne. De grandes constructions commençaient également à s'élever dans le quartier de Tsukiji, autour du Hananoya. Les théâtres de Tôkyô avaient été réaménagés, le kabuki avait ressuscité avec les fastes d'antan. L'eau de la Tsukiji, autrefois transparente, était devenue aussi noire que l'eau du fossé entourant le quartier de Yoshiwara, aujourd'hui disparu, mais que Tomoko avait connu dans son enfance. Cette eau avait des relents nauséabonds, mais si l'on traversait le pont Mihara et regardait au-delà en direction des lumières rutilantes de Ginza, il paraissait inimaginable que le Japon ait connu une guerre aussi terrible à peine huit ans auparavant.

Les bâtiments de style occidental les plus anciens comme l'hôtel Impérial ou la Banque du Japon étaient impressionnants avec leur aspect d'inébranlable solidité, mais les constructions d'après-guerre, peu coûteuses, avec leurs grandes baies vitrées, avaient un air rafraîchissant et clair vues de l'extérieur. Ikuyo, qui, à près de soixante-dix ans, sortait tous les jours faire une promenade, était toujours aussi heureuse de constater le rajeunissement de la capitale jour après jour. Tomoko lui donnait un peu d'argent de poche chaque mois, mais c'était elle qui assurait les dépenses de nourriture et de vêtements de sa mère, qui pouvait ainsi gaspiller à sa guise son argent de poche. Les jours où l'apprenti cuisinier était de repos, il lui arrivait de sortir avec lui ou de l'emmener au cinéma, et, dans ces moments-là, elle payait tout et dépensait largement, si bien que sa réputation au restaurant empira. Car jamais elle ne conviait son portier de mari à l'accompagner dans ses sorties, pas plus qu'elle n'allait se promener en compagnie de servantes ou d'autres femmes. Elle préférait flâner seule dans les rues du quartier et semblait y prendre plaisir. Elle pouvait par exemple rester un temps infiniment long plantée devant la bijouterie Wakô, à regarder les passants.

A force de vivre avec elle, Tomoko avait fini par s'y habituer et avait cessé de s'irriter de sa présence et même de se soucier de l'heure à laquelle elle sortait ou de ses retours tardifs. La décoration intérieure du restaurant était arrangée une fois pour toutes et les seuls changements étaient les travaux d'agrandissement des salles. La prospérité du commerce ne se démentait pas, et la société en général vivait une époque faste. La morosité de la défaite avait disparu, la mode était maintenant au luxe, et les restaurants du quartier de plaisirs juste à côté ne désemplissaient pas. Mais le Hananoya avait été un des premiers à ouvrir dans ce quartier commerçant entièrement ravagé par la guerre, et sa clientèle lui restait fidèle. Aux anciens clients du Hanaya d'avant-guerre s'était ajouté le personnel des entreprises voisines qui organisaient des banquets presque chaque soir chez Tomoko. Faire venir des geishas par le biais du bureau de placement de Shimbashi et surtout savoir laquelle appeler pour quel client n'était pas une des tâches les moins importantes. Autrefois, à l'époque où Tomoko vivait à Akasaka, les patronnes honnêtes des maisons de geishas avaient à cœur de prévenir leurs clients qui s'amusaient de façon trop voyante de ne pas jeter leur argent par les fenêtres même dans les maisons de rendez-vous. Les fêtards dépensaient à l'époque leur propre argent, mais, ces derniers temps, les chefs d'entreprise et même les gérants payaient leurs soirées avec l'argent de leur société, et, ne payant pas de leur poche, aucun client ne trouvait à redire à une note, si élevée soit-elle. Cela paraissait incompréhensible à Tomoko, qui était une femme du passé, et elle posa la question à deux ou trois clients. Elle obtint chaque fois la même explication, qui lui parut également incompréhensible :

— Le système est fait de telle façon qu'il faut dépenser des sommes folles à faire passer dans les frais de la société. Cela nous aide pour les impôts.

Cependant, cette abondance de clients prospères dépensant avec insouciance était une manne pour tous les commerces du quartier, y compris le Hananoya. En contrepartie, comme les grosses fortunes susceptibles de fournir des patrons aux geishas avaient beaucoup diminué, le travail des geishas dans les salons était devenu beaucoup moins compliqué. Elles n'écoutaient plus avec la même patience qu'autrefois les conversations des clients, et n'avaient aucun talent pour chanter ou danser en s'accordant à l'atmosphère du moment.

Tomoko souriait amèrement en se disant que le monde avait bien changé et que les geishas n'étaient plus ce qu'elles avaient été, consciente que son insatisfaction par rapport à la vie moderne était un signe de vieillissement.

Tarômaru de la maison Tsukawa partageait ces sentiments et s'était mise à rendre de fréquentes visites à Tomoko, même dans la journée.

— Encore des transformations ? Dites-moi, votre affaire marche vraiment bien, on dirait !

— Les clients ont l'œil exercé, je suis tenue à un certain luxe. Et puis, il y a de plus en plus de banquets, il me faut une salle plus grande, les petites salles n'ont plus d'utilité. Je fais agrandir même la salle de bains !

— Vous réussissez tout ce que vous entreprenez ! J'ai honte de moi quand je pense qu'à la fin de la guerre je vous ai proposé de reprendre du service comme geisha. Moi aussi, à soixante ans passés, comment puis-je continuer à travailler comme geisha ? Je fais tapisserie tout le temps ! Quand, par extraordinaire, on m'appelle dans une maison de rendez-vous, je constate qu'aujourd'hui les jeunes geishas sont traitées comme des serveuses, tout ce qu'on leur demande c'est de servir le saké ! Etre geisha n'a plus aucun sens de nos jours.

— Ah, oui, c'est vraiment surprenant ! Elles vont à leurs cours de *shamisen* en tenue occidentale ! Elles auront beau apprendre, elles ne seront jamais virtuoses.

— Vraiment, moi, j'en ai assez. Je fais ce que je peux pour donner une formation de vraie geisha à celles de la maison Tsukawa, mais dès qu'elles se trouvent un patron, elles viennent me dire que tout ce qui compte dans le monde moderne, c'est le pouvoir. Je suis à bout de patience, tenez, j'ai même envie par moments de fermer la maison Tsukawa, même si j'y tiens parce qu'elle m'a été léguée par mon aînée.

— Et que feriez-vous à la place ?

— J'ai envie de faire des geishas accomplies de toutes mes apprenties et d'ouvrir un restaurant japonais traditionnel.

— Un restaurant traditionnel ?

— Ces temps-ci, vous savez, les maisons de rendez-vous d'autrefois sont toutes remplacées par des restaurants traditionnels, des restaurants de luxe où l'on peut faire venir des geishas. Autrement dit, ma chère Petite-Pivoine, je crois que je vais vous imiter, quoique tardivement. Comme je m'y prends tard, je n'espère pas arriver à un établissement qui puisse rivaliser avec le vôtre, mais…

— Mais pourquoi pas ? L'aînée Tarômaru en est capable, il me semble.

— C'est ce que je me disais, mais je crois que c'était une erreur. Non, ce qu'il me faut, c'est quelque chose de petit, d'intime, où je puisse travailler tranquillement, seulement avec les clients qui me plaisent. J'ai de plus en plus de rides chaque jour, avec ces jeunes geishas qui m'agacent toutes au plus haut point !

Tarômaru paraissait être venue uniquement pour faire part à Tomoko de ses projets et sans intention de lui emprunter de l'argent pour les réaliser, car elle repartit sur ces entrefaites.

Après avoir entendu Tarômaru, qui régnait autrefois sur le monde d'Akasaka avec un pouvoir presque absolu, lui dévoiler ses plans pour la fin de sa vie, Tomoko resta seule un moment à réfléchir dans sa chambre, se disant que la patronne du Tsukawa n'était sans doute pas née geisha elle non plus et avait dû dans son enfance passer par le même genre d'épreuves qu'elle-même avant de devenir une aînée respectée de tous.

Toc, toc, toc-toc-toc, le tintement agréable du marteau continuait. En écoutant ce bruit, symbole de sa prospérité, Tomoko avait l'impression de n'avoir jamais réellement souffert. Elle ne pensait plus à sa malchance avec les hommes.

Elle portait une bague de jade vert de la taille d'une fève à l'annulaire droit, et un diamant taillé jetait des feux élégants sur sa main gauche. Ces deux bagues étaient de bien plus grande valeur qu'aucun cadeau que lui avaient jamais fait le comte Kônami ou Shûichi Nôzawa. Dans sa situation actuelle, il ne lui seyait guère de prendre Tarômaru en pitié, pas plus que de se replonger dans les souvenirs malheureux de sa propre enfance. Elle se leva précipitamment pour aller inspecter les travaux. Il fallait qu'elle travaille, qu'elle travaille sans relâche si elle ne voulait pas s'effondrer comme une toupie qui tombe quand elle arrête de tourner.

La construction d'un restaurant japonais n'était pas simple. Il était indispensable de prévoir dans les plans la possibilité d'organiser pour des sociétés concurrentes des banquets en même temps, et de faire en sorte que ces ennemis, réunis sur le même bateau, ne puissent se rencontrer. Il fallait éviter que des gens qui n'avaient pas envie de se voir se trouvent nez à nez devant la porte des toilettes, ou dans l'entrée, et également prévoir, comme dans les maisons de rendez-vous d'autrefois, une chambre de style japonais où des clients puissent être hébergés pour la nuit. C'était à l'architecte qu'il incombait de faire les plans après avoir suffisamment réfléchi aux explications de Tomoko, mais celle-ci ne pouvait quitter les travaux des yeux, car elle découvrait toujours quelque lacune.

Les avis de Tomoko et de l'architecte s'étaient heurtés au sujet de la nouvelle salle de bains qu'elle faisait construire du côté nord, Tomoko s'obstinant à vouloir un baquet en bois de cyprès et des murs également recouverts de lattes en bois de cyprès, tandis que l'architecte insistait pour lui faire adopter un carrelage clair.

— Mais la propreté c'est le plus important pour une salle de bains, et comme elle est exposée au nord vous aurez peu de lumière, une construction uniquement en bois serait malsaine.

— Ce sont les jeunes qui croient ça. Moi, je veux construire la même salle de bains que celle qui existait autrefois au Hanaya, et elle était très réputée.

Elle devait donc se rendre chaque jour sur place et donner des indications, ici il faut faire comme ceci, là comme ça, le couvercle du baquet doit faire telle épaisseur, etc., dans les moindres détails.

La silhouette du charpentier en train de raboter ou de scier des planches, tout, jusqu'au bruit du marteau enfonçant les clous, semblait à Tomoko faire partie des scènes typiques de Tôkyô. Quelle que soit l'époque, les maisons japonaises ont toujours été construites comme ça, se disait-elle, tandis qu'elle surveillait fièrement et énergiquement les progrès des travaux. Une servante vint la trouver dans sa nouvelle salle de bains pour lui annoncer la visite du brocanteur :

— Madame, monsieur Chûgotô est là.

Ces derniers temps, même les servantes avaient remarqué que quand elles ne trouvaient pas la patronne dans le bâtiment principal, c'était qu'elle était sur le chantier, dans l'annexe où était aménagée la salle de bains.

— Ah bon, fit-elle, puis elle lança au charpentier en se retournant, avant de se diriger vers le restaurant : Alors, c'est d'accord, vous faites bien comme je vous ai dit !

Quand elle entra pieds nus dans le bâtiment principal, tenant dans sa main gauche ses *tabi* blancs salis sur le chantier, elle aperçut le propriétaire du Chûgotô de Nihombashi qui l'attendait, tel un moineau au jabot gonflé, avec sa veste grise qui recouvrait sa petite silhouette.

— Tiens, c'est rare d'avoir votre visite !

— Désolé de ne pas vous avoir donné de nouvelles.

Après l'avoir saluée abondamment en inclinant formellement la tête à la façon des maîtres de cérémonie du thé, Chûgotô déclara en épiant la réaction de Tomoko :

— Je suis venu vous voir parce que j'ai entre les mains une pièce fort rare.

Tomoko se dit admirativement que cela faisait maintenant vingt ans que Chûgotô, qui avait succédé à son père à la mort de celui-ci, venait lui proposer des objets rares, en fait depuis l'époque du Hanaya. Plus âgé que Tomoko, il était sans conteste le plus connu des antiquaires du quartier. Il était également très réputé comme maître de thé.

Tomoko avait reçu l'éducation de base en matière de cérémonie du thé, et avait réuni juste après la guerre, au moment où le prix de ce genre d'objets était à son cours le plus bas, tous les ustensiles nécessaires à la cérémonie du thé pour les geishas dont c'était la spécialité. C'était depuis que ses relations avec monsieur Chûgotô, qui s'étaient dénouées durant la guerre, avaient pris une nouvelle ampleur.

Pour un établissement comme le sien dont la clientèle avait un œil exercé, il était impensable que les objets de décoration ou les peintures ornant le *tokonoma* soient de deuxième classe. Le Hananoya était donc un client précieux pour l'antiquaire, qui dès qu'il faisait une trouvaille, venait la montrer en priorité à Tomoko. C'était devenu presque une habitude. Tomoko elle-même, qui en dehors de cela n'avait guère de passe-temps, ne dédaignait pas de faire un tour chez les antiquaires quand elle avait du temps libre. Elle avait bénéficié dans sa jeunesse des conseils bienveillants et avertis du comte Kônami en matière d'antiquités, à une époque où elle n'y connaissait pas grand-chose, et cela avait été à l'origine de son goût pour les objets d'art. Mais ce jour-là, l'attitude de l'antiquaire différait de l'habitude. Tout en lui parlant de pièce rare, il ne faisait pas mine de la lui montrer. Tomoko se taisait et jetait des coups d'œil furtifs sur le paquet qu'il tenait sous le bras, se demandant s'il n'essayait pas de gonfler l'importance de l'objet pour en faire monter le prix et la prendre ainsi au piège.

Il s'agissait d'un paquet oblong d'environ trente centimètres de long, enveloppé dans un tissu. Tomoko ne pouvait distinguer sa forme exacte, mais ce ne semblait pas être un rouleau de peinture ou de calligraphie, il s'agissait donc sans doute d'un ustensile pour le thé ou d'un objet décoratif, mais dans ce cas c'était bien la première fois que l'antiquaire lui apportait ce genre d'articles sans l'emballer au préalable dans une boîte en bois de paulownia.

Chûgotô finit par parler. Il se frottait les mains d'un air gêné devant Tomoko qui attendait en silence, les mains posés sur les genoux.

— Eh bien voilà, je ne sais si je dois vous parler d'abord de cette pièce ou commencer par vous la montrer.

Il avait l'air nerveux et, la main posée sur le lien qui retenait le tissu, commença à le dénouer. Sous le tissu, l'objet était enveloppé de papier de riz retenu par un cordon, si bien qu'on ne voyait toujours pas de quoi il s'agissait. Chûgotô dénoua précautionneusement le cordon, enleva le vieux papier de riz, sous lequel l'objet était encore recouvert de coton. Quand Chûgotô eut enlevé une à une les couches de coton, Tomoko poussa une exclamation de surprise : c'était une statue bouddhique ancienne, en bois.

Cette statuette, probablement sculptée dans une essence de bois parfumé, était, avec sa surface d'une patine noire polie par les siècles, l'expression même de la beauté.

— De quelle forme de Bouddha s'agit-il ?

— C'est une représentation du bodhisattva Kannon. Regardez, tout est d'une indicible finesse, les épaules, les bras, les doigts.

L'antiquaire paraissait en extase.

La statuette, d'une trentaine de centimètres de hauteur, n'avait subi aucun dommage, et l'antiquaire lui affirma qu'elle datait des premiers temps du bouddhisme japonais, sans doute de l'époque Fujiwara (X-XIIe s.).

— C'est une pièce magnifique. Je n'y connais pas grand-chose, mais… dit Tomoko en jetant un coup d'œil incertain au marchand. C'était la première fois qu'il amenait une statue de Bouddha au Hananoya. Et Tomoko ne collectionnait pas les objets d'art en dehors de ceux qu'elle pouvait mettre en décoration dans le salon japonais du restaurant. Il devait donc avoir une raison particulière pour lui apporter cet objet, ainsi que semblait d'ailleurs le prouver son air gêné du début.

— Je voulais vous demander votre avis d'abord, afin que vous ne vous sentiez pas mal à l'aise, enfin, avant de le montrer ailleurs, j'ai tenu à vous l'apporter en premier…

L'antiquaire tenait des propos incompréhensibles, en la regardant par en dessous d'un air confus.

— Expliquez-vous donc clairement ! s'exclama Tomoko d'un ton impatient.

Tomoko, femme de tête qui avait réussi seule à fonder un restaurant japonais de tout premier ordre et connaissait un grand succès, avait tendance à le prendre de haut avec les gens qui n'étaient pas ses clients.

— Oui, en fait, c'est que, voyez-vous, je sais d'où vient cet objet.

— …

— Et, il vient d'une famille noble que vous connaissez.

Le marchand s'était levé à demi, son paquet sous le bras, comme prêt à s'enfuir si Tomoko prenait l'air furieux.

— On ne peut pas traiter ce genre d'objet de façon ordinaire, n'est-ce pas ?

— C'est-à-dire qu'autrefois c'était un objet de dévotion, il est donc préférable, même si on l'apprécie en tant qu'objet d'art, de le traiter avec égards.

Le marchand paraissait dépité de voir Tomoko rester parfaitement sereine.

— Combien vaut-il ?

— J'en demanderais deux millions de yens à n'importe qui d'autre, mais si vous souhaitez l'acquérir, madame, je suis prêt à vous le céder sans faire aucun profit.

— Deux millions, dites-vous ?

— Oui, en fait, ce bodhisattva vaut bien plus que cela. Normalement, un objet de ce genre devrait être accompagné d'une châsse bouddhique, mais pour je ne sais quelle raison, il a été mis en vente ainsi. La résidence de cette famille à Aoyama a été détruite par les bombardements durant la guerre, c'est peut-être parce qu'ils ont dû s'enfuir de Tôkyô que l'objet a été dépareillé. Avec la châsse, l'ensemble devait être trop volumineux, ils ont sans doute choisi d'emmener seulement la statue dans leur fuite. S'il y avait encore la châsse, cette pièce aurait bien plus de valeur encore.

— Pensez-vous qu'on puisse la mettre sur un autel bouddhiste ordinaire ?

— Bien sûr, rien ne s'y oppose. Mais, de toutes façons, il vaut mieux la faire consacrer dans un temple avant de s'en servir en décoration.

— Laissez-la moi.

— Hein ?

— De quoi vous étonnez-vous ? Vous êtes bien venu me vendre cette statue, non ? Je vous dis que je l'achète.

— Je vous en remercie vivement.

Ils parlèrent ensuite de choses et d'autres, et Tomoko glissa dans la conversation avec une indifférence feinte :

— A propos, cette famille est-elle vraiment dans la gêne ?

— Il semblerait, oui, car pour vendre un trésor de famille aussi précieux…

Après le départ de l'antiquaire, Tomoko rangea tous les objets posés sur l'étagère d'encoignure, plia en huit un chiffon propre, le trempa dans l'eau, nettoya l'étagère avec un soin maniaque, puis y installa la statuette. Tout en réfléchissant à la meilleure façon de faire construire un autel assez magnifique pour cet objet de prix – fallait-il faire venir un menuisier ou passer commande à un fabricant d'objets de culte ? –, elle contempla tranquillement, les yeux à demi clos, la statuette de bodhisattva debout, exactement comme une mère regarde son enfant bien-aimé.

Les ornements ternis de sa couronne, la laque écaillée de ses vêtements, ajoutaient à l'atmosphère élevée de l'ensemble et l'embellissaient encore davantage, au lieu de paraître enlaidir la forme originelle, comme cela aurait dû être le cas. Tomoko, qui n'avait aucune connaissance en matière d'art bouddhique, ne se lassait pas de le contempler, lui trouvant une beauté sublime qui l'incitait à prier du fond du cœur.

Le soir de ce même jour, après avoir installé sa literie dans la pièce, elle se demanda où la famille du comte avait bien pu mettre cet objet en décoration dans leur demeure. Elle souleva sa tête de l'oreiller pour pouvoir contempler encore la statuette. Le marchand avait simplement parlé de la « résidence d'Aoyama », et, intentionnellement, Tomoko non plus n'avait pas prononcé le nom de la famille Kônami, mais ils s'étaient compris. Il était désagréable à Tomoko de penser au triste déclin d'une famille de vieille noblesse comme les Kônami, qui se trouvaient dans la gêne au point de devoir se séparer pour une somme dérisoire – un million de yens peut-être ? – d'un objet dont elle, l'ancienne geisha entretenue autrefois par le comte, venait de faire l'acquisition.

C'est le destin, la loi bouddhique du karma, avait-elle envie de se dire. Quand le comte Kônami était mort, elle avait pu se joindre à la cérémonie funéraire en se faisant passer pour l'épouse de Shûichi Nôzawa, mais après cela elle n'avait plus jamais eu de nouvelles de la famille Kônami. N'était-ce pas l'esprit du comte qui avait transmigré dans cette statuette pour vivre éternellement auprès de celle à qui il n'avait jamais ménagé son soutien sa vie durant, depuis la cérémonie de dépucelage, le *mizuage* qui avait fait d'elle une véritable geisha, puis à l'époque de Petite-Pivoine, et jusqu'à l'époque de l'hôtel Hanaya.

Tomoko se dressa sur sa couche et joignit les mains en regardant la statuette. Elle n'avait cette fois aucun souhait à formuler, comme lorsqu'elle faisait des pèlerinages pour le salut de Fumitake Ezaki. L'esprit vide, sans pensée d'aucune sorte, elle resta un moment les mains jointes. Seul le chœur des insectes du jardin parvenait à ses oreilles.

Ce fut peut-être le seul moment de paix qui lui fut donné au milieu du tumulte des travaux d'élargissement du Hananoya. Dans sa solitude, elle avait travaillé d'arrache-pied, déchargeant toute son irritation sur sa mère, puis la condamnation à mort d'Ezaki lui avait fait perdre l'esprit, et elle n'avait trouvé la rédemption qu'en travaillant à nouveau à corps perdu. Le précieux bodhisattva, apparu soudain dans sa vie, la ramenait enfin à elle-même. Si le comte Kônami paraissait aussi détaché des intérêts de ce monde, c'était peut-être à cause de cette statuette de Kannon vénérée par sa famille. Le surlendemain, elle commanda au fabricant d'objets du culte bouddhique un grand autel en bois de santal.

— Mais je ne veux pas un de ces autels clinquants et surchargés. Je mettrai des tablettes funéraires dessus, je voudrais donc quelque chose d'assez large, avec suffisamment de place pour disposer des offrandes en quantité.

— De quelle taille sont les tablettes funéraires ?

— Elle ne sont pas encore fabriquées.

— Pardon ?

— Tenez, vous pourriez peut-être les faire en même temps que l'autel, non ?

— Bien entendu, si vous me donnez les noms posthumes à inscrire dessus.

— Je les ignore.

— Pardon ?

— On ne peut pas graver simplement le nom du défunt sur une tablette funéraire ? Je veux dire, le nom qu'il portait de son vivant ?

— Ce n'est pas qu'on ne puisse pas, mais généralement…

— Eh bien alors, c'est entendu.

Après cet étrange dialogue, Tomoko écrivit trois noms : « Fumitake Ezaki, Shûichi Nôzawa, Hidekimi Kônami », sur un papier qu'elle confia à l'artisan.

— Ah, attendez un peu, j'ai oublié mon père, attendez !

Tomoko se précipita hors de la pièce et passa la tête entre les cloisons de la chambre qui avait été construite au nord-ouest de la maison pour Ikuyo et son époux.

— Maman !

Chose rare, Ikuyo était dans sa chambre. Elle leva la tête de son ouvrage :

— Ah, c'est toi, Tomo-chan ?

A près de soixante-dix ans, elle était devenue maladroite de ses mains. Elle devait confier aux servantes le soin d'enfiler ses aiguilles, et oubliait par exemple de coudre les ourlets, si bien que quand elle portait ses propres créations, les kimonos étaient toujours décousus çà et là. Mais la principale intéressée ne s'en rendait pas compte ou bien si elle le savait, elle n'en avait cure, car elle aimait tellement coudre qu'elle y consacrait toutes ses soirées, en dehors de ses sorties en ville.

— Je voudrais que tu me donnes le nom posthume de papa.

— …

— Tu m'entends ? Je viens de commander un autel, et je veux ajouter le nom de papa sur les tablettes funéraires.

Ikuyo secoua la tête. Peut-être devenait-elle gâteuse et commençait-elle à ne plus comprendre ce qu'on lui disait, car Tomoko eut beau répéter sa question elle continua à branler du chef pour toute réponse.

— Tu ne t'en souviens pas ?

— …

— Tu ne vas pas me dire que tu ne connais pas le nom posthume de l'homme auprès duquel tu veux être enterrée ?

— Comment c'était déjà ? Ça remonte à tellement loin…

— Je suis sûre que, depuis sa mort, tu n'as pas une seule fois prié devant une tablette funéraire, ni été te recueillir sur sa tombe !

Ikuyo garda le silence face à ces reproches. Elle paraissait à la fois chercher à rassembler ses souvenirs et supporter patiemment un des accès de colère de sa fille, dont elle était coutumière.

— Tu trouves que c'est digne d'une femme, d'ignorer le nom posthume de son premier mari ? Tu n'as pas honte, maman ? Tu as oublié jusqu'au nom posthume de mon père ! J'en reste sans voix ! Tu passes ton temps à me rappeler que nous sommes liées par le sang, mais tu as oublié le nom posthume de mon père, et tu oses encore demander sans honte à être enterrée près de lui !

Le ton de Tomoko montait de plus en plus, mais sa hargne n'était pas seulement dirigée vers sa mère : elle s'en voulait aussi à elle-même d'ignorer le nom posthume de ses deux protecteurs. Peut-être le comte Kônami n'avait-il pas de nom posthume puisqu'il avait été enterré selon le rite shintô, mais dans le cas de Nôzawa, sa famille avait dû organiser une cérémonie funéraire ordinaire, dans le style bouddhiste, avec attribution d'un nom posthume au défunt. Quant à Fumitake Ezaki, ses restes n'avaient pas été remis à sa famille, mais comme ses proches connaissaient la date de sa mort et avaient reçu en souvenir les objets qui lui appartenaient, nul doute qu'ils avaient organisé une cérémonie pour commémorer sa mort. Elle, Tomoko, n'avait aucun lien familial avec ces trois hommes. Protégée. Maîtresse. Amante. Comme ce genre de lien évitait les complications futures ! Quand le fabricant d'objets du culte lui avait demandé les noms posthumes à inscrire sur les tablettes, elle avait répondu avec une certaine désinvolture, mais la découverte de son ignorance l'avait en fait plongée dans un trouble et un désarroi profonds, qui s'étaient mués en colère impitoyable contre sa mère.

— Oui, mais écoute, Tomo-chan, tu sais bien que j'ai quitté la famille Tazawa pour me remarier avec un Kôsaka, et tu connais la suite…

— Tu es bien rentrée au pays après le grand tremblement de terre, non ?

— Mais c'est à la maison des Sunaga que je suis retournée, et sur l'autel de cette maison, il n'y avait pas de tablette funéraire à la mémoire de Seikichi. Tu sais bien que je me suis mariée chez les Tazawa, mais qu'on est allés vivre chez ta grand-mère, et que tu es devenue l'héritière des Sunaga.

— Ce n'est pas la peine de me rappeler des choses que je sais parfaitement. En tout cas, tu as dû au moins aller te recueillir sur la tombe de ton premier mari quand tu es retournée au pays, non ?

— …

— Alors ?

— Je n'y suis pas allée, répondit Ikuyo d'un air indifférent, puis elle interrompit sa couture et trancha le fil de son ouvrage d'un coup de dents. Malgré tous les enfants qu'elle avait eus, elle avait toujours une bonne dentition et ne portait pas encore de dentier.

Tomoko referma violemment la cloison coulissante et retourna dans ses appartements en claquant des pieds. Sous l'œil étonné du fabricant d'objets du culte, elle inscrivit sur le papier, à la suite des noms précédents, Seikichi Tazawa et Tsuna Sunaga.

— Inscrivez tous ces noms sur les tablettes. Dans la famille, nous avons pour principe de ne pas utiliser les noms posthumes, par conséquent nous ne les connaissons pas bien.

L'artisan prit congé sur ces entrefaites. A quelques jours de là, un magasin de Ginza lui fit parvenir une jarre d'encens en pâte. Quand venait la saison d'utiliser le brasero dans le restaurant, Tomoko faisait toujours brûler de l'encens dans toutes les pièces avant l'arrivée des clients, et, chaque automne, elle avait pour règle de passer commande d'une jarre d'encens pour la saison d'hiver, mais cette année-là, quand elle reçut la commande elle se dit pour la première fois que cet encens-là était bon pour les dévots et sentait trop le temple. A cette pensée, elle eut un sourire amer et remercia le commis qui lui avait amené l'encens en ajoutant :

— Je voudrais aussi des baguettes d'encens de qualité supérieure. Soyez gentil de m'en faire parvenir.

— De celui que l'on brûle en offrande pour les âmes des défunts ?

— Non, non, c'est pour moi, pour la maison. Je n'aime pas cet encens humide qui sent le temple, faites-moi parvenir des bâtonnets plus parfumés, vous savez, ce parfum doux qui repose l'esprit.

Après avoir passé cette commande, elle se précipita, en se tenant le ventre à deux mains, vers le chantier où les travaux se poursuivaient. Elle avait à nouveau des douleurs dans le bas-ventre. Ce n'était pas aussi terrible que le jour où elle avait appris l'exécution d'Ezaki, mais cette crise-là ne marquait pas en fin de compte l'arrêt de ses règles, car de temps à autre elle avait encore, quoique très irrégulièrement, d'abondantes pertes de sang. Elle ne s'en inquiétait pas, étant seulement ennuyée de les voir se produire à nouveau. A y réfléchir, elle avait mal au ventre depuis le début des travaux, cela faisait donc deux mois, mais elle n'avait pas le temps de se préoccuper de sa santé, n'ayant pas autre chose en tête que le progrès des travaux. Il fallait éviter le bruit le soir, à l'heure où les clients arrivaient, si bien que les travaux se poursuivaient sans interruption depuis tôt le matin jusqu'en fin d'après-midi. Même pour une construction de style traditionnel comme celle-là, qui exigeait une grande minutie, le mieux était de terminer les travaux au plus vite, aussi Tomoko courait-elle sur les lieux dès qu'elle avait un peu de temps libre, pour inspecter les progrès et vérifier si le charpentier travaillait avec suffisamment de zèle.

— Ah, comme c'est joli ! s'exclama-t-elle ce jour-là, debout dans la salle de bains construite selon ses propres plans, en aspirant à pleins poumons l'odeur de bois frais.

— Je me demande qui prendra un bain le premier ici ? murmura-t-elle pour elle-même.

Elle s'apprêtait à sourire mais se mit à grimacer à la place : elle crut voir la baignoire, où les robinets n'étaient pourtant pas encore installés, s'emplir d'une épaisse fumée, et en un instant tout devint noir. Elle se cogna au bord de la baignoire en planches avant d'avoir eu le temps de pousser un cri et s'effondra d'un seul coup sur le carrelage du sol. Quand elle reprit conscience, elle était allongée sur un lit de la clinique Seiroka. Elle aperçut d'abord un médecin et une infirmière en blouse blanche, puis une servante du Hananoya et Hachirô Kuwata.

— Madame !

La servante venait de la voir ouvrir les yeux et l'appela aussitôt, mais Tomoko était incapable de répondre. Elle avait mal partout, la tête vide. On était tout près de l'hiver, et malgré l'absence de tout appareil de chauffage dans la pièce, elle se sentait le corps brûlant. A voir le nombre de couvertures empilées sur son lit, il devait pourtant faire froid.

— Vous m'entendez ? lui demandait le médecin.

Elle hocha la tête, mais sentit ses yeux se fermer malgré elle. Elle devait avoir une forte fièvre, car elle se sentait tout alanguie, comme si elle avait trop dormi, et une douleur vive lui transperçait la colonne vertébrale. Elle sentit un gémissement lui monter aux lèvres.

— Vous êtes sans doute atteinte d'une tumeur de l'intestin, mais nous ne pouvons en être sûrs qu'en vous opérant. Je vous recommande une opération immédiate.

Tomoko hocha légèrement la tête. Le mot « opération » flottait encore dans ses oreilles.

Le médecin lui posa alors diverses questions, mais elle pouvait à peine répondre. Elle ne se rappelait pas lui avoir répondu. La seule chose dont elle se souvint par la suite fut qu'on l'emmenait jusqu'à la table d'opération sur un lit roulant, et qu'en lui faisant une piqûre pour l'anesthésier, les infirmières comptaient avec elle d'une voix forte :

— Un, deux, trois, quatre, cinq…

Elles encourageaient Tomoko à compter avec elles, mais Tomoko, agacée de les entendre crier si fort, les trouvait vraiment sans gêne.

Une fois que les chirurgiens lui eurent ouvert le ventre, une certaine tension se mit à régner : la tumeur avait crevé, elle était pleine d'adhérences, de l'intestin à l'utérus. L'opération serait encore plus importante que prévu.

Une infirmière se précipita hors de la salle d'opération pour prévenir Hachirô et la servante qui attendaient devant la porte :

— La patiente a-t-elle des parents proches ? L'opération comporte de gros risques, vous devez être prévenus que le pire peut arriver. Il vaudrait mieux faire appeler ses proches parents, enfants ou frères et sœurs.

La servante comme Hachirô changèrent de couleur.

— Il faut appeler madame Ikuyo, dit la servante.

— J'y vais, dit Hachirô en partant aussitôt.

— Envoyez aussi quelqu'un prévenir madame Yasuko à Nakano, ajouta la servante dès qu'il eut tourné les talons. Cette vieille servante, qui avait été formée autrefois par Tomoko et lui était entièrement dévouée, ne fit pas un pas pour accompagner Hachirô, bien décidée à ne pas bouger de devant la salle d'opération tant que sa maîtresse ne serait pas hors de danger.

Après son réveil de l'anesthésie, Tomoko passa plusieurs jours à somnoler entre rêve et réalité, à cause des forts analgésiques qu'on lui administrait, et de l'extrême fatigue et de la baisse de tension causées par l'opération. La fidèle vieille servante la veilla en permanence, mais il semblait aussi à Tomoko par intermittences voir une Ikuyo incroyablement rajeunie mais vêtue de façon déplorable la veiller également, remplacée de temps à autre par Hachirô.

Même pendant les perfusions, les piqûres de fortifiants ou d'antibiotiques, Tomoko continuait à somnoler, consciente seulement de la présence de cette Ikuyo vêtue d'une façon misérable qui ne lui ressemblait guère. Pourquoi sa mère, qu'elle n'avait pas vue une seule fois vêtue d'un kimono usé, portait-elle maintenant ce vieux kimono de soie rayé datant visiblement d'avant-guerre et sentant le moisi ? Et pourquoi avait-elle l'air âgée de trente-sept ou trente-huit ans seulement ? Elle s'était même fait faire une permanente, ce qui après tout n'avait rien d'étrange, venant d'une mère qui avait toujours aimé suivre la dernière mode. Autrefois, elle allait même voir les idoles de music-hall comme Tsusaka Orie avec des robes occidentales ! Pourtant cette coiffure de mauvais goût, qui faisait penser aux filles à soldats américains, ne seyait pas à sa mère. Dans son état de demi-conscience, Tomoko ne pensait qu'à sa mère, se disant vaguement qu'il faudrait qu'elle lui dise ce qu'elle pensait de sa coiffure, dès qu'elle serait remise et qu'elle pourrait à nouveau parler.

Il lui semblait aussi de temps à autre voir un petit garçon debout à côté de sa mère qui la regardait. Ah, c'est lui, se disait-elle alors, le cœur battant, c'est lui, mon petit frère de la maison Kanô, il est sûrement venu rendre visite à maman. Mais si même ce petit frère longtemps disparu venait lui rendre visite, cela ne signifiait-il pas que sa mort était proche ?

Elle pensait aussi à l'autel bouddhiste qu'elle avait commandé juste avant son hospitalisation. Serait-elle la première à avoir une tablette avec son nom posthume dessus ?

« Visites interdites, repos total », avait dit le médecin, autorisant seulement ses proches à la voir, à condition de ne pas lui parler.

C'était seulement dans les moments où sa blessure la faisait souffrir que Tomoko reprenait totalement conscience.

— Ah, j'ai mal, j'ai mal !

Dès qu'elle la voyait grimacer de douleur, la servante qui ne quittait pas son chevet appelait l'infirmière pour lui faire une piqûre. La douleur cessait, et Tomoko retombait dans un demi-sommeil.

Cependant, les jours passant dans cet état semi onirique, la conscience lui revint graduellement.

Ce n'était pas sa mère qu'elle avait vue à son chevet, mais Yasuko. Elle se rappelait maintenant le vieux kimono qu'elle portait : elle l'avait acheté elle-même à l'époque où sa sœur était employée comme servante au Hanaya. Le petit garçon n'était pas le demi-frère de Tomoko mais son neveu. Son frère, s'il était encore en vie aujourd'hui, devait avoir près de quarante ans…

Yasuko. Tomoko était tout émue de se rendre compte qu'à l'annonce de son hospitalisation, sa sœur était accourue à l'hôpital pour la veiller. Nous sommes bien sœurs, après tout… Mais il faut tout de même que je lui dise, pour cette permanente toute frisée…

Une dizaine de jours après l'opération, Tomoko reprit enfin sa conscience normale. Le médecin limita les temps de visite, mais les autorisa dans la mesure où elles ne fatiguaient pas Tomoko. La première à venir fut la doyenne des servantes qui lui donna toutes sortes de nouvelles du Hananoya : les travaux étaient terminés, le résultat splendide, les clients affluaient comme toujours, beaucoup lui avaient donné des pourboires pour la remercier de veiller sa patronne. Elle pouvait être tranquille pour son commerce, ajouta-t-elle pour finir, et passer une bonne convalescence à l'hôpital, avant de revenir au restaurant quand elle serait complètement guérie, car elle avait été très gravement malade.

Connaissant son amour des fleurs, de nombreux clients qui n'avaient pas le temps de venir la voir lui en firent livrer, et la morne chambre d'hôpital fut bientôt emplie de fleurs en bouquets ou en pots. Il y avait trois pots de bégonias sur le rebord de la fenêtre, et les grandes fleurs rose pâle d'un poinsettia forcé en serre s'épanouissaient à côté de son lit. Un autre client lui avait envoyé un gros bouquet de fleurs blanches de bouvardia dans un petit panier en bambou. Il s'agissait uniquement de fleurs d'origine occidentale qu'on ne trouvait pas dans le jardin du Hananoya, et Tomoko prenait grand plaisir à admirer ces espèces rares une à une. Ses clients avaient entendu dire que les visites étaient limitées, aussi chacun joignait-il aux fleurs une petite carte lui souhaitant un prompt rétablissement. Tous ces envois venaient des clients du Hananoya, ainsi que des geishas qui fréquentaient son établissement. Tomoko avait l'impression d'être allongée dans un jardin, sur un parterre de fleurs.

— Ah, mon dieu, mais c'est splendide ! On ne dirait jamais une chambre de malade ! J'ai eu une bonne intuition en me disant : pas de fleurs, c'est trop commun comme cadeau !

Tarômaru venait d'entrer en poussant ces exclamations. Elle n'était pas femme à s'arrêter aux interdictions d'un médecin, et, en apprenant que Tomoko était malade, elle s'était précipitée à l'hôpital et était entrée dans la chambre sans tenir compte de l'interdiction qui limitait les visites à une par jour.

— Ma pauvre chérie, c'est terrible ce qui t'est arrivé là. Ils t'ont bien ouvert le ventre, hein !

— Ça oui, ils m'ont tout enlevé !

— Ma foi, tu n'es plus très jeune, n'est-ce pas, tu n'as plus besoin de tout ça maintenant ! Ce n'est pas grave qu'on te l'ait enlevé, hein, ça avait déjà bien servi. L'important c'est qu'on t'ait sauvé la vie. Tu as eu de la chance, tu sais !

— Vous croyez ?

Elle ne pensait pas le moins du monde avoir eu de la chance. Allongée, elle contemplait le tas de couverture devant son nez. Sa cicatrice était recouverte d'une espèce de grosse armature métallique pour éviter que son ventre soit en contact avec le moindre objet, et, allongée ainsi sous les couvertures, elle avait l'air d'une parturiente. Quelle ironie, se disait-elle, cette silhouette de femme sur le point d'accoucher, pour une femme à qui on a enlevé l'utérus en même temps que les intestins ! Elle qui avait tant souhaité avoir un enfant…

— Oui, tu as eu de la chance. Cette année faire construire une maison au nord signifiait des obstacles très importants, des risques de mort, même. Malgré cela, tu t'es fait construire une nouvelle salle de bains orientée au nord.

— Il ne fallait pas ?

— Bien sûr que non ! J'ai été stupéfaite que tu n'aies pas consulté un devin avant de faire modifier ta maison. Tu sais bien qu'il faut toujours le faire avant de construire, pour savoir quel est l'endroit favorable. Et, quand je lui ai dit que tu avais un problème aux intestins, mon devin m'a demandé si tu avais touché aux canalisations de ta maison : et c'est bien une salle de bains que tu faisais construire, non ? En étudiant ton thème, il a vu un danger de mort. Alors on peut dire que tu as de la chance de t'en tirer comme ça !

— Ah, c'est si important que ça de faire une divination avant de construire une maison ? Je ne m'en suis jamais souciée jusqu'ici !

— Parce que tu as beaucoup de chance, voilà pourquoi il ne t'est rien arrivé. Mais il y a eu des morts dans ton entourage à ta place.

— Hein ?

Devant l'air soupçonneux de Tomoko, Tarômaru comprit qu'elle en avait trop dit et se hâta d'ajouter :

— Regarde la chance que tu as eue avec tes patrons. Seulement, ils sont morts tous les deux, non ? Renseigne-toi, tu verras, je suis sûre que c'est parce que tu as choisi un mauvais emplacement pour construire ta maison. Il y a des maisons où les hommes ne vivent jamais longtemps, tout le monde te le dira.

Sur ces affirmations, elle se hâta de prendre congé.

Tarômaru commençait à devenir sourde et parlait toujours à voix très haute. Sa conversation avait fatigué Tomoko. Elle avait fini par s'habituer à garder une immobilité totale à partir de la taille, mais il faudrait encore pas mal de temps avant que la cicatrice ne se ferme complètement, et ce n'est qu'à ce moment-là qu'elle serait vraiment remise, même si l'opération était, aux dires des chirurgiens, une réussite quasi miraculeuse. Comme la tumeur avait éclaté en laissant des adhérences sur la partie externe de l'utérus, les dommages causés à l'intestin avaient été en contrepartie minimes, ce qui était une chance, lui expliquait chaque fois l'externe qui venait en consultation. Mais Tomoko se connaissait suffisamment pour savoir qu'elle était atteinte au cœur de son être, non pas simplement à l'utérus ou à l'intestin.

Les mots de « morts à ta place » prononcés par Tarômaru lui avaient causé un choc et ne disparurent pas de son esprit pendant les deux jours suivants. Elle commença à avoir des angoisses, sans doute dues à son état de profonde fatigue. Elle était inquiète de ne pas avoir encore vu sa mère, alors qu'elle avait déjà eu les visites, au rythme d'une personne par jour, de la doyenne des servantes, du cuisinier, de Hachirô, Yasuko et même Tarômaru.

Le surlendemain de la visite de Tarômaru, Hachirô se présenta à nouveau : il lui amenait un cadeau de la part d'un client du Hananoya.

— Mademoiselle, vous ne vous sentez pas bien ? demanda-t-il, étonné.

— J'ai fait un cauchemar, et depuis, j'ai des palpitations.

— On dit que les cauchemars sont fréquents en cas d'extrême fatigue. Après une opération aussi grave, c'est certainement normal.

Tomoko se sentait incapable d'avouer à Hachirô ou à qui que ce soit qu'elle avait rêvé que Fumitake Ezaki essayait de l'étrangler. Elle avait évoqué la mort d'Ezaki devant sa mère mais n'en avait parlé à personne en dehors d'elle. Mais la nuit précédente, elle s'était débattue dans ce cauchemar en hurlant, au point d'effrayer la servante qui dormait dans sa chambre. La terreur de son rêve était restée gravée sur son visage, d'où la question de Hachirô en arrivant. Elle avait fait ce cauchemar à force d'agiter même dans son sommeil ces deux idées sans rapport entre elles : n'était-ce pas parce que sa maison était mal orientée que Fumitake Ezaki était mort pendu ?

— Hachiran, je suis désolée de t'obliger à te déranger si souvent. Cette fois, je cause vraiment de la gêne à toute la maison.

— Ma foi non ! Vous avez été plus malade qu'on ne l'aurait pensé, c'est plutôt nous qui avons manqué à notre devoir en ne nous apercevant de rien. Quand le médecin nous a demandé si personne n'avait remarqué que vous alliez mal, je me suis senti inexcusable. Je vous suis si reconnaissant de pouvoir me parler comme ça, d'un air de bonne santé !

— Hachiran ! fit Tomoko, coupant court à ses excuses bavardes, pourquoi maman ne vient-elle pas ? Elle n'est pas venue une seule fois, tu ne trouves pas qu'elle exagère ? Elle n'a pas arrêté de me causer des problèmes, et maintenant que je suis à l'hôpital, elle s'en moque ! Dis-lui donc cela de ma part en rentrant.

— Oui, veuillez m'excuser d'avoir attendu si longtemps pour vous en parler, mais en fait elle est tombée malade et…

— Comment ?

— Oh, ce n'était pas aussi grave que vous, non, juste une grippe, et puis des douleurs névralgiques, à son âge, vous savez…

— Mais elle allait parfaitement bien le jour où je suis tombée malade. Et elle n'était pas là le jour de l'opération, n'est-ce pas ? Hachiran ! Maman n'est pas morte, dis ?

Tomoko regardait Hachirô droit dans les yeux. Les membres amaigris du vieil homme tremblaient. Dans son visage tout ridé, ses petits yeux poltrons s'agitaient d'un air inquiet. Il avait sans l'ombre d'un doute l'expression de quelqu'un qui ne sait pas mentir, et dont le secret vient d'être percé à jour.

XXIV

Le jour de l'an 1954, Tomoko dégusta sur son lit d'hôpital, le buste redressé pour la première fois, le bouillon aux gâteaux de riz glutineux traditionnel du nouvel an. Elle venait d'apprendre la mort de sa mère et mâchait les gâteaux de riz grisâtres et secs de l'hôpital, trouvant qu'ils convenaient mieux à sa situation de deuil que les gâteaux moelleux qu'on lui avait amenés du Hananoya. Elle n'avait pas touché à la boîte envoyée du restaurant.

Il lui fallut attendre la deuxième moitié de février pour quitter enfin l'hôpital. La veille, il y avait eu une chute de neige importante, et le long du chemin qui la ramenait chez elle dans une voiture de location avec chauffeur, elle pouvait voir de nombreuses devantures de magasins encore bloquées par la neige. Autrefois, à la moindre chute de neige, toute la maisonnée, enfants compris, se mettait aussitôt au travail pour déneiger devant les portes, mais, à cinquante-deux ans, Tomoko ne pouvait que remarquer les insuffisances du monde moderne en le comparant à celui d'autrefois.

Elle était enveloppée dans des couvertures à partir de la taille, et, quand elle descendit de la voiture dans cet accoutrement, le cuisinier qui attendait son arrivée dans l'entrée se précipita pour la porter jusque dans la maison. Elle le repoussa avec mauvaise humeur, le sourcil froncé :

— Ça ira, ça ira, je vais bien maintenant, ce n'est pas la peine d'en faire trop !

En entrant dans sa chambre, elle vit tout de suite que l'étagère d'encoignure avait été enlevée et remplacée par le splendide autel en bois de santal qu'elle avait commandé juste avant son hospitalisation. La statuette de Kannon était posée au milieu, avec de chaque côté les tablettes funéraires, disposées en désordre. Devant étaient alignés deux paquets blancs qui ressemblaient à des offrandes. En ce jour d'hiver, on aurait dit que quelqu'un avait déposé là des blocs de neige en offrande, tant ces paquets étaient d'une blancheur aveuglante.

Tomoko regardait l'autel d'un air vague, sans même songer à joindre les mains pour prier. Le personnel du Hananoya au grand complet, serveuses, domestiques, cuisiniers, alignés sur plusieurs rangs serrés, s'était rassemblé dans sa chambre pour lui souhaiter la bienvenue.

— Madame, toutes nos félicitations pour votre sortie d'hôpital.

— Merci beaucoup. Je vous remercie d'avoir si bien travaillé pendant mon absence. Si le restaurant a continué à tourner sans aucun problème pendant mes trois mois d'hospitalisation, c'est à vous et à votre travail consciencieux que je le dois. Je vous remercie.

Elle remit immédiatement à chacun une des enveloppes contenant cinq cents yens, sauf celle du cuisinier, plus importante, qu'elle avait déjà préparées à l'hôpital pour les remercier de leurs bons et loyaux services. Elle voulait expédier cette formalité le plus rapidement possible, car elle allait ensuite devoir remercier également les geishas et les clients qui lui avaient rendu visite. Elle avait aperçu Yasuko dans la rangée des servantes, mais ne fit aucun commentaire. La doyenne des servantes lui avait déjà expliqué à l'hôpital que depuis qu'on était allé la chercher à Nakano, Yasuko s'était installée comme si de rien n'était au Hananoya. Elle avait également compris que Maejima, le mari de sa sœur, avait vu ses florissantes affaires s'effondrer avec le retour de la vie normale dans le pays. On lui avait signalé l'absence de Maejima à l'enterrement d'Ikuyo, et tout cela, ajouté au souvenir de la tenue misérable de Yasuko à l'hôpital, avait suffi à lui faire comprendre que sa sœur avait été abandonnée par son mari. Yasuko, cependant, qui était venue s'installer chez elle avec son petit garçon de sept ans, ne lui avait pas adressé un mot de salutation. Sur les recommandations faites par Tomoko à la doyenne des servantes, Yasuko avait été affectée aux cuisines, à l'un des postes les plus bas, afin d'éviter qu'elle apparaisse dans la salle du restaurant. La nuit, elle dormait à côté de Hachirô, avec le petit garçon entre eux, exactement comme si Ikuyo vivait encore, mais Tomoko n'avait pas envie d'entamer une discussion sur ce sujet dès sa sortie de l'hôpital.

Quand elle se retrouva enfin seule, après le départ de son personnel, Tomoko put à loisir contempler l'autel. L'artisan avait fidèlement suivi les indications données par la profane qu'elle était, et l'autel, même avec les battants fermés, était si grand qu'il semblait presque déborder de la chambre de six nattes. Il paraissait d'autant plus superbe maintenant, avec les deux battants de bois protégeant la statuette grands ouverts, et avec la tablette à offrandes, qui supportait l'urne funéraire d'Ikuyo, également tirée.

Tomoko, cependant, ne comprenait pas pourquoi les paquets blancs, enveloppant les urnes funéraires, étaient au nombre de deux. Quand elle s'approcha de l'autel, elle eut l'impression que la précieuse statuette de

Kannon de la famille Kônami abaissait sur elle le regard compatissant de ses yeux à demi clos, comme si rien n'était jamais arrivé. De part et d'autre de la statuette étaient posées les tablettes funéraires, serrées les unes contre les autres dans l'espace insuffisant, et elle put lire tour à tour les noms de Shûichi Nôzawa, Tsuna Sunaga, Hidekimi Kônami, Seikichi Tazawa et Fumitake Ezaki, inscrits en lettres d'or sur fond de laque noire encadré d'or. Tomoko se rappela également sa commande d'encens. Elle ouvrit le tiroir du bas, y trouva de petits cierges pour les lampes à offrandes, des allumettes, et une boîte de laque noire, portant les caractères du fournisseur, qui contenait des bâtonnets d'encens. Une clochette et un encensoir attendaient déjà sur l'autel, préparés par une main inconnue. Tomoko installa deux cierges dans le bougeoir et les alluma. Les petits cierges répandirent une faible lueur sur toute la profondeur de l'autel. Elle alluma trois bâtonnets d'encens à la flamme d'un cierge. Ce qui l'inquiétait le plus était ces deux paquets de cendres. Sa mère, renversée par une jeep, était morte écrasée, mais son corps n'avait tout de même pas été coupé en deux ? Tomoko réprima les pensées macabres que faisait monter en elle la vue des deux paquets blancs.

Elle joignit les mains, ferma les yeux. Le puissant parfum de l'encens de qualité supérieure lui piqua les narines.

— Maman, te voilà morte, toi aussi, murmurait-elle dans son cœur, encore incapable de ressentir pleinement la réalité de cette disparition.

Quand le chirurgien, devant la gravité de l'état de Tomoko, avait envoyé une infirmière dire à Hachirô d'aller chercher le plus proche parent de la malade, Ikuyo, affolée, s'était ruée dehors sans prendre le temps d'arranger sa tenue. Le personnel de la maison lui avait proposé d'aller chercher une voiture de location, mais la vieille dame, qui avait l'habitude de se promener seule dans Ginza, s'était précipitée seule dehors à pied, sans doute avec l'intention de héler un taxi en route.

A l'angle de Tsukuji et de Shintomichô, elle avait été heurtée de plein fouet par une jeep de l'armée américaine, qui roulait au maximum de sa vitesse et s'apprêtait à tourner sans ralentir son allure. Quand les passants, témoins de l'accident, s'étaient précipités vers elle, les spasmes de l'agonie agitaient déjà ses membres : elle était morte pratiquement sur le coup.

Ajoutant à l'affolement du Hananoya, dont la patronne était en train de subir une opération où elle risquait de laisser la vie, la mère venait de mourir victime d'un accident de la route. Le mari en deuil ne pouvait guère demander que l'on prévienne Tomoko, qui oscillait alors entre la vie et la mort, et Yasuko étant incapable de faire quoi que ce soit en pareil cas, ce fut finalement la doyenne des servantes qui dut organiser une cérémonie funéraire toute simple, préférant s'abstenir de tout faste, par égard pour Tomoko qui n'était pas encore tirée d'affaire.

Nous étions mère et fille du même sang, se disait Tomoko, mains jointes devant l'autel. Si j'avais été au courant, jamais je ne t'aurais laissée quitter ce monde avec une cérémonie d'adieu aussi simple. Je t'aurais fait des funérailles grandioses, à faire écarquiller les yeux à tout le monde, dignes de la mère de la patronne du Hananoya…

Ses rapports avec sa mère lui revenaient en tourbillons vertigineux : sa rancœur envers cette mère si peu maternelle, sa colère, son attention en même temps à ne jamais se conduire en « fille indigne », sa rage renaissant à nouveau… Tarômaru, la vieille geisha d'Akasaka avait laissé échapper que d'autres étaient morts à sa place, mais Ikuyo était morte discrètement, sans déranger sa fille, et aujourd'hui elle n'était plus que ce petit tas de cendres dans une urne, comme si elle avait par sa mort essayé de rattraper tout le mal qu'elle avait fait à sa fille durant sa vie. Tomoko n'avait plus aucun reproche à lui faire.

Toute sa vie, c'était le travail de Tomoko qui avait payé les caprices, le luxe, le faste de sa mère, mais en l'absence de Tomoko, elle était morte d'un coup, ne laissant plus derrière elle que le souvenir d'une mère restée belle en vieillissant.

— Maman, en mourant ainsi, tu as rattrapé tout le mal que tu as jamais pu me faire, murmurait Tomoko en remuant les lèvres. Les larmes se mirent à rouler sur les joues de cette femme courageuse, qui avait rarement pleuré dans sa vie.

— Maman, tu t'es rattrapée…

C'était une étrange oraison funèbre, mais Tomoko ne trouvait rien d'autre. Elle venait enfin de saisir l'implacable réalité de la mort de sa mère.

Un souvenir lui revint en mémoire de façon inattendue. Elle se revoyait, petite fille de six ans, entrouvrant les cloisons de la chambre de sa mère qui s'apprêtait à se remarier. Ikuyo avait étendu ses magnifiques kimonos de mariage sur un grand panier d'osier et faisait brûler de l'encens dessous. C'était la plus belle image qui lui restait de sa mère.

La fumée blanche et odorante montant des bâtonnets bruns avait rappelé à Tomoko le parfum de l'encens imprégnant les kimonos de sa mère. Tous ces kimonos de crêpe de soie et de satin luisant étalés sur une armature d'osier…

Et sa mère qui avait soulevé les vêtements en souriant pour lui montrer ce qu'il y avait dessous. Le sentiment déplaisant qu'elle avait eu en voyant ondoyer comme une peau de serpent ces tissus luisants, et l'intérieur noir de la cage d'osier, d'où montait cette fumée blanche… L'odeur d'encens lui piquant les narines, son regard de reproche levé vers sa mère… Puis satin et crêpe étaient retombés sur le panier en ondulant comme des créatures vivantes. Le parfum exquis qui flottait sur les alentours. Tomoko se rappelait comme elle était restée longtemps, dans une sorte de transe, à regarder le beau visage de sa mère de l'autre côté du rideau de fumée blanche. Ce visage d'alors, elle le revoyait maintenant devant ses yeux : le nez droit serti dans un visage fin, les longs yeux en amande, les cils noirs et épais, la courbe régulière des lèvres minces comme tracées au pinceau, qui faisait oublier le léger défaut d'un menton un peu court.

— Maman… Maman, tu es morte !

Jusqu'à ce qu'elle s'aperçoive de la mort de sa mère, elle n'avait fait que se dire qu'elle avait été sauvée de justesse, mais depuis qu'elle avait appris la mort d'Ikuyo, elle avait complètement oublié qu'elle-même revenait des frontières de la mort. Ses larmes coulaient sans s'arrêter, comme si la fumée d'encens avait pénétré au fond de ses yeux, des larmes tranquilles, sans le moindre sanglot.

— Mademoiselle…

Une voix précautionneuse retentit juste derrière elle.

— C'est de ma faute, pardonnez-moi. Quand je suis allée la chercher, elle était complètement déboussolée et ne savait plus ce qu'elle faisait.

Elle s'était retournée et Hachirô, en voyant ses larmes, s'était jeté presque à plat ventre sur les nattes pour proférer ces excuses.

— Mais non, Hachirô, ce n'est pas ta faute si maman est morte. C'est elle qui s'est précipitée sans faire attention, et si c'est arrivé, ce ne peut être la faute que de la fatalité. Cette pauvre maman, elle n'en aura fait qu'à sa guise, et toi, jusqu'à la fin…

Ne trouvant rien d'autre à dire comme paroles de condoléances, Tomoko baissa la tête sans finir sa phrase. Elle aurait voulu exprimer à Hachirô sa reconnaissance pour avoir supporté jusqu'à la fin les caprices de sa mère.

— Mademoiselle !

Hachirô avait relevé la tête et elle décela dans son attitude une fermeté inconnue jusqu'alors.

— J'ai attendu que vous soyez sortie de l'hôpital, et cela me fait de la peine après tout ce que vous avez fait pour moi depuis si longtemps, mais je pense qu'il est temps pour moi de rentrer à Ôsaka, et je suis venu vous dire adieu.

— Que dis-tu, Hachiran ? Je t'ai toujours appelé Hachiran sans cérémonie, mais tu es le mari de ma mère, autrement dit, tu es comme un père pour moi. Si tu le souhaites, je serai heureuse que tu restes ici pour toujours. Je n'avais pas l'intention de te laisser travailler comme portier toute ta vie.

— Non, mademoiselle, je n'ai déjà que trop abusé de vos bontés. A Ôsaka, j'ai une maison et des enfants, il faut bien que j'y retourne un jour. Madame a toujours détesté la maison d'Ôsaka, et c'est pour ça que nous sommes venus vous déranger si longtemps avec une telle impudence… Mais moi, je suis enregistré sur l'état civil de la famille Kuwata à Ôsaka, et maintenant que madame n'est plus, je n'ai plus de raison de rester ici, c'est pour ça que je vous demanderais la permission de m'en retourner avec ses cendres…

— Ses cendres ?

— Oui, j'avais ça dans l'idée depuis le début, c'est pourquoi j'ai demandé à ce qu'on mette les cendres dans deux urnes différentes. Elle m'avait souvent dit de son vivant que si elle venait à mourir je n'aurais que la moitié de ses cendres…

— Elle t'a dit ça ? Vraiment, elle aura fait des caprices jusqu'à la fin.

— Oui. Mais tout de même, je ne regrette rien, j'ai eu une vie conforme à mon rêve de jeunesse et je m'estime satisfait. Et vous avez été bien bonne pour moi. A m'en aller comme ça juste après votre retour, je vous parais peut-être ingrat mais, malgré mon âge, il semble que je sois encore indispensable à l'horlogerie, et mon fils aussi m'a demandé de rentrer, c'est pourquoi je me permettrai de m'en aller avec la moitié des cendres, maintenant que vous êtes en convalescence…

Il s'était mis à renifler au milieu de son discours et avait des larmes dans la voix.

Elle comprenait maintenant le pourquoi de ces deux urnes entourées de tissu blanc. Mais ce ne fut que plusieurs jours après son retour, le jour du départ de Hachirô pour Ôsaka, quand il revint lui faire ses adieux, qu'elle s'aperçut de la présence d'une enveloppe sous l'une des urnes. Elle avait pris un des paquets enveloppés de tissu blanc et l'avait tendu à son beau-père en disant :

— Etant votre épouse, maman faisait partie de la famille Kuwata, normalement, c'est donc l'ensemble de ses cendres qui devrait revenir à votre famille.

— Mais elle a toujours dit que la moitié serait pour vous, dit Hachirô sans paraître attacher trop d'importance à ce point.

C'est alors que Tomoko aperçut la simple enveloppe brune, avec son nom inscrit dessus, posée sous l'urne qu'elle venait de soulever. Elle la prit dans la main d'un air mal assuré et la garda ainsi jusqu'à ce qu'elle ait accompagné Hachiran à la porte d'entrée pour lui souhaiter bon voyage. En descendant le couloir, elle retourna l'enveloppe. Le nom et l'adresse de l'expéditeur étaient ainsi rédigés : « Kanejirô Fujiwara, section des enquêtes judiciaires, bureau de démobilisation, Ichigaya. »

Elle n'avait pas souvenir d'une personne de ce nom au bureau de démobilisation, n'ayant jamais eu à faire qu'avec Murata. Devant l'entrée, tout le personnel disait adieu à Hachiran. Tandis que son beau-père recevait des paroles d'adieu affables, Tomoko ouvrit l'enveloppe. Quelqu'un l'avait ouverte avant elle avec des ciseaux. La doyenne des servantes avait-elle parcouru le contenu de cette lettre, arrivée pendant que Tomoko était hospitalisée, avant de la poser sur l'autel ?

Quand la silhouette de Hachirô eut disparu, Tomoko sortit le feuillet contenu dans l'enveloppe, et, toujours debout dans l'entrée, parcourut des yeux les caractères lithographiés sur du papier grossier.

Les restes de cinquante-trois soldats japonais de classe C et D ayant subi la peine de mort à Sugamo après jugement de l'armée américaine, ont été inhumés après la célébration d'un office pour le repos de leurs âmes au crématorium de Yokoyama.

Ils viennent d'être exhumés sur ordre du bureau de démobilisation et les cendres seront par conséquent réparties entre les familles des défunts.

Notre prochaine réunion aura lieu le vingt-cinq décembre prochain à treize heures, au temple Gokokuji, Fumikyôku, Ôtsukasakashitachô, Tôkyô, où un service mémorial sera célébré afin de prier pour le repos de leurs âmes.

3 décembre 1953

Kanejirô Fujiwara, administrateur général,

Comité de soutien aux familles des condamnés de guerre.

Le 3 décembre… A cette date, Tomoko était à l'hôpital entre la vie et la mort. Si la nouvelle que les cendres de Fumitake Ezaki avaient été retrouvées et remises à sa famille avait été transmise également à Tomoko, ce ne pouvait être dû qu'à la bienveillance du fonctionnaire Murata puisque cette lettre était normalement adressée uniquement aux familles. « Notre prochaine réunion », ce terme indiquait clairement que d'autres réunions de ce comité de soutien aux familles des condamnés de guerre avaient déjà eu lieu, et que Tomoko avait exceptionnellement été prévenue de la tenue de cette réunion-là. Comme les membres des familles des défunts devaient être nombreux à ce service commémoratif du 25 décembre ! Sans doute la femme d'Ezaki y était-elle aussi, agenouillée, bien droite dans une pose hiératique, pendant la lecture des prières bouddhistes. Portait-elle une veste noire sur son kimono de pongé ? Une veste frappée aux armoiries de la maison Ezaki. Tomoko fouilla dans ses souvenirs, se demandant si elle avait jamais questionné Ezaki sur le blason de sa famille.

Tout en traversant lentement le couloir du restaurant pour retourner à sa chambre, Tomoko relut la lettre.

La literie avait été préparée dans la chambre de la convalescente, pour qu'elle puisse se reposer à tout moment, mais Tomoko s'assit lourdement sur les nattes devant l'autel et leva les yeux vers la statuette de Kannon, la lettre toujours à la main.

Mais elle fut frappée par l'impression de terrible solitude que donnait l'urne privée de son double, à gauche de la statue.

Accablée par un sentiment de tristesse déchirante, Tomoko laissa échapper un gémissement.

Peut-être aurait-elle dû remettre cette urne au milieu tout de suite après avoir donné l'autre à Hachirô. Mais la découverte de l'enveloppe et le départ de son beau-père l'avaient empêchée d'y penser, et maintenant, cette urne solitaire du côté gauche de l'autel trop grand lui donnait un terrible sentiment de tristesse et de solitude. Une impression d'infirmité piteuse, la sensation que quelque chose qui devait se trouver là en deux exemplaires était réduit de moitié, et ce vide lui transperçait la vue.

Cet espace vide à côté des cendres de sa mère, c'était la place des cendres de Fumitake Ezaki ! Cette pensée avait jailli soudain dans son cerveau. La preuve n'en était-elle pas le hasard qui lui avait fait découvrir cette enveloppe au moment même où Hachirô emmenait une des urnes avec lui ? Dans un état second, Tomoko s'empara du téléphone.

Elle appela Murata. Après des salutations rapides, elle se rendit compte au ton méfiant de son interlocuteur qu'il avait du mal à se rappeler d'elle, ne l'ayant pas vue depuis cinq ans. La mémoire lui revint quand elle le remercia de son attention pour lui avoir fait parvenir la circulaire destinée aux familles des défunts. Elle expliqua aussitôt que de graves ennuis de santé l'avaient empêchée d'assister à la réunion.

— Je suis sortie de l'hôpital il y a dix jours à peine, ajouta-t-elle. Je me rendrai au Gokokuji dès que ma santé me le permettra, mais à propos de la répartition des cendres… les cendres du colonel Ezaki… pensez-vous que… enfin, moi aussi, me serait-il possible d'en avoir une partie ?

— Ecoutez, s'il s'agit des cendres, c'est difficile de parler de cela par téléphone, répondit la voix grave du fonctionnaire, découpant chaque syllabe.

— Est-ce que c'est trop tard ? J'étais malade, je n'ai pas pu faire cette demande plus tôt. J'ai été opérée, on m'a enlevé l'utérus, vous savez !

Tomoko, affolée, répétait désespérément ses excuses pour n'avoir pu assister à la cérémonie à la mémoire des suppliciés.

— Non, en fait, il nous reste encore des cendres à distribuer, et elles ne sont pas réservées exclusivement aux familles, toutes les personnes qui souhaitent en recevoir, par exemple des religieux qui voudraient célébrer un office pour le repos de leurs âmes, enfin, tout le monde peut en avoir, cependant…

Quelque chose semblait l'empêcher de poursuivre.

— C'est la famille de monsieur Ezaki qui refuse que je reçoive une partie de ses cendres en souvenir ? Ils me détestent, n'est-ce pas ? Vous ont-ils demandé de ne pas m'en donner ?

— Non, non, absolument pas. Ce que j'essaie de vous dire, c'est que nous ne disposons pas des cendres *personnelles* des condamnés. Voyez-vous, tous les cadavres ont été incinérés ensemble.

— …

— Nous avons expliqué tout cela lors de la réunion qui a eu lieu au Gokokuji en présence de plus de trois cents personnes. La date de l'incinération et le nombre de cadavres ont été portés sur les registres du crématorium, mais les noms n'y figuraient pas. De notre côté, nous pouvons assurer qu'il s'agit bien des cendres de telles et telles personnes puisque nous connaissons la date de leur exécution. Je peux donc vous affirmer que se trouvent parmi ces cendres celles du colonel Ezaki, mais enfin, voilà ce qu'il en est. C'est la raison pour laquelle nous distribuons ces cendres à toutes les personnes qui en expriment le souhait.

Tomoko sentait trembler sa main qui tenait le combiné.

Les cadavres de cinquante-trois hommes, après avoir été incinérés, avaient été jetés dans la même fosse par l'employé du four crématoire. Tomoko pouvait entendre résonner dans ses oreilles le bruit des os calcinés et des cendres tombant dans cette fosse. Elle les entendait tomber en se bousculant, et Fumitake Ezaki était parmi eux, son crâne, son front, ses épaules, ses doigts qui avaient autrefois serré ses poignets, ses hanches, ses pieds, tout cela pulvérisé au fond d'une fosse, en soulevant des volutes de fumée blanche !

— Vous êtes toujours là, madame Sunaga ?

— Ou… oui.

— Nous avons conservé à part les dents de forme particulière, les couronnes en or, etc. qui sont remises aux familles qui peuvent les identifier. Quant au reste, nous distribuons les cendres.

— Monsieur Murata, articula péniblement Tomoko, je voudrais aussi recevoir une partie des cendres en souvenir. Mais je suis encore très faible, je ne pourrai pas me déplacer avant le mois prochain, puis-je vous envoyer quelqu'un me représentant ?

— Ce n'est absolument pas gênant. Vous n'avez qu'à envoyer cette personne au crématorium de Yokohama, munie de la lettre du comité de soutien aux familles, je les préviendrai par téléphone. Le crématorium est situé à environ cinq cents mètres à gauche de la gare de Hobogaya, vous devez contacter monsieur Katô.

Après avoir raccroché, Tomoko, sans forces, s'allongea sur le lit. Elle leva la tête pour regarder l'autel. L'encens s'était consumé, et, sans ses volutes, la statue de Kannon comme l'urne contenant les cendres d'Ikuyo avaient des contours bien nets.

Quand elle demanda à la doyenne des servantes de se rendre à sa place au crématorium de Yokoyama, Tomoko comprit que c'était elle qui avait ouvert l'enveloppe, car elle hocha la tête, saisissant aussitôt de quoi il s'agissait, et partit s'acquitter de sa mission sans poser de questions. C'était une femme seule qui, n'ayant pas trouvé de mari, avait toujours travaillé et n'avait pas besoin de mots pour exprimer sa compassion et son affection à la patronne avec laquelle elle avait passé la moitié de sa vie.

Murata avait dit qu'il suffisait qu'il prévienne le crématorium, mais l'urne n'avait pas été préparée à l'avance, et ce ne fut qu'après l'arrivée de la servante que le préposé alla puiser des cendres avec une pelle dans le récipient en forme de petite pagode où reposaient les restes, si bien qu'il fallut à la servante presque toute la journée pour s'acquitter de sa tâche.

— L'employé du crématorium m'a demandé combien j'en voulais, mais j'ai pensé que vous n'auriez pas la place d'en garder une grosse quantité, alors j'en ai ramené à peu près autant que les cendres de madame.

Au crématorium, on lui avait simplement donné une urne sans l'envelopper de tissu blanc, aussi la servante utilisa-t-elle le vieux carré de tissu qu'elle avait emporté avec elle à cette fin. Ses socquettes blanches et le bord de son kimono étaient tout boueux quand elle arriva, car il s'était mis à neiger sur le chemin du retour, mais, dès son arrivée, elle se précipita vers la chambre de sa patronne, et posa telle quelle l'urne en terre cuite sur l'autel, après quoi seulement, elle enleva ses *tabi* et raconta à Tomoko comment cela s'était passé.

Tomoko la remercia et la servante se retira discrètement. Tomoko se leva alors, arrangea sa tenue et quitta sa chambre après avoir changé la coupe d'eau posée en offrande sur l'autel, mais en jetant un coup d'œil sur le jardin depuis le couloir, elle s'aperçut que la neige qui tombait depuis midi avait déjà recouvert tous les arbustes et le parterre de fleurs d'une couche blanche. Elle regretta de ne pas avoir la moindre branche fleurie à poser en offrande devant l'urne d'Ezaki.

Elle se contenta de changer l'eau, d'allumer des cierges et de brûler de l'encens. Le parfum de l'encens flottait autour d'elle tandis qu'elle joignait les mains, debout devant l'autel, et elle leva la tête pour contempler une fois de plus le grand autel. Sous la précieuse statuette de Kannon reposaient sobrement les cendres d'Ikuyo et d'Ezaki. Comparé à cela, les tablettes funéraires posées de part et d'autre de la statue paraissaient dérisoirement théâtrales. Tout en regrettant d'avoir fait fabriquer ces objets inutiles, Tomoko pensa à nouveau au comte, dont elle chérissait le souvenir, à elle-même qui avait été entraînée dans le tourbillon de la vie mouvementée de sa mère, à Ezaki, l'amour idéalisé de sa jeunesse.

Elle se dit aussi que le fait que le troisième homme qui avait joué un rôle important dans sa vie, Shûichi Nôzawa, ait disparu sans laisser de traces, correspondait tout à fait au caractère du personnage. Le comte Kônami était revenu auprès d'elle sous la forme de cette statuette, les cendres d'Ezaki reposaient dans cette urne, mêlées à celles d'inconnus : comme ces souvenirs-là étaient ironiquement symboliques ! Nôzawa, le plus humain des hommes. Le comte Kônami, de noble origine. Ezaki, qui avait piétiné ses rêves de jeunesse sans même daigner se retourner. Mains jointes, elle priait pour le repos de leur âme à tous trois, mais soudain, elle fut submergée par la nostalgie de sa mère.

— Maman !

Elle fut elle-même surprise par le cri qui lui était monté aux lèvres. Le premier lien de la vie est celui de l'enfant et de sa mère, dit le proverbe, le second celui du mari et de sa femme, le troisième celui du seigneur et de son vassal. En pensant à ses relations avec les trois hommes si différents de caractères qui avaient jalonné sa vie, Tomoko s'était sentie en proie à une certaine confusion, et, à ce moment-là, comme un enfant qui au moindre ennui va naturellement se plaindre à sa mère, elle aussi s'était plainte à la sienne, comme une enfant gâtée, se comportant peut-être ainsi pour la première fois de sa vie. Depuis sa petite enfance, elle n'avait pas le moindre souvenir d'avoir jamais été consolée par sa mère. Sa grand-mère l'avait souvent prise sur ses genoux, mais elle n'avait pas le souvenir des bras de sa mère autour d'elle. Tomoko se souvint du kimono mauve qu'Ikuyo lui avait confectionné, davantage pour blesser Tsuna que pour faire plaisir à sa fille. Sa grand-mère l'avait déchiqueté, prise d'une fureur de démente. Et la poupée à laquelle Tomoko avait fait un kimono avec les lambeaux du sien avait été à son tour déchiquetée par Yasuko…

— Tantine !

L'arrivée de son neveu Jôji vint interrompre le fil de ses souvenirs.

— Qu'y a-t-il, mon chéri ? Tu ne dors pas ?

— Mmh.

— Mais il est tard, il faut que tu dormes. Ce n'est pas une heure pour les enfants.

— Mmh.

Il hochait la tête sans protester mais ne faisait pas mine de quitter la pièce. Il s'était accroupi dans un coin, les bras autour des genoux, dans une posture d'enfant malheureux. Il ne ressemblait ni à Maejima, ni à Yasuko, avec son visage rond et ses lèvres gonflées comme celles d'une fille. Les servantes de la maison avaient déjà remarqué qu'il ressemblait plus à sa tante qu'à ses propres parents.

Ce nom de Jôji, dont la prononciation évoquait le prénom anglais « Georges » était l'expression de l'engouement pour l'Amérique qu'affichait Maejima, et seule Tomoko appelait intentionnellement son neveu « Tsune-chan » en utilisant une lecture différente du caractère « Jô ».

— Tu n'as pas sommeil, Tsune-chan ?

— Si !

Cette réponse franche et enfantine, prononcée sur un ton ensommeillé, plut à Tomoko.

— Si tu as sommeil, retourne donc te coucher. Ton lit est prêt, non ?

— Oui, c'est toujours moi qui le prépare, et celui de maman aussi.

— C'est bien, ça, mon chéri. Aujourd'hui aussi, c'est toi qui l'as fait ?

— Mmh. Seulement…

— Seulement ?

— Avant, il y avait Hachirô, mais maintenant je suis tout seul, alors…

— Tu es triste ?

Jôji, encerclant toujours ses genoux de ses bras, ne leva pas la tête. Yasuko travaillait aux cuisines et n'allait se coucher que tard après la fermeture du restaurant, elle ne mettait pas le pied dans sa chambre avant que Jôji soit couché. Le travail de Hachirô s'achevait avec le départ des derniers clients, et il avait le temps de dormir tard jusqu'au ménage du matin. Hachirô aimait les enfants et sans doute, jusqu'à son départ, avait dû être une bonne compagnie pour Jôji. Tant qu'il avait vécu à Nakano, Jôji avait mené une vie d'enfant insouciant, avec beaucoup d'amis dans le voisinage pour jouer, ce qui lui permettait d'oublier la discorde régnant entre ses parents. Mais dans le quartier de commerces chics de Tsukiji, il n'y avait pas d'endroit où les enfants puissent jouer, et on n'en voyait guère.

La solitude avait dû finir par peser à ce petit garçon de sept ans qui installait tous les soirs le lit de sa mère et le sien, et attendait ensuite le retour de celle-ci. Il s'était donc décidé à aller dans la chambre de sa tante, avec qui il n'était pas encore très familier.

— Viens ici, Tsune-chan. Viens te mettre sous la chaufferette de tantine, jusqu'à ce que ta maman ait fini son travail.

Tomoko l'invitait de la main à s'installer près de la table chauffante.

— Tu veux des biscuits salés ?

— Mmh.

— J'en ai des sucrés aussi si tu veux.

— Mmh.

Pendant son séjour à l'hôpital, Tomoko avait reçu, outre les fleurs, nombre de boîtes de bonbons et de biscuits secs. Tandis qu'elle sortait les biscuits un à un de leur emballage individuel, Jôji tendait la main pour les attraper et les dévorait. Tomoko servit du thé, et, en regardant le visage innocent de l'enfant qui croquait ses biscuits, elle se sentit envahie par un sentiment inattendu de paix intérieure.

— Tsune-chan !

— Mmh.

— Tu peux venir me voir quand tu veux. Moi, j'ai le temps, je n'ai rien d'autre à faire que me reposer.

— Mmh.

— Qu'est-ce qui te ferait plaisir ? Si tu as envie de quelque chose je te l'achèterai, tu n'as qu'à me le dire.

— Mmh.

Cette réponse de petit garçon, ce « Mmh » à toutes les questions, plaisait à Tomoko, elle sentait un élancement de joie dans son cœur chaque fois qu'elle l'entendait.

Elle s'était souvent dit que la vie consistait à voir mourir les autres autour de soi. Chacun de nous, né d'une mère, doit vivre puis mourir pareillement, seule la durée de vie diffère. Elle avait vu mourir des gens plus âgés qu'elle, mais aussi de plus jeunes, comme ce frère ou cette sœur de Jôji né quelques années avant lui, qui était mort avant d'avoir eu le temps de respirer sur cette terre. Et la mort de tous les êtres, si longtemps qu'ils aient vécu, paraissait regrettable, et toujours soudaine. La mort de Tsuna. La mort du comte Kônami. La mort de Shûichi Nôzawa, de Fumitake Ezaki, et puis celle d'Ikuyo… Oui, jusque-là, Tomoko s'était toujours dit que vivre, c'était dire adieu aux êtres chers, les voir disparaître dans la mort. Par quel miracle la simple vue de ce petit garçon croquant des biscuits salés suscitait-elle un tel élan dans son cœur, et des pensées si différentes ?

Vivre, n'était-ce pas plutôt protéger ceux qui grandissent autour de soi ? se demandait-elle soudain. Peu à peu, le bruit des petites dents croquant les biscuits avait diminué, et Jôji s'était endormi, la tête sur la table, un biscuit entamé encore serré dans sa main droite. A voir cette pose innocente, comment imaginer la fin de sa vie, comment imaginer que lui aussi devrait mourir un jour ?

— Tsune-chan ! murmura Tomoko, mais l'enfant ne bougea pas.

Tomoko était encore trop faible pour porter des poids, le médecin lui avait formellement interdit de soulever des objets pesants, mais elle ne voulut appeler personne pour l'aider cette fois. Elle se leva et essaya de prendre l'enfant dans ses bras par derrière, mais le garçonnet endormi était plus lourd qu'elle ne l'aurait cru, et, finalement, incapable de le soulever, elle dut le tirer jusqu'à son lit. Le matelas était suffisamment large pour que tous deux puissent y dormir sans se gêner.

Tomoko repoussa les deux urnes au fond de l'autel et en referma les battants. Elle éteignit la chaufferette, les lampes, et s'allongea doucement à côté de son neveu. La chaleur du corps de l'enfant la surprit.

Je suis lasse de dire adieu aux gens, murmurait-elle pour elle-même. Maintenant, je vivrai pour voir cet enfant grandir. Le corps de Jôji était plus doux, plus chaud que celui d'aucun homme dont elle avait partagé la couche, et de lui elle n'aurait aucune trahison à craindre, il n'y aurait entre eux que de l'amour.

Cette nuit-là, pour la première fois depuis sa sortie de l'hôpital, Tomoko dormit d'un sommeil paisible. Même le matin venu, Yasuko ne parut pas : peut-être ne s'était-elle même pas aperçue de l'absence de son fils. Elle ressemblait vraiment à Ikuyo en tout, se dit Tomoko, mais ce n'était pas une impression nouvelle.

Jôji se réveilla d'un seul coup et leva un œil étonné sur sa tante qui le regardait dormir, puis se mit à rire, d'un rire timide comme sous l'effet d'une joie inespérée, et Tomoko sentit un frisson de bonheur inattendu la parcourir.

— Tsune-chan !

— Mmh.

— Bonjour !

Tomoko se mit à rire de toutes ses forces pour retenir ses larmes.

XXV

On doit rentrer au pays natal vêtu de brocart, dit le proverbe, et c'était bien ce qu'elle avait fait. Pourquoi alors son village natal réservait-il un accueil si méfiant à la riche patronne, vêtue d'un kimono de pongé hors de prix, d'un grand restaurant de Tôkyô à la réputation incontestée ?

— En effet, nous nous appelons bien Sunaga, mais...

Tomoko se rappelait avec un sourire que plus de quarante ans avaient passé depuis qu'elle avait trouvé refuge dans cette maison à la suite du grand tremblement de terre de Tôkyô. A cette époque, le maître de la maison était le cousin germain d'Ikuyo mais Tomoko aurait pu légalement prétendre à l'héritage de cette maison, à la place du fils de ce cousin qu'elle avait maintenant sous les yeux. Mais il n'aurait servi à rien de se lancer dans ce genre d'explications. Tomoko avait à l'époque une vingtaine d'années, et le petit garçon de cinq ou six ans d'alors était le propriétaire d'aujourd'hui.

Elle avait pris une chambre dans une auberge japonaise de Wakayama et s'était ensuite fait conduire, dans une grande voiture de location qui soulevait des tourbillons de poussière blanche sur la route, jusqu'à la porte de la maison de son enfance. Cette arrivée avait fait grande impression dans le village de Nishinoshô, encore peuplé principalement de fermiers, même s'il faisait maintenant partie de la commune de Wakayama. Il y avait foule devant la porte.

Après les patientes explications de Tomoko, le cousin comprit enfin :

— Ah, mais oui, je me rappelle, au moment du tremblement de terre ! Deux belles dames de la ville qui ont vécu six mois à la maison ! Ah, alors c'était vous, la maman ?

Il confondait des événements vieux de quarante ans et prenait Tomoko pour Ikuyo, qui devait avoir à l'époque une quarantaine d'années.

— Non, moi j'étais la fille.

— Ah, oui, celle qui chantait dans le jardin avec une si jolie voix ! Eh bien, ça alors !

Même si le paysan avait enfin compris, il n'était pas du genre à s'étendre sur des civilités ou à se confondre en excuses pour n'avoir pas donné de nouvelles depuis si longtemps. Tomoko se demanda quel pouvait être leur lien familial. Le petit-neveu du père d'Ikuyo et la fille d'Ikuyo devaient-ils être considérés comme petits-cousins ? Cela faisait plus de cinquante ans que la branche cadette de la famille avait mis la main sur l'héritage. Ikuyo était morte depuis sept ans maintenant, Tomoko avait près de soixante ans, et ne se sentait plus chez elle dans cette maison.

C'est dans cette maison que je suis née, pourtant. J'y ai vécu mes neuf premières années. Il devrait me rester tout un tas de souvenirs d'enfance liés à ces lieux…

Cette maison, qui n'était après tout au départ qu'une demeure de petits propriétaires terriens, n'avait pas l'air d'avoir profité de la réforme agraire d'après-guerre, et, en faisant du regard le tour du sol usé de l'entrée, du seuil de terre battue tout bosselé, des poutres et des chambranles noircis, sans aucun éclat, des vieilles nattes écornées et brunies, Tomoko n'arrivait pas à croire que cette maison fût celle de son enfance.

Elle s'efforça en vain de lier ses souvenirs d'autrefois à la maison qu'elle voyait aujourd'hui, cherchant un lien, même minuscule, avec le passé, un lieu d'où elle aurait pu imaginer voir sortir sa grand-mère. En l'espace de cinquante ans seulement, le Japon avait changé du tout au tout. Ma vie aussi n'a-t-elle pas été mouvementée à un point que ma naissance et mes neuf premières années n'auraient jamais laissé soupçonner ? Peut-être était-il normal après tout de ne pas pouvoir découvrir le moindre détail évoquant le passé, en retrouvant à plus de cinquante ans d'intervalle une vieille maison qui avait connu elle aussi changement sur changement.

Quelle tristesse pourtant ! Car Tomoko venait de se rendre compte qu'elle n'avait plus de province natale.

Ce n'était pas, cependant, par nostalgie de son enfance qu'elle avait décidé de se rendre à Wakayama. L'explication de ce voyage se trouvait dans un carré de tissu qu'elle serrait précieusement entre ses bras.

— Je ne m'en rappelle pas, parce que j'étais trop petite à l'époque, aussi, peut-être pourriez-vous m'expliquer où se trouve la maison de la famille Tazawa, de ma famille paternelle donc, puisque ma mère avait épousé en premières noces le fils Tazawa.

— Tazawa ? fit son interlocuteur en secouant la tête. Je ne connais pas ce nom-là. Vous ne faites pas erreur ?

— Non, Seikichi Tazawa, j'en suis sûre. Moi, j'ai hérité du nom de famille des Sunaga, mais je ne peux avoir oublié le nom de mon père.

— Attendez, je vais demander à la grand-mère d'à côté. Elle connaît tout le passé du village.

Il sortit et revint aussitôt après.

— Il ne s'agirait pas plutôt de Kôsaka, la famille du chef de village ?

— Non, ça c'est le deuxième mari de ma mère. Le père de ma sœur cadette se nomme en effet Keisuke Kôsaka, mais moi je suis la fille de Tazawa. Je vous en prie, demandez-lui encore une fois. Si vous voulez, je vous accompagne.

Ils allèrent trouver la grand-mère, qui semblait couverte de rides de la tête aux pieds, dans une pièce retirée, au sol de terre battue, d'une ferme typique d'autrefois au toit de tuiles et à l'auvent formant une avancée profonde. Elle fixa Tomoko de ses petits yeux jaunes et chassieux avant de répondre :

— Tu es la fille d'Ikuyo ?

— Oui.

— Ikuyo, c'était la plus belle fille de Nishinoshô, et le fils du chef de village était fou amoureux d'elle. Il l'a emmenée à Tôkyô, et là-bas il l'a abandonnée pour revenir ici, mais le ciel l'a puni, il est mort d'une maladie de poitrine. Leur fille est partie rejoindre sa mère à Tôkyô. C'est donc toi, cette fille ?

— Non, c'est ma sœur, Yasuko. Moi je suis la fille de Tazawa.

— Hein ?

— Tazawa.

La grand-mère se souvint enfin :

— Ah oui, Tazawa du village de Umehara ! fit-elle en se mettant à rire sans qu'on sût pourquoi. Il habitait le village d'à côté. Ils se sont rencontrés à la fête du dieu de la Guerre Hachiman à Kinomoto. Le fils des Tazawa de Umehara, c'était un beau garçon, ma foi, et la fille des Sunaga de Nishinoshô c'était la plus jolie fille du village, alors ça a fait du bruit entre les deux familles, parce qu'ils étaient enfants uniques l'un comme l'autre.

Tomoko écouta en hochant la tête le long récit de la vieille paysanne. Elle semblait confondre les événements de temps à autre, mais c'était somme toute intéressant. Tomoko lui demanda son âge et, apprenant que la vieille femme allait avoir quatre-vingts ans, elle se souvint avec fierté de la beauté de sa mère, qui même à soixante-dix ans passés, n'était pas profondément marquée par les rides ni par la vieillesse.

Une fois ce long récit terminé, elle put enfin demander l'adresse des Tazawa et remonta dans la voiture en transpirant. A Tôkyô, l'automne était déjà largement commencé et dans le jardin les lespédézas blancs commençaient à fleurir, mais dans la péninsule de Kii il faisait encore si doux que Tomoko regrettait de ne pas avoir emmené un kimono de dessous d'une seule épaisseur au lieu de celui, doublé, qu'elle portait. Pour se rendre à Umehara depuis Nishinoshô, il fallait retourner en direction de Wakayama. Par la fenêtre, elle apercevait des vagues d'épis dorés, et çà et là des silhouettes de femmes occupées à les faucher, vêtues de kimonos de coton parsemés de petits motifs géométriques et coiffées des chapeaux blancs typiques de la région.

Quand elle arriva devant la maison des Tazawa à Umehara, un couple de vieillards apparut à la porte et la regarda d'un air méfiant, sans même lui proposer d'entrer.

Cette vieille maison, avec le même genre de structure que la maison des Sunaga, était cependant beaucoup mieux conservée. Ses habitants, semblait-il, n'avaient pas renoncé même après la guerre à la fierté de posséder une maison ancienne. Même quand Tomoko posa sur le seuil les cadeaux qu'elle avait amenés de Tôkyô, ils continuèrent à la regarder d'un œil toujours aussi froid et à opposer un refus obstiné à sa demande.

— C'est gênant pour nous que vous ameniez ces cendres comme ça, dirent-ils.

— De son vivant, maman avait souhaité que ses cendres soient inhumées aux côtés de celles de son premier mari, et de mon côté, je pensais profiter de cette occasion pour me recueillir sur la tombe de mon père.

— Je ne dis pas qu'il n'y a pas un Seikichi Tazawa sur les registres anciens de la famille, mais je dis que plusieurs générations de Tazawa reposent dans la même tombe, il n'y a pas de tombe juste au nom de Seikichi Tazawa. Et votre maman, elle s'est remariée tout de suite après sa mort, alors on ne peut plus la considérer comme faisant partie de la famille Tazawa. Femme vertueuse ne se marie pas deux fois, dit le proverbe, n'est-ce pas ? Ce n'est pas logique que quelqu'un qui est sorti de la famille Tazawa veuille que ses cendres reposent dans le caveau de cette famille. Même vous, vous ne portez pas le nom de Tazawa, pas vrai ? Vous êtes devenue l'héritière des Sunaga, non ? Je ne sais pas ce que vous faites maintenant à Tôkyô, mais vous revenez dans une maison où vous n'avez pas mis les pieds pendant des dizaines d'années pour dire que vous voulez voir la tombe de votre père, alors moi je ne peux pas vous répondre comme ça : « Mais bien sûr, venez donc, je vous montre le chemin ! »

Ce vieillard éloquent ne devait avoir qu'un lien de parenté lointain avec son père. Son père était fils unique et était mort jeune sans laisser d'héritier, ce ne pouvait donc être qu'une branche secondaire obscure de la famille qui avait hérité de cette maison. Comment osait-il refuser de montrer la tombe de son père à une fille venue de Tôkyô avec les cendres de sa mère, même si son arrivée était imprévue !

La patronne du Hananoya, établissement réputé de Tôkyô, ne pouvait supporter d'être traitée ainsi. Elle quitta en silence l'entrée obscure de la vieille maison. Elle n'aurait décidément connu que des vexations dans ce pays de conservateurs entêtés où elle était née. Comme elle s'y attendait, la rue devant la maison était noire de monde : c'était un événement pour le village de voir une voiture de cette taille, même couverte de poussière après des kilomètres de route, s'arrêter devant la maison des Tazawa. Le chauffeur descendit pour ouvrir la porte en voyant arriver Tomoko, qui était sortie sans même saluer les vieillards. Elle posa sur le siège arrière à côté d'elle l'urne funéraire de sa mère, et le chauffeur avait déjà regagné sa place quand les vieillards de la maison Tazawa arrivèrent à leur tour, tenant dans les bras les paquets que Tomoko avait amenés de Tôkyô pour leur offrir.

— Reprenez ça, s'il vous plaît, nous n'avons aucune raison de l'accepter, criaient-ils.

Tomoko demanda au chauffeur de l'attendre, ouvrit sa portière elle-même et descendit dignement de voiture. Elle n'avait plus l'attitude modeste de quelqu'un qui demande une faveur, mais avait retrouvé toute l'autorité de la patronne du Hananoya.

Le vieillard qui était venu lui rendre son paquet parut légèrement intimidé mais tendit ses cadeaux à Tomoko sans se départir de son air entêté, en la fixant d'un œil arrogant. L'air inexpressif, Tomoko reprit les trois volumineux paquets : l'un contenait des barres de pâte de haricots rouges sucrée, un autre des algues *nori* salées, le troisième des conserves de fruits de mer cuits à la sauce de soja. Dès qu'elle les eut pris dans les bras, elle jeta vivement le tout contre le portail de la maison Tazawa. L'instant d'après, elle avait réintégré sa place dans la voiture.

— Vite, roulez. Nous rentrons à Wakayama.

La voiture démarra à toute vitesse. Tomoko ne se retourna pas une fois, mais prenant sur le siège à côté d'elle l'urne funéraire de sa mère, elle la serra à deux mains sur ses genoux pour la maintenir en place.

Maman, je n'ai pas pu accomplir ton souhait, mais cela ne fait rien, n'est-ce pas ? Réflexion faite, moi non plus, je n'ai pas de tombe où enterrer mes restes après ma mort. Tu es bien sur mon autel, non, tu peux y reposer en paix jusqu'à ce que je trouve un endroit où mettre tes cendres sans avoir à baisser la tête devant personne, sans avoir à leur fournir des explications qu'ils ne peuvent pas comprendre. Moi aussi, c'est vrai, quelle idée étrange j'ai eue, de vouloir aller me recueillir sur la tombe d'un père dont je ne me rappelle même pas le visage !

Cependant, elle ne décolérait pas contre les Tazawa. Ils s'étaient vraiment moqués d'elle. Sur quel ton fallait-il donc leur demander l'autorisation d'aller voir le tombeau de famille ? Ce n'étaient pourtant pas des nobles ? Leur maison n'était pas un palais, mais une vieille ferme à l'odeur de moisi ! Comme elle le méprisait, ce vieil homme au regard hautain qui avait regardé de haut en bas sa tenue élégante de citadine. Une masure pareille, tout ce qu'elle méritait c'était qu'on y mette le feu ! Ses habitants adopteraient peut-être un autre point de vue, s'ils étaient obligés de tout recommencer à zéro, si leur maison était réduite en cendres comme celles des habitants de Tôkyô pendant la guerre !

Il faisait cet automne-là un magnifique temps sec, et la moisson promettait d'être exceptionnelle. Mais Tomoko continuait à se laisser aller à la colère, tandis que la voiture soulevait des tourbillons de poussière en roulant à vive allure entre les vagues de riz doré. Si elle parvenait à rester assise sans bouger dans cette voiture, c'était parce qu'elle avait au moins la satisfaction d'avoir vu ses cadeaux s'écraser sur la porte de leur maison. Il lui semblait n'avoir jamais été si en colère de sa vie.

Tomoko, ce sont mes dernières volontés : à ma mort, je voudrais que mes cendres reposent à côté de celles de

Seikichi Tazawa. C'était, si elle s'en souvenait bien, aux alentours de la cinquantaine que sa mère avait commencé à formuler ce vœu. Pauvre Ikuyo, dont même les dernières volontés avaient été une trahison à l'égard de Hachirô, le mari le plus dévoué dont une femme pût rêver.

Tomoko se rendit compte alors qu'elle avait elle aussi commencé à réfléchir vers la cinquantaine à l'endroit où elle aimerait être enterrée. Quand elle avait appris la mort de Fumitake Ezaki, elle avait cherché comme une démente à savoir à tout prix ce qu'étaient devenues ses cendres. Oui, c'était vers cette époque-là, à n'en pas douter, qu'était venu du fond de sa conscience le souci de savoir où elle-même reposerait après sa mort.

Mais elle avait déjà l'expérience d'avoir été rejetée : par la famille du comte Kônami d'abord, puis par celle de Shûichi Nôzawa. Et par celle d'Ezaki aussi. Cela semblait naturel à Tomoko, qui après tout n'avait jamais été mariée à aucun de ces hommes. Mais sa mère, elle, avait été l'épouse de Seikichi Tazawa. Et pourtant, sa famille l'avait rejetée. Tout en comprenant la contradiction qu'il y avait dans son attitude, Tomoko se sentait aussi en colère que si ce rejet la visait, elle, directement.

Une heure plus tard, la voiture déposa une Tomoko encore fulminante devant l'entrée de l'hôtel Okamoto.

— Bonsoir madame !

— Bonsoir !

Parmi les habitués du Hananoya se trouvait un député originaire de Wakayama, et la patronne de l'hôtel Okamoto était déjà venue dans l'établissement de Tomoko en compagnie de ce député. C'était ainsi qu'elle avait choisi de séjourner à l'hôtel Okamoto, où elle avait été chaleureusement accueillie, en tant que patronne du célèbre Hananoya de Tôkyô.

Elle disposait de deux pièces au dernier étage avec une vue magnifique. Quand on ouvrait la fenêtre, le regard englobait toute la baie de Wakayama.

— Quel beau paysage, murmura Tomoko en plissant les yeux de plaisir. L'étendue de la mer avait un bleu apaisant à son cœur. Il lui semblait que le doux bruit des vagues effaçait peu à peu ce qui subsistait de sa colère.

Une servante vint la tirer de sa contemplation pour lui expliquer :

— La mer d'ici est célèbre parce qu'on dit que les vagues viennent lécher le rivage, mais ne se retirent jamais vers la mer.

Tomoko resta jusqu'au crépuscule au bord de la fenêtre à contempler la mer, sans même dénouer son obi. Elle écoutait le bruit des vagues, ces vagues qui venaient sans cesse lécher le rivage, mais ne repartaient jamais vers la mer… Les explications de la servante restaient dans un coin de son esprit comme une expression poétique pleine de légèreté.

Elle se retourna soudain vers le *tokonoma*. L'urne funéraire, posée sur une étagère du *tokonoma*, enveloppée dans un carré de tissu rouge, paraissait tournée elle aussi vers la mer.

— Tu sais, maman, Tsune-chan est au lycée maintenant.

Quelques années auparavant, à l'occasion du remariage de Yasuko, Tomoko avait officiellement adopté Jôji. Elle avait changé la prononciation des caractères composant le nom de son neveu en Tsuneharu. Ni Yasuko, ni Jôji n'avaient opposé la moindre objection à l'adoption, ni au changement de prononciation du nom. Depuis longtemps déjà, Jôji manifestait davantage d'affection à sa tante qu'à sa mère. Il avait eu l'air ostensiblement mécontent en apprenant que sa mère, qui avait noué des relations intimes avec le jeune cuisinier du restaurant, allait se remarier. Tomoko ne comprenait que trop bien les sentiments de la mère et du fils.

— C'est ton petit-fils, maman, et maintenant il est devenu mon fils. Où que soit notre tombe, il viendra, lui, en prendre soin et y déposer des fleurs et de l'encens, il est tellement gentil, tu sais, murmura Tomoko tournée vers l'urne contenant les cendres de sa mère.

De l'urne enveloppée d'un tissu voyant ne lui parvint aucune réponse, mais Tomoko tendit longuement l'oreille au bruit des vagues qui mugissaient plus ou moins fort, comme si elles cherchaient à lui dire quelque chose. Elle avait beau s'efforcer de voir l'image de Tsuneharu entretenant une tombe où reposeraient paisiblement côte à côte les cendres d'Ikuyo, les siennes et celles d'Ezaki, disposant dessus des fleurs et de l'encens, cette image n'avait aucun sentiment de réalité. Peut-être parce que je ne suis pas encore morte, se dit-elle.

— Excusez-moi. Vous êtes bien rentrée ?

Une voix venait de résonner près de la porte.

— Je suis désolée de ne pas être encore venue vous saluer, j'étais débordée. Cela fait longtemps que nous ne nous sommes vues. Je vous remercie de votre visite.

C'était la patronne de l'hôtel Okamoto qui venait d'entrer, lançant ces phrases tonitruantes avec un fort accent de Wakayama. Son établissement, du même style traditionnel japonais que le Hanaya qu'avait autrefois possédé Tomoko, avait une réputation bien établie à Wakayama. Elle n'était venue que deux ou trois fois au Hananoya, mais avait l'air ravie d'avoir Tomoko comme cliente.

— Je me réjouissais d'avance de votre venue. Toutes les deux nous sommes des femmes qui avons réussi seules ! On m'a déjà raconté votre histoire, et je voulais bavarder tranquillement avec vous et vous raconter la mienne à mon tour.

La servante qui était entrée derrière elle installait déjà des flacons de saké et des accompagnements à grignoter.

La patronne du Okamoto avait l'air de caractère plus extraverti que Tomoko et avait un certain air rusé, mais apparemment c'était justement la réserve de Tomoko, si différente d'elle-même, qui attirait sa sympathie. Elle avait visiblement l'intention, que cela plaise à Tomoko ou non, de lui consacrer cette soirée, sans se soucier de ses autres clients.

Le bruit des vagues avait apaisé sa colère, mais Tomoko était prête à s'aider d'une légère ivresse pour oublier sa déception de rentrer à Tôkyô avec l'urne funéraire pourtant amenée spécialement.

Les deux vieilles femmes aux alentours de la soixantaine levèrent ensemble leurs verres. Cependant, l'idée de boire pour égayer l'atmosphère se révéla moins bonne qu'elles ne l'avaient cru. Tomoko se sentit encore plus déprimée après quelques coupes, et la patronne du Okamoto semblait elle aussi d'une étrange humeur. Sans doute lui était-il arrivé quelque malheur car elle commença à répandre des plaintes de plus en plus vives.

— On a beau dire qu'on a eu la vie dure toutes les deux, le degré de difficultés n'est pas le même, entre vous qui avez quitté la région pour réussir à la capitale et moi qui me suis acharnée à faire mon trou ici. Mais enfin, c'est difficile de s'en sortir quand on est une femme seule, on ne peut se comprendre que quand on a traversé les mêmes épreuves, n'est-ce pas ?

Apparemment, la différence de degré se manifestait aussi dans leur façon de boire, car la patronne du Okamoto servait allégrement coupe sur coupe.

— Il arrive qu'on me demande pourquoi je continue à travailler alors qu'avec un établissement aussi grand, je pourrais m'arrêter, et, quand on me pose cette question, je me dis que je suis vraiment stupide. Alors que je n'ai personne à qui laisser tout cela...

— Vous n'avez pas d'enfants ? demanda Tomoko.

— Non. Déjà toute jeune fille, j'avais une mauvaise circulation du sang, et les médecins m'avaient prévenue que je ne pourrais jamais avoir d'enfant. Et vous-même, vous en avez ?

— Oui, répondit Tomoko sans expliquer que Tsuneharu était en fait le fils de sa sœur. Elle le considérait comme son propre fils et avait hoché tout naturellement la tête, avec la fierté aveugle d'une mère.

La patronne du Okamoto regarda un moment Tomoko, comme muette de surprise, puis se mit à verser toutes les larmes de son corps. Elle paraissait plus âgée que Tomoko, mais avait des yeux magnifiques et, ses grands yeux encore emplis de pleurs, elle s'exclama avec des sanglots dans la voix :

— Ah, je vous envie. Comme je vous envie ! Moi, je n'ai pas même eu droit à ce bonheur-là en tant que femme !

Etait-elle ivre à ce point ? se demanda d'abord Tomoko avec méfiance, puis, avec une intuition due à sa grande pratique des êtres humains dans son métier, elle devina que cette femme avait dû avoir récemment un choc profond en relation avec le fait qu'elle n'avait pas d'enfant.

— Vous avez deviné juste…

Finalement, la patronne du Okamoto n'avait rendu visite à Tomoko que dans le but de lui raconter ses malheurs. Si elle était venue bavarder avec sa cliente, c'était uniquement pour lui raconter d'un bout à l'autre sa vie malheureuse, tout en noyant son chagrin dans l'alcool.

— Je n'ai pas eu de chance avec les hommes, ça doit être à cause d'une mauvaise étoile, j'avais renoncé à tout cela depuis longtemps, mais j'ai adopté le fils de mon frère cadet pour l'élever. Ah, je l'ai élevé comme un petit prince, j'ai dépensé beaucoup d'argent pour l'envoyer à l'université, je l'ai envoyé à Tôkyô. Il était devenu ma raison de vivre. Je me disais que j'avais enfin un enfant qui s'occuperait de fleurir ma tombe quand je serais morte.

Elle s'interrompit pour avaler une grande lampée de saké.

— Ah, les enfants, vous savez, il faut qu'ils soient sortis de votre ventre dans la douleur pour être vraiment les vôtres ! Car cet enfant que j'avais élevé comme la prunelle de mes yeux, cet enfant qui était mon unique raison de vivre, il a trahi ma confiance. Quand il est sorti de l'université, il est revenu ici avec une femme, et là il m'a dit : « Maman, tu devrais prendre ta retraite maintenant, on travaillera à ta place. » Ah, j'ai vu rouge ! « Cette femme ne me plaît pas, je ne lui laisserai pas ma place », lui ai-je répondu, et il est reparti à Tôkyô sans rien dire. Il m'a demandé de lui envoyer une pension comme avant, alors j'ai eu pitié, je lui ai envoyé de l'argent. Mais quand on m'a dit qu'il répétait partout que « quand la vieille serait morte, l'hôtel Okamoto serait à lui, ce n'était qu'une question de patience », alors là j'ai vu rouge de nouveau, et je l'ai remis sur l'état civil de mon frère. Alors, il est habilement revenu s'excuser : « Pardonne-moi, maman, je ferai ce que tu me diras. » Mais moi, je me suis dit qu'il était en train d'essayer de se faire pardonner uniquement parce qu'il voulait hériter de l'hôtel, ça m'a mise cent fois plus en colère et je l'ai chassé. Voilà toute l'histoire.

Ainsi que l'avait pensé Tomoko, cet incident avait eu lieu récemment. A la fin de son récit, la patronne laissa échapper un soupir avant de conclure :

— Croyez-moi, on ne peut pas compter sur un enfant qui n'est pas sorti de son propre ventre dans la douleur. Ah, je vous envie, je vous envie vraiment.

Elle avait levé les yeux vers Tomoko, puis les avait abaissés tristement, et finit sa phrase dans un murmure.

Tomoko avait laissé passer l'occasion de dire à cette femme qui l'enviait que Tsuneharu était lui aussi un fils adoptif. La patronne du Okamoto ne lui avait pas laissé placer un mot, et en outre elle n'avait pas le courage de tenter de consoler par son exemple une femme qui affirmait qu'on ne pouvait compter que sur un enfant né de son propre ventre.

Tomoko porta la coupe à ses lèvres en silence, et le goût frais de l'alcool au bout de sa langue lui rappela aussitôt sa mère qui embellissait sa peau par des applications de saké. Elle se retourna pour regarder l'urne enveloppée de tissu criard, posée sur l'étagère du *tokonoma*, et prêta l'oreille au murmure des vagues, tour à tour proche et distant. Le soir était tombé et la nuit s'avançait.

Achevé d'imprimer
sur les presses de
HORIZON
GROUPE
200, avenue de Coulin
13420 Gémenos

pour le compte
des Éditions Philippe Picquier

Dépôt légal : mars 1998